Heimat ist ein Paradies

Teil 1

sapere aude

Mein besonderer Dank
für die freundliche Unterstützung
bei den Korrektur- und Lektoratarbeiten gilt

Dr. Hans-Joachim Eichler-Steinhauff

3. korrigierte, leicht veränderte Auflage

Bild Umschlagvorderseite: Cantamus te!
Ölgemälde von Irma Streck, 2006
Bild Umschlagrückseite: Immanuel Kant
Ölgemälde, ca. 1790, Maler unbekannt

Umschlaggestaltung: C. Harnischmacher

ISBN 978-3-00-020745-7

Druck: INTER ALIA GmbH

Viktor Streck

HEIMAT IST EIN PARADIES

Teil 1

sapere aude

V. Streck Verlag

nam cur quae laedunt oculum, festinas demere: siquid
est animum, differs curandi tempus in annum?
Dimidium facti qui coepit habet: sapere aude,
incipe. vivendi qui recte prorogat horam,
rusticus exspectat, dum defluat amnis; at ille
labitur et labetur in omne volubilis aevum.

Horaz, epist. 1,2

Wenn dir etwas ins Auge geraten ist, dann beeilst du dich, es zu entfernen. Wenn etwas deine Seele verletzt, warum schiebst du die Heilung bis über das Jahr hinaus? Wer begonnen hat, hat schon das halbe Werk. Darum: Wage es, zu wissen! Wage den Anfang! Wer die Stunde für das richtige Leben aufschiebt, der gleicht jenem Bauern, der wartet, bis der Strom abfließt; der aber fließt und fließt und wird in alle Ewigkeit fließen.

Das Gymnasium

„Komm mit!“ fauchte ein kräftig gebauter dunkelhaariger Junge um die fünfzehn einem anderen Gymnasiasten zu, der sich von ihm auffallend stark unterschied. Sebastian war eher schmächtig und schien neben seinem Peiniger wesentlich kleiner. Er stand jetzt leicht gebeugt, als würde er im nächsten Augenblick einen harten Schlag von oben erwarten, und in seinen hellbraunen Augen erkannte man Funken einer seltsamen Verwirrung, ja Verlorenheit, als wüßte er nicht mehr, was er gerade tun sollte.
„Komm, sag' ich dir!“ zischte der Dunkelhaarige drohend und packte ihn hart am Ärmel. Der Junge zögerte einen Augenblick, zog sogar den Arm trotzig an sich, doch dann, als der andere die Fäuste zusammenballte, gab er nach und die beiden verschwanden hinter der grauen Tür des Herren-WC.
Sebastian trat unsicher in den geräumigen Vorraum und sah dort vier Jungen. Zwei von ihnen, etwas älter als er, saßen auf den weißen Waschbecken, während die übrigen an der gefliesten Wand lehnten. Sie rauchten, pusteten manierlich dünne Rauchfädchen hoch zur Decke und spuckten laut auf den dunklen Boden, sichtlich bemüht, die rauchende Zigarettenkippe zu treffen.
Im stark verrauchten Raum stank es nach Urin und Reinigungsmitteln. Die weißen Fliesen waren reichlich mit ausdrucksvollen Botschaften übersät: *Hier war Ahmed... Ich kotze auf alle Deutschen...* Dazu sprangen ein paar durchgestrichene Hakenkreuze und einige Zeichnungen ins Auge, die mehrheitlich entweder nackte Hintern oder überdimensionierte Genitalien darstellten.
Der kräftige Junge, der mit Sebastian kam, stieß ihn so unerwartet und stark in den Rücken, daß er stolpernd nach vorne flog und beinahe einen der rauchenden Jungen umrannte.
„Guck' doch, wo du hinspringst, Trottel!“ warf ihm dieser verächtlich zu und trat ihn mit seinem weißen Turnschuh auf den Oberschenkel, während die anderen vulgär grinsten.
Sebastian stand verängstigt im feindlichen Halbkreis und konnte

kaum noch seine Aufregung beherrschen.
„Hast du Kohle dabei?“ fragte ein türkisch aussehender Junge barsch und blies ihm langsam eine ganze Rauchwolke ins Gesicht. Er sah betont cool aus. Sein Mund blieb stets halbgeöffnet und ging nur dann zu, wenn er lässig an seiner Zigarette zog.
Sebastian zuckte leicht, griff hastig in die Hosentasche und reichte ihm schweigend zwei zerknitterte Fünf-Euro-Scheine.
Der Junge nahm sie vorsichtig mit zwei Fingern entgegen, als wären sie verseucht, und verzog dabei sein Gesicht dermaßen gekonnt, daß zwangsläufig der Eindruck entstand, er hätte gerade die bitterste Enttäuschung seines Lebens erlitten.
„Ist das alles?“ stammelte er beinahe entsetzt.
„Mehr konnte ich nicht zusammenkriegen“, rechtfertigte sich Sebastian, kreuzte schützend seine Hände vor dem Bauch und krümmte sich leicht, doch der Schlag traf ihn mit solcher Härte, daß er augenblicklich zusammenbrach.
Die anderen sprangen sofort dazu und traten ebenso von allen Seiten auf ihn ein.
In diesem Augenblick ging die Tür unerwartet auf, und an der Schwelle erschien ein außer Atem geratener Junge, der beim Anblick des auf dem Boden liegenden Sebastian unentschlossen stehenblieb. Die Bande erstarrte und schaute verwirrt auf den ungebetenen Gast. Einer der Schläger erkannte aber den Eindringling und herrschte ihn brüsk an:
„Verpiß dich, du Sauköter!“
Der Schüler verschwand sogleich und machte die Tür eiligst hinter sich zu.
Die Jungen schlugen noch einige Male auf Sebastian ein, doch die Stimmung war irgendwie dahin. Als sie schließlich merkten, daß er sich kaum noch schützte und nur zusammengekauert auf dem Boden lag, stellte der Anführer seinen weißen Sportschuh auf Sebastians Schulter, beugte sich leicht über ihn und warf ihm mit würgendem Haß zu:
„Du Bastard! Wenn du morgen wieder ohne Kohle kommst, dann

dreh' ich dir deine verfluchte Gurgel um! Kapiert?"
Der Junge röchelte etwas Undeutliches vor sich hin, doch die Bande wußte, was er damit gemeint hatte. Der Anführer richtete sich wieder auf, stieß Sebastians Schulter wie angeekelt von sich weg und spuckte auf ihn.
„Laßt uns abziehen!" warf er verstimmt seinen Freunden zu und die Schläger entfernten sich. Nur noch Sebastian blieb auf dem Boden liegen.
Er wartete, bis ihre Schritte endgültig in dem menschenleeren Flur verhallten, stand langsam auf, schaute in den verkritzelten Spiegel und wischte sich schnell die von den Wangen fließenden Tränen weg. Er versuchte sie aufzuhalten, doch kaum, daß seine roten Augen zu trocknen begannen, drangen sie mit neuer Kraft wieder und wieder hervor...

Als er schließlich aus der Toilette trat und durch den langen Flur zum großen Festsaal eilte, hallten ihm bereits aus der Ferne die eindringlichen Worte des Schulleiters entgegen:
„Am heutigen Tag, am 22. April, feiern wir wie jedes Jahr den Geburtstag des ehrwürdigen Philosophen. Immanuel Kant ist nicht zufällig der Namenspatron unseres Gymnasiums. Der große Name verpflichtet uns alle! Wichtige lebenstragende Säulen des aufgeklärten Menschenbildes und seiner Handlungsmaximen prägen bereits seit Jahren nachhaltig das Selbstverständnis unserer Schule..."
Sebastian schlich sich an die riesige halbgeöffnete Flügeltür, schaute verstohlen hinein und wurde sofort von den wachsamen Augen der Geschichtslehrerin Frau Bammert erfaßt. Sie saß gleich neben der Tür und überblickte den ganzen Raum.
„Wieder zu spät!" warf sie dem Jungen vorwurfsvoll zu und preßte ihre dünnen blutleeren Lippen erbost zusammen.
Sebastian zuckte nur hilflos mit den Schultern und zwängte sich tief gebeugt zum freien Platz neben seinem guten Bekannten Walter Kaiser.

„Im Mittelpunkt unserer pädagogischen Tätigkeit steht, wie Sie wissen, die werteorientierte Persönlichkeitsentwicklung junger Menschen", verkündete inzwischen der Schulleiter. „Sie spielt sich ab im kreativen Dreieck zwischen der Entwicklung der Selbstkompetenz, der Sachkompetenz und nicht zuletzt der Sozialkompetenz..."

Der Schulleiter Dr. Oldenburg stand am schlanken Pult und strahlte unverfälschte Sachkenntnis und Freundlichkeit aus. Den gepflegten Gesichtern der ehrwürdigen Gäste aus Politik und Kreisverwaltung war zu entnehmen, daß seine Rede bereits von Beginn an große nachhaltige Wirkung entfaltet hatte.

„Es ist kein Geheimnis, daß eines der erklärten Ziele unseres Gymnasiums die Förderung des verantwortungsvollen Miteinanders ist. Innerhalb der Schulgemeinde helfen die Klassenvereinbarungen, ein tiefes Problembewußtsein für gemeinsames Handeln und Regeln in der Gruppe zu schaffen, das durch gegenseitigen Respekt, Akzeptanz und Hilfeleistung gekennzeichnet ist. Ein Bewußtsein, das vor allem auch die Toleranz gegenüber unseren ausländischen Mitbürgern und ein klares Verständnis für ihre Probleme mit einschließt. Die tief empfundene und tagtäglich zu neuen Gipfeln steigende Erkenntnis, daß die Ausgrenzung von Menschen aus anderen Kulturkreisen, Menschen wie du und ich, verachtungswürdig ist, fordert von uns allen, von dir und mir, mehr Zivilcourage im alltäglichen Miteinander. Und ich muß Ihnen heute ehrlich sagen, daß ich von Herzen stolz darauf bin, daß unser Gymnasium, das den ehrwürdigen Namen des großen Philosophen trägt, sich so erfolgreich gerade im Kampf gegen rechte Gewalt gezeigt hat..."

Bei diesen Worten wurde Frau Bammert leicht unruhig und begann, nachdem Dr. Oldenburg ein weiteres Mal seine Augen vom Blatt gelöst hatte, begeistert zu klatschen. Ihre Regung wurde alsbald von den Ehrengästen mit steigender Resonanz unterstützt, bis der hartnäckige Beifall aus den ersten Reihen auch die mittleren zum Gleichtun veranlaßte.

Sebastian nutzte diese günstige Gelegenheit und wandte sich an

seinen Bekannten: „Walter! Rette mich!“
Seine Worte klangen hastig und flehend. Er schaute hilflos zu ihm und konnte kaum noch seine Aufregung unter Kontrolle halten.
„Was ist mit dir los?“ flüsterte Walter und blickte beunruhigt in seine verzweifelten Augen.
„Ich brauche zwanzig Euro“, sprach Sebastian leise und biß sich schmerzhaft in die Unterlippe, um die Tränen aufzuhalten.
Walter faßte seine Hand und drückte sie fest.
„Beruhige dich! Wir werden uns schon etwas einfallen lassen.“
„Meinst du?“ fragte Sebastian mißtrauisch.
In diesem Augenblick schauten die beiden eher intuitiv auf die Geschichtslehrerin Frau Bammert. Ihr Gesicht verzog sich finster drohend, daß sie sofort verstummten und erst jetzt merkten, daß der Beifall bereits aufgehört hatte und der Schulleiter seine Festrede fortsetzte:
„…Werte-Grundlagen sozialer Verantwortung für Schüler, Lehrer und Eltern des Kant-Gymnasiums sind in gegenseitiger Wertschätzung, Rücksichtnahme, Hilfsbereitschaft und Teamgeist zu sehen. Sie werden sichtbar im täglichen Umgang miteinander, im Unterrichtsgeschehen, in der umfangreichen Team-Arbeit…“
Sebastian quälte sich zunehmend und hielt verstohlen Ausschau nach seinen Peinigern. Er erblickte sie weitab am riesigen Fenster und wurde noch unruhiger. Er schaute auf Walter, der heimlich in ein kleines Büchlein starrte, auf dessen Seiten mehrere Schachaufgaben abgebildet waren, und faßte schließlich den Mut, ihn erneut anzusprechen.
„Walter!“ flüsterte er leise und stieß ihn leicht in die Seite.
Sein Bekannter schlug zwar sein Büchlein zu, blieb aber stumm.
„Meinst du wirklich, wir kriegen die zwanzig zusammen?“ lispelte Sebastian ungeduldig.
„Ich glaub’ schon“, erwiderte Walter sehr leise und warf einen verstohlenen Seitenblick auf Frau Bammert. „Sprechen wir lieber später!“
Sebastian beruhigte sich ein wenig, doch die Verzweiflung saß wie

eine stumpfe Nadel in der Brust und vergiftete dort alles. Er starrte vor sich hin und versank in seinen nicht wenigen Sorgen, während der Schulleiter weitersprach und seine Worte mit verhaltenen, sehr imponierenden Handbewegungen unterstützte:
„...Außerhalb der Schulgemeinde helfen Kooperationen und Kontakte mit ausländischen Mitbürgern zur Erweiterung des eigenen Horizonts. Wie wichtig diese außerschulischen Lernperspektiven für die Entwicklung junger Menschen sind, müssen wir an dieser Stelle nicht einmal erwähnen. Verantwortungsvolles soziales Handeln verstärkt sich gezielt bei der aktiven Unterstützung...“
Die Zeit zog sich zäh dahin, und die Feierlichkeiten zu Ehren des Namengebers wollten einfach nicht enden. Gleich im Anschluß an die gelungene Rede des Schulleiters kam Frau Bammert an die Reihe und sprach und sprach und sprach... bis die ergrauten Herren und überparfümierten eleganten Damen mit grell gefärbten Lippen ungeduldig auf ihren Sitzen hin- und herzurutschen begannen.
Dr. Oldenburg, ein zuvorkommender, sehr feinfühliger Mensch um die fünfzig, vernahm frühzeitig die ersten Anzeichen dieser unangenehmen Stimmung und entschloß sich zum sofortigen Handeln. Er wartete nur auf die passende Gelegenheit und während Frau Bammert gerade Luft zum nächsten philosophischen Ansatz über die allgegenwärtige Gefahr von Rechts holte, erhob er sich freudestrahlend von seinem Platz, klatschte begeistert der engagierten Rednerin zu und drehte sich zum Saal mit überdeutlicher Aufforderung an die Anwesenden, seinem Beispiel zu folgen.
Frau Bammert, die noch lange nicht am Ende ihrer Ausführungen angelangt war und eben zum neuen rhetorischen Schlag ausholte, schaute zunächst leicht verwirrt auf ihn und sogar mit aufkeimendem Unmut. Doch er schritt bereits energisch mit weit vorgestreckten Händen zu ihr und strahlte sie mit einem warmen Lächeln an. Frau Bammert blieb nichts mehr übrig, als nachzugeben, seine Wärme zu entgegnen und, begleitet vom erleichterten Beifall, mit ihrem Vorgesetzten die Bühne zu verlassen.
Es war endlich vorbei. Sebastian schritt an der Seite seines Freundes

und war ob seiner Nähe sehr froh. Sie gelangten, getrieben von den brodelnden Menschenmassen, aus dem Festsaal ins Freie und gingen nun durch den großen Schulhof in Richtung des Marktplatzes.
„Sie werden mich totschlagen“, klagte Sebastian aufgeregt. „Besonders dieser Ahmed!“
Alles zitterte in ihm vor Verzweiflung.
„Ich wollte ihn vor ein paar Tagen umbringen“, gestand Sebastian und schaute seinen Freund mit einer solchen Hoffnungslosigkeit an, daß Walter die schaurige Ahnung beschlich, daß sein Bekannter es ernst gemeint haben könnte.
„Wie?“ fragte er verstört und starrte ihn forschend an.
„Ich habe fast immer ein Jagdmesser in meiner Schultasche“, vertraute Sebastian ihm an. „Bloß habe ich es noch nicht tun können... einen Menschen töten... verstehst du?“
Er stotterte immer mehr und senkte seinen Blick zu Boden.
„Weißt du was? Schlag dir diesen Unsinn aus dem Kopf! Ich werde versuchen, sie getrennt abzufangen“, sagte Walter entschlossen. „Einzeln werde ich jeden von ihnen verhauen können!“
Er war in der Tat ein starker Junge. Groß und breitschultrig, vertraute er seiner geübten Kraft und war sehr mutig. Seine braunen Augen schienen in Verbindung mit den hellen, fast strohblonden Haaren noch dunkler und entschlossener.
„Nein, nein! Walter!“ beeilte sich Sebastian mit heftigem Widerspruch. „Sie werden dich dann irgendwo abfangen oder gar abstechen! Du kennst sie nicht!“
Er blieb stehen, verzog sein Gesicht so schmerzlich, als würde er sich bildlich vorstellen, wie sein Freund irgendwo in einer verlassenen Gasse verblutete, und wiederholte noch eindringlicher:
„Das darfst du nicht, Walter! Das darf ich von dir nicht erwarten...“
„Unsinn!“ schnitt Walter seine Worte ab. „Morgen treffen wir uns um Viertel vor acht hier, an dieser Haltestelle. Verstanden? Ab jetzt werden wir immer zusammen zur Schule gehen. Auch nach der Schule.“

Er überlegte eine Weile und fügte noch entschiedener hinzu:
„Eigentlich in den Pausen auch. Du bleibst so lange in deiner Klasse sitzen, bis ich komme!“
„Walter“, seufzte Sebastian leise und schaute seinen Freund tief bewegt an.
„Keine Widerrede! Versprich mir nur, wenn wir mit der Polizei Probleme bekommen, daß du alles ehrlich erzählst! Verstehst du, alles! Mit der Gelderpressung, mit der Toilette, mit der Spucke. Versprich mir das!“
„Ja, ja... – natürlich“, stotterte Sebastian immer noch ungläubig. Doch die Freude keimte bereits in seiner Seele auf, und ihr heller Schimmer funkelte schon in seinen Augen.
„Dann ist es beschlossen“, sagte Walter und reichte ihm seine starke Hand.
„Walter! Du bist mein einziger echter Freund...“
Nur das konnte Sebastian noch sagen, umarmte seinen Freund und wollte ihn nicht mehr loslassen.
„Na, hör schon auf!“ erwiderte Walter verlegen und wußte nicht, wie er der peinlichen Szene mitten auf der Straße entfliehen konnte. „Ist doch nur eine Kleinigkeit!“

Anna und Julia

„Na, endlich! Wo steckst du denn? Ich warte schon mindestens zehn Minuten auf dich!“ ärgerte sich Julia über ihre Schulfreundin und klopfte gereizt mit dem Zeigefinger auf die winzige Armbanduhr. Die schönen hellbraunen Augen blitzten vor Zorn und verrieten jedem aufmerksamen Betrachter eine leidenschaftliche, höchst sensible Natur.
„Brennt's irgendwo?“ fragte ihre dunkelblonde Freundin Anna gelassen.
„Oje!“ seufzte Julia entmutigt und blickte hilfesuchend hoch zum Himmel.
„Ich bin doch schon da! Ich mußte noch etwas Dringendes erledigen“, erklärte Anna und war offensichtlich nicht willig, diese unnütze Auseinandersetzung weiterzuführen.
„Ich habe auch viel zu tun und trotzdem komme ich pünktlich, wenn ich's versprochen habe“, erwiderte ihre Freundin trotzig.
„Julia!“ flehte die Dunkelblonde sie an und schaute ihr versöhnlich in die Augen. „Jetzt hör doch bitte auf! Wegen zehn Minuten macht man doch nicht so einen Aufstand.“
Julia verstummte zwar, doch in ihrem Gesicht flackerten immer noch deutliche Spuren des Unmuts. Trotz ihres leidenschaftlichen Temperaments, das eher eine gewisse Neigung zum Chaotischen vermuten ließ, konnte sie einfach nicht ertragen, wenn jemand zu spät kam. Wenn die Pünktlichkeit tatsächlich die Höflichkeit der Könige sei, dann verwandelten sich die Menschen hierzulande so langsam in die niedersten Sklaven! So dachte zumindest Julia, die noch nie mit saftigen Vergleichen sparsam umgegangen war. Doch allzu lange konnte sich ihr von Gegensätzen geprägtes Wesen, das alles auf einmal ausschüttete, nicht ärgern.
Sie gingen jetzt die lange Brunnenstraße entlang, die die eigentliche Fußgängerzone der kleinen Kurstadt bildete, und schauten sich die neu dekorierten Schaufenster an. Beide schön und schlank, in eng anliegenden Jeans, die ihren reizvollen Inhalt sehr vorteilhaft

unterstrichen; beide suchten eher dunkle Töne in der Kleidung, was sie beinahe wie Schwestern aussehen ließ. Nur, daß bei Anna ihre dunkelblonden langen Haare jetzt auf der blauen Bluse noch heller als sonst erschienen.
Sie wollten zum großen Einkaufszentrum gehen und sich ein paar neue Sachen für den Sommer aussuchen. Sie beeilten sich nicht und schauten mal gerne länger als gewohnt hinter die Schaufenster.
„Mein Gott!" stöhnte Julia und begleitete mit einem hoffnungslosen Blick die nächste Gruppe von betagten Kurgästen, deren Durchschnittsalter weit über siebzig lag. „Man kommt sich hier so langsam vor wie auf der letzten Station vor der Ewigkeit! Wer hier angekommen ist, der soll die Hoffnung lieber gleich begraben."
Sie drehte sich zu Anna um und forderte sie auf, sich selbst davon zu überzeugen: „Schau dir das mal an! In den Zeitungen stürmt es wie im offenen Meer, alles brodelt, lebt! Und bei uns?... Kaum hebt man die Augen von der Zeitung, so versinkt dein Blick im tristen Einerlei."
Anna war an die heftigen Ausfälle von Julia gewöhnt und schwieg beharrlich. Ehrlich gesagt wurde von ihr auch nicht erwartet, daß sie sich auf eine kontroverse Diskussion einlassen würde. Sie schaute nur geduldig auf ihre Freundin und wartete, bis die tosenden Wogen erlahmen und sich erschöpft in völliger Windstille auflösen würden.
„Ich weiß, daß du in diese sterbende Stadt vernarrt bist!" verkündete Julia verärgert und erhob prophetisch ihren langen Zeigefinger. „Aber irgendwann wirst auch du es merken müssen!"
„Die Stadt ist gut", stellte Anna unbeeindruckt fest und schaute demonstrativ zur Seite.
„Zum Sterben gut!" erwiderte Julia und verstummte.
Einige Zeit gingen sie wieder schweigend nebeneinander her. Anna beobachtete ihre Freundin sehr aufmerksam: Irgend etwas hatte sie jetzt auf der Seele und versuchte es krampfhaft zu verbergen. Na gut, dachte Anna amüsiert: warten wir mal ab, wie lange sie es aushält. Julia ging aber weiter und schwieg. Auch Anna sagte nichts.

„Weißt du eigentlich schon, was bei uns heute in der Schule los war?“ fragte Julia endlich wie nebenbei, ohne ihren Blick von den schicken Schuhen hinter dem dicken Glas abzuwenden.
„Was kann da schon so Besonderes passieren? Hat dort jemand etwa einen Anschlag verübt?“
Anna war aufrichtig desinteressiert an den Ereignissen in der Schule. Sie hatte zwar gute Noten, doch das Lernen hatte ihr irgendwie noch nie so richtig Spaß gemacht. Sie lebte eben wie die anderen Freunde, die aus guten Verhältnissen kamen. Sie lernte und gab sich Mühe, so meinte sie, damit sich die Eltern vor ihren dreimalklugen Bekannten nicht zu schämen brauchten. Anna wußte nicht einmal, was sie nach dem Abitur studieren sollte. Dafür fielen aber Julia jeden Monat neue Ideen ein, und sie entrüstete sich immer wieder aufs neue, wenn man ihr vor Augen hielt, was sie früher schon alles sein wollte.
Doch abgesehen von dieser lästigen Eigenschaft, alles bis ins kleinste Detail verplanen zu wollen, war Julia eine gute Freundin, die jederzeit bereit war, alles stehen und liegen zu lassen, wenn es wirklich nötig war. Auf so eine war Verlaß!
„Hör’ doch lieber zu! Es ist wirklich etwas Besonderes geschehen!“ sprach Julia ungeduldig.
„Na, was denn?“
„Stell dir mal vor, der Besenstiel kam heute in die erste Stunde und hat uns mitgeteilt, daß wir einen neuen Schüler bekommen. Aus Rußland.“ Sie mimte geschickt die pedantische Klassenlehrerin nach: „Einen Aussiedler!“
„Einen Aussiedler?“ verzog Anna ihr hübsches Gesicht.
„Ja! Aber was für einen! Als er in die zweite Stunde kam, fiel uns die Kinnlade bis zum Fußboden runter.“
Julia packte ihr zartes Kinn, zog es temperamentvoll nach unten und kugelte mit den ausdrucksvollen hellbraunen Augen, um die allgemeine Überraschung bildlich darzustellen. Danach verstummte sie unerwartet und verfiel erneut in eine seltsame Stimmung. Ihre Augen irrten verzweifelt von einem Gegenstand zum anderen, doch

ihr verstörter Blick glitt immer weiter, ohne einen sicheren Halt zu finden.
Nun wollte auch Anna wissen, was mit dem Aussiedler los war, daß sogar den Hartgesottenen vor Überraschung die Augen platzten. Sie wußte, daß es bei ihnen auf dem Gymnasium ein paar von denen gab, doch die meisten Aussiedler saßen ihre Zeit in der Haupt- oder Realschule ab. Auf dem Schulhof hatte man ihr einige davon gezeigt, sie hatte diese merkwürdigen Typen auch ab und zu beobachtet, aber nichts Besonderes fiel ihr in ihrem Aussehen oder Benehmen auf: Hauptschüler eben!
Außerdem waren einige Sachen von ihnen bekannt, die jedoch seit langem Allgemeingut waren und offensichtlich auch stimmten: Sie waren, wenn man sie anfaßte, gereizt, ja gewalttätig. Sogar die Türken zogen es vor, sie lieber weiterziehen zu lassen. Außerdem sprachen sie nicht so gut Deutsch und blieben meistens untereinander – wie in der Schule, so auch in der Freizeit.
Daß ausgerechnet der da ein besonderer sein sollte, war eher verwunderlich als normal.
„Komm, mach's nicht so spannend!“ ärgerte sich Anna.
„Na gut! Hör zu! In einem dunklen Anzug! Mit Krawatte! Schneeweißes Hemd! Schwarze Schuhe – tipptopp!“ erzählte Julia aufgeregt und fuchtelte mit den Händen, um ihren Worten Nachdruck zu verleihen. „So etwas kannst du nur in einem Film aus den Fünfzigern sehen! Es wurde zunächst still wie in einem Grab. Wenn er nicht so jung wäre, würde man sagen, ein Oberschulinspektor wollte sich die Klasse ansehen. Sogar die Bammert hat ihre Zunge verschluckt!“
Julia mußte sich vor Lachen krümmen, als sie an die stocksteife Miene der Klassenlehrerin dachte. Mehrere Passanten drehten sich nach ihr um. Die einen schmunzelten, die anderen schauten eher vorwurfsvoll auf das hübsche Mädchen.
„War auch unter dem Anzug etwas Brauchbares?“ witzelte Anna.
„Nicht ohne“, erwiderte Julia unsicher, doch sie fand sich schnell wieder. „Äußerlich ein sympathischer Junge.“

Anna registrierte sofort dieses Stolpern und hob fragend die Augenbrauen: „Soso! Nur sympathisch, sagst du?“
„Na ja, ein hübscher“, gab Julia verlegen zu und spürte selbst, wie ihr Gesicht verräterisch an Farbe gewann.
„Ein hübscher, sagst du?“ stichelte Anna vergnügt. „Na, dann erzähl mir mal ein bißchen ausführlicher von dem hübschen Aussiedler!“
Es machte ihr einen Heidenspaß, ihre Freundin, die gewöhnlich wie ein rauschender Wasserfall plauderte, so verlegen zu sehen. Man mußte beinahe mit Gewalt alles aus ihr herausziehen; warten, wo sie ansonsten kein Geheimnis mehr als fünf Minuten für sich behalten konnte.
Da war was dran!
„Na los! Erzähl’ mir doch von dem Geliebten!“
Julias Augen blitzten auf. Sie blieb abrupt stehen und drehte sich ruckartig zu ihrer Freundin um.
„Hör auf! Da gibt es nichts, worüber du dich lustig machen kannst“, brauste sie auf.
„Na gut, gut, gut! Kannst du mir mal endlich was von ihm erzählen? Sonst wird es bald so spannend, daß ich mich in ihn verknalle, bevor ich ihn überhaupt mal gesehen habe“, lachte Anna über ihre Freundin und fügte beschwichtigend hinzu: „Na komm schon, versteh’ doch ein bißchen Spaß!“
Julia versuchte ihre Verärgerung so gut sie konnte zu unterdrükken, preßte ihre Lippen zusammen und schaute demonstrativ zur Seite.
Sie gingen in ein großes, mehrstöckiges Kaufhaus und wurden gleich fündig. Julia hielt einen sehr schicken Minirock in der Hand und staunte über die seltene Qualität. Das helle Gelb leuchtete so natürlich und frisch, daß Julias Augen wieder aufflammten. Es sprudelte aus ihr wie aus einer brodelnden Quelle.
„Schau dir mal diese Falten an! Faß mal den Stoff an!“ forderte sie und ließ erst dann nach, als Anna tatsächlich mit der Hand über den Rock streifte.

„Wie für dich geschaffen! Bestimmt deine Größe.“
„Er ist zu kurz, Julia“, entgegnete Anna unbeeindruckt. „Viel zu kurz.“
„Unsinn!“ widersprach ihre Freundin ruppig. „Probier’ mal an!“
Anna fühlte sich bedrängt, doch sie fügte sich, um lange Diskussionen zu vermeiden. Sie schaute verärgert auf ihre Freundin, riß ihr schweigend den gelben Rock aus der Hand und verschwand in der Umkleidekabine.
Julia durchwühlte hastig die Wandregale, faßte mal die eine, mal die andere Sache an und stand bereits nach einigen Minuten ungeduldig an der Kabinentür. In der Hand hielt sie eine passende Bluse mit einem tiefen Ausschnitt.
„Nein, Julia“, schallte es aus der Kabine. „Zu kurz! So kann ich nicht unter die Leute.“
„Laß mich rein!“ forderte ihre Freundin und zwängte sich durch die Tür.
„Anna“, seufzte Julia begeistert. „Du verstehst gar nichts von der Mode!“
Sie betrachtete ihre Freundin, drehte sie mehrmals um die eigene Achse und staunte immer mehr.
„Alle Männer werden dir reihenweise zu Füßen liegen, wenn sie deine Beine in ihrer ganzen Schönheit sehen!“
Doch Anna blickte trotzdem mit großer Skepsis in den Spiegel.
„Was für eine Heuchlerin bist du eigentlich?!“ fuhr Julia sie verächtlich an. „Wenn es darum geht, vor allen Männern nackt in der Sauna zu liegen, so bist du seelenruhig. Oder schämst du dich auch dort?“
Anna wollte etwas Vernünftiges von sich geben, doch Julia kam ihr zuvor:
„Lüg’ nicht, ich hab’ gesehen, wie du dich genüßlich vor ihnen gedreht hast!“
„Julia!“ seufzte Anna vorwurfsvoll.
„Widersprich nicht! Darin gibt es nichts Schlimmes“, sagte ihre Freundin beruhigend. „Diesen Rock mußt du bei der Party anha-

ben. Dann wird dein Willi in Ohnmacht fallen."
„Hier! Zieh' dir das noch an!" fuhr sie fort und reichte Anna die gelbe Bluse. „Passende Schuhe hast du schon. Wie eine Königin in Gelb wirst du erscheinen."
Anna zog die Bluse an und stand nun schweigend vor dem Spiegel. Sie fand es jetzt auch sehr passend und schön. Der tiefe Ausschnitt erlaubte zwar einen eingeengten seitlichen Blick auf ihre frischen, mittelgroßen Brüste, doch schien er trotzdem nicht unanständig, sondern nur reizvoll. Die leicht gewellten, prächtigen Haare legten sich über ihre schlanken weiblichen Schultern und wiederholten sehr vorteilhaft dieses weiche lichte Gelb.
„Meinst du, ich soll das wirklich bei der Party anhaben?" fragte Anna unschlüssig.
„Natürlich, Dummchen!" jauchzte Julia. „Ich würde diesen Rock sofort kaufen, wenn's nur meine Farbe wäre."
Anna gab nach, zog sich wieder um und kaufte den Rock samt der Bluse.
Sie bummelten nun gemächlich weiter, gingen bereits am alten Rathaus vorbei, und Julia verfiel wieder in eine unruhige Stimmung. Sie ging auffallend schweigsam neben ihrer Freundin her, und Anna merkte deutlich, daß ihre Gedanken in weiter Ferne herumschweiften. Doch wie Anna es schon geahnt hatte, konnte sie nicht lange ein Geheimnis hüten. Julia blieb plötzlich stehen und packte sie erregt am Ärmel.
„Na gut, ich erzähl's dir. Nur nicht lachen! Sonst höre ich sofort auf."
„Abgemacht!" willigte Anna ein.
Julia runzelte die Stirn, als würde sie sich an etwas weit Zurückliegendes erinnern wollen, schaute verstört ihre Freundin an und sprach zu ihr so ungewöhnlich vertraulich, daß Anna das Lachen verging. War der Junge wirklich so hübsch, daß ihre Freundin sofort den Kopf verloren hat? dachte Anna ungläubig.
„Er ist ein Jahr älter als wir. Spricht sehr gut Deutsch. Dunkelblonde, leicht gewellte Haare mit natürlichen Strähnen... Ziemlich

groß und schlank…", fing Julia unsicher an und verstummte wieder. „Na und?" fragte Anna verwundert. „Solche gibt es wie Sand am Meer. Was war da so Besonderes an diesem Kerl?"
Julia sah etwas verwirrt aus, als würde sie nach passenden Worten suchen. Sie konnte es einfach nicht über die Lippen bringen.
Na so was! dachte Anna verblüfft. Das war aber wirklich eine Überraschung!
„Kannst du mir noch etwas von ihm erzählen, oder war das schon alles?"
„Nein", gestand Julia verlegen. „Versprich mir nur, daß du es wirklich niemandem sagst. Aber ehrlich!"
Julias Stimme klang so flehend, daß Anna sofort einwilligte.
„Sein Gesicht ist regelmäßig und schön. Aber die Augen! ... Seine Augen!" Julia blieb wieder stehen, blickte Anna direkt ins Gesicht und atmete heftig aus. „Das ist ein Zauber! Verstehst du, ein Zauber ohnegleichen!"
Sie stand wie entrückt, ja, wie berauscht von der eigenen Erzählung, ohne zu merken, wie heftig sie ihre Freundin an den Armen packte.
„So etwas habe ich noch nie gesehen!" fuhr sie fieberhaft fort. „Ob es so etwas überhaupt noch gibt? Er schaute mich dreimal an! Du wirst es nicht glauben! Wenn man das selbst nicht erlebt hat, so wird man das auch nicht glauben können. Ich habe seinen Blick gespürt… Verstehst du? Beinahe physisch gespürt! Als hätte mich etwas sanft berührt."
Anna starrte ihre Freundin mit großen Augen und halb geöffnetem Mund an.
„Julchen! Du bist doch schwer verknallt!" flüsterte sie wie vom Blitz getroffen.
Julia blickte verzweifelt auf, fing an zu schluchzen, umarmte die Freundin und stupste ihr Gesicht in Annas Schulter, um die Tränen zu verbergen.
„Julchen, Julchen! Beruhige dich! Alles wird schon in Ordnung sein."

Annas Herz raste wie eine Dampfmaschine. Na so was, dachte sie erschrocken.
„Komm, Julchen, komm!“
Sie zog ihre Freundin von der Fußgängerzone weg in eine menschenleere Seitengasse und drückte sie an die rauhe Wand eines Fachwerkhauses.
„Sag’ jetzt ehrlich! Bist du verliebt? Wirklich verknallt?“
Julia schluchzte und drehte ihr verweintes Gesicht zur Seite. Doch Anna versuchte immer wieder in ihre Augen zu blicken: „Sag’ mir das, Julchen! Sag’!“
Das Mädchen gab schließlich auf und nickte verzagt mit dem Kopf.
„Julchen! Wann ist es passiert? Hast du mit ihm gesprochen? Oder vielleicht sogar sonst was?“ bohrte Anna hartnäckig weiter.
Julia schwieg, schüttelte verneinend den Kopf und versuchte, mit dem Ärmel die Tränen wegzuwischen.
„Ich weiß selber nicht, wie das kam“, brachte sie endlich hervor.
„Hei, Mädels, gibt’s Probleme?“ rief jemand aus dem Fenster des gegenüberliegenden Hauses.
Anna merkte erst jetzt, daß sie immer noch ihre Freundin mit beiden Händen an die Wand drückte. Sie winkte dem Neugierigen gestellt freundlich zu, nahm Julia schnell bei der Hand und die beiden Mädchen verschwanden hinter einer scharfen Biegung der schmalen Gasse...

* * *

„Das kannst du nicht erklären… Es ist einfach da, hier drin“, flüsterte Julia und legte ihre fein geschnittene Hand gefühlvoll auf die Brust.
Sie saßen schon eine ganze Stunde im Café an der Ecke und nippten an ihrem kalten Kaffee.
„Vielleicht ist es nur so ein spontanes Gefühl? So etwas kannst du nur mit der Zeit feststellen. Kann sein, daß du schon nach ein paar Wochen selbst darüber lachen wirst“, versuchte Anna zu trösten.

„Dazu mußt du dich vielleicht sogar freuen, daß du solche Gefühle hast. Nicht jeder Mensch ist in der Lage, wirklich zu lieben.“
Dabei wurde ihr bei diesen banal klingenden Worten selbst unwohl. Sie überlegte kurz und fügte resignierend hinzu:
„Na ja, schade nur, daß er ein Aussiedler ist. Du weißt schon, was ich meine?“ Sie schaute Julia mitfühlend an. „Wenn meine Eltern so etwas erfahren würden, dann wären sie bestimmt sauer.“
„Das ist kein gewöhnlicher Aussiedler!“ widersprach Julia zutiefst beleidigt. „Du wirst es schon selbst sehen.“
„Erzähl mir doch, was dort noch so alles passierte! Nur ohne Tränen. Okay?“
Julia nickte.
„Der Besenstiel wollte uns auf sein Erscheinen vorbereiten, wußte selbst aber auch nichts von ihm. Du weißt schon: Toleranz, Menschenliebe… mit einem Wort: bla, bla, bla… Und da kam er, in einem dunklen Anzug! Sie hat ihn noch gefragt, ob er sie auf Deutsch gut versteht. Kannst du dir vorstellen, wie alle verblüfft waren, als er ihr in gewähltem Deutsch antwortete?!“
Sie zögerte eine Weile und fügte dann doch ein wenig unsicher hinzu: „Man kann schon einen leichten Akzent heraushören… Aber es klingt eher wie eine Art Dialekt.“
„Na, komm, komm! Weiter!“ spornte Anna sie ungeduldig an.
„Dann fragte sie ihn, welche Schule er in seiner Heimat besuchte. Und dann ging es richtig los.“
Ihre Augen belebten sich, und man konnte bereits ein wenig von dem guten, gesprächigen Julchen wiedererkennen.
„Meine Heimat, sagte er, ist Deutschland, und war es übrigens schon immer gewesen. Kannst du dir das Gesicht von der Bammert vorstellen? Sie mag doch so was nicht!“
„Toll!“ bestätigte Anna entzückt.
„Karim platzte sofort mit seinem Spott dazwischen und bekam von ihm gleich das Doppelte zurück.“
„Was? Hat er ihm was zurückgebrüllt?“ fragte Anna ungläubig.
„Wenn er zurückgebrüllt hätte, wäre es noch halb so schlimm ge-

wesen. Karim fragte ihn, wie lange er schon in Deutschland sei. Seit zwei Wochen, antwortete er. Dann machte sich Karim über ihn lustig und sagte: Seht ihr, man kann bereits in zwei Wochen ein Deutscher werden! Da platzten alle vor Lachen. Du weißt schon, wie gemein unsere sein können."
„Und? Was hat er ihm geantwortet?"
Anna wurde immer ungeduldiger.
„So wie ich sehe, brauchst du dir keine Sorgen darüber zu machen, sagte er, du wirst es auch in tausend Jahren nicht!"
„Oh... – Volltreffer!" Anna erstarrte vor Überraschung. „Hat er das wörtlich gesagt?"
„Bei allen Göttern!"
„Haben sie sich dann nicht totgeschlagen?"
„Nein, die Bammert sprang dazwischen."
„Das hätte ich mir gern angesehen!"
„Das war nur der Anfang. Hör mal weiter!"
Julia kam zusehends wieder zu sich und fuhr begeistert fort:
„Dann hat die Bammert versucht, das Gespräch in ruhigere Gewässer zu lenken. Sie wollte nun eine Diskussion zum Thema ‚Was heißt es eigentlich, deutsch zu sein?' veranstalten. Und da hat sie natürlich ihn als ersten drangenommen. Was aus ihm da herauskam, kann kein Mensch so richtig im Kopf behalten. Er fing mit dem allgemeinen Volksempfinden an. Dann sprach er vom deutschen Geist!"
„Vom deutschen Geist?" stieß Anna mit weit geöffneten Augen hervor. „Vom deutschen Geist?!"
„Ja, vom deutschen Geist! Von der Heimatliebe! Und wie! Er hat mindestens ein Dutzend deutscher Philosophen und Klassiker zu diesem Thema auswendig zitiert: Schiller, Herder, Gebrüder Grimm und wie sie auch sonst alle heißen. Da waren aber deftige Sachen dabei, muß ich dir sagen. So etwas hättest du vielleicht nicht einmal von Haider hören können. Aber wie meisterhaft er das alles zusammengeflochten hat! Da saßen alle wie benommen mit geöffneten Klappen herum. Kannst du dir so was vorstellen?"

„Unglaublich!“ bestätigte Anna beeindruckt. „Und was hat die Bammert darauf gesagt? Sie ist doch in diesem, wie heißt es denn… im Komitee gegen rechte Gewalt?“
„Nur die Pausenglocke hat sie gerettet. Sie saß da wie ein Marmorstein und hörte wie alle mindestens fünfzehn Minuten zu. Ich hab' das sofort gespürt: Sie hatte Angst! Verstehst du? Blankes Entsetzen! Und dann hat er sie auch noch ein paarmal mit seinen Augen angeblitzt…“
Sie stolperte bei diesen letzten Worten, stützte den Kopf mit den Händen ab und wurde wieder traurig.
„Was ist mit dir wieder los?“ ärgerte sich Anna. „Sind seine Augen etwa so viel anders als bei den übrigen Menschen?“
„Ja“, seufzte Julia leise und nickte bedächtig mit dem Kopf.
„Das scheint vielleicht nur dir so?“ warf Anna vorsichtig ein.
„Nein, nein“, flüsterte Julia verträumt. „Du mußt sie selbst sehen. Verstehst du: selbst!“
Anna traute sich nicht mehr zu widersprechen, schaute mit vorgetäuschter Neugier um sich und warf dann und wann einen flüchtigen Blick auf ihre Freundin.
„Anna“, sprach Julia unsicher. „Ich will dich um etwas bitten.“
„Leg los!“
„Kannst du ihn zu deiner Party einladen?“ fragte sie und kaute ungeduldig an ihrer Unterlippe.
„Natürlich!“ erwiderte Anna. „Nimm ihn mit!“
Julia senkte verlegen die Augen.
„Ich meinte… du lädst ihn ein… verstehst du? Ich kenn' ihn doch gar nicht“, stotterte sie und wurde zunehmend rot.
„Ich?“ fragte Anna ungläubig und machte dabei große Augen. „Ich soll ihn ansprechen?“
Julia schwieg und zerfetzte nervös ein leeres Zuckerpäckchen.
„Ich kann's nicht“, seufzte sie und schaute flehend zu Anna.
„Na gut“, erwiderte ihre Freundin nachgiebig. „Ich kann's probieren.“
Julia packte leidenschaftlich ihre Hand, drückte sie stark an die

Brust und kniff die Augen fest zu. So verharrte sie und richtete ihr freudestrahlendes Gesicht dankbar zum Himmel.

„Laß los! Barbarensproß", lachte Anna und versuchte ihre Hand zu befreien.

Eine ungewöhnliche Begegnung

Während die beiden Mädchen im Café plauderten, konnte man in der breiten Hauptallee unter dem üppigen Grün der alten Linden einen Jungen sehen. Er stand vor einer Buchhandlung und schaute sich die ausgelegten Bücher an.

Die Buchhandlung „Maiski“ befand sich in einem zu Geschäftszwecken umgestalteten Fachwerkhaus. Der frische Efeu rankte sich ungezügelt um den rustikalen Eingang, was dem ohnehin malerischen Haus noch mehr romantische Gemütlichkeit verlieh.

Gleich vor dem Haus, entlang der großen Schaufenster, neben den Ständern mit Stadtansichten und Grußkarten, waren mehrere Holztische aufgestellt, auf denen dicht aneinander die vieldiskutierten Bestseller und großformatige bunte Ratgeber aufgestapelt lagen. Doch nicht diese schmucken Bände fesselten die ganze Aufmerksamkeit des jungen Menschen.

Auf dem letzten Klapptisch neben der riesigen Linde lagen die meist verblichenen und angestaubten Bücher aus der Antiquariat-Abteilung. Diese alten Bände, große und kleine, noch gut erhaltene und fast völlig auseinandergefallene, zogen den Jungen wie magisch an.

Er stand allein vor der Buchhandlung. Nur eine flinke Putzfrau, die gerade die Schaufenster mit einem gelben Lederlappen abrieb, befand sich in der Nähe. Ab und zu warf sie verstohlene Seitenblicke in seine Richtung und wunderte sich heimlich über den jungen Mann.

Er war bestimmt nicht älter als siebzehn, trug eine schwarze Anzughose, ein einfarbiges hellblaues Hemd mit großem Kragen und wirkte im allgemeinen zu schlicht, für sein Alter sogar etwas altmodisch gekleidet.

Doch ihre Neugier wurde nicht so sehr durch sein Aussehen geweckt, sondern durch seine Art, die Bücher anzuschauen. Er nahm sie vorsichtig, ja andächtig in die Hände, als wären sie aus feinstem Porzellan erschaffen; als würden sie unwiderruflich in tau-

send kleinste Scherben zerspringen, wenn sie ihm zufällig aus der Hand rutschen und auf die kantigen Pflastersteine fallen würden. Lange blätterte er in diesen Büchern und tauchte seinen ernsten Blick so tief in die vergilbten Seiten, daß er beinahe eins mit dem Buch wurde. Oder schien es nur so, weil seine hellgrauen Augen so groß waren? Sie glaubte zudem deutlich gesehen zu haben, wie sie beim Lesen merkwürdig funkelten, als würden sie seine schnell wechselnden Empfindungen widerspiegeln.
Ein ungewöhnlicher Junge, so viel stand nun für die fleißige Putzfrau fest.
Er bemerkte ihre neugierigen Blicke, legte das Buch aus der Hand, verabschiedete sich höflich mit einer leichten Kopfbewegung und wollte bereits weitergehen, doch eine freundlich klingende Stimme hielt ihn unerwartet zurück:
„Haben Sie nichts Passendes gefunden?“
Der Junge drehte sich um und sah auf der steinernen Treppe vor dem Eingang einen stattlichen Herrn Mitte siebzig. Ein strenger Anzug mit dezenter, wohl ausgesuchter Krawatte verriet seine übergeordnete Stellung im Geschäft.
Der Jugendliche neigte leicht seinen Kopf und erwiderte:
„Sie haben viele schöne Bücher im Laden.“
Er schaute den grauhaarigen Mann so ungewöhnlich offen an, daß dieser ihn genau wie die Putzfrau augenblicklich als eher eigenartig einschätzte. Dazu sprach er zwar ein einwandfreies Deutsch, doch sein leichter Akzent, für das deutsche Ohr kaum zu überhören, verriet einen fremden Einfluß.
„Na, wenn sie so schön sind, warum kaufen Sie sich dann nicht ein paar davon?“ warf die Putzfrau unvermittelt ein und streifte ihre nassen Hände an der weißen Schürze ab.
Der grauhaarige Mann – unverkennbar ein Sohn der alten Schule – sah sie vorwurfsvoll von der Treppe herab an, doch der Junge, durch die Frage kaum verlegen, antwortete mit bemerkenswerter Ruhe in seiner jugendlichen Stimme:
„Ich habe leider überhaupt kein Geld.“

Und als er ihr das so einfach sagte und sie so ehrlich und lange anschaute, wandte die Putzfrau ihre Augen verlegen ab und bereute bereits ihre ungeschickte Frage. Sie wußte selbst nicht, wie ihr so plötzlich in den Sinn gekommen war, sich in Angelegenheiten einzumischen, die sie überhaupt nichts angingen.
Der Buchhändler aber schritt jetzt die Treppe hinunter und redete freundlich auf ihn ein: „Ich bitte Sie um Entschuldigung für diese unglücklich formulierte Frage. Verstehen Sie es bitte nicht als Kaufzwang! So war es nicht gemeint."
„Ich weiß das", entgegnete der Junge.
„Sie wissen das?" wunderte sich der vornehme Herr.
„Ich habe das in ihren Augen gesehen", bestätigte der Junge genau so ruhig wie bisher und lächelte die Putzfrau an.
In einer anderen Situation hätte der alte Buchhändler, der wohl schon einiges im Leben gesehen hatte, dieser Aussage keine besondere Bedeutung beigemessen. Doch jetzt, wo dieser unbekannte dunkelblonde Junge ihn so ungewöhnlich offen anschaute, glaubte er ein Gefühl zu haben, als ob der junge Mann das wirklich wissen würde!
„Und was haben Sie in ihren Augen gesehen, wenn ich fragen darf?" rutschte es ihm wie von selbst heraus.
„Die Frage war ehrlich gemeint. Die Frau wollte nur wissen, warum ich dann nichts gekauft habe."
So einfach stellte sich der alte Mann die Antwort doch nicht vor.
„Aber Sie werden doch bestimmt nicht bestreiten wollen, daß diese Art von Fragen unter Umständen auch verletzend sein kann", erwiderte er.
„Die ehrlichen Absichten wie auch die Wahrheit können nur den Menschen verletzen, der vor ihr flüchtet. Der nicht den Mut besitzt, sich selbst zu gestehen, was er ist und was er tut."
„Und Sie, wenn ich das richtig verstanden habe, fürchten sich vor der Wahrheit nicht?" fragte der vornehme Herr und zog die Augenbrauen verwundert hoch.
„Ich versuche es", gestand der Junge leicht verlegen.

„In Ihrem Alter fällt es einem vielleicht nicht so schwer, von der Wahrheit zu reden. Besonders wenn man nicht so oft mit ihren unangenehmen Seiten in Berührung kommt“, erwiderte der Alte nachdenklich. „Meine Erfahrung sagt mir aber, daß sie verschiedene Gestalten annehmen kann. Nicht jede Wahrheit darf ausgesprochen werden.“
Eine Art Bitterkeit flog bei diesen Worten über sein gepflegtes Gesicht und ließ es noch älter aussehen.
„Jede Wahrheit verträgt das Licht. Lügen ist stets unmoralisches Verhalten“, entgegnete der junge Mann. „Schweigen ist nur eine Form davon.“
„Auch das Schweigen?“ fragte der Buchhändler neugierig, nicht ohne nachsichtige Ironie.
„Besonders das Schweigen! Denn es verkörpert die innere Zensur, die der Mensch sich selbst auferlegt. Das Schweigen vermittelt einem Menschen nur den trügerischen Eindruck, daß er nicht gelogen hat. Wenn man aber schweigt, wo die Wahrheit verteidigt werden muß, handelt man unmoralisch.“
Er schwieg einige Sekunden und fügte dann etwas leiser hinzu: „Vielleicht sogar unmoralischer, als wenn man lügen würde.“
Die wohlwollende Ironie verflog vom Gesicht des Buchhändlers. Er wurde ernst, sah den Jugendlichen prüfend an und fragte: „Wo haben Sie das gelesen?“
„Das ist keine neue Erkenntnis“, erklärte dieser.
Er überlegte einen Augenblick, schaute kurz auf die ausgebreiteten alten Bücher, nahm schließlich eins davon und zeigte es seinem Gesprächspartner:
„Der große Meister hat es in seiner Ethik bereits im achtzehnten Jahrhundert beschrieben.“
Der Buchhändler nahm ihm das dunkelblaue Bändchen aus der Hand und erkannte sofort das ehrwürdige Werk von Immanuel Kant. Wie konnte er sie nur vergessen, die vielzitierte Kant'sche Ethik?! So lange war das her, so lange!
Er dachte eine Weile nach, als würden seine Gedanken jetzt in den

besten Jugendjahren schwelgen, doch dann wurde er stutzig:
„War das mit dem Schweigen etwa auch bei Kant?“
„Nicht ganz in dieser Form“, gab der Junge zu.
Der Buchhändler schaute ihn anerkennend an und bewunderte erneut seine tiefsinnigen Augen. Sie spiegelten nicht nur die angeborene Intelligenz wider, sondern viel mehr eine Art imponierende Offenheit. Sein helles Gesicht war im Gespräch immer so unmittelbar seinem Gesprächspartner zugewandt, als würde sein ganzes Wesen auf ihn zustreben, ihm etwas sagen wollen, von ihm eine wichtige Antwort erwarten.
Ungewöhnlicher Junge, dachte der Alte, ein höchst ungewöhnlicher Junge!
Er seufzte leicht und legte das Buch wieder auf den Tisch.
„Haben Sie das gerade in der Schule?“
„Leider weiß ich noch nicht, wann Kant in den deutschen Schulen gelehrt wird. Ich habe sein Werk vor drei Jahren kennengelernt“, antwortete der Unbekannte und überraschte den Alten nun wirklich.
„Wollen Sie damit etwa sagen, daß Sie nicht in Deutschland wohnen?“
„Ich bin erst seit vierzehn Tagen in der Heimat“, bestätigte der Junge. Er schaute auf den gotischen Glockenturm der Stadtkirche und berichtigte seine Aussage: „Genauer gesagt, seit vierzehn Tagen und vier Stunden.“
„Wo kommen Sie denn her?“
„Aus Rußland.“
„Sie sind seit zwei Wochen hier in Deutschland?!“ fragte der Buchhändler verblüfft. „Wo haben Sie denn die Sprache so gut gelernt?“
„Ich bin ein Deutscher“, antwortete der Junge selbstbewußt.
„Ein Rußlanddeutscher?“
„Ein Deutscher“, wiederholte er fest und blickte den Alten sehr ernst an.
Der Buchhändler vertiefte sich allmählich in ein seltsames Gespräch. Seine ursprüngliche Absicht, zur Bank zu gehen, hatte er längst aufgegeben. Er wollte jetzt unbedingt ein wenig mehr über

den Jungen wissen. Er stellte zu seinem großen Erstaunen fest, daß seine unerklärliche Sympathie für diesen jungen Menschen, von dem er nicht einmal den Namen kannte, sich bereits in eine Art Zuneigung verwandelt hatte. Mehr noch: Ihm schien, als hätte er ihn nicht erst ein paar Minuten, sondern schon wesentlich länger gekannt. Mit einem Wort: Es war nicht gerade alltäglich.
Er überlegte kurz, beschloß, ihm vorerst nicht zu nahe zu treten, und wechselte einfach das Thema:
„Und welches Buch finden Sie besonders interessant, wenn ich Sie fragen darf?"
„Sie dürfen mich alles fragen", entgegnete der Junge vertrauensvoll und warf einen flüchtigen Blick auf die gebrauchten Bücher. „Vielleicht dieses."
Er zeigte auf die zehnbändige Geschichte des Dritten Reiches und des Zweiten Weltkrieges.
„Interessieren Sie sich für die deutsche Geschichte?" fragte der vornehme Herr vorsichtig.
„Ja", nickte der Junge.
„Ausgerechnet für diese Zeit?"
„Auch für diese."
„Ja, ja", seufzte der Buchhändler nachdenklich. „Wissen Sie, ich war zu jener Zeit noch jünger als Sie."
„Waren Sie dabei?" fragte der Junge forschend. „Haben Sie gekämpft?"
„Nein", erwiderte er leise. „Ich hab doch gesagt: Ich war noch zu jung für die kämpfende Truppe."
Er verstummte, und eine andere Frage brannte ihm nun auf der Zunge. Er überlegte gerade, wie er sie korrekt formulieren könnte, doch der Junge unterbrach seine Gedanken:
„Sie wollten bestimmt wissen, was mich an dieser Zeit besonders interessiert?"
„In der Tat!" bestätigte der alte Mann verwundert. „Haben Sie es auch in meinen Augen gesehen?"
„Ja", erklang die schlichte Antwort.

Der Buchhändler sah seinen Gesprächspartner leicht verunsichert an: „Und was… was sehen Sie dort noch?“
„Sie wollten mir nicht die Wahrheit sagen.“
„Wie?“ fragte der Alte. „Was meinen Sie damit?“
„Mir scheint, daß Sie doch dabei waren“, antwortete der seltsame Junge und schaute ihm tief in die Augen. „Sie haben gekämpft.“
Der Buchhändler stand ein wenig verloren zwischen den Holztischen seiner Buchhandlung und sah ihn sichtlich überrascht an.
„Frank Uffelmann“, sagte der Junge und reichte ihm seine Hand.
„Johann Maiski“, entgegnete der vornehme Herr und nahm sie achtungsvoll an.

Friedrich

Frank saß Herrn Maiski gegenüber an einem schweren dunkelbraunen Eichentisch und bewunderte die liebevoll gepflegte Inneneinrichtung der rustikalen Wirtschaft. Der Name „Ratskeller" klang alt und vertraulich. Alles schien hier echt zu sein, ohne Schminke, und das fand Frank sehr imponierend. Kein Betonbau, der nachträglich aufgemöbelt wurde, sondern unverkennbar alt, aus einer Zeit stammend, wo seine Ahnen noch in Deutschland lebten. Das hinterließ in ihm einen besonderen, tiefgehenden Eindruck.
Das angesehene Restaurant, das schon seit uralten Zeiten im Keller des Rathauses untergebracht war, zählte wohl zu den besten im gemütlichen Städtchen. Die weiß gestrichenen spitz zulaufenden Segmente des gotischen Kreuzgewölbes schmückten die bunten Wandmalereien mit deftigen Sprüchen: Weib und Wein hab immer dabei!
In einer anderen Ecke wurde ein tief gebeugter, eingeschüchterter Bauer dargestellt, der von seiner lieben Ehefrau gescholten wurde. Sie hielt ein schweres Nudelholz in der Hand und holte gerade zum nächsten Schlag aus. Unten stand eine handgeschriebene Aufschrift:

Kommst spät nachts aus der Kneip
So schelt' dich dein Weib.
Drum willst du das nit,
So nimm sie mit.

Frank lächelte und ließ seinen neugierigen Blick weiter zum riesigen, fast schon schwarz gewordenen Bierfaß streifen, das den Mittelpunkt der gediegenen Wirtschaft bildete. Es war herrlich. Auf der tief geschnitzten ovalen Frontseite konnte er mühelos das Relief der gotischen Stadtkirche mit ihrem spitzen Turm erkennen.
Er schaute sich noch einmal im gut gefüllten Raum um und war sichtlich zufrieden.

Es gefiel ihm, einfach so zu sitzen, an seinem kalten Bierkrug zu nippen und mit dem alten Buchhändler zu sprechen.

Ein heimeliges Gefühl erfaßte ihn. Ein seltener Zustand, in dem man keine Wünsche mehr zu haben glaubte. Sie unterhielten sich über dies und jenes, bis das Gespräch sie wieder zum Zweiten Weltkrieg führte.

Herr Maiski schaute Frank sehr lange und prüfend an, räusperte sich und fing etwas unbeholfen an zu erzählen:

„Ich hatte mal in meiner Jugend einen Freund... Friedrich. Wenn ich Ihr Gesicht sehe, muß ich zwangsläufig an ihn denken. Wissen Sie, wir sind in der Kriegszeit aufgewachsen. Als die Russen vor Ostpreußen standen, schaffte man uns noch rechtzeitig in den Westen. So kamen unsere Familien bis nach Berlin. Seine älteren Brüder und der Vater sind an der Ostfront gefallen. Auf der Flucht aus Ostpreußen traf er seine erste Liebe. Sie war ein Jahr älter als wir, sechzehn, eine glühende Seele... Die beiden haben freiwillig an den letzten Schlachten in Berlin teilgenommen.

Diese letzte Woche in Berlin, diese Hölle hat ihre Kompanie zersprengt. Sie entschlossen sich mit ein paar anderen bis zum bitteren Ende zu kämpfen. Es gelang ihnen, in einem Straßenzug die Russen mit Panzerfäusten mehr als eine Stunde aufzuhalten. Die meisten fielen im Hagel der russischen Kugeln und Granaten oder zogen zur Verteidigung anderer Straßen weiter. Nur sie blieben: er und sie, die Geliebte.

Als die Panzerfäuste verschossen waren, sah er mit Tränen in den Augen die anrollenden russischen Panzer. Alles schien verloren zu sein: ihr Land, ihr Volk, ihre junge Liebe! Alles! Und es gab nicht einmal die Gelegenheit, sein Leben aufzuopfern, um nur ein bißchen das Schicksal der anderen zu erleichtern. Nur noch eine kalte schwere Pistole.

Sie konnte sich nicht einmal vorstellen, diesen letzten Kampf zu überleben, von den Russen gefangengenommen zu werden, von ihm gewaltsam getrennt zu werden. Verstehen Sie? Sie hatte keine Chance. Sie war jung und auffallend schön... Zu viel hatte sie über

die bestialischen Vergewaltigungen gehört… Verstehen Sie? Zu viel! Und wir wußten auch, daß es keine Propaganda war!"
Herr Maiski senkte den Kopf und rang um Fassung.
„Sie umarmte und küßte ihn... – so zärtlich und innig, wie man jemanden zum ersten und letzten Mal umarmt und küßt. Friedrich war unsagbar glücklich, als ob der Himmel selbst in diesen schrecklichen Minuten zu ihm gekommen wäre. So schwelgten sie in ihrem kurzlebigen Glück, bis durch das unaufhörliche Kampfgetöse das Rattern der russischen Panzer deutlicher geworden war.
Sie reichte ihm schweigend die Pistole, richtete sich auf und bat ihn, das Schicksal zu vollenden. Er schoß wie im Traum in ihre Brust, und als sie zu Boden sackte, brach er über ihr tränenüberströmt zusammen. Er hielt ihre leblose Hand und bedeckte sie mit zärtlichsten Küssen. Dann legte er den Lauf der Pistole an seine Schläfe… Doch das Schicksal wollte es anders. Als er die Augen aufmachte, wurde er von den Russen gefangengenommen. Erst später begriff er, daß er in dem Augenblick, wo er abdrücken wollte, von einer Explosion überrascht wurde, und seine Geliebte… seine Armgard ohne ihn in den Tod gegangen war. Danach suchte er fieberhaft nach einer Gelegenheit, das Nötige zu vollenden. Bis die Zeit die Schärfe seiner Empfindungen spürbar verblassen ließ. Nun lebte er weiter und konnte sich nicht mehr entscheiden, seiner einzigen Liebe zu folgen."
„Woher wissen Sie das alles?" fragte Frank leise.
Der Buchhändler wollte etwas sagen, doch als er seine Augen auf Frank richtete, verstummte er. Ihm schien auf einmal, daß der helle Blick des Jungen ihn wieder umhüllte, ja, auf eine unerklärliche, noch nie erlebte Art und Weise fesselte, bis in die entlegensten Winkel seiner Seele hineindrang und alles, alles in ihr beleuchtete. Er schickte sich erneut an, die Frage zu beantworten, und stellte verblüfft fest, daß er nicht lügen konnte.
„Sie müssen es mir nicht sagen", erklang die jugendliche Stimme und riß den Buchhändler aus seinem merkwürdigen Zustand.
„Was… was haben Sie jetzt in meinen Augen gesehen?" fragte

Herr Maiski verstört. „Sie haben dort bestimmt etwas gesehen?“
„Ich kann mich täuschen“, entgegnete Frank zögernd. „Doch mir schien, als hätten Sie in diesen schicksalhaften Stunden mit Ihrem Freund und diesem Mädchen auch gegen die russischen Panzer gekämpft…“
Er schaute auf Herrn Maiski und verstummte. Der Buchhändler packte ihn am Ärmel und starrte erwartungsvoll in sein Gesicht.
„Sprich weiter!“ bat er ihn wie benommen.
„Wollen Sie wirklich, daß ich weiter…“, fing Frank unsicher an, doch Herr Maiski unterbrach ihn.
„Ja, ja! Sag’ es mir!“ forderte er ergriffen, ohne zu merken, wie er ihn zu duzen begann.
„Sie haben das Mädchen auch geliebt“, sagte Frank ganz leise.
Die Augen des vornehmen Herrn wurden feucht und glänzten. Seine Aufregung legte sich nach und nach und schlug in eine tiefe Trauer um. Frank schien sogar, daß einige Sekunden zuvor seine Mundwinkel so verräterisch zuckten, als würde der alte Buchhändler jeden Augenblick zusammenbrechen.
„Ja“, flüsterte er nach langem Schweigen. „Ich habe sie geliebt.“
Erst jetzt merkte er, daß seine Hände immer noch den Arm von Frank umklammerten. Er ließ ihn verlegen los, doch der Junge schien dies gar nicht zu bemerken.
So saßen sie und schwiegen, bis der Junge besorgt auf seine altmodische Armbanduhr blickte. Der Buchhändler erschrak. Er zuckte leicht zusammen, als wäre er aus einem Traum erwacht, umklammerte mit seinen knorrigen Händen erneut Franks Unterarm und sprach mit einer sehr gefühlvollen, beinahe flehenden Stimme:
„Bitte bleiben Sie noch ein wenig! Ich muß Ihnen alles erzählen… Verstehen Sie? Alles! Sie sind der erste Mensch, dem ich das alles so ausführlich erzähle. Ich war tatsächlich auch bei diesem letzten Kampf dabei. Und ich habe sie geliebt wie er. Vielleicht sogar mehr! Als die Panzerfäuste ausgingen, saß ich im zerschossenen Gebäude, an dem auch die beiden hinter einem riesigen Schutthaufen lagen. Ich konnte zwar wegen des Kampfgetöses nichts hören, doch ich

habe alles gesehen. Ich sah den letzten Kuß, wie sie aufgestanden war, wie er mit seiner zitternden Hand die Pistole auf sie gerichtet hat…"
Herr Maiski rieb sich erschöpft an der Stirn und kämpfte wieder um Fassung.
„Ich weiß nicht, warum ich Ihnen das alles erzähle. Aber wenn ich Ihnen schon das erzählt habe, so sollen Sie auch die ganze Geschichte kennen. Als er auf sie gezielt hat, habe ich meine Maschinenpistole aus dem Fenster auf ihn gerichtet. Ich wollte abdrücken, um sie zu retten! Verstehen Sie? Ich wollte sie retten! Und ich hätte abgedrückt, wenn ich nicht sein Gesicht gesehen hätte… zwei helle Spuren von seinen Tränen auf den verrußten Wangen, seine zitternde Hand… Ich konnte nicht! Er war mein Freund! Mein Freund…"
Er schwieg einige Minuten und starrte zur Seite.
„Was für eine edle Seele war Friedrich! Einige Tage davor gerieten wir unter einen starken Artilleriebeschuß und verschanzten uns in einem zerbombten Haus. Doch auch dort bekamen wir einige Volltreffer. Als der Staub sich legte und es ein wenig ruhiger wurde, drang ein leises Wimmern zu uns, eine flehende Kinderstimme.
Wir stürmten ins nächste Zimmer, das von Trümmern übersät war. Auf dem Boden lagen zwei zerfetzte Leichen. In der Ecke, in einem Trümmerhaufen bewegte sich etwas. Es war ein fünf- bis sechsjähriges Mädchen. Es lag am Boden und zitterte am ganzen Körper. Man hörte, wie die kleinen Zähne klapperten. Es starrte entsetzt zu uns… so verwirrt, so benommen…
Als wir sie aus den Trümmern befreiten, sahen wir auch die dunkle Blutlache. Dann merkten wir, daß die beiden Füße ab waren, einfach abgerissen…
Friedrich fiel auf die Knie, nahm das zitternde Mädchen in den Arm und weinte so bitter… so bitter! Er versuchte, die Blutung zu stoppen. Doch alles war umsonst. Das Schicksal des Mädchens war schon entschieden.
Draußen tobte der Kampf. Man wußte, daß die Russen nachrückten.

Einige SS-Männer verschanzten sich in den Trümmern und kämpften ihren letzten Kampf. Einer von ihnen, ein Franzose, den wir zuvor kennengelernt hatten, schrie uns durch das zertrümmerte Fenster zu, wir sollten weglaufen, unser junges Leben retten.
Wir mußten abziehen, doch Friedrich klammerte sich an das Mädchen und wollte es nicht loslassen. Er hielt es in seinen Armen und küßte es, bis das Zittern seines Körpers nachließ. Als das Kind starb, legte Friedrich es behutsam auf den Boden, zog seinen Mantel aus und deckte es liebevoll zu…
Nachts war es noch kalt. Er brauchte seinen Mantel noch, der diesem Mädchen nicht mehr helfen konnte, doch wir schwiegen und ließen ihn gewähren, wie er es wünschte…“
Herr Maiski faßte sich wieder an seine hohe Stirn und flüsterte kaum hörbar: „Was für eine edle Seele!“
Er sah jetzt noch unglücklicher aus und starrte ins Leere.
„Was ist aus ihm geworden?“ fragte Frank tief bewegt.
„Er hat geheiratet, hatte drei Kinder. Hier habe ich ihn getroffen. Er hat mich gefunden. Was für ein Zufall! Hier wohnen seit einigen Jahren sein Sohn und sein Lieblingsenkel Max. Als wir uns trafen, haben wir mit ihm einen ganzen Abend gesessen und gesprochen. Ach was, gesprochen! Geweint, geweint haben wir wie Kinder… wie damals… in Berlin...“
Er verstummte für eine Weile.
„Das war sein letzter Abend“, sagte er viel ruhiger. „Dann war’s zu Ende. Dann ist er ihr nachgegangen… Er hat’s geschafft.“
„Wie ist es passiert?“ fragte der Junge.
„Nicht weit von hier gibt es eine steil abfallende Felswand. Es sind fast zwanzig Meter. Dahin ist er gegangen. Das plante er schon lange, die ganze Zeit. Er kam über diese Tragödie einfach nicht hinweg! Nur sein Enkel, sein Max hat ihn so lange aufgehalten. Die beiden waren so fest miteinander verbunden! Er war ihm nicht nur Großvater, sondern auch Vater und Mutter zugleich. Friedrich hat für ihn gelebt. Nur für ihn. Er konnte nicht einfach so gehen, solange Max noch ein Kind war.“

Herr Maiski schaute sich um und sah, daß auch der Kellner besorgt zu ihm schaute. Er wollte die beiden nicht stören und hielt sich respektvoll zurück. Jetzt aber schien ihm der Augenblick günstiger. Er zückte seinen Stift und bewegte sich eilig auf ihren Tisch zu.
„Noch ein Wunsch, meine Herren?"
Der Buchhändler schaute fragend zu Frank, doch der Junge verneinte die Frage höflich.
„Jetzt aber ehrlich, wie es der alte Kant von uns gefordert hat!" lächelte der Buchhändler ihm freundlich zu, immer noch vom starken Gefühl erfaßt. „Die ganze Wahrheit!"
Sie gingen aus dem Restaurant, und Herr Maiski schlug seinem neuen Bekannten einen Spaziergang zur nicht weit gelegenen Bombergallee vor.
„Sie müssen das alles aufschreiben", sagte Frank aufgeregt. „Alles ganz genau beschreiben! Besonders Ihre Gefühle, Ihre Gedanken, Hoffnungen, diese ganze Trauer. Einfach alles! So wie es damals war, nicht aus heutiger Sicht."
Herr Maiski seufzte und wurde unschlüssig.
„Das wollte ich schon immer und habe sogar damit mehrmals angefangen", gestand er offenherzig. „Doch jedes Mal bekam ich deutlich zu spüren, daß es kaum möglich ist.
Wie kann man den Menschen von heute erklären, daß für uns nur eine unerschütterliche Wahrheit existierte. Eben die, die uns aus den Zeitungen, aus der Schule, aus der Umgebung bekannt war. Heute weiß man mehr, als wir damals wußten. Und trotzdem streiten die Historiker immer noch über dies und jenes. Und wir? Was wußten wir? Was konnten wir ahnen? Unsere einzige Wahrheit war, daß unser geliebtes Heimatland sich in einem gewaltigen, nie da gewesenen, erbitterten Kampf gegen den Bolschewismus befand. In einem Kampf für eine neue, bessere Zukunft! Nicht nur für uns, sondern für ganz Europa. In einem Kampf auf Leben und Tod! Neben uns in Berlin kämpften Seite an Seite Franzosen, Holländer, Schweden! Man sagte uns, daß sogar Tataren und Tibeter dabei waren.

Wie kann man beschreiben, wie Friedrich in den frühen Morgenstunden im Zimmer hin und her gegangen ist, wie gierig er jedesmal zu seinem Radio stürzte, sobald der Sprecher die neuesten Nachrichten von der herannahenden Front vorzulesen begann? Wie krampfhaft er seine ruhelosen Hände drückte, wie verzweifelt er seinen flehenden Blick gen Himmel richtete, als hätte er das unausweichliche Ende bereits damals geahnt! Wo sind die Worte, die es beschreiben können, wie seine Lippen lautlos gebetet haben, der liebe Gott möge doch der Heimat den Sieg schenken! Wie er auf diesen Sieg hoffte… auf unseren Sieg! Ich hab es heimlich gesehen. Ich weiß es!"

Herr Maiski regte sich wieder auf und mußte eine längere Pause einlegen.

„Und wie… wie kann man heute den jungen Menschen dieses unbeschreibliche Gefühl zum Ausdruck bringen, wenn die junge Seele zum größten Opfer bereit ist, bewußt jeder Gefahr entgegenzutreten? Jedem Feind, wie stark er auch sein möge. Ohne Rücksicht auf das eigene Leben! Nur, daß man mit diesem Opfer zumindest ein bißchen, ein klein bißchen den Frauen und Kindern helfen könnte. Was ist schon das eigene Leben! Heute würde man sagen: Fanatismus. Aber das war kein Fanatismus. Es war ein helles Gefühl! Man wollte leben, doch man war auch bereit, seine Pflicht zu tun… freiwillig… für die anderen… nicht nur für sich… Man war bereit, selbst auf dem Scheiterhaufen zu brennen! Nur damit dieses Abschlachten von unschuldigem Leben endlich aufhörte. Der Krieg… Er hat eine eigene Dynamik… Man fragt sich nicht mehr, wer angefangen hat und warum… Er rollt auf dich zu wie ein schwerer Panzer, der dir keine Zeit zum Nachdenken übrigläßt… Wie… wie erklärst du das alles? Mit welchen Worten?!"

„Und trotzdem müssen Sie das tun!" widersprach der Junge.

„Für wen? Wer braucht das schon?"

„Für Friedrich, für seine und Ihre Geliebte! Das wäre ein schönes Andenken", sagte Frank aufgeregt. „Die Menschen müssen es wissen, was Sie damals gedacht haben, was Sie bewegte. Und nur das ist die Wahrheit! Verstehen Sie? Das! Nicht nur, was später bekannt wurde, sondern Ihr Wille, Ihre Absichten. Ich habe die Geschichte meiner Ahnen auch aufgeschrieben. Als meine Oma noch lebte, hat sie mir alles erzählt. Jetzt versuche ich es in einem historischen Roman zusammenzufassen. Es ist meine Pflicht! Verstehen Sie? Ich empfinde es so! Wenn ich diese Geschichte nicht aufzeichne, dann bleiben vom Leben meiner leidgeprüften Vorfahren nur noch standesamtliche Daten und vielleicht ein paar vergilbte Fotos. Dann sind meine Nachkommen gezwungen, nach ihren Spuren in den Wirren dieser grausamen Zeit anhand von zweifelhaften, knapp gehaltenen Geschichtsbüchern zu suchen. Und diese sind meistens verlogen und tot. Hinter ihrem Datenwald erkennt man nur selten einzelne Schicksale, geschweige denn ihre Hoffnungen und Gefühle. Ich muß das aufschreiben! Ich werde es tun, auch wenn ich dabei Gefahr laufe, daß mein Vorhaben mißlingt oder mißverstanden wird..."

Sie gingen langsam zurück, erreichten wieder die Hauptallee und verabschiedeten sich am Eingang der Buchhandlung. Herr Maiski wirkte ein wenig verstört und bemerkte wohl selbst nicht, wie er schon so oft zu seinem neuen Bekannten sagte:

„Wenn ich nicht unten im Laden bin, sagen Sie bitte den Mitarbeitern, sie sollen mich unbedingt rufen. Ich komme dann sofort runter."

Er überlegte kurz und fügte entschlossen hinzu:

„Oder gehen Sie lieber gleich die Treppe hoch zu mir! Ich wohne hier oben."

Frank verabschiedete sich und ging, doch der alte Herr stand immer noch am Eingang seiner Buchhandlung und schaute dem Jungen lange nach. Bis sich sein hellblaues Hemd in der Weite der grünen Hauptallee endgültig verlor.

Der neue Schüler

Am frühen Morgen des nächsten Tages fühlte sich Anna wieder nicht ganz wohl. Zwar war die hartnäckige Erkältung gestern so weit abgeklungen, daß sie mit Julia bis in den späten Abend hinein durch die Stadt bummeln konnte, doch heute spürte sie wieder sehr deutlich, daß ihr die zerrende Schwäche noch immer tief in jeder Zelle saß.
Sie stieg aus dem Bett, zog die leichten Übergardinen zur Seite und war von der gleißenden Frühlingssonne überwältigt. Was für ein Gefühl erfaßte einen allein beim Anblick dieses wunderschönen Himmels! Was für ein frisches Grün!
Anna setzte sich auf einen runden Hocker vor dem großen Wandspiegel, stützte ihre spitzen Ellenbogen auf die davor stehende Kommode und legte das wohlgeformte, von blonden Haarwellen umrandete Gesicht in ihre gepflegten Hände. Sie betrachtete ihr Spiegelbild und wurde immer kritischer. Sind diese kleinen Sommersprossen häßlich oder schön, fragte sie sich zum tausendsten Mal. Sie waren zwar nicht so zahlreich und auffällig unter den Augen und auf dem Nasenbein verstreut und paßten sehr wohl zu ihren schönen hellblauen Augen, doch immerhin gaben sie ihrem Gesicht eine eigene unverkennbare Note. Was sollten da schon die anderen sagen, wenn sie selbst in quälende Unsicherheit geriet, sobald sie vor den Spiegel trat. Auf die anderen war sowieso kein Verlaß! Nur der Spiegel allein war unbestechlich. Doch sie erinnerte sich wieder an Willis leuchtende Augen, an seine schmeichelnden Worte, die wie hartnäckige Würmer in die Ohren schlüpften, und ihr Herz erfüllte sich mit angenehmer Wärme.
Willi war ein erfolgreicher, unaufhaltsam nach oben strebender Manager. Er hatte ein glänzendes Aussehen, salonfähige Manieren und stand fast immer im Mittelpunkt der Gesellschaft. Überall, wo er in Erscheinung trat, überstrahlte er mit seinem lebendigen Temperament die Umgebung und zog nicht nur den weiblichen Teil der Anwesenden an, sondern machte auch bei den ergrauten

Herren, die würdevoll mit ihren Sektgläsern herumstolzierten, einen gewissen Eindruck.
Er war elf Jahre älter, siebenundzwanzig, schlank und sportlich. Doch dieser für ein junges Mädchen wohl eher bemerkenswerte Altersunterschied gefiel ihr. Schon dreimal lud er sie ein, fuhr mit seinem dunkelblauen Porsche vor ihrem Haus vor und nahm sie mit nach Hamburg, zu den wichtigen feierlichen Anlässen. Anna fühlte sich geschmeichelt, nahm die Einladungen mit elterlichem Segen stets an und war vom eleganten Glanz der bürgerlichen Gesellschaft zum ersten Mal in ihrem Leben wirklich beeindruckt. Ihr Vater, obwohl selbst mit Leib und Seele dazugehörend, ließ sie nur mit deutlichem Widerwillen an diesem Leben teilhaben.
Als sie sechs geworden war und in die Grundschule gehen mußte, zogen sie trotz heftiger Einwände der Mutter in die beschauliche, eine ganze Autostunde von der nächsten Autobahn entfernte Kurstadt. Hier hatte der Vater vorsorglich eine beeindruckende alte Villa aufgekauft und ließ sie mit großem Aufwand renovieren. Doch außer dieser siebenhundert Quadratmeter großen Villa mit einem gewaltigen parkähnlichen Grundstück im Herzen der idyllischen Kurstadt spürte sie nur wenig von der Anwesenheit dieser oberen Schicht, in die sie hineingeboren worden war. Sie wußte zwar nicht, was Geld bedeutete, noch weniger hatte sie eine Ahnung von dessen Mangel, doch im übrigen fühlte sie sich wie die anderen: Sie ging in die gleiche Schule, besuchte die gleiche Sporthalle und war mit dem Leben in der Provinz irgendwie zufrieden.
Nur Willi riß sie vor ein paar Monaten aus dieser ländlichen Idylle heraus. Beim ersten Treffen tat er zwar so, als würde ihm die Kurstadt mit ihrer alten, im Kriege verschonten Architektur gefallen, und machte sogar ein paar vorteilhafte Bemerkungen zum wunderschönen Kurpark. Doch schon bei der nächsten Begegnung gab er schuldbewußt zu, daß das Leben in den großen Metropolen sein eigentliches Element sei. Daher flogen sie mit seinem glänzenden Porsche auf dem linken Streifen der A7 in die nördliche Metropole und tauchten in die Tiefe der noblen Glaspaläste ein.

Schon beim ersten Mal, als sie, ein sechzehnjähriges Mädchen mit einem weichen weiblichen Gang, an seiner Seite erschien und ihr blendend weißes Abendkleid mit schlichter Eleganz die Schönheit ihres jugendlichen Körpers betonte, stellte sie mit Herzklopfen fest, daß neugierige, ja entzückte Blicke ihnen buchstäblich auf Schritt und Tritt folgten. Wäre sie nicht so jugendlich unbekümmert gewesen, um in diesen Gewässern klare Sicht zu behalten, wäre ihr auch das aufgeregte Getuschel kaum entgangen: „Wer ist das? Das ist doch Anna! Anna? Weigands Tochter! Ah-ah!!! Weigand… Weigand… Weigand!“
Wenn in solchen Kreisen dieser wohlklingende deutsche Name fiel, dann wußte wohl jeder außer Anna selbst, daß man auch ohne Nennung des Vornamens und anderer Attribute ganz genau wußte, wer damit gemeint war: nur Rainer Weigand, ihr Vater. Und wenn zufällig ein Namensgleicher genannt werden sollte, so benutzte man unbedingt auch den Vornamen: Hermann Weigand, zum Beispiel, und gleich im Anschluß auf den fragenden Blick: Nein, nein! Kein Verwandter von *ihm*…
Anna bewegte sich leicht, natürlich, und fühlte sich an der Seite von Willi sehr geschmeichelt und wohl, ohne zu wissen, daß die eigentliche Aufmerksamkeit nicht ihm, sondern eben ihr galt. Sie schämte sich dessen selbst, doch es war ihr nicht unangenehm zu wissen, daß Willi ein Mitarbeiter ihres Vaters war und ihn beinahe vergötterte. Sie sah einmal eher zufällig durch die halbgeöffnete Tür, wie sich sein ganzes Wesen augenblicklich veränderte, sobald der Vater ins riesige Wohnzimmer trat. Willi sprang vom Sessel auf, grüßte ihn und stand vor ihm wie vor einem orientalischen Gebieter.
Das gab ihr in dieser Beziehung Halt. Denn sie hatte trotz ihrer Schönheit keine eigentliche Erfahrung mit Männern. Immer schien ihr, daß derjenige gerade nicht der Richtige dafür sei. Nur bei Willi hatte sie ein mehr oder weniger sicheres Gefühl, jemanden getroffen zu haben, dem sie in jeder Beziehung wohlgesonnen war. Die ungetrübte Gewißheit darüber, daß der väterliche Glanz bis in diese

Beziehung hineinstrahlte, störte sie kaum. Sie liebte den Vater innig und wußte in seinem Handeln nichts, was sie unangenehm beeinflussen oder gar enttäuschen würde. Besonders deutlich spürte sie aber den Einfluß des Vaters, wenn Willi sie zu später Stunde nach Hause brachte. Wenn sie dann in seine Augen schaute, wußte sie ganz genau, daß keine Rede davon sein könnte, daß er sie küssen oder ihr gar einen verrückten Plan verkünden würde, sie entführen zu wollen oder sich heimlich in die Villa hineinzuschleichen, um sich in ihren zahlreichen Labyrinthen bis zum Morgengrauen zu verlieren.

Wenn er Annas Hand zum Abschied in seiner hielt, sprangen seine ansonsten sehr sicheren Augen unruhig hin und her, und alles, wofür sein heldenhafter Mut ausreichte, war ein flüchtiger Handkuß und eine verlegene Erklärung darüber, daß er sich wegen des morgigen Meetings in Frankfurt unheimlich beeilen mußte.

Hin und wieder stieg in ihr ein undeutliches Gefühl auf, daß die unsichtbare sanfte Macht des Vaters sich über allem, was sie umgab, ausgebreitet hatte und in jede Kleinigkeit hineinfloß. Wie das Schicksal selbst. Doch sie vertrieb diese Gedanken stets mit dem logischen Argument, daß es dafür außer Vermutungen nur wenige stichhaltige Beweise gab.

Seit ihrer letzten Fahrt nach Hamburg rief Willi immer öfter an. Er plauderte ungezwungen über dies und jenes, gab ein bißchen an und geriet immer wieder ins Stolpern, wenn er zum Ausdruck bringen wollte, daß er sie in ein paar Tagen schon wieder gerne sehen würde...

Anna träumte vor dem Spiegel, bis ihr Blick zufällig auf den Wecker fiel und sie mit Entsetzen zur Kenntnis nehmen mußte, daß sie bereits eine halbe Stunde vertrödelt hatte.

Zum Arzt wollte sie nun auf keinen Fall. Eine ganze Stunde im Wartezimmer schmoren, in den billigen Zeitschriften blättern und warten... warten... warten... Nein! Lieber in die Schule. Immer, wenn sie endlich für ein paar Minuten zum Arzt hereingerufen wurde, konnte sie den Eindruck nicht loswerden, daß es dem vielbeschäftigten Mann mehr um die plausible Abrechnung mit ihrer privaten Krankenversicherung ging. Nach ihrem Befinden erkundigte er sich zwar, aber eher nebenbei, während er jeden Handgriff in der Krankenkarte penibel festhielt: eingehende Untersuchung, Beratung usw. Als ob diese Erkältung nicht von selbst vorbeigehen würde!

Sie ging aus dem Haus und lief über die grünen Straßen zur nahe gelegenen Schule. Auf der breiten Eingangstreppe des Immanuel-Kant-Gymnasiums wurde sie von einigen Bekannten gegrüßt. Doch sie wickelte sich gegen die morgendliche Frische in ihr dünnes Jäckchen und wollte am liebsten in Ruhe gelassen werden, möglichst unerkannt an den rauchenden Jungen vorbeihuschen und endlich im warmen Klassenzimmer auf ihrem Stuhl landen.

Sie fühlte sich unausgeglichen, sogar gereizt. Bestimmt eine Folge der nicht auskurierten Erkältung, dachte sie und ging hinein. Die erhoffte Freude auf die Abwechslung verflog bereits beim Anblick der langen Flure und grauen Treppen und machte der gewohnten Gleichgültigkeit Platz.

Nur noch das aufregende Erlebnis mit Julia erheiterte Anna und weckte in ihr starke Neugier: Ob er wirklich so schön war, daß ihre Freundin so hoffnungslos den Kopf verloren hatte? Bei diesem lustigen Gedanken mußte sie lächeln. Die Bilder tauchten so bunt, so lebendig im Gedächtnis auf! Wie sie Julia beherzt an die Wand gedrückt und von ihr das Geständnis abverlangt hatte...

Endlich erreichte sie das Klassenzimmer, schaute schon von weitem durch die offene Tür hinein und sah sofort den neuen Schüler.

Frank saß in der zweiten Reihe am Fenster über einem aufgeschlagenen Buch und las. Mehr als angenehm, stellte Anna beeindruckt fest, tatsächlich in einem Anzug! Ihr neugieriger Blick tastete schnell sein wohlgeschnittenes Gesicht ab, das sie von der Seite beobachten konnte, und nahm jede Kleinigkeit wahr: seine ungewöhnlich frischen, dunkelroten Lippen, seine schöne gerade Nase... Im allgemeinen trug sein Gesicht noch einen Hauch des Kindlichen. Sogar eine Art mädchenhafte Zartheit lag über der Augenpartie. Oder waren es die langen, nach oben gebogenen Wimpern, die von der hellen Haut so vorteilhaft hervorgehoben wurden?

Kurz vor der Tür blieb sie stehen. Hier konnte man sie von den letzten Bänken aus nicht sehen. Sie wollte sich einfach ein wenig mehr Zeit nehmen und den neuen Gymnasiasten genauer anschauen, ohne sich sogleich den ätzenden Bemerkungen ihrer Mitschüler aussetzen zu müssen. Kaum hielt sie an, löste er seine großen hellgrauen Augen vom Buch und blickte direkt in Annas Augen, als hätte er bereits geahnt, ja gewußt, daß sie jetzt vor der offenen Tür stand und neugierig auf ihn schaute.

Ihre Blicke kreuzten sich. Sie verflochten sich ineinander so unerwartet fest, so urplötzlich, daß sie nicht einmal daran denken konnte, ihre Augen abzuwenden oder gar zu blinzeln. Die Wucht eines unbekannten Gefühls überwältigte Anna. Alles drehte sich auf einmal in ihrem Kopf. Aufblitzende Gedanken zerfielen, ohne sinnvolle Gestalt anzunehmen, und ihre Fetzen verschwanden jämmerlich in einem seltsamen Chaos, bis nur noch Gefühle sie beherrschten. Sie wußte nicht, wie lange sie so benommen dastand oder wie lange sie noch so gestanden hätte, doch jemand berührte sie leicht an der Schulter. Sie zuckte zusammen, erwachte aus ihrem entrückten Zustand und drehte sich verstört um.

„Nicht schlafen!“ rief ihr Walter Kaiser zu, zwinkerte lustig mit den Augen und zwängte sich seitlich an ihr vorbei in den brummenden Klassenraum.

Anna versuchte sich zu fassen. Sie ging vorsichtig zu ihrem Platz, ohne es zu wagen, die Augen zu heben. Wie im Traum antwortete sie den grußenden Freunden und erklärte stammelnd ihren verstörten Zustand mit starken Kopfschmerzen. Dann warf sie verstohlen einen flüchtigen Blick auf Julias Platz und war aufrichtig froh, daß sie immer noch fehlte.

Kaum zu leugnen, dachte sie erregt, seine Augen waren tief und zogen einen durch ihre unwiderstehliche Offenheit wie magisch an. Ja, ja, magisch! Es kann keine andere Erklärung geben! Man findet nicht einmal die Kraft, die Augen abzuwenden. Man verliert sich hoffnungslos in ihrer unermeßlichen Weite! Ein flüchtiger Augenblick, und die übrige Welt zerrinnt, ihre sichtbaren Grenzen schmelzen und diese wunderschönen Augen rasen auf dich zu, wie ein Ozean, dem du entgegenfliegst, ergriffen vom berauschenden Gefühl einer seltsamen Freiheit. Sie wurde umhüllt von diesem hellen Grau, entzückt von ihrem weichen Licht, das wie ein frischer Frühlingswind in ihre Seele hineinwehte und von ihr so wundervoll Besitz ergriff! Sie wurde hineingezogen, ohne den leisesten Gedanken und Wunsch, sich dieser bezaubernden Macht zu widersetzen. Nein! Sie gab sich ihr willig hin! Beglückt, ihr entgegenlachen zu dürfen. Wie von einer warmen Strömung zärtlich getrieben! Immer weiter und weiter. Ihrem unbekannten unabwendbaren Schicksal entgegen…

Allein die Erinnerung daran hinderte sie am Atmen. Wieder kroch aus dem Bauch ein seltsames schauriges Gefühl und ergoß sich in Wellen im ganzen Körper. Sie spürte, wie diese Wellen über ihre Arme hinwegrollten und prickelnde Gänsehaut hinterließen. Ihre Schulbank befand sich nur einige Meter seitlich von ihm entfernt. Ein starkes Verlangen, sich erneut in diese zwei reinen Quellen zu stürzen, stieg unaufhaltsam und wurde unerträglich.

Eine deutliche Vorahnung kündigte sich in ihrem Herzen an, ein Vorbote von etwas Unbekanntem, beinahe Schicksalhaftem, was sie nun erfaßte und nicht mehr loslassen würde. Sie spürte es in diesem Augenblick so deutlich, so sicher!

Sie überwältigte ihre lähmende Furcht, schaute unsicher in seine Richtung und die schönen Augen, die in diesem Augenblick – Oh Wunder! – auf sie! auf sie gerichtet waren, nahmen ihren Blick wieder gefangen und erneut verfiel sie restlos ihrer magischen Kraft. Und wieder flog sie, beglückt vom berauschenden Gefühl, den Zauberaugen entgegen. Und wieder gab sie sich diesem Frühling freudig hin und ließ sich umhüllen und wegziehen an den Rand des Unmöglichen, Unfaßbaren, Märchenhaften…

Er senkte bereits seinen Blick, doch die Wirklichkeit baute sich vor Annas Augen nur langsam und unwillig wieder auf. Undeutlich hallende Stimmen drangen mit seltsamer Verzögerung zu ihr, während hin und wieder besorgte Gesichter ihrer Mitschüler vor ihr auftauchten…

Anna beruhigte sich zwar, überstand auch irgendwie das bange Wiedersehen mit Julia, ohne ihre unglaubliche Aufregung zu verraten. Doch allein beim leisesten Gedanken an die Freundin spannte sich alles ihrem Innern wie stählerne Saiten und drohte jeden Augenblick mit schneidendem Geräusch zu reißen.

Julchen, Julchen! Jetzt weiß ich alles…

Das aufdringliche Gebimmel der Pausenglocke verkündete endlich den neuen Schultag. Zeitgleich erschien die leicht gebückte Gestalt des Deutschlehrers, und im Klassenraum wurde es wesentlich leiser. Er war über fünfzig, trug eine Brille, und auf seinem langgezogenen Kopf kündigte sich bereits eine breitangelegte Glatze an. Auf dem gütig wirkenden Gesicht schimmerten auch Spuren einer gewissen Strenge. Er stand vor seinem Tisch, wartete geduldig, bis auch das letzte Getuschel verstummte, und wandte sich gleich an den neuen Gymnasiasten:

„Du bist also Frank Uffelmann?“

„Ja“, entgegnete der Junge freundlich.

„Ich gehe davon aus, daß du dich bereits vorgestellt hast?“ erkundigte sich der Lehrer.

„Oh ja! Das war eine Vorstellung!“ bemerkte Roberto laut und vieldeutig. „Wir haben nämlich seit gestern einen Rechtsradikalen in der Klasse.“

Der Lehrer zog die Augenbrauen verwundert hoch und schaute prüfend auf Frank.

„Das ist nicht wahr!“ explodierte Julia und blitzte Roberto mit ihren glühenden Augen an.

Er erwiderte ihren Blick, doch man sah in seinem Benehmen auch eine gewisse Unsicherheit. Die Klasse lebte auf und begann zu kichern: Jedem war bekannt, daß er Julia heimlich nachstellte.

„Zumindest einen echten Deutschen!“ sprang Karim ihm zu Hilfe und lachte vergnügt.

Der Deutschlehrer erhob sich von seinem Stuhl und ging vor die Klassentafel.
„Wäre es nicht besser, Frank erzählt uns selbst, was er dazu meint?"
„Natürlich!" schallten von allen Seiten erwartungsvolle Zurufe. „Er hat uns gestern gar nichts über sich erzählt!"
„Bist du einverstanden, Frank?" fragte der Lehrer.
„Ja", antwortete der Junge, ohne zu zögern.
„Dann komm bitte vor, damit man dich besser sieht."
Frank erhob sich und ging zur Tafel.
„Als erstes erzähl uns über dich bitte alles, was du selbst für nötig und wichtig hältst."
Er berührte den neuen Schüler leicht an der Schulter, als hätte er ihn ermutigen wollen, und setzte sich wieder an seinen Lehrertisch. Es wurde ungewöhnlich still. Alle schauten voller Erwartung auf den Jungen in seinem einwandfrei gebügelten dunklen Anzug.
„Ich bin Frank Uffelmann. Das Geschlecht Uffelmann lebte zu Beginn des siebzehnten Jahrhunderts im nordhessischen Ort Trendelburg und stammt ursprünglich mit großer Wahrscheinlichkeit aus dem nahegelegenen Ort Burguffeln. Urkundlich wurde belegt, daß Hans Uffelmann mit seiner Frau Anna Schoppe zwei Söhne hatte: Johannes und Nicolaus. Johannes kam 1608 zur Welt und blieb als Bürgermeister von Trendelburg in seinem Heimatort, während sein sechs Jahre jüngerer Bruder zunächst als Landhauptmann nach Kassel ging. Mit seiner zwanzig Jahre jüngeren Frau Magdalena Hamel hatte Nicolaus Uffelmann elf Kinder. Im Zuge des Dreißigjährigen Krieges wurde er nach Hanau versetzt, wo er Militärkommandant eines größeren Gebietes war, bevor er endgültig in Hohenzell bei Schlüchtern siedelte und somit den südhessischen Zweig des Geschlechts Uffelmann begründete. Hundert Jahre später, 1765, nach den Wirren des Siebenjährigen Krieges verloren viele Familien in Südhessen ihren Besitz und so folgte der junge Friedrich Uffelmann der Einladung der russischen Zarin Katharina der Zweiten, um sein Glück in Rußland zu versuchen. Über Lübeck gelangte er mit einem Schiff nach Oranien-

baum bei St. Petersburg. Einige Jahre später kam er schließlich an die Wolga, wo seine Nachkommen in der deutschen Kolonie Hussenbach lebten."

„Und deine Mutter?" fragte Walter neugierig. „Ist sie auch eine Deutsche?"

„Alle unsere Ahnen waren Deutsche", erwiderte der Junge. „Meine Vorfahren mütterlicherseits, das Geschlecht Richter, stammen aus der Rhön, wo sich ihre Linie bis in die zweite Hälfte des fünfzehnten Jahrhunderts verfolgen läßt. Das Ehepaar Richter fuhr mit ihren vier Kindern in einem Linienschiff unter Kapitän Reders von Lübeck nach Oranienbaum und kam dort am 14. September 1766 an. Dann ging die beschwerliche Reise weiter. Die von der Zarin in ihrem Manifest versprochene Unterstützung blieb aber weitgehend aus. Auch die sonstigen Beschreibungen der russischen Umstände stimmten nicht im geringsten. Unterwegs mußten sie in einem russischen Dorf überwintern. Dort starb der jüngste Sohn Johannes. Erst im nächsten Sommer gelangten sie endlich an die Wolga, wo sie mit anderen am Leben gebliebenen Deutschen die Kolonie Walter gründeten."

„Woher weißt du das alles?" fragte Luka Lemke verblüfft.

„Mein Vater beschäftigte sich sehr leidenschaftlich mit der Ahnenforschung. Wir kennen unsere Vorfahren fast in allen Zweigen bis in die neunte Generation hinein", erklärte Frank.

„Wie konnte er in Deutschland forschen, wenn er in Rußland lebte?"

„Seine Freunde, Professor Steinberg und Professor Groß, haben ihm geholfen."

„Und wer ist dein Vater?"

„Mein Vater, Gottfried Uffelmann, war ein Ingenieur für Nachrichtentechnik."

„Und was macht er jetzt?"

„Er ist vor drei Jahren gestorben."

Es wurde wieder still.

„Mit wem bist du denn nach Deutschland gekommen?" erkundigte sich der Deutschlehrer, um die Pause zu füllen.

„Mit meiner Mutter und mit meinem jüngeren Bruder."
„Was ist deine Mutter?"
„In Rußland war sie Musiklehrerin."
„Und wo hast du in Rußland gelebt?"
„In Sibirien. In der Stadt Omsk."
„Und woher kannst du so gut Deutsch?"
„Bei uns in der Familie hat man versucht, deutsch zu sprechen. Meine beiden Großmütter konnten kaum Russisch. Wir hatten auch eine große Bibliothek in deutscher Sprache."
Die Fragen flogen wie die Pfeile.
„Was sind deine Lieblingsbücher?"
„Es gibt viele."
„Zum Beispiel?"
„Schiller, Goethe, Hans Fallada, Lermontow, Thomas Mann, Dostojewski, Kant…"
„Kant?!" unterbracht ihn der Lehrer verwundert. „Du hast Kant gelesen?"
„Ja", bestätigte Frank.
„Und was hast du von ihm gelesen?"
„Fast alles."
„Und?" fragte der Lehrer eher mißtrauisch. „Findest du seine Werke interessant?"
„Seine Ethik ist für mich verbindlich", eröffnete der dunkelblonde Junge und fügte etwas leiser hinzu: „Ich versuche danach zu leben."
„Kannst du uns das erklären?" fragte der Lehrer anerkennend.
Er drehte sich zu Frank um und betrachtete ihn neugierig.
Der Junge überlegte einen Augenblick und fing mit bemerkenswertem Ernst an:
„Handle stets so, daß die Maxime deines Willens jederzeit zugleich als Prinzip einer allgemeinen Gesetzgebung gelten könnte. Das ist neben seiner Definition des guten Willens einer der wichtigsten Grundsätze der Kant'schen Ethik."
Er schaute auf den Deutschlehrer, als hätte er ihn fragen wollen, ob er fortfahren sollte. Der Lehrer nickte ihm ermutigend zu, und Frank

setzte seine Ausführungen mit wachsender Begeisterung fort:
„Der zweite fundamentale Grundsatz der Kant'schen Philosophie besteht für mich in seiner Definition der Aufklärung. Aufklärung, behauptete Kant zu Recht, ist der Ausgang des Menschen aus seiner selbstverschuldeten Unmündigkeit. Unmündigkeit ist das Unvermögen, sich seines Verstandes ohne Leitung eines andern zu bedienen. Selbstverschuldet ist diese Unmündigkeit, wenn die Ursache derselben nicht aus Mangel des Verstandes, sondern der Entschließung und des Mutes liegt. Sapere aude! Wage es, zu wissen! Also dich deines eigenen Verstandes zu bedienen."
Frank verstummte, atmete durch und fügte etwas leiser hinzu:
„Der dritte Grundsatz fordert von jedem Menschen, stets nur die Wahrheit zu sagen. Ohne Ausnahmen und Berücksichtigung der möglichen Folgen eines solchen Verhaltens."
Er schaute erneut zum Lehrer und erklärte offenherzig:
„Das ist für mich der wichtigste Grundsatz."
Erst jetzt bemerkte Frank, wie still es im Klassenraum geworden war. Walter Kaiser, der in der ersten Reihe saß, pfiff anerkennend, während der Lehrer ihn mit einem prüfenden Blick musterte.
„Du meinst, daß es möglich ist, stets die Wahrheit zu sagen? So wie es Kant gefordert hat?" fragte er zögernd.
„Ja", gab Frank zur Antwort.
„Heißt das etwa, du bist bereit, auf jede Frage zu antworten? Egal was ich frage?" stieß Walter ungläubig aus.
„Ja", bestätigte er.
Frank vernahm das wachsende Getuschel und konnte seine innere Aufregung nur zum Teil verbergen. Aus Erfahrung wußte er, daß die nächste Prüfung in unmittelbare Nähe rückte. So verhängnisvoll auf ihn zurollte, wie das Schicksal selbst. Schon sah er die brennende Neugier, das erwartungsvolle Grinsen und Kichern. Jetzt kommt es, jetzt ist die Stunde...
Allmächtiger! Gib Kraft!
„Das werden wir gleich feststellen", erklärte Roberto höhnisch.
„Hast du schon mal mit einem Mädchen geschlafen?"

Große Aufregung brach in der Klasse los. Die einen empörten sich über die unverschämte Frage, die anderen johlten vor Vergnügen. Der Lehrer erhob sich und begann, vorwurfsvoll auf Roberto einzureden. Doch der Junge starrte Frank immer noch unversöhnlich und herausfordernd an.

„Auch auf diese Frage kann ich eine Antwort geben“, erklang unerwartet die helle Stimme des neuen Schülers.

Es wurde augenblicklich still. Sogar der Deutschlehrer verstummte und drehte sich verwundert zu ihm um, ungläubig seine Stirn runzelnd.

Trotz einer gewissen Peinlichkeit wurde der Klassenraum von einer erwartungsvollen Stimmung beherrscht. Nur Roberto und ein paar andere auf den letzten Bänken gaben sich unbeeindruckt. Karim verschränkte die Hände vor der Brust und zog seine Mundwinkel skeptisch herunter.

Frank holte Luft. Ein leichter Hauch von Traurigkeit, eine Spur schwindender Hoffnung schimmerten in seinem Gesicht. Er stand wie an der Wand, wie dem drohenden Schicksal ergeben, doch aus seinem Gesicht leuchtete immer noch die gleiche Ehrlichkeit.

„Ich habe… in meinem Leben… noch mit keinem Mädchen geschlafen“, sprach er mit großer Mühe Wort für Wort langsam aus und schlug für einige Sekunden seine Augen nieder: Es war vorbei… Es war getan…

Es wurde unerträglich still. Sogar Roberto wandte sein Gesicht verlegen zur Seite. Er schaute flüchtig auf Julia und erschrak. Sie war rot, klammerte sich krampfhaft an die Tischplatte und atmete schwer. Ihre schönen Augen sprühten Zornesfunken, als würde sie bald explodieren.

Walter warf verstimmt seinen Kugelschreiber auf den Tisch und beugte sich tief über das aufgeschlagene Heft, als wollte er sein Gesicht verbergen.

„Es ist nicht möglich, so zu leben“, sagte er enttäuscht. „Das habe ich jetzt verstanden… erst jetzt! Das kann doch kein Mensch ertragen.“

Er preßte die Lippen fest zusammen und hob unsicher seinen Blick auf den neuen Schüler, als wollte er sich bei ihm für seine lästige Fragerei entschuldigen.
„Doch! Es ist möglich!“ brach in die peinliche Stille Julias leidenschaftliche Stimme ein. Alle drehten sich zu ihr um. Sie stand neben ihrem Platz, blickte verzweifelt nach allen Seiten hin und konnte vor Aufregung kaum noch atmen.
„Dann kannst du sofort mit der gleichen Frage anfangen!“ sagte Karim und streckte sich vergnügt auf seinem Stuhl.
Julia kochte vor Wut. Der Lehrer versuchte die beiden zur Ordnung zu rufen, doch sie sprang, unbeeindruckt von seinen mahnenden Worten, zu Karim, beugte sich über ihn, so daß ihr Gesicht ganz dicht an seines kam, und rief ihm laut zu:
„Auch ich habe noch mit keinem Jungen geschlafen!“
Sie richtete sich wieder auf und stürzte aus der Klasse, während die hinteren Bänke kicherten und grinsten.
Karim war sichtlich überrascht, fand sich aber schnell wieder.
„Jungfrau Maria!“ rief er ihr hinterher. „Wer will dir schon glauben.“
„Karim!“ wandte sich der Lehrer vorwurfsvoll an den Frechling. „Du entschuldigst dich bei Julia! Und zwar heute noch!“
„Das war doch nur ein Spaß“, verteidigte sich Karim. „Sie ist doch nur rausgesprungen, damit ich ihr nicht die nächste Frage stelle.“
„Die wäre?“ fragte Walter neugierig.
„Warum sie sich plötzlich so furchtbar aufgeregt hat? Sie hat ihn doch mit ihren Augen beinahe verschlungen!“
Sofort brach ein Durcheinander los. Das unglaubliche Geschehen riß alle mit und die Klasse konnte es nicht mehr aushalten, ohne die gewonnenen Eindrücke sofort auszutauschen.
„Ruhe!“ forderte der Deutschlehrer mit fester Stimme und schlug beherzt mit der Hand auf den Tisch.
Es wurde tatsächlich ruhiger, und nach einigen Sekunden verhallten auch die letzten Stimmen. Frank ging zu seinem Platz, während der Lehrer noch einige Sekunden lang nachdenklich an der Klassentafel sehenblieb.

„Da wir schon bei der Kant'schen Ethik verweilen, möchte ich euch an den ersten Grundsatz erinnern: Handle stets so, daß die Maxime deines Willens jederzeit zugleich als Prinzip einer allgemeinen Gesetzgebung gelten könnte."
Der Deutschlehrer schaute auf Roberto und fragte ihn:
„Wie verstehst du das?"
Der Junge überlegte einen Augenblick und antwortete:
„Man sollte so handeln, wie du es von den anderen dir gegenüber erwartest."
„Richtig!" bestätigte der Lehrer zufrieden. „Diesen Grundsatz möchte ich nun bei unserer Diskussion anwenden. Man darf nur die Fragen stellen, auf die man bereit ist selbst zu antworten."
Er wandte sich wieder an Roberto und forderte ihn mit einer einladenden Handbewegung auf, seine an Frank gerichtete Frage selbst zu beantworten.
Roberto wurde durch diese unerwartete Wendung sichtlich irritiert und senkte verlegen den Blick.
„Ich habe von mir nicht behauptet, ich lebe nach solchen Prinzipien."
Aufgeregtes Geflüster huschte durch die Reihen. Einige kicherten erheitert.
„Laßt doch Roberto in Ruhe!" mischte sich Walter ein und grinste vieldeutig. „Wir haben doch eine deutliche Antwort von Julia gehört. Es ist noch nicht passiert!"
Die Klasse brach in schallendes Lachen aus, während Roberto rot wurde. Er konnte sich kaum noch halten und starrte Walter feindselig an.
Doch der Deutschlehrer rettete ihn über diesen Witz hinweg. Es gelang ihm wie immer, die Ruhe wiederherzustellen, und schon bald darauf verdrängte der Unterricht die lustige Szene.
Erst die Pausenglocke erinnerte die Schüler wieder an alles. Sie sprangen von ihren Plätzen auf, packten schnell ihre Bücher in die Schultaschen und unterhielten sich lebhaft über die unmöglichen Ereignisse der letzten Stunde. Nur Anna blieb im leeren Klassen-

zimmer zurück. Sie saß immer noch über dem aufgeschlagenen Heft und starrte abwesend vor sich hin.
Die Pause ging langsam zu Ende, und der vielstimmige Lärm im großen Flur begann bereits zurückzuweichen, als jemand plötzlich den Klassenraum betrat. Es war ihre Physiklehrerin.
Sie kam näher und schaute beunruhigt in Annas Gesicht.
„Was ist mit dir?“ fragte sie das Mädchen und packte es an den Händen. Sie fühlten sich kalt und leblos an.
„Bist du immer noch krank?“ fragte die Lehrerin mit wachsender Sorge und versuchte ihr in die Augen zu schauen.
„Es geht“, stammelte Anna kaum hörbar, stützte sich auf die Tischplatte und versuchte aufzustehen.
„Sofort nach Hause! Ins Bett!“ forderte die Lehrerin. „Und gleich den Arzt bestellen!“
Doch ihre eindringlichen Worte erreichten Annas Bewußtsein nur langsam. Sie nickte ihr zu, ging aus der Schule und verschwand bald hinter den gepflegten Häusern der grünen Bahnhofstraße.

Auf dem Schulhof

Frank ging aus dem ehrwürdigen Gebäude des Immanuel-Kant-Gymnasiums in den großen, fast menschenleeren Schulhof und blieb neben der breiten Treppe stehen. Erleichtert atmete er die frische Sommerluft und war froh, daß auch sein zweiter Schultag in Deutschland nun endlich vorüber war.
Er schaute auf das steinerne Relief des großen Denkers, das rechts neben dem Aufgang auf der Wand angebracht war, und wurde nachdenklich.
So viel Kraft forderte der deutsche Titan! So hoch hat er die Latte für einen freien Menschen gesetzt, daß deren atemberaubende Höhe an manchen Tagen recht entmutigend wirkte. An solchen Tagen, wenn es schon gar nicht mehr auszuhalten war, flüchtete Frank gewöhnlich aus der Welt der Menschen und streifte ziellos durch die Straßen, stets bemüht, die ärgerlichen Kleinigkeiten abzuschütteln und sein Augenmerk nur noch auf das Wichtigste im Leben zu richten. So wollte er auch jetzt lieber allein sein, seine lang ersehnte deutsche Heimat von Angesicht zu Angesicht erleben, in den verwinkelten Gassen die geheimnisvolle Ausstrahlung der uralten Fachwerkhäuser auf sich wirken lassen oder auch einfach den Anblick der lieblichen Landschaft genießen: Kraft sammeln, die er jetzt so dringend brauchte. Kraft!
Sein Blick streifte erneut über die steinerne Platte.
„Sapere aude" – wurde in ewiges Granit gemeißelt: Wage es, zu wissen… dich deines eigenen Verstandes zu bedienen!
Wie schwer es aber in Wirklichkeit war, die schlicht klingenden Gebote des Großmeisters zu befolgen!
Wie oft hatte er mit ihm im Geiste gesprochen! Sogar gestritten! Der Alte behauptete vehement, daß Lügen stets unmoralisches Verhalten sei, und wollte keine Ausnahmen zulassen. Nicht vor dem Freund, der im Sterben liegt, nicht vor dem Feind, der dein Verderben bereitet.
Reinste Wahrheit und nichts außer Wahrheit!

Hat jemand es je versucht, je gewagt, so zu leben?
Nur einen einzigen Tag?!
Vor drei Jahren, als Frank gerade vierzehn war und die siebte Klasse der Schule Nr. 204 einer sibirischen Großstadt besuchte, schwor er dem großen Meister, sein Handeln nach den Grundsätzen seiner ewig gültigen Ethik auszurichten.
Der Vater konnte seinen Stolz kaum verbergen. So unerwartet, von sich aus kam der Junge zu einer erstaunlichen geistigen Reife, während seine Altersgenossen noch mit Papierfliegern ihre Zeit totschlugen.
„Mit vierzehn! Mit vierzehn!“ schwärmte der Vater heimlich.
Jede freie Stunde, die er seinem Ingenieurberuf abringen konnte, widmete er seinen beiden Söhnen. Frank bewegte sich rasch und sicher in den Labyrinthen der geistigen Welt und verfügte zudem über ein erstaunliches Gedächtnis.
Doch kein großes Glück dauert lange. Im gleichen Jahr traf den Jungen der schwerste Schlag in seinem jungen Leben: der unerwartete Tod des Vaters! Erst als er an seinem schwarzen furchterregenden offenen Sarg stand, begriff er so schmerzlich, daß vieles, was wirklich wichtig war, unausgesprochen blieb... Nur ein dünnes Heftchen mit einigen Gedankenfetzen wie ein letzter Gruß erinnerte noch an den Vater, der vom Strudel der unaufhaltsam dahinfließenden Zeit in die Tiefe gerissen wurde. Nur sein knapp gehaltenes Tagebuch...
Später vertraute ihnen ein bekannter Arzt an, daß bereits zwei Jahre zuvor beim Vater ein Aneurysma diagnostiziert worden war. Der Vater versteckte die Unterlagen in seinem Schreibtisch und tat so, als wäre nichts gewesen.
Als Frank diese erschütternde Wahrheit erfuhr, las er die väterlichen Aufzeichnungen, die genau vor zwei Jahren angefangen hatten, noch einmal und verstand jetzt seine knapp gehaltenen Gedanken so deutlich, daß er jedes Wort, jedes Gefühl nachempfinden konnte.
In diesen Tagen legte sich auf die karierten Blätter seines eigenen

Tagebuches das erste Gedicht, als hätte Frank ein unerträgliches Verlangen, die einsamen Tränen in Zeilen zu gießen:

Was bleibt nach einem, wenn das Schicksal
Den schwarzen Schleier fallen läßt?
Vielleicht ein Kreuz auf dunkler Erde,
Vielleicht ein Kind im warmen Nest.

Vielleicht ein Schmerz im lieben Herzen,
Ein leichtes Seufzen. Kerzenlicht,
Das weint und weint zu später Stunde
So hoffnungslos… Vielleicht auch nicht.

Vielleicht vergehen viele Tage,
Vergilbt das Laub, der Schwäne Schrei
Verhallt auf ewig in den Lüften…
Dein letztes Wort „Vergiß nicht mein!"

Monatelang streifte er damals allein durch die Stadt, bis er wieder zu sich kam. Alles war hier vertraut und erinnerte an den Vater, als hätte er ihn auf diesen langen Wanderungen unsichtbar begleitet.
Einst wurde die Stadt Omsk, die weit hinter dem Ural lag und mehr als eine Million Menschen beherbergte, Hochburg der russischen Rüstungsindustrie. Nach und nach versammelten sich hier Zehntausende der begabtesten Ingenieure, und schon bald darauf blühte die sibirische Großstadt kulturell auf. Auch die Schulen hatten spürbar nachgeholt. Erst nach einigen Jahren der Perestrojka brach das Leben hier zusammen. Die Rüstungsindustrie geriet in die schwerste Krise und alles versank in einem zähflüssigen Gemisch aus Elend und einer breitangelegten Hoffnungslosigkeit.
Die Schule, die Frank besuchte, war nicht schlecht, doch er mochte sie nicht. Als er mit sieben Jahren die erste Klasse betrat, begann für ihn ein wahrer Alptraum. Die Klassenlehrerin, die Tochter eines im Krieg gefallenen Offiziers, haßte alles Deutsche mit einer

solchen Heftigkeit, daß das Eingreifen der Vorgesetzten unvermeidlich wurde. Jeden Tag, jede Stunde versuchte die alte Dame mit blond gefärbtem Haar Frank zu schikanieren. Manchmal zuckten bei ihr die Mundwinkel, wenn sie ihn sah. Mit welchem Vergnügen kritzelte ihre haßbeladene Hand in sein Kontrollheft die schlechtesten Noten, obwohl die Leistungen durchaus vertretbar waren! Als Frank dann der Mutter kategorisch mitgeteilt hatte, daß er nicht mehr in die Schule gehen wollte, eilte sie besorgt zum Schuldirektor und beschwerte sich über das unangemessene Verhalten der Klassenlehrerin.

Der vielbeschäftigte Schuldirektor versuchte zunächst eher aus Gewohnheit, die Lehrerin zu verteidigen: sie könne womöglich mit ihm gar nicht zurechtkommen. Doch als die Mutter eine Stunde später mit ihrem Sohn noch einmal bei ihm erschien, sprach er mit Frank eine ganze Weile und beobachtete ihn dabei sehr aufmerksam. Danach schlug er dem Jungen freundlich auf die Schulter und versprach, das Problem zu lösen. Die Schikanen der Lehrerin ließen spürbar nach.

Doch die Schule blieb für ihn trotz dieser Erleichterung ein Ort, den er äußerst ungern aufsuchte. Am liebsten las er: Tag und Nacht. Zunächst Märchen, dann russische Klassik, dann die deutsche, dann Philosophie, Geschichte... und... und... und!

Einst saß er im Unterricht, sah sich aufmerksam die Mitschüler an und stellte plötzlich mit einer verblüffenden Klarheit endgültig fest, daß die Interessen der überwiegenden Mehrheit dieser jungen Menschen ganz anders waren. Bücher die ihn interessierten, wurden von den meisten entweder nicht gelesen oder waren für sie überhaupt nicht existent. Doch trotz dieser Erkenntnis, die nichts Gutes versprach, entfremdete er sich seinen Klassenkameraden nicht und wurde von ihnen durchaus akzeptiert und wegen seines Wissens oft sogar bewundert.

Einmal entdeckte er im Schlafzimmer unter dem Bett einen alten Koffer. Als er ihn mit großer Mühe herausgezogen und aufgemacht hatte, sah er dort eine ganze Menge vergilbter Bücher.

„Das wirst du bestimmt nicht verstehen können“, sagten die Eltern eher nebenbei und stießen mit dieser Bemerkung wie mit einem Schwert ins ehrgeizige Herz des Jungen. Obwohl er seit seiner Kindheit gut Deutsch gesprochen und bereits einige schwierige Stücke gelesen hatte, stellte er sehr schnell fest, daß die Eltern zum Teil recht hatten. Man konnte zwar die kilometerlangen Kantschen Sätze lesen, verstanden aber hat man sie allein deswegen noch lange nicht. Doch was ihn schon so früh auszeichnete, waren seine erstaunliche Hartnäckigkeit und ein glänzendes Gedächtnis. Wenn er sich etwas vorgenommen hatte, so flogen die Tage und Nächte wie in einem Traum dahin, bis das ehrgeizige Ziel erreicht war. Auch wenn er diese Bände hätte auswendig lernen müssen! Mit Bergen von Wörterbüchern und Lexika umgeben, erstürmte er unzählige Begriffe und Definitionen, bis er schließlich zu ihrem Kern durchdrang.

Er war gerade vierzehn, doch der Meister verschloß sich nicht und öffnete ihm eine Welt, aus der keine Wege mehr zurück ins frühere Leben führten.

Der große Kant verlangte viel. Er wollte ihn gänzlich in Anspruch nehmen. Schließlich verinnerlichte der Vierzehnjährige die wichtigsten Grundsätze seiner Lehre, die seiner Meinung nach auch dem Christentum nicht widersprach. Dann kamen Schiller, Herder, Goethe, Dahn, Grimm und andere, die vor ihm ihre Welten ausbreiteten. Und so verwandelte sich der empfindsame Junge immer mehr, bis die anderen, trotz ihrer unerklärlichen Sympathie für ihn, zum Schluß kamen, daß er tatsächlich nicht von dieser Welt sei.

Die großen Meister aber haben sein irdisches Leben nun wirklich nicht erleichtert. Als die Familie Uffelmann endlich die langersehnte Ausreisegenehmigung bekam, war seine Mutter aufrichtig froh. In Deutschland, in der wahren christlichen Heimat würden die Landsleute seinem ungewöhnlichen Geist bestimmt mit mehr Geduld und Liebe entgegentreten als im rückständigen, von rohen Sitten gekennzeichneten Rußland. Nicht umsonst waren seine Meister fast alle Deutsche!

Für ihn aber… für ihn war Deutschland sein Heiligtum! Alpha und Omega! Der Anfang und das Ende! Der Sinn von Leben und Tod! Ein Mysterium! Der heilige Gral!
Und nun stand er im Hof eines deutschen Gymnasiums vor dem Abbild des Meisters und schwor ihm feierlich aufs neue, den Kampf um die eigene Mündigkeit nicht aufzugeben. Er wußte nicht, wie lange er schon, tief in Gedanken versunken, vor dem Eingang stand, doch jemand nannte ihn beim Namen.
„Grüß dich, Frank! Was stehst du denn da so allein?“ sprach jemand ganz in der Nähe.
Er drehte sich um und erkannte Alexander, einen Aussiedler, mit dem er ein paar Tage im gleichen Übergangswohnheim verbracht hatte, bis die Familie Uffelmann durch die Vermittlung von Professor Steinberg eine kleine hübsche Wohnung bei einem Bauern auf dem Berg anmieten konnte.
Alexander, ein gut gebauter, dunkelhaariger Junge, mit braunen durchdringenden Augen, war in Rußland ein absoluter Spitzenreiter in der Schule, hatte eine breit angelegte Bildung, und die beiden erkannten einander vom ersten Blick an. Alexander besuchte das gleiche Gymnasium, war aber ein Jahr älter und wurde in eine andere Klasse eingewiesen. Zwar wohnten sie jetzt ziemlich weit voneinander entfernt, doch die beiden trafen sich so oft sie konnten und ihr Verhältnis, obgleich erst kürzlich entstanden, war bemerkenswert offen und ungezwungen.
„Wie ist's gelaufen?“ fragte Alexander und streckte ihm entschlossen seine Hand entgegen.
„Erträglich“, antwortete Frank.
Obwohl er gerade noch vorhatte, aus der Welt zu flüchten, war er jetzt doch irgendwie froh, ein vertrautes Gesicht zu sehen.
„Kann ich mir gut vorstellen!“ entgegnete Alexander mit schelmischem Grinsen. „Mit deiner Lebensphilosophie sind wohl die ersten Begegnungen mit den Volksgenossen eher ernüchternd ausgefallen?“
„Im Gegenteil“, erwiderte Frank.

„Tatsächlich?!" wunderte sich Alexander, ohne seinen Spott sonderlich verbergen zu wollen. „Völlige Harmonie?"
„Nein. Das habe ich nicht behauptet. Aber es ist doch nicht so schlimm ausgefallen, wie ich zuvor vermutet habe."
„Also bist du zufrieden?"
„Ja", bestätigte Frank.
„Dann erwartest du vom Leben offensichtlich nicht viel", schlußfolgerte Alexander.
„Nein", sagte Frank und lächelte seinen Freund an, wohl wissend, daß dies nur ein Vorwand war, um ihn in die nächste weltanschauliche Diskussion zu verwickeln. „Wenn man keine überzogenen Erwartungen an das Leben stellt, wird man von ihm nur selten enttäuscht."
„Siehst du!" entgegnete Alexander zufrieden. „Da läufst du bereits bei deinen ersten Worten Gefahr, in einen unlösbaren Konflikt mit der hiesigen Gesellschaft zu geraten."
Seine Begeisterung stieg. Er ging neben Frank her und glich in diesem Augenblick einem leidenschaftlichen Professor, der nach einer erzwungenen Pause endlich wieder vor das Publikum trat.
„Gerade die vorauseilenden Erwartungen und ständige Unzufriedenheit mit dem, was man im Augenblick hat, treiben diese Gesellschaft zu Höchstleistungen. Die ganze Werbeindustrie ist tagtäglich damit beschäftigt, einem Verbraucher zu beweisen, daß er die Brotkrümel von seinem Frühstückstisch nicht wie früher mit einem einfachen Putzlappen oder gar mit der Hand wegwischen sollte, sondern unbedingt auf eine moderne, geadelte Art und Weise: ***mit einem Akku-Krümelabsauger!*** Dabei strahlt ihm von der farbenfrohen Werbung eine weißbezahnte, knapp bekleidete Schönheit so intensiv entgegen, daß er beim nächsten Shopping dieses nutzlose Ding garantiert in seinen Warenkorb wirft.
Und schon entstehen neue Arbeitsplätze! Neue Werte werden geschaffen! Somit ist auch unser Wertesystem um einen wichtigen Wert reicher geworden! Oder bist du der Meinung, daß das westliche Wertesystem – auf das moderne Leben projiziert – aus Werten

geistiger Natur besteht?“
Er schaute fragend auf seinen Freund, doch Frank schwieg. Er konnte es deutlich erkennen, daß die Frage nur eine schöne theatralische Geste war.
„Wenn du es schon mit dem Meister Kant ernst gemeint hast, dann mußt du zwangsläufig zugeben, daß das Wertesystem einer Verbrauchergesellschaft kaum im idealistischen Gesäusel der längst verschiedenen Dichter und Denker zu suchen ist. Man ist pragmatischer geworden und vor allem ehrlicher. Man schämt sich nicht mehr seiner Erdgebundenheit. Wozu denn so dreist den Himmel erzürnen? Wenn man keine Flügel hat, wär's doch höchst unehrlich, sich für einen stolzen Adler auszugeben! Allein das Wort „stolzer“ würde als ein Atavismus empfunden und eine Diskussion auslösen, die unweigerlich damit endet, daß du als verkappter Verkünder einer gefährlichen pseudoromantischen Weltanschauung verschrien wirst. Einer Weltanschauung, die schon mehr als einmal die Welt in den Abgrund der Weltkriege gestürzt hat!
Kurz gesagt, der Sinn und vor allem Erfolg einer Verbrauchergesellschaft besteht gerade in den überzogenen Erwartungen an das Leben: ein besserer Wagen, ein Hotel mit fünf statt mit drei Sternen und so weiter und so fort... Und da kommst du mit deinen entgegengesetzten Forderungen nach Bescheidenheit. Kein Mensch wird dich verstehen können!“
„Und du?“ fragte Frank und musterte den hitzigen Jungen mit einem prüfenden Blick. „Du verstehst doch die Problematik! Also bin ich nicht allein mit meinen Ansichten.“
„Da täuschst du dich, mein Freund!“ verkündete Alexander und stellte unmißverständlich fest: „Die Erkenntnis allein bewegt noch lange nicht zur Tat. Sie ist nur die Voraussetzung! Ich verstehe zwar die Zusammenhänge, doch bin ich deswegen noch lange nicht dein Kampfgenosse geworden. In meinem Falle ist das Wissen Gift. Ein einfacher Bauer kann aus Unwissenheit handeln, ihn hat womöglich jemand betrogen. Bei ihm kann vielleicht der Kant'sche Satz vom guten Willen angewandt werden. Bei mir ist es umge-

kehrt. Wenn mich der Allmächtige am Jüngsten Gericht vor seinen hohen Thron bestellt und fragt, warum ich unwürdiger Knecht mein Leben lang so gehandelt habe, dann kann ich ihm doch nicht sagen, daß ich hier oder dort etwas nicht richtig verstanden habe... Na ja, sagen kann ich schon! Doch der liebe Herrgott ist bekanntlich in der Lage, in den Abgrund der Seele zu schauen. Und dort steht wohl einiges über mich geschrieben: Gewußt habe ich und bewußt gehandelt! Soviel steht nun fest. Und dann? Dann, wie bei Dostojewski, werden mich die Teufel mit spitzen Haken nach unten zerren, dorthin, wo auch mein verdienter Platz ist. Ein weiser Mann war dieser Dostojewski! Ich würde mich nicht wundern, wenn er dies aus eigener Erfahrung wußte."
„Sag' so was nicht!" unterbrach ihn Frank und wurde auffallend ernst, sogar verärgert. „Darüber darf man nicht lachen."
Alexander verstand auch selbst, daß seine schöpferische Aufregung bereits ins Grenzenlose strebte.
„Du glaubst nicht an Gott", sagte Frank enttäuscht. „Deswegen machst du dich darüber lustig."
„Da hast du wohl recht", bestätigte Alexander. „Bei mir verhält es sich genau so, wie bei Goethes Faust: Die Botschaft hör ich wohl, allein mir fehlt der Glaube."
Sie gingen noch eine ganze Weile nebeneinander her und schwiegen.
„Übrigens wollte ich dir noch etwas anderes erzählen. Jetzt aber im Ernst", sagte Alexander nach einer kurzen Pause. „Ich habe vor ein paar Tagen einen brauchbaren Kerl getroffen. Er heißt Arthur und ist vor einigen Jahren auch aus Rußland gekommen. Er will bei einer großen Versicherung anfangen und wird bald eigene Mitarbeiter haben! Ich, zum Beispiel, werde womöglich einer von ihnen sein. Verstehst du? Da kann man wirklich Geld verdienen! Dabei hängt, wenn ich das Prinzip richtig erfasse, alles nur von dir allein ab. Man braucht keine Hochschule, keine besondere Ausbildung, und trotzdem kann man bis zu den höchsten Etagen aufsteigen!"
Er schaute erwartungsvoll auf Frank, doch sein Bekannter zeigte nicht die leiseste Spur von Begeisterung.

„Nein, Alexander, das ist nichts für mich“, erwiderte Frank.
„Warum?“ wunderte sich Alexander. „Du wolltest doch auch nebenbei ein paar Euro verdienen? Außerdem ist es viel angenehmer, als irgendwo bei den Bauern für sechs Euro eine ganze Stunde Mist zu schippen. Nicht von geistigen Werten allein lebt der Mensch. Mir steht so ein Leben schon bis zum Hals! Was der Vater verdient, reicht nicht einmal für das Nötigste. Alle werden langsam nervös und unerträglich. Die Schule plant wieder eine zweitägige Reise nach Berlin. Ich kann mir schon vorstellen, daß jeder mindestens hundert Euro einzahlen muß. Mir wird allein bei dem Gedanken, daß ich die Eltern um hundert Euro bitten muß, so schlecht, daß ich nicht einmal weiß, wie ich dieses verfluchte Gespräch überhaupt anfangen soll. Auch du wirst es bald an deinem eigenen Leib spüren!“
„Nein, das ist nichts für mich“, wiederholte Frank kategorisch.
„Aber warum?“ fragte Alexander mit seltener Beharrlichkeit.
„Weil die Versicherungen den Menschen die unmittelbare Verantwortung für ihre Nächsten nehmen und somit die lebendige Gemeinschaft immer weiter zerstören“, erklärte Frank seinem neugierigen Freund.
„Was soll denn das jetzt?“ fragte Alexander verblüfft und blieb sogar stehen. „Du willst doch nicht im Ernst den Versicherungsmaklern böse Absichten unterstellen?“
„Natürlich nicht! Das geschieht nicht, weil sie es so böse wollen. Aber wenn ich etwas mache, dann will ich mein Tun zumindest für sinnvoll halten können“, erklärte Frank. „Das Versicherungswesen ist ohne Zweifel im geschäftlichen Leben von großer Bedeutung. Aber nicht im privaten Bereich, wo es ins Geflecht der menschlichen Beziehungen greift. Früher waren die Menschen in einem Dorf oder gar in einer Stadt mit ihren Nächsten durch Tausende mannigfaltigster Bindungen miteinander verflochten. Ja, durch kleine Abhängigkeiten, wenn man so will! Sie haben nicht nur ihre Vorsteher gewählt, sondern auch Kirchen gebaut und Waisenhäuser unterhalten. Die nachbarschaftliche Hilfe war nicht nur Pflicht, wie

es heute oft vermutet wird, sondern auch eine große Ehre! Sie haben zusammengelebt ohne Pflegeversicherung und Tausende Altersheime und sind damit auch zurechtgekommen. Obwohl sie nicht einmal Strom und Gas hatten. Der Mensch hat seine Verantwortung gegenüber den Mitmenschen direkt gespürt und wahrgenommen. Ohne Mittelsmänner! Nur aus dieser Erfahrung des menschlichen Miteinanders erwächst das echte Gefühl des Mitleids und der christlichen Liebe. Auch des gegenseitigen Dankes über die Generationen hinweg. Es war eine unverfälschte Schicksalsgemeinschaft!
Indem aber der Mensch seine Verantwortung auf den Staat und die Versicherungen abschiebt, in der frommen Hoffnung, die meisten Risiken auf diese bequeme Art und Weise auszuschalten, erodieren diese Beziehungen. Es kann auch nicht mehr das echte Gefühl von Glück entstehen, denn das wahre Glück besteht nicht im Reichtum oder der Aufhebung der gemeinschaftlichen Bindungen, sondern in der hautnahen Erfahrung von gegenseitiger Verbundenheit, Freundschaft und Liebe. Das wahre Glück ist schließlich nur dann möglich, wenn der Mensch eng mit den anderen und für die anderen lebt. Und da können auch die anonymen Spenden kaum eine Abhilfe schaffen, denn ihnen fehlt der unmittelbare Bezug zu den Menschen. Schon Dostojewski behauptete: Je weniger wir imstande sind, unsere Nächsten zu lieben, desto öfter versuchen wir, uns einen Ersatz in Form von abstrakter Menschheit zu schaffen. Wenn einer sehr oft von der Menschheit im allgemeinen schwärmt, so ist es ein deutlicher Hinweis darauf, daß sein Verhältnis zu seinen Mitmenschen in eine ernsthafte Krise geraten ist. Dann ist er höchstwahrscheinlich vereinsamt und unglücklich. Oder verfolgt mit seinem Gerede von der Menschheit eigennützige Ziele. Ich bin überzeugt, daß die Zerstörung der natürlichen unmittelbaren Verantwortung gegenüber den allernächsten Mitmenschen auch das Gefühl der engeren Heimat verändert. Diese geheimnisvolle, ja sakrale Verbundenheit mit seiner Heimat wie auch die allgemeine Vaterlandsliebe sind nicht mehr das, was sie sein sollten. Sie sind ihrer Tiefe und Schönheit beraubt."

Frank beendete seine temperamentbeladenen Ausführungen und atmete tief durch. Sein Bekannter stand vor ihm wie versteinert, und die anfängliche Verwunderung auf seinem Gesicht wechselte zu einer tiefen Enttäuschung:
„Immer mußt du alles so kompliziert machen! Wir wollen doch nur Geld verdienen. Was nützen dir deine Theorien? Wenn wir das nicht machen, dann machen das mit Sicherheit die anderen. Und sie werden nicht so lange herumdiskutieren, wie du es tust. Ich bin hier ein bißchen länger als du! Ich bin schon sozusagen entzaubert. Die Menschen haben sich seit dem neunzehnten Jahrhundert bedeutend verändert."
„Der Mensch ist seit seiner Schöpfung durch Gott in seinen Veranlagungen gleich geblieben!" unterbrach ihn Frank. „Ich bin davon überzeugt, daß seine Träume und Ängste gleich geblieben sind, daß seine Sehnsucht nach Gott und reinster Liebe unauslöschbar ist. Man kann sie zeitweise unterdrücken, aber nicht vernichten!"
Alexander lächelte schief und entgegnete sichtlich entgeistert:
„Vor ein paar Monaten hat ein großes Kaufhaus angekündigt, daß jeder, der an einem festgelegten Tag ganz nackt zu ihnen käme, so etwas wie einen Gutschein oder ein paar Sachen kostenlos bekommen würde. Ich bin überzeugt, daß im neunzehnten Jahrhundert, in dem viele Menschen bittere Not und Hunger leiden mußten, eine solche Aufforderung als tiefste Beleidigung empfunden worden wäre. Hier aber habe ich in der Zeitung ein Photo gesehen, wie dieses schamlose Gesindel sich höchst ungeduldig vor dem Eingang drängte. Nicht weil sie ihre nackten Hintern schneller hinter der Tür verstecken wollten, sondern damit sie um Gottes willen nicht mit leeren Händen nach Hause gehen müßten.
Nein, mein Lieber! Das ist nicht die bitterste Not, die sie dazu gezwungen hat, unter unerträglichen seelischen Schmerzen die Kleider fallen zu lassen. Das ist nicht die aufopfernde Aufgabe ihrer Würde für die hungernden Kinder! Ich würde mich nicht wundern, wenn es nicht gerade die Ärmsten waren. Ein solches Verhalten ist eher einem Schwein mit zwei Hochschulbildungen

zuzumuten als einem einfachen Bauern.
Wenn das alles ist, was von der großen abendländischen Kultur übrigblieb, dann ist es um sie wirklich jämmerlich bestellt. Was ist das überhaupt für ein Wertesystem, wenn diese Werte es letztendlich auf die Vertilgung jeglicher moralischer Vorstellungen abgesehen haben?
Kaum ist ein Flugzeug abgestürzt, es sind nicht einmal die sterblichen Überreste aus den rauchenden Trümmern geborgen, da ertönen bereits die ersten Forderungen nach der gebührenden Entschädigung. Und wenn du meinst, daß es nur darum geht, daß die armen Familien ohne Verdienst der verunglückten Väter nicht auskommen würden, dann mußt du dringend deine rosafarbene Brille abstreifen! Nein! Diejenigen, die ihre minderjährigen Kinder verloren haben, sind in ihren Forderungen genau so vehement wie die anderen. Noch sind die Liebsten nicht der Erde übergeben worden, da werden bereits Rechtsanwälte angeheuert, im Geheimen Strategien ausgebrütet, wie man möglichst mehr und noch mal mehr an dem Unglück verdient. Ohne elementaren Anstand! Und wehe dir, du wagst es, ihnen ins Gewissen zu reden, sie gar zu beschämen, ihnen die allereinfachste menschliche Erkenntnis nahezulegen, daß es unanständig ist, am offenen Grabe ihrer Kinder über die Zahl der Silberlinge zu streiten. Dann werden sich ihre holdseligen Mienen ziemlich schnell verdüstern. Dann bist du nämlich für die meisten dieser Leute ihr ärgster Feind. Schlimmer noch als die gewalttätigen Straßenräuber! Mit denen werden sie eher christliches Mitleid empfinden als mit dir. Mit dir, mein Lieber, eher auf den Scheiterhaufen!
Aber auch das ist nicht das Schlimmste. Daß es solche Menschen überhaupt gibt, ist nicht besonders verwunderlich. Sie gab es schon zu jeder Zeit. Doch damals war die von dir gepriesene Gesellschaft tatsächlich noch so stark, daß sich dieses Gesindel nicht traute, den Kopf zu heben. Heute aber ist alles unwiderruflich verlorengegangen. Heute haben wir den sogenannten Liberalismus! Das heißt, alles Niederträchtige und Degenerative wird ausdrücklich

gefördert. Nur wissen die anständigen Menschen nicht mehr, wo sie sich und ihre Kinder vor den Exkrementen dieses allgegenwärtigen Liberalismus schützen sollen. Die Herrschaften da oben haben offensichtlich vergessen, daß Demokratie eigentlich der Wille der Mehrheit ist und daß sie sich vordergründig für die Interessen dieser Mehrheit einsetzen sollten. Die Minderheiten erhalten dabei nur ihre Rechte. Sie werden geduldet, aber nicht mehr! Aber mit denen da kannst du doch darüber nicht reden!

Schau doch mal ganz genau hin! Lauter geistige Krüppel! Und du willst hier mit der hocherhobenen Fahne den Anbruch eines neuen Zeitalters verkünden? Nein, nein, so naiv bin ich nicht! Ich werde gegen diese Wand auf keinen Fall anrennen. Ich bin kein Weltverbesserer! Übrigens kann man hier kaum was verändern oder gar verbessern. Nicht einmal in deiner unmittelbaren Umgebung. Ich bin gespannt, ob du mit deinen radikalen Ansichten überhaupt ein paar Anhänger findest, die sie nicht nur als eine neue hübsche Theorie aufnehmen, sondern sich auch bereit erklären würden, mit dir mitzumachen."

Alexander verstummte und winkte mit der Hand enttäuscht ab, als würde ihm dieses Thema seelische Schmerzen bereiten:

„Zum Teufel mit der Politik! Laß uns lieber übers Geld reden!"

Frank schaute auf seinen hitzigen Freund und lächelte:

„Wenn ich dich nicht kennen würde, hätte ich jetzt bestimmt vor dir Angst bekommen."

„Du und Angst?" wunderte sich Alexander aufrichtig. „Du hast doch vermutlich nie Angst?"

„Jeder normale Mensch hat Angst. Jeder!" erwiderte Frank mit Nachdruck.

„Ein normaler Mensch schon. Du hast aber von dir gesprochen! Oder hältst du dich womöglich auch für einen normalen Menschen?"

Alexander musterte Frank von Kopf bis Fuß und fragte:

„Du bist also ein normaler Mensch?"

„Ja", antwortete Frank ruhig.

„Ich kenne dich nur ein paar Wochen, und doch kann ich meine Hand dafür ins Feuer legen, daß ich dich richtig erkannt habe. Wenn du schon mir nicht glaubst, frag doch mal andere normale Menschen, von denen du so schwärmst, was sie von dir halten! Ich ahne schon, was sie dazu sagen würden."
Alexander grinste schief, und eine Art Bitterkeit legte sich auf sein temperamentvolles Gesicht. Er spürte, daß er wieder zu weit gegangen war, denn Frank schaute jetzt zu ihm mit seinen entwaffnenden Augen, die nach Erklärung verlangten.
„Vergiß das!" murmelte er verlegen.
„Sag's mir! Es würde gern wissen, was man über mich alles denkt."
Alexander schaute direkt in sein Gesicht und sagte zu ihm wesentlich ruhiger als zuvor: „Normale Menschen, Frank, verstehen nicht einmal die Fragestellungen, die deinen Geist beschäftigen. Die Rechten denken, daß du ein linker Hund bist, und die Linken halten dich ohne Zweifel für ein Nazischwein! Aber alle…"
Er verstummte und wandte seine Augen wieder ab.
„Was, Alexander, was?" fragte Frank besorgt.
„…alle denken bestimmt, daß du verrückt bist. Ein Außerirdischer, der sich aus den Tiefen des Universums hierher verirrt hat. Ich frag mich nur, ob das auf lange Sicht gut gehen kann?"
„Dann liegt es wohl an mir", sagte Frank leise und über sein helles Gesicht flog eine tiefe Trauer.
Sein Freund zuckte innerlich.
„Nein, Frank, nein!" widersprach Alexander hastig, ehrlich bemüht, seinen unvorsichtigen Worten die Schärfe zu nehmen. „Völlig falsch! Ich wiederhole es noch einmal: Du bist in deinen Gedanken bei den Größen, die für normale Menschen seit langem nicht mehr da sind. Kant, Hegel, Schiller... Nur Straßenschilder sind von ihnen übrig geblieben! Nicht einmal ich fühle mich in diesem Dschungel sicher. Wenn sich jemand auch mit ihren Werken beschäftigt, dann aber nur in Form einer schöngeistigen Übung. Ihr Handeln danach auszurichten, beeilen sich nicht gerade viele. Die anderen, die bekommen vor dir einfach Angst!"

„Warum?“ wollte Frank unbedingt wissen.
„Weil sie Angst haben vor deiner Wahrheit! Vor Politik, vor Vergangenheit und überhaupt... Sie reden doch nur über das Wetter und sonstige Belanglosigkeiten. Es ist ein Vergnügen, so einem Gespräch zu lauschen.“
Er ahmte geschickt, beinahe professionell nach:
„Gestern war es so schwül, so schwül! Oh ja! Man sah auch gegen Abend richtig Wolken aufziehen. Das hatte auf Siegi verheerende Wirkung! Darüber hinaus war er gestern über die Nachricht von Walters Tod so erschüttert, so erschüttert, daß er zum Abendessen zehn Minuten später als sonst erschien... Ach, Magda! Er darf sich das nicht so zu Herzen nehmen.“
Er verstummte. Sein Gesicht beruhigte sich und wirkte enttäuscht.
„Weißt du, Frank, mir scheint, daß sie einfach alle auf der Flucht sind. Verstehst du, auf der Flucht vor sich selbst, vor ihrer Geschichte, vor ihren Gefühlen... Bedauernswert, nicht wahr?“
Sie gingen weiter nebeneinander her und schwiegen.
„Weißt du?“ setzte Alexander auffallend ruhig fort. „Ehrlich gesagt, sehe ich nicht die geringste Hoffnung, daß diese Gesellschaft noch zu retten sei. Eher irgendwo in der dritten Welt, aber nicht hier im Westen. Sie haben keine Kraft mehr. Ich für meinen Teil habe beschlossen, zumindest dafür zu sorgen, daß ich materiell nicht zugrunde gehe. Nach dem banalen Motto: Rette sich, wer kann!“
Er atmete tief durch, als wollte er seine düsteren Gedanken vertreiben, und fügte wesentlich lebhafter hinzu: „Am Sonntag fahre ich mit Arthur zu einem Einführungsseminar dieser großen Versicherungsgesellschaft. Man hat mir übrigens gesagt, daß ich vor lauter Begeisterung Luftsprünge machen werde und Purzelbäume schlagen, wenn ich mir nur einmal Herrn Lech angehört habe.“
„Wer ist Herr Lech?“ fragte Frank neugierig.
„Oh-oh-oh!!!“ erwiderte Alexander. „Ein grooooßer Mann!“
Frank schaute seinen Freund sehr aufmerksam an und konnte leider nicht ganz genau erkennen, ob mehr Ironie oder doch aufrichtige Bewunderung in diesem schlichten Kommentar verborgen lag.

Versicherungs-Guru

„Er kommt! Er kommt!“ zuckte es messerscharf durch die Luft und ein Ruck ging durch die Menge der Wartenden.
Krawatten wurden zurechtgerückt, Zigaretten ausgedrückt (***Er*** raucht nicht!). Diejenigen, die ihn nicht scheuten, rückten entschlossen nach vorne. Die anderen, die seine Nähe eher seitlich suchten, ohne seinen prüfenden Blick ertragen zu müssen, drängten sich in der zweiten Reihe. Doch alle schauten in diesem Augenblick nur in eine Richtung.
Von der Anhöhe, wo das dreistöckige Gebäude stand, sah man auf eine malerische Ebene, die weiträumig von einer bewaldeten Hügelkette gesäumt war. Unten im Tal, in den milden Strahlen der aufgehenden Sonne schlängelte sich wie ein Fluß der graue Streifen der Autobahn, auf deren spiegelglatter, weiß markierter Oberfläche ein eleganter dunkler Wagen sich schnell vorwärts bewegte. Er wechselte auf die Bremsspur, fuhr in die Schleife der Ausfahrt ein und blieb schließlich vor der roten Ampel stehen.
Ungewöhnlich leer war es an diesem Sonntagmorgen auf den Straßen, und aus dem Grunde konnte es kaum Zufall sein, daß zehn vor acht ein prächtiger BMW der siebener Reihe an dieser Kreuzung vorgefahren war.
Das mußte ***er*** sein! Alle wußten: Wenn der Wagen jetzt nach rechts abbiegt, dann sind auch die letzten Zweifel dahin.
Und es geschah tatsächlich: Der Siebener fuhr los und bog entschlossen nach rechts ab.
Mobiltelefone wurden gezückt, und die wichtigen Männer mit ernsten Gesichtern gingen ein paar Schritte zur Seite, um auch die anderen Mitarbeiter, die es selber nicht sehen konnten, in Kenntnis zu setzen, daß ***er*** im Anmarsch sei!
Und da oben, im zweiten Stockwerk des Gebäudes, sprang der Funke blitzschnell von einem zum anderen über, bis die Neuigkeit auch diejenigen erreichte, die zunächst noch in ihrer jungfräulichen Unwissenheit gehalten werden sollten. Auch sie kamen in Bewe-

gung. Nicht, daß jemand ihnen absichtlich etwas verraten hätte. Nein! Allein durch den Anfall von Geschäftigkeit, von der die Mitarbeiter der Geschäftsstelle so urplötzlich ergriffen wurden, ging überdeutlich hervor, daß es bereits soweit war. Die Röcke wurden zurechtgerückt, Frisuren geprüft. Die Unwissenden drängten sich aufgeregt am großen Fenster im Flur...

Der Wagen aber näherte sich inzwischen dem Aufgang und kam einige Schritte vor der breiten Steintreppe zum Stehen.

Es wurde still. Niemand stürzte zum Wagen: ***Er*** mag das nicht! ***Er*** wollte einer von ihnen sein, der zwar ganz oben war, doch von ganz unten gekommen, von dort, wo sie jetzt waren.

Der Wagen stand einige Minuten, ohne daß ihn jemand verließ: ***Er*** telefonierte! ***Er*** unterhielt sich mit einem unsichtbaren Gesprächspartner, und man sah, wie ***er*** so herzlich lachte. Neben ihm, auf dem Vordersitz saß ein bildhübsches junges Mädchen und schmunzelte zeitgleich mit ***ihm***, aufrichtig bemüht, den Sinn des Gesprächs zu erfassen. Auch auf dem Rücksitz saß jemand und wartete, bis ***er*** das Gespräch beendet hatte.

Dann gingen die Türen fast gleichzeitig auf, und ***er*** kam ganz plötzlich zum Vorschein: mit einem Satz, sportlich, elegant, gut aussehend, glücklich! O ja! Glücklich! So selbstverständlich glücklich, als wäre das Glück für diesen Menschen bereits vor seiner Geburt entschieden worden.

Er ging um den Wagen herum, half mehr angedeutet, aber doch elegant seiner bezaubernden Begleiterin aus dem Wagen, sagte ihr lächelnd etwas ins Ohr und legte den Autoschlüssel in ihre zierliche Hand.

Sie küßte ihn, kaum mit den Lippen die glatt rasierte Wange berührend, und entließ ihn sichtlich enttäuscht ob der Trennung zu den Seinigen.

„Bis zum Abend, Schatz!" flüsterten ihre Lippen.

Keiner von den Wartenden hörte es wirklich, doch jeder fühlte es beinahe physisch, daß sie es gesagt haben sollte, um das ohnehin unermeßliche Glück zu vervollständigen.

Wer war er für all die Angereisten? Ein Feldherr? Ein Magier? Ein neuliberaler Messias, der seinen Jüngern den Weg in die glorreiche Zukunft wies?
War er nicht die Verkörperung dessen, was tief in der Seele jedes einzelnen, der an jenem Morgen den Weg in dieses Gebäude gefunden hatte, schon lange schlummerte? Wollten ihre sehnsüchtigen Augen etwa nicht sagen, daß sie in ihm ihre eigene Zukunft träumten? Diesen süßen neudeutschen Traum?
Er ging entschlossen auf die erste Reihe zu, die wie auf Befehl vor ihm zur Seite wich, eine breite Straße zum Eingang bildend. Den ersten streckte er freundlich die Hand entgegen, und sie schüttelten sie fast ebenbürtig. Aber eben nur fast!
Der junge Mann, der zuvor auf dem Hintersitz in seinem Wagen gesessen hatte, schritt hinterher und strahlte vor Glück: Er kam mit ***ihm***! Und wenn man ihn später fragen würde, was er denn mit ***ihm*** gemacht habe, wird er die Frage gleichgültig abwinken, als wäre dies eine alltägliche Nebensächlichkeit: „Nichts Besonderes!" Und der Beglückte wußte, daß dieses Geheimnis auch ihn in ihren Augen nach oben reißen würde.
Diejenigen aber, die heute zum ersten Mal dabei waren und über ***ihn*** nur unzählige Geschichten gehört hatten, waren in vielerlei Hinsicht überrascht. Ja, verwirrt waren sie!
Sollte es wirklich einer sein, der von ganz unten kam? Zu fein, zu nobel, als wäre er eben von einem wichtigen Fernsehtermin herbeigeeilt. Aus einer anderen Welt! Und doch so herzlich, ohne jegliche Spur von Überheblichkeit.
Er lief ohne Mühe in den zweiten Stock, wie immer den Aufzug ignorierend, und ging direkt auf die wartende Sekretärin zu. ***Er*** lächelte sie unwiderstehlich an, wechselte ein paar Worte, nahm ihre gepflegte Hand und küßte sie, ohne lange zu überlegen. So natürlich und leicht! Und schon im nächsten Augenblick passierte ***er*** die geräumige Vorhalle, nickte dem einen oder dem anderen mit dem Kopf zu und verschwand schließlich hinter der grauen Tür mit der schlichten Aufschrift: „Geschäftsstellenleiter". Auch zwei

andere offensichtlich leitende Mitarbeiter sprangen ihm nach. Verzaubert und nachdenklich standen diejenigen, die ***ihn*** zuvor noch nicht gesehen hatten. So anders war er, so unendlich weit von dort, wo sie jetzt standen. Ist das überhaupt möglich, daß sie einmal genau so wie ***er***... genau so glücklich...
Entmutigt fühlte man sich eher als motiviert.
Bald darauf trat jemand aus dem Zimmer des Geschäftsstellenleiters und bat alle mit breiten ungeduldigen Handbewegungen in den großen Seminarraum...

Sie warteten schon eine gute Viertelstunde auf ihn. Die hübschen Sekretärinnen brachten Getränke, prüften erneut die Tafel und als seine Stimme aus der Vorhalle zu hören war, beeilten sie sich, den Raum zu verlassen.
Willi Lech kam herein, schaute flüchtig in die Runde, ging zum Rednerpult und blieb dort stehen. Sein ruhiger und selbstbewußter Blick tastete nun jeden einzelnen ab.
Hinter ein paar Dutzend Tischen saßen Leute, denen nur ein einziges gemeinsames Merkmal anzusehen war: Alle trugen Anzüge und Krawatten. So war es mehrfach und ausdrücklich gesagt worden: Nur so! Das war wie ein Passierschein in die neue Zukunft.
Sie unterschieden sich in allem: neben den achtzehnjährigen Grünschnäblern saßen die Fünfzigjährigen mit den Gesichtern und Händen der Bauarbeiter, schmächtige Studentengestalten neben professorenähnlichen Bartträgern. Es waren auch solche, denen man abends möglichst aus dem Wege ginge...
Wären nicht diese Anzüge und Krawatten, so würde man sie für Flüchtlinge halten. Schiffbrüchige, die das Schicksal zusammengewürfelt hatte und die von der Rettungswache im stürmischen Meer aufgesammelt wurden.
Wie verschieden sie auch waren, saßen sie jetzt still und hielten die ausgeteilten Blöcke und Kugelschreiber mit dem blauen Namenszug der großen Versicherungsgesellschaft bereit.
„Meine Damen und Herren“, sagte Willi Lech sehr ruhig. „Ich freue

mich aufrichtig, Sie in unserer Geschäftsstelle begrüßen zu dürfen.“ Er war ungewöhnlich ernst. Keine Spur mehr von dem Lächeln, das noch vor kurzem sein Gesicht erhellt hatte. Er sprach eindringlich, offensichtlich darum bemüht, jedem einzelnen zu verstehen zu geben, wie wichtig sie für ihn waren.
„Es ist nicht selbstverständlich, daß Sie heute hierher gekommen sind. Für mich ist es ein Zeichen dafür, daß Sie mit dem, was Sie heute haben, nicht oder zumindest nicht ganz zufrieden sind. Eine Eigenschaft, die nicht jedem in die Wiege gelegt wurde.“
Er wirkte nachdenklich und schaute angestrengt auf den Boden. Dann blickte er wieder in die Menge und fuhr fort:
„Als ich zu diesem Seminar gefahren bin, dachte ich darüber nach, was ich mit Ihnen heute besprechen sollte. Was wäre das Wichtigste? Welche Botschaft sollte ich in dieser knapp bemessenen Zeit rüberbringen? Und immer wieder, wenn ich an das Wichtige gedacht habe, erinnerte ich mich an eine sehr lehrreiche Geschichte aus meinem eigenen Leben.
Als ich noch ein Junge war, versuchten viele Menschen mir zu beweisen, daß das Geld im Leben nicht das Wichtigste sei. So jung und unerfahren ich war, glaubte ich diesen Menschen und bemühte mich nicht sonderlich um meine Zukunft. Doch dann kam eine Zeit, in der ich nicht einmal Geld hatte, um mich anständig ernähren zu können. Nun erinnerte ich mich an die zahlreichen guten Menschen, die das Geld für nicht so wichtig hielten... – doch unerklärlicherweise im Überfluß hatten. Da fragte ich mal bei einem, mal bei einem anderen, ob sie mir was leihen könnten, um diese Zeit ohne allzu schmerzvollen Verlust an Ehre überbrücken zu können. Doch die guten Menschen verschlossen ihre Herzen und suchten nach passenden Ausreden. Erst dann erfuhr ich selbst, wie erniedrigend die Not sein kann.“
Er verstummte, und einigen schien, daß seine Augen feucht geworden waren. Willi Lech hob sie vertrauensvoll zu den Anwesenden und schaute dann auf einen älteren Herrn mit großen abgearbeiteten Händen. Er saß in der ersten Reihe und hörte sehr auf-

merksam dem Redner zu. Ihre Blicke kreuzten sich, und einige Zeit sah es aus, als hätte auch ihn der gleiche Schmerz erfaßt.
„In diesen Tagen dankte ich dem lieben Gott, daß ich noch keine Kinder hatte, daß ich nicht jeden Tag in ihre fragenden Augen schauen mußte und nach Worten suchen…“
Der ältere Mann senkte den Blick zu Boden und preßte seine trockenen Lippen zusammen.
„Erst dann eröffnete sich mir die ganze Wahrheit“, fuhr Willi Lech mit wieder erstarkter Stimme fort. „Nicht einmal eine Dose Cola kriegen Sie, wenn Ihnen nur ein paar Kupfermünzen fehlen! Und da schwor ich mir selbst, bei allem was ich für heilig hielt, daß ich mich aus dieser materiellen Knechtschaft erlösen und meine Freiheit wiedererlangen werde!
Diesen guten Menschen aber werde ich nie verzeihen! Nie! Und wissen Sie, warum?“
Er verließ den Rednerpult, ging einige Schritte vor und fuhr schließlich, ohne eine Antwort abzuwarten, leidenschaftlich fort:
„Nicht weil sie mir ihre Hilfe versagten! Nein! Das hätte ich wohl verkraftet. Ich werde ihnen nicht verzeihen, weil sie mich betrogen haben! Weil sie mir so lange die Wahrheit vorenthalten haben und den Kopf mit Sachen vollstopfen wollten, für die sie nicht einmal bereit waren, ein paar Silberlinge zu opfern! Nur wegen dieser Lüge, meine Damen und Herren, wegen dieser Lüge kann ich und will ich diesen Leuten nicht verzeihen.“
Er schüttete sich energisch ein Glas Wasser ein, trank einen Schluck davon, beruhigte sich und sprach mit eindringlicher Stimme weiter:
„Meine Damen und Herren, wir sind heute hier zusammengekommen, um einige wirklich wichtige Sachen zu besprechen. Und zwar: wie wir gemeinsam zum Erfolg kommen! Das Gerede über das Wichtigste im Leben überlassen wir getrost denen, die damit wiederum nichts anderes tun, als ihr Geld zu verdienen.“
Der Redner überblickte souverän die Reihen der angehenden Versicherungsagenten, die ihre Kugelschreiber bereithielten, um die Perlen seiner Weisheit akkurat und möglichst ohne Auslassun-

gen in ihren dicken Schreibblöcken zu sammeln.
Sie waren motiviert, sehr motiviert!
„Damit wir gleich am Anfang unmißverständlich unsere Ziele vor Augen haben, versuchen wir sie zunächst einmal zu formulieren. Als erstes möchte ich behaupten, daß wir alle reich werden wollen."
Willi Lech hielt an und versuchte, wie schon so oft, möglichst jedem einzelnen Teilnehmer dieser Veranstaltung forschend in die Augen zu blicken: „Wer in dieser ehrenwerten Runde möchte eine andere Meinung vertreten?"
Alle schwiegen. Alle wollten es. Vielleicht hatte nicht jeder von ihnen es früher so direkt ausgesprochen, aber sie wollten es. So wie er es geworden ist. Einst ein Fließbandarbeiter in einem Montagewerk, ist er kometenhaft in ungeahnte Höhen der modernen Welt aufgestiegen. Zu den ganz Großen. Er fährt einen Siebener und hat auch noch einen dunkelblauen Porsche in der Garage: so zum Spaß! Er mag das, einfach so am Sonntag mit diesem Wagen gemächlich nach der nahegelegenen Großstadt zum späten Frühstück zu fahren. Er habe dabei ein besonderes Gefühl! Allein deswegen, teilte er offenherzig denen mit, die es noch nicht wie er geworden waren, lohne es sich, so ein Ding anzuschaffen.
Er war ein Meister. Er machte es professionell.
Er mußte nicht seine Vorstellungskraft vergewaltigen, um eine blasse Ahnung davon zu gewinnen, wie es dort, ganz unten aussah. Er hatte das alles selbst erlebt.
Als ihn das widrige Schicksal an das Fließband geworfen hatte, machte er seine erste Erfahrung mit der körperlichen Arbeit. Da er aber nur den Hauptschulabschluß in den leeren Taschen hatte, wurde ihm auf einmal bitter klar, daß der Sessel eines Chefs keine realistische Perspektive für ihn darstellte.
Man hatte ihn zunächst als Neuling auf einem der schwierigsten Abschnitte eingesetzt. In Schichtarbeit montierte er schwere Räder auf die großen teuren Wagen, auf denen dann die anderen durch Europa fuhren.
Die eisernen Felgen und der allgegenwärtige Reifengeruch ver-

folgten ihn überall. Auch dann, wenn er sich entkräftet nach Hause schleppte. Räder! Diese verfluchten Räder rollten in seine Träume hinein, tauchten unerwartet und rücksichtslos in seinem Kopf auf, verdrängten und walzten dort alles platt und nieder, bis er schließlich aufgegeben hatte.
Zwei Monate hatte er ausgehalten! Für ihn eine Ewigkeit.
Nun saß er ohne Arbeit, ohne Geld und wußte nicht, was er tun sollte. Bis der glückliche Zufall ihm einen großen Mann schickte, der in ihm etwas entdeckte, was den anderen offensichtlich nicht so deutlich aufgefallen war: seine Augen. Sie waren offen und vertrauenerweckend. Sogar dann, wenn er offensichtlich gelogen hat. Der vornehme Herr, der die wichtigste Geschäftsstelle einer großen Versicherungsgesellschaft leitete, nahm den mittellosen jungen Mann in seine norddeutsche Heimat einfach mit und eröffnete ihm die Geheimnisse seiner Branche.
In zwei Jahren war Willi Lech zu dem geworden, was er nun war. Ein erfolgreicher Versicherungsgeneral, wie sie es zu nennen pflegten. Er mußte nicht mehr durch die Gegend fahren, um den Menschen Policen für Lebensversicherungen aufzudrängen, nein! Das machten jetzt diejenigen, die noch ganz unten, am Fuße einer riesigen Provisionspyramide standen. Er dagegen war oben, fast an der Spitze, und die ganze Struktur arbeitete fleißig, um ihn weiter nach oben zu tragen und noch reicher zu machen.
Ein geniales Konzept hat es möglich gemacht. Seinerzeit rekrutierte er einige Mitarbeiter, und bei jedem ihrer Abschlüsse bekam er einen vertraglich festgelegten Teil ihrer Provision. Diese Mitarbeiter haben ihrerseits für sich Mitarbeiter gefunden, und so wuchs dieser merkwürdige Bau und wuchs, bis er zu einem Monstrum mit knapp tausend freien Mitarbeitern herangewachsen war. Ein moderner Vasallenstaat mit seinen Grafen, Fürsten und Königen, in dem jeder seinen Platz einnahm und seinen Teil vom großen Kuchen hatte. Doch im Unterschied zu früheren Zeiten gab es hier keinen Ständedünkel. Jeder wußte, daß er gleiche Chancen hatte und in absehbarer Zeit bis zu den höchsten Ebenen aufsteigen könnte.

Daher war hier auch keine Spur von Aufruhr und Revolution. Man sah sich immer höher als man tatsächlich war, und wollte aus diesem einfachen Grund seine zukünftigen Rechte und Verdienstmöglichkeiten nicht beschneiden.
So war auch Willi Lech aufgestiegen. Er pflegte diesen Bau sehr liebevoll. Denn die kleinen Geldbächlein von ganz unten flossen zusammen und wurden dort, wo er stand, zu einem mächtigen Strom, wo seine monatlichen Einkünfte in Zehn- und Hunderttausenden berechnet wurden.
Und nun sind die nächsten zu einem Einführungsseminar gekommen. Sie wurden von denen angeworben, die einige Wochen zuvor in diesem Saal gesessen und genau wie sie mit Herzklopfen dem begabten Redner zugehört hatten.
„Warum ich Ihnen das so direkt sage: Reich werden! Weil ich nicht lügen möchte. Ihnen, meine Damen und Herren, will ich nichts vorlügen, damit keiner später zu mir kommt und sagt, ich habe das und jenes gedacht. Nein, ich sage Ihnen das gleich und bin der Meinung, daß es ein legitimer Wunsch jedes einzelnen Menschen ist, reich zu werden! Davon träumen sowohl Katholiken als auch Evangelische, Gesunde und Kranke, Alte und Junge, und wer von ihnen nun mehr oder weniger von diesem Wunsch erfaßt ist, sei nicht unsere Sache.
Als ich, meine Damen und Herren, vor nicht allzu vielen Jahren wie Sie auf einem Seminar saß und einem erfahrenen Kollegen zuhörte, habe ich mir geschworen, daß ich mein Ziel in diesem Leben erreichen werde!
Ich hatte einen guten Kameraden, der zusammen mit mir vor einigen Jahren am Fließband die Räder montierte. Ich habe ihm damals gesagt: Komm, Klaus, komm! Unternehmen wir etwas, was aus uns Menschen macht! Menschen mit Format und Ideen. Er hat meinen freundschaftlichen Vorschlag abgelehnt..."
Der Redner machte wieder eine kleine Pause und fügte dann mit pathetischer Feierlichkeit hinzu:
„Die ganze Wahrheit, meine Damen und Herren, besteht darin, daß

er bis heute noch die beste Zeit seines Lebens dort verbringen muß, wo er auch früher war: am Fließband eben, meine Damen und Herren, am Fließband!
Was mein bescheidener Wille und ein geniales Konzept unserer Versicherungsgesellschaft aus mir gemacht haben, wissen Sie schon mit Sicherheit von meinen Mitarbeitern."
Er schwieg und lächelte triumphierend der begeisterten Menge zu. Er wußte, daß die Vorarbeit bereits geleistet worden war und daß die meisten sich schon vor dem Seminar in ihre glorreiche Zukunft hineingeträumt hatten.
Er mußte nur das hoffnungsvolle erhebende Gefühl festigen, Zweifel zerstreuen, ein Beispiel für die Verwirklichung dieses neudeutschen Traumes in eigener Person präsentieren.
„Die wichtigste Erkenntnis, die ich in dieser Zeit gewonnen habe, besteht darin, daß für den Erfolg eigentlich nicht so sehr die Kenntnisse entscheidend waren, sondern der unerschütterliche Wille, der mir an manchen erfolglosen Tagen, wo ich bereits das Handtuch werfen wollte, neue Kraft gab.
Und wirklich. Es vergingen einige Tage, und die Schwierigkeiten, die mich einst ins Wanken gebracht hatten, schienen mir so klein, so unbedeutend. Mit Entsetzen habe ich mir später die bange Frage gestellt: Was wäre aus mir geworden, wenn ich damals kleinmütig aufgegeben hätte?"
Er hielt wieder an. Er war ein begabter Schauspieler. Sogar diejenigen, die mit ihm schon seit Jahren im Geschäft waren, hatten manchmal den Eindruck, daß er selber an das Gesagte glaubte.
Viele haben versucht, seine Live-Ausführungen aufzunehmen, auf Papier zu bringen, auswendig zu lernen. Alles umsonst! Auf Papier gelegt machte es keinen besonderen Eindruck. Doch wenn er so selbstbewußt und leidenschaftlich dastand, packte es sogar seine engsten Mitarbeiter, die es bereits hundertmal gehört hatten.
„Einige von Ihnen würden vielleicht sagen: Na ja, mir ist wichtig, daß ich meine zwei- oder dreitausend Euro in der Tasche habe. Aber, meine werten Damen und Herren, diese naiven Gedanken

können nur dann kommen, wenn man nicht weiß, was das bedeutet, reich und vor allem ***erfolgreich*** zu sein!
Alle Träume, die Sie früher nicht einmal ihren Nächsten anvertraut haben, erfüllen sich ziemlich schnell. Dessen bin ich mir ganz sicher! Dahinter aber eröffnen sich Ihnen allmählich andere Horizonte. Hinter dieser magischen Linie beginnt erst das eigentliche Leben. Und unsere Versicherungsgesellschaft sagt: Wenn wir sehen, daß ein Mitarbeiter einen Traum hat, einen Traum von etwas Größerem als das, was er jetzt ist; wenn wir sehen, daß dieser Mensch bereit ist, für diesen Traum auch etwas zu leisten, so werden wir diesen Menschen freudig in unserer Mitte begrüßen und ihn als unseren Bruder, der von gleichem Geist, von gleichem Feuer beseelt ist, mit allem, was wir nur haben und aufbringen können, unterstützen. Und wir haben einem solchen Mitarbeiter einiges zu bieten. Wir haben eigene weiterbildende Seminare, wir haben eine eigene Akademie mit den besten Professoren! Ich sage ihnen hier und heute, einen solchen Menschen werden wir wie ein kostbares Juwel behandeln, ihm auch die Zeichen unserer Anerkennung nicht versagen."
Einer der im Flur stehenden Angestellten machte einen kleinen Spalt in der Tür zum Seminarraum auf, lauschte ein wenig und schloß sie wieder zu.
„Jetzt kommt es, mit den Giraffen... Das mag er besonders gern", flüsterte er leise.
„Hätte er sich doch was anderes einfallen lassen, mit Elefanten zum Beispiel, oder mit Nashörnern!" warf ein Vierzigjähriger ein, der auf dem harten Bürostuhl saß und den kalten Kaffee aus dem Plastikbecher nippte.
„Nee, wenn er was im Kopf hat, bringst du ihn davon nicht mehr ab", sagte der Dritte gleichgültig.
Im Saal aber massierte Herr Lech die Menge bereits mit einer solchen Intensität, daß einige Seminarteilnehmer ihre Krawatten lockern mußten. Ein immer größer werdendes Gefühl der Glückseligkeit breitete sich aus. Jeder fühlte sich mehr oder weniger ange-

sprochen. Ein bebrillter Herr in den besten Jahren und mit einem klugen Ziegenbärtchen schwankte erregt hin und her, riß in regelmäßigen Abständen seine schwere Brille herunter, wischte temperamentvoll mit der ganzen Handfläche den Schweiß von seinem Gesicht und setzte die Brille wieder auf.

Daß jemand von den ganz Großen bereit war, dich wie ein kostbares Juwel zu behandeln, das klang nach langer Zeit der Arbeitslosigkeit, dieser größten Erniedrigung, wo man wie ein Bettler von Zimmer zu Zimmer ging, immer wieder seine Geschichte erzählte, während die da hinter den grauen Bürotischen auf dich schweigend und mißtrauisch herabschauten... danach klangen diese Worte wie eine magische Musik in den Ohren der Schiffbrüchigen.

Und der Guru der Versicherungswelt setzte nur noch nach:

„Wenn Sie dieses Gefühl, reich zu sein, einmal erleben! Wenn Sie in einem nennenswerten Wagen, in einem Designeranzug und mit einer Schweizer Uhr im Wert von zwanzigtausend Dollar zu einer Party von Ihresgleichen fahren! Wenn Sie jedem dieser Ehrenwerten ohne Furcht in die Augen schauen können! Und zwar nicht, weil Sie jetzt plötzlich viel, viel Geld haben, sondern weil Sie zu diesem Geld von ganz unten gekommen sind. Wie einst Ford und seinesgleichen... Wenn Sie den meisten von denen sagen können: Ihr da habt euer Vermögen von euren erfolgreichen Papas und Mamas geerbt. Ich aber bin nicht nur euch, sondern auch euren ehrenwerten Eltern ebenbürtig..."

Willi Lech hielt an, da ihn die plötzliche Gefühlsaufwallung beim Reden zu hindern drohte. Es klang ehrlich, aus dem Herzen gehend. Er beruhigte sich allmählich und fügte, von einem höheren Gefühl ergriffen, wesentlich leiser hinzu:

„Ich bin es geworden... Ich habe meinen ersten Traum erfüllt, meine Damen und Herrn, und ich will Ihnen helfen, damit auch Sie diesen Traum im Leben umsetzen können. Und ich verspreche Ihnen eines: Wer von Ihnen den nötigen Willen mit in diese Räume gebracht hat, den werde ich zu seinem Ziel wie meinen teuersten Freund begleiten!"

Er schaute erneut in die Runde, und zwar mit einer solchen Überzeugungskraft, daß auch den letzten Skeptikern die Zweifel davonflogen.
„Auch ich werde davon profitieren, keine Frage! Weil unser Konzept so aufgebaut ist, daß wir gemeinsam tätig sind und alle gleiche Chancen haben. Auch Sie, meine Damen und Herren, werden einst so wie ich hier stehen und Ihren neuen Mitarbeitern den Weg in die Zukunft zeigen.
Und wenn Sie dann zurückblicken, so werden Sie feststellen müssen, daß alle Mühe auf diesem Wege nicht umsonst war. Nicht nur in materieller Hinsicht, nein! Sie werden es sehen, daß viele dann zu mir kommen, wie auch heute viele zu mir kommen und „Danke!" sagen. Danke, Herr Lech, daß wir zu dem geworden sind, was wir sind! Danke auch von unseren Familien und besonders von unseren Kindern, die eine bessere Zukunft vor sich haben als die meisten iherer Altersgenossen. Doch bei allem Verständnis für diese warmen Worte muß ich Ihnen bescheiden gestehen, daß ich nur das an Sie weitergebe, was auch ich einst von meinen erfahrenen Kollegen dankbar bekommen habe."
Er legte wieder eine längere Pause ein.
Hinter der Tür aber standen immer noch seine Mitarbeiter aus der vierten Stufe. Der bärtige Seibel wich von der Tür zurück und wandte sich an seinen Kollegen:
„Tausendmal habe ich mir diesen Unsinn bereits angehört, und trotzdem, wenn Willi die Leier aufzieht, geht es mir jedes Mal unter die Haut." Er schüttelte anerkennend den Kopf und seufzte. „Da muß man noch lernen und lernen, bis man so babbeln kann."
Der Angesprochene drückte seine Zigarette im großen Aschenbecher langsam aus und erwiderte ihm sachlich:
„Das muß man im Blut haben. Schau dir mal nur sein Gesicht an! So einer wird dir alles aufbinden können und dir dabei direkt in die Augen schauen."
„Das habe ich doch gerade gemeint!" sagte der Bärtige. „Manchmal redet man so vor der Menge, und plötzlich stolpert man an einem

Blick… und da stehst du wie ein Trottel da, ohne zu wissen, wo du gerade aufgehört hast."
„Laß das lieber Willi durchziehen, bis wir soweit sind", antwortete sein Kollege, während aus dem Seminarraum die Schlußworte des Geschäftsstellenleiters zu ihnen herüberschallten:
„Viele von Ihnen denken vielleicht, daß dieser Weg unendlich lang ist. Ich aber sage Ihnen entschieden: Nein! Wie Sie sehen, bin ich nicht gerade ein Greis, der sich auf den Früchten seiner Lebensarbeit ausruht. Im Gegenteil! Ich bin, meine Damen und Herren, siebenundzwanzig…"

Die unverhoffte Rettung

Spät am Abend, als die Sonne bereits hinter der flachen Hügelkette verschwunden war, verließen die Seminarteilnehmer in berauschender Hochstimmung das moderne Gebäude der Geschäftsstelle und ergossen sich auf den davorliegenden Parkplatz. Einige konnten ihre Begeisterung kaum noch im Zaum halten und schwärmten, aufgeregt mit den Händen fuchtelnd, über die Einzelheiten der bemerkenswerten Veranstaltung. Die anderen wiederum gingen in sich versunken langsam dahin. Doch alle mit einem klaren Ziel vor Augen, nicht nur die eigene Rettung aus den dunklen Niederungen ihres kaum beneidenswerten Daseins zu vollziehen, sondern vor allem ihre großen Familien auf die Sonnenseite des Lebens hinüberzubringen. Vielleicht nicht so schnell und mühelos wie der strahlende Held des Tages, Willi Lech, aber zumindest wie seine tatkräftige Garde, in der zweiten Reihe...

Arthur, der neue Bekannte von Alexander, befand sich in ähnlicher Stimmung. Sogar seine Hände zitterten leicht, als er versuchte, eine Zigarette aus der Schachtel zu ziehen.

Er war ein hochgewachsener, breitschultriger junger Mann mit einem großen kantigen Kopf. Sein eher nachdenkliches Gesicht belebten zwei kleine Augen, die auffallend tief in ihren Höhlen saßen und von breiten buschigen Brauen überschattet wurden. Er atmete einige Male tief durch, um sich gänzlich zu entspannen, und starrte prüfend seinen neuen Mitarbeiter an.

„Was hab' ich dir gesagt?“ fragte Arthur triumphierend. „Jeder, der Lech gehört hat, ist dabei!“

Alexander schwieg und grinste ihn schelmisch an. Besonders erheiternd fand er den grauen, leicht karierten Anzug, der bei Arthur trotz weißem Hemd und dünner Krawatte eher fremdartig wirkte.

„Was lachst du denn?“ fragte Arthur verwundert und merkte erst jetzt, daß sein neuer Bekannter nicht sonderlich begeistert zu sein schien. „Hast du überhaupt etwas verstanden?“

Alexander lächelte noch breiter.

„Du fragst, ob ich alles verstanden habe?“
„Ja, frage ich!“ erwiderte Arthur pikiert.
„Ich erlaube mir ausnahmsweise die Freiheit, an dieser Stelle zu behaupten, daß gerade ich, im Gegensatz zu vielen anderen, den Sinn des Gesagten in seiner ganzen Tragweite erfaßt habe“, antwortete Alexander ruhig und streckte sich vergnügt aus.
Er beobachtete eine Weile, wie die aufgeregten Menschen ihre Schrottwagen bestiegen und eiligst davonfuhren, um ihren Familien die frohe Botschaft über die bevorstehende Rettung ihrer verloren geglaubten Seelen zu verkünden. Der Parkplatz leerte sich zusehends, und um seine klugen Augen legten sich leichte Falten, eine Spur von ehrlichem Mitgefühl.
„Arme Menschen…“, flüsterten seine Lippen kaum hörbar.
Arthur aber achtete auf seine Worte nicht, denn er war jetzt in seiner eigenen Welt. Als er vor einem Jahr durch eine glückliche Fügung in das Montagewerk eines riesigen Automobilkonzerns aufgenommen wurde, schwelgte er im reinsten Glück. Fleißig und zuverlässig wie er war, bekam er bereits nach einem Monat die feste Zusage des Schichtleiters: Sollte jemand gekündigt werden, dann würde Arthur der letzte sein. Jeden Tag stellte er an seinem Kissen zwei Wecker auf und in der Winterzeit kam er nicht selten eine ganze Stunde früher: Wer weiß, was auf den Straßen los war!
Doch vor ungefähr zwei Wochen erschien bei ihm sein Cousin aus Koblenz und setzte ihm diese atemberaubende Idee mit der Versicherung in den Kopf. Seine Begeisterung stieg, und kaum hatte sein Verwandter die vagen Grundzüge dieser Geschäftsidee offenbart, konnte er nicht mehr ruhig sitzen. Vor Freude schloß er bei ihm einen Lebensversicherungsvertrag ab, ohne genau zu wissen, was sich dahinter verbarg: Die Hauptsache, man verliert das Eingezahlte nicht! Sogleich verblaßte auch die Zufriedenheit mit seiner Arbeit im Montagewerk, und bald träumte er Tag und Nacht nur noch an die glorreiche Zukunft im riesigen Versicherungsunternehmen. Aus dieser Logik heraus sah er schon den Tag kommen, an dem er seinen verblüfften Kollegen mitteilen würde, daß er leider

seine sichere Stelle im Werk aufgeben müßte. Warum? Weil große Taten bevorstanden! Ein neues Leben! Und jetzt nach dem Einführungsseminar fühlte er sich in seinen Annahmen mehr als bestätigt.
„Das ist etwas anderes, als am Fließband eine Schicht nach der anderen zu schieben!“ verkündete Arthur seinem neuen Mitarbeiter. „Hier kannst du mit Anzug und Krawatte durch die Gegend fahren! Zwar muß man sich auch anstrengen, dafür kann man später im Büro sitzen und nur noch die Mitarbeiter motivieren. Die werden für dich Einheiten schreiben und neue Mitarbeiter anwerben. Und du wirst nur kassieren. Das ist ein Leben!“
Er warf den kurzen Zigarettenstummel auf den Boden, rieb zufrieden seine schaufelgroßen, grob geschnittenen Hände und holte aus der Schachtel noch eine Zigarette.
„So kann ich nicht fahren“, warf er Alexander zu und zündete sie an. „Ich muß mich zunächst beruhigen.“
„Das ist nicht so einfach“, sagte sein neuer Bekannter.
„Was?“ fragte er und lehnte sich lässig an den Wagen.
„Mit dem Kassieren, meine ich“, erklärte Alexander sachlich.
„Worüber redest du denn?“ empörte sich Arthur. „Du hast doch alles gehört! Alles echt!“
„Zum Kassieren, mein Freund, eignet sich leider nicht jeder. Zumindest nicht diejenigen, die ich heute gesehen habe. Am Kassenapparat herrscht bekanntlich ein unheimliches Gedränge. Darunter einige, die höher fliegen und weiter sehen. Von diesen da, dessen bin ich mir sicher, bleiben nach einem Monat nur noch ein paar übrig“, vertraute Alexander seinem Bekannten an.
„Warte mal!“ stieß dieser verblüfft aus. „Willst du etwa sagen, daß du nicht mitmachen willst?“
Panische Angst flammte in seinen Augen auf, während sein kantiger Unterkiefer ein wenig nach unten sackte.
„Hab' keine Angst!“ sagte Alexander beruhigend. „Ich bleibe dabei und bin dein Mitarbeiter. Zumindest einige Monate.“
„Wieso nur einige Monate?“ fragte Arthur mißtrauisch und verfiel in eine noch größere Unruhe.

„Du hast doch gehört, was Lech gesagt hat? Sobald einer deiner Mitarbeiter mit seinem Mitarbeiterzweig drei Monate nacheinander mehr Einheiten einbringt als die übrigen dir unterstehenden Mitarbeiterzweige, so spaltet sich dieser erfolgreiche Mitarbeiter von ihm ab und geht zusammen mit seinem ganzen Zweig in die Struktur deines Chefs über“, erklärte Alexander. „Hast du jetzt verstanden?“
„Nein!“ gestand Arthur offenherzig.
„Na gut! Ich erklär's dir einfacher. Du hast jetzt drei Mitarbeiter. Richtig? Einer davon bin ich. Wenn ich mit meinen Mitarbeitern, die ich in nächster Zukunft anwerben werde, mehr als die Hälfte der Einheiten deiner gesamten Struktur erwirtschafte, also mehr als die beiden anderen zusammen, so verlierst du mich auf immer und ewig. Und ich steige in die unmittelbare Verfügungsgewalt deines jetzigen Chefs auf. Vorausgesetzt natürlich, daß er bis dahin selbst noch im Sattel bleibt“, erklärte er noch einmal und über sein aristokratisches, fein geschnittenes Gesicht breitete sich eine theatralisch unbekümmerte, sogar leicht sarkastische Fröhlichkeit aus.
„Aber“, stotterte Arthur, seine breite Stirn runzelnd, „ich... ich werde doch noch einige Mitarbeiter anwerben. Dann schaffst du es gar nicht! Dann bleibe ich immer noch dein Chef!“
„Darin besteht eben der Sinn dieser Regelung. Damit du, mein Freund, auf den Schultern deiner fleißigen Mitarbeiter nicht einschläfst“, lachte Alexander, jedoch gutmütig, ohne jeglichen Anflug von Bosheit.
„Aber...“, stammelte Arthur und schaute seinem Bekannten ratlos in die Augen, „aber du machst doch so was nicht?“
„Wer weiß schon, wozu die Menschen fähig sind“, sagte Alexander seufzend und schlug ihm freundschaftlich auf die Schulter. „Komm, fahren wir los! Sonst schlagen wir hier noch Wurzeln.“
„Du mit deinen Späßen!“ atmete Arthur erleichtert auf und stieg in den Wagen.
Sie fuhren auf der Autobahn, und Arthur, wieder von der euphorischen Seminarstimmung eingeholt, redete und redete...

„Als erstes leihe ich bei den Verwandten Geld und kaufe mir einen besseren Wagen. Man muß entsprechend aussehen. Wenn man mit diesem Schrottwagen zu den Leuten kommt, dann denken sie, du bist ein Schwindler!"
„Eine berechtigte Annahme, mein gütiger Chef", spottete Alexander. „Oder gefällt dir vielleicht mehr, wenn ich gleich ‚mein gnädiger Herr' zu dir sagen würde?"
„Wieder machst du deine albernen Scherze!" beleidigte sich Arthur. „Ich versuche, mit dir ernst zu reden!"
Alexander wurde bei diesen Worten finster, schaute ihn sehr lange und prüfend an, doch schon bald erweichte sich sein Blick wieder.
„Du arbeitest doch in diesem... wie heißt es... Montagewerk?" fragte Alexander beiläufig.
„Hoffentlich nicht mehr lange!" warf Arthur ihm mit einem triumphierenden Lächeln zu. „Ich werde kündigen! Ich habe schon das Kündigungsschreiben geschrieben und mir in die Tasche gesteckt."
Er klopfte sich bedeutend auf die Brust, wo sich vermutlich der besagte Brief befand, und erklärte: „Ich hab mir selbst gesagt: Erst fahre ich zum Einführungsseminar und hör' mir das Ganze noch einmal an. Wenn alles stimmt, dann schick ich den Brief am gleichen Tag in die Personalabteilung. Ich werde es morgen dem Chef sowieso sagen, aber weißt du, ich hab' mir gedacht: Sicher ist sicher! Ich muß jetzt schnell mit dieser Arbeit aufhören."
Er verstummte und seine Augen erstrahlten, als hätte er nun in seine glorreiche Zukunft gesehen. Dann erloschen sie aber wieder.
„Nur muß ich das alles noch zu Hause sagen", seufzte er leicht verstimmt. „Weißt du, sie verstehen so was nicht. Sie sind Baptisten! Als ich meinen Job im Montagewerk bekommen habe, da waren sie im siebten Himmel. Das war angeblich Gottes Gnade selbst! Und versuch ihnen etwas Vernünftiges zu erklären! Wie kannst du ihnen klarmachen, daß es noch ein anderes Leben gibt? Ein echtes!"
Arthur bewegte enttäuscht seinen großen Kopf hin und her, ohne passende Worte zu finden.
„Dann aber... wenn es soweit ist, wenn ich mit einem Luxuswagen

vorfahre, ein großes Haus baue, dann werden sie die ersten sein, die sich freuen werden."
Doch seine aufgewühlte Stimmung legte sich sehr schnell wieder, als würde er jetzt seine betagten geduldigen Eltern vor Augen haben. „Na ja", sagte er beschwichtigend, „man kann's ihnen nicht übelnehmen. Sie meinen es gut! Sie haben in ihrem Leben bloß kein großes Geld gesehen, geschweige denn in den Händen gehalten. Tag und Nacht geschuftet, ohne Urlaub... Der Vater kam von der Arbeit und gleich in den Stall, du weißt schon, wie es in Rußland war..."
Er blickte auf Alexander und verstummte.
„Was ist mit dir?" fragte er ihn verblüfft.
Alexander starrte ihn schweigend an, und in seinen Augen standen Tränen. Arthur schien sogar, daß sie jeden Augenblick über den Rand treten würden.
„Und du? Hast du es schon mal in deinen Händen gehalten?" fragte Alexander verbittert.
„Na ja... noch nicht, aber...", gab Arthur verlegen zu, wollte noch etwas sagen, doch Alexander unterbrach ihn und verfiel immer mehr in eine seltsame Erregung.
„Du wolltest vorhin, daß ich mit dir ernsthaft rede?" fragte er forschend.
„Natürlich!" bestätigte Arthur und verspürte beim Anblick seiner messerscharfen glühenden Augen sogar ein schauriges Gefühl, das ihm kalt über den Rücken lief.
„Dann hör' mir ganz genau zu! Ich werde es dir nicht ein zweites Mal wiederholen", sagte Alexander und runzelte düster seine hohe Stirn. „Wenn du wirklich im Geschäft bleiben willst, so mußt du zumindest einige goldene Grundregeln beachten! Als erstes darfst du nie der Versuchung verfallen, deine Verwandten und nahen Bekannten mit deinen Versicherungspolicen zu beschenken. Wenn du dir dauerhaft Erfolg wünschst, mußt du sie auf immer aus deiner potentiellen Kundschaft ausschließen."
„Aber Sascha!" erschrak Arthur. „Wie kommt man dann über die

erste Stufe hinaus? Man möchte doch so schnell wie möglich über die Stufe E? Wie kommt man da hin ohne Bekannte und Verwandte? Klaus hat sogar seine Frau zum dritten Mal versichert, um schneller in die zweite Stufe zu gelangen!“

„Du verstehst es nicht“, seufzte Alexander enttäuscht, „und wirst es wahrscheinlich auch nie begreifen.“

„Was meinst du damit?“ fragte sein neuer Chef, während in seinen Augen wieder Angst aufflackerte.

„Darauf wurde die ganze Geschäftsidee aufgebaut. Das ist ihr Fundament! Glaubst du es wirklich, daß Lech, dieser Willi Lech, nur einen einzigen Augenblick daran gezweifelt hat, daß neun Zehntel, ich wiederhole, mindestens neun Zehntel der Teilnehmer an diesem Seminar bereits im ersten Monat endgültig aufgeben werden?“

„Na ja“, entgegnete Arthur unsicher. „Vielleicht einige. Aber neun Zehntel doch nicht.“

„Du bist naiv wie ein Dorftrottel!“ stieß Alexander ungehalten hervor, faßte sich aber wieder und wurde milder. „Verzeih!“

Er schwieg einige Sekunden lang, schaute mal auf den schimmernden Streifen der Autobahn, mal auf seinen Bekannten und beruhigte sich schließlich gänzlich.

„Verstehst du? Die ganze Provisionspyramide, dieser gewaltige Bau nährt sich von solchen gutgläubigen Menschen wie du und deinesgleichen. Dabei erfüllen sie in Wirklichkeit nur zwei Aufgaben, bevor sie endgültig damit aufhören: Sie versichern ihre gesamte Verwandtschaft und ihren Freundeskreis bis zu den Ohren und bringen zu diesem Seminar die nächsten Opfer mit, die sie zuvor mit ihrem blauäugigen Optimismus angesteckt haben. Doch diese Begeisterung, die sie so engagiert weitergeben, kommt nicht von der großen Kenntnis der Materie, sondern von der urwaldähnlichen Unkenntnis der westlichen Welt. Das ist alles!“

Arthur regte sich zusehends auf, fing an, nervös zu blinzeln, und bog schließlich zu einer Raststätte ab. Er würgte den Motor ab und drehte sich mit dem ganzen Körper Alexander zu.

„Aber das Konzept? Das Konzept ist doch richtig? Jeder hat gleiche Chancen! Wie der Lech und die anderen…“, sagte er verzweifelt. „Theoretisch kann doch jeder aufsteigen?“
„Das ist es gerade! Theoretisch!“ bestätigte Alexander bereitwillig seinem künftigen Chef. „Wie kommt ihr denn überhaupt auf diesen abwegigen Gedanken, euch mit solchen wie Lech zu vergleichen? Willi Lech ist jederzeit imstande, seine eigene Mutter dreimal dem gleichen Käufer zu verkaufen und dabei jedes Mal zum höheren Preis! Über welche Chancengleichheit redet ihr überhaupt? Ihr seid meilenweit von der Praxis des Versicherungswesens entfernt. Ihr seid in diesem Bereich, wenn ich schon ehrlich sagen darf, völlige Idioten!“
Arthur verzog zwar bei diesen Worten sein markantes Gesicht, widersprach aber nicht und hörte ihm aufmerksam zu.
„Man erzählt euch von einem angeblich einmaligen Produkt, über atemberaubende Verdienstmöglichkeiten, von einer glorreichen Zukunft, und was macht ihr? Ihr springt, genau wie von deinem hochgelobten Konzept vorgesehen, sofort zu euren gutgläubigen Verwandten und Freunden, die euch entweder wie Kinder vertrauen oder schweren Herzens diese Lebensversicherungs-Policen unterschreiben, um euch Lieben nicht zu enttäuschen. Dann ist es aus! Verstehst du? Aus! Geht mal als Versicherungsagenten zu den Einheimischen hin oder auch nur zu den Rußlanddeutschen, die euch nicht kennen! Die werden euch nicht einmal über die Türschwelle lassen! Dann ist es aus, mein gütiger Chef, mein gnädiger Herr! Dann sitzen deine Verwandten und Freunde auf einem ganzen Stapel von Versicherungspolicen, für welche sie jeden Monat ein beträchtliches Sümmchen zahlen müssen, und du hast Gewissensbisse, ihnen vor die Augen zu treten! Außerdem hast du bereits deine Arbeitsstelle aufgegeben, die du nie wieder bekommst, und begibst dich schließlich zum Arbeitsamt. Das ist ein Teufelswerk! Verstehst du? Ein echtes, grausames, feingesponnenes Teufelswerk. Hier wird selbst das Allerheiligste gnadenlos gehandelt! Hier wird das lebensspendende Vertrauen zwischen Verwandten und Freunden

zur Ware. Mit allen dazu gehörenden Attributen wie Preis und Menge, mit eigenen Statistiken und Graphiken! Es würde mich aufrichtig reizen, dem Schöpfer dieses Systems einmal in die Augen zu sehen."
„Aber einige… einige haben es doch geschafft?" stammelte Arthur von den einleuchtenden Erklärungen wie erschlagen.
„Ja, sie haben es!" erwiderte Alexander. „Dieses Geschäft ist Menschen von anderem Schlag vorbehalten. Das sind geborene Haie, die das Teufelswerk genau verstehen und nach seinen Regeln spielen. Stillschweigend natürlich! Einige sogar intuitiv, ohne die Wahrheit deutlich auszusprechen. So was kann man nur schwer lernen. Verstehst du? Die anderen sind für diese Haie nur Material. Holz in ihrem Geschäftsofen! Nichtsahnende Schafe, die man zum Lügen, ja selbst zum Verrat an ihren Allernächsten sanft zwingt, und die am Ende nicht einmal wissen, wer an all dem Elend schuld ist. Höchstens kriegst du zur Antwort, daß du es einfach nicht geschafft hast. Du warst angeblich nicht clever genug, um diesen neudeutschen Traum bis zum Ende zu träumen. Dir sei die Puste ausgegangen!"
Arthur verfiel in eine apathische Stimmung. Er starrte vor sich hin und schwieg.
„Und du?" fragte er schließlich ganz entmutigt. „Du hast doch gesagt, daß du bleibst?"
„Ich überleg's mir noch", antwortete Alexander mit gleichgültiger Stimme. „Vielleicht gibt's etwas, wo der Dreck nicht unbedingt bis zum Hals hoch steht. Wer hier den Pakt unterschreibt, der muß wissen, was für eine Ehe er eingeht, er muß aufs Ganze gehen. Mit Blut unterschreiben! Verstehst du?"
„Ja, ja", erwiderte Arthur leise. „Jetzt verstehe ich…"
Mit einer hastigen Handbewegung löste er seine mager wirkende Krawatte, die fortdauernd seinen kräftigen Hals zuschnürte, zog sie erleichtert aus und warf sie einfach nach hinten.
„Ich danke dir, Alexander", sagte er mit kindlicher Aufrichtigkeit in seiner rauhen Stimme. „Du hast mich gerettet."

„Richte deinen Eltern von mir herzliche Grüße aus und danke lieber dem Allmächtigen! Ursprünglich hatte ich nicht vor, jemanden zu retten“, seufzte Alexander, streckte seine eingeschlafenen Beine aus und gähnte genüßlich. „Doch sagte schon ein weiser Mann vor langer Zeit: Ich bin ein Teil von jener Kraft, die stets das Böse will und stets das Gute schafft.“
„Wie meinst du das?“
„Nur so“, erwiderte Alexander lustlos. „Komm, fahren wir endlich weiter!“

Die Wette

Frau Bammert betrat den langen Flur im zweiten Stockwerk wie immer pünktlich. Ein gewöhnlicher Tag wie schon viele in ihrem Leben. Doch an diesem Morgen verspürte sie tief in ihrer Seele eine wachsende Unruhe. Wie vor einer wichtigen Prüfung in ihrer weit zurückliegenden Studienzeit. Ein unangenehmes Gefühl für einen erwachsenen Menschen.
In ihrem Innern schlummerte auch die aufkeimende Ahnung über die Gründe dieser Aufregung, doch sie kämpfte dagegen an und versuchte, ihre Aufmerksamkeit auf andere Dinge zu lenken. Und es gab eine Menge davon. Allein die selbstlose Tätigkeit im Komitee gegen rechte Gewalt, die ihr verdientes Lob und Anerkennung gebracht hatte, nahm viel Zeit und Kraft in Anspruch. Sie überlegte mal dies, mal jenes, doch die Ablenkung mißlang. Der Name Uffelmann klopfte hartnäckig an der Tür ihres Bewußtseins und verfolgte sie wie eine lästige Fliege.
Sich selbst einzugestehen, daß dieser Junge, der erst vor ein paar Tagen nicht nur in ihrer Klasse, sondern überhaupt in Deutschland aufgetaucht war, der eigentliche simple Grund dieser seltsamen Stimmung war, vermochte sie schlicht und einfach nicht.
Immer wieder stieg aus dem Gedächtnis die schmerzhafte Erinnerung an seinen unverschämten Auftritt empor: wie er so theatralisch selbstsicher dastand, wie er vor der verblüfften Klasse seine überkommenen Ansichten über das Deutschtum ausbreitete.
Deutschtum! Deutschtum! Was für ein Unsinn! Allein dieses Wort, von ihm so selbstverständlich ausgesprochen, löste in ihrer Seele eine mächtige Lawine aufrichtiger Empörung aus, die ansonsten alles auf ihrem Wege niederreißen würde. Und doch saß sie wie benommen, überrascht von seiner Kühnheit, gelähmt von seinem unverschämten Blick!
Sie erinnerte sich wieder ganz deutlich an sein Gesicht, und allein diese lebhafte Erinnerung brachte sie völlig durcheinander. Sie blieb sogar unwillkürlich stehen. Was war das, fragte sie sich verblüfft

und vertiefte sich forschend in ihre Empfindungen. War das Unsicherheit oder gar Angst? Aber wovor? Was hatte sie von diesem harmlosen Jungen zu befürchten? Nichts! Gar nichts!

Das beruhigte zwar, doch die Enttäuschung über ihr Schweigen, über diese merkwürdige Verlegenheit, die sie neulich so urplötzlich übermannt hatte, quälte sie weiter. Diesmal würde sie das besser anstellen, dachte Frau Bammert. Sie war einfach auf diese unerhörte Dreistigkeit nicht vorbereitet. Sollte man ihn vielleicht ignorieren? fragte sie sich selbst. Nein! Die temperamentbeladene Natur von Frau Bammert würde es auf die Dauer nicht aushalten können, mit dieser Unentschiedenheit weiterzuleben.

So vertieft in ihre Überlegungen, näherte sie sich ihrem Ziel. Noch zehn energische Schritte, und sie betrat das große Klassenzimmer. Das erste, was Frau Bammert sah, war eine kleine Gruppe von Schülern, die sich rings um den neuen Gymnasiasten drängte. Er stand am großen Fenster, zurückhaltend, aber selbstsicher, und zog wie ein starker Magnet die neugierigen Blicke an. Auch diejenigen, die nun auf ihren Plätzen saßen und so taten, als würde sie das alles überhaupt nichts angehen, konnten ihr Interesse nur schwerlich verbergen. Das habe ich auch vermutet, dachte Frau Bammert verärgert und schaute sich um.

Still, ungewöhnlich still, registrierte sie sachlich die Stimmung und glaubte in den Gesichtern der Schüler deutlich eine schlummernde Erwartung von etwas Ungewöhnlichem, ja selbst eine kitzelnde Spannung feststellen zu können. Sie begrüßte die Klasse, setzte sich hin und legte einige zusammengeheftete Blätter auf den Lehrertisch.

„Das heutige Thema, wie ich bereits in der letzten Stunde angekündigt habe, ist der Überfall auf die Sowjetunion“, sagte Frau Bammert und gewann langsam die gewohnte Ruhe zurück. Es war in vielen Jahren ihrer Lehrtätigkeit Routine geworden. Man überflog zwar die alten Aufzeichnungen, doch was man einmal gelernt und jedes Jahr wiederholt hatte, saß fest im Gedächtnis und war jederzeit abrufbar.

„Wie ich sehe, hast du schon deine Schulbücher bekommen", wandte sich Frau Bammert an Frank. „Hast du auch schon Gelegenheit gehabt, einen Blick in dein neues Geschichtsbuch zu werfen?"
„Ja", antwortete der Junge, „ich habe das Buch durchgelesen."
„Das ganze Buch?" wunderte sich Frau Bammert.
In der Klasse brummte es nachhaltig.
„Noch ein Streber!" tönte es von den letzten Bänken und erntete reichlich Gelächter.
Doch im allgemeinen war es aufrichtige Bewunderung, die über die Reihen flog.
„Und?" fragte die Lehrerin mißtrauisch. „Hast du dir dabei auch etwas merken können?"
„Ja", bestätigte Frank, „ich habe ein gutes Gedächtnis."
„In Rußland hat man im Geschichtsunterricht unser heutiges Thema ‚Der Überfall auf die Sowjetunion' bestimmt sehr ausführlich behandelt."
„So ist es", erwiderte der neue Schüler.
„Welchen Eindruck hast du gewonnen, als du das deutsche Schulbuch, wie du so schön sagst, durchgelesen hast?"
Frank überlegte einen Augenblick und antwortete:
„Ich habe dort leider einige Widersprüche und offensichtliche Fehler gefunden."
„Fehler?" wiederholte Frau Bammert mit einem sarkastischen Unterton, und ihre dünnen Augenbrauen schnellten in die Höhe.
„Auch im Kapitel über unser heutiges Thema?"
„Ja", bestätigte Frank entschlossen.
Rauschende Wogen aufkeimender Neugier überflogen den Raum.
Karim rieb sich vergnügt die Hände.
„Die nächste Folge beginnt!" verkündete er laut und tauschte lebhaft mit seinem Nachbarn diesbezügliche Vermutungen aus.
Frau Bammert warf ihm einen strengen, vorwurfsvollen Blick zu und starrte ihn solange an, bis der Junge schuldbewußt zu ihr aufblickte und verstummte.
„Tausende Schüler haben das gleiche Buch gelesen und fanden

diese Darstellungen schlüssig genug, um die damaligen Ereignisse zu verstehen. Willst du vielleicht damit sagen, daß es womöglich an den Fähigkeiten der deutschen Schüler liegt?“ fragte Frau Bammert, ohne ihre Ironie zu verbergen. Sie schaute mit leichtem Lächeln in die Klasse und war sich ihrer Unterstützung sicher.
„Nein, nein!“ widersprach Frank in größter Eile, sichtlich bemüht das Mißverständnis auszuräumen. „Es liegt gar nicht daran!“
Die Lehrerin ließ aber nicht nach. Sie täuschte sehr geschickt überlegene Ruhe vor und schaute von ihrer Höhe siegessicher auf ihn herab.
„Woran denn?“ fragte sie.
„Vielen Menschen fehlt leider die Gewohnheit, logisch zu denken und in die Tiefe der Aussagen einzudringen“, entgegnete er, während die Klasse wieder zu brummen begann.
„Wenn wir schon die Oberfläche verlassen und in die Tiefe deiner eigenen Aussagen eindringen, so ist es nicht schwer festzustellen, daß deine Worte, gelinde gesagt, nicht überzeugend sind“, wandte sich Frau Bammert mit entlarvender Stimme an Frank. „Du weißt ganz genau, daß die Fähigkeit zum logischen Denken eine besondere Eigenschaft ist, die man allgemein als Klugheit bezeichnet, und das Fehlen dieser Fähigkeit…“
Sie machte eine vieldeutige Pause und blickte ungewöhnlich lange und ernst in die Klasse.
„…und das Fehlen dieser Fähigkeit ist nichts anderes als Dummheit!“ sagte Frau Bammert mit einem Gesichtsausdruck, als wäre sie von tiefster Enttäuschung erfaßt, daß sie den Angesprochenen keine tröstlichere Nachricht verkünden konnte.
Man hörte empörtes Murren, einzelne erboste Ausrufe an die Adresse des neuen Schülers, doch Frau Bammert, von der eigenen Überlegenheit beflügelt, erhob energisch ihre knöchrige Hand und bat um Ruhe.
Es wurde tatsächlich ruhiger, obwohl die feindselige Stimmung Frank gegenüber deutlich in der Luft lag. Die Lehrerin schwieg eine Weile, ging an der großen Klassentafel einige Male hin und

her, als wäre sie in wichtige Gedanken versunken, und wollte bereits mit dem eigentlichen Unterricht beginnen, doch der errungene Sieg erschien ihr nicht ganz vollkommen zu sein. Zwar merkte sie im Gesicht des neuen Schülers eine deutliche Betroffenheit und Spannung, doch die Augen strahlten immer noch die gleiche Unabhängigkeit aus. Sie wollte mehr. Sie wollte ein für allemal Klarheit schaffen. Solche wie er müssen sofort zurechtgewiesen werden. Sie spürte, daß es die richtige Zeit war, die Zeit für einen totalen Sieg! Sie stellte sich diesen Sieg so farbig vor! Sie sah bereits, wie er zurückwich, wie seine Augen hilflos nach Unterstützung suchten und sie nicht fanden, wie er stotterte und nach passenden Worten suchte, um die Feindseligkeiten der Mitschüler abzuwehren…

„Du hast von den Widersprüchen und Fehlern gesprochen“, sagte sie zu ihm mit verletzendem Spott. „Gibt es solche auch im Bereich unseres heutigen Themas?“

„Natürlich!“ bestätigte Frank bereitwillig. „Es gibt sie fast auf jeder Seite.“

Munteres Gelächter und aufgeregtes Getuschel begleiteten seine Worte. Roberto kochte vor Empörung. Karim grinste vergnügt, machte es sich bequem auf dem Stuhl und kreuzte seine Arme vor der Brust.

„Ich weiß zwar nicht, was dir in diesem Zusammenhang so natürlich erscheint, doch wenn deine Einwände den Zweiten Weltkrieg betreffen, würden wir uns gerne deine Meinung anhören. Willst du uns vielleicht diese offensichtlichen Widersprüche und Fehler, die wir hier alle mangels Gewohnheit an logischem Denken übersehen haben, aufzeigen?“

„Würden Sie mir auch die Gelegenheit dazu geben, meine Meinung vollständig vorzutragen?“ fragte der Junge, und Frau Bammert schien, daß in seiner Stimme zum ersten Mal eine Art ängstliche Unsicherheit zum Vorschein kam.

Sie überlegte kurz, und eine plötzliche Vermutung blitzte hell und mächtig in ihrem Kopf auf: Ausreden! Er beginnt sich zu winden, um aus dieser unangenehmen Situation womöglich doch noch als strahlender Sieger hervorzutreten! Das wird ihm nicht gelingen! Das wird sie ihm nicht erlauben!

„Gerne!“ sagte Frau Bammert und wandte sich erneut an die Klasse. „Nicht wahr?“

Zustimmendes Geflüster und laute Ausrufe bestätigten ihre Worte. Die Lehrerin schaute auf Frank und zeigte mit einer breiten Handbewegung in Richtung der Klasse.

„Siehst du!“ sagte sie zufrieden.

Frank griff zum Schulbuch und blätterte darin, während die feindselige Stimmung in der Klasse ein wenig aufzutauen begann. Die meisten schmunzelten in Erwartung einer öffentlichen Blamage und waren sehr gespannt.

„Zum Beispiel hier!“ verkündete Frank laut und deutlich. „Das Thema ist mit der vielversprechenden Überschrift versehen: ***Die Entfesselung des Zweiten Weltkrieges.*** Gleich mit dem ersten kurzen Satz wird festgestellt: ***Am 1. September 1939 begann Hitler den Krieg mit dem Überfall auf Polen***. Bereits hier liegt ein gravierender Fehler, der vom wissenschaftlichen Standpunkt schwer nachvollzogen werden kann.

Die aus der Überschrift abgeleitete Frage nach der Entfesselung des Zweiten Weltkrieges wurde in diesem Kapitel gar nicht beantwortet. Es geht aus den Ausführungen nicht deutlich hervor, wer den Weltkrieg eigentlich wollte. Denn auf der Seite 364 wird mit aller Deutlichkeit darauf hingewiesen, daß Hitler die Entfesselung des Zweiten Weltkrieges auf keinen Fall wollte. Zitat: ***Großbritannien durchkreuzte Hitlers Rechnung, den Krieg gegen Polen zu lokalisieren***. Außerdem standen Deutschland, wie in diesem Buch auf der Seite 363 richtig erwähnt wird, Versorgungsgüter nur für neun bis zwölf Monate zur Verfügung.

Der Krieg gegen Polen wurde aber, im Gegensatz zur Feststellung dieses Buches, von Deutschland und der UdSSR gemeinsam beschlossen und begonnen. Die eigentliche Entscheidung für den Ausbruch des Krieges war am 23. August 1939 mit der Unterzeichnung des geheimen Zusatzprotokolls zwischen der UdSSR und

Deutschland gefallen. Hitler wollte auf keinen Fall einen Zweifrontenkrieg beginnen, der seiner Meinung nach in der völligen Niederlage Deutschlands enden würde. Was später auch geschah. Hätte Stalin den Krieg nicht gebilligt und einfach Nein gesagt, so hätte Hitler den Feldzug gegen Polen unter damaligen Umständen mit absoluter Sicherheit nicht begonnen. Doch der sowjetische Diktator, dem die Westmächte ein Bündnis zur Einkreisung Deutschlands vorgeschlagen hatten, lehnte diesen Vorschlag ab.
Statt dessen schloß Stalin ein Bündnis mit Deutschland gegen Polen, das alle Vorschläge der deutschen Reichsregierung zur Lösung bestehender Probleme ablehnte und eine deutschfeindliche Politik betrieb. Daß die sowjetischen Truppen nach Polen nicht zeitgleich mit der Wehrmacht, sondern erst am 17. September einmarschierten, spielt bei dieser Frage überhaupt keine Rolle. Die sowjetische Regierung verzögerte geschickt ihren geplanten Einmarsch aus rein propagandistischen Gründen. Sie teilten den Deutschen mit, sie würden den Einmarsch gerne einleiten, seien aber technisch noch nicht bereit.
Wenn schon der Ausbruch des Zweiten Weltkrieges und die darauf folgenden Ereignisse bis zum 22. Juni 1941 nur auf fünf knappen Seiten dargestellt werden sollten, wie es in diesem Schulbuch der Fall ist, dann sollte der erste Satz zwangsläufig nur eine Fassung haben: Am 23. August 1939 beschlossen Hitler und Stalin unter anderem die Aufteilung von Polen, die am 1. September 1939 mit dem Krieg gegen diesen Staat begann. Dabei war es nicht die Absicht Hitlers, den Feldzug gegen Polen zu einem Weltkrieg eskalieren zu lassen. Stalin jedoch wußte, daß die Westmächte den Krieg gegen Deutschland suchten und nach dem Beginn der Kriegshandlungen gegen Polen nur den Deutschen, nicht aber der UdSSR den Krieg erklären würden. Auf einer geheimen Sitzung des Politbüros hat Stalin seine Pläne dahingehend dargelegt, daß die Sowjetunion einen Angriff auf Europa starten würde, wenn die Westmächte und Deutschland auf dem Schlachtfeld ausbluten würden…“
Seine Ausführungen wurden durch einen langen verblüfften Pfiff

unterbrochen. Walter Kaiser, der immer in der ersten Reihe saß, rieb angestrengt an seinem Kinn, musterte Frank mit großen Augen und schüttelte bestürzt den Kopf:
„Wenn du's hier bis zum Abi aushältst, freß ich einen Besen!"
Das aufgeregte Gemurmel wuchs im Sekundentakt, je mehr die verdutzten Mitschüler das Gesagte in seiner ganzen Tragweite erkannten. Zwischen dem allem konnte man auch vereinzelte Ausrufe wie „Nazischwein" hören, doch die allgemeine Stimmung hätte man als erregte Erwartung bezeichnen können.
Frau Bammert erkannte die Lage sehr genau, erhob sich von ihrem Stuhl und schritt vor die Klassentafel.
„Diese vereinfachte Sicht, wie sie deinen Ausführungen zu entnehmen ist, erscheint mir zu oberflächlich. Niemand, auch dieses Buch nicht, bestreitet die Tatsache, daß die Sowjetunion mit Deutschland diesen Vertrag unterzeichnet hat."
Sie schaute finster auf Frank.
„Es wäre auch kaum möglich, Frau Bammert, diese Tatsache zu bestreiten. In erster Linie aber geht es um die Schuldfrage. Welchen Eindruck kann man gewinnen, wenn der deutsche Überfall auf Polen auf der Seite 364 in der ersten Zeile von oben als Raubkrieg bezeichnet wird? Den Überfall der Sowjetunion auf den polnischen Staat hingegen beschreibt man ausweichend mit folgenden Worten, Zitat: ***Am 17. September 1939 marschierten sowjetische Truppen in Ostpolen bis zu der im Nichtangriffspakt vereinbarten Demarkationslinie ein, und die UdSSR annektierte die eroberten Gebiete Ostpolens***. Was heißt das eigentlich: Und die UdSSR annektierte die eroberten Gebiete Ostpolens? Ist das etwa nicht ein Raubkrieg?! Am Ende dieser Seite wird die deutsche Besatzungspolitik in Polen beschrieben, die auf Seite 366 mit einem Auszug aus der geheimen Denkschrift von Himmler über die Behandlung von Fremdvölkischen im Osten und einem Bild mit der Darstellung der erschossenen Zivilisten unterlegt wurde.
Dabei ist die grausame Besatzungspolitik der Sowjetunion in Polen mit keinem einzigen Wort erwähnt. Auch nicht die Erschie-

ßung von mindestens 15.000 polnischen Offizieren durch die sowjetischen NKWD-Einheiten, die noch bis vor einigen Jahren vor aller Welt den Deutschen angelastet wurde, obwohl die Westalliierten genau wußten, daß diese Greueltaten von der Sowjetunion begangen wurden. Die Beschreibung ist neutral und kann bei direkter Gegenüberstellung mit den deutschen Greueltaten nur als verharmlosend wahrgenommen werden.
Genauso werden auf der darauffolgenden Seite 367 unten die traurigen Zahlen der polnischen Opfer durch Polizei- und Verwaltungsbehörden des Dritten Reiches aufgeführt. Wiederum ohne jegliche Erwähnung der Opfer der sowjetischen Besatzungspolitik: grausame Erschießungen, Deportationen in die Todeslager nach Sibirien. Und es handelt sich dabei nicht um Einzelfälle, sondern um Millionen von unschuldigen Opfern!
Somit entsteht beim unvorbereiteten Leser zwangsläufig ein äußerst verzerrtes Bild über die Ereignisse des Jahres 1939, das die unglaublichen Verbrechen des stalinistischen Regimes und der Roten Armee verharmlost."
„Herr Uffelmann!" erwiderte Frau Bammert mit belehrender Stimme. „Sie wissen ganz genau, daß es im Rahmen eines Schulbuches kaum möglich ist, die gesamte Breite der damaligen Ereignisse darzustellen. Was man auch aufnimmt, es wird immer noch wesentlich mehr geben, was unbehandelt bleibt. Auch Ihre Ausführungen über den Ausbruch des Krieges sind lückenhaft. Sie berücksichtigen nicht die Beweggründe der handelnden Personen und Staaten, deren Interessen sie vertraten."
„Die Beweggründe lassen sich auch aus diesem Buch nicht nachvollziehen", entgegnete Frank, „denn die Haltung Polens und der Westmächte, ihre Pläne und außenpolitische Handlungsweise wurden mit keinem Wort erwähnt. Statt dessen werden die ohnehin knappen Seiten dieses Buches noch mit Karikaturen gefüllt und mit den Aufforderungen, aus ihnen die Handlungsweise der beteiligten Mächte herauszuinterpretieren."
Eine schwere, erdrückende Stille trat ein. Sogar Roberto, der

ansonsten mit extrem linkem Gedankengut sympathisierte und immer bereit war, seine scharfsinnigen Kommentare abzugeben, schwieg. Er schaute auf Frank, der zwei Reihen seitlich von ihm saß, und verzog sein Gesicht zu einer schmerzlichen Grimasse. Er schaute ihm zu, wie wohl jeder Mensch einem aus dem hundertsten Stock in den Tod Springenden und in der Luft mit den Händen und Füßen Zappelnden zuschauen würde, und konnte in diesem schicksalhaften Augenblick nur noch Entsetzen und Mitleid mit dem Unglücklichen empfinden. Unabhängig davon, ob Freund oder Feind.
Auch diejenigen, die aufgrund ihrer mangelnden Kenntnisse die ganze Tiefe dieser Aussage eher intuitiv wahrgenommen hatten, spürten diese verhängnisvolle Spannung.
Die heitere Erwartung des Schauspiels, einer Komödie, die sie noch vor einigen Minuten mit dem Namen Uffelmann verbunden hatten, verdüsterte sich und wandelte sich in ihr Gegenteil. Es lag in der Luft, daß diesen Sätzen noch etwas Schrecklicheres, gar Unabwendbares folgen würde.
Julias Herz raste, und sie hörte in ihrem heißen Kopf seine dumpfen Schläge. Wie kann ich das verhindern? dachte sie. Warum macht er das alles? Wie kann ich ihm helfen?
Verzweifelt blickte sie nach allen Seiten hin, und je krampfhafter sie nach einer brauchbaren Lösung suchte, desto deutlicher stieg in ihr eine entsetzliche Panik auf. So klar blitzte in ihrem Bewußtsein der simple Gedanke auf, daß sie eigentlich gar nichts wußte, was außerhalb des Schulprogramms lag. Man erinnerte sich an einige Dokumentationen im Fernsehen und in der Presse, doch von dem allen blieben höchstens Eindrücke, die man jetzt kaum hätte verwenden können.
Auch Frau Bammert stand ohne Zweifel unter dem schweren Eindruck des Gesagten, wenn auch aus anderen Gründen. Sie war tief besorgt. Hätte diese Worte ein bestiefelter Glatzkopf in die Welt gebrüllt, so hätte sie ihn jetzt mit gebotener Entschiedenheit zurückgewiesen. Auch die Klasse hätte nur abgewinkt.

Sie schaute prüfend in die Tiefe des Raumes, in die schweigenden Gesichter ihrer Schüler und auf einmal wurde ihr bewußt, daß dieser Junge, der wie aus dem Nichts in ihrem Gymnasium aufgetaucht war, unerklärlicherweise zu einer Autorität aufsteigen würde, wenn man ihm nicht rechtzeitig die Grenzen aufzeigte. Sie warf einen kurzen Blick auf den neuen Schüler, schaute noch einmal in seine Augen und erschrak noch mehr.
„Sie bezweifeln die Feststellungen dieses Buches?" fragte sie möglichst ruhig und mußte feststellen, daß ihre Stimme ungewöhnlich heiser klang.
„Nicht in allen Punkten", erwiderte Frank versöhnlich und konnte kaum seine Aufregung verbergen. Mal rückte er unruhig seine dunkle Krawatte zurecht, mal drehte er nervös an seinem Kugelschreiber und mußte hilflos zur Kenntnis nehmen, wie der Ton immer rauher und unversöhnlicher wurde.
„Doch sie unterziehen die Darstellung des Ausbruchs des Zweiten Weltkrieges, die von einem ganzen Kollegium von namhaften Professoren in diesem Buch zusammengefaßt wurde, einer grundlegenden Kritik!"
Die Lehrerin starrte ihn an und erwartete unmißverständlich eine Richtigstellung.
„Jede Meinung, ob sie von einem Professor oder einem Straßenfeger geäußert wurde, muß in erster Linie auf ihren inhaltlichen Wahrheitsgehalt geprüft werden."
„Und Sie glauben, diese Prüfung vornehmen zu können?" fragte Frau Bammert nicht ohne kalten Spott in ihrer wiedererstarkenden Stimme. „Sie stellen hier Behauptungen auf, die durch keine Beweise unterlegt sind!"
„Welche Behauptungen meinen Sie?" fragte der Junge besorgt.
„Zum Beispiel über die aggressiven Absichten der UdSSR! Daß Stalin angeblich das nichts ahnende Europa überfallen und dort eine bolschewistische Diktatur errichten wollte. Ich sage es Ihnen: Es gibt keine Beweise für solche Behauptungen, die allesamt aus der rechtsradikalen Ecke stammen."

„Doch, Frau Bammert!“ erwiderte Frank. „Es gibt solche Beweise, und sie stammen nicht nur von der deutschen Seite, sondern wurden von den russischen Historikern erbracht.“
„Na, dann seien Sie doch so gut und vertrauen Sie uns bitte an, welche Beweise Sie meinen!“ forderte die Geschichtslehrerin mit einer Stimme, die nunmehr ein bestimmtes Maß an Verachtung erkennen ließ.
„Im Zentrum der historischen Dokumentensammlungen, im ehemaligen geheimen Sonderarchiv der UdSSR, wurden Dokumente aufgefunden, die die Absichten Stalins vor der Unterzeichnung des deutsch-sowjetischen Nichtangriffspaktes mehr als deutlich zum Ausdruck bringen“, erklärte der neue Schüler. „Im Dokument 1223, Katalog 1, Bestand 7 steht folgendes geschrieben. Ich kenne die wichtigsten Stellen auswendig: ***Am 19. August des Jahres 39 auf der Sitzung des Politbüros und der Komintern sagte Stalin: Die Erfahrung der letzen zwanzig Jahre zeigt, daß es nicht möglich ist, in der Friedenszeit in Europa eine so starke kommunistische Bewegung zu haben, daß die bolschewistische Partei die Macht ergreifen könnte. Die Diktatur dieser Partei wird nur als Folge eines großen Krieges möglich sein. Wir werden unsere Wahl treffen, und sie ist klar. Unsere Aufgabe besteht darin, daß Deutschland den Krieg so lange wie möglich führen kann. In Erwartung ihrer Stunde wird die UdSSR dem heutigen Deutschland Hilfe leisten, indem sie es mit Rohstoffen und Lebensmitteln versorgt. Man muß alles tun, damit dieser Krieg so lange wie nur möglich andauert, mit dem Ziel der Erschöpfung beider Seiten. Gerade aus diesem Grund müssen wir mit dem Abschluß des von Deutschland vorgeschlagenen Pakts einverstanden sein und daran arbeiten, daß dieser Krieg, einmal erklärt, die maximale Zeit andauert.***“
Frank beendete das Zitat und sagte etwas leiser:
„In der geheimen Sitzung des Politbüros am 19. August 1939 wurde der Zweite Weltkrieg beschlossen, und zwar nicht aus dem Wunsch, sich zu verteidigen, sondern mit klarer Absicht, Europa zu überfallen

und zu sowjetisieren. Als Hitler die Absicht Stalins im Jahre 1940 erkannte, war es für ihn bereits zu spät. Die Rote Armee besetzte nicht nur Bessarabien, was in den geheimen Protokollen vereinbart worden war, sondern auch noch die Westbukowina und stand nun in unmittelbarer Nähe der einzigen Erdölquellen des Dritten Reiches in Rumänien, wo keine deutschen Truppen standen. Während der Verhandlungen im November 1940 in Berlin suchte die deutsche Regierung den Ausgleich mit der Sowjetunion, doch der sowjetische Außenminister Molotow gab zu verstehen, daß die Vereinbarungen des Nichtangriffsvertrages von 1939 bereits überholt seien, und stellte unerhörte Forderungen an Deutschland. Es begann die fieberhafte Ausarbeitung des Falls Barbarossa. Zunächst als Ablenkungsangriff mit nur ein paar Duzend Divisionen, dann aber, nachdem Hitler die wahre Lage erkannt hatte, mit der gesamten Wehrmacht. Es muß in diesem Zusammenhang gesagt werden, daß Stalin ein genialer Stratege war, doch hat er nicht rechtzeitig erkannt, daß Hitler seine Pläne durchschaut hatte und die einzige Möglichkeit ergriff, die ihm noch zur Verfügung stand: die Sowjetunion mit einem Präventivschlag zu überraschen. Das heißt nicht, daß Hitler deswegen als ein Opfer angesehen werden muß. Er hatte bestimmt seine weitgehenden Pläne, die er bei Gelegenheit rücksichtslos in die Tat umgesetzt hätte. Doch wir dürfen bei der Betrachtung der geschichtlichen Ereignisse nicht vom ideologischen Grundsatz her die Tatsachen selektieren, wir müssen versuchen, die Wahrheit möglichst genauer festzustellen."

Frau Bammert fühlte sich nicht gut. Sie zog die Augenbrauen hoch und neigte dabei ihren ergrauten Kopf leicht zur Seite. Sie wußte nicht, was mit ihr los war. Sie hatte den Eindruck, daß nicht nur die Gedanken in ihrem Kopf äußerst zähflüssig geworden waren, sondern sie selbst in seiner Anwesenheit in eine schwer definierbare Verwirrung geriet. Dieser Zustand verschlimmerte sich noch dadurch, daß er immer mehr drohte, in Panik umzuschlagen.

Frank nutzte die entstandene Pause, blätterte im Buch weiter, fand die gesuchte Seite und fuhr begeistert fort:

„Es gibt viele Stellen in diesem Buch, die eindeutig falsch sind und bei einem Leser ohne Vorkenntnisse ein völlig verzerrtes Bild über den Zweiten Weltkrieg entstehen lassen. Zum Beispiel auf der Seite 368 steht: ***Am 22. Juni 1941 überfiel das Deutsche Reich ohne Kriegserklärung seinen Vertragspartner Sowjetunion.***“
Hastiges Rascheln der aufgeschlagenen Bücher begleitete seine letzten Worte. Unerklärlicherweise wurden die meisten Schüler von einem fieberhaften Verlangen erfaßt, die besagte Stelle Wort für Wort eigenständig zu prüfen.
„Es entsteht der Eindruck, daß die Tatsache der fehlenden Kriegserklärung an die UdSSR an sich ein schwerwiegendes Verbrechen sei, das nur von der deutschen Seite begangen wurde, obwohl durch die ganzen 30er Jahre hindurch in den militärwissenschaftlichen Abhandlungen und Planungen von niemandem ernsthaft bezweifelt wurde, daß der zukünftige Krieg ein Angriffskrieg ohne formelle Kriegserklärung sein würde. Vor allem aber in der Sowjetunion dachte keiner weder an die formellen Kriegserklärungen des Gegners, noch an die Notwendigkeit eigener Kriegserklärungen. Die sowjetische Militärdoktrin von Generalstabschef Schaposchnikow, dessen Buch ständig auf dem Schreibtisch von Stalin lag, wurde ausschließlich auf der Ausnutzung des Überraschungsmoments aufgebaut. Genau wie der Plan Barbarossa: Blitzkrieg. Auf diese Einzelheiten wird im Buch nicht einmal hingewiesen. Im Gegenteil wird die Sowjetunion unterschwellig als ein schuldloser Vertragspartner dargestellt, der von der unmoralischen Handlungsweise des Feindes überrascht war. Als der amerikanische Journalist Roy Howard 1935 Stalin über den zukünftigen Krieg fragte, antwortete der sowjetische Herrscher sehr eindeutig: *Heute werden Kriege nicht erklärt, sie werden einfach angefangen!*“
„Sie versuchen ein Unrecht durch das andere zu relativieren, Herr Uffelmann!“ unterbrach ihn Frau Bammert. Ihre Stimme zitterte vor Empörung. „Es steht nun fest, daß die internationalen Abkommen Kriegshandlungen ohne Kriegserklärung ausdrücklich verurteilen. Oder bezweifeln Sie auch diese Tatsache?“

„Keineswegs!“ erwiderte Frank mit bemerkenswerter Sicherheit. „Ich wollte Sie bloß darauf aufmerksam machen, daß diese berechtigte Forderung leider nur selten eingehalten wurde. Heimtückisch und ohne jeden Grund überfiel die UdSSR im Jahre 1945 die japanischen Truppen, obwohl sie mit Japan einen weitgehenden Friedensvertrag geschlossen hatte. Leider habe ich in diesem Buch kein einziges Wort über diesen völkerrechtswidrigen Überfall gefunden. Aber auch in der heutigen Zeit erklärt kein Staat dem anderen einen Krieg, sondern überfällt ihn einfach. Oder können Sie mir sagen, wann die amerikanische Regierung vor dem Überfall auf unabhängige Staaten weitab von ihrem eigenen Land eine förmliche Kriegserklärung abgegeben hat? Zum Beispiel vor dem Überfall auf den Irak?“
Die Augen der Lehrerin blitzten auf und wurden hart wie Eisen. „Sie können doch unmöglich hier einen Vergleich zwischen dem nationalsozialistischen Deutschland und den USA ziehen und die Vereinigten Staaten, denen wir so viel in unserer Nachkriegsgeschichte verdanken, dafür verurteilen, daß sie die Welt von Saddam Hussein erlöst haben! Im Irak herrschte, wenn ich Sie daran erinnern darf, eine menschenverachtende Diktatur mit absolutistischen Zügen!“ empörte sich die Geschichtslehrerin auf das heftigste und wurde immer nervöser.
„Frau Bammert“, widersprach der neue Schüler. „Das internationale Recht, zumindest von damals, kannte nur Staaten, unabhängig davon, ob es eine Demokratie, Monarchie oder eine Diktatur war. Außerdem glaube ich nicht, daß Sie behaupten würden, daß die Sowjetunion unter Stalins Herrschaft eine Demokratie westlicher Prägung war. Und wenn hier schon die Rede von den blutrünstigen Diktatoren mit absolutistischen Zügen ist, so erscheint Saddam Hussein neben Stalin eher wie ein unbedeutender Zwerg.“
Verhaltenes Kichern füllte den Klassenraum. Zunächst von einzelnen, dann immer lauter, bis auch diejenigen, die sich stets äußerst loyal verhalten hatten, ihre gespannten Gesichter zu einem schiefen Lächeln verzogen.

„Trotzdem können Sie nicht bestreiten, daß diese Aussage absolut richtig ist. Tatsache ist, daß Deutschland die Sowjetunion ohne formelle Kriegserklärung überfiel!“ verteidigte sich Frau Bammert vehement. „Im Nürnberger Kriegsverbrecherprozeß wurde diese Tatsache einwandfrei festgestellt!“
„In Nürnberg wurde absichtlich gelogen, um die Schuld für den Ausbruch des Krieges auf die Deutschen abzuwälzen“, entgegnete Frank kämpferisch. „Die Kriegserklärung der deutschen Reichsregierung wurde am frühen Morgen des 22. Juni in Moskau dem sowjetischen Außenminister Molotow übergeben. Gleichzeitig übergab auch der Reichsminister von Ribbentrop dem sowjetischen Bevollmächtigten Wladimir Dekanosow in Berlin die gleiche Erklärung, in der auch die Gründe für den Krieg sehr detailiert dargelegt wurden. Es wundert mich, daß Sie es nicht wissen. Die Russen haben dieses Dokument inzwischen veröffentlicht.“
„Bevor Sie hier solche Ansichten verbreiten, müssen Sie dieses Dokument vorlegen!“ unterbrach ihn die Lehrerin. „Sie wollen die ganze Geschichte auf den Kopf stellen!“
Frank atmete tief durch und versuchte das hitzige Wortgefecht in eine andere Richtung zu lenken.
„Ohne jetzt auf die Einzelheiten der Übergabe einzugehen, würde ich mir die von Ihnen geforderte Sachlichkeit sehr wünschen. Nehmen wir einmal an, daß die Deutschen tatsächlich die UdSSR ohne formelle Kriegserklärung überfielen und die von mir zitierte Feststellung dieses Schulbuches in jeder Hinsicht zutreffend ist. Dann wäre es doch durchaus angebracht, alle geschichtlichen Ereignisse auf diese Art und Weise zu behandeln und darzustellen. Demzufolge müßten wir, zum Beispiel, folgendes feststellen: *Im Jahre 1991 überfielen die USA ohne formelle Kriegserklärung den Irak.* Ich vermute aber, daß dieser Satz in dieser Form wohl kaum in die deutschen Schulbücher aufgenommen wurde. Obwohl er durchaus korrekt ist.“
Frau Bammert ging es noch schlechter. Zum ersten Mal seit Jahren wußte sie nicht, was sie tun sollte. Sie spürte, wie der Augenblick

aus ihrer Gewalt rutschte. Nicht die Argumentation eines gerissenen Provokateurs brachte sie nun völlig durcheinander, sondern das Kichern, dieses entsetzliche Grinsen, das immer frecher und schadenfreudiger zum Vorschein kam. Noch vor einigen Tagen beobachtete sie nicht ohne Vergnügen, wie die Schüler sich duckten und ihre verlegenen Blicke in den aufgeschlagenen Büchern vergruben, um nicht bei ihr in Ungnade zu fallen. Wie sie während der Befragung froh waren, wenn ihr willensstarker Blick auf der Suche nach dem nächsten Opfer an einem vorbeiglitt...

Der neue Schüler konnte aber nicht mehr aufhören und riß mit seinem begeisterten Vortrag die Klasse immer mehr mit.

„Gleich im zweiten Satz auf dieser Seite wird auch die zahlenmäßige Stärke der Wehrmacht am 22. Juni 1941 angegeben. Als einzige Angabe für das gegenüberstehende Heer wird im nächsten Absatz lediglich die Zahl der sowjetischen Soldaten erwähnt. Es entsteht zwangsläufig der falsche Eindruck der deutschen Überlegenheit, da die Zahlen der russischen Panzer sowie anderer Waffengattungen mit keinem Wort erwähnt wurden. Ohne einen objektiven Vergleich sind die im Schulbuch angegebenen Zahlen wertlos und irreführend."

„Kennst du sie?" unterbrach Walter Kaiser erregt und starrte begeistert auf Frank.

„Ja", antwortete der Junge, „den 3.410 deutschen Panzern standen um die 24.000 sowjetische Panzer gegenüber."

Walter pfiff wieder und war innerlich erschüttert.

„Vierundzwanzigtausend!" wiederholte er bestürzt und legte seine Hand auf die Stirn, als wollte er verhindern, daß sein Schädel explodierte. „Dann", fuhr er etwas unsicher fort, „dann sollte doch Hitler für einen gelungenen Angriff auf die UdSSR zwanzigmal mehr Panzer haben, als er am 22. Juni hatte?"

„Wieso?" fragte Karim.

„Für einen Angriff braucht man mindestens die dreifache Überlegenheit", erklärte Walter. „Dann hätte die Wehrmacht für den Angriff nicht 3.500, sondern 70.000 Panzer haben müssen!"

Karim blinzelte ungläubig, wußte aber nicht, was er darauf entgegnen sollte.
Frau Bammert faßte sich inzwischen und widersprach auf das heftigste. Zwar hatte sie keine Ahnung, ob die genannte Zahl der russischen Panzer wirklich stimmte, doch sie wollte dieser unseligen Auseinandersetzung auf keinen Fall ausweichen. Sie versuchte es auf eine andere Weise.
„Sie sind offensichtlich vom heißesten Wunsch beseelt, mit diesen Zahlen den Eindruck sowjetischer Überlegenheit zu erwecken, und verschweigen dabei, daß die russischen Panzer weitgehend veraltet und für den Kampf gegen die Wehrmacht nicht geeignet waren!"
Alle Blicke richteten sich nun erwartungsvoll auf Frank.
„Wenn Sie einen großen Wert auf Objektivität legen, dann sollte man zunächst eine kurze Einleitung bezüglich der Vorbedingungen für einen Angriffskrieg machen", erklärte der Junge. „Es ist eine Binsenwahrheit, die in jedem entsprechenden Lehrbuch steht, daß für einen Angriff eine dreifache Überlegenheit notwendig ist. Das hat Walter bereits erwähnt. Berücksichtigt man die Anwendung der Panzer und sonstiger Fahrzeuge auf dem russischen Gelände, das durch den absoluten Mangel an befestigten Straßen gekennzeichnet war, so wäre auch die vierfache Stärke kaum ausreichend. Vor allem deswegen, weil das angreifende Heer sich mehr bewegen mußte. Das bestätigte sich auch in den Aufzeichnungen von Generaloberst Halder im Kriegstagebuch vom Juli 1941. Dort schreibt er, daß die Wege verhältnismäßig schwierig sind. Es wurde gemeldet, daß nur noch fünfzig Prozent der Kampfkräfte verfügbar seien und die Panzer die Truppen belastet hätten."
Wieder meldete sich Karim zu Wort, während Frau Bammert, die Hände vor der Brust verschränkt, mühevoll überlegene Gelassenheit vorspielte. Hin und wieder versuchte sie hämisch zu lächeln, konnte aber damit niemanden wirklich beeindrucken.
„Warum haben die Deutschen dann die Russen so vernichtend geschlagen?" fragte Karim neugierig.
„Nicht zuletzt, weil die Rote Armee in der Angriffsstellung stand.

Nach wenigen Wochen wurde sie durch konzentrierte Vorstöße der deutschen Panzerverbände zersplittert und eingekesselt", erwiderte Frank. „Das gleiche Schicksal hätte vermutlich auch die Wehrmacht ereilt, wenn die Russen zuerst zugeschlagen hätten. Allerdings spielte dabei auch der überlegene Kampfgeist der deutschen Soldaten eine wichtige Rolle."
„Auch das noch!" spottete Frau Bammert, doch die meisten Schüler ignorierten ihre Bemerkung.
„Und was war da mit den russischen Panzern?" mischte sich Walter ein. „Waren sie wirklich so schlecht?"
„Was die russischen Panzer betrifft, so verfügte die sowjetische Armee über eine beträchtliche Zahl der modernsten Panzer der Welt", erklärte der neue Schüler. „Bereits am Anfang des Krieges gab es nach dem letzten Stand der Forschung um die vierzehnhundert Panzer T-34 und fast siebenhundert schwere Panzer KW, also mehr als zweitausend Stück, die nach einhelliger Meinung der Wissenschaftler mit Abstand die besten Panzer der Welt waren. Die deutschen Panzer hingegen waren diesen weit unterlegen. Kein deutscher Panzer war in der Lage, die Panzerung der russischen schweren KWs zu durchbrechen.
Dabei muß berücksichtigt werden, daß Deutschland keinen einzigen schweren Panzer besaß. Mehr noch, sie wurden nicht einmal auf dem Reißbrett entworfen! Auch die anderen russischen Panzer waren nicht so veraltet, wie man es gerne behauptet. In einzelnen Fällen sogar umgekehrt. Nur waren sie nicht für die Verteidigung, sondern für den Angriffskrieg konstruiert. Tatsache ist aber, daß am 22. Juni 1941 die angeblich friedliebende Sowjetunion mehr Panzer besaß als alle Länder dieser Welt zusammen, einschließlich Deutschland. Ähnlich sah es auch mit den übrigen Waffengattungen aus..."
Frank schaute in die tot wirkenden Augen von Frau Bammert, die auf dem blutleeren Gesicht noch schrecklicher aussahen, und verstummte. Alles begann zu flüstern und zu rascheln, Meinungen wurden ausgetauscht, erregte Ausrufe flogen durch die Reihen.

Roberto empörte sich immer lauter über die Darstellungsweise des neuen Schülers, doch stand auch er unter dem Eindruck des Gesagten.
„Frau Bammert!“ stieß Walter aufgeregt aus und durchbohrte sie mit einem ungeduldigen Blick. „Ist es wahr oder nicht?“
Die Lehrerin zuckte leicht, als wäre sie aus den tiefsten Gedanken zurück in die Wirklichkeit geholt worden, und zog ihre Augenbrauen besorgt zusammen.
„Ich habe den Ausführungen von Frank Uffelmann sehr aufmerksam zugehört.“
„Und?“ fragte Walter erwartungsvoll.
„Die Zahlen der sowjetischen Panzer sind hoffnungslos übertrieben. Darüber besteht kein Zweifel!“ verkündete Frau Bammert beruhigend. „Das gleiche betrifft auch die Zahl und besonders die Qualität der angeblich modernen sowjetischen Panzer.“
„Sind Sie sicher?“ fragte Walter.
„Das läßt sich leicht beweisen“, bestätigte die Lehrerin mit einer Selbstsicherheit, die viele Schüler tief beeindruckte.
„Und du, Frank?“ wandte er sich zum Kontrahenten. „Was sagst du dazu?“
„Ich kann es natürlich nicht ganz ausschließen, doch ich bezweifle sehr stark, daß cin solcher Nachweis erbracht werden könnte“, erwiderte Frank mit gleicher Überzeugungskraft.
Es wurde wieder still.
„Na, wenn schon beide so überzeugt sind, dann wäre doch eine Wette angebracht. Frist – eine Woche! Der Preis – öffentliche Anerkennung der Niederlage!“ warf ausgerechnet Luka Lemke ein, der bis dahin nur schwieg und wie gebannt die heftige Auseinandersetzung verfolgte.
„Ich habe keine Angst vor solchen Wetten“, verkündete Frau Bammert wie nebenbei und wollte gerade einen weitausgreifenden Nebensatz mit dem berühmten „Aber“ hinzufügen, doch in diesem Augenblick sprang Walter von seinem Platz auf und schrie begeistert: „Abgemacht! Die Wette gilt!“

Kaum hatte er diese Worte über die Lippen gebracht, erklang die Pausenglocke, und das Klassenzimmer versank in heillosem Durcheinander.
Der Raum leerte sich schnell, und die aufgeregten Stimmen verhallten langsam in den langen Fluren des Immanuel-Kant-Gymnasiums. Nur Frau Bammert stand immer noch wie versteinert vor der Klassentafel und konnte immer noch nicht begreifen, wie sie so einfach überrannt worden war.

Nach der Wette

Die Pausenglocke verkündete die letzte Unterrichtsstunde, und diese unscheinbare Tatsache erfüllte Frank mit aufrichtiger Freude. Zu allem Glück war es noch Deutschunterricht, und er dankte dem Himmel dafür, daß die strenge Stimme des Lehrers es zustande gebracht hatte, wohltuende Ruhe durchzusetzen. Es wurde ungewöhnlich still, und Frank schaute sich vorsichtig im Klassenraum um. Alle waren mit Böll beschäftigt, strengten ihr Gedächtnis an, schrieben in ihre Hefte einfach alles hinein, was sie von ihm und seinem Werk wußten, und wirkten sehr ernst und erwachsen.
Böll! Der gute schwermütige Böll! Stunde um Stunde würde er über ihn und sein gebrochenes Herz schreiben können; Tage, allein über seine schmerzerfüllten Erzählungen! Hätte er ohne ihn und Borchert überhaupt die Nachkriegszeit verstehen können? Doch der schwermütige Böll hatte ihm noch mehr Gutes getan: Er hatte jetzt diese so verschiedenen Menschen mit seinen Lebensdaten und seinem Werk so stark in Anspruch genommen, daß sie für eine ganze Unterrichtsstunde ihn, Frank, völlig vergessen hatten.
Denn das war nicht selbstverständlich. Nicht wenige seiner neuen Mitschüler ließen ihn einfach nicht mehr in Ruhe und nutzten jede erdenkliche Möglichkeit, sein Leben noch schwerer zu machen. Gnadenlos schlugen von allen Seiten provozierende, oft genug gemeinste Fragen auf ihn ein, so daß er selbst manchmal glaubte, er würde es nicht mehr aushalten können, einfach zusammenbrechen und nicht mehr die Kraft finden, noch einmal aufzustehen.
Doch es gab auch Hoffnung. Gelegentlich blickte er während des Unterrichts in die rauschende Tiefe des Klassenraumes und sah hin und wieder einige aufmerksame, tiefsinnige Augen, die sein Benehmen erwartungsvoll verfolgten, und in ihnen flimmerten lichte Funken eines aufrichtigen Gefühls, ja selbst eine Art stille Bewunderung, wenn sein Feingefühl ihn nicht täuschte!
Besonders Julia und ihre Freundin Anna, die ihn in der Pause angesprochen und zu ihrer morgigen Party eingeladen hatte, ließen ihn

hoffen. Aber auch ein paar smaragdgrüne scheue Augen blitzten flüchtig zu ihm hinüber und huschten ängstlich wieder weg, zur Seite. Doch sie hatten es trotzdem verraten… viel verraten… unheimlich viel!
Jetzt aber! Jetzt war Ruhe! Jetzt hatte Böll ihm eine Atempause verschafft, das unbarmherzige Trommelfeuer von ihm abgelenkt, und Frank überhäufte ihn dafür in seinem langen Aufsatz mit dem wärmsten, überschwenglichsten Lob. Wenn er nur Zeit hätte! Dann würde er jeder seiner Kurzerzählungen, jedem einzelnen Schicksal der unter die Kriegsräder geratenen Generation ein stilles Klagelied nachsingen!
Doch es kam anders. Er schaute flüchtig auf seine altmodische Armbanduhr, die ihm zu seinem Zwölften vom Vater geschenkt worden war, und mußte enttäuscht zur Kenntnis nehmen, daß er seinen Aufsatz möglichst schnell aus den atemberaubenden Höhen seiner ausschweifenden Gedanken zurückholen und zum traurigen Schluß gelangen sollte. Denn ein jeder ordentlicher Aufsatz mußte unbedingt einen Schluß haben, der wie ein nüchterner Doppelstrich in der Lebensakte das Irdische abschließt, und nur ein ordentlicher Aufsatz hatte die Aussicht auf eine gute Note. Und so sah er sich schweren Herzens gezwungen, diesen empfindsamen Böll in eine gedrängte Kurzfassung wie in einen engen Sarg zu zwingen und den letzten traurigen Satz wie ein Amen über ihm auszusprechen…
Kaum war der Unterricht zu Ende, eilte Walter Kaiser zu ihm.
„Frank“, warf er ihm hastig zu, „kannst du auf mich einpaar Minuten warten? Ich muß noch kurz in den dritten Stock, dann bin ich wieder da.“
Er stand vor ihm voller ungeduldiger Erwartung und blinzelte ihn mit seinen feurigen braunen Augen so offen an, daß Frank es nicht übers Herz brachte, ihm von seinem Bus und dessen Abfahrtszeiten zu erzählen. Er stimmte zu und tröstete sich mit der einfachen Zuversicht, daß es wohl nicht der letzte Bus sein würde.
Er ließ sich wieder auf den Stuhl fallen und fühlte sich erschöpft

und niedergeschlagen. Immer wieder tauchten in seiner Erinnerung die heftigen Szenen aus dem Geschichtsunterricht auf, das zornige Gesicht von Frau Bammert, und diese Bilder riefen in ihm eine quälende Unruhe hervor. Für eine kurze Zeit schien ihm sogar, als ob ein dunkel drohender Kreis um ihn immer enger wurde.
Nein, nein, dachte Frank, es gibt keinen Grund für eine solche Stimmung. Ich bin einfach übermüdet. Ich brauche Licht!
Er schaute durch das große Fenster nach draußen, bewunderte den neugotischen Glockenturm der Stadtkirche, und tatsächlich begann die dunkle Umkreisung von ihm zu weichen.
Gedankenverloren saß er an seiner Schulbank und bemerkte erst im letzten Augenblick, daß an der Schwelle ganz unerwartet Frau Bammert auftauchte. Sie machte einige energische Schritte in den Raum, erkannte ihn und erstarrte.
Frank fuhr auf seinem Stuhl empor, machte eine Bewegung, als wollte er ihr etwas sagen, doch als er den Ausdruck ihres Gesichts sah, konnte er vor Ratlosigkeit kein Wort von sich geben.
Das versteinerte Gesicht von Frau Bammert erglühte immer mehr vor haßerfüllter Unversöhnlichkeit. Sie schwieg. Die farblosen Lippen spannten sich, zogen sich langsam nach innen und drückten nun eine deutliche Geringschätzung, ja eine Art unverhohlene Verachtung aus.
Einige qualvolle Sekunden lang hatten die beiden einander angestarrt, bevor Frau Bammert sich umdrehte und in betont würdevollem Gang den Klassenraum verließ.
Der Junge sank langsam auf den Stuhl und fuhr mit der Hand über seine hohe Stirn. Wahrheit und nichts außer Wahrheit, dachte Frank erschüttert und schlug seine Augen nieder. Was war aber die Wahrheit in diesem Augenblick? Er überlegte, erinnerte sich wieder an das unheimliche Gesicht der Geschichtslehrerin und mußte widerwillig sich selbst gestehen, daß ihm die nächsten Wochen wohl kaum weniger Kraft abverlangen würden...
Frank wartete auf Walter neben der grauen Haupttreppe im großen Flur, und tatsächlich kam er bald darauf in Begleitung eines zierlich

gebauten, neugierigen, aber doch etwas scheu wirkenden Jungen.
„Das ist Sebastian“, sagte Walter. „Mein Freund.“
Der Junge lächelte unbeholfen, drückte Franks entgegengestreckte Hand und freute sich sehr über diese neue Bekanntschaft. Sie gingen gemeinsam in den Schulhof, der sich bereits zu leeren begann, und Walter, der zuvor sehr aufmerksam nach allen Seiten gespäht hatte, verkündete zufrieden, auf Sebastian schauend:
„Jetzt kannst du gehen! Sie sind in die andere Richtung gegangen.“
Der Junge zögerte, blickte zu ihm auf, als wollte er etwas sagen, ließ aber seinen Blick dann doch enttäuscht zur Seite gleiten. Er nickte ihm stumm zu, nahm Abschied und schritt langsam über die Straße, während die beiden in Richtung des Marktplatzes gingen.
„Ich wollte mit dir reden“, verkündete Walter und begann, sich mit wachsender Unsicherheit dem eigentlichen Gegenstand seiner Frage zu nähern. „Über den Krieg und so… Verstehst du? Das, was du gesagt hast… das ist sehr wichtig! Ich meine, es wirft dann viele andere Fragen auf… die vielleicht nicht mehr so einfach gelöst werden können…“
Er kam ganz durcheinander, hob seine braunen Augen hilflos zu Frank und beschloß, auf die lange Vorrede zu verzichten.
„Frank“, sagte er mit wieder erstarkter Stimme, „wie ist es dann mit den Opfern, mit den Juden, mit anderen, die ermordet wurden? Was ist mit dieser Schuld?“
Er verstummte und wartete ungeduldig auf die Antwort.
„Ich streite diese Schuld, soweit sie wirklich zutrifft und bewiesen ist, nicht ab“, erwiderte Frank. „Im Gegenteil…“
„Ja! Ja!“ unterbrach ihn Walter und blickte ihm vertrauensvoll in die Augen. „Ich verspreche es dir, ich werde es keinem erzählen. Sag’s mir ehrlich!“
Frank schwieg und schaute ihn mit einer Offenheit an, die Walter zwangsläufig in große Verlegenheit brachte.
„Ich meine, ich glaub’ dir schon…“, murmelte er schuldbewußt, „ich wollte nur sagen, daß du mir auch das sagen darfst, woran du vielleicht selbst zweifelst… Verstehst du?“

Frank blieb stehen und drehte sich zu ihm um.
„Ich danke dir, Walter“, erwiderte er, streckte ihm seine Hand entgegen und erklärte: „Für dein Vertrauen.“
Walter war zunächst überrascht, fand sich aber schnell wieder und nahm seine Hand gern an.
„Du wolltest, daß ich dir’s ehrlich sage? Wie ich es fühle?“ fragte der neue Schüler.
„Ja, will ich!“ bestätigte Walter. „Natürlich wenn’s dir nichts ausmacht, meine ich.“
Frank atmete tief durch und schlug seine Augen für einige Sekunden nieder, bevor er zu sprechen begann.
„Ich weiß nicht, Walter, ob du mir wirklich glauben kannst“, sagte er leise. „Bestimmt ist es nicht einfach, einem Menschen zu glauben, der selbst im Leben noch keine schweren Prüfungen durchgestanden hat… doch ich… ich würde mein Leben dafür geben, um das einst Geschehene ungeschehen zu machen. Um das Leid, das damals über die Menschen kam, abzuschwächen… Nur ist es leider nicht möglich. Doch wäre diese Gnade uns vom Allmächtigen gewährt, wären viele deutsche Menschen dazu bereit… sehr viele!“
Er verstummte, blieb wieder stehen und schaute etwas verstört zur Seite.
„Du meinst doch nicht etwa den Scheiterhaufen?“ fragte Walter verblüfft.
„Ich weiß nicht, ob ich auch diese Folter… ich meine… diesen schrecklichen Schmerz aushalten könnte, ohne meine Würde zu verlieren… ohne mich selbst zu verlieren… doch das Leben... das Leben würde ich dafür sofort hingeben… bedingungslos… Verstehst du?“
Frank blickte auf seinen Klassenkameraden und sagte mit bewegter Stimme: „Nur, daß es nicht ganz umsonst wäre…“
Walter konnte vor Überraschung kein Wort hervorbringen. Die Aufregung schnürte ihm den Hals zu und ließ in ihm ein schauriges Gefühl aufbrausen. Die glühende Hingabe, die aus den hellgrauen Augen zu ihm herüberstrahlte, fesselte ihn wie ein mächti-

ger Zauber und ließ in ihm nicht die leisesten Zweifel an der Aufrichtigkeit seiner Worte aufkommen.
„Mann! Bist du radikal!“ stieß er schließlich aus, mit dem Kopf schüttelnd, und atmete laut auf. Doch dieses Kopfschütteln verriet viel mehr eine starke Bewunderung.
„Ich habe noch nie einen Menschen gesehen, der für irgend etwas sein Leben geben würde“, gestand er ein wenig später. „Ich meine, daß man so... im Ernst!“
Er blickte wieder zu Frank hinüber und verstummte. Sein neuer Schulfreund schaute ihm so seltsam in die Augen, als wollte sein gefühlvoller Blick in ihn eindringen. Einen flüchtigen Augenblick lang schien es ihm sogar, daß Frank sich leicht nach vorne lehnte und sein offenes Gesicht merkwürdig auf ihn zustrebte.
„Du würdest es auch tun“, sagte Frank sehr leise und mit einer geheimnisvollen Stimme.
„Woher weißt du das?“ fragte Walter, während eine Gänsehaut über ihn hinwegrollte.
„Ich weiß es... ich fühle es... wie man auch andere Dinge fühlt“, hallte die gleiche Stimme zu ihm herüber, während die schaurigen Wellen seine Fingerkuppen erreichten.
Er entgegnete darauf nichts, doch die Worte seines neuen Klassenkameraden hörten sich angenehm, sogar schmeichelnd an. Sie hinterließen in ihm heftige Spuren und erhoben ihn auf eine noch nie erlebte Weise über alles, was er bis dahin in seinem Leben hatte. Sein Zeitgefühl kam durcheinander, die scharf gezogene Grenze zwischen Realität und diesem ungewöhnlichen, ja unbeschreiblichen Zustand schmolz einfach dahin, und es brachte ihn für einen flüchtigen Augenblick sogar auf den verrückten Gedanken, daß es womöglich wahr sein könnte.
Als er wieder zu sich kam, sah er voller Verwunderung, daß Frank immer noch zu ihm sprach. Doch das geheimnisvolle Feuer in seinem Gesicht schwächte sich deutlich ab. Es drückte nun eine tiefe Trauer aus.
„...Es ist sicher leichter, sein Leben lang sich selbst zu verleug-

nen, über die Deutschen zu reden, als würde man selbst nicht dazugehören, und unbarmherzig auf jeden draufzuhauen, der es nur wagen würde, ein gutes Wort für unsere deutschen Menschen einzulegen."

„So wie Günter Grass, meinst du?" fragte Walter aufgeregt und sichtbar erfreut, endlich den Faden wiedergefunden zu haben.

„Ja, wie Grass und viele andere, die sich über ihre gefallenen Kameraden aufgeschwungen haben... über jene, die stumm auf dem Bitburger Friedhof liegen und nicht mehr aus ihren Gräbern aufstehen können, um sich zu verteidigen, um solchen Menschen wie Grass zumindest einmal in die Augen zu sehen. Grass hat es für möglich gehalten, ihnen das christliche Mitleid zu versagen und seinen mahnenden Zeigefinger so hoch zu erheben, daß es ihm bis zu einem Nobelpreis gereichte.

Ein solches Leben ist ein immerwährender Verrat. Doch auch solche Menschen können sich nicht vor ihrem eigenen Gewissen verstecken. Es verfolgt sie in den Stunden der Nachdenklichkeit, es jagt sie durch schlaflose Nächte, und je mehr das absehbare Ende des Irdischen in die Nähe rückt, desto unerträglicher werden die Qualen der Reue. Doch eine solche kann nur dann die Rettung bringen, wenn sie sich nicht im stillen Kämmerchen vollzieht, sondern offen, vor aller Welt... so wie sie auch ihre moralischen Reden vor aller Welt gehalten haben."

„Du meinst, daß Grass das tun würde?" fragte Walter.

„Ich vermute es", erwiderte Frank, und das starke Gefühl übermannte ihn mit neuer Kraft. „Er hat den Rückzug aus dieser schrecklichen Sackgasse bereits in seinen letzten Büchern angekündigt. Noch ängstlich und mit halben Worten, doch man spürt, wie stark die Reue auf seiner Seele brennt. Ich hoffe, es gelingt ihm, sich der Wahrheit ganz zu öffnen und vor seinen gefallenen Kameraden ohne Rücksicht auf die übrige Welt auf die Knie zu sinken... sie um Vergebung zu bitten dafür, daß er das Recht zum Besserwerden nur für sich selbst in Anspruch genommen hat; dafür, daß er für jene, die für den Krieg mit allem, was sie hatten... mit ihrem jungen

Leben bezahlt haben, nur noch Worte der Schande und Verunglimpfung übrig hatte; daß er das Glück, am Leben zu bleiben, nicht dafür genutzt hat, diese Jungen in Schutz zu nehmen, die Wahrheit über sie zu sagen… Viele von ihnen waren bestimmt besser als er… ehrlicher!"

Frank atmete unruhig und schaute nun direkt in Walters Gesicht, der tief beeindruckt auf ihn starrte.

„Ich will kein Günter Grass werden!" stieß Frank mit aufrichtigem Gefühl aus. „Ich flehe zu Gott, daß er mich verschont, daß eine solche Schande mich nie beflecken wird… Wenn Grass nicht die Kraft findet, den reuevollen Weg nach Bitburg anzutreten, so ist sein Lebenswerk wertlos und kann den Menschen nur als Beispiel für eine krankhafte Selbstverleugnung und einen bodenlosen moralischen Verfall dienen… Er muß sich beeilen! Die Zeit… sie ist für jeden knapp bemessen."

Er verstummte und wirkte sehr unglücklich.

„Du hast bestimmt gedacht, daß ich die deutschen Verbrechen relativieren wollte", sagte Frank nach einer kurzen Pause. „Jedes Verbrechen muß genannt und entsprechend verurteilt werden. Jedes Opfer muß genannt werden, jedes betrauert. Dabei dürfen aber die Verbrechen nicht nach ideologischen Grundsätzen sortiert werden. Alle sind vor dem Gesetz gleich! Alle! Ob Kommunist oder Nationalsozialist, ob Atheist oder Gläubiger, ob Deutscher oder Türke. Dies ist leider selten der Fall. Dazu ist jede Schuld objektiv und persönlich."

„Dann…", warf Walter unsicher ein, „dann gibt es aber keine Kollektivschuld?"

„In diesem Sinne gibt es sie tatsächlich nicht. Ein Volk kann nicht auf der Anklagebank sitzen. Wie groß die Schuld von dessen einzelnen Vertretern auch sein mag. Wenn man von diesem Prinzip abrückt, so gibt man damit zwangsläufig auch Hitler recht. Dann heißt es, daß man nur noch nach einer ausreichenden Begründung suchen muß, um ein ganzes Volk in die Geiselhaft zu nehmen. Kinder, Frauen, Millionen von unschuldigen Menschen! Im Falle von

Juden zum Beispiel, die fast in jedem Land weit sichtbar im Vordergrund des öffentlichen Lebens stehen, wäre das sehr einfach. Man kann alles verdrehen… alles!
Jeder Mensch ist ein Teil seines Volkes, und jeder spürt sowohl Stolz als auch tiefste Scham für die einzelnen Taten seiner Volksgenossen. Doch das ist keine juristische Angelegenheit. Wird dieses Gefühl tief empfunden, so bringt es einen Menschen zu einer höheren Erkenntnis. Er muß damit allein fertig werden, ohne daß man ihm unentwegt Schuldbekenntnisse abverlangt. Wenn aber jemand versucht, unsere Schuld als Druckmittel zu benutzen oder sie in Silberlinge zu verwandeln, ohne seine eigene zu erwähnen, so geht es diesen Menschen bestimmt nicht um das Andenken an die Opfer. Im Gegenteil…"
Er schritt eine ganze Weile schweigend neben Walter her, bevor er wieder zu sprechen begann.
„Man wirft den Menschen von damals vor, sie hätten stillschweigend ein großes Unrecht hingenommen. Oder wie Grass es seinen gefallenen Frontkameraden über ihre Gräber hinweg entgegenschleuderte: Man hätte es wissen müssen!
Warum gelten diese moralischen Maßstäbe nur für die Zeit vor 1945? Obwohl auch heute, wo jeder Mensch die Möglichkeit hat, grenzübergreifend zu prüfen, Dinge passieren, die einen zum Nachdenken zwingen müssen. Die amerikanische Regierung erfindet einfach einen Grund und läßt die Truppen in den Irak einmarschieren, die das Land verwüsten und dauerhaft besetzen. Danach stellt sich heraus, daß die gesamten Kriegsgründe bewußt erlogen wurden. Doch der Präsident bleibt dort, wo er war, statt sich vor einem internationalen Gericht verantworten zu müssen. Die Regierungschefs, auch der deutsche Bundeskanzler, sind von Herzen froh, wenn sie von einem solchen Präsidenten überhaupt empfangen werden. Und was machen die gleichen moralischen Menschen, die uns tagtäglich unsere Schuld vor Augen halten? Sie schweigen oder kaufen ihr Gewissen mit ein paar kritischen Bemerkungen frei, die weder sie noch die anderen zum aktiven Widerstand veranlassen.

Und dann will man den Deutschen von damals die mangelnde Voraussicht und Duldung von Verbrechen vorwerfen? Was machen wir denn anders? Warum wollen wir denn nicht mit geforderter Wachsamkeit auf die heutigen Ereignisse hinschauen?"
Walter schritt neben seinem neuen Bekannten her und bewunderte ihn immer mehr. „Und das... das mit den russischen Panzern und über den Krieg? Wo hast du das gelesen?" stieß er begeistert aus.
„Es gibt viele Bücher darüber", erwiderte Frank. „Walter Post, Joachim Hoffmann, Stefan Scheil – das sind nur einige Namen. Vor allem aber Gerd Schultze-Rhonhof. In seinem Buch *‚Der Krieg, der viele Väter hatte'*. Eines der besten Bücher, die ich kenne! Und was die Panzer betrifft, so kannst du es bei Viktor Suworow nachlesen, in seinem Buch ‚Ledokol', auf deutsch: Der Eisbrecher."
„Wer ist er denn, dieser Suworow?"
„Suworow ist nur sein Deckname", erklärte Frank. „In Wirklichkeit heißt er Wladimir Resun. Er war ein Mitarbeiter des russischen Militärgeheimdienstes GRU und war Ende der siebziger Jahre in Genf tätig. Von dort floh er mit seiner Familie nach England. Dieses Buch ist sein Leben. Er war der erste, der den Aufmarsch der russischen Truppen auf der sowjetischen Westgrenze so intensiv studiert und analysiert hatte. Mit zwölf Jahren, als er in der Kadettenschule war, entdeckte er die ersten Ungereimtheiten in der offiziellen Geschichtsschreibung des Zweiten Weltkrieges."
„Mit zwölf?!" stieß Walter überrascht aus. „Mit zwölf Jahren?!"
„Ja, mit zwölf!" bestätigte Frank. „Dann drang er immer tiefer ein. Es war der Anfang. Dann wurde daraus die Lebensaufgabe."
„Was meinst du damit?" fragte Walter aufgeregt. „Was wurde für ihn zur Lebensaufgabe?"
„Die Suche nach der Wahrheit", sagte Frank, wobei seine Stimme wieder so seltsam geheimnisvoll klang.
„Glaubst du wirklich, daß dies der einzige Grund war? Ist es überhaupt möglich, nur nach der Wahrheit zu suchen? Ist es nicht so, daß man nur danach sucht, was die eigene Überzeugung untermauert?"

„Dann ist es aber keine Überzeugung mehr!“ entgegnete Frank heftig. „Wenn man die Tatsachen unterschlägt, die gegen deine Überzeugung sprechen, dann ist sie bereits bis auf die Grundmauern erschüttert. Wenn du ehrlich zu dir selbst bist, dann kannst du nicht mehr weiter so tun, als wäre nichts gewesen. Sonst ist es keine Überzeugung mehr, dann ist es eine Ideologie! Ein ehrlicher Mensch kann mit einem solchen Widerspruch nicht leben. Es sei denn, er hat ein Leben in Würde schon längst aufgegeben und bekommt dafür Geld oder ist auf eine andere Weise in Abhängigkeit geraten. Doch dann… dann ist es ein gemeiner Verrat!“
„Verrat?“ fragte Walter überrascht.
„Ja, Verrat!“ wiederholte Frank mit Nachdruck. „Verrat an seinem Land, an seinem Volk! An jedem einzelnen Menschen!“
Walter blieb wieder stehen und starrte in sein glühendes Gesicht.
„Mensch! Bist du ein harter Brocken!“ stieß er ergriffen aus und atmete tief durch.
Sie gingen weiter. Frank erzählte ihm noch mehr von diesem merkwürdigen Suworow, und als die beiden den Marktplatz erreichten, sah er sich gezwungen, seine Erzählung zu beenden.
„Außerdem hat er ein phänomenales Gedächtnis“, sagte er zum Schluß. „Das hat ihm natürlich geholfen. Mann muß schließlich die örtliche Position und die Bewegungen von mehr als fünfhundert Divisionen im Auge behalten.“
„Ich habe auch ein gutes Gedächtnis“, vertraute Walter seinem neuen Bekannten mit kindlicher Offenheit an. „Ich spiele Schach! Ich kann auch blind spielen! Das ist meine Leidenschaft. Ich kenne viele Partien auswendig.“
Frank griff in seine Schultasche und holte daraus ein Buch hervor. „Na, dann kannst du auch mit Suworow eine Runde spielen!“
Er streckte ihm das Buch entgegen und sagte mit aufrichtigem Bedauern:
„Ich habe es heute zum Geschichtsunterricht mitgenommen. Ich wollte es der Klasse vorstellen. Na ja... Leider wurde daraus nichts. Du kannst es aber lesen.“

Walters Augen, die ohnehin vor Aufregung funkelten, flammten auf. Er nahm das Buch entgegen, betrachtete es aufmerksam und ließ seinen dankbaren Blick zu Frank hinübergleiten.
„Darf ich es bis Montag behalten?"
„Natürlich!" erwiderte Frank und lächelte ihn an.
Sie verabschiedeten sich, und Walter, immer noch in aufgewühlter Stimmung, beeilte sich nach Hause. Ein ganzer Schwarm von unbekannten Gefühlen drängte sich in seiner Brust.
Für kurze Zeit blieb er sogar stehen. Er spürte, wie seine Hände leicht zitterten, wie heftig sein Herz in der Brust hämmerte. Und doch konnte er seine Empfindungen nicht mehr verstehen. Als hätte ihn eine unsichtbare Macht erfaßt und wäre nun dabei, ihn aus seinem früheren Leben zu reißen. Alles andere fühlte sich wie eine Ahnung an. Er widersetzte sich diesem atemberaubenden Gefühl nicht und spürte, wie dessen Wellen seinen Körper durchströmten und einen starken Wissensdurst in ihm weckten. Sie verdrängten weit an den Rand seiner geistigen Welt sogar das Allerheiligste – sein Schachspiel.
Er wohnte nicht weit vom Marktplatz in einer ruhigen Seitenstraße und war gerade dabei um die Ecke zu verschwinden, als ihn jemand beim Namen nannte.
Er drehte sich um und erkannte Sebastian. Der Junge stand unweit von ihm, hinter einem riesigen Geländewagen und schaute unsicher zu ihm hinüber.
„Sebastian!" rief Walter überrascht aus. „Was machst du denn da?"
Der Junge trat schweigend hervor und wandte sein Gesicht verlegen zur Seite.
„Bist du uns gefolgt?" fragte Walter.
Der Junge nickte stumm mit dem Kopf und blickte schuldbewußt zu seinem großen Freund auf.
„Nicht nur ich", sagte er schließlich zu seiner Rechtfertigung.
„Wer sonst?" fragte Walter forschend.
Der Junge straffte sich und begann sofort zu erzählen: „Zwei Bienen aus deiner Klasse sind euch gefolgt. Ich hab' alles gesehen!"

„Bist du dir sicher?“
„Natürlich bin ich mir sicher!“ erwiderte Sebastian leicht gekränkt. „Als ihr stehengeblieben seid, haben sie sich hinter einem dicken Kastanienbaum versteckt. Erst als ihr weitergegangen seid, kamen sie wieder hervor.“
„Und wer war das? Kennst du sie?“
„Natürlich kenne ich sie!“ sagte Sebastian mit vielsagender Stimme. „Anna war das und ihre Freundin.“
„Julia?“ fragte Walter neugierig.
„Ich weiß nicht, wie sie heißt. Mit braunen Haaren. Genau so schön wie Anna...“
Sebastian verstummte mitten im Satz und schwieg einige Sekunden, während sein Gesicht sich immer mehr verdüsterte.
„Du hast mich einfach abgehängt...“ sagte er vorwurfsvoll zu seinem Freund, doch Walter unterbrach ihn.
„Hör auf!“ sagte er versöhnlich und schlug ihm freundschaftlich auf den Rücken. „Ich mußte mit ihm unbedingt unter vier Augen sprechen. Was wolltest du denn von ihm?“
Sebastian zuckte unentschlossen mit den Achseln.
„Ich wollte nur ein bißchen mehr über ihn wissen“, sagte er beiläufig. „Ist es wahr, daß er aus Rußland kommt?“
„Ja“, bestätigte Walter und fügte etwas irritiert hinzu: „Hör’ mal! Jetzt muß ich dich aber nach Hause begleiten, sonst fangen sie dich hier wieder ab.“
Der Junge senkte den Blick zu Boden, und seine Wangen wurden sehr schnell rot.
„Ich kann auch alleine“, sagte er leise.
„Du bist mir aber einer!“ stieß Walter lachend hervor. „Das macht doch gar nichts. Komm!“
Er versetzte ihm wieder einen leichten Klaps auf die Schulter, und das Gesicht des Jungen erstrahlte vor Dankbarkeit und Freude.
Er ging neben Walter her, blickte von Zeit zu Zeit zu ihm auf und war glücklich. Keine Angst quälte ihn, wenn er neben seinem Freund so gehen durfte. Auch wenn eine ganze Horde seiner ärg-

sten Feinde plötzlich auftauchen und sie überfallen sollten, hätte er jetzt keine große Angst gehabt. Zumindest glaubte er daran und fühlte es auch so. Manchmal wünschte er dies sogar heimlich herbei, um seinem großen Freund zu zeigen, daß er kein Feigling... daß auch er ein echter Junge war. Doch jedesmal begann sein Herz dabei heftig zu schlagen und drohte aus der Brust zu springen.

Sie verschwanden um die Ecke und gingen die Herderstraße entlang.

„Was hat er dir gegeben?" fragte Sebastian und zeigte neugierig auf den bunten Umschlag.

„Das ist ein Buch über den Zweiten Weltkrieg", erklärte Walter, begann zu erzählen und verfiel dabei immer mehr in starke Begeisterung.

Er berichtete ihm über den Streit im Geschichtsunterricht, über die ungewöhnliche Wette, über die dreieinhalbtausend deutschen Panzer, denen über zwanzigtausend sowjetische gegenüberstanden.

„Über zwanzigtausend!" stieß Sebastian aus, zog seine Augenbrauen ungläubig zusammen und blieb sogar vor Überraschung stehen.

„Ja!" bestätigte Walter aufgeregt. „Dazu hatte die Wehrmacht lauter veraltete Panzer und keinen einzigen schweren! Er sagte, daß es auch bei den anderen Waffengattungen nicht anders aussah! Kannst du dir so etwas vorstellen?"

Sebastian zuckte unsicher mit den Schultern.

„Nicht ganz", gestand er offenherzig.

„Das bedeutet, daß man sich zwangsläufig die Frage stellen muß, wer sich zum Krieg gerüstet hat und vor allem zu welchem Krieg! Suworow behauptet, daß Stalin uns überfallen wollte und Hitler, in die Enge getrieben, ihm um zwei Wochen zuvorkam."

Er streckte ihm das Buch hin und erklärte begeistert: „Hier, in diesem Buch, sagte er, steht alles schwarz auf weiß geschrieben!"

Der Junge starrte ihn mit großen Augen an, blickte dann einige Male verstört nach allen Seiten hin, als würde die Lautstärke seines Freundes ihm große Sorge bereiten, und fragte ihn schließlich mit verschwörerisch klingender Stimme:

„Ist er ein Rechtsradikaler?"

Ratlosigkeit legte sich auf Walters Gesicht.
„Ich glaub' nicht", sagte er mit einer Unsicherheit, die für ihn eher ungewöhnlich war.
„Wenn du es gelesen hast, kannst du es auch mir geben?" sagte Sebastian und richtete die fragenden Augen auf seinen großen Freund. Die Frage irritierte Walter noch mehr, und einige Sekunden lang schwieg er unentschlossen.
„Ich lese sehr schnell", setzte Sebastian nach. „Ich werde es bestimmt in einer Nacht schaffen."
„Interessiert dich überhaupt so was?" fragte Walter und maß ihn mit einem forschenden Blick von Kopf bis Fuß. „Ich meine, ob du das Ganze wirklich lesen wirst?"
Der zierliche Junge nickte zustimmend.
„Warum nicht?" sagte er ernst und konnte dabei die aufkommende Kränkung nur schwerlich verbergen. „Ich will auch die Wahrheit wissen."
Doch dieses Gefühl währte nicht lange. Gleich darauf vergaß er die kränkenden Worte und wandte sich wieder vertrauensvoll an seinen Freund:
„Die Oma hat mir einmal erzählt, daß mein Uropa in Rußland gefallen ist… bei Stalingrad…"

Roberto Grimaldi

Am späten Vormittag des nächsten Tages, es war ein schöner trockener Samstag, beeilte sich Frank in Richtung Schloßstraße. Vor zwei Tagen hatte er unter seiner Schulbank mehrere Seiten einer farbigen Lokalzeitung gefunden und stieß auf eine kleine Anzeige: Restaurant Al Italia sucht zuverlässige Hilfe für Abendstunden. Es war noch eine Telefonnummer angegeben, doch Frank hatte kein Telefon zu Hause. Außerdem wußte er, wo dieses Restaurant zu finden war. Noch während seiner ersten Begegnung mit der Kurstadt, als er stundenlang durch die malerischen Straßen bummelte, bemerkte er die rote Aufschrift „Al Italia“.
Ohne lange zu überlegen, ging er auf gut Glück los, in der Hoffnung, daß die ausgeschriebene Stelle noch nicht vergeben war. Schon von weitem sah er die farbenfrohe italienische Trikolore, und nach wenigen Minuten trat er durch die geöffnete Glastür in den großen, elegant eingerichteten Speisesaal ein.
Es war niemand zu sehen, weder Besucher noch Personal. Er ging einige Schritte nach vorne und blieb unentschlossen mitten im hellen Raum stehen.
„Haben Sie sich verlaufen, junger Mann?“ hörte er plötzlich eine laute Frauenstimme und drehte sich um.
Neben der Tür stand eine schwarzhaarige Frau Mitte vierzig und schaute ihn aufmerksam an.
„Heute erst ab siebzehn Uhr.“
Frank sah in ihre tiefliegenden dunkelbraunen Augen, die reichlich mit dünnen Lachfältchen gesäumt waren, und war sichtlich erleichtert. Die Frau stemmte zwar ihre Hände selbstbewußt in die Hüfte, ihre Stimme klang ernst, doch die Augen lachten so verräterisch, daß der Junge sofort erkannte: Sie meinte es gut mit ihm!
Frank begrüßte sie höflich, zog aus der Tasche ein zusammengelegtes Zeitungsblatt und faltete es auseinander.
„Ich habe Ihre Anzeige gelesen…“, fing er gerade an, doch die Frau unterbrach ihn ungeduldig, denn die Frage brannte ihr bereits

auf der Zunge.
„Suchst du Arbeit?“ fragte sie erstaunt, ihn wie selbstverständlich duzend.
„Ja“, erwiderte der Junge und mußte lächeln, als er merkte, mit welcher Neugier und Verwunderung sie ihn betrachtete.
„Die Stelle des Geschäftsführers, junger Mann, ist bei uns schon längst vergeben“, sagte sie laut. „Mein Mann erledigt den Job.“
Sie lachte selbst über ihren Witz, hörte aber plötzlich damit auf und schaute ihn forschend an.
„Jetzt aber im Ernst!“ forderte Frau Grimaldi. „Willst du wirklich bei uns arbeiten?“
„Ja“, wiederholte Frank, „ich will es!“
„Teller waschen?“
„Ja“, bestätigte der Junge.
„Leider bist du zu spät gekommen“, sagte sie seufzend und formte ihre Lippen zum aufrichtigen Bedauern. „Es waren schon um die fünfzehn Leute da.“
Frank war sehr enttäuscht, versuchte aber, seine Enttäuschung zu verbergen. Er zuckte leicht mit den Schultern und lächelte sie etwas traurig an.
„Kann man nichts machen“, sagte er, verabschiedete sich und begab sich zur geöffneten Glastür.
„Warte doch!“ rief sie ihm hinterher.
Frau Grimaldi konnte ihre Gefühle noch nie verbergen und wollte es auch nicht. Der Junge gefiel ihr, und sie beschloß, ihn so lange aufzuhalten, bis ihr Ehemann kommen würde. Sie fragte ihn aus, und als sie erfahren hatte, daß er erst vor einigen Wochen nach Deutschland gekommen war, wollte sie so ziemlich alles wissen.
„Komm, Junge! Ich mach dir einen guten italienischen Kaffee“, sagte sie freundlich, ging sogleich los, ohne die Antwort abzuwarten, und verschwand hinter der Theke.
„Mit Milch und Zucker?“ hörte er ihre laute Stimme.
„Danke! Nur schwarz.“
In diesem Augenblick tauchte im Speisesaal Antonio Grimaldi auf

und schaute flüchtig auf den Jungen, der an einem der zahlreichen runden Tische saß.
Frank erhob sich und begrüßte ihn.
„Bleiben Sie nur sitzen!“ warf ihm der Wirt zu, ging zur Theke, nahm einen Kugelschreiber und kritzelte auf die mitgebrachten Lieferscheine seinen zackigen Namenszug.
„Antonio!“ rief seine Ehefrau, doch der Wirt winkte ab, ging wieder zum Ausgang und beeilte sich zu einem Lieferwagen, der vor dem Restaurant wartete.
Herr Grimaldi war mittelgroß, kräftig gebaut und hatte typisch italienische Gesichtszüge. Er hatte kurze, aufwändig frisierte Haare und fiel dadurch auf, daß er seine Angelegenheiten schnell erledigen konnte, ohne dabei einen hektischen Eindruck zu erwecken.
Kaum hatte er dem Fahrer die unterschriebenen Lieferscheine in die Hände gedrückt, packte er eine Kiste Mineralwasser und schleppte sie ins Restaurant. Frank fiel sofort auf, daß Herr Grimaldi Probleme mit dem Rücken hatte. Als er die schwere Kiste anhob, verzog sich sein Gesicht zu einer schmerzerfüllten Grimasse.
Frank erhob sich.
„Darf ich Ihnen helfen?“
Antonio Grimaldi blieb stehen und schaute den Jungen verwundert an.
„Ich erklär’ dir gleich alles!“ mischte sich seine Frau ein.
Nach fünf Minuten waren sie mit der Arbeit fertig, und der Wirt, immer noch forschend auf den Jungen schauend, streckte ihm entschlossen seine starke Hand entgegen.
„Grimaldi“, sagte er kurz.
„Frank“, erwiderte der Junge. „Frank Uffelmann.“
„Der Junge sucht einen Job“, erklärte seine Frau und stellte einen duftenden Espresso auf den Tisch.
Nun saßen alle drei am runden Tisch und unterhielten sich eine Weile. Herr Grimaldi überhäufte den Jungen mit Fragen, hörte sich alles ganz genau an und konnte deutlich fühlen, daß seine ohnehin vorhandene Sympathie für den Jungen noch größer wurde. Ganz

sicher: So einen Burschen könnte er abends, wenn sein gut gehendes Restaurant nicht selten bis auf den letzten Platz gefüllt war, gut gebrauchen. Er kannte die Menschen und wußte, welche Wirkung das bestechende Lächeln des Jungen auf die Kundschaft haben würde. In fünf Minuten stellte er zufrieden fest, daß Frank nicht die leiseste Spur von Hemmungen hatte und jedes beliebige Gespräch übergangslos aufgreifen konnte. Außerdem hinterließ er mit seinem gepflegten Aussehen einen tiefen unvergeßlichen Eindruck. Innerlich hatte der Wirt bereits die Entscheidung getroffen, dachte eher beiläufig an Details, blickte aber besorgt auf seine Armbanduhr und entschuldigte sich für eine halbe Stunde. Sie beschlossen, daß Frank auf ihn warten sollte, damit sie die Einzelheiten noch heute klären konnten.

Kaum war Antonio Grimaldi gegangen, tauchte auf der Schwelle Roberto auf. Frank war sichtlich überrascht. Erst jetzt fiel ihm ein, wo er den wohlklingenden Namen schon einmal gehört hatte! Natürlich in der Schule!

Roberto hatte ihn offensichtlich schon früher durch die große Schaufenster gesehen. Nun stand er mit leicht gebeugtem Kopf ein paar Schritte vor ihm und stierte ihn unversöhnlich an. Frank erwiderte seinen Blick wie immer ruhig, ahnte aber dabei nichts Gutes. Einige Sekunden lang starrten sie einander schweigend an, dann kam Frau Grimaldi in den Speisesaal herein.

„Roberto!“ fragte sie vorwurfsvoll. „Warum schaust du den jungen Mann so unfreundlich an?“

„Was macht dieser da bei uns zu Hause?“ erwiderte er finster, ohne seinen feindseligen Blick von Frank abzuwenden.

Frau Grimaldi warf ihre Rechte entsetzt vor den Mund, während ihr Sohn seine Hände demonstrativ zur Hälfte in die Hosentaschen steckte und mit seinem ganzen Benehmen deutlich zeigte, daß er an einer friedlichen Lösung nicht im geringsten interessiert war.

„Was macht der hier?“ fragte Roberto erneut mit der gleichen verletzenden Stimme und zuckte dabei mit dem Kinn in Franks Richtung.

„Roberto!“ stieß Frau Grimaldi erschüttert aus. „Wie sprichst du mit den Menschen?“

Doch der Junge schwieg und preßte die Lippen fest zusammen.

„Er soll rausgehen!“ warf er der Mutter erbost zu.

Frau Grimaldi begann immer heftiger auf ihren widerspenstigen Sohn einzureden, überschüttete ihn mit Vorwürfen, allein das alles half nicht. Roberto starrte stumm vor sich hin und glich einem dunklen Felsen im peitschenden Meer.

„Offensichtlich ist es doch besser, wenn ich jetzt gehe“, sagte Frank verlegen und erhob sich.

Er nahm Abschied, bedankte sich für den Kaffee und ging.

Frau Grimaldi stand tief betroffen vor der Theke und hielt ihre Hand auf der Brust, während Roberto Frank mit einem unversöhnlichen Blick bis zur Glastür verfolgte.

„Auf Nimmerwiedersehen!“ warf er ihm hinterher und blieb noch eine Weile siegesbewußt mitten im großen Speisesaal stehen.

„Was für eine Schande!“ flüsterte Frau Grimaldi und richtete ihre zornigen Augen auf Roberto.

„Das ist keine Schande!“ schrie er empört zurück. „Er ist ein Nazischwein.“

„Was für ein dummes Zeug redest du denn?“ fragte sie verblüfft.

„Hast du etwa die Glatzköpfe im Fernsehen nicht gesehen?“

„Die echten Nazis sehen anders aus. Genauso wie er, mit Anzug und Krawatte!“

„Schweig!“ forderte Frau Grimaldi, während sie immer mehr zu sich fand. „Ich habe kein Gymnasium besucht und vielleicht nicht so viel gelesen in meinem Leben, aber ich wäre nicht die Tochter meiner Eltern, wenn ich mich in diesem Jungen täuschen sollte.“

„Ihr seid alle einfach blind!“ schrie Roberto zurück. „Kaum hat er euch einmal zugelächelt, mit seinen Augen angeglotzt, und schon habt ihr den Rest an Verstand verloren.“

„Sprich mit mir nicht so dreist!“ forderte die Mutter auf italienisch, während ihr Sohn demonstrativ beim Deutschen blieb.

„Ich sage euch nur die Wahrheit!“ warf er entrüstet zurück. „Das

sind alles seine dämonischen Augen!“
„Dämonische?“ fragte Frau Grimaldi überrascht.
„Ja, dämonische!“ wiederholte Roberto verbittert. „Weil sie nicht das widerspiegeln, was er in Wirklichkeit denkt. Oder hast du dir den Teufel anders vorgestellt: mit Hörnern und pelzig, mit Hufen und einem Schwanz, der noch zu all dem mit einem Haarbüschel geschmückt ist?“
Er atmete schwer und begann empört zu erzählen:
„Du weißt ja gar nicht, was bei uns in der Klasse alles passierte, nachdem dieser Engel bei uns aufgetaucht war! Die halbe Klasse ist verrückt geworden. Kein einziger Tag vergeht, ohne daß er sich irgendeine neue Teufelei einfallen läßt. Dabei blinzelt er mit seinen Augen so unschuldig nach allen Seiten hin, daß die blauäugigen Lämmchen seufzend ihre verschleierten Blicke zum Himmel richten.“
Während seiner Erzählung mimte er die von ihm beschriebene Szene so geschickt, daß Frau Grimaldi trotz ihres heftigen Unmuts lächeln mußte.
„Kann ich mir gut vorstellen“, warf sie ihrem schnaubenden Sohn provozierend zu.
„Ich aber kann mir auch vorstellen, was uns noch alles bevorsteht!“
„In den Augen der Menschen kann man einiges sehen“, entgegnete Frau Grimaldi.
„Und?“ fragte Roberto verzweifelt. „Was siehst du in meinen Augen, wenn ich dich fragen darf?“
„Schau doch mal in den Spiegel! Sie sind trüb und dunkel wie ein aufgewühltes Meer!“ erwiderte seine Mutter temperamentvoll. „Warum bist du nur so unversöhnlich? Ich sehe doch, wie du die Deutschen anschaust. Warum? Was haben sie dir getan?“
Die Frage verwirrte Roberto und ließ ihn einige Sekunden ratlos schweigen.
„Weil sie uns nicht mögen“, warf er leise zurück und starrte verärgert auf den Boden.
Frau Grimaldi schaute auf ihren Sohn, und ihr Herz erweichte sich

wieder. Roberto stand an die Theke gelehnt, klammerte sich mit seiner Rechten verkrampft an deren Rand und sah trotz seiner aufgewühlten Stimmung irgendwie unglücklich aus.
„Als wir vor zwanzig Jahren nach Deutschland kamen, haben wir viel Gutes erfahren“, sagte sie ruhig. „Es gab ein paar Zwischenfälle, aber die gibt‘s doch überall. Auch bei uns in Italien. Was meinst du, wenn dieser Junge jetzt nach Kalabrien gekommen wäre, was er dort alles erleben würde? Nicht nur ausgestreckte Hände! Nein! Ich kann dir solche Geschichten erzählen, daß du dich schämen wirst. Warum kannst du nicht das Gute sehen? Du weißt doch selbst, warum wir nach Deutschland gekommen sind! Wir arbeiten hier, du besuchst das Gymnasium, dann studierst du, wenn Gott uns gnädig ist, an einer Universität.
Dein Vater ackert manchmal bis zwei Uhr nachts. Es ist so viel Liebe um dich herum, schau doch nur aufmerksam hin! Hast du schon mal gesehen, wie dein Vater arbeitet? Wie liebevoll er jedes Glas seit über zehn Jahren mit dem Handtuch abreibt? Wie sie bei ihm glänzen? Wie seine Augen nach schwerer Arbeit noch strahlen, wenn er die aufgeräumte Bar anblickt? Das ist auch Liebe, mein Sohn, eine echte Liebe. Die aus dem Herzen kommt und nicht aus den Büchern.
Wenn du wüßtest, wie er manchmal heimlich von deinem Studium träumt! In der Hoffnung, daß dieses Studium dir einen Weg nach oben öffnet; daß es dir noch mehr Glück bringen wird, als es schon uns zuteil wurde. Wenn du das nicht siehst, so bist du noch blind fürs Leben! Und diese Blindheit kommt bei euch von lautem Nichtstun. Wenn ihr so wie der Vater in seinen jungen Jahren geackert hättet, so würdet ihr auch dieses schöne Leben schätzen können. Sonst streunt ihr nur Tag und Nacht durch die Stadt vor lauter Langeweile und kommt auf dumme Gedanken.“
Sie erinnerte sich an Frank, und ihr Gesicht wurde wieder traurig.
„Warum hast du nur den Jungen so beleidigt? Warum?“
Roberto, der sich nun zu beruhigen schien, begehrte wieder auf:
„Du verteidigst ihn noch?! Wenn du ihn gefragt hättest, was er

über Ausländer denkt, würde er bestimmt sagen, daß es besser wäre, wenn wir alle nach Hause fahren würden!"
Frau Grimaldi blieb von dieser Mitteilung unbeeindruck.
„Auch wenn er das sagen würde, wäre das gut gemeint. Nicht so, wie du es denkst."
„Und was... was soll ich mir, bitte schön, dabei denken?!"
„Daß es die reinste Wahrheit ist! Das hat seine Familie am eigenen Leib erfahren. Sie sind nach Hause gekommen. Weißt du etwa nicht, wie dein Vater davon träumt, nach Kalabrien heimzukehren?"
„Mein Traum ist es nicht!" warf Roberto verärgert ein. „Ich will nicht in Italien wohnen, geschweige denn in Kalabrien!"
Ungeachtet seiner provozierenden Worte verspürte die Mutter echtes Mitleid mit ihrem Sohn.
„Das sagst du nur so", entgegnete sie ihm ruhig, „weil die Jungs dich damals wegen diesem Mädchen verdroschen haben."
Die schmerzhafte Erinnerung an den letzten Heimaturlaub ließ seine Lippen einige Male nervös zucken. Mit zornigen Augen blitzte er in ihre Richtung, blieb aber stumm und klammerte sich noch fester an den Thekenrand.
„Auch du wirst es einmal verstehen. So wie dein Vater es einst verstanden hat. Auch wenn er sich überall auf dieser Welt zurechtfinden könnte, lebt er in Wirklichkeit immer noch in Kalabrien. Wenn er spät abends mit der Arbeit fertig ist, dann sind seine Gedanken schon dort, und wenn er morgens aufwacht, ist er immer noch dort. Sprich mit ihm darüber! Er wird dir gerne davon erzählen! Stundenlang! Über das Meer, über die Menschen, über sein Leben in der Heimat."
Sie seufzte und schaute ihren Sohn liebevoll an:
„Nur die Arbeit lenkt ihn ab. Wenn deinen Vater im Alter hier noch etwas halten würde, dann bist du es. Auch dieser deutsche Junge ist nach Hause gekommen."
Roberto schien stets in eine explosive Aufregung zu geraten, sobald die Mutter Frank erwähnte.
„Da kommen diese Russen und wollen deutscher sein als die Ein-

heimischen!“ warf er ihr grimmig zu.
„Russen?“ fragte Frau Grimaldi verwundert. „Er ist doch ein Deutscher?“
„Deutscher ist, wer die deutsche Staatsbürgerschaft hat“, erklärte Roberto höhnisch.
Frau Grimaldi brach in schallendes Lachen aus, während die energische Gestalt ihres Ehemannes an der Glastür auftauchte.
„Antonio!“ rief sie ihm erheitert zu. „Ich habe Neuigkeiten!“
„Ich habe Angst vor Neuigkeiten“, erwiderte er ohne sichtliche Begeisterung.
„Du wirst dich kaputtlachen!“
„Wieso?“
„Roberto hat mir eben gesagt, daß du ein Deutscher bist!“
Herr Grimaldi blieb mitten im Raum stehen und zog seine Augenbrauen verstimmt zusammen, während Frau Grimaldi in Erwarung seiner Meinung vergnügt in sein ernstes Gesicht blickte.
„Und ich auch“, fügte sie noch schnell hinzu, bevor sie vom nächsten Lachanfall erschüttert wurde.
Der Wirt wartete ab, bis sie sich halbwegs beherrschen konnte, und wandte sich mit vorgetäuschter Neugier an seinen finster dreinblickenden Sohn:
„Wer ist denn heutzutage ein Deutscher?“
„Wer die deutsche Staatsangehörigkeit hat.“
„Tatsächlich?“ spottete Herr Grimaldi. „Und wenn ich morgen nach China auswandern würde und irgendein Gesetz mir die chinesische Staatsbürgerschaft verleiht, so werde ich, Antonio Grimaldi, Sohn eines angesehenen italienischen Geschlechts, der vor fünf Jahren zu einem echten Deutschen geworden ist, von heute auf morgen ein Chinese?“
Roberto ignorierte die provozierende Frage.
„Und wenn ich übermorgen aus irgendwelchen Gründen meine chinesische Staatsbürgerschaft verliere, so werde ich wieder zu einem echten Deutschen? Da ich aber nicht mehr nach Deutschland zurückkehren möchte, sondern in Rußland ein italienisches

Restaurant eröffne, so werde ich deiner Meinung nach zu einem echten Russen? Und wenn ich dann keine Staatsbürgerschaft mehr habe? Wer bin ich dann? Ein Nichts?"
Er blickte wieder zu seinem widerspenstigen Sohn.
„Wozu, Maria, ackern wir hier?" fragte er mit bitterem Ernst. „Um unseren Kindern angeblich eine bessere Zukunft zu schenken. Und während wir hier unseren Buckel krumm machen, wühlen sie in den ideologischen Müllhalden herum und stopfen sich den Kopf voll mit diesem Mist!"
„Das ist kein Mist!" entgegnete Roberto vorwurfsvoll.
„Ein blühender Unsinn ist es!" stieß sein Vater empört aus. „Jeder Dorftrottel in Kalabrien weiß das! Ich sage dir, wer sich das alles ausgedacht hat! Ein paar deutsche Spinner haben sich das ausgedacht, die sich selbst hassen und die anderen nicht in Ruhe lassen. Spinner, die vor lauter Bildung gar nichts mehr verstehen! Ich habe Angst vor solchen Menschen. Heute sagen sie mir, daß ich ein Deutscher bin, morgen wird ihnen jemand ein anderes Märchen erzählen, dann nähen sie mir auf mein Hemd irgendeinen Stern auf oder verkünden, daß alle Völker nun abgeschafft werden. Weil sie eben schon wieder ein kluges Buch gelesen haben und es unheimlich interessant finden! Wie die schmutzigen Socken wollt ihr das wechseln, was den meisten Menschen am Herzen liegt!"
Er ging ein paar Schritte zur Theke, blieb aber plötzlich stehen und fragte verstört, nach allen Seiten schauend:
„Wo ist der Junge?"
Die Heiterkeit, mit der Frau Grimaldi seine Ausführungen verfolgt hatte, verflüchtigte sich aus ihrem Gesicht. Sie seufzte, verschränkte ihre Arme vor der Brust und schaute vorwurfsvoll auf Roberto.
„Ist was passiert?" fragte Herr Grimaldi besorgt. „Wo ist der Junge?"
„Dein Sohn hat ihn weggejagt", erklärte sie.
„Wie, weggejagt?" fragte er ungläubig und runzelte seine Stirn.
Er richtete seinen prüfenden Blick auf Roberto, doch sein Sohn schwieg beharrlich und starrte auf den Boden.
„Was geht hier eigentlich vor?" stieß Herr Grimaldi aufgeregt

hervor. „Kaum verlasse ich für eine halbe Stunde das Geschäft, schon geht hier alles schief!“
Er schaute die beiden aufmerksam an und fragte wieder:
„Kann mir jemand verständlich erklären, was hier los ist?“
„Beruhige dich, Antonio!“ erwiderte Frau Grimaldi. „Der Junge geht mit Roberto in die gleiche Klasse.“
„Na und?“ warf er ungeduldig ein. „Weiter!“
„Roberto hat gesagt, daß der Junge angeblich ein Nazi ist. Verstehst du? Dann ist er natürlich gegangen.“
„Bist du noch bei Sinnen?“ fragte Herr Grimaldi seinen Sohn mit gefährlich ruhiger Stimme und betrachtete ihn neugierig. „Fühlst du dich nicht gut?“
Roberto wurde blaß wie Kreide, doch seine Augen blitzten bei diesen Worten mit neuer Kraft auf.
„Ich bin bei Sinnen!“ warf er ihm herausfordernd entgegen.
„Seid ihr hier alle verrückt geworden?“ schrie der Vater. „Wenn dieser Junge ein Nazi ist, dann bin ich Mussolini selbst! Wer hat diesen Unsinn in die Welt gesetzt?“
„Woher willst du es wissen?“ widersprach Roberto grimmig. „Du hast ihn nur einpaar Minuten gesehen.“
„Wenn du so lange mit den Menschen zu tun hast wie ich, dann würdest du keine dummen Fragen stellen!“ erklärte der Vater aufgebracht. „Ich suche mir eine zuverlässige Hilfe, um dir deine Zeit fürs Lernen freizuhalten, und du kommst einfach daher und jagst mir einen solchen Jungen davon!“
„Was ist da schon so besonderes an ihm?“ fragte Roberto zornig.
„Maria!“ schrie der Vater. „Hast du das gehört? Er fragt noch! Ich brauche im Geschäft keine Rüpel wie dich, sondern jemanden, der mit Menschen umgehen kann! Verstehst du das oder sind zehn Jahre in der Schule dafür nicht ausreichend?“
Der Vater atmete tief durch.
„Du holst mir den Jungen zurück!“ forderte er mit harter Stimme.
Roberto schreckte bei diesen Worten zusammen und schute entsetzt zu seinem Vater.

„Niemals!“ stieß er mit verzweifelter Stimme hervor.
„Doch!“
„Nein!“
„Dann“, sagte Herr Grimaldi drohend, „dann mußt du selbst schuften, bis der Junge zurückkommt. Sonst kriegst du von mir keinen einzigen Euro mehr. Hast du verstanden?“
Doch Roberto sprang bereits die schmale Treppe hinauf und verschwand in seinem Zimmer.
Er warf die Tür hinter sich zu, lehnte sich mit dem Rücken an die kühle Wand, schlug seine Augen nieder und blieb so regungslos einige Zeit stehen, bis das starke Herzklopfen wieder abflachte und das aufgewühlte Meer in seiner Brust langsam zur Ruhe kam.
Dann machte er einpaar unsichere Schritte zum großen Wandspiegel und schaute sich sein Spiegelbild sehr lange an. Er betrachtete seine hellbraunen Augen und wurde immer nachdenklicher. Nach und nach schwand aus ihnen die Härte, und eine tiefe schmerzerfüllte Trauer überschwemmte seinen entmutigten Blick…

Die Rosen

Frank aber ging aus dem Restaurant „Al Italia“ auf die breite Schloßstraße, und die soeben erlebte Enttäuschung bohrte sich immer tiefer in ihn hinein. Er versuchte sie abzuschütteln, schaute hoch zu den üppigen Kronen der Kaiserlinden, atmete einige Male kräftig durch, als wollte er das quälende Gefühl austreiben, doch auch das half nur wenig. Immer wieder tauchte in seiner Erinnerung Robertos unversöhnlicher Blick auf, seine harten Worte.
Frank fühlte sich schlecht, zum Heulen schlecht!
Gedankenverloren kam er in einer knappen Viertelstunde auf den Marktplatz. Noch am frühen Morgen staunte er über den großen Bauernmarkt, der hier mittwochs und samstags abgehalten wurde. Der frisch gepflasterte Platz neben der Grundschule, der sonst eher menschenleer aussah und als Parkplatz benutzt wurde, belebte sich an diesen Tagen und füllte sich mit bunten Stimmen der Marktleute: Man lachte, tauschte Neuigkeiten aus, klopfte deftige Witze…
Als Frank morgens aus dem Bus stieg und das alles so unerwartet vor Augen hatte, konnte er sich nicht mehr halten und mischte sich mit freudigem Gefühl in die lärmende Menschenmenge. Erstaunlich, was man auf einem solchen Markt zu kaufen bekam! Obst aus fernen Ländern, frisches Gemüse, direkt vom Feld, Kartoffeln… Ein Grieche bot in Kräutern eingelegte Oliven an, Salate, Krabben und herzhaft duftende Aufstriche... So etwas konnte man in Rußland höchstens in Moskau oder Sankt Petersburg erleben. Aber nicht in Sibirien, nicht in Omsk! Er wollte alles sehen, ging mehrmals durch die Reihen, und sein Herz schlug immer höher und höher: Überall glaubte er deutliche Spuren von deutschem Geist zu sehen. In den ordentlich aufgestellten Ständen, in den geraden Reihen der Holzkisten, in allem… Das gab es nicht in Omsk und wohl kaum in Moskau! Und allein schon diese Kleinigkeiten drangen in seine Seele wie ein frischer Wind.
Jetzt aber, am frühen Nachmittag, flachte das geschäftige Treiben merklich ab. Die Reihen leerten sich, und nur vereinzelt konnte

man noch ein paar betagte Kurgäste sehen, die ohne etwas Bestimmtes zu suchen zwischen den Ständen bummelten. Die meisten Marktverkäufer zerlegten bereits leere Kartons, packten ihre Sachen in die Kleinlaster oder saßen einfach die übrige Zeit ab und zählten ihr hart verdientes Geld.
Frank beeilte sich zum Blumenstand, den er schon früher entdeckt hatte. Er wollte sich nur erkundigen, was die wunderschönen Rosen kosten würden. Er hatte sie morgens im Vorbeigehen gesehen und war von ihrem edlen Rot tief beeindruckt. Er erinnerte sich an Annas Einladung zur Party und dachte, daß es durchaus angebracht wäre, wenn er mit Blumen erscheinen würde.
Die Verkäuferin, eine rüstige Frau um die fünfzig mit verwitterten Händen, bemerkte seinen neugierigen Blick bereits von weitem. Er ging direkt auf sie zu, grüßte sie höflich und blieb vor dem grünen Eimer mit den blutroten Rosen stehen. Langstielig und kelchförmig wie sie waren, machten sie auf ihn erneut einen tiefen Eindruck. Die hellgrauen Augen funkelten, als würde sein gefühlvoller Blick jede einzelne Blume küssen wollen.
Die Bäuerin lächelte verstohlen. Sie betrachtete anerkennend seinen Anzug, die einfarbige Krawatte und rätselte, ob er in der Kurstadt zu Hause wäre oder nur ein Großstadtenkel sei, der bei seinen Verwandten zu Besuch weilte.
„Sehr schöne Rosen“, sagte er zu der Blumenfrau.
„Wenn du verliebt bist“, vertraute sie ihm mit sachkundiger Stimme an, „so sind diese Rosen das Richtige.“
„Sie sind für mich leider zu teuer“, antwortete Frank und ließ seinen Blick über die anderen Blumen streifen.
„Zu teuer!“ wunderte sich die rüstige Marktfrau, ohne ihren aufkommenden Mißmut sonderlich zu verbergen. „Nur ein Euro! Das ist ein Sonderangebot. Bei den anderen kosten sie bestimmt eins fünfzig!“
„Ich habe das nicht so gemeint“, entgegnete Frank. „Sie sind bestimmt mehr wert als einen Euro. Sie sind bloß für mich zu teuer! Ich habe leider kein Geld.“

Er griff in die Tasche, holte einige bunt gemischte Münzen hervor und zeigte sie ihr auf seiner vorgestreckten Handfläche.
„Ich habe nur zwei Euro vierzehn."
„Kein großes Vermögen", bestätigte die Verkäuferin und ihre Augen, reichlich umrandet von dünnen Fältchen, erweichten sich wieder und lachten.
„Sie haben schöne Augen", sagte Frank und lächelte zurück.
„Du willst mich bloß bestechen", lachte die gutmütige Frau aus vollem Herzen. „Da müssen sich die jungen Mädchen vor dir in acht nehmen!"
„Nein, nein!" bemühte sich Frank um Richtigstellung. „Um Gottes willen! Ich wollte Sie nicht bestechen. Ich wollte Ihnen nur sagen, daß Sie wirklich schöne Augen haben."
„Na danke, junger Mann", sagte die Marktfrau immer noch erheitert. „Das habe ich schon lange nicht mehr gehört."
Frank aber zählte einen Euro ab, reichte ihr das Geld und bat sie, ihm eine von diesen schönen roten Rosen zu geben.
„Nur eine einzige?" wunderte sich die Frau. „Willst du vielleicht doch etwas anderes kaufen? Die zum Beispiel?"
Sie zeigte auf eine Reihe kleiner vorgefertigter Sträußchen, doch Frank wollte unbedingt eine Rose haben.
„Eigentlich sind Rosen für eine Frau das Beste", gab die Verkäuferin schließlich zu, wickelte sie gekonnt in die glitzernde Folie und reichte sie dem Jungen hin.
Er nahm die langstielige Blume entgegen, bewunderte sie von allen Seiten und reichte sie wieder zurück.
„Das ist für Sie", sagte er leise und drückte ihr die Rose in die Hand.
Die Verkäuferin erstarrte, und eine unbestimmte Angst flog über ihr ungläubiges Gesicht. Sie schwieg eine ganze Weile, schaute mal auf die Rose, mal auf den ungewöhnlichen Jungen und legte dann ihre Hand auf die Brust, während sie immer noch kein einziges Wort von sich geben konnte.
„Danke!" sagte sie schließlich und wurde aus ihrer Erstarrung von

der tiefen Stimme der Gemüseverkäuferin zurückgeholt.
„Siehst du, Gertrud! Von welchen Männern man noch rote Rosen kriegt!“ sagte sie vergnügt, während sie einen Stapel leerer Kisten zum Lieferwagen schleppte.
Frank drehte sich um und begrüßte sie mit einem warmen Lächeln.
„Ein Engelsgesicht!“ erklärte die Gemüseverkäuferin zufrieden, wollte noch etwas sagen, doch ihr lästiges Handy begann ungeduldig zu winseln und lenkte sie für einige Minuten ab.
Die Blumenfrau aber beruhigte sich inzwischen und schaute den dunkelblonden Jungen sehr aufmerksam an.
„Die Mädels stellen dir aber bestimmt nach!“ sagte sie nachdenklich und seufzte.
„Das weiß ich nicht“, entgegnete Frank unsicher. „Damit habe ich noch nicht so viel Erfahrung.“
„Und die Rosen?“ fragte sie mit einem Lächeln, als würde sie ihn ertappen wollen. „Für wen wolltest du Rosen kaufen?“
„Ich bin heute zu einer Party eingeladen. Die Blumen wollte ich der Gastgeberin schenken.“
„Die roten Rosen?“
„Ja.“
„Liebst du sie?“
„Ich weiß es nicht“, entgegnete Frank verlegen und senkte seinen Blick. „Außerdem weiß ich gar nicht, ob ich ihr überhaupt gefalle.“
„Das ist aber leicht zu erfahren“, sagte die Blumenfrau beruhigend und geriet zusehends in Bewegung. „Warte einen Augenblick!“
Sie griff entschlossen in den Eimer mit den Rosen, suchte die drei besten davon aus, versah sie mit frischem Grün und wickelte die Blumen geschickt in knisternde Klarsichtfolie. Dann klebte sie darauf ein schneeweißes geringeltes Bändchen und ein kleines rotes Herzchen, während Frank immer trauriger wurde.
„So!“ sagte sie zufrieden und musterte noch einmal ihr Werk.
Dann beugte sie sich leicht zu ihm, drückte in seine kraftlos gewordene Hand den Rosenstrauß und flüsterte ihm mit eindringlicher Stimme zu:

„Wenn du ihr die Rosen schenkst, schau ihr direkt ins Gesicht! Wenn sie die Augen verlegen senkt und dabei sogar ein bißchen Farbe bekommt, dann kannst du sicher sein, daß sie sich bis zu den Ohren in dich vernarrt hat."
Frank schaute auf die Rosen und sagte leise:
„Es sieht jetzt aber doch so aus, als hätte ich Sie bestochen..."
Seine Stimme klang bitter und ehrlich.
„Mach dir keine Sorgen, Junge!" beruhigte sie ihn und legte ihre feuchte Hand auf seine. „Und vergiß nicht, was ich dir gesagt habe!"
„Wenn du mich auch so bestechen würdest", meldete sich wieder die vielbeschäftigte Gemüsefrau, „kriegst du von mir gleich drei Kisten Gemüse!"
Frank konnte sein helles Lachen kaum zurückhalten, und seine Mundwinkel schnellten auseinander. Die Gemüsefrau setzte aber noch eins drauf.
„So ein Engelsgesicht!" wiederholte sie entschlossen, auf ihn schauend...
Und wieder war Frank in bester Stimmung. Er schaffte es gerade noch rechtzeitig in den fast leeren Bus, kaufte sich für das restliche Geld eine Fahrkarte und fuhr nach Hause. Hinter dem dicken Fensterglas flossen gelbe Rapsfelder vorüber, und in seiner Seele war es licht und fröhlich. Nur einige Tage war er in der Kurstadt, und schon traf er so viele verschiedene Menschen... gute Menschen!
Und während seine Gedanken ungezwungen umherschweiften, konnte er selbst nicht merken, wie seine Freude in allem sichtbar wurde: im Leuchten seiner Augen, im leichten Lächeln seiner dunkelroten Lippen. Er schaute nach allen Seiten hin, bis sein Blick auf ein paar Augen traf, die nur kurz und verstohlen zu ihm aufblickten. Sie gehörten einer jungen Frau, die vor der Tür stand und aussteigen wollte. Als die Tür zischend aufging und sie bereits eine Stufe hinunterstieg, drehte sie sich wieder um, schaute noch einmal in sein fröhliches Gesicht und lächelte ihn an.
Gute Menschen, dachte Frank, gute Menschen...

Ein Märchenschloß

Als Frank an diesem Abend wieder in die Kurstadt kam, fand er mühelos die kleine Parkstraße, wo Anna wohnte. Sie mündete in die breite Schloßstraße, und da sie die einzige Querstraße zu ihr bildete, konnte sie kaum übersehen oder verwechselt werden. Er bog mit drei blutroten Rosen in der Hand in die grüne Parkstraße ein und sah bereits von weitem eine imposante Villa, die wegen ihrer Größe, solider Bauweise und verspielter Dachform mehr Ähnlichkeit mit einem romantischen Märchenschloß aufwies.
Frank ging auf die andere Straßenseite und bewunderte das an die zwanzig Meter hohe Gebäude in seiner vollen Pracht. Es war wunderschön: weiße Kränze und stattliche Säulen schmückten die gelbgestrichene Fassade, große Sprossenfenster zogen sich reihenweise von einem Ende bis zum anderen, rotbraune Dachziegel glänzten hell in den milden Strahlen der untergehenden Sonne... Alle Details waren durchdacht und ergänzten einander zu einem harmonischen Ganzen.
Auch die mit weißen Kugeln gekrönten Pfosten der Zaunanlage wurden im gleichen hellen Gelb gehalten. Die weißen Zaunelemente mit tief unterzogenen Bögen reihten sich zu einer dreißig Meter langen Front, und ihre fröhlichen Wellen vermittelten den Eindruck einer besonderen himmlischen Leichtigkeit.
Frank war beeindruckt. Er näherte sich der reich verzierten schmiedeeisernen Pforte, drückte auf den einzigen beschilderten Knopf mit dem wohlklingenden Namen „Weigand“ und konnte spüren, wie heftig sein Herz zu schlagen begann.
Er wartete geduldig und warf dabei einen neugierigen Blick über die Zaunanlage. Hinter einem breiten, königlich ausgestatteten Tor parkten zwei schicke Wagen. In der Tiefe des Hofes, dicht am weißen Garagentor stand ein schwarzer Mercedes, hinter ihm ein dunkelblauer Porsche.
Endlich rauschte die Sprechanlage und aus dem verborgenen Lautsprecher erklang Annas Stimme: „Ja!“

„Hier ist Frank", sagte er laut und fügte etwas zögernd hinzu: „Frank Uffelmann."
„Komm bitte rein!" erwiderte Anna fröhlich, und gleich darauf drang aus dem Schloß das unangenehme Summen des Türöffners.
Frank machte die Pforte hinter sich vorsichtig zu, stieg die Eingangstreppe hinauf und stand nun ehrfürchtig vor einer fast drei Meter hohen weißen Haustür. Sie war mit einem bleiverglasten Element verziert. Eine tief geneigte Lilie schmückte es. Zierlich und nicht überladen sah die Bleiverglasung edel wie ein echtes Kunstwerk aus.
Auch hier war eine Sprechanlage. Doch kaum berührte er den Knopf, summte es wieder. Die Tür ging auf und der Junge trat in eine schöne, märchenhafte Welt ein, die er noch nie so unmittelbar erlebt oder auch nur gesehen hatte.
Anna und Julia eilten ihm entgegen und strahlten ihn fröhlich an. Anna trug, wie beabsichtigt, ihren neuen Minirock, die leichte Bluse mit einem tiefen Ausschnitt und glich einer Königin. Auch Julia sah märchenhaft aus. Sie hatte eine dunkle Hose und eine schwarze, mit großen Blumen verzierte Bluse, deren Glockenärmel weit herunterhingen. Braunes Haar wellte sich um ihr fein geschnittenes Gesicht und legte sich üppig auf die Schultern. Julias Augen strahlten ihn zwar mit leichter Unsicherheit an, doch in vollem Bewußtsein ihrer auffallenden Schönheit.
Frank blieb im großen Flur wie verzaubert stehen. Erst nach einigen Sekunden konnte er diesen ersten Eindruck verkraften, erlangte wieder die Fähigkeit, vernünftig zu sprechen, und erinnerte sich sogar an den lustigen Ratschlag der Marktfrau. Er reichte Anna die Rosen und schaute ihr direkt ins Gesicht.
Anna nahm die Blumen entgegen, blickte mit ihren hellblauen Augen zu ihm auf und senkte sie sofort wieder. Frank beobachtete sie aufmerksam und glaubte deutlich zu sehen, daß die zarten Wangen tatsächlich an Farbe gewannen.
„Ich danke dir", sagte Anna ganz leise und berührte mit ihren Lippen seine Wange. Auch Julia küßte ihn und lachte laut, als sie fest-

stellen mußte, daß ihre Lippen einen sichtbaren Abdruck hinterlassen hatten.
Die beiden Mädchen begleiteten ihn ins riesige Wohnzimmer, wo sich die Gäste versammelt hatten, und stellten ihren neuen Bekannten vor. In der bunt gekleideten Gesellschaft sahr er mit seinem Anzug ziemlich fremdartig aus. Besonders seine schlichte Krawatte verlieh ihm so viel Strenge, als wäre er zu einer öffentlichen Sitzung gekommen. Die meisten nahmen sein Erscheinen zwar mit Neugier zur Kenntnis, vergaßen ihn aber schnell, in ein lebhaftes Gespräch über die neuesten Automarken vertieft. Nur Willi Lech, wie immer umgeben von einer Schar dankbarer Zuhörer, betrachtete ihn mit einem verstohlenen Seitenblick sehr genau, bis die beiden Mädchen den Jungen aus dem Raum begleiteten.
Anna und Julia hatten sich schon vor der Party so abgesprochen. Sie wollten ihn gleich nach seinem Erscheinen entführen und unter dem vorgetäuschten Vorwand, sie würden ihm gern die schöne Villa zeigen, in ein längeres Gespräch verwickeln: Gelingt es, so bleibt er vermutlich den ganzen Abend bei ihnen. Julia kochte vor Aufregung allein bei dem leisesten Gedanken an die vielen Mädchen, die zur Party eingeladen waren. Raubtiere mit tödlichem Biß, dachte sie voller Eifersucht. Sie werden bestimmt versuchen, ihn für eine Nacht zu verführen. Allein schon die gerissene Nadine war eine unübersehbare Gefahr.
Doch das waren nur intime Gedanken, die kaum nach draußen drangen. Jetzt gingen sie durch die großen Zimmer der Villa und Frank, bezaubert von allem, was er sah, konnte nur noch aufrichtig staunen: hohe Stuckdecken mit zierlichen Lilienkränzen und eigener Geschichte, geschnitzte Treppen, versehen mit üppig geschmückten Wappen, große weiche Teppiche, antike Möbel mit vielen liebevollen Details…
Es war eine andere Welt, deren süßer Schein ihn wie ein unwiderstehlicher Sirenengesang gefangennahm. Eine Welt, von der man träumte und die von den meisten wohl für die Vollendung des irdischen Glücks gehalten wurde.

Für einen Augenblick unterlag auch Frank der völligen Verzückung. So viel Aufmerksamkeit wurde ihm nicht oft zuteil. Begleitet von zwei reizenden Mädchen, die ihre Gäste wohl bewußt im großen Wohnzimmer zurückgelassen hatten, vernahm er ihr edles Parfüm, spürte an seinen Armen ihre leichten Hände und schwelgte im siebten Himmel.
Anna und Julia waren auch dort, im gleichen Himmel. Sie plauderten begeistert von beiden Seiten auf ihn ein, fragten ihn vorsichtig aus, bis Anna sich mit seltsamem Widerwillen daran erinnern mußte, daß ihre Abwesenheit alle Grenzen des Anstands gesprengt hatte. Sie liefen wieder hinunter und setzten sich an den langen Tisch. Julia und Anna nahmen ihre Plätze ein, die wiederum zu beiden Seiten von Frank vorgesehen waren. Sogar den zerstreutesten Gästen sprang ins Auge, daß diese Sitzordnung wohl kaum zufällig so zustande gekommen war.
„Schau' nur her, Michael, wohin man mich verbannt hat!“ sagte Nadine mit beißender Ironie. „Weiter ging's offensichtlich nicht mehr.“
„Sehr vernünftig, muß ich dir sagen“, spottete Michael zurück. „Auf den sicheren Abstand gebracht.“

Die Party

Inzwischen trafen auch die letzten Gäste ein, und die Party nahm ihren gewöhnlichen Gang. Die Musik setzte donnernd ein und brachte die junge Schar in brausende Stimmung. Sie schnellten freudig in die Mitte des riesigen Raumes und bildeten dort einen großen Kreis. Der Tanz gewann immer mehr an Dynamik und verwandelte sich schließlich in eine steinzeitliche Geisterbeschwörung, in der fast jeder mit abwesenden oder halbgeschlossenen Augen einem sibirischen Schamanen glich, der den Höhepunkt der spirituellen Ekstase erreicht hatte. Abwechselnd sprangen sie in die Mitte des Kreises und stellten im Anflug einer seltenen Hingabe ihre ganze Kunst zur Schau.
Anna und Julia aber hatten alle Hände voll zu tun. Sie überblickten besorgt den langen Tisch und trugen der geduldigen Haushälterin, mühevoll gegen die laute Musik ankämpfend, alle erdenklichen Aufgaben auf. Dann gingen sie noch einmal alles durch und entfernten sich eiligst in Richtung Küche.
Kaum waren sie weg, löste sich vom tanzenden Haufen ein hübsches Mädchen und näherte sich Frank.
„Warum tanzt du nicht?“ fragte Nadine, ohne ihren extravaganten Tanz zu unterbrechen, und winkte ihm verführerisch mit der Hand zu. „Komm! Solange die beiden weg sind!“
Sie wand sich so geschmeidig und gekonnt, als wäre ihr schlanker Körper aus feinstem Gummi.
Frank lächelte sie freundlich an, blieb aber stehen.
„Ich kann nicht so tanzen“, erklärte er.
„Allein wegen deiner Augen wäre ich bereit, deine geduldige Tanzlehrerin zu sein“, entgegnete Nadine und zwinkerte ihm verspielt mit den Augen zu.
Frank war von ihrer Offenheit beeindruckt, lehnte aber ihren Vorschag erneut ab.
„Warum?“ wollte sie unbedingt wissen und machte vor ihm eine mehrfache Drehung, während ihre langen, wohlduftenden Haare

beinahe sein Gesicht streiften.
„Ich finde diese Art zu tanzen nicht so schön“, erwiderte der Junge. Nadine blieb augenblicklich stehen und starrte ihn ungläubig an.
„Bis du ein Zeuge Jehovas oder so was?“ fragte sie verstört. „Welcher Sekte gehörst du an?“
„Nein! Ich gehöre keiner Sekte an“, entgegnete Frank. „Ich finde einen Walzer viel schöner.“
„Und so… so wie wir alle hier tanzen, findest du nicht schön?“ fragte Nadine mit wachsendem Unbehagen.
„Ja“, gab Frank gezwungenermaßen zu.
Nadines Augen blitzten auf, sie drehte sich ruckartig um, und ihr geschmeidiger Körper fing wieder an, sich im schnellen Takt der rhythmischen Musik zu winden und noch betonter zu zucken.
Als die Musik nun aufhörte, gesellte sie sich zu ihren Freunden, die sich zum Rauchen auf der großen Terrasse versammelt hatten, und erzählte ihnen etwas sehr lebhaft, in seine Richtung zeigend.
Während aber Nadine vor Frank tanzte, tauchten die beiden Mädchen im Wohnzimmer auf, stellten zwei große Stapel Dessertteller auf den Tisch und sprangen wieder hinaus.
Julia stürmte in die Küche, warf die Tür hinter Anna hastig zu und lehnte sich mit dem Rücken an die Wand.
„So habe ich's auch vermutet!“ stieß sie verzweifelt aus. „Kaum waren wir weg, und schon ist sie bei ihm!“
Julias Augen sprühten heftige Zornesfunken.
„Diese Hure kann keinen Jungen vorbeigehen lassen!“ stotterte sie fast weinend. „Sie springt jedem an den Hals! Jedem! Warum hast du sie überhaupt eingeladen?“
„Julia“, redete Anna beruhigend auf sie ein, „sei nicht so hitzig! Komm jetzt!“
Sie drückte ihr einen Korb mit Besteck in die Hand, und die beiden kehrten zurück in den Partyraum.
Bald kamen die Gäste wieder an den Tisch. Die neugierigen Blicke flogen nun wie Pfeile in Richtung des dunkelblonden Jungen, während Anna und Julia keine Rücksicht mehr auf die übrige Welt

zu nehmen schienen. Von beiden Seiten zu ihm aufblickend, fragte sie ihn aus und brachten ihn mit ihrer übertriebenen Fürsorge in sichtbare Verlegenheit.
Willi beobachtete dieses Benehmen und wurde von wachsender Unruhe erfaßt. Bereits heute Mittag, als er sie angerufen hatte, war ihm ihre ungewöhnliche Zurückhaltung, ja gereizte Ungeduld aufgefallen. Auch ihre Hiweise auf angeblichen Zeitmangel klangen nicht gerade überzeugend.
Jetzt glaubte er die Lösung dieses Rätsels direkt vor Augen zu haben. Er bemühte sich um die Aufmerksamkeit der Gäste und konnte sich von der Wirksamkeit seines Auftretens einwandfrei überzeugen. Doch Anna schien ihn völlig vergessen zu haben. Nur selten blickte sie mit aufgesetztem Lächeln zu ihm hinüber und wandte sich wieder ihrem neuen Bekannten zu. Ein ungutes Gefühl bohrte sich in seine Brust hinein und drohte nun in Wut umzuschlagen. Doch Willi konnte sich beherrschen. Sein stark ausgeprägter Naturinstinkt trieb ihn in eine andere Richtung.
„Ist es wahr, daß du Popmusik nicht ausstehen kannst?“ fragte er Frank wie nebenbei.
„Und wie!“ platzte Nadines höhnische Stimme dazwischen.
Frank bemühte sich um Versöhnung, doch das Mädchen starrte ihn immer noch feindselig an.
„Das hat er mir selbst gesagt!“ verkündete sie laut.
„Ich kann sie zwar ausstehen, aber sie gefällt mir tatsächlich nicht“, bestätigte Frank.
„Was gefällt dir dann? Harter Rock, Metal, tibetische Trommelklänge oder vielleicht überhaupt gar nichts?“ erkundigte sich Willi mit aufgesetzter Liberalität.
„Mir gefällt mehr die klassische Musik... Barock, Romantik, Oper...“
„Oper?!“ unterbrach ihn ein angetrunkener Junge namens Oliver und krümmte sich beinahe vor Lachen. „Das ist ja nun wirklich etwas, was ich nicht ausstehen kann! Meine Alten fahren fast jeden Monat durchs Land, um in den Genuß einer bestimmten Opern-

aufführung zu gelangen. Und jeden Sommer nach Bayreuth! Das ist für sie wie eine Pilgerfahrt. Nur ohne Büßerkleid, in Würde!"
Er streckte seine Brust wie ein preußischer General nach vorne, blähte seine Wangen auf und bewegte seine Schultern, um den würdevollen Gang seiner Eltern bildlich darzustellen.
„Um Wagner-Opern zu erleben!" erklärte er zynisch.
Eine Lachsalve begleitete seine Worte. Besonders Nadine konnte es nicht unterlassen, ihre lebhafte Unterstützung zur Schau zu stellen. Sie lachte schallend, setzte sich auf Michaels Schoß und umschlang seinen dünnen Hals.
„Bist du auch ein Opernfan?" fragte sie ihn.
„Nö!" blökte Michael zurück, als hätte sie ihn eines schweren Verbrechens verdächtigt.
Der angetrunkene Oliver aber fand an diesem Thema ein besonderes Gefallen und wollte unbedingt weiterreden:
„Wer nicht weiß, was Wagner-Opern sind, dem kann ich eine Menge davon aus eigener Erfahrung berichten. Die Alten haben mich mal vor drei Jahren mitgenommen. Zwei ganze Opern habe ich ausgehalten. Wenn jemand von euch nicht weiß, wie lange so ein Ding dauert, so kann ich es euch ganz genau sagen: Viereinhalb Stunden, wenn man die Pausen nicht berechnet!"
Er stützte sich mit den Ellenbogen auf den Tisch und beugte sich leicht zu Julia, der er schon den ganzen Abend erfolglos nachgestellt hatte.
„So etwas hab' ich mein Leben lang nicht gehört. Ein wahnsinniges Geschrei, entsetzliches Gesäusel. Dazu noch mit furchtbarer Musik vermischt! So ein hartes Ding muß man wirklich erleben und vor allem überleben. Ich hatte noch Glück, daß ich nicht Tristan und Isolde erwischt habe! Das wäre die Höhe, sag' ich euch! Wie ein bayerischer Minister vor langer Zeit richtig bemerkt hat: Und es ging und ging und ging… und wollte nicht enden. Fünf Stunden barbarischer Leidenschaft! Wenn du dir aber die Bonzen angesehen hättest! Das ist wirklich ein lohnendes Schauspiel. Sie kommen alle hin, um eine riesige Show abzuziehen. Sitzen auf den besten

Plätzen und tun so, als würden sie etwas davon verstehen, was da unten auf der Bühne los ist. Wenn dann die Pausen kommen oder gar das Ende, klatschen sie vor Freude wie Wahnsinnige. Ich bin davon überzeugt, nur deswegen, weil sie endlich zu einer wilden Party flüchten konnten."
Er schaute zu Frank hinüber und warf ihm lachend zu:
„Parsifal heißt so ein Stück! Das ist ein Ding, muß ich dir sagen! Wenn du das mitgemacht hättest, so würdest du weniger von der klassischen Musik schwärmen."
„Das ist mein Traum!" erwiderte Frank aufgeregt.
Oliver verzog sein Gesicht zu einem mitleidigen Ausdruck, daß die Runde in schallendes Gelächter ausbrach.
„Du...", stammelte er ungläubig, „du träumst davon, diese Qual freiwillig über dich ergehen zu lassen?"
Oliver schlug sich entsetzt auf die Wange und erstarrte mit halb geöffnetem Mund.
„Das ist mein Traum. Besonders... besonders Parsifal! Diese Oper einmal in Bayreuth zu erleben, dort wo der Meister lebte und wirkte, wäre für mich der größte Wunsch", wiederholte Frank und wußte nicht, was er mit seinen unruhigen Händen machen sollte.
Er wurde blaß und schaute betroffen auf den grinsenden Jungen.
„Nun muß ich dir gestehen: Für mich ist es ein echter Alptraum", sagte Oliver und zuckte mit den Schultern. „Ich bin doch kein Masochist."
Das Kichern legte sich langsam, während Melanie, ein schwarzhaariges Mädchen mit tiefliegenden Augen, sich neugierig an Frank wandte: „Was gefällt dir am meisten bei Wagner? Was war das erste Stück, das du von ihm gehört hast?"
„Hör doch auf, Melanie!" protestierte Nadine. „Jetzt fängst du auch schon damit an!"
„Das interessiert mich wirklich", warf das Mädchen gereizt zurück. „Geh doch tanzen, wenn dein Einzellerhirn damit überfordert ist!"
Eine erwartungsvolle Stille trat ein. Nur Oliver verfiel in ein unge-

sundes, immer unschöner werdendes Lachen.
„Hast wohl draußen was geraucht?“ fragte ihn ein schweigsamer Junge, der neben ihm saß.
Er packte Oliver fest am Arm und zerrte ihn zur Terassentür.
„Was mein Hirn betrifft, werden wir mit dir später klären! Jedenfalls werde ich hier nicht sitzen und so tun, als würde ich davon etwas verstehen!“ erwiderte Nadine wutentbrannt und erhob sich ruckartig von ihrem Stuhl. „Im übrigen hast du aber sehr schnell dein Liebchen vergessen?“
„Nadine!“ warf Anna ihr vorwurfsvoll zu.
„Wer will tanzen?“ fragte Nadine herausfordernd und erhob sich. Eine gute Hälfte der Anwesenden verließ den Tisch und ging mit ihr in den Tanzsalon.
„Kommst du auch?“ fragte sie Willi im Vorbeigehen, doch er winkte zum allgemeinen Erstaunen ab und blieb sitzen.
„Macht aber die Musik nicht so laut!“ warf Melanie ihr hinterher und murmelte gehässig vor sich hin: „Einzeller!“
„Melanie!“ mischte sich Anna wieder ein. „Hört doch bitte auf!“
Tief betroffen beobachtete Frank die unschöne Szene.
„Steh’ drüber!“ flüsterte Julia ihm ins Ohr. „Alte Feindschaften.“
Nun war Julia wie ausgewechselt. Zufrieden strahlte sie nach allen Seiten und legte sogar ihre Hand liebevoll auf Melanies Arm. Nur Anna wußte den wahren Grund dieses Stimmungswechsels.
Melanie, die über Nadines Verschwinden ebenfalls sichtlich zufrieden war, richtete ihre romantischen Augen wieder auf Frank.
„Also, was war das erste, was du von Wagner gehört hast?“
„Die Tannhäuser-Ouvertüre“, sagte Frank, ohne zu zögern. „Ich war einmal im Winter vor sechs Jahren im Dorf bei meinen Verwandten. In Sibirien. Es schneite so stark, daß bereits am nächsten Tag alle Wege unpassierbar geworden sind. Ich mußte drei Tage warten, bis die Straßen geräumt wurden. Auf dem Speicher habe ich drei alte Schallplatten gefunden. Auf einer davon war die Tannhäuser-Ouvertüre.“
„Und?“ fragte Julia neugierig. „Hat sie dir gleich gefallen?“

„Das war Liebe auf den ersten Blick", bestätigte Frank lächelnd.
„Was hat dir gefallen?" wollte Melanie wissen. „Kannst du es irgendwie beschreiben? In Worten?"
Der Junge dachte einige Sekunden nach.
„Es ist eine schwere Aufgabe, Musik zu beschreiben. Wenn ich es versuchen würde, so wird es für mich zu einer endlosen vergeblichen Jagd nach dem richtigen Ausdruck."
„Versuch' es trotzdem!" bat Anna beinahe flehend und legte ihre Hand sanft an seinen Oberarm.
Gleich darauf erkannte sie, daß diese gefühlvolle Geste nicht unbemerkt blieb, und zog ihre Hand verlegen zurück.
„Sie beginnt mit einem verhaltenen Ruf, der aus der Ferne erschallt. Eine tief empfundene Sehnsucht nach etwas, wonach ich mich in geheimsten Winkeln meiner Seele schon immer hingezogen fühlte. Ein leises Gefühl, das aus der Tiefe steigt und eine helle Trauer nach etwas Schönem, doch längst Vergangenem weckt. Wie eine Erinnerung an glückliche Zeiten, die nicht mehr zurückkommen würden. Und doch ist dieses Etwas so groß und erhaben, daß meine Augen sich mit Tränen füllen. Dieses Große und Erhabene bildet den Grundton und zieht sich durch die ganze Ouvertüre hindurch, bis er zu einem mächtigen Bekenntnis einer bedingungslosen Hingabe emporsteigt. Wo der menschliche Geist sich vom Irdischen löst, seine ursprüngliche Gottähnlichkeit zu erreichen sucht und jegliche Angst vor dem drohenden Schicksal überwindet.
Doch gleich am Anfang ist dieser Ruf noch jung und zart. Nach und nach gewinnt er an Klarheit und Stärke, bis sich zu seinem tiefen Klang ein anderer mischt. Ein sanfter anmutiger Violinengesang, die reinste Weiblichkeit selbst, die um diesen tiefen Ton wie eine zierliche Ballettänzerin in immer schnelleren, immer sinnlicheren Bewegungen kreist. Zwei in unüberwindlichem Verlangen zueinander strebende Hände, denen es nicht vergönnt ist, sich in einer hingebungsvollen Berührung zu vereinigen. In diesem ewigen Tanz der ureigensten Elemente erkenne ich Spuren von ungestillter Sehnsucht nach dem Göttlichen, das unermeßliche Glück zu lieben

und geliebt zu werden, und die hoffnungsvolle Erkenntnis dessen, daß nichts, aber auch gar nichts in unserem Leben umsonst ist... auch über unseren Tod hinaus... selbst in Jahrtausenden... Das sind die ersten Augenblicke, der Anfang der Ouvertüre."

Die weit geöffneten Augen des Jungen leuchteten. Er hielt inne und verstummte.

„Das... das alles... hörst du?" stammelte Anna leise.

Erst jetzt fiel den anderen auf, wie ergriffen sie von dieser ungewöhnlichen Beschreibung war. Sie starrte in sein helles Gesicht und konnte ihr plötzliches Gefühl kaum noch beherrschen.

„Das alles kannst du hören?" fragte sie wieder.

Frank lächelte verlegen: „Es ist nur meine persönliche Wahrnehmung. Vielleicht... vielleicht hörst du es anders... noch mehr!"

„Schön hast du das gemacht", seufzte Melanie und verwickelte ihn in ein längeres Gespräch, während Anna, rot im Gesicht, verstohlen zu Julia aufblickte.

Sie wurde auffallend still, wartete auf eine günstige Gelegenheit und als das Gespräch zu einem vorläufigen Ende kam, erhob sie sich.

„Ich möchte euch überraschen", sagte Anna ernst. „Kommt mit!"

Sie führte ihre Gäste ins Untergeschoß, und auf einmal tauchte die lustige Schar in eine gespenstische Dämmerung ein.

„Achtung!" verkündete Anna, während die Dunkelheit langsam zu schwinden begann.

Zwei in schwere Eisenringe gesteckte Schloßfackeln erglühten immer mehr und eine gewaltige, reich verzierte Bogentür kam langsam zum Vorschein. Sie war mindestens vier Meter breit und bildete einen vollen Halbkreis, der in zwei Flügel aufgeteilt war. Die ganze Fläche der imposanten Eichentür bedeckten aufwendige Schnitzereien mit Szenen aus geheimnisvollen Mythologien.

Sprachlos und ehrfürchtig standen die Jugendlichen vor der riesigen Tür und allein deren Anblick verriet ihnen, daß dort, im Raum dahinter, sich etwas noch Größeres verbarg, noch Atemberaubenderes...

Anna ergriff den schweren Eisenring und der linke Flügel glitt geräuschlos zur Seite. Sie betraten einen großen Raum mit balkendurchzogener Holzdecke. Auch hier begann die gespenstische Dämmerung wie durch einen Zauber zu schwinden. Doch das rötliche Licht der Fackeln loderte eher verhalten, als wären sie bemüht, die geheimnisvolle Stimmung des Raumes nicht zu stören.
Thronähnliche Holzstühle mit reich verzierten Rückenlehnen säumten den dunklen Eichentisch, der jeden halbwegs gebildeten Menschen an die längst untergegangene Ritterzeit erinnerte.
Doch die meisten Blicke ruhten in diesem ersten Augenblick auf dem steinernen Kamin. Er überraschte sowohl durch die ungewöhnliche Größe als auch durch seine Form. Er glich einer offenen Feuerstelle, in deren Mitte ein verrußter Kessel hing.
„Das ist das Allerheiligste meines Vaters", erklärte Anna mit großem Respekt. „In dieser Höhle verbirgt er sich abends. Ich hoffe, daß er nicht erfährt, daß wir hier gehaust haben."
Sie ging weiter und blieb vor einer großen Glastür stehen.
„Hier geht es zum Weinkeller und zur Sauna", erklärte Anna. „Der Vater wollte unbedingt den Schwimmbadbereich von diesem Raum trennen."
Langanhaltende Sprachlosigkeit erfaßte Annas Gäste. Sogar Willi zollte seinem Meister großen Respekt. Man konnte deutlich sehen, daß auch er von der Existenz dieser Räume nichts geahnt hatte.
Anna war froh. Nie hatte sie diesen Dingen wirklich eine große Bedeutung beigemessen. Sie war mit ihnen aufgewachsen! Doch jetzt, als sie sah, wie das helle Gesicht des Jungen vor Staunen leuchtete, nahm sie diese Umgebung anders wahr. Sie hatte an Wert gewonnen...
Anna näherte sich einer großen Wandnische und deutete mit einer breiten Handbewegung auf eine unvorstellbare Menge von CDs, Videos, DVDs. Sie lächelte Frank zu und bat ihn, nach der Tannhäuser-Ouvertüre zu suchen: „Du wirst sie bestimmt finden! Papa liebt Ordnung über alles und in allem."
Frank war glücklich. Sein neugieriger Blick sprang von einer Reihe

zur anderen: Beethoven, Mozart, Bach, Buxtehude, Strauß, Verdi... und eine ganze Reihe Wagner: Aufnahmen aus Bayreuth und anderswo, nach Jahren und Dirigenten sortiert... Er griff in die prall gefüllte Reihe und holte eine CD heraus.
„Vielleicht diese. Das sind die Höhepunkte von Tannhäuser", sagte er und reichte sie Anna, die inzwischen die Anlage eingeschaltet hatte.
„Am besten schalten wir das Licht aus!" schlug Anna vor. „Setzt euch schnell hin!"
Willi, Melanie und ein junges Pärchen, das sich ständig aneinander schmiegte und küßte, nahmen Platz auf einem breiten Sofa. Frank setzte sich in einen schwarzen Einzelsessel, und nur noch Anna und Julia blieben stehen. Das Licht erlosch und die romantischen Klänge der Tannhäuser-Ouvertüre erfüllten den Raum. Sie flossen zunächst aus der Ferne, näherten sich behutsam, gewannen an Stärke, und so wie es Frank auch beschrieben hatte, mischte sich zu ihnen bald auch die zierliche Violine, die um den tiefen anschwellenden Ton der Tuba immer wilder und sinnlicher tanzte.
Frank saß in sich versunken und ließ sich auf den Tonwellen in eine andere, seine Welt tragen, doch irgend etwas riß ihn wieder zurück und brachte seinen Atem buchstäblich zum Stehen.
Zwei zärtliche Hände schlichen sich im Schutz der Dunkelheit von oben auf seine Schultern und legten sich auf die Brust. Durch das hauchdünne Anzughemd spürte er ihr leichtes Zittern, das starke Gefühl, von dem sie ergriffen waren, als wollte die Sinnlichkeit selbst, die göttliche Venus, ihn in diesem Augenblick verführen. Frank faßte den Mut und griff nach ihnen. Er berührte sie leicht, doch sie wurden scheu, zuckten ängstlich zurück und entkamen seiner zögernden Hand.
Sein Herz schlug wie ein Hammer, und allein der flüchtige Gedanke, daß auch diese sensiblen Hände das verräterische Herzklopfen vernahmen, brachte ihn in große Verlegenheit. Er verspürte in sich ein brennendes Verlangen, die geheimnisvolle Herrin dieser Hände ausfindig zu machen. Er roch an seiner Hand, in der HoffEinung,

ihr Parfüm erkennen zu können, doch seine haltlosen Vermutungen zerstreuten sich in alle Richtungen und verloren sich schließlich in völligem Durcheinander…

Der Minirock

Der Abend zog nun langsam an Frank vorüber und die ersten Eindrücke begannen immer mehr zu verblassen. Die einen tanzten, die anderen rauchten oder unterhielten sich auf der großen Terrasse, während Anna sich pflichtbewußt um die Gäste kümmerte. Nur noch Julia saß in seiner Nähe und war ungewöhnlich zerstreut und nachdenklich. Sie starrte vor sich hin, zuckte hin und wieder leicht zusammen und blickte verstört nach allen Seiten hin, als wüßte sie nicht mehr, wo sie gerade war. Einige Male lächelte sie ihn warm an, doch wegen der lauten Musik jeder Möglichkeit beraubt, sich mit ihm vernünftig zu unterhalten, schwieg sie und verfiel schließlich wieder in den gleichen entrückten Zustand.
Willi Lech aber gewann die beinahe verloren geglaubte Lufthoheit über die Gäste wieder und die fröhliche Meute, von der jugendlichen Abenteuerlust ergriffen, erlag seinem unerwarteten Vorschlag, in die siebzig Kilometer entfernte Großstadt zu fahren und dort eine große Disko aufzusuchen.
Anna sah sich gezwungen, in Willis Porsche einzusteigen, und saß nun leicht zerstreut neben ihm, antwortete lustlos auf seine Fragen, versuchte sogar ungezwungen zu lächeln, doch Willis Herz war von einer beträchtlichen Unruhe erfaßt.
„Ziemlich ungewöhnlich, der Junge, nicht?“ sagte er beiläufig, auf die Straße schauend.
„Wen meinst du?“ fragte Anna heuchlerisch.
„Deinen neuen Bekannten.“
Anna lächelte ihn schief an, doch schon im nächsten Augenblick war ihr Gesicht wieder ernst.
„Er kommt von weit her.“
„Ist das alles, was ihn so ungewöhnlich macht?“
„Nein“, gab Anna zu.
„Was dann?“
„Er ist ehrlich. Er sagt immer die Wahrheit“, erklärte Anna mit einer warmen Stimme.

„Immer?“
„Ja.“
„Ob das heute ein Vorteil ist?“ fragte Willi nachdenklich, doch Anna wollte sich keineswegs auf diese Diskussion einlassen und schwieg, als flogen seine Worte an ihr vorüber.
Willi verstummte auch. Doch die schlummernde Sorge schwand aus seinen Augen und ein anderes, zufriedenes Feuer beseelte sie...
Als die Partygäste die bunt funkelnde Tanzhalle betraten, schlug ihnen die rhythmische Tanzmusik mit einer solchen Wucht entgegen, daß Frank ihre donnerartigen dumpfen Schläge mit dem ganzen Körper wahrnehmen konnte. Die fröhliche Schar seiner neuen Bekannten stürzte sich augenblicklich in den wilden Tanz und fühlte sich in dieser Umgebung sehr wohl. Nur Frank stand allein an der Wand und betrachtete neugierig das lärmende Geschehen.
Obwohl er diese Art zu tanzen nicht mochte, stellte er anerkennend fest, daß einigen zumindest das akrobatische Können nicht abgesprochen werden konnte. Sie befanden sich im Zustand äußerster Ekstase, und ihre zuckenden Körper vereinigten sich mit donnernden Klängen zu einer bemerkenswerten Einheit. Es gab auch solche, die im üblichen Sinne des Wortes gar nicht tanzten. Sie bewegten sich kaum von der Stelle. Ihre willensschwache Körperhaltung erinnerte an leblose Marionetten, an deren Strippen eine unsichtbare Hand zupfte. Dazwischen lümmelten einige Grüppchen cool aussehender Jungen, die allem Anschein nach zwischen den Tanzenden nach einem geeigneten Opfer suchten. Mal tauchten vor ihm unbekannte, abwesend wirkende Gesichter auf, mal kamen angetrunkene Mädchen. Von seiner unpassenden Kleidung angezogen, warfen sie ihm anzügliche Bemerkungen zu, um ihn auszulachen oder gar anzumachen. Doch auch sie zogen wie in einem absurden Traum lachend vorüber und verschwanden bald im fiebernden Chaos.
Frank fühlte sich allein und vor allem fremd. Dieses Gefühl stieg in ihm immer deutlicher auf und wirkte ernüchternd. Sehnsucht

beschlich ihn, Sehnsucht nach seiner Welt. Er versuchte an etwas anderes zu denken, schlug sogar seine Augen nieder, doch auch dies konnte keine Abhilfe schaffen. Es blieb nichts übrig als zu warten. Warten in der trostreichen Hoffnung, daß auch dieser Abend sich irgendwann erschöpfen würde...

Endlich gingen die Partygäste an die frische Luft und scharten sich um Willi Lech, der ihnen im Anflug lässiger Gleichgültigkeit über seine letzte Safari in Afrika erzählte. Die besten Mitarbeiter würden mit dieser Reise belohnt. Für solche wie ihn natürlich nichts Besonderes. Für andere aber, denen es noch bevorstünde, sei es immer ein Heidenspaß, auf den riesigen Giraffen zu reiten.

Hin und wieder warf er forschende Blicke auf Anna, doch sie stand ein paar Schritte abseits, zeigte kein Interesse für seine Erzählung und warf ihrerseits verstohlene Blicke zu Frank, der von Julia sehr geschickt zur Seite geführt worden war.

Willi begann noch lauter zu sprechen.

„Mir persönlich gefallen mehr die Schiffsreisen. Es ist schon etwas Besonderes, unter weißen Segeln über das Mittelmeer zu gleiten", vertraute er sachkundig den umstehenden Jugendlichen an. „Sauteuer natürlich! Erst wenn man an Bord ist, versteht man auch warum!"

Plötzlich tauchte wie aus dem Nichts Nadine auf. Sie kam in Begleitung eines unbekannten Jungen, der einige Jahre älter und gänzlich in schwarzes Leder gekleidet war. Sein blasses Gesicht und die arroganten, wie mit trübem Schleier überzogenen Augen verrieten seinen langanhaltenden Rauschzustand. Die grell gefärbten Haare auf seinem kleinen, unregelmäßigen Kopf waren zu einem spitzen Hahnenkamm geformt, während der Teil unterhalb der Ohrenspitzen hingegen glatt rasiert war, was sein ohnehin dümmlich wirkendes Gesicht noch mehr entstellte.

Nur mühsam schleppte er sich neben dem schönen Mädchen dahin. Sein dünner Arm umschlang ihren Hals, und da er um einiges größer war und immerwährend versuchte, auf ihre zarte Wange einen nassen Schmatzer zu setzen, verdrehte sich sein schmächtiger

Körper andauernd zu einer unschönen gekrümmten Haltung. Sogar Willi Lech, der stets bemüht war, seine grenzenlose Liberalität zur Schau zu stellen, verzog sein gepflegtes Gesicht.
Doch das Mädchen aus dem guten Hause schämte sich seines zufälligen Begleiters keineswegs. Sie ging direkt auf Frank zu und blieb einige Schritte vor ihm stehen.
„Nadine!“ sagte Julia warnend und starrte sie feindselig an.
„Was, Julchen?“ fragte das Mädchen und blinzelte sie mit gestellt schuldlosen Augen an. „Ich wollte nur wissen, ob dein Liebchen die moderne Tanzweise immer noch so scheußlich empfindet? Besonders nachdem du so eifrig mitgetanzt hast.“
Julia kochte vor Wut und konnte sich nur noch mit größter Mühe beherrschen.
„Du hast recht“, antwortete Frank ruhig. „Diese Tanzweise gefällt mir immer noch nicht und wird mir wohl auch später nicht gefallen.“
Nadines Begleiter geriet in Bewegung. Sein Gesicht verzog sich zu einer äußerst coolen Grimasse, während der nasse Mund sich verächtlich öffnete.
„Aus welchem Urwald?“ fragte er lässig.
„Aus Sibirien!“ griff Nadine belustigt vor. „Aus dem russischen Hinterhof!“
„Ah!“ nickte er verständnisvoll mit dem Kopf und kugelte seine dümmlichen Fischaugen wieder in Richtung des dunkelblonden Jungen.
„Ein schwerer Fall“, nuschelte er vor sich hin und begann mit ungeschickten Händen seine zahlreichen Taschen nach Zigaretten zu durchsuchen.
„Und Sex?“ fragte das sichtlich angetrunkene Mädchen und starrte Frank provozierend an. „Hast du auch zu Sex die gleiche Meinung?“
„Nein“, erwiderte Frank nicht ohne gewisse Verlegenheit. „Die sexuelle Beziehung zwischen Mann und Frau ist von Gott gewollt und schön. Natürlich nur, wenn sie die Krönung der wahren Liebe ist und nicht bloß die Befriedigung des Verlangens.“

Das Mädchen krümmte sich vor Lachen.
„Hat er nicht von der wahren Liebe gesprochen?!"
Anna schaute besorgt auf Julia, erkannte ihren Zustand und sprang dazwischen. Sie drehte sich zu ihrer Freundin und breitete entschlossen ihre Arme aus.
„Nadine!" rief Julia zornig über Annas Schulter. „Hör jetzt auf damit!"
„Julchen!" beschwichtigte das freche Mädchen unbeeindruckt. „Ich wollte nur fragen! Ich würde mich übrigens nicht wundern, wenn dein Romeo sagen würde, daß alle Frauen ab heute Kopftücher und lange Röcke tragen sollen."
Sie hörte auf zu lachen und starrte Frank unversöhnlich an.
„Na? Was schweigst du? Schau dir mal Anna an!" forderte sie ihn laut auf, während sie Anna mit einem anerkennenden Blick begutachtete. „Schau dir mal an, was für eine Brust! Was für Beine!"
Anna geriet in beträchtliche Verwirrung und war mit dieser Zurschaustellung nicht sonderlich zufrieden. Die anderen aber verstummten jetzt ganz und verfolgten das Geschehen mit steigendem Interesse.
Nadine wandte sich wieder an Frank.
„Sind etwa ihre langen Beine nicht schön?"
Das Scheusal an ihrer Seite drehte sich auf wackeligen Beinen langsam zu Anna um und verzog sachkundig sein blasses Milchgesicht.
„Klasse Beine! Megasuper!" stieß er aus, ohne seine Zigarette aus dem geifernden Munde zu nehmen, und begann erneut in den Taschen zu wühlen, diesmal nach einem Feuerzeug suchend.
„Warum schweigst du denn? Du bist doch ansonsten so ehrlich! Ah?" fragte Nadine höhnisch.
„Sie sind wirklich schön", sagte Frank leise und senkte seinen Blick.
Anna hielt den Atem an. Sie spürte, wie ihr Herzschlag immer heftiger wurde.
„Hör auf!" bat sie verlegen, doch Nadine dachte nicht einmal daran.
„Und ihr Rock?" fragte das Mädchen. „Wie findest du ihren Minirock, möchte ich wissen?"

Alle schauten nun amüsiert auf den ungewöhnlichen Jungen und folgten dem Gespräch wie einem spannenden Zweikampf.
„Den Rock finde ich zu kurz“, erwiderte er ganz niedergeschlagen.
Annas Wangen flammten auf.
Schuldbewußt blickte Frank zu ihr hinüber, doch keine Macht der Welt hätte sie in diesem Augenblick zwingen können, die Augen zu heben. Sie starrte in den Boden und spürte, wie ihre Ohren zu glühen begannen. Sie hörte fast gar nichts mehr, nur noch Nadines immer lauter werdendes, gräßliches Lachen quälte schmerzlich ihre Ohren und überdeckte mit seinem klebrigen Hohn alles Hörbare. Sie stand vor ihm wie auf einer Richtstätte, wie an einen weit sichtbaren Schandpfahl gebunden, als wäre jetzt auch noch dieser knapp bemessene Rock plötzlich durchsichtig geworden... ja, als ob er gar von ihren weiblichen Hüften einfach hinuntergerutscht wäre...
„Er ist verrückt... durchgedreht!“ tönte es von allen Seiten, doch auch diese Worte waren nicht in der Lage, ihr Leid zu lindern.
Inzwischen wurden die letzten Zigaretten ausgedrückt, und Anna, von der unerwarteten Wendung wie erschlagen, wurde von Willi an der Hand gepackt und zurück in den Tanzstrudel gezogen.
Nur Julia und Frank blieben draußen...

Zu zweit durch die Nacht

„Bist du sehr traurig?“ fragte Julia leise.
Frank stand verzweifelt und niedergeschlagen vor ihr. Er konnte nicht einmal auf diese einfache Frage eine vernünftige Antwort geben und zuckte nur gedankenverloren mit den Schultern.
„Ich muß dir etwas gestehen“, sagte Julia schuldbewußt. „Das mit diesem Minirock, das war meine Idee... Wir waren im Geschäft, und sie hat ihn anprobiert und gleich gesagt, daß er zu kurz ist... Verstehst du? Ich... ich habe sie überredet...“
Sie verstummte und starrte zu Boden.
„Julia!“ sagte Frank und versuchte zu lächeln. „Weder du noch Anna hat etwas verbrochen. Das Ganze liegt nur an mir, versteh’ das! Ich fühlte es ganz genau, was ich sagen wollte, und doch habe ich nicht die Worte gefunden, die meine Absicht und Gefühle getreu wiedergeben würden.“
Eine neue Welle heftiger Verzweiflung kam über ihn.
„Ich wollte niemanden beleidigen! Ich wollte nur sagen, daß ich es für richtig halte, wenn wir solche Kleidung wählen würden, die im erotischen Sinne eher zurückhaltend ist. Die nicht unbedingt aufs ganze geht. Sonst verbrennen wir!“
„Wie meinst du das mit dem Brennen?“ warf Julia spontan ein und bereute bereits im nächsten Augenblick ihre Frage.
Der Junge kam durcheinander, schaute verlegen zur Seite und wurde rot. Einige Male holte er Luft, als wollte er etwas sagen, doch die Worte hatten Schwierigkeiten, über die Lippen zu kommen.
„Vergiß das bitte! Vergiß es!“ stieß Julia hastig aus, faßte seine Hand und drückte sie fest.
Frank zuckte zusammen, blickte kurz in ihre hellbraunen Augen und wandte sein Gesicht wieder zur Seite.
„Und trotzdem wollte ich keinem von euch Vorwürfe machen... ich wollte nicht überheblich wirken... ich wollte nur meine Meinung sagen... meine ehrliche Meinung!“
In diesem Zustand hatte sie ihn noch nicht gesehen. Seine immer

strahlenden Augen wirkten verzagt und waren sehr unruhig.
„Mach dir keine Sorgen!“ bat Julia, von aufrichtigem Mitleid erfüllt. „Ich werde mit ihr morgen sprechen…“
Frank unterbrach sie.
„Nein, Julia! Danke! Das muß ich selbst tun. Verstehst du? Selbst!“
Das Mädchen widersprach nicht mehr und wartete geduldig, bis er sein Gefühl überwunden hatte. Dann überredete sie ihn, mit ihr nach Hause zu fahren, und kurz nach Mitternacht erreichten die beiden das gemütliche Kurstädtchen.
Julia war froh. Auf dem ganzen Parkplatz vor dem Bahnhof waren keine Taxen zu sehen, und das versprach einen langen wunderschönen Spaziergang durch die warme Sommernacht. Mit ihm allein! Noch im Zug hatte sie heimlich ihr Handy ausgeschaltet, und keine Macht der Welt konnte nun dazwischenfunken.
Frank sprach wieder über Musik, Komponisten, Opern. Nach und nach erholte er sich von dem bedauerlichen Vorfall mit Anna, und in seinen Augen glänzte wieder dieses unwiderstehliche Feuer.
„Spielst du auch ein Instrument?“ fragte sie ihn.
„Nein“, erwiderte Frank mit aufrichtigem Bedauern, „ich habe erst spät den nötigen Sinn für Musik entwickelt.“
„Wann?“
„Erst mit zwölf.“
„Ist das spät?“ stieß Julia verwundert aus.
„Für die meisten Menschen ist es zu spät. Es sei denn, man ist dafür geboren worden. Die Grundlagen, die Fingerfertigkeiten, das musikalische Verständnis müssen mit zwölf bereits in wesentlicher Tiefe angelegt sein. Mein Bruder ist zwölf.“
„Beschäftigt er sich mit Musik?“
„Und wie!“ erwiderte Frank begeistert. „Das, was mir in der Kindheit fehlte, ist um so stärker in ihm zum Ausbruch gekommen.“
„Welches Instrument spielt er denn?“
„Klavier“, entgegnete Frank bereitwillig. „Er ist damit aufgewachsen. Die Mama ist Klavierlehrerin. Nur noch Orgel und Geige stehen in seiner Vorstellung ein bißchen darüber. Wenn er nur an

die Orgel denkt, beginnen seine Finger zu zittern."
„Hat er schon Orgel gespielt?"
„Nein. Es gab in Omsk nur eine einzige Orgel, und an die kommst du nie heran. Er hat viele Orgelwerke auf dem Klavier und dem Keyboard geübt, für den Fall, daß das Schicksal es irgendwann doch mit ihm gut meinen würde. Sogar eine Attrappe des Orgelpedals hat er angefertigt, damit er üben kann."
„Wie meinst du das?" fragte Julia verwundert.
„Er übt damit. Zwar hört er nichts, aber das ist für ihn nicht wichtig. Er kennt jeden Ton auswendig. Die Musik klingt in seiner Vorstellung."
„Wünscht er sich das so sehr?" fragte Julia und erinnerte sich zwangsläufig an ihre eigene unselige Beschäftigung mit dem Klavierspielen. Ihr Vater träumte mal in ihrer zartesten Jugend von einer Klavierspielerin namens Julia Kiene. Bestimmt dachte der gutmütige Papa an die berauschenden Konzerte, an den nie enden wollenden Beifall, bunte Blumensträuße und Medienrummel. Doch es kam alles anders. Julia erwies sich als sehr hartnäckig, aber eben nicht im Klavierspiel, sondern im strikten Abweisen jeglicher Beschäftigung mit Musik. Die wenigen Übungen verhallten sehr schnell und die Familie war aufrichtig froh, daß die geplante Anschaffung eines nagelneuen Klaviers noch rechtzeitig storniert werden konnte. Die Musik selbst hatte sie schon immer angezogen, doch eben nur als dankbare Zuhörerin.
„Wenn man diesen Seelenzustand beschreiben möchte, dann ist das Wort Wunsch zu schwach, zu mild, zu ausgleichend", sagte Frank in bezug auf seinen kleinen Bruder. „Er brennt darauf! Es ist eine Leidenschaft, ein Feuer!"
Ein warmes Lächeln flog über sein Gesicht.
„Das erste, was wir in Deutschland kaufen werden", sagte Frank, „wird ein Klavier sein. Mama hat schon einige Anzeigen gesehen. Wenn die angebotenen Instrumente wirklich brauchbar sind, werden wir bestimmt im nächsten Jahr soweit sein."
Er schwieg eine Weile und schien in Gedanken versunken.

„Bis dahin muß er eben warten", seufzte er schließlich. „Ehrlich gesagt, mache ich mir große Sorgen um ihn. Er schweigt sich zwar aus, aber ich sehe, wie er täglich immer mehr verzagt."
Sie gingen weiter, Julia wählte absichtlich die längsten Wege, und das angenehme Gespräch kreiste immer noch um die Kunst.
„Und was machst du?" fragte sie neugierig. „Du beschäftigst dich doch auch mit der Kunst?"
„Ich male", erwiderte Frank.
Julias Augen leuchteten auf.
„Ich kann auch malen!" stieß sie freudig aus, doch die anfängliche Begeisterung brach bereits im nächsten Augenblick zusammen. Sie räusperte sich und berichtigte ihre Aussage: „Ich meine, ich kann sehr gut abmalen. Wenn ich aber an etwas Eigenes denke, so sitze ich stundenlang vor der Leinwand und weiß überhaupt nicht, was ich malen sollte."
Frank lebte bei diesen Worten auf.
„Ein Bild ist nur ein Gefühl, das vom Gedächtnis aufgefangen und auf die Leinwand gemalt wird. Mit Tränen und Freude, mit Verzweiflung und Hingabe", sprach er mit zunehmender Leidenschaft. „Es darf nur das gemalt werden, was aus dem Herzen und nicht primär aus der Vernunft emporsteigt. Nur dann kann deine Kunst von den anderen Menschen verstanden werden."
Julia blickte verunsichert zu ihm hinüber und blieb sogar stehen.
„Ist es nicht so, daß man zuerst überlegt, was und wie?"
„Schon", erwiderte Frank, „aber diese Überlegungen müssen vom Gefühl geleitet werden und nicht umgekehrt. Denn sonst erweckst du deine Bilder nicht zum Leben. Und sie müssen leben! Sie sind Leid von deinem Leid, Freude von deiner Freude! Wenn du das fühlst, so sprudelt es aus dir heraus!"
Er schaute in Julias hilflose Augen und faßte sich nachdenklich an die Stirn.
„Wie kann ich dir das bildlich erklären?"
Frank überlegte kurz, und sein Gesicht erhellte sich wieder.
„Nehmen wir das erstbeliebige Thema: die Pest während des

Dreißigjährigen Krieges. Wenn du die Schüler im Unterricht bei diesem Thema genau beobachtest, so wirst du sehen, daß nur einige von ihnen auf diese leidvolle Zeit mit Gefühl reagieren. Bei den meisten ist die Gefühlswelt verschlossen. Die Geschichte ist in diesem Fall nur noch eine Abfolge von Daten und kalten Fakten, die es nicht schaffen, bis zum Herzen durchzudringen.
Unsere Geschichte hat aber nur dann einen Sinn, wenn sie eine lebendige Brücke zu unseren Vorfahren schlägt. Wenn ihr Leid unser Leid wird, wenn ihre Freude uns bis zu Tränen rührt!
Wenn der Mensch diese *seine* Geschichte immer wieder aufs neue erlebt, in immer enger werdenden Kreisen, dringt er irgendwann zu ihrem Geheimnis durch.
Du mußt davon ausgehen, daß die Menschen in ihrer Veranlagung, ihrer Gefühlswelt genau die gleichen waren. Bloß sind sie in einer anderen Zeit, unter anderen Begebenheiten aufgewachsen. Sie waren zwar Kinder ihrer Zeit, doch sie waren Menschen wie du und ich. Daher kannst du dir auch vorstellen, daß du es bist, die von diesen Ereignissen mitgerissen wurde. Bloß mußt du dich zwangsläufig mit der Härte der damaligen Umstände mehr oder weniger abfinden. Das heißt nicht, daß die Schwere der Zeit für dich leicht zu tragen wäre, sondern du würdest dich daran gewöhnen müssen, sie zu ertragen.
Dann kannst du hautnah erleben, was das bedeutet, sieben Kinder zur Welt zu bringen und in einem Monat, oder gar in einer Woche, sie alle zu verlieren. Kinder, die an deiner Brust lagen, die dir ihr erstes Lächeln geschenkt haben… Kälte und Hunger, Durchzug von fremden Truppen und vor allem die Pest… die Pest…
Schlage alle Quellen nach, alle Beschreibungen, die verfügbar sind, stelle Stück für Stück das große Mosaik dieser Zeit zusammen, und vor allem… vor allem stell dir dich selbst in dieser Zeit vor, oder Menschen, die du liebst. Und wenn du dann nächtelang geweint hast, als ob deine eigenen Kinder von der Pest hinweggerafft worden wären, als wäre deine greifbare Welt an den Rand des Niedergangs gestoßen… dann, wenn du an einem auf die Schnelle gezimmerten

Sarg das liebe Händchen deines Kindes auf immer loslassen mußt, dann erst, ergriffen von diesem Gefühl, bete zu Gott, daß er dir Kraft und Zeit gibt, das alles getreu wiederzugeben.
Dann wirst du auch wissen, warum du in diese Welt gekommen bist und in welchem Auftrag. Dann bringt dich deine Begeisterung auf ihren leichten Flügeln durch die schlaflosen Nächte wie in einem Märchen voller Leid und Glück… Bis dir der Pinsel vor Müdigkeit aus der Hand rutscht und die erschöpften Augen zukleben, als ob der himmlische Vater selbst in seiner grenzenlosen Liebe deine Augenlider beschweren würde, damit du zumindest ein paar Stunden Ruhe findest... um dann, mit dem nächsten Morgengrauen, dich wieder in die Arbeit zu stürzen…"
Julia wurde von seinen Ausführungen zutiefst ergriffen, doch die vulgären Zurufe vorbeigehender Jugendlicher holten sie plötzlich in die Wirklichkeit zurück.
Auf der anderen Straßenseite ging eine Gruppe angetrunkener Jungen, die ihnen laut lachend anzügliche Bemerkungen zuwarfen. Frank drehte sich um, beobachtete sie kurz und machte einige Schritte in Richtung der Frechlinge, obwohl sie ohne Anhalten weitergingen und die beiden anscheinend gleich darauf vergessen hatten.
„Wohin?" warf Julia ihm erschrocken hinterher.
„Ich habe mit ihnen einiges zu klären", erwiderte Frank.
„Sie sind doch zu viert!"
„Es ist eine Ehrensache."
„Nie und nimmer!" verkündete Julia, vor Aufregung zitternd, und stellte sich entschlossen vor den Jungen hin.
Frank wirkte nachdenklich, und für einen Augenblick schien es Julia, daß er doch mit dem Gedanken spielte, die Jungen einzuholen. Sie warf sich ihm entgegen und hielt ihn mit beiden Händen fest.
„Der Wunsch einer Dame ist für einen Ritter Gesetz!" stieß sie leidenschaftlich aus und starrte erwartungsvoll in sein Gesicht. „Und du bist doch ein Ritter?"
Frank lachte und unterwarf sich ihrem unbändigen Willen.

Sie gingen weiter. Julia erzählte ihm von einem riesigen Fachgeschäft für Künstlerbedarf, das sich in der siebzig Kilometer entfernten Großstadt befand, und erkannte sofort sein starkes Interesse.
„Übrigens wollte ich in den nächsten Tagen hinfahren", teilte sie ihm wie nebenbei mit. „Ich muß mir ein paar neue Pinsel kaufen. Wenn du mitfahren willst, würde ich mich freuen. Morgen nachmittag, zum Beispiel?"
Frank freute sich sehr und war von tiefster Dankbarkeit erfüllt, während Julias Herz im Siegesrausch immer höher schlug. Das mit den Pinseln war natürlich schamlos gelogen. Doch Julia hatte auch nicht vor, sich kopflos in die Reihen der Kant-Anhänger zu stürzen, besonders, wenn es um solche Dinge ging.

Ein sinkendes Schiff

Anna kam nach Hause zerschlagen und unglücklich.
Endlich konnte sie sich ein wenig entspannen, endlich mit diesem unerträglichen Schauspiel aufhören. Willi brachte sie in seinem dunkelblauen Porsche nach Hause, und sie fühlte sich während der ganzen Fahrt von seinen tückischen Fragen bedrängt, gezwungen zum ungezwungenen Lächeln…
Was war mit ihrem Leben nur los? Alles kam durcheinander! So unerwartet, so urplötzlich! Noch vor einigen Wochen lebte sie scheinbar ein glückliches Leben, in einem warmen Nest, und alles schien so klar und beständig zu sein. Noch vor einigen Tagen freute sie sich auf jeden Anruf von Willi, auf seine Einladungen, seine schüchterne Nähe. Alles das versank unwiderruflich und drehte sich ins beängstigende Gegenteil.
Als Willi beim Abschied wie immer ihre Hand ergriff, zuckte sie unwillkürlich zusammen, zog sie hastig zurück und mußte sich verlegen eingestehen, daß seine Nähe ihr jetzt nicht nur sehr wenig bedeutete, sondern sogar irgendwie zuwider war.
Was hatte er getan? Worin bestand seine Schuld? Sie schaute in seine fragenden Augen und war sehr erleichtert, als er die alte Ausrede von einem wichtigen Termin in Frankfurt anstimmte.
Und wieder und immer wieder kam über sie diese unerhörte Pein mit ihrem verfluchten Minirock!
„Er ist einfach ein durchgedrehter Mistkerl!“ sagte Willi unvermittelt, da die wahren Gründe ihrer Niedergeschlagenheit auf der Hand lagen.
Dabei wich er ein paar Schritte zurück, betrachtete sie mit einem prüfenden Blick und unterließ es nicht, erneut zu wiederholen, wie toll er sie und ihren Rock fand. Und jedesmal standen Anna die Tränen bis zum Hals hoch, und sie glaubte, noch ein Wort und sie würde heulend zusammenbrechen.
Doch sie hatte es geschafft.
Sie schleppte sich geräuschlos in ihr Schlafzimmer, setzte sich er-

schöpft auf den Bettrand und starrte wie abwesend in die gespenstische Dunkelheit des Raumes. Die kurzlebigen Minuten reihten sich aneinander und schlossen sich willig zu Stunden, doch weder Schlaf noch Ruhe waren in dieser Nacht imstande, sie in ihren Bann zu schlagen, sie zu verzaubern, zu bezwingen…

War das ihr Schicksal, das so unbarmherzig an diesem Abend zugeschlagen hatte? Hat der Himmel selbst so entschieden und dieses leere Los in ihre hoffnungsvoll ausgestreckten Hände gedrückt? Denn es war doch nicht denkbar, daß das Leben eines Menschen an solchen Belanglosigkeiten zerschellen könnte!

Sie saß auf ihrem Bett wie auf einem sinkenden Schiff, dem nur noch zu warten beschieden war… Warten, bis der mächtige Ozean seine kühlen Wogen über ihm zusammenschließen würde.

Erst im anbrechenden Morgengrauen stand sie vom Bett auf, zog ihren neuen Rock aus und holte aus der weißen Kommode eine große Schere. Sie schnitt ihn durch und schämte sich selbst ihrer heißen Tränen.

Schließlich warf sie sich aufs Bett, versuchte zu schlafen, doch immer wieder schwebten vor ihren müden Augen die gleichen Bilder: wie Julia mit ihm durch die Nacht streifte und vor Freude strahlte. Vielleicht… vielleicht hat sie sogar seine Hand berührt… angefaßt… ihn sogar zu sich nach Hause hineingelockt? Sie schämte sich ihrer Gedanken, doch die Bilder wurden immer hartnäckiger, immer deutlicher, immer farbiger…

Wie glücklich fing alles an! Wie vielversprechend! Auch wenn die Hoffnung nicht ausgesprochen blieb, nur in der Tiefe schlummerte…

Wie geschickt hatte ihre Freundin ihn von der Party weggelockt! Gestohlen hat sie ihn! Gestohlen!

Sie schluchzte bitter auf und vergrub ihr Gesicht im Kopfkissen.

„Bei wem gestohlen? Bei wem?“

Und wieder tauchte im Gedächtnis dieser verfluchte Rock auf und ließ sie die schmachvollen Sekunden aufs neue erleben.

„Zu kurz! Zu kurz!“ donnerte wie ein Todesurteil seine ruhige Stim-

me und riß die klaffende Wunde noch weiter auf…
Es ist aus! Vorbei! Nie werde ich ihm dies verzeihen können! Nie! Auch wenn er auf die Knie fällt! Ich hasse ihn! Oh, wie ich ihn hasse…
Das Schluchzen ebbte nach und nach ab, die heftigen Gefühlsausbrüche erschöpften sich und machten einer stillen Trauer Platz.
Noch nie hatte sie sich so einsam gefühlt. Sie spürte zwar die Nähe ihrer Freunde und Eltern… Sie wußte: Sie waren da und liebten sie. Und auch sie mochte ihre Liebsten immer noch gern leiden, doch diese simple Erkenntnis linderte den unerträglichen Schmerz nicht. Im Gegenteil! Sie wollte jetzt lieber allein sein. Von allen einfach in Ruhe gelassen werden, vor ihnen weichen, flüchten, sich in eine stille Ecke verkriechen, den unglücklichen Kopf mit beiden Armen umschlingen und dort sitzen, gedankenlos und mit geschlossenen Augen, ganz allein…
Anna lag in ihrem Bett, zusammengekauert, die Decke über den Kopf gezogen. Bald flogen von ihren verzweifelten Gedanken nur noch unklare Fetzen umher, und die gnädige Natur versenkte sie schließlich in den rettenden Schlaf.

Die außerordentliche Sitzung

Am nächsten Montag geriet das Immanuel-Kant-Gymnasium in hellste Aufregung. Die Lehrer eilten mit besorgten Gesichtern durch die langen Gänge, huschten die ausgetretenen Betontreppen hoch und runter, verschwanden schließlich im Lehrerzimmer und beorderten einige Schüler dorthin, die das Vorgefallene von Anfang an erlebt hatten. Diese Gymnasiasten sollten nun unverzüglich von einem eigens zu diesem Zweck gebildeten Ausschuß als Zeugen vernommen werden.
Das Komitee gegen rechte Gewalt, das in der beschaulichen Kurstadt nach anfänglichem Enthusiasmus in chronische Lethargie verfallen war und nur noch dank unerschöpflicher Energie und Erfindergeist von Frau Bammert am Leben gehalten wurde, erstand an diesem bemerkenswerten Tag wie ein strahlender Phönix aus der leblosen Asche des Alltags. Die totgeglaubten Seelen der vergilbten Mitgliederliste, die nach eigener Bekundung alles Anständige der kleinen Kurstadt in sich versammelt hatte, erlebten ihre wundersame Wiedergeburt und zogen sich hinter die verschlossenen Türen zu einer außerordentlichen Sitzung zurück.
Die Augen von Frau Bammert strahlten wie selten zuvor. Noch am frühen Vormittag eilten einige besonders wachsame Kolleginnen und Kollegen zu ihr und hielten es für ihre unverzichtbare Pflicht, zu dem aktuellen Vorfall im Gymnasium ihre persönliche Stellungnahme auch dann zum Ausdruck zu bringen, wenn sie vom Vorgefallenen nur vom Hörensagen erfahren hatten. Als ahnungsloser Beobachter hätte man leicht annehmen können, daß Frau Bammert an diesem schönen Frühlingstag ihren sechzigsten Geburtstag hatte. Sie nahm Erklärungen entgegen, legte dabei ihre Hand beruhigend auf die Schulter der besorgten Kolleginnen und Kollegen, erklärte ihnen das weitere Vorgehen und erhob dann und wann warnend ihren langen Zeigefinger.
Man alarmierte die Polizei, deren Direktion in unmittelbarer Nähe lag, und die Beamten erschienen, in höchste Eile versetzt, bereits

nach zehn Minuten am Tatort. Der Polizeidirektor persönlich nahm den Schulhof und das Gebäude in Augenschein, sprach mit Frau Bammert und verschwand schließlich im Arbeitszimmer des Schulleiters, während seine Untergebenen ein ausführliches Protokoll niederschrieben. Nach zwanzig Minuten kam er jedoch heraus, sprach kurz mit einem seiner Beamten, ließ das amtliche Dokument von Frau Bammert unterschreiben, und sein anfängliches Interesse, das er während des vorangegangenen Gesprächs mit Frau Bammert noch hatte, war merklich abgekühlt.
Alles besorgte Nachfragen und Drängen der Geschichtslehrerin blieb wirkungslos. Der Polizeidirektor erwiderte ihr trocken, er wolle zunächst den Vorfall genauer unter die Lupe nehmen und ihn auf das Vorhandensein eines strafrechtlichen Tatbestandes prüfen. Frau Bammert preßte daraufhin ihre blutleeren Lippen erbost zusammen und sagte kein Wort mehr. Nur ihre Augen funkelten erbittert, und dem Polizeibeamten schien, daß er ein furchtbares Zähneknirschen vernahm, während Frau Bammert ihren düsteren Blick auf die großen Fenster des zweiten Stockwerks richtete. Dorthin, wo unter anderem auch das Arbeitszimmer von Dr. Oldenburg lag.
Die Beamten ließen sie auf dem menschenleeren Schulhof allein, doch Frau Bammert zählte nicht zu der Art von Menschen, die beim ersten Gegenwind klein beigaben. Bereits gegen Mittag erreichte man telefonisch auch noch die letzten Mitglieder des besagten Komitees gegen rechte Gewalt, und nach kurzer, aber farbenreicher Schilderung des Vorfalls erhielt man von ihnen unverzüglich die feste Zusage für ihr Erscheinen spätestens um sechs Uhr abends.
Und in der Tat saß Frau Bammert um die genannte Uhrzeit im großen Sitzungsraum wie ein kaiserlicher Gardegeneral, überblickte triumphierend die am langen Tisch versammelte Runde der Anständigen und mußte zu ihrer vollsten Zufriedenheit feststellen, daß fast alle ortsansässigen Mitglieder anwesend waren. Es fehlten nur noch einige vielbeschäftigte Ehrenmitglieder aus der zwanzig

Kilometer entfernten Kreisstadt. Doch man rechnete nie ernsthaft mit ihrem Erscheinen, da sie gleichzeitig im Vorstand von zwei Dutzend anderer Initiativen und Vereinen saßen, so daß Frau Bammert den Zeitpunkt für gekommen hielt, die wichtige Sitzung endlich zu eröffnen.

Sie räusperte sich, wühlte geschäftig in zahlreichen herumliegenden Unterlagen, fand schließlich das Gesuchte, legte es akkurat vor sich hin und erhob bedeutungsvoll ihre dunklen Rosinenaugen.

„Ich hätte mir natürlich sehnlichst gewünscht, meine Damen und Herren“, fing sie mit feierlichem Ernst an, „daß wir uns heute aus einem anderen Anlaß treffen würden. Doch es sind, wie Sie bereits wissen, Dinge vorgefallen, die keinen Aufschub dulden. Dinge, die jeden von uns tief berühren und vor denen ich trotz nicht unerheblichen Widerstandes immer wieder gewarnt habe.

Rechtsradikalismus, meine Damen und Herren, schlummerte und schlummert bis heute in den Mauern auch dieser Stadt. Er wandelte sich, nahm andere Formen an, verbarg sich hinter angeblich harmlosen Witzen, ein paar flüchtigen Worten, die im Vorbeigehen gefallen sind. Und nun, meine Damen und Herren, nun trat er mit aller Deutlichkeit mitten in unserem Leben wie ein bösartiges Geschwür an die Oberfläche.

Nicht in der Hauptschule, wo man ihn irrtümlicherweise immer vermutete, nicht am Rande unserer Gesellschaft, unter den verzweifelten und verarmten Menschen, die mangels Aufklärung nicht immer wissen, wie sie ihren Frust zum Ausdruck bringen sollen! Nein! Wir entdecken seine gräßliche Fratze wie schon so oft in der Geschichte dieses Volkes inmitten der bürgerlichen Gesellschaft, in diesem Gymnasium, meine Damen und Herren! In diesem Gymnasium! Ist es nicht eine Schande?! Eine Schande für uns alle?! Für unser kleinmütiges Wegschauen und hartnäckiges Schweigen?! Wogegen der Namenspatron dieses Gymnasiums, Immanuel Kant, uns zu ernstgemeinter Mündigkeit und Zivilcourage aufgerufen hat. Hat etwa der große Philosoph nicht jeden von uns aufgefordert, die Wahrheit auszusprechen? Auch dann,

wenn sie für gewisse Amtsträger unbequem ist? Auch dann, wenn es einigen von uns lieber wäre, sie unter den Teppich zu kehren und weiter so zu tun, als hätten wir keinen Grund zur Sorge…“
Frau Bammert setzte wie gewohnt zu einem weitgespannten entlarvenden Vortrag an. Ihr blasses Gesicht bekam Farbe, und die hart klingende Stimme zitterte leicht in pathetischer Überhöhung, was auf die versammelten Mitglieder einen tieferen Eindruck machte und sie für einen flüchtigen Augenblick sogar an die weit zurückliegenden Kampfzeiten ihres bewegten Studentenlebens erinnerte. Sie waren fast alle in Frau Bammerts Alter und steuerten unaufhaltsam auf die Sechzig zu, wirkten aber noch frisch und waren ihrem Äußeren nach nicht gerade Straßenfeger. Sogar die eher salopp wirkende Oberbekleidung und die abgetragenen Jeans einiger Anwesender waren nicht imstande, den aufmerksamen Beobachter über ihre tatsächliche öffentliche Stellung hinwegzutäuschen. Die meisten von ihnen waren Beamte oder Vertreter verschiedener Parteien und staatlich geförderter Organisationen, die es für unerläßlich hielten, echte Solidarität mit der guten Sache zu zeigen, obwohl viele von ihnen tief in der Seele an die angeblich drohende Gefahr von Rechts gar nicht geglaubt hatten. Nicht daß sie gänzlich blind waren oder ihre politische Wachsamkeit mit dem fortschreitenden Alter an Schärfe verlor! Nein! Einfach nur, weil sie überhaupt an keine politischen Gefahren in ihrer kleinen Stadt glaubten. Weder von Rechts noch von Links, noch sonst von irgendwelcher Seite. Kein Mensch hatte hier je bestiefelte Glatzköpfe ausfindig machen können, die uns fast wöchentlich aus mahnenden Fernsehsendungen anbrüllten.
Genauso wenig aber bekam man hier die immer gewaltbereiten Autonomen zu Gesicht. Diese Schreckensbilder gehörten bei Leibe nicht in die Wirklichkeit der provinziellen Kurstadt. Sie wirkten hier wie aus einem anderen Leben. Auslandsjournal!
Nur Frau Bammert legte bemerkenswerte Beharrlichkeit und unermüdlichen Erfindergeist an den Tag. Sie sammelte fleißig alle auch noch so kleinen Tatsachen in ihrem großen Ordner, befragte

Schüler und zeigte um so größere Zufriedenheit, wenn die Beschreibungen der rechten Untaten farbig und ausführlich genug ausfielen. Geschweige denn, wenn man an den Wänden von WC-Räumen Hakenkreuzchen entdeckt hatte. Die Alarmglocken hallten noch Tage danach. Frau Bammert bildete unverzüglich einen Ausschuß, begutachtete höchstpersönlich den Tatort und hielt mit akribischer Genauigkeit jede Einzelheit fest.
Einmal, bei der Aufnahme gerade eines solchen Vorfalls, ereignete sich eine unangenehme Begebenheit. Das schwarze Hakenkreuzchen auf der Kabinenabtrennung im Herren-WC wurde auf eine früher hingekritzelte Aufschrift gemalt. Es waren nur vier Worte, die dazu nach fester Überzeugung der Geschichtslehrerin ohne rechtsradikalen Hintergrund waren. Und doch verspürte sie große Hemmungen, diese einfachen Worte in ihren ausführlichen Bericht aufzunehmen. Auf der türkisfarbenen Abtrennung stand in großen Buchstaben geschrieben: *ich f**** alle Deutschen!*
Obwohl Frau Bammert sich mit dem tiefer liegenden Sinn dieser Aussage sehr wohl identifizieren konnte, rief die nicht gerade gesellschaftsfähige Ausdrucksform dieser Aufschrift in ihrer Seele einen deutlichen Widerstand hervor. So wäre es auch geschehen, daß die vier genannten Worte keine Erwähnung gefunden hätten, wäre da nicht ein aufmüpfiger Gymnasiast gewesen, der bei der Aufnahme zugegen war.
Aus unerklärlichen Gründen erregte ihn diese nach Meinung der Geschichtslehrerin absolut harmlose Aufschrift dermaßen, daß er sie als dem hingekritzelten Hakenkreuzchen ebenbürtig empfand und auf der Aufnahme ins Protokoll bestand. Alle Hinweise von Frau Bammert darauf, daß die Aufschrift nicht rechtsradikal sein könnte, da sie offensichtlich nicht von einem Deutschen verfaßt wurde, blieben ohne Wirkung. Sogar die freudig zum Ausdruck gebrachte Vermutung von Herrn Firsch, die Aufschrift sei womöglich eine gut durchdachte hinterhältige Provokation eines Rechtsradikalen, der die anständigen Deutschen gegen Mitbürger mit stark ausgeprägtem Migrationshintergrund aufhetzen wolle, schlug fehl.

Die Hartnäckigkeit des Jungen erreichte solche ungewöhnlichen Ausmaße, daß Frau Bammert zwangsläufig die Frage stellen mußte, wie ein dermaßen unreifer Gymnasiast überhaupt in ihrer Mitgliederliste auftauchen konnte.
Das Mißverständnis wurde bald gelöst, der Name des widerspenstigen Schülers aus der Liste der Anständigen gestrichen, und das bunte Leben des Immanuel-Kant-Gymnasiums ging wie gewöhnlich weiter.
Doch wie fleißig Frau Bammert auch nach den Spuren des von ihr fest geglaubten Rechtsradikalismus in der Kurstadt suchte, es genügte nicht, um das besagte Komitee weiterhin am Leben zu halten. Seine Lebenskraft war trotz alarmierender Nachrichten in den Medien stets gefährdet und drohte an manchen unglücklichen Tagen gänzlich zu versiegen.
Nun aber bewegte sich etwas auch in der verschlafenen Kurstadt. Es geschah tatsächlich! Der frische Frühlingswind drückte mit neuer Kraft in die schlaff herunterhängenden Segel des Komitees, und Frau Bammert verfiel nun restlos in eine nie enden wollende Begeisterung.
Die Sitzung ging weiter, und einige erfahrene Mitglieder, die die rhetorischen Fähigkeiten der Vorsitzenden kannten, wurden bereits bei diesen ersten Worten von einer beträchtlichen Unruhe erfaßt. Sie drehten ungeduldig ihre ergrauten Köpfe und schauten dann und wann besorgt auf die Armbanduhr. Doch an diesem Abend mußten sie es über sich ergehen lassen. Heute strahlte Frau Bammert endlich mal ein unerschütterliches Selbstvertrauen aus.
Sie redete und redete und redete…
Erst gegen zwanzig Uhr erfuhren die arg gebeutelten Mitglieder des Komitees gegen rechte Gewalt die Einzelheiten des morgendlichen Vorfalls.
Und an diesem wunderschönen Morgen war wirklich etwas Ungewöhnliches geschehen. Zumindest für ihre kleine Kurstadt…

Ein unglaublicher Vorfall

Und dieser merkwürdige Junitag begann wirklich schön. Die Sonne kündigte sich bereits seit Stunden mit den ersten wärmenden Strahlen an, verbreitete eine angenehme sommerliche Stimmung, und wie man in allen spannenden Geschichten zu sagen pflegte: Nichts deutete auf etwas Außergewöhnliches hin. Begleitet von Vogelgezwitscher sah man überall fröhliche Gesichter, und vielleicht gerade aus diesem Grunde belebte sich an diesem Morgen auch der verträumte Schulhof wesentlich früher als sonst.

Kaum erschienen im kühlen Schatten der Kaiserlinden die ersten Gymnasiasten, stellten sie zunächst mit gewohnter Gleichgültigkeit fest, daß an allen erdenklichen Plätzen stapelweise zusammengeheftete Blätter ausgelegt waren: auf der schmalen Bank des überdachten Fahrradplatzes, auf den grauen Stufen der Eingangstreppe, direkt unter dem steinernen Relief von Kant, vor der Mensa... Überall, wohin man an diesem Morgen die Augen auch richtete, sah man akkurat aufgestapelte bedruckte Blätter. Die ersten Gymnasiasten nahmen die Broschüre eher aus purer Gewohnheit mit und stopften sie einfach in ihre Schultaschen. Es war nicht das erste Mal, daß irgend jemand zu Spenden aufrief oder für eigene Veranstaltungen warb: Vereine, Initiativen, Aufklärungskampagnen, Konzerte usw.

Doch diese Ruhe dauerte nur so lange, bis einige Schüler ihre apathische Stimmung überwunden und zumindest die fett gedruckte Überschrift in Augenschein genommen hatten.

Auch Roberto, der sich heute ungewöhnlich früh auf den Weg zur Schule gemacht hatte, schaute zunächst mit verhaltener Neugier hinein. Seine Augenbrauen schnellten jedoch verwundert in die Höhe. Er las weiter und sein Gesicht verdüsterte sich in Sekundenschnelle. Allein die Überschrift ließ nichts Gutes ahnen. „***Nachtrag zur Geschichte des Zweiten Weltkrieges***" hieß es sehr lakonisch.

Es waren an die zwanzig bedruckte Blätter, die zu einer Broschüre

zusammengeheftet waren. Darin ein Aufsatz über die Umstände des Ausbruchs des Zweiten Weltkrieges, unter anderem auch die des Überfalls auf die Sowjetunion. Und wieder das gleiche: Panzer, Kampfflugzeuge, deren Stärke und Aufstellung…
Er blätterte und drehte die Broschüre in seinen Händen hin und her, fand aber nichts, was auf den Verfasser hindeuten würde: keine Namen, kein Impressum…
Er überflog noch einmal einige Stellen, und seine Vermutung ging unausweichlich nur in eine einzige Richtung, daß hinter dieser abwegigen Aktion nur ein einziger Mensch stehen könnte: Frank Uffelmann.
Roberto schaute sich um. Da und dort standen und saßen einige Schüler und beschäftigten sich mit dem Lesen. Ein Junge aus seiner Klasse, Luka Lemke, stand mitten auf dem Schulhof und hielt die aufgeschlagenen Blätter ganz nah an seine strahlend blauen Augen. Das Fahrrad und die schwere Schultasche ließ er einfach auf den Boden fallen, und seine Haltung verriet ein beträchtliches Interesse am Gelesenen.
„Das ist aber was!" murmelte Luka ergriffen vor sich hin, spuckte auf die trockenen Finger und blätterte weiter.
Der Schulhof füllte sich, und die ankommenden Busse brachten immer neue Scharen dazu. Hier und da bildeten sich bereits kleine Grüppchen, die neugierig in der Broschüre blätterten und aufgeregt miteinander diskutierten.
In diesem Augenblick erschien auf der Eingangstreppe vor dem steinernen Relief des größten Philosophen aller Zeiten Frau Bammert. Sie hielt mit eisernem Griff die besagte Broschüre fest, als hätte sie gerade ihren Todfeind an der Gurgel gepackt, und die schwachen Blätter legten sich unter dem Druck ihrer starken Finger in zackige Falten. Wutentbrannt und schweigend schaute sie sich um, erkannte bald unter den Schülern einige bekannte Gesichter, winkte ihnen ungeduldig zu und zwang sie schließlich, die noch verbliebenen Broschüren einzusammeln.
Luka stand aber immer noch mitten auf dem Schulhof vor seinem

Fahrrad, hielt die Broschüre dicht an seinem Gesicht, und man sah ihm noch mehr Leidenschaft an, als im bekannten Bücherwurm auf dem Bild von Spitzweg.
Ausgerechnet er, der harmlose Luka, geriet ins Blickfeld der aufgebrachten Frau Bammert. Sie schritt entschlossen auf ihn zu, packte mit ihrer knöchrigen Hand eine Ecke seiner Broschüre und versuchte sie ihm aus der Hand zu reißen. Obwohl der Junge den Angriff nicht erwartet hatte, schaffte er es doch, die bereits aus der Hand gleitenden Blätter festzuhalten, und für einen Augenblick erstarrten beide.
„Gib her!“ zischte Frau Bammert und zog kräftig an den Blättern, doch Luka klammerte sich schweigend an seiner Broschüre fest, die jeden Augenblick zu reißen drohte.
Die Wut in den stechenden Augen der Geschichtslehrerin machte einer aufrichtigen Überraschung Platz. Sie schaute in Lukas trotzige blaue Augen, in sein schweigendes Gesicht, das immer mehr an Entschlossenheit gewann, und fauchte ihn erneut an:
„Luka! Gib das sofort her!“
Sie zog noch stärker, doch der Junge ließ nicht los, und das Gesicht von Frau Bammert sah wieder bedrohlich aus. Erst jetzt bemerkte sie, daß sich bereits eine große Schar gaffender Gymnasiasten um sie herum versammelt hatte und nun kichernd und grinsend in Erwartung eines packenden Schauspiels dastand. Es fehlte nur noch, daß sie die beiden mit kräftigen Ausdrücken anfeuern würden.
Frau Bammert unterdrückte ihre aufgestauten Gefühle und ließ die zerknitterten Blätter los.
„Das wird dich teuer zu stehen kommen“, flüsterte sie leise durch die verspannten Lippen, doch Luka drückte die Broschüre mit beiden Händen an seine Brust und erwiderte ihren wutentbrannten Blick.
Frau Bammert stürmte wieder zum Eingang und rannte beinahe Walter Kaiser um, der neben der Tür stand und neugierig die spannende Auseinandersetzung mit Luka verfolgte.

„Sorry, Mrs. Bammert!“ sprach er mit überschwenglicher Höflichkeit und begann auf englisch mit einer umständlichen Entschuldigung.
Frau Bammert schaute völlig verwirrt in sein Gesicht und erlangte erst einige Sekunden später die Fähigkeit zu sprechen.
„Was ist mit dir los?“ stieß sie verblüfft aus.
„Wissen Sie etwa nicht, daß Hitler Deutsch gesprochen hat?“ fragte er vorwurfsvoll, während seine Augen reichlich schelmische Funken sprühten.
Frau Bammert erbleichte noch mehr. Sie maß ihn mit einem vernichtenden Blick von Kopf bis Fuß und marschierte schweigend in die Eingangshalle.
„Frau Bammert!“ schrie Walter erheitert hinterher. „Den Gebrauch der deutschen Sprache muß man angesichts unserer unseligen Geschichte vorbehaltlos auf den Prüfstand stellen…“
Doch die Lehrerin marschierte unbeeindruckt weiter und verschwand im nächsten Augenblick aus seiner Sichtweite.
Durch den Vorfall auf dem Schulhof bekamen die Ereignisse auf dem Kant-Gymnasium augenblicklich eine andere Dimension. Noch mehr Gerüchte wurden in Umlauf gebracht, doch alle drehten sich um einen einzigen Namen: Frank Uffelmann. So war es auch nicht verwunderlich, daß alle Blicke in Richtung der nahe gelegenen Bushaltestelle schnellten, als dort zwischen den bunt gekleideten Gymnasiasten ein Junge in dunklem Anzug und Krawatte auftauchte.

Eine öffentliche Entschuldigung

Frank überquerte den Schulhof, näherte sich dem Eingang und bemerkte gleich eine ungewöhnliche Stimmung. Viele Schüler hielten in ihren Händen aufgeschlagene Blätter, als wären sie Schauspieler, die in den Proben fleißig ihre Rollen einstudierten. Einige richteten ihre Zeigefinger auf ihn, erklärten dabei den anderen etwas Aufregendes und wurden in seiner Nähe auffallend schweigsam. Als würden sie ein Geheimnis hüten, das nicht für seine Ohren bestimmt war, das aber unmißverständlich etwas mit ihm zu tun haben mußte.

„Das ist er! Uffelmann!“ hörte er hinter sich in verschiedensten Tonlagen rufen. Mal böse, mal verwundert. Er glaubte sogar einige Stimmen gehört zu haben, die eher anerkennend klangen.

Doch nicht das beschäftigte ihn in dieser Stunde. Seine Gedanken waren bei Anna. Sie quälten ihn unablässig, und der Wunsch, mit ihr ins Reine zu kommen, wandelte sich immer mehr in ein sehnsüchtiges Verlangen.

Er sprang die breite Treppe zum Eingang hinauf, warf einen flüchtigen Blick zum steinernen Relief, und als seine Augen das tiefgemeißelte Antlitz des deutschen Philosophen erreichten, verfinsterte sich sein Blick und wandte sich von ihm verstimmt ab.

Er ging hinein, stieg bereits die Treppe nach oben, wurde aber immer langsamer und blieb schließlich unentschlossen zwischen den Stockwerken stehen.

„Kann etwa die Wahrheit doch beleidigen? Oder lag es wieder an mir, daß ich sie falsch zum Ausdruck brachte? Was… was soll ich tun?“

Stufe um Stufe stieg er wieder hinunter, ging langsam aus dem Gebäude und ließ seinen Blick schuldbewußt zum strengen Philosophen hinübergleiten.

Immanuel Kant schaute mit seinen eindringlichen Augen sehr aufmerksam auf ihn hinab, und Frank schien sogar, daß die in Stein gemeißelten Lippen ihm etwas sagen wollten. Und daß es an ihm

allein lag, diese schweigende Botschaft zu vernehmen und zu verstehen.
„Wahrheit und nichts außer Wahrheit! Um jeden Preis!“ leuchtete es in seinem Bewußtsein auf.
Er ging durch den langen Flur und spürte, wie die Aufregung in seiner Brust mit jedem Schritt immer stärker wurde. Obwohl er bereits das Klassenzimmer sah, wußte er immer noch nicht, was er im nächsten Augenblick tun sollte. Nur noch die gleichen verzweifelten Worte kreisten inmitten seines verzagten Wesens: „Allmächtiger Vater im Himmel, hilf mir! Hilf!“

In der Klasse aber herrschte auch eine gewisse Aufregung. Und nicht nur wegen des ungewöhnlichen Vorfalls auf dem Schulhof. Bereits am Sonntagmorgen hatte es sich Nadine in ihrem Bett bequem gemacht und nach dem schnurlosen Telefon gegriffen.
„Karin! Schläfst du noch? Um Gottes willen! Bleib lieber im Bett liegen! Sonst kippst du noch ohnmächtig um, wenn ich dir erzähle, was gestern abend bei Anna passiert ist…“
Den ganzen Vormittag berichtete sie ihren Freunden über die Einzelheiten der Party. Besonders ausführlich beschrieb sie dabei das auffallende Benehmen des neuen Schülers.
Sie war eine Meisterin der Erzählkunst. Sie überstürzte sich nicht und ließ ihren Bericht trotz starker Begeisterung nicht in bruchstückhafte Sätze zerfallen, wie es viele ihrer Freunde gewöhnlich taten. Geschickt und sicher führte sie ihre Zuhörer auf den farbenfrohen Wegen einer ausführlichen Erzählung. Sie stellte sich selbst Fragen, hielt plötzlich inne, um zusätzliche Spannung aufzubauen, kippte dann den Schlüsselsatz auf den überraschten Zuhörer aus und riß ihn mit ihrem ansteckenden Silberlachen garantiert mit…
Stundenlang konnte Nadine über Ereignisse berichten, die normale Sterbliche kaum für ein paar Stunden in ihrem Gedächtnis behalten, ja nicht einmal bemerken würden!
Am Sonnabend aber waren Dinge passiert, die mehr als einen Anlaß dafür geboten hatten. Bereits am frühen Morgen saß das hübsche

Mädchen im Bett und blickte sehnsüchtig auf die lahmen Zeiger ihres Weckers.
„Jana! Du kannst ruhig sagen, daß ich ein unverschämtes Ferkel bin, doch wenn ich dir jetzt erzähle, was gestern abend bei Anna los war, wirst du deine Worte sofort zurücknehmen und mich fragen, warum ich nicht schon früher angerufen habe…“
Den ganzen Tag flocht sie ihre Geschichte in abenteuerlichsten Abwandlungen vor ihren zahlreichen Schulfreunden zusammen, doch sie alle strebten auf ein einziges dramatisches Schlüsselereignis mit Annas Minirock zu.
„Wenn du gesehen hättest, wie sie ihn davor vergöttert hat! Wie sie ihn so zärtlich am Arm streichelte und zu ihm aufblickte! Nein, diesen Blick hättest du sehen sollen! Ich bin beinahe vom Stuhl gefallen…“
Am Sonntagnachmittag erreichten die Einzelheiten auch die Gymnasiasten aus Annas Klasse, und das ungeduldige Klingeln der Handys entfachte sich mit neuer Kraft.
„Hast du schon gehört, was gestern bei Anna passierte? Noch nicht? Sie hat doch diesen komischen Uffelmann eingeladen. Ja! Ja! Dieser Engel hat dort so ’ne Vorführung veranstaltet… Ja! Ja! Wie immer…“
Als Anna einige Minuten vor Frank in die Klasse trat, wurde sie von einer bangen Ahnung erfaßt, daß alle bereits von dem Vorfall wußten.
Georg saß auf seinem Tisch und warf ihr einen geheimnisvollen Blick zu.
„Hallo Anna! Warum heute in Jeans?“ fragte er mit aufgesetzter Enttäuschung. „Wo ist dein neuer Rock?“
Verhaltenes Kichern begleitete seinen Ausfall, doch für Anna drang es wie ein klebriger Hohn herüber.
Sie antwortete nicht und ging zu ihrem Platz.
„Wir wollten doch nur wissen, ob er wirklich so unanständig kurz war, wie Frank es gesagt hat?“ erklärte Georg, die reinste Unschuld vorspielend. „Du weißt doch, er sagt immer die Wahrheit... Bring

ihn doch morgen einfach mit, wir schauen uns deinen Minirock lieber selbst an."
Anna hatte Schwierigkeiten, die Augen zu heben, und wühlte nervös in ihrer Schultasche, in der Hoffnung, daß die Pausenglocke endlich den Unterricht ankündigen und sie von dieser Höllenpein erlösen würde.
In diesem Augenblick trat Frank in die Klasse ein, und alle Blicke richteten sich auf ihn. Er ging direkt auf Anna zu, doch sie sah ihn nicht. Nur als er dicht vor ihr stehenblieb und zu sprechen begann, zuckte sie ängstlich zusammen.
„Anna!" sagte er laut.
Sie wollte zu ihm aufblicken, doch kaum sahen ihre verzweifelten Augen sein Gesicht, wandte sie sich wieder ab.
„Anna!" wiederholte der Junge aufgeregt. „Ich wollte mich bei dir vor aller Welt entschuldigen. Es ist wahr, daß ich deinen Rock zu kurz fand, doch ich möchte, daß du die ganze Wahrheit weißt."
Grabesstille trat ein.
„Ich finde, daß du schön bist! Sehr schön! Und was deinen Rock betrifft, so bezogen sich meine Worte auf meine geistige Haltung, auf meine Vorstellungen! Das bedeutet keineswegs, daß dein Rock unanständig ist. Geschweige denn du. Im Gegenteil! Ich hätte die richtigen Worte wählen sollen! Dieses Mißverständnis tut mir wirklich leid, und ich wäre aufrichtig froh, wenn du die Kraft fändest, mir mein Benehmen zu verzeihen."
Er griff unerwartet nach ihrer Hand.
Anna zuckte wieder zusammen, richtete ihre verängstigten Augen auf ihn und versuchte eher instinktiv ihre Hand zu befreien, doch seine Lippen berührten bereits den Handrücken.
Anna schnappte nach Luft, hielt inne, kniff ihre Augen zu, biß sich sogar in die Unterlippe und fühlte plötzlich, wie warm und zärtlich seine Lippen waren. Es war ein ungewöhnlich langer Kuß. Zeit und Raum hörten für Anna wieder einmal auf zu sein und wurden von dieser feuchten Berührung wie trockenes Laub verweht…
Ein berauschendes Gefühl schwappte über ihre Sinne und ließ sie

alles um sich herum vergessen: ihre fürchterliche Scham, ihre Kränkung, die ganze Klasse, die sie jetzt bestimmt wie benommen anstarrte, alles! Nur noch ein unerträgliches Glück stieg aus der Tiefe mit solcher Wucht hervor, daß aus ihren geschlossenen Augen zwei große Tränen hinuntereilten.
„Kannst du mir verzeihen?“ fragte der Junge, ohne ihre Hand freizugeben.
Sie nickte ihm stimm zu und erstrahlte vor Glück...
„Was geht hier vor?“ erklang unerwartet die strenge Stimme des Deutschlehrers.
Er schaute besorgt auf Anna, auf ihre Hand, die sich immer noch in den Händen des neuen Schülers befand, doch niemand gab ihm eine Antwort. Sogar Georg schwieg beharrlich und wagte es nicht einmal, seinen Kommentar abzugeben.
Auf so etwas war keiner vorbereitet, geschweige denn, daß jemand etwas Ähnliches je gesehen hätte. Vielleicht in den schönsten Filmen, von denen man wußte, daß sie lediglich in der reichen Phantasie der Filmemacher entstanden waren. Nur in den Träumen... in geheimsten Träumen... Aber so, mitten im Leben, mitten in ihrem Leben, in ihrer kleinen Provinzstadt, so nah, daß man es berühren konnte, wenn man nur die Hand ausstrecken würde.
Frank ließ ihre Hand los und ging zu seinem Platz.
Der Lehrer schaute besorgt auf Anna, die ihre Tränen von den Wangen wischte, und fragte, ob bei ihr alles in Ordnung sei und ob sie sich wohl fühle, doch sie lächelte ihn nur an, immer noch von starkem Gefühl erfaßt.
„Es geht ihr blendend, nehme ich an“, sagte Roberto leicht ironisch.
„Wirklich?“ fragte der Deutschlehrer mißtrauisch, ohne seine prüfenden Augen von ihr abzuwenden.
Die Klasse kam langsam zu sich und lächelte leutselig.
„Mir geht es gut“, bestätigte Anna. „Wirklich gut.“
In diesem Augenblick stürmte Julia in die Klasse.
„Wieder zu spät!“ bemerkte Georg enttäuscht.

„Wieso?" fragte Julia neugierig.
„Als würdest du's nicht wissen!" erwiderte er vieldeutig. „Wir erleben inzwischen jeden Tag unglaubliche Dinge! Bald wird man auch halbtot in die Schule eilen, damit man um Gottes willen keine einzige Folge verpaßt."
Julia vermutete zwar, daß dies eine unmißverständliche Anspielung auf den neuen Schüler war, konnte aber seine Worte immer noch nicht ganz verstehen.

Feuer und Flamme

Gleich nach dem Unterricht beeilte sich Julia nach Hause. Schlank und sportlich trabte sie mühelos durch die schmalen Gassen und konnte ihre fröhliche Stimmung kaum verbergen. Heute war ein besonderer Tag. In der Pause hatte sie Frank an ihre Absprache erinnert, mit ihr ins Künstlergeschäft zu fahren, und erhielt von ihm die Zusicherung, daß er in einer Stunde auf sie vor der Schule warten würde.

Kaum tauchte sie unter den schattigen Linden der Hauptallee auf, rief jemand sie beim Namen. Sie blickte flüchtig nach allen Seiten und erkannte Benjamin. Er stellte sein Fahrrad an einer Laterne ab, holte aus der Schultasche ein Fahrradschloß heraus und beeilte sich unheimlich, da Julia einfach weiterging, ohne auf ihn zu achten.

Sie wußte, daß er, wie schon so oft, auf sie wartete. Seit Jahren stellte er Julia nach. Ruppig und grob im Umgang mit Menschen, verwandelte er sich in ihrer Nähe in einen förmlichen Schleimer. Trotz mehrfacher verletzender Abweisungen erwies er sich als sehr hartnäckig und wollte auf keinen Fall aufgeben.

So wäre sie wie gewohnt weitergegangen, doch die Erinnerung an den Tag, an dem Frank zum ersten Mal in die Schule gekommen war, ließ sie langsamer gehen.

„Nazischwein, hat er zu Frank gesagt", blitzte es in ihrem Kopf auf, und die häßliche Szene im Unterricht erhob sich vor ihren Augen wie ein dunkler schmutziger Schatten. Dabei konnte sie wieder bildlich sehen, wie sich Benjamins vulgäres Gesicht zu einer gehässigen Grimasse verzog und wie er mit seinen Freunden schadenfroh über ihn lachte. Auch später ließ Benjamin keine Gelegenheit aus, um Frank öffentlich anzupöbeln.

Julia schritt in Richtung ihres Hauses, das bereits in Sichtweite lag, und ihre Brust erfüllte sich bei diesem Gedanken mit einer Mischung aus königlichem Stolz und einer unüberwindlichen Verachtung gegenüber ihrem aufdringlichen Mitschüler. Dieses

Gefühl wuchs in ihr und artete sehr schnell zu einem mächtigen Rachedurst aus.
Julia war unwiderstehlich lieb, und ihre Opferbereitschaft für ihre Allernächsten sprengte zumal alle vernünftigen Grenzen, doch in ihrem Wesen schlummerte ein ganzes Bündel von charakterlichen Eigenschaften, die kaum auf ihre geduldigen Eltern zurückzuführen waren und die sie noch nie wirklich zurückzudrängen vermochte. Einmal, als sie noch kaum zwei Jahre zählte, bekamen sie einen seit Monaten angekündigten Besuch von ihren Großeltern. Als es im großen Flur endlich klingelte, hob die Mutter ihr Julchen auf den Arm und beeilte sich zur Tür.
In ihrer Liebenswürdigkeit übertrafen die Großeltern sogar Julias Mutter. Sie strahlten vor Glück, überhäuften die Kleine mit wärmsten Liebkosungen, und je länger sie das hübsche Mädchen lobten, desto mehr richtete es sich in Mutters Arm auf. Dabei flog über Julias Gesicht ein rührender Ernst, und das niedliche Kinn strebte immer mehr in die Höhe. Als dann die Großmutter noch damit begann, mit kindisch verstellter Stimme zu reden und so merkwürdig von unten zu ihr hochzuschauen, streckte Julia der verblüfften Oma gebieterisch ihre kleine Hand zum Kuß entgegen.
„Das kommt nicht von unserer Seite", stellten die Großeltern mit letzter Zuversicht fest, doch auch der weichherzige Vater suchte vergebens unter seinen Vorfahren nach den Spuren eines solchen Benehmens. Seitdem machten fast jeden Monat neue Geschichten die Runde und erheiterten die gesamte Verwandtschaft.
Mit sechs kam sie einmal sehr verstimmt von der Geburtstagsfeier ihrer Nachbarin und teilte der Mutter mit, daß sie eine wichtige Entdeckung gemacht habe. Sogleich begann sie begeistert zu erzählen. Ein Geburtstagskasten sollte es sein. Seine Konstruktion war denkbar einfach. Es war ein großer Käfig, in dessen Boden von unten viele lange Nägel eingeschlagen werden sollten. Und zwar so, daß deren Spitzen mindestens eine Handbreit aus dem Boden ragen und ziemlich dicht aneinandergereiht werden. Dabei zeichnete sie fleißig ihre Entdeckung auf ein Blatt Papier.

„Wozu sollte dieser Geburtstagskasten denn gut sein?“ fragte die Mutter neugierig.
„Für die Geburtstagskinder“, sagte Julia finster. „Dort sollen sie ihre Geburtstage feiern! Barfuß!“
Die Mutter schaute bestürzt auf ihre Tochter und konnte vor Betroffenheit kein Wort aussprechen. Julia aber erweichte sich beim Anblick ihrer entsetzten Mutter und zeigte ihr bildlich, daß doch noch eine Möglichkeit bestand, auf den Zehenspitzen zwischen den herausragenden scharfen Nägeln so zu stehen, daß man die Füße nicht verletzt.
Diese unendlichen Geschichten belustigten ihre Umgebung, doch für Julia war es gar nicht so einfach, eine dermaßen stark ausgeprägte Leidenschaftlichkeit, die mit gleicher Heftigkeit in alle Richtungen ausschlug, in den Griff zu bekommen. Sei es Haß oder Mitleid, Vergebung oder Rache, jedes Mal brauste in ihrer Brust ein unbändiges Gefühl auf, das ihr beinahe den Hals zuschnürte. Besonders wenn die Umstände sie unmißverständlich dazu verführten, ihren Charakter hemmungslos auszuleben. Und der konfliktbeladene Alltag bot solche Gelegenheiten nicht gerade selten...
Benjamin holte sie ein und faßte sie vorsichtig am Ärmel.
„Warte doch!“ sagte er mit ungewöhnlich weicher Stimme.
Julia blieb stehen und blickte mit halb geschlossenen Augen schweigend auf seine Hand herab, und um ihren schönen Mund legte sich ein kaltes, unbarmherziges Lächeln, mit dem eine edle Königin das aufdringliche Gesindel abweist.
Der Junge schaute ihr ins Gesicht und erstarrte. Seine Hand zuckte sofort zurück, als hätte er glühendes Eisen angefaßt.
„Ich wollte dich nur etwas fragen“, sagte er verwirrt und wirkte sehr unbeholfen.
„Hast du vergessen, wie man mit einer Dame spricht?“ fragte sie streng, immer noch ihre Augen gebieterisch auf seine Brust gerichtet.
Benjamins Verwirrung vermehrte sich. Die abweisende Art von

Julia war ihm nicht neu, doch in einer solchen Stimmung hatte er sie noch nie erlebt.
„Wie meinst du das?" stammelte er leise.
„Es gab Zeiten, wo die edelsten Ritter einer Dame die Hand küßten, bevor sie sich mit ihrem Anliegen an sie heranwagten", belehrte Julia vorwurfsvoll.
Benjamins Herz zog sich zusammen. Die unterschwellige Aufforderung, ihre zierliche Hand zu küssen, war zwar verrückt, hörte sich aber sehr angenehm an. Ein kribbelndes Gefühl stieg aus dem Bauch herauf und entzündete in seiner Vorstellung eine folgenschwere Hoffnung auf etwas mehr.
„Du meinst...", fing er an und verstummte, während sein Gesicht rot wurde.
„Du hast mich sehr wohl verstanden", sagte Julia mit gleicher unbarmherziger Strenge.
Der Junge blickte einige Male höchst unsicher in ihr edles Gesicht und kam noch mehr durcheinander.
„Ich soll deine Hand küssen?"
Julia hüllte sich in würdevolles Schweigen.
„Gehst du dann mit mir ins Kino?" fragte er verlegen.
„Wie lange soll ich noch warten?" unterbrach ihn Julia und zuckte ihre Hand ganz leicht in seine Richtung, ohne sie hochzuheben.
Vernichtende Peinlichkeit erfaßte Benjamin, und je mehr er seinen Stolz zu überwinden suchte, desto mehr erhob sich auch das begehrte Mädchen über ihn. Seine Hände begannen leicht zu zittern, und sein ganzes Aussehen verriet nun die wachsende Bereitschaft, sich bedingungslos ihrem launischen Willen zu unterwerfen.
Er vergrub seinen Blick tief in den Boden, streckte ihr seine großen Hände unsicher entgegen, doch Julias Stimme ließ ihn erneut zusammenzucken.
„Wie die Ritter, meinte ich... auf den Knien."
Benjamin fühlte sich verletzt, atmete aufgeregt und blickte rebellisch zu ihr auf.
„Schämst du dich?" fragte Julia unbeeindruckt.

Sein Widerstand brach erneut zusammen.
„Dann gehst du aber mit mir ins Kino“, stieß er gekränkt aus, bekam jedoch abermals keine Antwort.
Das Mädchen stand vor ihm in seiner unwiderstehlichen Grazie. Julias rechte Hand bewegte sich leicht nach vorne und zeigte nun majestätisch auf die Stelle direkt vor ihr.
Die heftigsten Schweißausbrüche rollten wie riesige Wellen über Benjamin hinweg. Er schaute sich verstohlen um, und als er merkte, daß unter den schattigen Linden auf der Hauptallee keine einzige Seele zu sehen war, sank er verkrampft vor ihr auf sein rechtes Knie.
Doch auch jetzt konnte er ihre Zuneigung nicht gewinnen.
„Begnüge dich nicht mit halben Sachen!“ befahl sie belehrend.
Nur gefühlsmäßig verstand er, was seine Gebieterin gemeint hatte, und setzte auch das zweite Knie auf den Boden.
Rot vor Stolz streckte sie ihm ihre fein geschnittene Hand vors Gesicht und fühlte, wie eine berauschende Zufriedenheit ihre Seele erfüllte.
Benjamin erfaßte vorsichtig ihre Hand und berührte sie mit den Lippen.
„Ist das ein Kuß?“ fragte Julia vorwurfsvoll.
Doch Benjamin war für diese erneute Aufforderung nur noch dankbar. Ihre Hand fühlte sich warm an und zitterte leicht. Er küßte ihren Handrücken wieder und wieder und konnte sein heftiges Gefühl nicht mehr zähmen.
In diesem Augenblick tauchten auf der Hauptallee zwei junge Mädchen auf. Verblüfft starrten sie auf die ungewöhnliche Szene, überwanden aber sehr schnell ihre Ratlosigkeit und begannen immer lauter zu kichern.
Benjamin schoß in die Höhe, japste vor Verlegenheit nach Luft und starrte angestrengt auf den Boden. Julia aber drehte sich schweigend um und ging in würdevollem Gang davon.
Erst als sie um die Ecke ihres Hauses zu verschwinden drohte, kam Benjamin wieder zu sich. Er stürzte ihr hinterher, holte sie

schnell ein und versperrte ihr den Weg.
„Dann gehen wir heute?“ fragte er hoffnungsvoll.
„Du hast die Prüfung nicht bestanden“, teilte ihm Julia mit. „Morgen müssen wir von vorne beginnen.“
Dabei blickte sie ihn so abweisend an, daß Benjamin eine Gänsehaut über den Rücken lief.
„Gehst du mit mir ins Kino oder nicht?“ wiederholte er mit verzweifelter Stimme und stierte sie wild an.
„Nein“, erwiderte das Mädchen kalt und ging weiter.
Wie ein zorniger Löwe sprang er zu ihr und packte sie hart am Oberarm.
„Las los!“ forderte Julia mit drohender Stimme.
Benjamins Gesicht verzerrte sich vor Wut. Er drückte schmerzhaft ihre schlanke Schulter, doch das Mädchen riß sich geschickt los und trat dem aufgebrachten Jungen mit ganzer Kraft zwischen die Beine.
Benjamin fiel erneut auf die Knie, stöhnte gepreßt auf, krümmte sich vor Schmerz und kippte schließlich zur Seite, während das Mädchen nach Hause stürmte.
Julia sprang in die Wohnung, warf die Tür hastig zu und lehnte sich erschöpft und glücklich an deren glatte Oberfläche. Sie schlug ihre Augen nieder, blieb einige Zeit so stehen, dann lief sie weiter.
„Papilein, mein Lieber!“ stieß sie begeistert aus und küßte ihn temperamentvoll auf die Stirn. „Ich habe für dich eine wichtige Aufgabe!“
Der Vater hob die Augenbrauen und verharrte in geduldiger Erwartung, bis seine außer Atem geratene Tochter auf einmal die halbe Packung Orangensaft geleert hatte. Endlich löste sie ihre Lippen von der runden Plastiköffnung und schnappte gierig nach Luft:
„Alles was du über die Pest im Dreißigjährigen Krieg ergattern kannst, brauche ich!“
„Schau doch im Internet nach!“ riet Herr Kiene sachlich.
„Das werde ich auch tun! Doch ich brauche noch mehr! Ich brauche alles!“

„Wann?"
„Gestern schon!" erwiderte sie ungeduldig, stürzte dabei zum Bücherregal, ergriff einen Band des riesigen Nachschlagewerks und tauchte ihren Blick in die bebilderten Seiten.
„Und essen?"
„Kommt nicht in Frage."
„Hast du eine Klausur in Geschichte?"
„Später, Papilein, später!" gab sie zur Antwort, ohne ihren Blick vom dicken Buch zu lösen.
„Was brauchst du denn ganz genau: Überblick, Monographien, bestimmte Themenbereiche?"
Sie hob ihre verschleierten Augen und sagte voller romantischer Begeisterung:
„Alles, mein treuer Freund, alles: Monographien, Quellen, Romane, Gedichte, Speerspitzen und Schädelfragmente…"
Der Vater war vom ungewöhnlichen Zustand seiner Tochter sehr beeindruckt. In einer anderen Situation hätte er gesagt: Liebe! Doch in diesem merkwürdigen Zusammenhang mit der Pest? Er runzelte angestrengt seine hohe Stirn und beschloß, nicht mehr weiter zu bohren. Ohnehin war er stets der Meinung, alles kläre sich im Leben früher oder später von selbst auf.
Außerdem gehörten die Eltern von Julia zu jener gutherzigen Menschenart, die auf ihre Kinder gerade wegen dieser lobenswerten Eigenschaft keinen besonderen Einfluß erringen konnten. Von der Erziehung im üblichen Sinne konnte keine Rede sein! Kinder waren für sie immer ein Lottospiel. Und mit Julia hatten ihre Eltern zweifelsohne Riesenglück. Das Mädchen war trotzig, aufbrausend, auch mal ungerecht, doch immer blieb sie innerhalb der Grenzen, die ihre aufgeklärten Eltern ihr ohnehin eingeräumt hätten. Vor allem war sie aber unwiderstehlich lieb.
„Vielleicht ißt du doch etwas?" fragte Herr Kiene, sichtlich bemüht, unaufdringlich zu wirken.
„Wir haben keine Zeit."
„Wir?"

„Ja!“ sagte Julia. „Wir! Du und ich!“
Dabei schaute sie ihn plötzlich mit einer kindlichen Unschuld an, daß der liebenswürdige Vater sich wie gewohnt an die hohe Stirn faßte, als würde er etwas Wichtiges begreifen wollen.
„Und warum haben wir keine Zeit?“ fragte er schließlich und schob seine Brille etwas höher.
„Wir müssen in einer halben Stunde an der Schule sein, einen Bekannten abholen und in die Stadt fahren. Zum Künstlergeschäft!“
Herr Kiene wollte überhaupt nicht hinfahren, hatte noch einiges zu tun, doch sein Herz sagte ihm deutlich, daß diese zeitaufwendige Fahrt ihm kaum erspart bleiben würde.
„Papilein!“ sagte Julia leise und schaute ihn flehend an. „Ich weiß, was du jetzt sagen willst. Und du wirst damit recht haben, und ich fühle mich in großer Schuld.“
Sie umarmte ihn und drückte ihren Kopf zutraulich an seine breite Brust.
„Du machst das doch?“ fragte sie zärtlich. „Für mich.“
Doch der Vater dachte schon viel weiter. Sein mathematischer Verstand berechnete bereits jenen glücklichen Zeitpunkt, an dem er sich aus dieser Verpflichtung erlösen könnte. Er willigte erwartungsgemäß ein, doch Julia hielt ihn immer noch in ihrer Gewalt.
„Würdest du mir auch etwas besonders Gutes tun wollen?“ fragte sie ihn.
„Etwas besonders Gutes?“
„Ja! Ein Geschenk“, sagte Julia, ließ ihn los und die beiden setzten sich auf das Sofa.
„Ja! Will ich“, erwiderte der Papa ernst. „Leg los!“
„Ich habe einen Bekannten, verstehst du?“
„Einen Bekannten“, wiederholte der Vater voller aufrichtiger Aufmerksamkeit und mit überdeutlichem Willen, alles richtig zu verstehen.
„Du wirst ihn heute sehen“, sagte Julia etwas irritiert. „Er hat einen Bruder.“
„Gut!“ ermutigte sie Herr Kiene.

„Den habe ich zwar nicht gesehen, doch er ist der Bruder von dem Bekannten, den ich gut kenne. Verstehst du?“
„Ich verstehe“, nickte der Vater und schaute sie mit gleichbleibender Erwartung an.
„Papa!“ sprach Julia mit unüberhörbarem Vorwurf. „Ich weiß, was du jetzt denkst!“
„Was, Julchen?“
„Du denkst jetzt, daß dieser Bekannte für mich eine besondere Bedeutung hat.“
„Hat er's nicht?“ fragte der Papa mit ernster Stimme.
Julia schaute ihn verzweifelt an und gab schließlich nach.
„Doch“, seufzte sie und verzagte.
„Du meinst vielleicht, du mußt dich vor mir schämen“, fragte Herr Kiene ruhig und fuhr, ohne eine Antwort abzuwarten, fort: „Dabei gibt es darin nichts Schlimmes. Wirklich! Irgendwann mußte es passieren. Ich hoffe nur, daß er ein anständiger Mensch ist.“
Er machte eine Pause und fragte sie sehr behutsam:
„Liebst du ihn?“
Julia wurde unentschlossen.
„Ich weiß es nicht“, sagte sie verstört und zuckte hilflos mit den Schultern. „Gibt es so etwas wie eine echte Freundschaft zwischen Mann und Frau?“
Julia ließ ihre Wimpern tief hängen und wurde rot.
„Ich meine, daß man einander nicht ganz verfällt?“ fragte sie leise.
„Ich glaube schon“, erwiderte der Vater.
Sie ließ den Kopf noch tiefer hängen und schwieg.
„Jetzt aber los!“ forderte Herr Kiene so unerwartet munter, daß Julia beinahe von ihrem Platz aufsprang.
Sie schaute verstört zu ihm und atmete tief durch.
„Was ist mit dem Bruder von deinem guten Bekannten?“ fragte der Vater und schmunzelte über ihren seltsamen Zustand.
Julia kam wieder zu sich und überschlug sich vor Lebendigkeit.
„Er spielt Klavier! Offensichtlich sehr gut. Sie sind erst vor ein paar Wochen nach Deutschland gekommen. Er ist ein Deutscher.

Ein Deutschstämmiger. Aus Rußland. Der Kleine quält sich so sehr, weil er keine Möglichkeit hat, Klavier zu spielen. Du weißt schon, sie haben kein Geld. Sie sind erst gekommen. Verstehst du?"
„Wie alt ist er denn, dieser Bruder?"
„Zwölf! Aber er spielt schon diese, wie heißt sie denn, Passacaga."
Julia wurde unsicher und versuchte sich an das komische Wort zu erinnern.
„Du meinst Passacaglia?"
„Ja, ja, ja, Passacaglia!" bestätigte Julia ungeduldig.
„Von Bach oder von Buxtehude?"
„Von Buxtehude!" rief sie freudig aus. „Ich glaube, von Buxtehude. Zumindest scheint mir, daß ich so etwas Ähnliches gehört habe. Von Bach kann er auch schon viele Stücke."
„Ja, aber Buxtehude hat dieses Stück für die Orgel geschrieben."
„Sein kleiner Bruder hat es überarbeitet, so daß er's auch auf einem Klavier spielen kann, verstehst du? Er hatte doch keine Orgel in Sibirien, wo er hätte spielen können!"
„Es klingt bei dir so einfach. Überarbeitet!"
„Ist es so schwer?"
„Mit Sicherheit. Vorausgesetzt, er hat das wirklich gut gemacht."
„Papilein, mein Lieber! Sprechen wir darüber später. Sag mir nur, wo er üben kann?"
„Ja", seufzte der Vater nachdenklich, „das muß ich mir erst überlegen."
„Denk, Papilein, denk! Du hast einen scharfen Verstand! Außerdem kennst du die ganze Stadt. Vergiß aber nicht die Pest!"

Unvernünftiges Verhalten

Am späten Nachmittag des nächsten Tages sah die grüne Schloßstraße seltsam leer aus. Zwar flanierten hin und wieder ein paar betagte Kurgäste unter den wuchtigen Linden, doch die meisten saßen wohl zu dieser Zeit an den weißen Tischen der zahlreichen Cafés in der Hauptallee und genossen duftenden Kaffee und milde Sommerluft. Und gerade von dort bogen in die menschenleere Schloßstraße drei Jungen ein, die alle zwischen siebzehn und neunzehn zu sein schienen, bunte Turnschuhe und breitgeschnittene, tief herunterhängende Jeans trugen und jedem durch ihr provozierendes Benehmen unangenehm auffielen.

Sie schleppten sich gemächlich am Eingang des Konzerthauses vorbei, lachten laut, mal auf den einen, mal auf den anderen zeigend, und als sie merkten, daß nur noch wenige Menschen in der Nähe waren, verfielen sie in zunehmende Barbarei. Einer davon, schwarzhaarig und mit stechenden dunklen Augen, spähte flüchtig nach allen Seiten, sprang zum runden Mülleimer, der zwischen zwei eisernen Stangen neben einer Bank hing, und trat mit voller Wucht nach ihm. Der Eimer blieb zwar immer noch hängen, doch die beiden Stangen waren jetzt leicht verbogen.

„Ha!“ stieß der Junge überrascht aus und drehte sich zu seinen Kumpanen um.

Sein Gesicht drückte übertriebene Bestürzung aus. Im halb geöffneten Mund und im lässig nach vorne gebeugten Kopf zeichnete sich die unmißverständliche Frage ab, wie der Eimer es nur wagen konnte, ihm zu trotzen. Wutentbrannt knirschte er mit den Zähnen und schob sein kantiges Kinn bedrohlich nach vorne. Mit tierischem Geschrei schlug und schlug er auf den quietschenden Eimer ein, bis er schließlich aus der Halterung sprang und in hohem Bogen auf die dahinterliegende Rasenfläche fiel. Der unappetitliche Inhalt verstreute sich auf dem Boden und ließ alle drei ein paar Schritte zurückweichen.

„Bähhhh!“ blökte der Angreifer vor Abscheu, der allem Anschein

nach auch der Anführer der Bande war.
In den Augen der Jungen funkelte blanke Verachtung für alles, was den Mitmenschen in ihrer Stadt lieb und teuer war. Beim Gehen bewegten sich ihre Körper von einer Seite zur anderen, und die etwas auseinandergespreizten Beine verkündeten, wie cool und gefährlich sie aussehen wollten. Sogar der Schmächtigste von ihnen, der sich eher wie ein windschiefes Baugerüst dahinschleppte, hielt seine Arme etwas abstehend, als würden die nur in seiner Vorstellungskraft existierenden Muskeln ihn daran hindern, die Oberarme an den schlaksigen Leib anzulegen.
So gingen die drei die grüne Straße entlang, vorbei an schönen alten Pensionen, bis einer von ihnen völlig grundlos in die Welt hinausbrüllte. Sein wilder Schrei erschütterte die Gegend und ließ die alte Putzfrau, die gerade den Aufgang zu einer Gaststätte fegte, zusammenzucken. Sie drehte sich ängstlich um und sah mit schweigendem Vorwurf auf die Frechlinge.
Die Jugendlichen lachten zufrieden und starrten die Frau herausfordernd an.
„Was glotzt du so, du alte Hexe?!" blaffte einer von ihnen sie an, kniff die Augen bedrohlich zusammen und verzog dabei verächtlich sein haßerfülltes Gesicht. Die Frau ließ den Besen fallen und eilte durch die offene Tür in die Gaststätte hinein.
„So ist's besser!" murrte er gehässig und trat auf die leere Bierdose, die neben ihm auf dem Boden lag, ein. Die Blechdose ballerte mit lautem Geklapper über die kantigen Pflastersteine und kam schließlich am Bordstein zum Stehen.
Ein gebrechlicher alter Mann, gestützt auf einen Gehwagen, beobachtete mit sichtbarem Mißmut das auffallende Herumtreiben der jungen Menschen. Sie erblickten ihn ebenfalls, lachten, riefen einander ein paar gemeine Bemerkungen zu, auf ihn schauend, und derselbe Frechling löste sich von der Gruppe. Er schob die verbeulte Bierdose vorsichtig vom Bordstein weg, zielte in Richtung des alten Mannes und trat mit aller Kraft dagegen.
Die Büchse flog im hohen Bogen direkt auf den Alten zu, prallte

auf sein Wägelchen, das ihm als Gehhilfe diente, und kullerte über die Pflastersteine zur Seite.
Wieder verfielen sie in tierisches Lachen. Während der alte Mann kopfschüttelnd auf die Bande schaute. Dabei bewegten sich seine Lippen, als murmelte er etwas in ihre Richtung.
„Geil dich ab, du alter Knacker!“ warf ihm der Anführer zu. Er wollte noch etwas sagen, doch jemand sprach ihn von hinten an.
„Warum beleidigen Sie den Alten?“ fragte Frank, während er direkt auf die Jugendlichen zuging.
Im ersten Augenblick schauten alle drei den herbeieilenden Jungen im dunklen Anzug schweigend an und versuchten zu begreifen, wer sich da überhaupt eingemischt hatte. Dann trat der Anführer einen Schritt nach vorne.
„Was?!“ stieß er mit einer Stimme hervor, die an Geringschätzung wohl nicht zu überbieten war. „*Was* hast du da gesagt?!“
Frank blieb einige Schritte vor ihm stehen und wiederholte seine Worte, sichtlich bemüht, seine Aufregung zu verbergen.
„Verpiß dich, du A****loch!“ zischte der Anführer bedrohlich und schritt entschlossen in seine Richtung.
Auch die anderen machten mit aufgesetzter Kaltschnäuzigkeit ein paar Schritte nach vorne, ihrem Anführer folgend. Doch Frank blieb stehen und nahm all seinen Mut zusammen.
„Sie müssen sich bei dem alten Mann entschuldigen“, erwiderte er leise, und spürte wie stark sein Herz in der Brust hämmerte.
„Was?!“ brüllte der Anführer haßerfüllt und stürzte sich mit wutverzerrtem Gesicht auf den unbekannten Jungen.
Zunächst gelang es Frank einige Schläge zu parieren und sogar dem Angreifer einen harten Schlag auf den Unterkiefer zu verpassen. Doch schon bald darauf hagelten von allen Seiten schwere Treffer auf ihn ein, so daß es nicht mehr lange dauerte, bis er zusammenbrach und auf den Boden fiel.
Die drei schickten sich nun an auf ihn zu treten, doch plötzlich hörten sie laute Schreie und sahen ganz in der Nähe, kaum fünfzig Meter entfernt, einen großen Mann, der nun entschlossen auf sie

zulief. Er war nicht mehr jung, seine Körpergröße aber flößte ihnen gewissen Respekt ein. Einige Sekunden lang starrten sie ihn unentschlossen an, zogen es dann aber doch vor, sich aus dem Staub zu machen.

Sie liefen nun am Schloß vorbei, drehten sich von Zeit zu Zeit um, und als sie sich in sicherem Abstand wähnten, gingen sie ohne Eile weiter, unterhielten sich lebhaft miteinander und fuchtelten erregt mit den Händen.

Frank versuchte aufzustehen. Sein Gesicht brannte, und die Unterlippe fühlte sich angeschwollen und seltsam steif an.

Der große Mann erreichte die Stelle, an der sich Frank befand, und blieb zunächst wortlos vor ihm stehen. Er schnaubte erschöpft und konnte kaum sprechen.

„Wie fühlst du dich, Junge?“ röchelte er endlich und half ihm beim Aufstehen.

„In Ordnung“, erwiderte Frank und begutachtete entgeistert seinen Anzug.

Die Aufregung legte sich allmählich, doch die Schmerzen waren immer noch unerträglich. Jetzt spürte er auch die zahlreichen Prellungen an seinen Beinen und Schultern. Wegen des dumpfen Schmerzes im Bauch konnte er jetzt nur mit Mühe gerade stehen. Man hatte ihm einen wuchtigen Volltreffer in die Magengrube versetzt, was ihn letztendlich auch zu Boden zwang.

Der alte Mann mit dem Gehwägelchen kam inzwischen näher und war sehr aufgeregt. Mühevoll bewegte er seine schwachen, halb erlahmten Beine. Sein Gesicht lief vor Anstrengung rot an, und die tief gelegenen, mit roten Fädchen überzogenen Augen waren voll mit Tränen. Er kam dicht an Frank heran, schaute ihn dankbar und ungeduldig an, als hätte er ihm etwas sagen wollen, doch sprach er unerklärlicherweise noch immer kein Wort. Dabei zog er aus der Brusttasche ein kleines Gerät hervor und drückte es an seinen ausgemergelten Hals. Eine roboterähnliche Stimme erklang daraus:

„Ich danke Ihnen, junger Mann!“

Er ließ seinen Gehwagen los und ergriff gefühlvoll Franks Unter-

arm. „Ihre Mutter darf auf Sie stolz sein."
Frank spürte, wie seine hagere Hand zitterte. Er antwortete nicht und legte seine Hand auf die des alten Mannes.
„Mein Sohn war auch so mutig", sagte die gleiche Roboterstimme. Sein Gesicht zuckte schmerzlich zusammen.
„Er ist mit fünfzehn in Berlin gefallen", fügte er hinzu. „So kann es manchmal gehen."
Er packte wieder sein Wägelchen und schleppte sich weiter in Richtung der Hauptallee, ohne sich umzudrehen.
„So ein Alter ist schon keine Freude mehr", sagte der große Mann mitleidig und begleitete den Alten mit einem traurigen Blick, während am anderen Straßenende ein Polizeiwagen auftauchte.
„Na endlich!" stieß er erleichtert aus.
Der Wagen hielt an, und zwei uniformierte Polizisten stiegen aus. Sie erkundigten sich nach dem allgemeinen Befinden des Jungen, und als sie erfuhren, daß es ihm noch einigermaßen erträglich ging, begannen sie mit den Fragen zum Hergang selbst.
Frank schilderte dem Polizeidirektor Heinrich Bölle den Vorfall mit dem alten Mann und wie er darauf reagiert hatte.
„Warten Sie mal!" unterbrach ihn der Polizeibeamte. „Jetzt aber langsam! Sie haben von den Jungen gefordert, daß sie sich bei dem alten Mann entschuldigen. Ist das richtig?"
„Ja", antwortete Frank.
Der Polizist zog seine Augenbrauen verwundert hoch, schaute wortlos und vieldeutig seinen Kollegen an und wußte für einen Augenblick nicht, was er darauf sagen sollte. Dann wandte er sich an den großen Mann und fragte ihn, was er alles gesehen habe.
„Gerade als der Junge zu denen kam, bog ich aus der Parkstraße herein. Dann hat einer der Türken dem Jungen ins Gesicht geschlagen", erzählte er aufgeregt. „Dann fielen auch die anderen über ihn her und haben den Burschen verdroschen."
Die Beamten wollten noch einige Details wissen, schrieben seinen Namen und die Anschrift auf und entließen ihn, da er in großer Eile war. Zu dieser Zeit sammelten sich bereits die Schaulustigen,

die immer zahlreicher wurden.
Nun wandte sich der Polizeidirektor wieder an Frank und bat ihn, in den Polizeiwagen einzusteigen. Als sie im Wagen saßen, fragte er den Jungen:
„Wo kommen Sie her, Herr Uffelmann?“
„Aus Rußland“, antwortete Frank bereitwillig.
„Wie lange sind Sie schon in Deutschland?“
„Drei Wochen.“
„Drei Wochen!“ wunderte sich der Beamte und schüttelte anerkennend den Kopf. „Sie sprechen aber perfekt Deutsch!“
„Ich bin ein Deutscher“, erwiderte Frank.
„Ein Deutschrusse?“
„Ein Deutscher!“ wiederholte der dunkelblonde Junge.
„Ein Russendeutscher?“ fragte Herr Bölle, ehrlich bemüht, sein Gegenüber zu verstehen.
„Ich bin ein Deutscher“, sagte Frank ruhig und schaute geduldig dem Polizisten in die Augen. „Aus Rußland.“
„Na gut! Ein Deutscher aus Rußland“, gab der Beamte schließlich nach. „Haben Sie schon die deutsche Staatsangehörigkeit?“
„Ja“, erwiderte Frank, „meine Großeltern mütterlicherseits wurden während des Krieges im Warthegau eingebürgert. Aber das spielt keine Rolle! Ich habe deutsche Eltern.“
Der Polizeidirektor hörte ihm geduldig zu, schwieg eine Weile, als hätte er nach der Lösung eines schwierigen Rätsels gesucht, besann sich schließlich und wandte sich vertrauensvoll an Frank:
„Darf ich Sie, Herr Uffelmann, etwas fragen? Jetzt aber nicht als Polizeibeamter, sondern als Privatmann.“
„Natürlich!“ sagte Frank.
„Sagen Sie mir doch ehrlich, was der Grund dieser Schlägerei war?“
„Ich habe Ihnen die Wahrheit gesagt“, erwiderte der Junge überrascht.
„Sie meinen im Ernst, Sie haben die drei Jungs nur deswegen angehalten, weil sie nach dem alten Mann eine leere Bierdose geworfen haben?“

„Ja“, bestätigte Frank aufgeregt, „sie wollten ihn treffen, und die Dose prallte gegen seinen Gehwagen! Danach lachten sie über ihn und beschimpften ihn!“
Der Polizeidirektor wurde wieder nachdenklich.
„Es hätte sein können, daß die Jungs auch Messer dabei hatten“, sagte er bedeutend.
„Ja“, antwortete Frank offenherzig, „es hätte wohl sein können.“
Der Polizeidirektor räusperte sich und wandte sein Gesicht ab, als wollte er sich die nahestehenden Häuser ansehen.
„Wissen Sie, Herr Uffelmann!“ sagte er wie nebenbei, immer noch durchs Fenster schauend. „Wir sind hier nur eine Handvoll Beamter für die ganze Stadt. Und Sie, wenn Sie weiter so machen, bringen bald die ganze türkische Gemeinde gegen sich auf.“
Er blickte wieder zu Frank und fragte ihn eindringlich:
„Jetzt frage ich Sie, wie wir Sie schützen sollen?“
Frank schwieg und zuckte verstört mit den Schultern.
„Ah! Sie wissen es nicht!“ seufzte Herr Bölle, und über sein Gesicht legte sich Bedauern. „Nun muß ich Ihnen aber ehrlich sagen, daß ich es auch nicht weiß.“
Er wandte sich wieder ab und starrte gleichgültig durch das Seitenfenster, während das Funkgerät leise rauschte und ab und zu kaum erkennbare Wortfetzen ausstieß.
„Wollen Sie eine Anzeige erstatten?“ fragte er schließlich.
„Ja“, antwortete der Junge unsicher.
„Wie Sie möchten“, seufzte Herr Bölle und zückte seinen Kugelschreiber.
Als die Formalitäten erledigt waren, stieg Frank aus dem Polizeiwagen und sah, daß die Zahl der Schaulustigen wesentlich zugenommen hatte. Einige kamen dazu, die anderen gingen weg.
Er betrachtete gerade seine schmutzige Hose, als aus der Menge jemand nach ihm rief. Er drehte sich um und sah Anna. Sie lief auf ihn zu, blieb dicht vor ihm stehen und starrte ihn so entsetzt an, daß er sich gezwungen sah, seine angeschwollene Lippe mit der Hand zu verdeckte.

„Was ist passiert, Frank?“ stieß Anna erschüttert und fast weinend aus. „Wie fühlst du dich?“
Sie ließ ihre elegante Ledertasche auf den Boden fallen und packte ihn heftig mit beiden Händen an seiner linken Hand. Anna atmete unruhig und ihre weit geöffneten hellen Augen schienen ihm jetzt noch schöner, als sie ohnehin schon waren.
„Nichts Besonderes, Anna. Mir geht es gut“, sagte Frank und mußte nun feststellen, daß ihr ehrliches Mitgefühl für ihn gar nicht unangenehm war.
„Wir bringen Sie ins Krankenhaus“, mischte sich der zweite Polizist ein, ohne den Blick vom Protokoll zu heben.
„Ins Krankenhaus?“ fragte der Junge vewundert. „Danke! Ich komme schon so zurecht.“
„Wir müssen zur Anzeige ein medizinisches Gutachten erstellen lassen“, erklärte der Beamte sachlich. „Es ist nicht weit von hier.“
„Ich fahre mit!“ sagte Anna kategorisch und blickte dem Polizisten entschlossen in die Augen.
„Wer sind Sie denn, wenn ich fragen darf?“
„Ich… Ich bin seine Freundin“, erwiderte sie unsicher, schaute den Jungen verlegen an und wurde sehr schnell rot.

Bei Anna

„Gott sei Dank!“ stieß Anna erleichtert aus, als die beiden endlich aus dem mehrstöckigen Gebäude des Krankenhauses ins Freie gelangten. Sie fühlte sich erleichtert. Seit frühester Kindheit ertrug sie Krankenhäuser nicht: ihren schrecklichen Apothekengeruch, die kalten eintönigen Wände, die farblosen Böden. Alles so trostlos gestaltet, als wäre das eine Reparaturwerkstatt, als wollte man den hier gestrandeten Menschen zu verstehen geben, daß für sie nur wenig Hoffung bestand, noch einmal durch diese Eingangstür in ihr früheres Leben zu flüchten.
Anna schaute auf Frank und konnte ihre plötzliche Heiterkeit nicht mehr unterdrücken. Seine zerschlagene Lippe war sehr geschickt mit einem kleinen Pflaster abgedeckt worden und blutete nicht mehr, doch sie war immer noch angeschwollen, entstellte sein Gesicht und verlieh ihm einen merkwürdigen Ausdruck. Er fing ihren Blick auf und lächelte zurück. Dabei wurde sein Gesicht noch lustiger. Anna kicherte und warf ihre Hand unwillkürlich vor den Mund, während ihre lachenden Augen verlegen um Vergebung flehten.
„Ich kann mir vorstellen, wie ich aussehe“, sagte Frank und schaute prüfend auf seinen Anzug.
Annas Herz begann zu klopfen, und die blitzartig aufgestiegene Aufregung schnürte ihr beinahe den Hals zu. Eine unsichtbare Macht trieb sie nun auf eine Entscheidung zu und sie spürte es mehr als deutlich, daß alle vernünftigen Argumente, alle Gewissensbisse nicht die geringste Chance hatten, sie von ihrem Vorhaben abzubringen. Als ob ein zweites, zuvor unbekanntes Ich in ihrem Wesen erwachte und sie in diesem Augenblick mit sicherem Instinkt auf diese eine Entscheidung lenkte: auf Leben und Tod!
„So kannst du nicht unter die Leute“, sagte sie und tarnte sehr geschickt ihre innere Erregung, indem sie einen Schritt zurücktrat und sorgenvoll seine Hose begutachtete.
„Wir fahren zu mir! Ich bringe dich wieder in Ordnung“, verkündete sie wie nebenbei und spürte, wie alles in ihr in banger Erwar-

tung erstarrte. Sogar der Atem hörte auf einmal auf.
Er schwieg, und Annas Seele schrumpfte ängstlich zusammen. Sie starrte immer noch seine Hose an und fühlte peinlich, daß diese Pause sich unerträglich in die Länge zog. Sie konnte nicht mehr, preßte ihre Lippen zusammen und schaute fragend in sein Gesicht.
„Wenn ich dich dabei nicht zu sehr in Anspruch nehmen würde“, sagte er leise.
„Natürlich nicht!“ entgegnete sie ihm strahlend und riß mit ihrem schönen hellen Lächeln auch ihn mit.
Anna spürte, wie alles in ihrer Brust vor Erleichterung zitterte. Dieses unbekannte zweite Ich hatte tatsächlich gesiegt. So wundervoll gesiegt! Irgendwo am Rande ihres Gewissens tauchten noch Julia auf. Ihre Freundin schaute ihr vorwurfsvoll zu, doch sie wollte nichts mehr wissen, nichts mehr hören. Sie lebte nur noch jetzt, und jetzt stand er neben ihr und stimmte ihrem Vorschlag zu. Und nur das war für sie wichtig. Auch wenn morgen ein strenger Richter sie dafür auf den Galgen zerren sollte.
Sie holte aus der Tasche ihr Handy und bestellte ein Taxi.
„Anna, ich habe leider kein Geld“, sagte Frank. „Vielleicht gehen wir lieber zu Fuß?“
„Mach dir keine Sorgen! Ich hab's!“ erwiderte Anna fröhlich mit einer Stimme, die sich über jeden Widerspruch hinwegsetzen würde.
„Ich werde es bestimmt auch in den nächsten Tagen nicht haben“, erklärte der Junge immer noch besorgt. „Ich weiß nicht, wie ich es dir zurückzahlen könnte.“
„Du mußt es nicht!“ lächelte sie ihm entgegen. „Schließlich fahre ich auch nach Hause.“
Und wieder stand Frank vor der großen Villa in der Parkstraße und bewunderte ihr verspieltes, mit unzähligen Gauben verschnörkeltes Dach.
„Das ist ein Schloß!“ schwärmte der Junge. „Ein echtes Märchenschloß!“
Anna freute sich aufrichtig und ließ ihm gerne Zeit, jede Einzelheit zu betrachten.

„Mein Vater war augenblicklich in dieses Haus verliebt."
„Kein Wunder!" erwiderte Frank anerkennend.
Sie standen noch eine Weile vor der Villa und Anna erzählte ihm ein paar aufregende Geschichten über die früheren Besitzer. Dann gingen sie durch die schmiedeeiserne Pforte in den Hof und verschwanden bald hinter der großen Eingangstür.
Sie führte ihn ins erste Obergeschoß, wo ihr Zimmer lag, und ließ ihn dort für einen Augenblick allein. Es war ein schönes Zimmer. Eine hohe, dezent mit Lilienkränzen geschmückte Stuckdecke lief an den Wänden in tiefem Bogen auf einen schmalen stufigen Kranz aus und wirkte ausgesprochen geschmackvoll und edel. Große Sprossenfenster schmückten einen halbrunden Erker, der fast die ganze Außenwand des Zimmers in Anspruch nahm. Nur eine Glastür, die zu einem terrassenähnlichen Balkon führte, fand noch seitlich von ihm Platz.
In diesem halbrunden Erker, um einen cremefarbenen Seidenteppich mit paradiesisch bunten Vögeln herum, standen ein italienisches Sofa und zwei passende Sessel.
Bereits während der Party konnte er in dieses Zimmer einen flüchtigen Blick werfen. Dabei wunderte er sich, daß hier kein Schlafbett zu sehen war. Nur noch eine Bücherwand, ein großer Schreibtisch und einige orientalisch wirkende Vasen befanden sich in diesem Raum, der wie ein vollwertiges Wohnzimmer aussah.
Frank hörte im Flur Schritte.
„Hoffentlich habe ich dich nicht zu lange warten lassen?" fragte Anna und reichte ihm einen langen weißen Morgenmantel. „Das kannst du anziehen, solange ich deine Hose saubermache. Er ist von meinem Vater. Ich glaube, er wird dir passen."
Frank nahm den weichen Morgenmantel entgegen, zögerte einige Sekunden und fragte sie dann unsicher:
„Und wenn mich jemand hier in dieser Kleidung sehen würde?"
Anna lachte von Herzen.
„Erstens: Mein Vater ist wieder in New York. Zweitens: Meine Mutter weilt derzeit in Frankfurt", erklärte sie fröhlich, „und

drittens… drittens kann ich schließlich sagen, daß es niemanden etwas angeht."
Sie machte die zweite Tür neben dem Bücherregal auf.
„Hier kannst du dich umziehen. Das ist mein Schlafzimmer, und hinter der nächsten Tür mein Badezimmer."
Frank trat in einen großen hellen Raum mit leichten, fröhlich geblümten Übergardinen und blieb vor dem ovalen Wandspiegel stehen. Er beobachtete eine Weile seine Lippe, den bläulichen Fleck unter dem linken Auge, seufzte dabei und blickte unentschlossen auf die halboffene Tür.
„Du kannst dich schon umziehen, ich schaue nicht zu!" hallte zu ihm Annas fröhliche Stimme.
Als er wieder aus dem Schlafzimmer trat, wartete sie bereits auf ihn mit einem Kleiderbügel, warf seinen Sakko darüber, hängte es am Bücherregal auf und verschwand mit seiner Hose und seinem Hemd irgendwo im verwinkelten Innern der schönen Villa.
Sie lief in das Erdgeschoß, nahm das Telefon mit und ging in den Wirtschaftsraum. Mit einem feuchten Lappen rieb sie die schmutzigen Stellen vorsichtig ab, bügelte sie aus und war mit ihrer Arbeit sichtlich zufrieden. Nur noch der quälende Gedanke an Julia verfolgte sie immer hartnäckiger. Ihr Gewissen, das so beängstigend schnell dem neuen unbekannten Gefühl gewichen war, erwachte nun wieder und trieb sie gnadenlos vor sich her.
Sie nahm das Telefon und war fest entschlossen, Julia anzurufen und ihr Bescheid zu sagen. Damit sie zu ihr kommen und sie von diesem Schuldgefühl erlösen konnte. Doch sie wußte immer noch nicht, was sie ihr sagen sollte: daß sie ihn zufällig getroffen hatte und daß sie zufällig mit ihm ins Krankenhaus gefahren war, ohne sie anzurufen, und daß er jetzt zufällig nicht bei Julia, die näher am Krankenhaus wohnte, sondern bei ihr im Zimmer saß? In den Morgenmantel ihres Vaters gekleidet…
Es war ihr sternenklar: Sie würde sich in Widersprüche verwickeln, verlegen stammeln, statt der Wahrheit Unsinn erzählen, bis jedem schließlich klar würde, daß es keine Nächstenliebe war, die sie zu

diesem abenteuerlichen Benehmen getrieben hatte…
Sie kämpfte immer noch, doch eher der vagen Hoffnung verfallen, daß Julia womöglich gar nicht zu Hause war. Aber auch das war keine Lösung: Glücksspiel! Nichts mehr…
Sie legte das Telefon schließlich zur Seite, und das unbekannte Ich lachte höhnisch über ihre Schwäche. Sie nahm dieses kränkende Lachen sehr deutlich wahr, widersetzte sich aber nicht mehr und erbag sich ihrem Schicksal.
Sie nahm sein weißes Anzughemd in die Hand, betrachtete noch einmal die winzigen Blutspritzer und wollte sie mit Fleckenmittel behandeln. Doch im letzten Augeblick legte sie das Hemd zur Seite und machte den riesigen Kleiderschrank der Eltern auf. Dort sah sie eine ganze Reihe strahlend weißer Anzughemden ihres Vaters hängen. Sie verglich die Größe, nahm eines davon, ließ das Hemd des Jungen im Wirtschaftsraum liegen und beeilte sich wieder nach oben zu kommen.
„Das ist ein sehr teures Hemd!" widersetzte sich Frank, doch Anna wollte nichts Derartiges hören.
„Das ist mein Geschenk", erwiderte sie entschlossen.
Nun stand sie vor ihm, schaute sich von allen Seiten sein neues Hemd an und war von einem starken Verlangen erfaßt, jetzt seine Hand zu berühren. Kurz davor blickte sie unverhofft in seine hellgrauen Augen und stürzte sich beinahe wieder in diesen unendlichen hellen Ozean. Allein der bloße Gedanke daran löste in ihr ein leichtes Schwindelgefühl aus, das sie benebelte, und nur noch die lebhafte Erinnerung an den vernichtenden Vorfall mit ihrem Minirock riß sie wieder aus der augenblicklichen Schwäche heraus. Eine warnende Stimme kündigte unmißverständlich an, daß sie eine solche Schmach nicht noch einmal überleben würde.
Sie war ohnehin glücklich. Sie zeigte ihm alles, was sie hatte. Erzählte, schaute erwartungsvoll zu ihm hinüber, und wenn sie in seinem Gesicht nur einen Hauch von Interesse zu sehen glaubte, sprang ihr Herz vor Freude höher und höher.
Später führte sie ihn in das große Kaminzimmer, und die stilvoll

nachempfundenen Fackeln füllten den Raum mit einem geheimnisvollen Licht.
„Ich habe mir die Tannhäuser-Ouvertüre noch einmal angehört“, vertraute sie dem Jungen an. „Sie gefällt mir immer mehr. Sag mir, was gefällt dir bei Wagner eigentlich am meisten?“
„Parsifal“, entgegnete Frank. „Das ist sein letztes Werk, sein Abschied von der Welt.“
„Das sagt mir leider nicht so viel“, gestand Anna. „Kannst du mir ein wenig davon erzählen?“
„Es ist ein sakrales Werk. Ein Mysterium vom Heiligen Gral!“
„Was ist ein Gral?“ fragte Anna und empfand ihre eigene Unwissenheit so schmerzhaft peinlich, daß sie ihre hellblauen Augen zur Seite abwandte.
„Das sagt sich nicht, doch bist du selbst zu ihm erkoren, bleibt dir die Kunde unverloren“, trug er die gereimten Zeilen vor. „Das ist die Antwort auf die gleiche Frage, die Parsifal im ersten Akt an Gurnemanz stellte.“
Annas Verwirrung wurde noch größer und zeichnete sich deutlich auf ihrem Gesicht ab. Sie merkte nicht einmal, wie sie an ihren Lippen zu kauen begann.
„Aber zunächst einmal, alles der Reihe nach“, sagte Frank mit einem nachsichtigen Lächeln, „ich versuche dir in einigen Worten die Handlung zu umreißen.“
Er stellte sich zwei Schritte vor ihr hin und begann mit seiner Erzählung:
„Der Heilige Gral ist ein wundersamer Kelch, aus dem Jesus beim letzten Abendmahl mit seinen Jüngern trank. In ihm wurde auch sein Blut am Kreuz von Golgatha aufgefangen. Die Engel brachten die heilige Schale zu Titurel. Dieser gründete einen Gralsritterorden, der das Heiligtum hüten sollte. Jedes Jahr am Karfreitag versammelten sich die Ritter, um die mystische Wirkung des Grals zu erfahren. Wenn die heilige Schale enthüllt und vom König der Gralsritter emporgehoben wird, erglüht sie, erstrahlt in geheimnisvollem Licht und spendet seinen Rittern neue Kraft und Glück-

seligkeit. In diesem erhebenden Augenblick erfahren sie die lebensspendende Gegenwart Jesu Christi.
Das zweite Symbol ist die Heilige Lanze. Sie ist der Speer, der dem gekreuzigten Jesu in die Seite gestoßen wurde. Auch er wird von den Rittern bewahrt.
Die Handlung selbst spielt sich im wesentlichen auf der Burg Monsalvat ab, wo der Ritterorden den Gral hütet.
Zunächst erzählt Gurnemanz, der älteste der Ritter, seinen Knappen vom Schicksal des Gralskönigs Amfortas, der schwer verwundet in der Burg dahinsiecht.
Vor langer Zeit schon siedelte in der Nähe der Gralsburg Klingsor, der dunkle Herrscher, der nach dem Schatz der Gralsritter trachtet. Amfortas, der Sohn von Titurel, zieht wie auch andere Ritter gegen Klingsor. Im Zaubergarten des dunklen Herrschers trifft er, wie es heißt, ein furchtbar schönes Weib, kann dieser Versuchung nicht widerstehen und verliert am Ende auch noch die Heilige Lanze. Auf diese Weise in deren Besitz gekommen, stößt Klingsor den Speer in die Seite des Gralskönigs Amfortas. Obwohl er diesen Angriff überlebt, kann die schreckliche Wunde sich nicht schließen, denn laut einer Weissagung kann nur ein durch Mitleid wissender reiner Tor die Heilung verschaffen.
Als Gurnemanz die Geschichte zu Ende spricht, fällt vom Himmel ein tödlich verwundeter Schwan herab. Kurz darauf tritt auch Parsifal aus dem Wald hervor, ein Jüngling, der ihn jagte.
Gurnemanz fragt ihn aus, wundert sich ob seiner vollkommenen Unwissenheit und kommt zum Schluß, daß gerade dieser Jüngling der reine Tor sein sollte, von dem die Weissagung gesprochen hat. Von dieser Hoffnung beseelt, führt er Parsifal auf die Burg Monsalvat, wo er das Liebesmahl der Ritter erlebt. Die heilige Schale erglüht und erfühlt den Raum mit heilbringendem Licht.
Doch Parsifal fühlt sich von der ganzen Messe nicht sonderlich ergriffen. Auch die Klagen des Königs Amfortas über sein trauriges Schicksal berührten ihn nicht. Gurnemanz ist tief enttäuscht und jagt Parsifal fort.

Auf dem Weg von der Burg gelangt Parsifal in Klingsors Zaubergarten. Kundry, das schöne Weib, das bereits zuvor Amfortas verführte, stellt sich ihm auf Klingsors Drängen in den Weg. Sie versucht, ihn in ihre Gewalt zu bringen, doch durch ihren Kuß erwacht er plötzlich aus seiner Torheit, erinnert sich an Amfortas und ein tiefes Mitleid mit dem Schicksal des verwundeten Gralskönigs erfüllt sein Herz.
Er befreit sich aus der Umarmung der schönen Kundry, und eine neue Welt eröffnet sich seiner jungen Seele.
Wutentbrannt verflucht Kundry den Jüngling, während Klingsor auf ihn die Heilige Lanze schleudert. Doch der Speer bleibt über Parsifal schweben und verletzt den Reinen nicht. Der Jüngling ergreift die Heilige Lanze und schlägt ein Kreuz über das Reich des bösen Herrschers, das gleich darauf in sich zusammenbricht. Auch Kundry, die von der dämonischen Macht des Klingsor geknechtet war, wird dadurch frei.
Nur der Fluch von Kundry behält seine Wirkung über diesen Tag hinaus und bringt Parsifal auf seiner Rückkehr auf Abwege, auf denen er jahrelang herumirrt, bis er an einem wunderschönen Karfreitag wieder in der Nähe der Gralsburg erscheint.
Gurnemanz erkennt ihn und den Heiligen Speer, erzählt ihm von dem Schicksal der Bruderschaft, die sich in Auflösung befindet, und von Amfortas Weigerung, den Gral zu enthüllen, der auf diese Weise seinen Tod erzwingen will.
Dann salbt Gurnemanz Parsifal als neuen König der Gralsritter und begleitet ihn auf die Gralsburg, wo sich die Ritter zur dieser Stunde versammelten und Amfortas dazu zwingen wollten, den Gral zu enthüllen. Amfortas aber fordert sie auf, seine unermeßlichen Qualen zu beenden und ihn zu töten. In diesem Augenblick erscheint Parsifal und berührt Amfortas Wunde mit der Speerspitze. Die Wunde schließt sich und der Speer erglüht.
Parsifal nimmt den Gral in seine Hände, und die heilige Schale erstrahlt im wundersamen Licht, das den Rittern wieder Kraft und Glückseligkeit spendet."

Anna hörte sich die Geschichte sehr aufmerksam an und versuchte sie im Gedächtnis zu behalten.
„Das ist natürlich nur eine Kurzfassung, ohne sinngebende Einzelheiten und Deutungen", ergänzte Frank und schaute forschend in ihr Gesicht.
„Soll ich dir die Wahrheit sagen?" fragte Anna.
„Ich würde mich geehrt fühlen", entgegnete Frank erwartungsvoll.
„Ich habe leider bis jetzt noch nicht ganz verstanden, was dieser Gral zu bedeuten hat", sagte sie leise. „Ganz ehrlich, ich habe überhaupt nichts verstanden. Warum ist er so wichtig? Warum spendet er Kraft und Leben?"
Sie schaute den Jungen fragend an und fühlte sich unwohl.
„Jeder Mensch sucht danach. Wir kreisen alle um den Gral, angezogen von seinem hellen Licht, und versuchen uns ihm zu nähern. Jeder Mensch erlebt ihn persönlich."
„Was erlebt er?"
„Es ist eine geistige Wiedergeburt! Die glitzernde, sündhafte Scheinwelt, die die schwach gewordenen Menschen in ihrer Gefangenschaft hält, verliert ihre magische Kraft und bricht wie ein riesiger Babelturm in sich zusammen, und der erlöste Mensch überwindet jegliche Angst. Jetzt erlangt er endlich Einblick ins Geheimnis seines irdischen Daseins, und es erfüllt ihn mit aufrichtigem Glauben. Und einmal auf diesen großen Weg gelangt, weicht er nicht mehr von ihm ab."
„Was ist der Heilige Gral für dich?" fragte Anna ergriffen.
„Er ist das höchste Heiligtum! Er ist der hell funkelnde Diamant der ursprünglichen Gottähnlichkeit des irdischen Menschen und seine Sehnsucht danach. Für mich auch die Summe alles Guten, was sich in unserem Volk finden läßt. Was ich an ihm liebe, wofür ich bereit bin, bedenkenlos mein Leben zu geben. Er ist die Heimat! Aber auch unser christlicher Glaube, den unser Volk einst so innig in sich aufgenommen hatte und der trotz aller Verirrungen noch immer in ihm nicht erloschen ist."
Er machte einen Schritt auf sie zu, schaute in ihre weit geöffneten

Augen und flüsterte ihr in geheimnisvoller Entrückung zu:
„Geh' und suche nach ihm in deiner Seele, lege ihn frei und er wird dein ganzes Wesen erleuchten und es mit unverfälschtem Glück der Gottesnähe füllen."
Anna lief eine Gänsehaut über den ganzen Körper hinweg. Sie schaute in seine Augen, stürzte sich wieder in ihr helles Grau und flog nun dem Ozean entgegen.
„Bist du sein Ritter?" hallte im Kopf ihre eigene Stimme, ohne daß sie ein Gefühl hatte, die Lippen bewegt zu haben. Als würde sie wundervoll träumen.
Doch aus der gleichen unwirklichen Ferne drang in ihr Bewußtsein auch seine Stimme:
„Dieses Licht nicht für sich zu behalten, es den Menschen offen entgegenzutragen, sie mit seinen Funken in Flammen zu setzen, auf daß sie ihm dienen, es vermehren und das Gute um sich zum Leuchten bringen. Gibt es eine größere, edlere Aufgabe?"
In Annas Kopf drehte sich alles und drohte im Nichts aufzugehen. Doch etwas riß sie aus ihrem Zustand. Sie schaute sich verstört um und fand sich in seiner Umarmung wieder.
Sobald der Junge gemerkt hatte, daß sie wieder da war, ließ er sie sofort los und versuchte, diesen Umstand zu erklären.
„Mir schien, daß du beinahe gefallen bist", sagte er verlegen.
„Ich danke dir", erwiderte sie fröhlich und lächelte ihn an.
„Wofür?"
„Für alles", antwortete Anna ausweichend und konnte ihr Glücksgefühl kaum beherrschen.
Stundenlang saßen sie im schönen Kaminraum und hörten sich Ausschnitte aus Parsifal an. Frank erzählte und erzählte, und Anna wurde von einer deutlichen Erkenntnis, ja Gewißheit überwältigt: Das, wovon er so freudetrunken sprach, war eine ganze Welt – mit Wagner, Kant, Dostojewski und Dutzenden anderer, die er hochachtungsvoll Meister nannte. Eine Welt, die früher so weit von ihr entfernt war wie der Mond, wie die Sterne, deren geheimnisvolles Leuchten wir zwar bewundern, doch kaum erreichen würden. Es

war erhebend und traurig zugleich. Würde es ihr je gelingen, diese kosmischen Entfernungen zu überwinden? Sie wußte es nicht. Die unruhigen Gedanken daran verloren sich irgendwo zwischen diesen beiden Welten und hinterließen nur eine quälende Unsicherheit und bange Hoffnung…
Als er vor der Tür stand und die Zeit des Abschieds gekommen war, verfiel sie wieder in große Verwirrung.
„Frank“, sagte sie, ohne ihn anzusehen, „ich habe eine Bitte.“
„Ja“, erwiderte der Junge erwartungsvoll.
„Erzähl bitte Julia von unserem heutigen Treffen nichts.“
„Warum?“ fragte er überrascht.
„Weil… weil mir scheint, daß du ihr nicht ganz gleichgültig bist“, antwortete sie verlegen.
„Anna“, erwiderte Frank mit einer warmen Stimme, „leider kann ich das nicht.“
Er schaute sie hilflos an und versucht es zu erklären:
„Ich habe vor einigen Jahren einen Weg gewählt, der keine Geheimnisse zuläßt. Ich versuche es dir ein anderes Mal zu erklären. Du wirst es bestimmt verstehen!“
Er verstummte, und Anna fühlte, wie sie rot wurde.
„Ist schon in Ordnung. Vergiß das bitte!“ sagte sie und versuchte ihn anzulächeln. Doch das Lächeln gelang nicht und wirkte eher traurig…

Gedankenverloren betrat sie den Wirtschaftsraum, nahm sein Anzughemd und ging nach oben. Als sie wieder in ihrem Zimmer auftauchte, drückte sie sein Hemd liebevoll an die Brust und verbarg dann ihr verträumtes Gesicht in dessen weichen Falten.
Bin ich verrückt? dachte sie in stiller Verzückung, während ihr die warmen Tränen über die Wangen liefen…

Ein geheimnisvoller Umschlag

Wohin treibt ihr mich, ihr Schicksalswinde? Zu welchen unbekannten Ufern? Wie leicht schwindet diese ganze Welt, allein bei der leisesten Erinnerung an ihn! Wie seltsam zerfließen ihre Grenzen und verlieren sich spurlos am Rande jeder Wirklichkeit, mitten in den kühnsten Träumen! Kaum erhellte sich im Gedächtnis sein Gesicht, und schon stockte ihr der Atem und eine heiße Welle durchströmte sie und hinterließ die heftigste Sehnsucht nach ihm. Noch einen Flügelschlag, und sie schwebte im reinsten Äther, angezogen vom hellen wundersamen Licht seiner Augen… wie ein Nachtfalter, frei von jeder Last und Trübseligkeit. Ein stilles, bis dahin unbekanntes Glücksgefühl trug sie für einen kurzen Augenblick durch Zeit und Raum…
Anna zuckte zusammen. Wieder schlug ihr Herz wie ein schwerer Hammer. Sie schaute sich ängstlich um und fand sich mitten auf der Hauptallee wieder, unweit der Buchhandlung Maiski. Sie wollte hinein, doch sie konnte es nicht. Sie mußte zunächst in diese Welt zurückfinden, zurück aus ihren sehnsüchtigen Träumen, zu den felsigen Ufern…
O Götter, meine Götter! Soll ich vor euch auf die Knie sinken und dankbar eure gütigen Hände küssen? Soll ich vor Freude in die Welt hinausschreien, weil eure Vorsehung unsere Wege kreuzte?! Oder habe ich euch unverhofft erzürnt, so tief verletzt, daß ihr mich so unbarmherzig, so schrecklich strafen wollt? Soll mein erhofftes Glück zu einer unmenschlichen Qual werden? Seid nicht so grausam! Seid mir gnädig! Habt Mitleid! Mitleid…
Annas Mundwinkel zuckten. Sie schluchzte auf und verbarg ihr Gesicht in den Händen.
„Was soll ich euch geben? Welches Opfer erwartet ihr? Nennt den Preis!“ flehte sie in ihrem Herzen die höheren Mächte an, die über das Schicksal walten. „Ich bin bereit! Bereit! Bereit…“
Anna lehnte sich erschöpft an die rauhe Wand und schlug ihre hellblauen Augen nieder.

„Julchen! Julchen! Wo bist du jetzt?“ erinnerte sie sich plötzlich an ihre Freundin, und ein neuer Schmerz bemächtigte sich ihres Herzens.
Zu gut wußte sie, was Julia dachte, was sie fühlte, vom starken Verlangen in die Flucht geschlagen. Voller Angst, von ihm verstoßen zu werden, ehe man sich noch an ihn heranwagte. Und was wird aus ihnen, wenn schon jetzt erschreckend klar ist, daß dieses Glück nicht geteilt werden kann, falls es überhaupt einer von ihnen zuteil werden sollte?
Von trostlosen Gedanken gejagt, betrat sie die Buchhandlung.
Sie überblickte flüchtig die deckenhohen Regale und ging in die Tiefe des Raumes. Ziellos streifte ihr zerstreuter Blick hin und her, bis sie von einem vornehmen Herrn angesprochen wurde.
„Suchen Sie etwas Bestimmtes?“ fragte Herr Maiski freundlich.
Anna lächelte ihm verlegen zu und erwiderte unsicher:
„Ich… Ich wollte nur wissen, ob Sie Bücher von Kant haben?“
Das Gesicht des alten Buchhändlers hellte sich auf.
„Sie hätten gern etwas von Immanuel Kant?“
„Ja“, bestätigte Anna.
„Wenn Sie ein neues Buch kaufen möchten, dann muß es erst bestellt werden. Allerdings habe ich ein gebrauchtes Buch. Ich glaube: Kritik der praktischen Vernunft und Grundlegung zur Metaphysik der Sitten“, erklärte Herr Maiski und führte sie zu einem großen Regal mit alten Büchern.
„Ja, ja!“ stieß Anna erfreut aus. „Das über die Sitten! Das würde mich sehr interessieren.“
„Haben Sie das im Unterricht?“ erkundigte sich der Buchhändler neugierig, während er nach dem Buch suchte.
„Nein“, antwortete Anna: „Ein Bekannter von mir hat sehr oft von Kant gesprochen…“
Herr Maiski lebte bei diesen Worten richtig auf.
„Vor ein paar Tagen hatte ich auch ein interessantes Gespräch über Kant“, erklärte er. „Allmählich bekomme ich das Gefühl, daß die Welt den alten Denker wieder entdeckt hat.“

„Ist Kant etwa nicht mehr populär?" wunderte sich Anna.
„In bestimmten Kreisen schon, aber für die breite Masse sowie auch für die mittleren Bildungsschichten verbindet man Kant eher mit Geistesgeschichte oder Straßennamen", erwiderte Herr Maiski mit aufrichtigem Bedauern. „Wie gesagt: vor einigen Tagen habe ich mit einem höchst bemerkenswerten jungen Mann gesprochen, der sich dieses Bändchen auch angeschaut hat."
Er reichte ihr das Buch hin, während Anna von einer wachsenden Ahnung ergriffen wurde.
„Wie hießt er denn, wenn ich Sie fragen darf?" sagte sie, ohne ihre Augen von den vergilbten Seiten zu lösen.
„Frank", erwiderte Herr Maiski.
Annas hielt den Atem an. Der Buchhändler sprach weiter, doch seine Stimme entfernte sich und drang in ihr Bewußtsein nur noch wie ein hallendes Echo. Sie preßte das alte Büchlein an die Brust, und allein der Gedanke daran, daß Frank es vor kurzem noch in seinen Händen hielt, löste in ihr eine unerträgliche Sehnsucht aus. Sie mußte sich anstrengen, um abermals in der Wirklichkeit anzukommen.
„…allerdings, wenn Sie Kant bisher nicht gelesen haben und überhaupt mit der Philosophie nur wenig zu tun hatten, so würde ich Ihnen dringend raten, noch ein anderes Büchlein zu kaufen."
Er bat sie zu einem anderen Regal.
„Kant für Anfänger!" verkündete er triumphierend. „Das habe ich vor einigen Tagen bestellt. Wissen Sie, was beim Lesen von solchen Büchern wichtig ist?"
Anna blinzelte ihn mit ihren hellblauen Augen fragend an.
„Nicht aufgeben!" fuhr der Buchhändler belehrend fort. „Seine Sätze sind sprichwörtlich lang, daher ist es ratsam, zuerst einmal einige davon auf das Wesentliche zu verkürzen, bevor man versucht, sie zu verdauen."
„Wie?!" erschrak Anna.
„Hauen Sie bedenkenlos die unwichtige Nebensätze ab, und wenn Sie dann den Sinn erfaßt haben, können Sie einen nach dem ande-

ren wieder in den Text einfügen. Auf Anhieb wird es sowieso kaum gelingen."
Er lächelte vergnügt über ihre Ängstlichkeit und beruhigte sie wohlwollend: „Glauben Sie mir, es ist noch niemand an dem Versuch gestorben, Kant zu verstehen."
Anna bedankte sich und wollte bereits zur Kasse gehen, doch der Buchhändler hielt sie mit einer unerwarteten Frage zurück:
„Darf ich Sie etwas fragen, was nicht unbedingt mit diesen Büchern zu tun hat?"
Sie schaute ihn ein wenig erstaunt an und willigte ein.
„Kennen Sie Frank Uffelmann?" fragte Herr Maiski, während er Anna sehr aufmerksam beobachtete.
Sie wollte ihm antworten, doch er hielt sie mit einer schnellen, aber höflichen Handbewegung zurück: „Sagen Sie es mir nicht, ich weiß es!"
Er schaute ihr tief in die Augen und verkündete fast feierlich:
„Sie kennen ihn! Und zwar sehr gut."
Er wartete ein wenig und fragte: „Hab' ich recht?"
Anna nickte und lächelte ihn traurig an.
„Ist ja auch nicht schwer zu erraten", sagte Herr Maiski zufrieden.
„In ihren Augen kann man einiges erkennen."
„Wirklich?" fragte Anna zaghaft.
„Zumindest in dieser Angelegenheit", erwiderte er ausweichend.
„Wir sind in einer Klasse", erklärte Anna offenherzig.
Herr Maiski war sehr erfreut. Er erzählte ihr ausführlich von seiner Begegnung mit Frank, von dem langen Gespräch, das sie bis in den späten Abend hinein geführt hatten. Dann bat er sie, ein paar Minuten zu warten, stieg die schmale Treppe hinauf und kam bald darauf mit einem großen Umschlag zurück.
„Das hat er bei mir vergessen. Wenn Sie ihm diese Unterlagen zurückgeben könnten?"
Anna nahm den Umschlag aus seinen Händen entgegen, und ihr Gesicht erstrahlte vor Glück, als hätte der vornehme Herr ihr ein kostbares Geschenk gemacht.

Sie kaufte das Buch und Herr Maiski begleitete sie zum Ausgang.
„Darf ich Sie auch um etwas bitten?“ fragte sie unschlüssig.
„Natürlich!“ erwiderte Herr Maiski.
„Sagen Sie ihm bitte nicht, daß ich dieses Buch gekauft habe.“
Das wohlwollende Lächeln verflog vom Gesicht des Buchhändlers. Er legte ihr seine Hand auf die Schulter und schaute in ihre flehenden Augen.
„Das kann ich leider nicht tun“, sagte er ernst. „Das würde er mir nicht verzeihen.“
„Aber warum?“
„Die Antwort auf diese Frage finden Sie sicherlich in diesem Buch“, erklärte er mit gewohnter Freundlichkeit.
Sie verabschiedeten sich, und Anna griff bereits zur Türklinke, als sie erneut seine Stimme hörte.
„Sagen Sie ihm bitte, daß ich auf ihn warte.“
Anna drehte sich um. Seine Augen waren ernst, und sie glaubte in ihnen eine Art Traurigkeit erkannt zu haben.
„Ich würde mich sehr freuen… verstehen Sie?“ sagte er leise.
Sie nickte ihm schweigend zu und trat auf die Straße.
Wie im Traum lief Anna nach Hause, drückte den schweren Umschlag und das alte Büchlein an ihre Brust und war sehr erregt. Kaum angekommen, warf sie ihrer Mutter im Vorbeigehen ein paar Höflichkeiten zu und verschwand in ihrem Zimmer.
Anna saß an ihrem Schreibtisch vor dem großen Umschlag und ihre Hände drückten vorsichtig seinen geheimnisvollen Inhalt. Er war nicht verschlossen, doch sie hatte große Hemmungen, hineinzuschauen. Wenn Frank es doch irgendwie erfahren würde?
Mit geschlossenen Augen streichelte sie an der glatten Oberfläche des Umschlags entlang und begriff nun immer deutlicher, daß sie es auf keinen Fall aushalten würde.
Mit leicht zitternden Händen nahm sie den dicken Stoß loser Blätter heraus und drückte sie zärtlich an ihr verträumtes Gesicht.
Dann begann sie zu lesen:
Die Geschichte meiner Ahnen. Der erste Entwurf. Die Brüder.

Annas Herz hämmerte vor Aufregung, und schon bald darauf versank sie immer tiefer im handgeschriebenen Text: *Abend legte sich auf die weiträumige flache Landschaft...*

Die Brüder (Sommer 1929)

Abend legte sich auf die weiträumige flache Landschaft. Das Dorf Blumenthal versank immer mehr in der Dämmerung. Die wenigen, ohnehin verlassen wirkenden Straßen leerten sich, und die schwere Luft kühlte sich ein wenig von der unerträglichen Hitze des westsibirischen Sommers ab.
Es wurde heimelig, so wie dieses vertraute Gefühl schon seit früher Kindheit dem Bauern Jakob Richter bekannt war. Die Hunde bellten irgendwo am anderen Ende des überschaubaren Dorfes, hin und wieder hörte man noch Pferdewiehern, doch es war deutlich, daß das deutsche Dorf sich zum Schlafen anschickte.
Wie schön und traulich. Wie einst in den heilen Jahren vor den Wirren.
Der Bauer seufzte schwer.
Er stand neben der großen Holzscheune im Hinterhof und schaute immer und immer wieder auf den kleinen Feldweg, der sich hinter dem Dorf durch die Weizenfelder zum nahe gelegenen Birkenwald schlängelte.
Immer noch nichts!
Vielleicht ist es auch gut so, sonst würden die anderen noch etwas merken! Die Zeiten haben sich geändert. Wer vermag schon heute den Freund vom Feind zu unterscheiden? Alles ist durcheinandergeraten, alles untergegangen, was früher einem eine Stütze im Leben war.
Eine dumpfe Vorahnung beschwerte sein Gemüt wie ein kalter Stein. Alles wäre nur halb so schlimm, wenn die Bolschewiken nicht da wären, dachte er bitter. Jede Not könnten unsere Menschen überwinden und wieder auf die Beine kommen, doch die Bolschewiken, diese verfluchten Bolschewiken! Sie nagen an der Seele unseres Volkes, sie vernichten alles, was uns Kraft zum Leben gibt: unseren Glauben, unsere Lebensweise, unsere Sitten!
Zunächst kamen sie in ihren stinkigen Lastwagen und versuchten eine Art Jubel auszulösen.

„Fabriken und Betriebe den Arbeitern, Ackerland den Bauern!" riefen sie von der Holztreppe des Gemeindehauses und wehten mit ihren blutroten Fahnen.
Doch fragten sich die Bauern, was das wohl bedeuten sollte. Haben sie nicht den Ackerboden bereits jetzt gehabt? Jeder, der bei ihnen die Hand an den Pflug legen wollte, kam früher oder später zu seinem Stück Ackerland, auf daß er sein Glück, wie uns der Allmächtige geboten hat, mit seinen fleißigen Händen gestalten kann. Bis der Herr ihn zu sich nimmt.
So dachten die meisten, winkten den Roten mit der Hand ab und gingen weg.
Verbissene Wut sah man den angereisten Bolschewiken an ihren zusammengepreßten Lippen und dunkel drohenden Augen an. Nur ein paar Nichtsnutze, die Tag und Nacht gesoffen und sich als Tagelöhner durch das Leben geschlagen hatten, blieben vor dem Gemeindehaus stehen.
Wie oft hatte man ihnen angeboten, ein anständiges Leben zu führen! Alles umsonst. Im Winter kamen sie dann zu den Großbauern und wollten Mehl leihen, auf daß ihre Kinder nicht verhungern. Und da gab man ihnen aus vollen Händen. Und dann vergab man ihnen auch noch die Schulden! So wie der Herr gesagt: Wahrlich, wahrlich, ich sage euch, wer den Armen in der Not hilft, hilft mir. Der Bauer überlegte noch ein wenig und kam zum Schluß: Und wenn er es auch nicht gesagt hätte, würden wir trotzdem geben! Wer von den Großbauern hätte es übers Herz gebracht, den unschuldigen Kindern Brot zu versagen?
Und gerade einige von denen, die trotz ihrer offensichtlichen Sünden so barmherzig beschenkt wurden, blieben nun vor dem Gemeindehaus stehen, hörten sich die flammenden Reden der Roten über irgendwelche Gerechtigkeit an und fuhren dann mit ihnen in die große Stadt, um später zurückzukommen und ihren pathologischen Haß auf die auszuschütten, die sie am Leben gehalten hatten.
Eine Weile hörte man wenig von ihnen.
Doch dann kamen die Bolschewiken zurück und besetzten das

Gemeindehaus und haben es in einen Dorfsowjet umbenannt.
Lange versuchten sie, die Armen gegen die Wohlhabenden aufzustacheln, doch standhaft blieb das deutsche Dorf: wie ein Fels in der stürmischen Brandung. Sogar der arme Knaus meinte, man müsse sich freuen, daß der gütige Herr zumindest einigen auf die Beine geholfen hat.
Später kamen die Steuerlisten, Abgaben über Abgaben und noch mehr Steuern. Und es begann im Dorf zu gären. Den Religionsunterricht, der von der Gemeinde selbst bezahlt wurde, hat man einfach untersagt. Die Pfarrer wurden entrechtet und verfolgt. Statt dessen verbreitete man mit Nachdruck atheistische Propagandablätter.
Unruhige Wogen schäumten so stark im Dorf, daß die ganze rote Meute sich schleunigst aus dem Staub machte. Nur ein schief draufgenageltes Schild an der Tür des Gemeindehauses erinnerte noch an ihre nicht lange währende Anwesenheit.
Da berief sein Schwiegervater, der ehrwürdige Dorfvorsteher, die Bauern wie in den alten Zeiten zum Gemeindehaus und hielt eine Rede, daß den Bauern die Tränen in die Augen stiegen.
„Wie lange wollen wir noch dieses schreiende Unrecht dulden? Wie lange werden die Roten unsere deutschen Dörfer plündern? Überall Unrecht! Wer ordentlich arbeitet, der wird noch dafür bestraft und mit doppelter Steuer belegt. Man zwingt uns nun, noch die Anleihen zu kaufen. Wenn in den russischen Dörfern die Quote nicht mehr als zwölf Rubel, in einigen Dörfern sogar vier Rubel beträgt, so legt man uns wie gewohnt das Doppelte und Vierfache drauf. Wie lange, frage ich, werden die Roten unser Gottesfürchtiges Volk noch benachteiligen und ausrauben?
Brüder und Schwestern, ich bin ein alter Mann, ich habe das Leben gesehen und ich rate euch angesichts dieser gottlosen Regierung, angesichts dieser Hoffnungslosigkeit, die vor uns liegt: Laßt alles liegen oder gebt es den Unersättlichen und fahrt, wenn ihr könnt, nach Deutschland, zu den Unsrigen! Hier ist für einen freien Gottesfürchtigen Menschen keine Bleibe mehr und kein Zuhause...“

Als die Wogen sich legten, kamen die Roten wieder: nachts, wie Diebe, in den Lastwagen, bewaffnet. Mehrere Bauern, die sich am meisten über die Bolschewiken aufgeregt hatten, wurden von ihnen festgenommen und in die Stadt verschleppt. Auch den Schwiegervater haben sie verschleppt.
Das ganze Dorf versammelte sich am nächsten Morgen vor dem Gemeindehaus, doch es war leer. Hilflos und wütend standen die Bauern da und berieten, was nun getan werden könnte, um die Ihrigen den Händen der Roten zu entreißen.
Schon damals bemerkte Jakob Richter, daß neben der Wut auch der Glaube an ein unabwendbares Schicksal sich in die Seelen der arbeitsamen Bauern eingenistet hatte.
Es war doch nicht möglich, ein Paradies auf Erden zu schaffen, auch nicht ein kleines, wo alles nach unserer deutschen Art gestaltet wäre. Kaum scheint das Ziel in die Nähe zu rücken, so erscheinen die Fremden und belügen, beschmutzen und zerstören es wie schon in früheren Zeiten.
Warum glauben diese Menschen immer nur daran, daß an allem Unglück nur die herrschende Ordnung schuld sei? Warum wollen sie immer nur das Alte zerstören, obwohl sie im Leben selber noch gar nichts geschaffen haben? Warum nicht mit gutem Willen und Gottesglauben einfach in die fleißigen Hände spucken und an die Arbeit gehen, auf daß wir etwas zu verteilen haben?
Ein Gottesfürchtiger Mensch mit Frieden in der Seele wird in die Scheune des Nachbarn nicht einfach so einbrechen, auch dann nicht, wenn dort kein Schloß hängt.
Da muß man den Hebel ansetzen!
Der Bauer Richter schaute wieder auf den kleinen Feldweg und bemerkte trotz zunehmender Dunkelheit, daß sich dort etwas kaum Sichtbares bewegte. Bald bestand schon kein Zweifel mehr daran: Es war Gottfried!
Der Bauer schaute sich um. Sein Blick tastete alle möglichen Ecken der nahen Umgebung ab, doch er entdeckte niemanden, der seinen Bruder hätte sehen können. Gut so!

Gottfried kam näher, nickte dem Bauern schweigend zu, und die beiden verschwanden hinter der kleinen Nebentür des Hauses.
„Grüß dich, Gottfried, grüß dich, mein Lieber!"
Die beiden Brüder umarmten sich und standen noch eine ganze Weile so, innig berührt von der langersehnten Begegnung. Auch die Frau des Bauern, Amalia, kam schnell zu ihnen und wischte sich die feuchten Augen aus:
„Na, Gottfried...", mehr konnte sie nicht sagen, umarmte nur den Schwager und stupste ihr Gesicht in sein graues Hemd.
„Wir haben uns schon solche Sorgen gemacht", flüsterte sie unter Tränen. „Du weißt doch, was heute los ist! Den Pfarrer Ostwald haben sie kürzlich festgenommen. Aus dem Hause getrieben… wie einen Sträfling. Die Kinderchen, die goldigen, haben so geweint, daß uns das Herz geblutet hat..."
Sie schluchzte wieder auf.
Gottfried legte vorsichtig die Hand auf ihre Schulter:
„Ich weiß, Male, ich weiß. Auch den Pfarrer Jens haben die roten Hunde verschleppt."
„Auch Jens?"
Sie stockte bei diesem Wort, preßte ihre Hand an den Mund und blieb so stehen, gelähmt vor Entsetzen.
„Ja, auch ihn! Bald werden sie alle Pfarrer in den Norden verschleppen oder auch gleich ermorden."
„Ach Gott! Ach Gott!" schluchzte Amalia.
„Hast du immer noch keine Nachrichten vom Schwiegervater?" fragte Jakob besorgt.
„Leider nicht", erwiderte Gottfried und wandte seinen Blick wie von Schuldgefühlen getroffen ab, „leider nicht."
Er wußte, daß nur auf ihm alle Hoffnung ruhte, nur er konnte noch etwas ausrichten, wo die anderen schon lange versagt hatten. Doch was konnte er schon tun, wenn er selbst vom gleichen Schicksal betroffen war?
Als der Schwiegervater vor einem Monat wegen seiner Reden vor dem Gemeindehaus festgenommen wurde, wußten sie, daß die

Roten ihn in die Stadt Omsk verschleppten. Dort war er, ein alter, von schwerer Arbeit gezeichneter Mann, in ein überfülltes Gefängnis geworfen worden, zu Tausenden genauso Schuldlosen wie er selbst. Mehr konnte auch er nicht erfahren. Seine Vertrauten berichteten ihm zwar davon, daß die alten Güterzüge voll gestopft mit Sträflingen, fast täglich von dort Richtung Osten abfuhren. Das war aber auch alles, wirklich alles.

„Setz dich doch, Gottfried! Setz dich!" sprach Amalia verlegen. Erst jetzt bemerkte sie, daß sie immer noch mitten in der Küche standen.

„Was wird's wohl weiter geben, Gottfried? Was kannst du raten?" fragte Jakob und schaute dem Bruder tief in die Augen, ohne große Hoffnung, eine rettende Antwort zu erhalten. „Sie können doch nicht die Leute einfach so wie Dreck behandeln. Wenn sie alle in den Kerker stecken, wer bleibt dann übrig?"

Er unterdrückte die aufschäumende Wut und schaute zu Boden.

„Ihnen ist alles egal", erwiderte Gottfried. „Wenn du dir die Leute dort angesehen hättest, würdest du schon verstehen, wohin die Reise geht! Taschendiebe, Verbrecher, der letzte Dreck, angeführt von den aus aller Welt angereisten Giftzwergen. Schau dir doch das einmal an!"

Er holte aus seinem Rucksack eine Zeitung, faltete sie auseinander und schlug mit dem Zeigefinger auf einen großen Artikel auf der ersten Seite. „Lügen! Lauter Lügen!"

Die Verzweiflung packte sein ganzes Wesen.

„Sie schreiben hier, daß die Großbauern die Dörfer terrorisieren, die Steuern nicht pünktlich zahlen, angeblich diese verfluchte sowjetische Wirtschaft boykottieren und schädigen. Und als Konsequenz daraus fordern sie die Behörden auf, entschlossen einzugreifen, um den Schädlingen das Handwerk zu legen!"

Er machte eine Pause und atmete tief durch: „Was das bedeutet, weißt du selber zu gut." Er schaute seinen Bruder mitleidsvoll an, stand auf und legte die Hand auf seine Schulter: „Du mußt fliehen! Sie werden dich festnehmen. Verstehst du?"

Jakob starrte immer noch finster auf den Boden:
„Was hab' ich denn getan?"
„Hast du immer noch nicht verstanden, daß das heute nicht mehr ausreicht, um ruhig schlafen zu können?" widersprach Gottfried heftig. „Was hat denn unser Vater getan, daß sie ihn erschossen haben? Was hat dein Schwiegervater getan? Du weißt nicht einmal, ob er überhaupt zurückkommt! Was hat denn der Gottesfürchtige Seifert getan, der in seiner Güte nicht einmal eine Ameise töten konnte? Was, frage ich, was haben all die Menschen verbrochen?"
Alle schwiegen. Natürlich hatte Gottfried recht. Er spürte es auch deutlich. Allein, daß er der Sohn eines der reichsten Bauern war, reichte heute aus, um dem roten Terror zum Opfer zu fallen und auf immer irgendwo in den unendlichen Weiten des russischen Nordens zu verschwinden. Doch allein der Gedanke war furchterregend, daß man alles, was man mit so viel Mühe aufgebaut hatte, einfach stehenlassen und wegfahren würde? Allein mit dem, was man tragen konnte? Mit Frau und fünf Kindern durch das russische Reich?
Und die wichtigste Frage: wohin? Wer wartete schon auf sie? Wie kommt man durch, wenn die Roten das ganze Land zerstörten? Wenn kein Gesetz mehr im Lande herrschte? Man wußte nicht einmal, ob man es bis zur westlichen Grenze schaffen würde…
Der bodenständige Bauer konnte sich einfach nicht entscheiden.
„Jakob! Bruder! Deine Kinder gehen ohne dich verloren! Man wird euch auch das bißchen, was die Roten euch gelassen haben, wegnehmen. Bei Seiferts haben sie sogar die Nägel aus der Scheune genommen. Auch die Kinderkleider. Nur das gelassen, was am Leib war!"
Als Amalia diese Worte hörte, fing sie an zu weinen und zu beten. Auch noch die Kinderkleider! Was wird wohl mit den Kleinen? Was wird mit ihnen ohne Vaters unermüdliche Hände?
„Du mußt es wagen, Jakob! Glaub mir!" wiederholte Gottfried eindringlich.
„Meinst du, daß sie uns aufnehmen?" fragte Jakob und schaute den Bruder verzweifelt an.

„Sie werden es! Wie könnten sie es einem Deutschen versagen, in die Heimat zurückzukehren, wenn er unverschuldet in eine solche Not verfallen ist? Es gibt nichts, was die guten Menschen mehr bindet als Blut und Glaube! Die anderen haben es geschafft, du weißt es selber. Man hat gesagt, daß der deutsche Botschafter selbst sich eingesetzt hat!"
Er überlegte und fügte hinzu: „Zur Not kannst du dann nach Amerika weiterziehen. Die brauchen dort auch fleißige Hände."
Der Bauer Jakob Richter saß gedankenverloren am Tisch. Wie sollten denn sein Herzchen Eduard, der eben acht geworden ist, und die Tochter Julia diese Reise überstehen? Erst vor ein paar Wochen erholte sich Eduard mit Gottes Hilfe von seiner Krankheit und jetzt sollte er quer durch das russische Reich ins Ungewisse reisen?
„Wir warten noch ein bißchen. Vielleicht wird uns Gott doch gnädig sein", sagte er leise.
„Überleg's dir noch einmal in Ruhe, Jakob!" redete der Bruder auf ihn freundlich ein.
Er wußte selbst, wie schwer die Entscheidung war.
„Und du, Gottfried?" fragte Jakob den Bruder. „Was willst du weiter machen?"
„Ich weiß es nicht. Früher oder später werden sie mich aufspüren und festnehmen. Über Moskau kann ich nicht. Ich versuche über China oder Persien zu flüchten. Zu den Unseren, nach Deutschland. Hier gehen die Lichter für die Deutschen aus."
„Was hört man von Reinhold?" erkundigte sich Jakob über den anderen Bruder.
„Schon seit Monaten suchen sie nach ihm. Wären nicht die Kinder, würde er schon längst im Ausland sein. Doch du kennst ihn, unseren Reinhold."
Die Augen des Bruders wurden feucht.
„Er wird sein Leben lang um sie herumkreisen, sich in der Nähe aufhalten. Die roten Hunde haben das gewittert. Sie warten nur, bis er versucht, sie zu holen."
Was für ein Elend! dachte Jakob. Wer hätte sich früher vorstellen

können, daß so etwas überhaupt möglich wäre?
Bis zum Morgengrauen saßen die Brüder in der Küche und redeten bei flackerndem Kerzenlicht. Dann war es an der Zeit, Abschied zu nehmen.
Der blasse, kaum sichtbare Streifen der Morgenröte kündigte sich im Osten an. Nun waren auch die Konturen des nahegelegenen Birkenwaldes sichtbar geworden.
„Wer weiß, Jakob, ob wir uns noch einmal wiedersehen werden."
Die Brüder umarmten sich innig, dann ging Gottfried, ohne sich umzudrehen, den schmalen Feldweg entlang, und seine dunklen Umrisse verschmolzen nun endgültig mit dem schwarzen Streifen des Waldes.

Alexej

„Mama, wacht auf, wacht auf!" flüsterte Lydia ungeduldig und schüttelte die Mutter kräftig am Ärmel. „Draußen ist jemand! Es hat geklopft!"
Amalia sprang bei diesen Worten aus dem Bett und schlich im Dunkeln auf Zehenspitzen in den Windfang.
„Mama, doch nicht hier!" Die kleine Lydia zog die Mutter am Nachthemd zur Seite und schubste sie zur Hintertür. „Da! Da!"
Amalia stand vor der kleinen Holztür, lauschte einen Augenblick und fragte endlich kaum hörbar: „Wer ist da?"
„Frau Richter, macht auf! Ich bin's, Alexej!" flüsterte jemand auf russisch.
Die Frau schob den Riegel zur Seite und ließ den jungen Mann herein.
„Nur kein Licht anmachen!"
Er schlüpfte ins Haus und machte die Tür vorsichtig wieder zu.
„Hol' den Vater her!" flüsterte Amalia ihrer Tochter zu.
„Frau Richter, niemand darf wissen, daß ich da war! Sonst bin ich tot."
Er war sehr aufgeregt und atmete schwer.

Alexej war ein russischer Kommunist, der aus der Stadt zu ihnen ins Dorf geschickt worden war, um den Bauern die Grundlagen des Marxismus zu erklären und den herrschenden Staatsgedanken näherzubringen.
Man hatte ihn zu ihnen ins Haus eingewiesen, wo er ein Zimmer bekam und drei Monate wohnte. Den gutmütigen, jungenhaften und klugen Alexej hat man im Dorf gleich angenommen, doch mit dem Kommunismus klappte es nicht so recht. Denn in einem deutschen Dorf angekommen und das Leben der hiesigen Bauern miterlebt, wankte sein bis dahin festes Weltbild und ließ seine Leidenschaft bei den kommunistischen Predigten abklingen.
Alles was er gesehen hatte, erschütterte seinen bolschewistischen Glauben nachhaltig.
Gewöhnt an die tristen Ansichten der russischen Dörfer und Behausungen, entdeckte er für sich eine neue Welt, wo alles, aber wirklich alles anders war. Später mußte er sich eingestehen, daß das Gesehene in etwa dem entsprach, was er mit Hilfe von kommunistischen Lehren in seiner Heimat verwirklichen wollte.
Eine echte, lebendige Gemeinschaft von gleichgesinnten Menschen fand er hier vor. Menschen, die einander in der Not halfen, nicht aus systembedingtem Druck, sondern freiwillig. Daß die deutschen Dörfer reich waren, wußte er wie jeder in diesem Land allzu gut. Doch die Menschen! Die Menschen haben ihn hier ins Herz getroffen! Eine andere Welt mitten im uferlosen russischen Reich.
Er stellte sehr schnell fest, daß die Bauern hier nach Kräften versuchten, ihren Glauben im irdischen Leben zu leben. Keine Trunksucht, kein Diebstahl! Es schien märchenhaft, wo ansonsten alles spurlos verschwand, was nicht niet- und nagelfest war! Er beobachtete auch das Leben der Familie Richter: ihre schwere Arbeit, ihre Feste, ihren Umgang miteinander.
Sein weltanschauliches Bild wankte immer mehr. Doch wer auf dem rasenden Tieger reitet, der kann nicht mehr absteigen. Er blieb bei der roten Meute und verfiel seinem bösen Schicksal, das er wie so viele Russen mit Trinksucht zu vergessen suchte.

„Herr Richter!“ fing er hastig an, als der Bauer in die Stube kam. „Sie wollen Euch in der kommenden Nacht festnehmen. Ihr müßt fliehen, heute noch! Versteht Ihr das, heute noch!“
Er atmete unruhig und starrte direkt ins Gesicht des Bauern.
„Woher weißt du das, Alexej?“ fragte Jakob besorgt.
„Ich habe den Haftbefehl gesehen“, antwortete der junge Mann traurig.
„Wie viel Zeit habe ich noch?“ fragte der Bauer entschlossen.
„Bis heute Abend“, erwiderte Alexej, „nicht mehr.“
„Wie soll ich dir danken?“
„Herr Richter! Ihr wißt, wie ich Euch schätze“, fing der junge Mann verlegen an und verstummte.
Der Bauer kam einen Schritt näher und umarmte den Russen innig: „Gott wird dir das anrechnen, Alexej! Auf Ihm ruht unsere letzte Hoffnung. Auf solchen Menschen wie dir...“

Die Flucht

Das Pferdegespann stand im kleinen Birkenwald unweit des Dorfes. Alles war zur Abreise bereit. Noch vormittags hatte Gottlieb, der älteste Sohn des Bauern Jakob Richter, die im Wagen liegenden Bündel und Koffer mit Stroh abgedeckt und hierher gebracht. Jetzt schlug sein Herz in der Brust wie ein Hammer, und bei jedem Geräusch hielt er den Atem an und sah angestrengt zwischen die schneeweißen Stämme der russischen Birken.
Eigentlich war das früher ihr Wald. Doch die Russen, was bei ihm gleich die Roten bedeutete, hatten es ihnen seit langem schon weggenommen. Wie auch die Landmaschinen und den Großteil des Ackerbodens.
Er hatte Angst. Große Angst. Obwohl er schon siebzehn Jahre zählte und der Vater auf ihn sehr stolz war, konnte er in diesen Stunden dieses Gefühl nicht verdrängen. Wie aus dem Nichts kroch die lähmende Furcht aus dem Bauch hinauf in die Brust und breitete sich im ganzen Körper aus.

Und wenn sie den Vater jetzt festnehmen? Wenn diese Bande aus irgendwelchen Gründen früher kommt? Aus Erfahrung wußte er, daß die Roten fast immer mit Verspätung kamen, doch es gab noch so etwas wie Schicksal! Und wenn dieses Schicksal jetzt mit aller Wucht von oben auf sie herunterstürzen würde? Wenn es von diesen allen Gesetzen und Gepflogenheiten keine Notiz mehr nimmt und losschlägt?
Seit Monaten schon nahm die große Ausreisewelle in den deutschen Dörfern stetig zu. Alles, was nicht verkauft werden konnte, wurde einfach liegengelassen. Wo sich einst blühende Landschaften ausgebreitet hatten, lag alles brach. Wie nach einem vernichtenden Krieg standen viele Häuser leer. Auf unbestellten Feldern streunten die herrenlosen Pferde. Das Ende der Welt war in den deutschen Dörfern in greifbare Nähe gerückt! Alles wollte zu den Seinigen, nach Deutschland! Und wenn die Heimat die Bleibe versagen würde, dann weiter nach Amerika.
Nun waren auch sie an der Reihe!
Gottlieb war in der Tiefe seiner Seele doch glücklich. Er hatte gespürt, so deutlich gespürt, daß hier, in Rußland sie alle nur noch der Tod erwartete. Und wenn auch nicht, dann würde das deutsche Leben trotzdem nicht mehr möglich sein. Er glaubte fest daran, daß in Deutschland Menschen gleichen Schlages wohnten. Menschen, die seine Muttersprache sprachen, die ihn verstehen würden. Ein Land, wo das deutsche Leben selbstverständlich war und nicht jeden Tag verteidigt werden mußte! Obwohl er hier in Blumenthal zur Welt gekommen war, fühlte er, daß dies nur sein Geburtsort war. Vielleicht in seiner früheren, kindlichen Vorstellung einmal die Heimat. Doch jetzt, wo alles flüchtete, was nur konnte? War das noch seine kleine vertraute Heimat? Jetzt konnte er deutlich sagen: Nein! Dort, wo seinesgleichen wohnten, dort war seine Heimat! Nur dort!
Er wäre schon vor Monaten weggefahren, doch der Vater zögerte, überlegte. Und heute, heute war es soweit! Er konnte die große Reise antreten, die Heimkehr!

Er hatte Angst, unerträgliche Angst, daß irgendeine Kleinigkeit, eine bedauerliche Kleinigkeit alles zum Einsturz bringen und seine sehnlichsten Träume zerstören könnte. Es war eine Qual, allein in diesem Versteck zu sitzen und zu warten. Doch dann regten sich die Zweige im nahe gelegenen Gebüsch, und einige Sekunden später sah er bereits Maria und den kleinen Eduard.

Endlich! Endlich waren sie da!

„Alles in Ordnung?“ fragte Gottlieb ungeduldig.

„Ja“, antwortete Eduard leise, „die Eltern kommen bald nach, sie nehmen nur noch Abschied von der Oma.“

Er atmete auf: Gott sei Dank! Jetzt war er zumindest nicht allein. Jetzt würde die Zeit bestimmt schneller dahinfließen.

Er schaute sich Eduard an. Der kleine Junge mit den großen nachdenklichen Augen war noch sichtlich schwach. Die Krankheit hatte ihn lange in ihrem Würgegriff gehalten. Doch dann kam er langsam wieder auf die Beine und die Eltern priesen den lieben Gott mit Tränen in den Augen. Man hat ihn geliebt, den Kleinsten. Würde er diese Reise überstehen? Bei diesem Gedanken zog sich sein Herz schmerzlich zusammen.

Plötzlich schrie Maria leise auf und zeigte mit dem Finger zwischen die Bäume. Bald sah man tatsächlich dort die Eltern mit Alexander und Lydia.

Alle stürmten zu ihnen, man umarmte sich innig.

Es war ein seltsames Gefühl, wenn in der Stunde der Not die ganze Familie zueinanderstrebte, als wären sie mit unsichtbaren Fäden fest miteinander verbunden. Was für ein Glück erfaßte alle, wenn sie so nah beieinander stehen durften. Gleich, ob die Gefahr gewichen war oder immer noch wie ein Schwert drohend über ihnen schwebte. Hauptsache zusammen, alle bis auf den letzten!

„Wir müssen sofort losfahren“, sagte die Mutter besorgt. „Kunze hat uns gesehen! Wer weiß, was bei ihm im Sinn ist?“

„Kunze doch nicht! Male!“ erwiderte der Bauer vorwurfsvoll.

„Zu gutmütig bist du, Jakob, zu gutmütig! Die Leute sind nicht alle so wie du.“

Der Bauer schaute sich noch einmal alles an, dachte ein wenig nach und wandte sich zu seiner Familie:
„Beten wir alle zu unserem lieben Heiland, auf daß er uns Glück beschert auf dieser langen Reise!“
Sie beteten lange und inbrünstig, wie immer jeder für sich, leise und andächtig. Sie verließen eine Gegend, wo sie zur Welt gekommen waren, wo die fleißigen deutschen Hände aus einer brachliegenden unwirtlichen Steppe ein deutsches Kleinod geschaffen hatten. Alles das lag nun endgültig hinter ihnen.
Der Pferdewagen kam in Bewegung, und die schwachen Konturen des deutschen Dorfes Blumenthal zerflossen im blutroten Schein der untergehenden Sonne.

Reinhold

Der Bauer Richter stand auf dem überfüllten Bahnsteig und schaute ratlos in die gereizte Menge derer, die genau wie er die Hoffnung, doch noch die längst ausverkauften Fahrkarten zu ergattern, nicht ganz aufgegeben hatten. Schon zwei Wochen warteten sie hier auf eine Gelegenheit, einen Zug Richtung Moskau zu nehmen.
Zwei lange, unendlich lange Wochen unter freiem Himmel… mit den Kleinen. Jakob wischte sich die Tränen von seinem unrasierten Gesicht und war froh, daß ihn niemand von den Seinigen jetzt sehen konnte. Vor den anderen schämte er sich nicht mehr: Jeder war mit sich selbst beschäftigt, und fast jedem hier ging es nicht anders als ihm selbst.
Stark mußte er jetzt sein. Zuversicht und Fröhlichkeit sollte er jetzt den anderen spenden. Mit seinem ganzen Aussehen ein Beispiel abgeben. Doch die Augen waren immer noch feucht, so verräterisch feucht...
Wäre ich doch geblieben! Dann wären zumindest die Kleinen und Amalia jetzt zu Hause, wo man immerhin das erschöpfte Haupt in Ruhe auf die Bank legen könnte! Den kraftlosen Körper abwaschen… Wenn Gott so will, hätten sie mich allein festgenommen.

Vielleicht hätten wir uns sogar noch einmal wiedergesehen? Vielleicht auch nicht…
Doch jetzt mußte er unbedingt etwas unternehmen, etwas tun. Bald sind die Vorräte zu Ende, und sie waren immer noch in Omsk, immer noch so unendlich weit von Moskau entfernt!
Nur Gott allein kann uns jetzt retten! Nur der Allmächtige, der über Himmel und Erde waltet. Der uns alle Sünden vergibt. Nimm mein Leben für das Leben meiner Familie, wenn es sich schon nicht mehr anders einrichten läßt...
Mit diesen Gedanken ging der Bauer zurück zu Frau und Kindern, durch die Menge der ermatteten, verzagten und verbitterten Menschen, die überall auf dem nackten Boden herumlagen und saßen.
„Tade! Tade!“ schrie Lydia aufgeregt und warf sich dem Vater in die Arme. „Wir sind gerettet!“
Das Mädchen schmiegte sich an den verstörten, nichts ahnenden Vater und weinte beinahe vor Glück.
„Was ist passiert? Erzähl!“ fragte der Bauer ungeduldig.
„Wir haben Karten! Versteht Ihr? Fahrkarten!“ schrie das Mädchen.
„Woher, Lydia? Woher, mein Kind?“ fragte der Vater verwundert.
„Als alle auf die Toilette gingen, blieb ich da, um auf die Sachen aufzupassen. Versteht Ihr?“
„Ja, ja! Ich verstehe. Erzähl weiter!“
„Dann ist plötzlich ein unbekannter, sehr gut gekleideter Mann gekommen. Er kam zu mir und fragte, ob ich Lydia Richter sei! Ich sagte: Ja! Dann hat er mir die Karten in die Hand gedrückt und gesagt: Sag’ dem Vater, er soll in Moskau gleich in die Botschaft gehen. Vielleicht gelingt es euch! Ich hab’ ihn noch gefragt, wer er eigentlich sei. Doch er sagte: Ich kann dir das nicht sagen. Der Vater wird’s schon wissen. Viel Glück wünsch’ ich euch, viel Glück, sagte er.“
„Reinhold“, flüsterte der Bauer tief bewegt. „Unser lieber Reinhold! Wie hat er uns bloß gefunden?“

Der Zug

Die ausgehungerten, entnervten Menschen standen jetzt dicht an dicht am Bahnsteig und warteten gespannt auf die Ankunft des Zuges. Jeder wußte, daß zwei-, drei- oder sogar viermal mehr Fahrkarten verkauft wurden als sonst. Jeder wollte mit und gab den Kindern die letzten Anweisungen.
So stand auch Jakob Richter mit seiner Frau und fünf Kindern auf dem Bahnsteig und betete innig zu Gott. Er schaute seine Kinder an, und blanke Furcht erfaßte ihn immer wieder aufs neue. Er wußte, was hier losbrechen würde, wenn der Zug kommen würde.
Und er kam.
Von weitem sah man am Himmel den grauen Schweif, der den nahenden Zug ankündigte. Ein Ruck ging durch das wartende Menschenmeer. Wie ein hungriger Tiger vor dem Sprung holte die Menge zum letzten Mal Luft, bevor sie sich auf die Beute stürzte. Der Zug kam näher, immer näher. Man hörte bereits das vertraute Zischen seiner Dampfmaschinen. Die Spannung stieg ins Unermeßliche. Die am Rande Stehenden versuchten bereits, die mögliche Position der Türen abzuschätzen. Als der Zug dann in den Bahnsteig fuhr, drückten die hinten Stehenden auf die Vorderen, und plötzlich erklang ein herzzerreißender Schrei. Jemand wurde auf die Gleise geschoben und vom Zug erfaßt.
Niemand kümmerte sich um den Verunglückten, da der Zug bereits zum Stehen kam. An allen Türen entstand ein entsetzliches Gedränge, während alles in einem unglaublichen Lärm versank.
Jakob Richter hatte Glück. Die Tür befand sich nur zwei Meter von ihnen entfernt. Doch zur Tür durchzukommen, war nicht so einfach. Jeder hatte nur noch ein Ziel vor Augen und schaute nicht mehr um sich herum. Nur noch hinein!
Frauen weinten, Kinder schrien, Männer versuchten, Anweisungen zu geben. Die Hölle brach los!
Auch Bauer Richter wurde von dieser Stimmung erfaßt. Die Kinder, nur die Kleinen nicht verlieren!

Sein Sohn Gottlieb schlug sich bereits bis zur Tür durch und drang, obwohl dort alles verkeilt war, langsam in den Wagen ein. Endlich erreichte er das Fenster, das sich neben dem Vater befand und riß es mit Gewalt auf.
Die ausgerasteten Menschen wüteten um ihr Leben. Wer nur konnte, versuchte durch die Fenster hineinzukriechen. Die Alten und Kinder, die zufällig stolperten, wurden niedergetrampelt.
Gottlieb schrie aus Leibeskraft: „Tade, gebt die Sachen her, gebt die Sachen!“
Jakob, der von allen Seiten gequetscht und gedrückt wurde, schaffte es trotzdem, die Bündel und die Koffer dem Sohn zu reichen. Doch zur Tür konnte er sich bis jetzt immer noch nicht durchkämpfen.
Dann nahm er Lydia auf den Arm, sie stellte sich mit Mutters Hilfe auf seine Schultern und wurde von Gottlieb durchs Fenster in den Wagen hineingezogen.
Auch Alexander hatte es geschafft und Maria. Und die Frau auch. Als der Bauer aber den kleinen Eduard reichen wollte, wurde er plötzlich von der wütenden Menge nach vorne getragen und landete schließlich ganz nah vor der Tür. Er spürte, daß er Eduards Hand immer noch in seiner hatte. Doch der Kleine befand sich jetzt seitlich von ihm.
Jakob konnte sehen, daß Eduard noch auf den Beinen stand. Es gab nur eine Möglichkeit: zuerst auf die hohen Stufen des Wagens zu klettern, um dann seinen Sohn über den Köpfen der anderen der tobenden Menge zu entreißen.
Er stützte sich mit seinen kräftigen Händen von dem Wagen ab, zog die eingeklemmten Beine hoch und wurde durch die nachrückenden Menschen in den Wagen hineingepreßt. Er drehte sich sofort um und sah mit Entsetzen, daß der kleine Eduard jetzt noch weiter von der Tür weggedrängt wurde und nun völlig hilflos zwischen den rasenden Menschen weinte.
Der Bauer drehte sich in der Türöffnung um und versuchte aus dem Wagen auszusteigen. Doch die Menge verkeilte den Eingang noch mehr, so daß er kaum noch die Beine bewegen konnte.

„Eduard, mein Junge, ruhig, nur ruhig! Bleib, wo du bist, mein Junge!“ schrie er entsätzlich laut.
Und dann passierte, was irgendwann passieren mußte.
Ein langgezogener, ohrenbetäubender Pfiff der zischenden Dampflokomotive erzitterte die Luft, und die Menge verlor den Rest an Verstand. Auseinandergerissene Familien standen noch teilweise auf dem Bahnsteig, Kinder schrien. Männer weinten vor Hilflosigkeit und versuchten vom abfahrenden Zug abzuspringen, um die Kinder doch noch zu retten.
Auch Eduard weinte und schrie nach dem Vater.
Der entsetzte Bauer Richter versuchte, aus dem Zug zu springen, doch es war nicht mehr möglich. Mindestens vier Menschen rangen vor ihm mit dem Schicksal und wollten auf keinen Fall von seinem Leid etwas wissen. Denn sie hatten ihr eigenes! Ihre Familien waren bereits im Wagen! Sie wollten zu ihnen, zu ihren Kleinen! Um jeden Preis!
Nur den Kopf konnte er noch aus der Türöffnung herausstrecken. Und nun sah er seinen Schatz, eingeschlossen in der wogenden Menge. Er sah seine flehenden Augen und richtete seinen panischen Blick hoch zum Fenster, wo er Gottlieb vermutet hatte.
Sein ältester Sohn hatte alles gesehen und blickte nun, vom gleichen Gefühl erfaßt, zu ihm. Ein Blick, ein kurzer Blick, wo die Augen nur flüchtig einander kreuzten! Der Vater und der Sohn, Fleisch von seinem Fleisch, Blut von seinem Blute! Und schon verstand Gottlieb die schweigende Bitte des Vaters! Die schwere Pflicht!
Er befreite seine eingeklemmten Beine, stützte sich auf den Fensterrahmen, küßte noch schnell die schluchzende Mutter und lehnte sich über die Fensterkante, bis er aus dem fahrenden Wagen glitt und hart auf den Boden fiel.
Vom harten Aufprall benommen, konnte er die vom Elend erfaßten, heulenden Menschen, die an ihm vorbeirannten und über ihn stolperten, nur noch verschwommen wahrnehmen. Sein Blick streifte in alle Richtungen und suchte nur noch nach ihm, nach ihrem Schatz!

Und dann sah er ihn! Der kleine Eduard lief, schluchzend vor Angst, allein in dieser schrecklichen gottlosen russischen Welt zurückgelassen zu werden, dem abfahrenden Zug hinterher. Endlich erkannte er Gottlieb, stürzte sich in grenzenloser kindlicher Dankbarkeit in seine Arme und zitterte und weinte, getröstet von den großen schützenden Händen des Bruders.

„Es wird schon alles, Edi, es wird schon alles gut sein… Du bist nicht allein", flüsterte Gottlieb dem Kleinen liebevoll zu und streichelte über seinen wuscheligen dunkelblonden Kopf. „Du bist nicht allein..."

Noch lange schaute Gottlieb dem Zug hinterher. Bald verschwand er auf immer hinter den grauen Häusern und nur noch ein weißer, langsam dahinschmelzender Schweif erinnerte noch an ihn…

Begegnung mit Kant

Nachdem Anna die letzten Zeilen gelesen hatte, saß sie noch lange vor einem Haufen loser Blätter und starrte ins Leere. Wie oft hatte sie an diesem Tag geweint! Doch die Tränen wollten nicht aufhören und lösten unheimliche Kopfschmerzen aus. Sie nahm ihre bunte Tennistasche, schlüpfte unbemerkt aus dem Haus auf die Straße und ging in Richtung der großen Sporthalle.
Die Geschichte mit Eduard stand ihr so bildhaft vor Augen, daß sie immer wieder anhalten mußte, wenn sie sich diesen kleinen hilflosen Menschen inmitten einer rasenden Menge vorstellte. Sie sah seine furchtgeweiteten Augen und ein heißes Mitgefühl schwappte über sie hinweg.
An Tennis war nicht zu denken. Sie ging an der Sporthalle vorbei und streifte auf schmalen Fahrradwegen zwischen den Feldern und Wiesen ziellos umher.
Erst am späten Abend kam sie wieder nach Hause. Die Mutter war bereits weggefahren und Anna begab sich in ihr Zimmer. Sie zog sich aus, schlüpfte unter die Decke, nahm das dunkelblaue Büchlein von Kant in die Hand und strich gedankenverloren über die rauhe Oberfläche. Sollte es ein Geheimschlüssel zu seiner Seele sein? Wird sie ihn noch mehr verstehen können?
Sie schlug die vergilbten Seiten auf, blätterte die Vorrede schnell durch und gelang schließlich zum eigentlichen Anfang des Buches. Ganz oben stand: „***Grundlegung zur Metaphysik der Sitten, erster Abschnitt, Übergang von der gemeinen sittlichen Vernunfterkenntnis zur philosophischen***“.
Ein frostiger Hauch blies ihr aus diesen ersten Zeilen entgegen. Sie verstand zwar die einzelnen Worte, doch deren Zusammensetzung wirkte eher verwirrend. Verzweiflung machte sich breit und drohte in Panik umzuschlagen. Sie wollte das Buch wieder zur Seite legen, bekämpfte aber dieses Verlangen und beschloß, mindestens eine Seite zu lesen, bevor sie endgültig aufgeben würde.
Anna überflog die ersten Zeilen:

„Es ist überall nichts in der Welt, ja überhaupt auch außer derselben zu denken möglich, was ohne Einschränkung für gut könnte gehalten werden, als allein ein *guter Wille*.“
Sie hob ihre Augen, überlegte kurz und las diese Stelle noch einmal. Es klang – im Vergleich zu der umständlichen, furchteinflößenden Überschrift – erhellend einfach und schön. Ihr Herz, noch kürzlich verzagt und bange, schlug im Anflug einer erquickenden Freude höher und höher.
Sie verschlang die erste Seite, die sich mit der Begründung der oben genannten Behauptung beschäftigte, und stellte begeistert fest, daß sie jedem Wort, jedem Gedanken ohne Schwierigkeiten folgen konnte.
Die Zeilen trugen sie indes weiter und weiter:
„Der gute Wille ist nicht durch das, was er bewirkt oder ausrichtet, nicht durch seine Tauglichkeit zur Errichtung irgend eines vorgesetzten Zweckes, sondern allein durch das Wollen, d. i. an sich, gut…“
Sollte es etwa heißen, daß der Mensch nicht nur an Ergebnissen seines Wirkens gemessen wird? wunderte sich Anna aufrichtig, und sogleich bekam sie vom Meister Kant eine mehr als eindeutige Antwort:
„Wenn gleich durch eine besondere Ungunst des Schicksals, oder durch kärgliche Ausstattung einer stiefmütterlichen Natur, es diesem Willen gänzlich an Vermögen fehlete, seine Absicht durchzusetzen; wenn bei seiner größten Bestrebung dennoch nichts von ihm ausgerichtet würde, und nur der gute Wille… übrig bliebe: so würde er wie ein Juwel doch für sich selbst glänzen, als etwas, das seinen vollen Wert in sich selbst hat.“
Anna schlug ihre Augen nieder und wandte sich dankend an Gott. War das nicht die Antwort, nach der sie gesucht hatte? War das nicht eine höhere Kraft, die sie heute so deutlich führte?
Sie sprang aus dem Bett, rückte die große Stehlampe etwas näher zu ihrem Kopfkissen und las und las und las… bis die Sonne den neuen Tag angekündigt hatte.

Gegen acht Uhr morgens überwand sie ihre unglaubliche Erschöpfung, schlich auf den Zehenspitzen in den Flur, nahm das schnurlose Telefon aus der Halterung und verschwand wieder in ihr Schlafzimmer.
Anna saß im Bett, atmete schwer und flüsterte mit geschlossenen Augen, wie in ein inniges Gebet versunken: „Nur die Wahrheit, die reinste Wahrheit kann uns alle noch retten…“
Sie streckte die Hand zum Telefon.
Kaum berührte sie seine kühle, dunkel glänzende Oberfläche, zuckte sie ängstlich zusammen, und ihre Hand schnellte zurück, als hätte sie sich soeben schmerzhaft verbrannt. Allein der bloße Gedanke, daß am anderen Ende sich jemand melden würde, flößte ihr entsetzliche Furcht ein. Dabei mußte sie noch etwas sagen! Ach! Was heißt schon etwas! Sie mußte eben alles sagen! Die Wahrheit!
Ihr verzweifelter Blick fiel wieder auf das dunkelblaue Bändchen von Kant. Sie legte ihre Hand darauf, als wäre es die Bibel, und griff hastig nach dem Telefon. Wie in einem Alptraum wählten ihre lahm gewordenen Finger die Nummer. Sie drückte das Telefon ans Ohr, biß schmerzlich in die Unterlippe und kniff schicksalsergeben ihre feuchten Augen zu.
„Julia“, sagte sie heiser, nachdem sie die muntere Stimme ihrer Freundin gehört hatte.
„Anna! Du?“ fragte Julia.
„Ja.“
„Wo steckst du denn? Ich habe gestern zweimal bei dir angerufen!“ beschwerte sich Annas Freundin.
„Julia... Ich muß dir etwas Wichtiges sagen“, stotterte Anna in den Hörer und legte ihre Hand auf die bebende Brust, als wollte sie ihre bedrohlich wachsende Aufregung doch noch aufhalten.
„Was?“ fragte Julia verwundert.
„Ich kann nicht mehr deine Freundin sein“, preßte Anna mit zitternder Stimme heraus, drückte hastig auf den roten Knopf, steckte das Telefon unter das Kopfkissen und warf sich schluchzend darauf, als wollte sie sein eindringliches Klingeln ersticken…

Frau Bammert verlor die Wette

Anna ging am nächsten Morgen durch den Schulhof und dachte mit lähmender Furcht an das unvermeidliche Treffen mit Julia. Wie sollte sie ihr in die Augen schauen? Wo sollte sie nur diese Zauberworte finden, um ihrer Freundin das alles irgendwie erklären zu können? Sie spürte, wie ihre Knie weich wurden. Oh, wie schlimm war allein die Vorstellung davon! Wie furchtbar!
Diese verdammte Wahrheit! Was hat sie nur getan? Wie ließ sie sich so einfach von irgendeiner weltfremden Idee blenden? Hat sie überhaupt Gültigkeit für einen normalen Menschen, diese Kant'sche Wahrheit? Für einen schwachen Menschen wie sie, dem es nicht in die Wiege gelegt wurde, heldenmütig jeder Gefahr zu trotzen? Oder ist sie nur eine angenehme Vorstellung, die nicht einmal von deren Schöpfer gelebt werden konnte? Kann sie überhaupt etwas ändern, etwas zum Guten wenden? Oder vernichtet sie nur mit ihrer elementaren Unbarmherzigkeit jede menschliche Beziehung?
„Aber Frank?" dachte sie verzweifelt. „Er glaubt an sie! Hat er nicht selbst gesagt, sie sei für ihn bindend? Hat er nicht verkündet, er versuche danach zu leben?"
Sie stieg die breite Treppe empor und blieb verstört vor dem Eingang stehen. Von der massigen Steinplatte schaute der berühmte deutsche Philosoph majestätisch auf sie herab.
Sie blickte unsicher zu ihm hinauf und erschrak. Zwar schwieg er, in schwerem Stein gefangen, doch in seinem Schweigen vernahm sie einen unverkennbaren Vorwurf für ihre kleinmütige Schwäche. Er, der Gewaltige, der mit der titanischen Kraft seines Intellekts gewagt hatte, das Universum zu ergründen, schaute von ganz oben auf ihre schlotternden Knie, ihr zitterndes Kinn, Tränen, die hoch bis zum Hals standen... Was machte sie nur in der Welt dieser Geistesriesen? Wie kam sie überhaupt auf den irrsinnigen Gedanken, ihnen nacheifern zu wollen, sich auf diesen großen Weg zu begeben? Kaum erblickte sie ihn, kaum stellte sie den Fuß auf seine kantigen Pflastersteine, und schon wich sie entsetzt zurück!

So oft eilte sie – wie auch die anderen Schüler – an seinem Relief vorbei, doch erst jetzt, an diesem Morgen, wurde ihr so plötzlich bewußt, daß ihr Gymnasium ausgerechnet seinen Namen trug. Warum, wunderte sich Anna, was hat er mit uns zu tun?
Ob diejenigen, die mit ihr in diesem Gebäude die Zeit absaßen, überhaupt etwas von ihm und seinem Werk wußten? Außer seinem berühmten Namen? Außer einigen Anekdoten über seine Königsberger Einsiedelei, aus deren Enge er nach den hellsten Sternen griff? Oder war es für ihn keine Enge? War es womöglich seine ganze Welt, in der er glücklich war?
Was für eine Bedeutung hatte das für sie in dieser Stunde? Oder war es gerade der Übergang einer vagen Theorie ins brodelnde Leben? Die Stunde, wo man für einen einzigen Versuch, für einen kurzen Augenblick der vermeintlichen Stärke, in dem man sich in die schwärmerische Begeisterung emporgelesen hatte, den bitteren Preis bis zum letzten Groschen bezahlen mußte?
Sie ging weiter und spürte, wie die Angst mit jedem Schritt unerträglicher wurde. Sie schaute auf die Uhr und versteckte sich im Schatten der Treppe. Sie wollte pünktlich kommen, um einer möglichen Begegnung mit Julia vor dem Unterricht auszuweichen. Zumindest eine kleine, winzige Gnade!
Bald bimmelte die Pausenglocke, Anna schritt unsicher zur Klassentür und überließ sich auf Gedeih und Verderb dem unabwendbaren Schicksal.
Sie trat ein und warf einen flüchtigen Blick in den Raum. Julia war nicht da. Sie ging zu ihrem Platz, begrüßte mit einem warmen Lächeln Frank und sank erschöpft auf ihren Stuhl nieder.
Die plötzliche Erleichterung, die für einen kurzen Augenblick in ihrem Bewußtsein aufblitzte, wechselte rasch zu einer schmerzerfüllten Sorge. Was ist mit Julia? Warum ist sie nicht da? Tausend Gedanken flogen durcheinander und ließen das Herz rasen. Und wenn… wenn sie jetzt? … Sie konnte nicht mehr zu Ende denken und wehrte sich vehement gegen die unsinnigen Vermutungen. Ruhe! Nur Ruhe!

Endlich hallten im leeren Flur die wuchtigen Schritte von Frau Bammert: Bum… Bum… Bum… Wie die dumpfen Schläge schwerer Soldatenstiefel drangen sie durch die offene Tür ins Klassenzimmer. Sie marschierte direkt zum Lehrertisch, legte darauf ein paar lose Blätter und richtete ihren eisernen Blick auf die Schüler.
„Endlich, Frau Bammert!“ seufzte Walter Kaiser erleichtert und verschränkte vergnügt seine Arme auf der breiten Brust.
„Wieso?“ fragte die Lehrerin und verzog ihr Gesicht zu falscher Neugier.
Der Junge zeigte schweigend auf die abgelaufene Kalenderuhr neben der Tafel, die er allein dafür gebastelt und vor einigen Tagen dort aufgehängt hatte. Der einsame Zeiger durchlief den siebenteiligen Kreis und schaute nun mit seiner Spitze wieder nach oben.
„Endlich können wir Ihre zahlreichen Beweise für die deutsche Übermacht und vor allem für die technische Rückständigkeit der russischen Panzer in Augenschein nehmen!“
Doch dann zuckte er plötzlich zusammen. Mit großem theatralischem Geschick, das an die absolute Perfektion grenzte, schnitt er ein entsetztes Gesicht.
„Aber…“, stammelte er verlegen und schlug seine Hand vor den halbgeöffneten Mund, um seine vollkommene Bestürzung zu verbergen, „…ich …ich sehe bei Ihnen keine zahlreichen dicken Bücher… keine Beweise!“
Er biß sich beherzt in die Unterlippe, und seine Augen drückten ein herzzerreißendes Mitleid aus.
Eine Lachsalve begleitete seine Worte.
„Hör endlich mit diesem Theater auf!“ schrie Frau Bammert unbeherrscht. „Wir haben etwas Wichtigeres zu tun als diese albernen Spielchen!“
Die Lehrerin konnte kaum noch atmen. Es war ihr zu viel. Ausgerechnet Walter, den sie früher eher als harmlos eingestuft hatte, bereitete ihr nun am meisten Ärger.
Der Junge brummte unzufrieden, doch sie starrte ihn so lange mit ihren stechenden Augen an, bis er verstummte.

„Das sind keine Spielchen, Frau Bammert“, meldete sich ausgerechnet Anna zu Wort, ohne zu wissen, wie es so plötzlich aus ihr herausrutschte.
Die Geschichtslehrerin fuhr mit dem Kopf ein wenig zurück, als wollte sie einer vorbeifliegenden Kugel ausweichen, und schaute ungläubig in ihre Richtung.
„Anna?“ flüsterte sie leise, ihren eigenen Ohren nicht trauend. „Du hältst es für nötig, in dieser Komödie mitzuspielen?“
Anna schwieg, doch zu ihrem Erstaunen verspürte sie keine Angst mehr vor der strengen Geschichtslehrerin. Sie schaute ruhig zurück und dachte freudig nur daran, daß sie vielleicht Frank dadurch sogar geholfen hatte. Zumindest für einen Augenblick die peitschende Wut von ihm abgelenkt!
„Wette ist Wette!“ platzte wieder Walter dazwischen und streckte ihr trotzig sein starkes Kinn entgegen. „Haben Sie Beweise oder nicht?“
Frau Bammert unternahm eine gewaltige Anstrengung, um sich zu beherrschen, schwieg eine Weile und wandte sich an die Klasse mit wohlüberlegten belehrenden Worten:
„Gut! Ich will vor euch nicht verheimlichen, daß dieser Vorgang unter anderem auch im Komitee gegen rechte Gewalt ausgiebig erörtert wurde. Es wurde beschlossen, auf solche offensichtlichen Provokationen nicht mehr zu reagieren. Besonders nach dem Versuch, unter Gymnasiasten rechtsradikale Schriften zu verbreiten. Und die Ausführungen von Frank Uffelmann, die verblüffend genau mit den Behauptungen in diesem Schriftstück übereinstimmen, stellen nichts anderes als eine förmliche Provokation dar und stoßen an die Grenzen der Verharmlosung des Nationalsozialismus und seiner unzähligen Greueltaten…“
„Es geht ja gar nicht um die Greueltaten des Nationalsozialismus“, unterbrach Walter erneut. „Es geht um das Kräfteverhältnis am 22. Juni 1941…“
„Schweig!“ schrie die Lehrerin und wurde wieder blaß vor Wut. „Diese Art von Argumentation entstammt einem extrem rechten

Gedankengut. Daher fordere ich Frank Uffelmann auf, diese Diskussion zu beenden, da sie uns in eine unheilvolle Auseinandersetzung stürzt, die von vielen Schülern, die über keine tiefgehenden Kenntnisse auf diesem Gebiet verfügen, falsch aufgenommen werden könnte. Und gerade dies wäre nicht im Sinne unserer Schulbildung, die sich am unverfälschten demokratischen Wertesystem orientiert."
„Demokratie ist Meinungsfreiheit, Frau Bammert!" sagte Walter und starrte sie unversöhnlich an. „Ausgerechnet dann, wenn einer davon Gebrauch machen möchte, machen Sie ihn sofort nieder."
Frau Bammert schwieg einige Sekunden, während sie ihre weitaufgerissenen Augen so unheilvoll auf ihn richtete, als wollte sie ihn eigenhändig erwürgen.
„Mit dieser Frage haben sich bereits mehrere Wissenschaftler befaßt, deren Autorität offensichtlich für Herrn Uffelmann nicht ausreichend ist, um unseren Bildungsinhalten Glauben zu schenken!" schrie sie mit kreischender Stimme.
Jetzt starrte sie plötzlich Frank an.
„Jede Autorität ist nur dann ausreichend, wenn sie ihren Standpunkt im freien Meinungsaustausch überzeugend vertreten kann", antwortete Frank beunruhigt. „Andernfalls verbietet mir meine Überzeugung, diese Meinung anzunehmen, wie groß der Name des Verfassers auch sein mag."
„Für wen halten Sie sich denn, Herr Uffelmann, daß Sie sich so hoch aufschwingen?" fragte die Lehrerin mit gehässiger Stimme. Dabei fuchtelte sie mit den Händen herum und verzog ihr Gesicht zu einem Ausdruck äußerster Verachtung.
„Für einen mündigen Bürger, der den Werten der Aufklärung verbunden ist", erwiderte Frank tief betroffen.
„Na dann belehren Sie uns doch bitte über die Aufklärung, mit deren Werten Sie sich angeblich verbunden fühlen!" forderte Frau Bammert.
Frank holte Luft, überwand so weit er konnte die Aufregung und erklärte: „Aufklärung ist der Ausgang des Menschen aus seiner selbstverschuldeten Unmündigkeit. Unmündigkeit ist das Unver-

mögen, sich seines Verstandes ohne Leitung eines andern zu bedienen. Selbstverschuldet ist diese Unmündigkeit, wenn die Ursache derselben nicht aus Mangel des Verstandes, sondern der Entschließung und des Mutes liegt. ‚*sapere aude*' steht am Eingang dieses Gebäudes geschrieben: Wage es zu wissen, dich deines eigenen Verstandes zu bedienen!"
Er machte eine kurze Pause und fügte etwas leiser hinzu:
„Zu dieser Lebenseinstellung hat uns der große Meister aufgefordert, dessen Name dieses Gymnasium trägt. Diese Worte kann ich bedingungslos unterschreiben."
Er hatte das so überzeugend und ehrlich vorgetragen, daß die ganze Klasse still und tief beeindruckt auf ihren Plätzen saß.
Annas Herz erfüllte sich mit neuem Mut. Sie erinnerte sich an ihre kleinmütigen Gedanken vor dem Relief des großen Denkers und schämte sich für ihre eigene Schwäche. Sie schaute auf Frank und konnte vor Stolz auf ihn kaum noch auf ihrem Stuhl ruhig sitzenbleiben. Jetzt hätte sie für ihn ins Feuer springen können!
„Ich kann diese Worte auch bedingungslos unterschreiben!" verkündete sie laut, ohne ihre Begeisterung zu verbergen.
„Ich auch!" erklärte Walter.
„Sie betreiben hier nichts anderes als billigen Schwindel!" brüllte Frau Bammert Frank an, ohne auf die beiden Komplizen zu achten. „Ihre Absicht liegt weit außerhalb dessen, was Sie hier verkünden! Ihre wahren Ziele liegen in der Relativierung unserer Geschichte, Verharmlosung von Greueltaten und schließlich in der schleichenden Verklärung der Person Hitlers!"
Frank schaute sie bestürzt an, und als Frau Bammert ihren leidenschaftlichen Vortrag kurz unterbrach, um Luft zu holen, sagte er schnell: „Im Gegenteil, Frau Bammert! Wie kommen Sie auf diesen Gedanken?"
Er wollte noch etwas hinzufügen, doch die Lehrerin blitzte ihn mit ihren haßerfüllten Augen an.
„Für wen halten Sie mich, Herr Uffelmann?" zischte sie mit unheilversprechender Stimme und kniff ihre funkelnden Augen noch enger

zu. „Sie können vielleicht diesen Schülern hier Ihre Märchen erzählen, aber nicht mir!“

Dabei stieß Frau Bammert mit dem gestreckten Zeigefinger in die Brustmitte und verlor den Rest an Selbstbeherrschung.

„Sie erdreisten sich, angesichts des unermeßlichen Leids von Millionen Opfern Fragen aufzuwerfen, die in ihrem Kern unmoralisch und verletzend sind. Sie wissen ganz genau, Herr Uffelmann, im Dienste welcher Ideologie Sie stehen!“

An dieser Stelle erhob sich überraschend Walter und unterbrach sie mit einer düster klingenden Stimme:

„Haben Sie Beweise oder nicht?“

Die ganze Klasse schaute ungläubig auf ihren Walter, tief beeindruckt vom unerwarteten Heldenmut. Einige Gesichter drückten eine Spannung aus, als wollten sie fragen, ob das alles echt sei, was sie hier soeben live erlebten.

Frau Bammert verstummte. Sie runzelte ihre Stirn, schaute aufmerksam in die Augen der Schüler und kam durcheinander. Alle starrten sie nun schweigend an: einige ernst, die anderen beinahe feindselig. Sie glaubte sogar deutlich gehört zu haben, daß auf den letzten Bänken gekichert wurde.

„Frau Bammert!“ wiederholte Walter mit fester Stimme. „Haben Sie Beweise oder nicht?“

Die Geschichtslehrerin explodierte wieder. Die blaugewordenen Lippen auf dem bleichen Gesicht zitterten vor Zorn, und Walter, der direkt vor ihr stand, konnte sogar sehen, wie sich der Speichel in dem eingefallenen rechten Mundwinkel sammelte, jederzeit bereit, in einem dünnen Rinnsal zur Kinnspitze zu fließen.

„Solange Herr Uffelmann und Walter Kaiser in der Klasse sitzen...“, röchelte Frau Bammert heiser, erstickte aber beinahe an einem heftigen Wutanfall.

Wie ein Fisch schnappte sie nach Luft und hob ihre Hand mit dem Schulbuch hoch, während Walter seinen Kopf instinktiv in die Schulter zog und schmerzhaft die Augen zukniff.

Die Lehrerin fuchtelte eine Weile mit dem Buch in der Luft herum,

verzog ihr Gesicht, als hätte sie nach dem passenden Wort gesucht, warf es schließlich auf ihren Tisch und stürzte wie besessen aus dem Klassenraum.
Das Buch klatschte währenddessen auf den Lehrertisch, rutschte auf seiner glatten Oberfläche entlang, nahm noch ein paar Bleistifte und Kugelschreiber mit und krachte schließlich auf den harten Boden.
„Fi-fi-i-i…“, pfiff Walter bedeutungsvoll und drehte sich zur staunenden Klasse um. „Der Himmel über unseren Köpfen, meine Damen und Herren, verdüstert sich zusehends.“

Der Aufstand

Die unglaublichen Ereignisse im Kant-Gymnasium drängten sich an diesem Tage dicht aneinander und drohten, sich gänzlich zu überschlagen.
Kaum verhallten in den menschenleeren Gängen die hastigen Schritte von Frau Bammert, tauchte auf der Schwelle die vielbeschäftigte Sekretärin von Dr. Oldenburg auf und verkündete, daß sie gerne Frank Uffelmann zum Schulleiter begleiten würde. Ihr stets besorgtes Gesicht mit den stark hervorquellenden Augäpfeln hinter der riesigen Brille zerfloß dabei in vieldeutiger Zufriedenheit, was von den meisten als Vorbote eines drohenden Unheils verstanden wurde.
Frank schaffte es gerade noch, seine Aufregung zu bezwingen, und schon sah er sich wieder genötigt, Kraft für die nächste Auseinandersetzung zu sammeln. Denn die korpulente Frau stand wie ein gnadenloser Wächter im Türrahmen, stupste ihre prallen Fäustchen in die Hüfte und ließ deutlich erkennen, daß sie ohne ihn keinen Schritt zurückweichen würde.
Frank erhob sich, schaute verstört umher, und ein schiefes, unbeholfenes Lächeln flog über sein blasses Gesicht.
„Soll ich die Schultasche mitnehmen?“ fragte er besorgt die wartende Frau.
„Nimm sie lieber mit!“ gab sie lässig zur Antwort, und die beiden verschwanden aus dem Klassenraum.
Erdrückende Stille trat ein.
Anna standen die Tränen so hoch, daß sie die Welt vor ihren Augen nur noch verzerrt sehen konnte. Wenn sie jetzt aus dem Fenster hätte springen müssen, um Frank zu helfen, hätte sie es bedenkenlos getan. Sogar Roberto starrte schweigend vor sich hin und empfand ein sehr unangenehmes Gefühl.
Völlig unerwartet erklang mitten in diesem beklemmenden Schweigen die unsichere Stimme von Luka Lemke.
„Das dürfen wir nicht zulassen“, sagte er leise und rieb vor Aufre-

gung an seinem Kinn. „Wir… wir müssen etwas tun.“
Die Gymnasiasten saßen stumm auf ihren Plätzen, und nur Karim, offensichtlich vom gleichen Gefühl erfaßt, erhob sich und erklärte, er wolle draußen mal eine rauchen.
„Wir müssen etwas unternehmen“, wiederholte Luka noch eindringlicher.
„Was?“ fragte nachdenklich Albert, ein hochgewachsener, entschlossen wirkender Junge, der seinen Klassenkameraden an Alter und Reife weit überlegen schien.
Luka kaute an seiner Lippe, vergeblich nach einer Lösung suchend, und schaute hilflos um sich.
„Wir dürfen ihn nicht im Stich lassen!“ pflichtete Anna ihm leidenschaftlich bei. „Vielleicht sollten wir eine Klassenversammlung abhalten?“
„Jetzt hört doch endlich auf!“ meldete sich Benjamin von den letzten Bänken. „Ihr werdet doch einem Rechtsradikalen nicht aus der Patsche helfen?“
Er wirkte sehr erbost und mürrisch.
„Halt’ die Klappe!“ flammte Walter augenblicklich auf. „Sonst…“ Er ballte seine große Hand zu einer Faust, unterdrückte aber seine Drohung und starrte nun feindselig auf Benjamin.
„Ihr könnt hier grad machen, was ihr wollt!“ erwiderte Benjamin beleidigt und wandte sich an seine Freunde, die ebenfalls auf den letzten Bänken saßen: „Kommt ihr?“
Drei Gymnasiasten erhoben sich und folgten schweigend ihrem Freund. Kaum verschwanden sie im leeren Flur, sprang auch Michael von seinem Platz auf. Er war ein absoluter Streber, hatte nur sein bevorstehendes Studium vor Augen und fühlte sich unter diesen Umständen sehr unwohl. Er packte seine Sachen hastig ein, ohne den Blick zu heben, und verschwand ebenfalls aus dem Raum.
„Die Ratten verlassen das sinkende Schiff“, warf Albert ihm hinterher, ging zur Tafel und setzte sich selbstbewußt auf den Lehrerstuhl.
„Will noch jemand verschwinden?“ fragte er die Klasse.

Sein prüfender Blick wanderte von einem Gesicht zum anderen und blieb schließlich auf einem scheu wirkenden Jungen stehen.
„Was ist mit dir, Max?“ fragte er ihn.
Der Junge zuckte ängstlich zusammen, senkte seinen schüchternen Blick noch tiefer zu Boden und stotterte kaum hörbar:
„Ich… ich möchte bleiben.“
„Ich bürge für Max!“ meldete sich Walter und drehte sich mit dem ganzen Körper zu Albert. „Laß ihn bitte!“
„Gut!“ sagte Albert erleichtert. „Wir müssen einen Vorsitzenden wählen. Matthias, du bist doch der Klassensprecher, willst du es anpacken?“
„Nein, nein!“ beeilte sich Matthias, seinen heftigen Widerspruch anzumelden, und fuchtelte entschieden mit den Händen vor seinem Gesicht herum. „Das ist keine offizielle Klassenversammlung. Außerdem sitzt du dort schon so gut. Bleib lieber dort, wo du bist!“
Zustimmendes Murren zog durch die Reihen.
„Wollen wir vielleicht der Ordnung halber einen Protokollführer wählen?“ fragte Albert. „Vielleicht du, Luka?“
„Ich würde es schon gerne tun, nur habe ich eine schlechte Schrift.“
Die Klasse kicherte, auf den verstörten Luka schauend, der mit vorwurfsvollem Unverständnis nach allen Seiten blickte.
„Wer kann diese Aufgabe übernehmen?“ fragte Albert erneut.
Alle schauten einander ausweichend an, bis sein aufmerksamer Blick auf Anna fiel. Sie meldete sich, ging entschlossen nach vorne, setzte sich neben Albert und legte vor sich einen Stapel karierter Blätter hin, während der Lärm im Klassenraum ständig anwuchs. Man kam langsam zu sich, flüsterte und redete erwartungsvoll miteinander, bis der Klassensprecher Matthias das Wort ergriff.
Er erhob sich und legte sofort los:
„Leute! Laßt mich die Wahrheit in kurzen Worten zusammenfassen und zwar so, wie es der Namensgeber unseres Gymnasiums von uns gefordert hat!“
„Warte!“ rief ihm Georg zu. „Du siehst so feierlich aus! Ich hole dir ein Glas Wasser und ein Mikrophon.“

Die Klasse lachte, doch Matthias war nicht zum Spaßen aufgelegt. „Ich will jetzt mit euch ernst reden. Auch wenn es einigen von euch immer noch schwerfällt, den Kindergarten hinter sich zu lassen“, fuhr er laut und deutlich fort. „Es ist, glaube ich, kein Geheimnis mehr, daß Frank den meisten von uns trotz seiner ungewöhnlichen Ansichten leid tut. Ich habe zuerst auch gedacht, daß er blufft. Mit dieser Kant'schen Wahrheit und so. Aber wir haben es heute gesehen, daß er es wirklich so meint. Er ist ein ehrlicher Kerl! Wir dürfen aber nicht vergessen, daß wir ihm nur dann helfen können, wenn er seine Worte über den Krieg zurücknimmt oder relativiert.“
Plötzlich sprang Luka auf.
„Nein! Das wird er nicht tun!“ stieß er leidenschaftlich aus und erschrak bereits im nächsten Augenblick selbst über die eigene Heftigkeit.
„Luka!“ redete seine Nachbarin Melanie liebevoll auf ihn ein und zog ihn sanft am Ärmel wieder hinunter. „Beruhige dich! Sonst drehst du hier noch durch!“
„Dann muß er zumindest diese Aktion mit den Flugblättern auf dem Schulhof aufrichtig bereuen“, schlug Matthias vor.
„Er hat doch klar und deutlich gesagt, daß er das nicht gemacht hat“, mischte sich Georg ein.
„Aber wer könnte es noch getan haben?“ fragte Matthias und schaute sich fragend um. „Wer? Nur er hat dieses Thema vor einer Woche angeschnitten. Lies doch die Seiten durch, das ist doch fast eins zu eins sein Vortrag! Nur in gedruckter Form.“
Er holte aus der Schultasche die angesprochene Broschüre und streckte sie, rasch durchblätternd, der schweigenden Klasse hin.
„Ich habe sie schon ganz durchgelesen. Das ist sein Vortrag!“ sagte Matthias mit Nachdruck. „Wenn er das nicht zugibt und nicht bereut, dann können wir ihm nicht helfen. Das ist doch ein Hammer! So etwas in der ganzen Schule zu verteilen! Dafür kann man aus dem Gymnasium fliegen! Wenn er damit nicht fertig wird, sind wir auch machtlos.“

„Was hast du dort so furchtbar Schreckliches gefunden?“ fragte Luka herausfordernd.
„Hier!“ sagte Matthias und zeigte auf die Broschüre. „Hier wird unsere Geschichtsschreibung auf den Kopf gestellt. Hier wird behauptet, Stalin wollte die Wehrmacht angreifen und Hitler kam ihm mit seinem Barbarossa-Plan um zwei Wochen zuvor! Verstehst du, was das bedeutet?“
„Ist es eine bloße Behauptung, oder wurde dort auch der Nachweis erbracht?“ fragte Luka wieder und richtete seine strahlend blauen Augen kämpferisch auf den Klassensprecher. „Ich habe die Broschüre auch gelesen! Es ist ein wissenschaftlicher Beitrag. Wenn jemand nicht einverstanden ist, soll er zuerst das Gegenteil beweisen!“
Es brodelte in der Klasse, und das lärmende Durcheinander gewann an Stärke.
„Und wenn er damit nichts zu tun hatte?“ fragte Walter plötzlich.
Es wurde stiller.
„Dann wäre das was anderes! Aber das kann man ja nicht beweisen. Alle Indizien sprechen gegen ihn.“
„Von der Broschüre wußte er nichts“, sagte Walter mit tonloser Stimme und erhob sich.
„Woher weißt du denn das?“ wunderte sich Albert, während die ganze Klasse neugierig auf den blonden Jungen mit den braunen Augen starrte.
„Weil ich sie geschrieben habe“, antwortete er und ließ sich wieder auf den Stuhl sinken.
„Du?“ fragte Albert ungläubig und stützte seinen Kopf erschöpft mit beiden Händen ab. „Hätte ich doch lieber nichts gefragt.“
„Warum hast du es getan?“ fragte Roberto verstimmt.
„Weil ich es für richtig halte!“ brauste Walter auf und schlug beherzt auf den Tisch. „Ich habe das Buch von Suworow gelesen! Das ganze Internet durchgewühlt, Daten verglichen und zu dem Schluß gekommen, daß dort fast alles stimmt. Zumindest habe ich keine Gegenbeweise gefunden. Nur haltlose Schuldzuweisungen und

Verdächtigungen an Suworow. Aber nichts Sachliches! Nichts, was seine Argumente auch nur im geringsten widerlegen könnte. Warum sollte ich meine Überzeugung verstecken? Auch wenn sie für andere vielleicht fraglich erscheint. Wo leben wir denn? Wenn jemand eine andere Meinung vertritt, dann sollen sie Suworow in einer redlichen wissenschaftlichen Diskussion widerlegen! Solange es nicht der Fall ist, bleibe ich dabei! So wahr ich Walter Kaiser heiße!"
Er verstummte und schaute verärgert zum Fenster hinaus.
„Jetzt schmeißen sie euch beide raus", sagte Georg mit seltsam albern klingender Stimme. „Ende der Vorstellung."
An dieser Stelle erhob sich wieder Luka Lemke. Er war sehr ernst, wirkte nervös und wandte sich mit finsterer Miene zu Georg:
„Es ist überhaupt nicht lustig, wenn Walter und Frank aus dem Gymnasium rausgeworfen werden. Wir… wir müssen jetzt zusammenhalten! Unabhängig davon, ob die Darstellungen in der Broschüre so stimmen oder nicht! Ich bin überzeugt, keiner von uns glaubt, daß Frank oder Walter Hitler reinwaschen wollen. Das ist die Hauptsache! Alles andere klären wir schon irgendwie. Wenn wir solidarisch sind, dann… dann sind sie machtlos!"
Alle schwiegen und schauten auf Luka.
„Was schlägst du vor?" fragte Albert.
„Es sind zwei Sachen!" sagte Luka, mit steigender Aufregung kämpfend, und richtete einen fragenden Blick auf ihn.
„Na los!" ermutigte ihn Albert. „Erkläre!"
„Wir sollten die Teilnahme am Unterricht bei Frau Bammert verweigern, bis sie ihre Ankündigungen und Drohungen zurücknimmt!"
Ein verblüfftes Murren flog über die Reihen. Der Klassensprecher Matthias sprang auf und wandte sich erregt an Luka:
„Verstehst du überhaupt, was du da sagst? Dann ist es eine Konfrontation, ein Aufstand! Dann gibt es nur noch: entweder – oder! Es wird dann damit enden, daß sie die beiden tatsächlich aus dem Gymnasium rauswerfen. Du kannst dir doch nicht im Ernst vorstellen, daß der Besenstiel nachgeben wird!"
Er verstummte und legte erschrocken die Hand auf den Mund, als

wollte er die letzten Worte doch noch aufhalten. Prompt begriff er, daß seine schnelle Zunge den wachsamen Verstand um einiges überholt hatte. Als Klassensprecher den Spitznamen von Frau Bammert zu erwähnen, war unklug und kurzsichtig.
„Dann müssen sie uns eine andere Geschichtslehrerin geben!“ entgegnete Luka trotzig. „Sie hat die Frage selbst so gestellt. Entweder Frank und Walter, oder sie! Auf jeden Fall möchte ich nicht mehr bei ihr Geschichte haben.“
„Nicht schlecht wär’s, den Besenstiel loszuwerden“, seufzte jemand verträumt von den hinteren Bänken.
„Ihr glaubt doch selbst nicht, daß es gelingt!“ stieß Matthias verzweifelt aus.
Doch Luka blieb unbeeindruckt:
„Wenn sie die beiden rauswerfen, dann sollten wir die Teilnahme am Unterricht ganz verweigern, bis sie wieder bei uns sind!“
„Luka hat recht. Ich würde mitmachen!“ verkündete Anna und sprang sofort hoch. „Ich gehe dann nicht mehr zur Schule, bis sie wieder im Gymnasium aufgenommen werden.“
„Das haben wir auch nicht bezweifelt“, bemerkte Georg mit vieldeutiger Stimme, während es von allen Seiten kicherte und grinste. Anna wurde heiß im Gesicht. Sie senkte ihre Augen, wurde zunehmend rot, blieb aber trotzdem stehen.
Das Kichern legte sich aber sehr schnell, als auch Maria, ein schüchternes griechisches Mädchen, das bis dahin unauffällig am Fenster saß, sich langsam von ihrem Platz erhob.
„Ich auch“, stammelte sie kaum hörbar, schaute dabei auf Albert, als wollte sie sich bei ihm für irgend etwas entschuldigen, und lächelte ihm verlegen zu.
Matthias rieb sich angestrengt den Nacken und konnte seine Empfindungen nicht mehr ganz einordnen. Sein Blick wanderte hilflos von Maria zu Luka hinüber, dann wieder zu Anna.
„Ihr seid doch verrückt!“ stellte er in einem erheiterten Ton fest, als ginge ihm soeben eine bis dahin verborgene Wahrheit auf, und starrte fragend auf Luka.

Doch Luka, klein und schlank wie er war, erwiderte seinen Blick mit wilder Entschlossenheit, was seinem Aussehen noch mehr an rührend edlem Heldenmut verlieh. Die schmal gewordenen Lippen preßten sich rebellisch zusammen, während sein fein geschnittenes Kinn stolz über die Köpfe seiner Schulkameraden hinwegzeigte. Er sah wie ein kleiner Anführer aus! Ein Napoleon!
„Luka! Bist du es?“ seufzte Melanie mit großem theatralischem Geschick und ergriff leidenschaftlich seine Hand. „Hättest du heute deine Hände gewaschen, würde ich sie jetzt mit heißesten Küssen bedecken.“
Der Junge warf ihr von oben her einen vorwurfsvollen Blick zu und versuchte vergeblich, seine Hand zu befreien, während Melanie mit sinnlich verschleierten Augen zu ihm aufblickte:
„Was hast du heute getrunken, mein edler Ritter?“
Luka war sehr verärgert, doch Melanie streichelte ihn beruhigend am Oberarm und schwor feierlich, von nun an zu schweigen.
„Willst du etwa auch so waghalsig werden?“ warf Georg dem witzigen Mädchen erheitert zu.
„Nein! Ich wollte Matthias einen Schluck anbieten, damit er nicht zufällig in die Hose macht.“
Matthias antwortete nicht und winkte entnervt mit der Hand ab, während die Klasse wieder auflebte.
Georg aber, ein ruppig aussehender langgewachsener Bursche mit kantigem Gesicht, strahlte Luka mit unverfälschter Neugier und Bewunderung an:
„Jetzt weiß ich, wo all die Leute herkommen, die Aufruhr und Revolutionen anzetteln. Sie verbergen sich geschickt unter uns, brüten im Stillen ihre umstürzlerischen Gedanken aus, schmieden sie zu staatsfeindlichen Plänen, und wenn der Augenblick es zuläßt, schlagen sie erbarmungslos zu.“
Alle lachten, doch Luka gab sich unbeeindruckt.
„Stimmen wir doch ab!“ schlug er mit bemerkenswerter Beharrlichkeit vor. „Wer ist dafür?“
Er selbst, Anna und Maria erhoben sofort ihre Hände. Lukas Blick

wanderte durch den Raum, glitt von einem zum anderen, und die Zahl der zögernd erhobenen Hände wuchs immer weiter. Es war bereits fast ein gutes Dutzend davon.
Die übrigen drehten unentschlossen und ratlos die Köpfe, schauten mal zum einen, mal zum anderen, bis die meisten Blicke erwartungsvoll auf Roberto gerichtet waren.
Er saß die ganze Zeit in ziemlich düsterer Stimmung da, beobachtete das Geschehen und schwieg, was seinem Temperament keineswegs entsprechen konnte. Um so wichtiger war es für die anderen zu erfahren, was er, Roberto, das Flaggschiff der Linken, zu all dem zu sagen hatte.
Roberto blickte in die schweigenden Gesichter, und seine Augen wurden verräterisch unruhig. Er zögerte, überwand langsam seine Zweifel, preßte die Lippen fest zusammen und hob schließlich seine Hand hoch.
„Roberto!“ stieß Matthias fassungslos aus. „Auch du?“
„Ja“, entgegnete der Junge trocken, „ich stimme aus Prinzip dafür. Ich will meine Gegner auf dem Feld der Ehre bekämpfen. Nicht mit Verweisen und Verboten. Jeder darf seine Meinung in ehrlicher Diskussion vertreten. Jeder!“
Die Klasse war tief beeindruckt, und die Zahl der zustimmenden Hände verdoppelte sich augenblicklich.
„Auch du, Brutus?!“ stieß Georg mit klagender Stimme aus, streckte seine erlahmende Hand hilfesuchend zu Roberto aus und rutschte gleich darauf auf den Fußboden hinab, einen schmerzlichen Tod vorspielend.
Die Klasse brach in schallendes Lachen aus, während sich Georg vom Boden erhob.
„Ihr beide habt beinahe so ausgesehen, wie Cäsar und Brutus“, erklärte er dem lachenden Roberto.
Der Klassensprecher Matthias gab auf und ließ seinen Kopf verzagt hängen.
„Morgen werden sie mich im Lehrerzimmer lynchen“, stöhnte er verzweifelt und schlug die Hände gegen seine abstehenden Ohren.

„Was ist mit euch nur los? Was habt ihr alle bloß gegessen?"
„Hör auf zu jammern! Dich werden wir auch nicht im Stich lassen", warf Roberto ihm unbeeindruckt zu. „Bist du dafür oder dagegen?"
„Ich enthalte mich", erwiderte Matthias mit schmerzerfüllter Stimme und wandte sich flehend an Anna, die eifrig das Protokoll niederschrieb. „Schreib dort unbedingt rein, daß ich mich enthalten habe! Vielleicht lassen sie mich dann am Leben."
Es wurde auf die Schnelle eine Erklärung verfaßt. Man wollte bis zur Pause damit fertig werden. Die Erklärung wurde dreimal geschrieben und unterschrieben: einmal für Frau Bammert, einmal für den Schulleiter und eine Ausfertigung für die Klasse. Dann gingen Albert, Anna und Luka zum Schulleiter und trafen auf der Treppe Frank.
„Überlebt?" fragte Albert ernst.
„In Ordnung", erwiderte Frank und fing Annas mitleidvollen flüchtigen Blick auf.
„Geh in den Klassenraum!" flüsterte sie ihm geheimnisvoll zu. „Wir kommen gleich und erklären dir alles."
Er wollte auch etwas sagen, doch Albert winkte Anna ungeduldig mit der Hand und alle drei verschwanden aus seiner Sichtweite.
„Mir scheint, daß Frank einigen von uns auch dann lieb und teuer bleibt, wenn er auf dem Marktplatz ‚Heil Hitler!' schreien würde", flüsterte Albert in Lukas Ohr und warf einen vielsagenden Blick auf Anna.
Lukas Mundwinkel zogen sich fast bis zu den Ohrläppchen auseinander, während Anna wieder heiß im Gesicht wurde. Ist mein Benehmen so auffallend, daß jeder es merkt, dachte sie erschrocken. Was merkt? Was? Die Gedanken kreisten und drängten sich nur in eine einzige Richtung. Nein, nein, wehrte sie sich vehement dagegen, völliger Unsinn! Doch die Unruhe wollte nicht weichen und nistete sich immer tiefer in ihre Seele ein: Man muß vorsichtiger sein… viel vorsichtiger…
Sie hatten Glück und trafen Dr. Oldenburg in seinem Arbeitszim-

mer. Er hörte sie geduldig an, nahm die Erklärung besorgt, aber respektvoll entgegen, fragte die delegierten Schüler kurz aus und verkündete, daß er sich der Sache persönlich und mit gebotener Unbefangenheit annehmen würde. Dabei bat er um Besonnenheit und Zurückhaltung, zumindest bis er Klarheit in dieser Angelegenheit gewonnen habe.

Der Schulleiter

Noch während die Klasse ihre spontane Versammlung abhielt, ereignete sich folgendes:
Frank kam mit der Sekretärin von Dr. Oldenburg in das zweite Stockwerk und blieb eine Weile im leeren Vorzimmer stehen, bis sie dem Schulleiter sein Erscheinen gemeldet hatte.
Mit starkem Herzklopfen betrat er das große, gut eingerichtete Zimmer des Schulleiters. Gleich an der Schwelle traf ihn ein sicherer, tiefgehender Blick. Dr. Oldenburg saß an seinem Arbeitstisch und bedeutete ihm mit einer respektvollen Handbewegung auf einen schlichten Polsterstuhl, der unweit vor seinem Tisch stand.
„Darf ich zu Ihnen ‚du' sagen?“ fragte er offen und freundlich.
Die Stimme klang weich, was sein vertrauenerweckendes, gepflegtes Aussehen sehr vorteilhaft ergänzte.
„Natürlich!“ sagte der Junge, versuchte zu lächeln, doch die Spannung saß ihm noch tief in den Knochen und verzerrte jedes Gefühl.
„Danke“, erwiderte Dr. Oldenburg.
Wieder beobachtete er den neuen Gymnasiasten und schwieg.
„Kaum zwei Wochen her, daß wir uns kennengelernt haben?“ fragte er leicht erheitert.
„So ist es“, bestätigte Frank.
„Irgendwie hatte ich schon damals ein deutliches Gefühl, daß wir uns bald wiedersehen würden“, sagte Dr. Oldenburg. „Merkwürdig! Nicht wahr?“
Frank antwortete nicht und zuckte nur hilflos mit den Achseln.
„Ich habe gehört, daß du dich von Kant sehr angetan fühlst. Sogar versuchst, nach seinen Handlungsmaximen zu leben?“
„Es ist richtig. Ich versuche es.“
„Wäre ich abergläubisch, würde ich jetzt sagen, daß dein Erscheinen bei uns doch kein Zufall war.“
Frank lächelte ihn an, und seine Augen erstrahlten dabei so kindlich rein und anziehend, daß Dr. Oldenburg für einen Augenblick ein echtes Gefallen an diesem Jungen fand.

„Du hast ein großes Interesse für Geschichte? Nicht wahr?"
„Ja."
„Und?" fragte der Schulleiter. „Glaubst du wirklich, daß es so einfach ist, die Wahrheit zu ergründen? Ist sie nicht wie ein launisches Wesen mit tausend Gesichtern? Ist es nicht so, daß sie jedem von uns eine andere Geschichte ins Ohr flüstert? Vielleicht hängt es nur davon ab, von welcher Seite wir uns ihr nähern?"
„Es gibt nur eine Wahrheit", sagte Frank mit großem Gefühl.
„Sogar?"
„Ja", bestätigte der Junge. „Diese Wahrheit ist Gott!"
Dr. Oldenburg lehnte sich in seinem Sessel zurück und bemühte sich eiligst um Richtigstellung:
„So weit habe ich jetzt nicht gedacht. Ich bin immer noch bei unserer leidigen Geschichte. Erzähl mir lieber ein wenig darüber, was die anderen so mächtig gegen dich aufgebracht hat."
Frank lebte auf und fing sofort an:
„Die eigentliche Streitfrage entbrannte um das Kräfteverhältnis der Wehrmacht und der Roten Armee am 22. Juni 1941 und um die sowjetischen Angriffspläne. Frau Bammert ist der Meinung, daß die russischen Panzer T-34 und die schweren Panzer KW…"
„Frank!" unterbrach ihn Dr. Oldenburg und erhob seine Hand wie schützend vors Gesicht. „Hör mir zu!"
Er machte eine Pause und blickte ihm vertrauensvoll in die Augen.
„Laß mich zu dir ehrlich sein! Ich will dein Vertrauen gewinnen. Verstehst du? Vertrauen! Das heißt, daß wir über Dinge reden können, die in der Öffentlichkeit kaum besprochen werden."
Frank wurde unruhig, wollte seine Bedenken anmelden, doch der Schulleiter kam ihm zuvor:
„Nur weil die Öffentlichkeit für solche Gesprächen nicht vorbereitet ist. Dazu fehlt den meisten Menschen das nötige Basiswissen. Vor allem aber die Übung im logischen Denken. Was dir offensichtlich bereits in die Wiege gelegt wurde."
Frank wurde bei diesen lobenden Worten unwohl.
„Wenn du von mir die Wahrheit erwartest, so mußt du sie dir auch

anhören können!“ reagierte Dr. Oldenburg augenblicklich. „Du erwartest doch von mir die ganze Wahrheit? So wie es Kant von uns gefordert hat. Ich weiß einiges über dich! Du denkst vielleicht, ich habe es nicht gesehen, wie du jedesmal am Eingang vor dem Kant-Relief stehen bleibst? Sogar aus meinem Arbeitszimmer erkenne ich das Feuer in deinen schönen Augen.“

Frank war tief beeindruckt und seinem Gesicht war zu entnehmen, daß er eine solche Wendung nicht erwartet hatte.

„Wenn wir schon bei Kant sind, dann laß uns miteinander offen reden! Wenn du es auch aus jugendlicher Bescheidenheit leugnest, so ist es doch die reinste Wahrheit, daß ich nicht der erste bin, der auf deine offensichtliche Begabung hingewiesen hat. Es ist nicht von der Hand zu weisen, daß in deinem Wesen Fähigkeiten schlummern, die nicht in Bildungseinrichtungen erworben werden können. Was nützt es uns also, so zu tun, als ob?“

Frank schwieg, während der Schulleiter seinen Vortrag fortsetzte: „Du meinst wahrscheinlich, daß ich nicht weiß, was du mir über die Umstände des Überfalls auf die Sowjetunion mitteilen willst. Vielleicht kenne ich nicht jedes Detail! Vielleicht! Doch in der Geschichtswissenschaft gibt es so etwas wie ein Gefühl für das Richtige. Wenn man sich nur lange genug mit dem Stoff beschäftigt hat, so können auch die Quellenlücken einen aufmerksamen Forscher nicht über die Wahrheit hinwegtäuschen. Es wird für dich vielleicht unerwartet klingen, wenn ich dir offen sage, daß auch ich davon überzeugt bin, daß Stalin Anfang Juli 1941 Europa überfallen wollte und daß Hitler, in die Enge getrieben, nichts anderes übrig blieb, als loszuschlagen, um doch noch eine winzige Chance zu bekommen, seinen Kopf aus der Schlinge zu ziehen.“

Dr. Oldenburg schaute zufrieden ins Gesicht seines Schülers und genoß die überwältigende Wirkung seiner Worte. Franks Augen waren weit geöffnet und strahlten ungläubiges Staunen aus.

„Sie... Sie vertreten diese Meinung?“ stammelte er verdutzt.

„Ich vertrete sie nicht. Ich habe sie“, erwiderte der Schulleiter ausweichend.

„Aber Sie glauben doch daran, was Sie jetzt gerade gesagt haben?"
„Ja", bestätigte Dr. Oldenburg völlig gelassen und verschränkte seine Arme vor der Brust. „Mehr noch: Wenn Hitler die Sowjetunion am 22. Juni 1941 nicht so unerwartet und militärisch geschickt angegriffen hätte, wäre Europa in einigen Monaten bestimmt sowjetisch geworden. England übrigens auch. Vielleicht sogar im gleichen Jahr. Stalin war im Gegensatz zu Hitler dabei, eine gewaltige Invasionstruppe aufzustellen, die nicht nur Fallschirmjäger, sondern auch das schwere Gerät auf dem Luftwege in jedes Land bringen konnte. England wäre innerhalb einiger Wochen untergegangen. Es wäre etwas viel Schrecklicheres als Dünkirchen… es wäre für England das endgültige Aus gewesen."
Frank saß wie benommen, ein wenig nach vorne gelehnt, und sogar seine Stirn runzelte sich ungläubig.
„Doch deswegen werden sie uns natürlich nicht als Befreier feiern", schmunzelte Dr. Oldenburg. „Und das zu Recht! Denn es gibt Wahrheiten, die in ihrem Rang weit über den anderen stehen und nicht aufgehoben werden können. Auch dann nicht, wenn der eine oder der andere an ihr einen kleinen Fleck gefunden hat. Und eine dieser übergeordneten Wahrheiten besteht darin, daß der Nationalsozialismus mit seiner rücksichtslosen Ideologie ein Unheil angerichtet hat, das in der Menschheitsgeschichte seinesgleichen sucht. Was, wenn Hitler als erster die Atombombe in die Hände bekommen hätte? Wir wissen nicht einmal, was passiert wäre, wenn dieser furchtbare Krieg uns nur fünf Jahre später heimgesucht hätte. Vielleicht wäre die ganze Welt in einer atomaren Feuersbrunst untergegangen? Daher bleibt uns nur diese eine unteilbare übergeordnete Wahrheit. Sie ist ein sicherer Leuchtturm auf unserem Wege. Nur diese eine Wahrheit!"
Frank atmete tief durch, und das lodernde Feuer in seinen Augen verlor ein wenig an Stärke.
„Es ging mir nur um eine Detailfrage..."
„Dann sag mir bitte, was die öffentliche Verkündung der vollen Wahrheit in dieser, wie du sagst, Detailfrage an unserer Wertung

des Nationalsozialismus und dessen Untaten ändern würde? Sie würde nur die unreifen Geister zum irrsinnigen Schluß verleiten, daß der Krieg gegen die Sowjetunion ein gerechter Krieg war. Ein Krieg gegen den Bolschewismus! Mir graut davor, sich einmal die Folgen dieser neu verkündeten Wahrheit vor Augen zu halten. Wie sie vor allem im Ausland aufgenommen würde! Die Wahrheit ist eine sehr scharfe Waffe. Ein Schwert! Wenn man mit ihm ohne Bedenken nach allen Seiten austeilt, so werden wir bald in einem furchtbaren Gemetzel enden! Gefühle verletzen! Alte Wunden aufreißen! Was hast du, zum Beispiel, mit deinen Flugblättern erreicht, mit denen du am Montag den ganzen Schulhof überflutet hast?"
Er zeigte mit der Hand auf seinen Schreibtisch, wo eine zusammengeheftete Broschüre lag.
„Das war nicht ich", erwiderte Frank.
Dr. Oldenburg warf ihm einen prüfenden Blick zu und hob seine Augenbrauen verwundert hoch.
„Das hat mich wirklich überrascht", gab er offen zu. „Doch ich glaube es dir. Und trotzdem bin ich davon überzeugt, daß diese unbesonnene Aktion auf dein Erscheinen in unserem Gymnasium zurückzuführen ist."
„Es ist nicht ausgeschlossen", bestätigte Frank mit wachsender Unruhe.
„Und?! Was ist das Ergebnis von diesen kleinen Wahrheiten? Du meinst wohl, daß deine Schulkameraden imstande sind, diese Wahrheiten richtig zu verdauen. Die einen halten dich für einen Rechtsextremisten und werden wohl bald eine antifaschistische Einheitsfront bilden; die anderen verkünden glückselig, daß endlich ein stichhaltiger Beweis erbracht wurde, daß Hitler recht hatte! Das ist alles!
Wenn du schon unbedingt dein Leben dem Kampf um die Wahrheit widmen möchtest, dann wäre es doch angebracht, zunächst einmal das Gymnasium zu beenden. Du kannst es ohne Schwierigkeiten mit Auszeichnung tun. Dann ein Studium der Geschichte, Doktorarbeit, vielleicht sogar Habilitation. Das ist dein Weg! Verstehst

du? Einem reifen Geist genügt ein einziger Blick in deine Augen, um dort eine Tiefe festzustellen, die den Weg zu den höchsten Gipfeln unserer Gesellschaft geradezu unvermeidlich macht. Ich weiß, daß du dich beweisen möchtest. Wer will das nicht, besonders wenn man jung und voller Energie ist! Ich kann dir sogar eine Empfehlung für die Hochbegabtenschule schreiben! Wenn es deinen Ehrgeiz befriedigen würde.

Geh diesen Weg! Und wenn du die Höhen erklommen hast, dann mach dir ernsthafte Gedanken darüber, wie du Wege und Mittel findest, deine Wahrheit den Mitmenschen so beizubringen, daß sie Frieden und nicht eine neue Feindschaft bringt."

Er seufzte, überlegte einen Augenblick und starrte nun wie abwesend vor sich hin:

„Nein, nein, lieber Frank, wir sind Gefangene unserer Geschichte und werden es noch lange bleiben müssen. Dies zu wissen und dabei zu schweigen, ist nicht unsere Schwäche, sondern eine Art neuartiger Heldenmut unseres Volkes, mit dem wir uns diesem Problem stellen, um den Opfern des Nationalsozialismus gerecht zu werden. Auch dort zu schweigen, wo die Zweifel gerechtfertigt wären!"

Im Gesicht des Jungen zeigte sich inzwischen tiefe Enttäuschung, doch seine Augen flammten wieder auf.

„Nein!" widersprach er heftig. „Nein! Auch diese große Wahrheit ist nicht imstande, die Wahrheit in Detailfragen aufzuheben. Denn diese Fragen gehen in die Tiefe, sie sind fest mit dem Schicksal einzelner Menschen verbunden, die nicht unter die Räder dieser großen Wahrheit geraten dürfen. Eine junge Krankenschwester, die ihr Leben an der Front einsetzte, um Verwundete aus dem Kampfkessel zu retten, oder ein achtzehnjähriger Bursche, der in die eisigen Laufgräben bei Stalingrad geworfen wurde? Was ist mit ihnen? Für sie alle, die unbestritten Unwissenden, die im guten Glauben gelebt und gehandelt haben, sind wir, die Nachgeborenen keine Richter! Wir sind nicht befugt, das Andenken an diese Menschen auf dem Altar der vermeintlichen Friedensstiftung zu opfern!

Man verlangt nachträglich von ihnen, sie hätten sich gegen das Regime auflehnen sollen! Auch durch den Einsatz ihres Lebens! Und das verlangen Menschen, die selbst für die Wahrheit nicht das geringste Opfer zu erbringen bereit sind. Weder ihren Posten noch ihr vermeintliches Ansehen! Selbst eine unbequeme Auseinandersetzung mit den eigenen Eltern oder Kindern ist ihnen zu viel. Geschweige denn, sie wären bereit, ihr Leben einzusetzen! Warum fordert man von den anderen das, wozu man selbst nicht im geringsten bereit ist? Sind solche Menschen geeignete Richter?
Hunderttausende unschuldiger Kinder und Frauen wurden mit kalter Absicht in der Feuersbrunst unserer Großstädte verbrannt! Was ist mit ihnen? Diese Kinder und Frauen stehen genauso wie die anderen Opfer jede Nacht vor mir und schauen schweigend in meine Augen, als würden sie mich… mich fragen wollen, was sie in ihrem Leben falsch gemacht haben!
Wenn ich schweigen würde, dann verleugne ich sie! Verstehen Sie? Ich kann sie nicht verraten. Wie kann ich dann den fragenden Blick nur eines einzigen dieser unschuldigen Kinder aushalten? Ich will mich zu diesem Verrat nicht zwingen! Ich möchte nicht, um mein Gewissen zu beruhigen, nach zweifelhaften Erklärungen suchen. Ich möchte nicht mein feiges Schweigen als eine Tugend verkaufen müssen!“
Frank verstummte und versuchte sich zu beruhigen.
„Der bloße Hinweis darauf, daß man damit nur wenig bewirkt, reicht mir nicht aus“, fügte er warnend hinzu und schlug seine Augen schicksalsgläubig nieder.
Als er sie wieder aufmachte, saß Dr. Oldenburg immer noch schweigend auf seinem Stuhl und schaute nachdenklich zu ihm hinüber.
„Ich kann deine Empfindungen sehr gut nachvollziehen“, sagte er leise und wandte seinen Blick zur Seite, „doch bei aller Richtigkeit deiner Ausführungen kannst du nicht abstreiten, daß wir als Volk diese Schuld auf unsere Schultern geladen haben.“
Frank lächelte traurig und entgegnete ihm wesentlich ruhiger:
„Der Hinweis auf Sippenhaftung klingt aus ihrem Munde leider

nicht überzeugend. Sie werden der erste sein, der sie bedingungslos verleugnen würde, wenn jemand zum Beispiel versuchen würde, das auffällige Benehmen einiger Türken der gesamten türkischen Gemeinde in Deutschland zur Last zu legen. Sie werden der erste sein, der diese Sippenhaftung als menschenverachtend und ausländerfeindlich verdammen würde. Warum macht man dann unschuldige Kinder und wehrlose Frauen für die Verbrechen eines Regimes verantwortlich?"

Wieder erglühte sein Gesicht in heftigster Hingabe.

„Für alle Menschen gibt es nur eine Wahrheit, die uns von Christus verkündet wurde. Gott schaut in die Herzen der Menschen und sieht ihre wahren Absichten, ihre Gefühle. Und das ist die einzige Wahrheit! Die Wahrheit ihrer Empfindungen! Des guten Willens! Wie jeder einzelne dabei gehandelt hat, unabhängig davon, auf welcher Seite er stand. Ist er ein Mensch geblieben oder unterlag sein Wille dem Bösen? Hat er versucht, in seiner unmittelbaren Nähe das große Leid zu lindern, oder hat er es unnötig vermehrt? Was ist mit den Urherbern des Bombenkrieges gegen die unschuldigen Menschen unserer Großstädte? Auch wenn die Historiker diesen Verbrechern nachträglich die angebliche Rechtfertigung für ihre Untaten zur Verfügung stellen, sind ihre Verbrechen dadurch nicht minder geworden. Viele unrühmliche Tatsachen, die diese Rechtfertigungen stützen, sind erst später bekannt geworden, sie haben zur Tatzeit die Entscheidungen und das Handeln dieser Menschen nicht beeinflußt. Für die Bewertung ihrer Taten gilt ebenfalls nur der Grundsatz des guten Willens!

Welche Gründe auch dafür sprechen mögen, glaube ich nicht an die rettende Lüge. Eine solche kann nur über eine kurze Zeit die Menschen täuschen. Sie hinterläßt nur Bitterkeit und Mißtrauen. Sie bleibt immer eine Lüge! Sie hat uns dazu geführt, daß den Massenmördern wie Harris Denkmäler errichtet werden, ohne daß wir einen Widerspruch anzumelden wagen. Sie führt zur geistigen Sklaverei eines ganzen Volkes. Und doch! Die Wahrheit wird immer siegen!"

„Leider kann sie auch zu spät siegen", warf der Schulleiter warnend ein. „Für dich zu spät, meine ich. Für dich!"
„Ich habe Sie sehr wohl verstanden, Herr Oldenburg", erwiderte Frank, immer noch von einem starken Gefühl erfaßt.
„Und? Welche Schlüsse ziehst du daraus?" fragte der Schulleiter. „Gibt es Hoffnung auf ein vernünftiges Benehmen? Auf einen Kompromiß?"
„Ich kann keine Verpflichtungen eingehen, die mein Wahrheitsempfinden einschränken würden", antwortete Frank.
„Warum bist du nur so unvernünftig?" stieß Dr. Oldenburg enttäuscht aus. „Warum?"
Seine Unzufriedenheit mit dem widerspenstigen Gymnasiasten erreichte ihren Höhepunkt und sein Gesichtsausdruck machte deutlich, daß er eine Antwort erwartete.
„Der Wind weht, wo er will", sagte Frank leise und blickte tief in seine Augen.
„Wenn du schon mit einem schönen Bibelzitat angefangen hast, dann sprich es zu Ende!" forderte Dr. Oldenburg und spürte, wie er von einem merkwürdigen Gefühl erfaßt wurde.
„Und du hörst sein Sausen wohl, aber du weißt nicht, woher er kommt und wohin er geht. So ist ein jeder, der aus dem Geist geboren ist", sagte der Junge im gleichen geheimnisvollen Ton.
Der Schulleiter saß an seinem Arbeitstisch, stützte mit der Hand sein glattrasiertes Kinn und wirkte auffallend unentschlossen. Er beobachtete Frank sehr lange und aufmerksam, schaute in seine hellgrauen Augen und wurde nachdenklich.
„Ich werde mir ernsthaft Gedanken machen müssen, was ich mit dir tun sollte. Eins kann ich dir aber schon jetzt sagen: Es würde mir aufrichtig leid tun, dich verlieren zu müssen."
Er seufzte mit deutlichem Bedauern in seiner erschöpft klingenden Stimme und entließ Frank in den Unterricht.

Der Held des Tages

Als die drei Klassenvertreter das Arbeitszimmer von Dr. Oldenburg verlassen hatten, eilten sie sofort die Treppe hinauf, um der wartenden Klasse die Übergabe ihrer Erklärung zu bestätigen. Kaum im dritten Stock angekommen, entdeckten sie im leeren Flur Frank. Der Junge stand mit geschlossenen Augen an der Wand gelehnt und schien sie nicht bemerkt zu haben. Anna schaffte es gerade noch, einen Aufschrei zu unterdrücken. Sein Gesicht war blutleer und wirkte erschöpft und unglücklich. Sie faßte seine Hand und drückte sie fest.
Frank öffnete die Augen.
„Was ist mit dir?“ fragte Anna besorgt. „Fühlst du dich nicht gut?“
„Nein, nein!“ erwiderte er etwas verwirrt. „Alles in Ordnung. Ich hatte bloß ein leichtes Schwindelgefühl. Es ist schon weg.“
Anna kassierte erneut vielsagende Blicke ihrer Begleiter und ließ verlegen seine Hand los.
„Dann kommt!“ sagte Albert. „Sonst läutet bald die Pausenglocke.“
In der Klasse aber saßen alle im fröhlichen Durcheinander und unterhielten sich. Man plauderte ungezwungen, lachte. Doch als Frank in Begleitung der Klassenvertreter an der Schwelle auftauchte, trat wieder eine erwartungsvolle Stille ein.
„Es ist vollbracht!“ verkündete Albert. „Der Sturm wird garantiert nicht lange auf sich warten lassen.“
Erst jetzt überreichte er dem neuen Schüler ihre Erklärung. Er las sie schnell durch, hob seine Augen zu den schweigenden Mitschülern und war sehr bewegt.
„Ich danke euch“, sagte er leise. „Ehrlich gesagt, habe ich nicht erwartet, daß ihr euch für mich so einsetzen würdet.“
Eine allgemeine Heiterkeit breitete sich aus. Walter ging zu Frank, schlug ihm freundschaftlich auf die Schulter und erzählte ihm ausführlich von der leidigen Sache mit der Broschüre, während Melanie wieder Luka zu umarmen versuchte. Doch der Junge entwich ihren flinken Händen und sprang zur Seite.

„Luka, mein Augenlicht!“ flehte sie ihn an. „Sag uns zumindest noch ein paar Schlußworte! Wer weiß, ob du morgen noch so heldenmütig bist.“
Wieder stand Luka inmitten der allgemeinen Aufmerksamkeit und wurde von allen Seiten aufgefordert, ein starkes Wort zu prägen.
„Du hast nichts zu verlieren!“ warf Georg ermutigend ein. „Du fliegst sowieso als Anstifter bald raus.“
Luka räusperte sich und sprach in vollem Ernst folgende Worte:
„Bis heute haben wir Geschichte nur gelesen. Jetzt sind wir selbst ein Teil von diesem großen Leben und haben unseren Anspruch angemeldet, es zu gestalten.“
Er schaute zu Frank, fing sein dankbares Lächeln auf und wurde rot vor Stolz.
In diesem Augenblick hörten sie im leeren Flur feste Schritte. Alles erstarrte. Jeder wußte, wer da draußen marschierte. Albert sprang vom Lehrerstuhl auf, beeilte sich zu seinem Platz zu gelangen und warf Luka im Vorbeigehen die Erklärung vor die Nase hin.
„Du bist der Held des Tages!“ sagte er mit einem vieldeutigen Lächeln, während im Klassenraum die letzten Stimmen erstarben.
Der Junge hielt inne, schlug seine blauen Augen nieder und versuchte, die herumfliegenden Gedanken auf die bevorstehende Übergabe zu richten.
„Luka!“ flüsterte Melanie ihm direkt ins Ohr. „Wenn du das tust, küsse ich dich auf die Wange.“
Luka schwieg und zog die Augenbrauen verärgert zusammen.
„Beruhige dich! Beruhige…“, raunte sie ihm beschwichtigend zu und streichelte ihn wieder an seinem Oberarm. „Ist doch kein Schlangenbiß!“
Augenblicke später erschien Frau Bammert und stellte sich entschlossen vor die vollgekritzelte Tafel hin. Sie überblickte mit einem unversöhnlichen Blick den Klassenraum und wandte sich feindselig an Frank: „Sie sind immer noch da?“
Der neue Schüler schwieg, während Luka sich langsam erhob und wie ein Priester, die Erklärung in beiden Händen vor sich haltend,

schweigend nach vorne schritt. Er reichte ihr das handgeschriebene Blatt Papier und preßte seine Lippen fest zusammen. Mit weit geöffneten Augen, ohne zu blinzeln, starrte er direkt ins Gesicht der Klassenlehrerin und wartete.
„Was ist das?“ fragte Frau Bammert und schaute forschend in sein blaß gewordenes Gesicht.
„Das ist unsere Erklärung“, sagte Luka mit röchelnder Grabesstimme und entfernte sich langsam, indem er rückwärts zu seinem Platz schritt.
Die Lehrerin überflog hastig den Text, schaute sehr lange und angestrengt auf die schiefen Reihen der Unterschriften und hob ihre feindselig funkelnden Augen wieder hoch. Sie begann laut zu schnauben, und einige Male schien es, als würde sie Luft zum Kreischen holen. Doch die Nerven von Frau Bammert versagten gänzlich, und sie stürzte erneut aus dem Klassenzimmer.

Der große Bruch

Frau Bammert eilte mit festem Schritt in das zweite Stockwerk und reimte sich in ihrem Kopf einen ausführlichen Bericht über die ungeheuren Ereignisse in ihrer Klasse zusammen. Ein Aufstand! Ein förmlicher Aufstand! Angezettelt von diesem verfluchten Uffelmann, der wie Schnee vom heiteren Himmel auf ihren Kopf gefallen war. So unerwartet, so verhängnisvoll! Wie bedauerlich, unendlich bedauerlich, daß ein einziger Schüler so viel Schaden anrichten kann. Sie hatte doch in ihrem langen Berufsleben schon einige schwierige Fälle erlebt: Aussiedler, Türken, Mazedonier, Moldawier oder wie sie dort alle auch heißen!
Bei diesem Gedanken stolperte Frau Bammert und fügte ihren Gedankengängen unverzüglich eine Fußnote hinzu: sowie unzählige kriminell und rechtsradikal gewordene Einheimische! Ihre weltanschauliche Wachsamkeit hatte sie noch nie im Stich gelassen. Ihr Gewissen beruhigte sich und sie fuhr mit ihren hektischen Überlegungen fort: Der Schulleiter würde ihr, wie schon so oft, den Rücken stärken. Das war so gut wie sicher!
Bestrafung! Das Wichtigste ist, die angemessenen Sanktionen zu verhängen! Damit dieser Vorfall für die anderen eine auf Jahre hinaus wirkende Lehre sein möge! So richtig hart durchgreifen! Und was diesen Uffelmann betrifft, so gibt es nur eine Möglichkeit: raus mit ihm! Egal wie! Hauptsache, daß sie wie zuvor morgens ins Klassenzimmer kommt und diesen Frechling nicht mehr sehen muß. Es reicht! Es reicht nun wirklich! Eine warme Welle durchströmte ihren Körper allein bei diesem wohltuenden Gedanken. Sehnsucht erfaßte ihr gepeinigtes Wesen, Sehnsucht nach Erlösung von diesem unverschämten Blick, von diesen tückischen Fragen. Wie Giftpfeile schlugen seine Worte erbarmungslos auf sie ein. Oh, dieser verfluchte Uffelmann! Wie eine unverdiente Strafe, die einem die Seele verbrennt!
Und die anderen, dachte sie empört, die anderen Schüler? Diese scheinheiligen Knechte der Logik, die unter seinem hypnotischen

Blick in Wirklichkeit auch noch den bescheidenen Rest derselben verlieren.
Wie sie genüßlich der Folter zuschauten! Wie diese Angsthasen auf einmal ihr wahres Gesicht offenbarten! Dieses schadenfreudige Kichern! Jetzt, erst jetzt wird es wirklich klar, wie die Hitlers zur Macht kommen! Besonders in diesem Land, bei den Deutschen! Ihnen wurde trotz ihrer unermeßlichen Sünden so großzügig vergeben! Die Freiheit und Demokratie geschenkt, auf daß sie wie Menschen leben können! Und was ist ihr Dank dafür? Dieses unverschämte Kichern! Daß sie in der dritten Generation das in Frage stellen, was für alle offenkundig war und bleibt!
Wer hat es eigentlich gesagt, daß die Wahrheit immer wieder aufs neue bewiesen werden sollte? Warum muß jeder selbständig hier und jetzt einen logischen Beweis dafür erbringen, daß der Mond sich um die Erde dreht, um behaupten zu können, daß dies auch so ist? Auch wenn einer das nicht sofort mathematisch belegen kann, ist etwa die Wahrheit dadurch aufgehoben? Abgeschafft? Auf den Müllhaufen weggekippt? Nein!.. Nein!.. Die Wahrheit ist in den meisten Fällen offensichtlich; sie ist so gewiß wie die Sonne, die morgen erneut im Osten aufgehen wird, unabhängig davon, ob ein Uffelmann es leugnet und versucht, diese Tatsache anhand von ein paar zweifelhaften Daten zu widerlegen.
Wozu, wozu diese ständigen Fragen? Diese Höllenpein?
Oh ja! Oh ja! Wir kennen diese scheinheilige Fragerei sehr gut! Diese Folterinstrumente aus der Trickkiste der rechtsradikalen Intellektuellen! Sie! Sie liefern diesen selbsternannten Wahrheitssuchenden ihre verdrehten Argumente. Nicht nach der Wahrheit suchen sie, sondern nach einer Möglichkeit, ihre verwerflichen politischen Ansichten zu verbreiten!
„Geistige Brandstifter!“ flüsterten ihre trockenen Lippen in einer unheimlichen Entrückung.
Sie atmete tief durch und bemerkte erst jetzt, daß sie wie angewurzelt mitten im langen Flur stand.
Und doch! Bei aller scheinbaren Logik ihrer eigenen Überlegungen

blieb immer noch ein bitterer Beigeschmack. Diese verdammten Panzer! Sie brannten ihr auf der Seele so physisch schmerzhaft! Und nichts, aber gar nichts, was einmal geschehen ist, kann man wie in einem Film zurückdrehen und ausschneiden lassen!
Diese uralte Erkenntnis vergiftete ihren unerschütterlichen Geist. Es waren letztendlich nicht die Panzer, sondern dieser Uffelmann war die eigentliche Ursache für ihre öffentliche Peinigung, diese Hinrichtung... Ja, er ist ein kaltblütiger, selbstbewußter, sadistischer Henker, der sich im Blute seiner Opfer genüßlich badet.
Oh, wie sie ihn haßte, wie sie ihn haßte! Ein dunkles, schwer erkennbares Verlangen regte sich in ihrer Seele. Es umkreiste langsam auch ihren Verstand, benebelte ihn mit seinem schweren Rausch, bis dann der blitzschnelle Gedanke durch ihren Kopf zuckte, daß sie es eigentlich auch mit ihm machen würde. Und wie! Erwürgen… erwürgen… unbedingt mit eigenen Händen... Nachdem sie sich jedoch ein paar blutige Bilder vor Augen ausgemalt hatte, schreckte sie vor ihren krankhaften Visionen bestürzt zurück.
Langsam kam sie zu sich und nahm zum Teil verwundert wahr, daß ihre Hände wie eiserne Schraubstöcke zusammengepreßt waren. Sie wollte sie wieder lösen, doch die blau gewordenen Fingernägel bohrten sich tief in die Handflächen und gehorchten nicht. Krampfhaft versuchte sie, den schrecklichen Gedanken restlos zu vertreiben und die gewohnte Fassung zurückzugewinnen.
„Ruhig! Ganz ruhig!“ sagte sie zu sich selbst und atmete tief durch. Frau Bammert wußte nicht, wie lange sie schon vor der Tür des Schulleiters stand. Sie erlangte wieder Gewalt über ihre Hände, richtete sich auf, schaute flüchtig ihr Kleid an und klopfte schließlich respektvoll an der schweren Tür.
„Frau Bammert! Endlich!“ erklang die gewohnt freundliche Stimme des Schulleiters. Er erhob sich aus seinem schwarzen Ledersessel und ging ihr ein paar Schritte entgegen. „Ich habe bereits auf Sie gewartet, und zwar aus einem bestimmten Grund.“
Der Vorgesetzte schaute forschend die Lehrerin an und fügte vertraulich hinzu: „Wollen Sie mir vielleicht etwas sagen?“

Nun war es klar, daß er bereits alles wußte. Na dann zur Sache, dachte sie.
„Ja, Herr Oldenburg. Ich habe, wie Sie bereits wissen, ein schwerwiegendes Problem mit Frank Uffelmann."
„So, so! Wieder einmal Uffelmann!" stellte der Schulleiter sichtlich enttäuscht fest. „Doch habe ich kürzlich vernommen, daß dieses, wie Sie sagen, schwerwiegende Problem bereits eine andere Dimension angenommen hat und nun über den Rand unserer Schule zu schwappen droht." Er ging zum Fenster, lehnte sich mit einem Arm an die Wand und fuhr fort: „Kaum habe ich die Presse wegen des Vorfalls mit den Flugblättern losbekommen, steht uns eine neue Geschichte ins Haus, die die alte Story bei weitem übertrifft!"
Er drehte sich energisch um:
„Oder liege ich mit meiner Annahme falsch?"
„Es ist eine lange Geschichte, Herr Oldenburg, die bereits vor einigen Tagen ihren Anfang nahm. Es ging um den Überfall auf die Sowjetunion. Frank Uffelmann, der, wie Sie wissen, seit seinem ersten Schultag auf dem Gymnasium rechtsradikales Gedankengut verbreitet, meldete sich erneut zu Wort und beanstandete gleich mehrere Aspekte, die die Umstände des Kriegsausbruchs mit der Sowjetunion betrafen. Zum Beispiel erwähnte er das Verhältnis der deutschen und russischen Panzer. Seiner Meinung nach belegen die Quellen angeblich die gewaltige russische Übermacht. Die russischen Panzer, sagte er..."
„Frau Bammert!" unterbrach sie Dr. Oldenburg. Seine Stimme klang ungewöhnlich ernst und sogar verletzend. „Ist Ihnen nicht aufgefallen, daß Sie andauernd diesen Frank Uffelmann zitieren? Was wissen Sie eigentlich persönlich über die Panzer?"
Er machte eine kurze Pause und fügte hinzu: „Insbesondere über die russischen Panzer?"
Der Schulleiter schaute entschlossen und selbstbewußt in ihre verwirrten Augen und erwartete von ihr eine klare Antwort.
Eine wachsende Unruhe breitete sich in der strapazierten Seele der Lehrerin aus. Die Frage beinhaltete ohne Zweifel eine Falle! Sie

raffte sich zusammen und begann vorsichtig mit dem Vortrag:
„Die russischen Panzer am Anfang des Krieges waren nach einhelliger Meinung der Experten veraltet und schlecht…“
„Schlecht, sagen Sie?“
„Ja, schlecht!“ bestätigte die Lehrerin, sichtbar verärgert über diese Leistungsschau.
„Sagen Sie mir doch lieber, warum Sie sich so bereitwillig auf die Einzelfragen einlassen, wenn Sie über keine spezifischen Kenntnisse verfügen? Warum können Sie nicht einfach sagen, daß bei dem Vergleich der Stärke der Wehrmacht und der Roten Armee unendlich viele verschiedene Faktoren berücksichtigt werden müssen. Daß ein wissenschaftlicher Vergleich ohne eingehende Fachkenntnisse letztendlich nicht möglich ist und daß wir leider, ich wiederhole, leider auf die Meinung der Fachleute angewiesen sind. Und schließlich, daß diese Fachleute gerade mit den russischen Militärarchiven arbeiten und zu gegebener Zeit ihr gesamtes Wissen in Form, sagen wir, eines Buches der interessierten Öffentlichkeit präsentieren werden.“
Er drehte einen blauen Kugelschreiber in seinen Händen und warf ihn plötzlich verärgert auf den Tisch:
„Warum nehmen Sie jede Herausforderung so willig an? Warum?“
Frau Bammert sah den Schulleiter befremdet an und erwiderte, ohne ihren Ärger sonderlich zu verbergen:
„Wir können nicht bei solchen Provokationen so tun, als wäre nichts passiert! Aus welcher Ecke diese Fragen stammen und worauf sie hinauslaufen ist uns aus der Geschichte reichlich bekannt.“
Das gut rasierte Gesicht von Dr. Oldenburg wurde zornig:
„Ich unterrichte, wie Sie wissen, auch. Und trotzdem finde ich einen Weg, solche Diskussionen zu vermeiden.“
Er wollte noch etwas hinzufügen, doch Frau Bammert unterbrach ihn und setzte nicht ohne Stolz nach:
„Sie unterrichten Erdkunde, Herr Oldenburg, und ich Geschichte. Das ist ein großer Unterschied!“
Der rechte Mundwinkel des Schulleiters zuckte bei diesem Ver-

gleich nach oben, blieb dort sarkastisch stehen und verhieß nun wirklich nichts Gutes. Doch die Lehrerin konnte sich nicht mehr bremsen. Wie eine Dampflokomotive raste sie mit furchtbar quietschendem Geräusch weiter, obwohl die zittrige Hand die Notbremse bereits bis zum Anschlag angezogen hatte.
„Es ist schwer vorstellbar, Herr Oldenburg, daß eine kontroverse politische Diskussion sich an einem Querschnitt der Erdkruste entflammen könnte“, warf Frau Bammert dem Schulleiter zu und ihrem Mund entwich ein gehässiges kaltes „Ha!“, dem nicht nur augenblickliche Gereiztheit, sondern vor allem ein gewisses Maß an Geringschätzung zu entnehmen war.
In ihren Augen schimmerte schon eine dumpfe Vorahnung über die bevorstehende Auseinandersetzung, doch die Lokomotive kam immer noch nicht zum Stehen: „Bei mir im Unterricht birgt jede Zeile unübersehbare Gefahren! Besonders von Rechts!“
„Schluß mit diesem ideologischen Unsinn!“ schrie plötzlich der Schulleiter und schlug mit der Hand auf den Tisch.
Frau Bammert schreckte bei diesem unverhofften Geräusch zusammen, das wie ein trockener Pistolenschuß die Luft zerriß. In diesem Zustand hatte ihn im Kant-Gymnasium bestimmt noch niemand gesehen. Sein Gesicht wurde fleckig rot, der Atem schwer und stockend. Die Augen starrten die unvorsichtige Lehrerin hart an.
„Herr Oldenburg!“ räusperte sich Frau Bammert, entsetzt über das Benehmen des Schulleiters, doch er setzte seine Ausführungen wütend fort:
„Unsere Schule ist dank Ihrer weltanschaulichen Wachsamkeit in aller Munde. Wir werden bald dermaßen von Journalisten belagert, daß ich mich nicht mehr aus dem Arbeitszimmer hinaustrauen werde. Können Sie sich überhaupt vorstellen, was hier losbricht, wenn bekannt wird, daß eine ganze Klasse in einem deutschen Gymnasium die Teilnahme am Unterricht verweigert hat? Dazu noch unter solch merkwürdigen Umständen! Sind Sie sich dessen überhaupt bewußt, was hier für Geschichten zusammengereimt werden, wenn sie nur ein einziges Wort, wie Wehrmacht, hören?“

Sein zorniges Gesicht verzog sich bei dieser Vorstellung dermaßen schmerzlich, daß Frau Bammert schien, als hätte er sogar leise aufgestöhnt.
„Herr Oldenburg! Sie haben doch die Initiative ‚Kampf gegen rechte Gewalt' persönlich unterstützt und für richtig befunden?" konterte die beleidigte Geschichtslehrerin.
„Ja, habe ich!" warf er ungehalten und sogar gehässig zurück. „Sie sollten aber bei Ihrem schweren Kampf die passenden Gegner und vor allem geeignete Schauplätze wählen. Und die liegen eindeutig außerhalb dieser ehrwürdigen Räume!
Veranstalten Sie meinetwegen Ihre Kundgebungen und rufen Sie alle Anständigen zum Widerstand auf! Das kann ich nur begrüßen und nach Kräften unterstützen. Doch Sie haben kürzlich einen Versuch unternommen, den Rechtsradikalismus am falschen Ort zu suchen! Sie haben die Frontlinie quer durch unsere Schule gezogen! Ich vermisse bei Ihnen, Frau Bammert, in dieser Angelegenheit die gebotene Sensibilität!"
„Verschweigen der tatsächlichen Lage in der Schule ist nicht der beste Weg für eine demokratische Gesellschaft", unterbrach ihn Frau Bammert betont ruhig und belehrend. „Wir dürfen die Vergangenheit nicht verdrängen. Wir müssen sie aufarbeiten!"
„Verdrängen, sagen Sie?" Der Schulleiter regte sich noch mehr auf. „Niemand spricht vom Verdrängen! Sie erdreisten sich noch zu sagen: Verdrängen! Aufarbeiten! Was wollen Sie mit diesen Kindern eigentlich aufarbeiten? Sie persönlich haben keine Vergangenheit, überhaupt keine Vergangenheit! Verstehen Sie das oder nicht? Diese Kinder haben nur noch Zukunft, begreifen Sie das, Zukunft!" Er holte Atem. „Nein, mit diesem ideologischen Brei von der angeblich uns alle bedrohenden rechten Gewalt werde ich mich nicht mehr abspeisen lassen! Sie, Sie sind die einzige Ursache dafür, daß wir eine solch unerhörte Zuspitzung erleben müssen. Ihre unsensible Art, mit den Menschen umzugehen, ist in der ganzen Schule bekannt. Sie sind in den Schuldienst nicht dazu aufgenommen worden, um das Pflichtprogramm vom Blatt abzulesen und

alle, die in diesem Zusammenhang Bedenken angemeldet haben, einfach niederzumachen. Sie sind eine Lehrerin! Das kommt vom Wort ‚lehren‘! Das bedeutet: erklären, geduldig auf die Fehler hinweisen! Sie wollen aber nur *be*lehren! Hätten Sie den Jungen mit Geduld behandelt, seine wenn auch falschen Vorstellungen vorsichtiger zurückgewiesen, so hätten wir heute Frieden! Verstehen Sie dieses Wort: *Frie-den*!!!“

„Frieden? Von welchem Frieden reden Sie eigentlich?“ schrie Frau Bammert erregt zurück. „Das ist kein Frieden, wenn ein angeblich Allwissender den Mitschülern erklärt, daß es gut sei, Deutschland über alles zu... zu... zu...“, Frau Bammert konnte das absurde Wort nicht einmal aussprechen und suchte krampfhaft nach einem passenden Ersatz, bis sie endlich fündig geworden war, „...zu verherrlichen! Die deutsche Geschichte als einen einzigen Weg des Ruhmes und der Humanität darzustellen. Womit das endet, wissen wir! Was ist das für ein Frieden, wenn einer offen in den Räumen dieser Schule über das Leid der Nazisoldaten an der Ostfront diskutiert und unverhohlen versucht, aus ihnen letztendlich Helden und Märtyrer zu machen, ohne das unendliche Leid der Opfer des Nationalsozialismus auch nur mit einem einzigen Wort zu erwähnen? Wir wissen sehr wohl, was der nächste Schritt sein wird! Das ist dic Wahrhcit, die Sie nicht hören wollen!“

Frau Bammert erhob den rechten Zeigefinger und fuchtelte mit ihm in Richtung des Schulleiters. Dabei wurde ihr selbst auf einmal unwohl. Doch der Zeigefinger vollendete seine Tat, und die Wirkung dieser Belehrung blieb nicht aus.

„Die Wahrheit aus Ihrem Munde, Frau Bammert, klingt schlimmer als jede Lüge.“ Der Schulleiter starrte sie feindselig an und zischte ihr bedrohlich zu: „Frau Bammert! Sie fühlen sich anscheinend in der Lage, mir eine Lektion über die rechte Gefahr zu erteilen? Oder möchten Sie vielleicht sogar noch weiter gehen?“

Seine Stimme wurde leiser und immer gefährlicher, während Frau Bammert wieder zu sich kam und auf einmal so entsetzlich klar begriff, daß sie sich nicht auf der Tribüne des Komitees gegen rechte

Gewalt befand. Sie stand jetzt nicht, wie es so oft der Fall war, vor einem unpersönlichen, physisch nicht greifbaren Feind, sie stand vor ihrem Vorgesetzten! Sie versuchte nun etwas Versöhnliches hinzuzufügen, verzog ihr blasses Gesicht zu einer Art Lächeln, doch der Schulleiter unterbrach sie mit einem finsteren Blick.
Er überlegte eine Weile und fuhr fort: „Statt das Erscheinen dieses ungewöhnlichen Jungen in unserer Schule zum Anlaß zu nehmen, Ihre intellektuelle Stärke in Geschichte unter Beweis zu stellen und ihn selbst samt allen Zuhörern mit der Kraft Ihrer Argumente sachlich vom Gegenteil zu überzeugen, haben Sie sich gänzlich verrannt und versagt.“ Er wurde wieder lauter. „Sie haben sich auf eine unsägliche Diskussion über die Zahl der russischen Panzer eingelassen, obwohl Sie nicht einmal einen schweren Panzer vom Schützenpanzerwagen unterscheiden können. Warum verbreiten Sie denn überhaupt Ihren Unsinn mit solcher Vehemenz, ohne nur einen einzigen Blick in die aktuelle Sachliteratur geworfen zu haben? Wer, frage ich Sie, wer hat Sie gezwungen, als Lehrerin aberwitzige Wetten abzuschließen über Sachen, von denen Sie nicht einmal die leiseste Ahnung haben?“
Er setzte sich in den schwarzen Sessel, beruhigte sich ein wenig und schaute forschend Frau Bammert an. Sie stand vor seinem Tisch und zeigte nun keine Spur mehr von der gebotenen Reue.
Dr. Oldenburg überlegte einen Augenblick, lehnte sich demonstrativ entspannt auf die Rückenlehne und fügte seinen Ausführungen noch einen einzigen Satz hinzu: „Bedauerlicherweise sehe ich mich nun gezwungen, über Ihre Zukunft nachzudenken.“
„Über meine Zukunft?“ wiederholte Frau Bammert, ohne ihren eigenen Ohren glauben zu wollen. Sie schaute den Schulleiter mit weit geöffneten Augen an, als wollte sie an seinem Gesicht ablesen, ob er bloß einen platten Witz gemacht habe oder…
„Ja, über Ihre Zukunft, Frau Bammert!“
„Wie meinen Sie das?“ flüsterte die Geschichtslehrerin.
Irgendwo in der Tiefe ihres Herzens hoffte sie immer noch, daß sie jetzt träumte und der ganze Spuk sich in Luft auflösen würde, sobald

sie die Augen aufmachte. Sie kniff die Augen schnell zu und riß sie wieder auf, doch der Schulleiter saß immer noch in seinem schwarzen Sessel, nun völlig gefaßt und immer noch ohne ihr einen Stuhl anzubieten.
„Ich mache Ihnen ein Angebot.“ Der Schulleiter beugte sich vertraulich nach vorne. „Sie nehmen heute noch Urlaub aus... sagen wir, familiären Gründen, und ich stimme, nach gebührender Würdigung aller Umstände, diesem Urlaub zu. In dieser Zeit regele ich, nicht ohne meine hervorragenden Beziehungen bei der Schulbehörde einsetzen zu müssen, Ihre Versetzung in eine andere Schule. Leise, ohne Zeitungsmeute und Fernsehen.“
Frau Bammert wurde kreidebleich. Das war Erpressung! Obwohl ihre Knie weich wurden und bereits anfingen, leicht zu zittern, sträubte sich in ihr alles dagegen. Sie schaute ins Gesicht des Schulleiters und fand es plötzlich so abscheulich und falsch. Wie ein Monster saß er vor seinem hilflosen Opfer und kostete seine Macht voll aus. Kein Zweifel, er wollte sie auf den Boden zwingen, hinunter in den Dreck! Die kämpferische Kraft regte sich bei diesem Gedanken erneut in ihrer verzweifelten Seele.
„Niemals!“ zischte sie ihn haßerfüllt an. „Niemals!“
Sie starrte den Vorgesetzten unversöhnlich und herausfordernd an.
„Nun gut“, atmete der Schulleiter erleichtert aus. Er schaute sie verächtlich an, als wollte er ihre Nichtigkeit messen, und fügte leise aber fest hinzu: „Raus!“
Frau Bammert stand wie vom Blitz getroffen vor seinem Tisch und weigerte sich hartnäckig, ihren eigenen Ohren zu trauen.
„Wie… bitte?“ zitterte ihre röchelnde Stimme. Ihr Mund blieb halb geöffnet, der Kopf ein wenig nach vorne gebeugt.
„Raus aus meinem Zimmer!“ wiederholte Dr. Oldenburg, ohne seinen Blick abzuwenden.
Frau Bammert wich wie benommen ein paar Schritte zurück, griff verkrampft mit beiden Händen in ihre ordentliche Frisur und stürzte aus dem Zimmer des Vorgesetzten in den menschenleeren Flur des Immanuel-Kant-Gymnasiums.

Die Beichte

Anna saß im Unterricht, doch ihre Gedanken waren wieder bei Julia. Was war mit ihr? Warum war sie nicht da? Die Ungewißheit stieg und wurde schließlich unerträglich.
Sie wollte sich für die nächsten Stunden entschuldigen, doch an wen sollte sie sich jetzt mit ihrem Anliegen wenden? An die Klassenlehrerin, Frau Bammert, war nicht zu denken. Der Deutschlehrer war zu streng. Schließlich ging sie in der nächsten Pause direkt zum Schulleiter und wollte ihm sagen, daß sie starke Kopfschmerzen habe. Doch mitten im Gang blieb sie plötzlich stehen.
Es war eine Lüge! Sie hatte keine Kopfschmerzen, und nur der simple Gedanke daran, daß der Schulleiter dies nicht überprüfen konnte, gab ihr ein sicheres Gefühl. So, als würde es wirklich wahr sein! Und sie würde jetzt vor ihm stehen, in seine Augen schauen und lügen, lügen, lügen…
Sie erschrak vor dieser plötzlichen Erkenntnis, die zwar schon früher im Verborgenen schlummerte, doch nie mit einer solchen Deutlichkeit erkannt wurde. Es war furchtbar peinlich, sich selbst gestehen zu müssen, daß sie zur vollen Wahrheit nur dann bereit war, wenn sie dazu durch die Umstände gezwungen wurde.
Und wenn die Umstände es zuließen? Wie jetzt, mit den Kopfschmerzen? Was dann? *Dann sprach sie nicht selten nur darüber, wie es sein könnte und nicht, wie es wirklich war und ist!*
Dann wehe dem, der an ihrer Lüge zweifeln würde! Dann würde sie sich tatsächlich beleidigt fühlen, eine Szene machen. Sogar eine echte Kränkung vortäuschen! Nein! Noch schlimmer! Sie wird wirklich eine Kränkung verspüren und sich im Recht fühlen. Vielleicht sogar auf einer Entschuldigung bestehen! Nur weil ihre angeblichen Kopfschmerzen nicht überprüft werden könnten, würde die gräßliche Lüge in ihrer Vorstellung zur Wahrheit?
Sie wurde noch trauriger, als sie es ohnehin schon war. Sie ging weiter und fragte sich, warum sie panische Angst vor der Wahrheit hatte. Was würde passieren, wenn sie Dr. Oldenburg einfach die

Wahrheit sagt? Zumindest einen Teil davon? Und wenn er nach der ganzen Wahrheit fragt, dann einfach sagen: Ich würde das lieber für mich behalten. Warum nicht? Wird er mich dafür bestrafen? Und wenn ja: Ist die Strafe wirklich so unerträglich, daß ich sie nicht in Kauf nehmen könnte? Um der Wahrheit willen?

Was aber war die Wahrheit?

Sie überlegte und stellte fest, daß sie sich wirklich nicht wohl fühlte. Zumindest das war die Wahrheit, und das wollte sie schließlich dem Schulleiter sagen. Sie meldete sich im Sekretariat an und wurde nach einigen Minuten zu Dr. Oldenburg gebeten. Er war wie immer freundlich, erhob sich und bot ihr höflich einen Stuhl an.

„Herr Oldenburg", fing sie etwas verlegen an, „ich fühle mich heute nicht wohl. Ich wollte mich für die letzten Stunden entschuldigen."

„Keine Frage, Anna!" erwiderte der Schulleiter beiläufig und beobachtete sie einige Sekunden sehr aufmerksam.

„Wie geht es dem Vater?" fragte er schließlich. „Ist er wieder auf Dienstreise?"

„Ja, in New York", bestätigte Anna bereitwillig.

Dr. Oldenburg seufzte schwer und schaute angestrengt vor sich hin, als würde er mit seiner Unentschlossenheit kämpfen.

„Anna! Darf ich dich etwas fragen, was die heutigen Ereignisse in der Klasse betrifft?"

Anna spannte sich augenblicklich an, doch sie nickte ihm zu und blickte erwartungsvoll in sein Gesicht.

„Ich stehe jetzt vor einer schwierigen Entscheidung und habe in meiner Umgebung niemanden, der mir wirklich helfen könnte! Erst als ich dich jetzt gesehen habe, wurde mir klar, daß du vielleicht derjenige Mensch bist, auf den ich mich voll verlassen könnte."

Anna wurde hellhörig.

„Gibt es noch eine Chance, Frau Bammert mit der Klasse zu versöhnen?" fragte Dr. Oldenburg ohne lange Vorrede und versetzte Anna damit in große Aufregung.

„Sie fragen *mich*?" stieß sie überrascht aus und drückte unwillkürlich ihre fein geschnittene Hand an die Brust.

„Ja", bestätigte Dr. Oldenburg ruhig. „Von dir erhoffe ich mir ein objektives Stimmungsbild."
Er nahm von seinem Tisch die Erklärung der Klasse und warf einen prüfenden Blick auf die schiefen Reihen der Unterschriften.
„Du hast diese Erklärung auch unterschrieben und warst heute sogar als Klassenvertreterin bei mir", sagte er und tauchte seinen Blick erneut in den Text. „Und hier steht unter anderem, daß die Unterzeichner den Unterricht von Frau Bammert nicht mehr besuchen werden."
„So ist es", erwiderte Anna, während ihr langsam heiß wurde.
„Auch du?"
„Auch ich", bestätigte sie leise.
„Geht es in diesem Fall nur um die prinzipiellen Fragen: um die Wahrheit, um die fragwürdigen Unterrichtsmethoden von Frau Bammert, oder vielmehr darum, daß sich die Klasse diesem Jungen bereits dermaßen verbunden fühlt, daß sie für ihn noch mehr riskieren würde?" fragte er vorsichtig.
„Es gibt viele, die es tun würden", erwiderte Anna und konnte ihre innere Aufregung nicht mehr verbergen.
„Auch du?" fragte Dr. Oldenburg und richtete seinen forschenden Blick auf die schöne Gymnasiastin.
Anna konnte kaum noch denken. Sie fühlte sich bedrängt, zu einer öffentlichen Erklärung ihrer geheimsten Gefühle gezwungen. Sie suchte krampfhaft nach einer passenden Antwort, doch die Gedanken drehten sich in einem sinnlosen Kreis, bis sie auf einmal innehielt und die Augen niederschlug. Nur die Wahrheit, dachte sie schicksalsergeben und öffnete sie wieder.
„Auch ich", sagte sie kaum hörbar und spürte, wie sie rot wurde.
Dr. Oldenburg schwieg.
„Ich bin mir jetzt völlig im klaren, daß ich dir mit meinen Fragen zu nahe trete, doch bitte ich dich trotzdem, nur noch eine Frage zu beantworten", bat er mit weicher, vertrauensvoller Stimme.
Anna willigte ein, ohne ihren Blick zu heben.
„Gibt es viele, die es so stark fühlen?"

Anna zuckte leicht zusammen, und die Verlegenheit jagte eine neue schaurige Welle über ihren Körper.
„Einige“, drückte sie gewaltsam aus sich heraus. Ihre Stimme klang bedrückt und heiser, doch sie spürte auch eine Erleichterung.
„Ist mein Sohn auch im engeren Kreis?“
„Noch nicht.“
„Noch nicht“, wiederholte Dr. Oldenburg nachdenklich, entschuldigte sich noch einmal für seine zu persönlichen Fragen und begleitete sie zur zweiten Tür, die direkt in den Flur führte.

Anna war stolz. Sie fühlte sich so leicht in der Brust, so fröhlich. Sie hatte ihren ersten Sieg errungen! Sie hatte es geschafft, vor der Wahrheit nicht zurückzuschrecken! Den ganzen Weg zur Hauptallee dachte sie nur an dieses merkwürdige Gespräch und mußte sich ihrer Ängstlichkeit wegen sogar schämen.
Warum wollte sie es unbedingt verbergen... vor ihm verbergen? Was würde denn jetzt passieren, nachdem er nun über ihre Gefühle etwas mehr erfahren hat? Würde er durch die Gänge laufen und der ganzen Welt davon erzählen?
Doch während sie so dachte und sich der grünen Hauptallee näherte, verflüchtigte sich die Freude über diesen Sieg, und die alte Furcht vor der unausweichlichen Aussprache mit Julia stieg in ihrer Seele mit neuer Kraft empor. Sie sah bereits die großen Bogenfenster ihrer Wohnung, blieb eine Weile in beträchtlicher Entfernung stehen und konnte sich nicht entscheiden.
Einige Male schon ging sie unter Julias Fenstern hin und her, stand unentschlossen vor der Haustür, ging dann aber weiter, ohne es zu wagen, auf den runden Klingelknopf zu drücken. Die atemberaubenden Ereignisse in der Schule verflüchtigten sich vollständig aus ihrem Bewußtsein, und alle Gedanken und Gefühle drehten sich nur noch um Julia. Wieder wurde ihr bange, als sie an ihre hitzige Freundin dachte: Wenn sie aufbraust, kann sie durchdrehen... Dinge machen, die einfach unmöglich und unwiderruflich sind.
Schon wieder standen Anna die Tränen bis zum Hals. Sie bog in

die Brunnenstraße ein, stellte enttäuscht fest, daß sie ihr Handy zu Hause vergessen hatte, und blieb vor einer Telefonzelle stehen. Sie steckte die Telefonkarte ein, atmete noch einmal tief durch und wählte die Nummer. Den Hörer nahm Julias Mutter ab.
Mit ängstlicher Stimme fragte Anna, ob Julia zu Hause sei.
„Ja“, entgegnete sie auffallend reserviert, „sie ist krank und liegt im Bett. Warte einen Augenblick!“
Einige Sekunden lang folgte ein schreckliches Schweigen, bis im Hörer Julias herzzerreißendes Schluchzen ertönte.
„Wie konntest du das nur?“ weinte ihre Freundin.
„Julchen, verzeih mir, Julchen!“ wiederholte Anna und brach in Tränen aus. „Darf ich zu dir? Darf ich?“
„Natürlich!“
Anna ließ den Hörer hilflos an der Schnur herunterhängen, stürmte aus der Telefonzelle und rannte zu Julia. Die beiden fielen sich in die Arme und weinten, ohne ein Wort sagen zu können.
„Ich habe das schon bei der Party gesehen“, gestand Julia schluchzend, an ihrem Hals hängend.
Sie schlossen die Tür zu Julias Zimmer ab, und Anna, erfaßt vom starken Verlangen, ihre Seele zu erleichtern, erzählte ihr alles: über die zufällige Begegnung mit Frank, wie sie ihn zu sich nach Hause gelockt hatte und wie sie Julia nicht anrief, obwohl sie das tun wollte… obwohl sie das wollte!
Doch Julchen hat alles vergeben! Anna redete und redete. Sie war unbeschreiblich froh, ihre Freundin wiedergewonnen zu haben. Sie berichtete über die Ereignisse in der Schule, über die Abstimmung in der Klasse, über die Erklärung…
„Was machen wir jetzt?“ fragte Anna traurig.
„Ich weiß es nicht. Jag’ mich nur nicht fort, wenn er sich für dich entscheiden sollte. Laß mich zumindest in eurer Nähe sein. Wenn ich euch beide verliere, dann sterbe ich“, flehte Julia, während die Tränen erneut über ihre Wangen strömten.
„Nie, nie werde ich dich wegjagen, nie!“ schwor Anna, während sie leidenschaftlich ihre Hand drückte.

Die Zeugin

Nachdem Anna das Arbeitszimmer des Schulleiters verlassen hatte, saß Dr. Oldenburg noch lange an seinem Schreibtisch und überlegte. Er schaute entrückt in die undefinierbare Ferne, durch die massiven Wände seines vorbildlichen Gymnasiums, über die üppigen Linden, die den großen Schulhof säumten. Sein geistiger Blick wußte, wo er hinwollte, und landete schließlich im dritten Stockwerk der mächtigen Kreisverwaltung, wo sich hinter einem unscheinbaren Schildchen die nächste Station seiner Träume verbarg.
Das Oberschulamt war schon so greifbar nahe, daß in den betreffenden Kreisen seine Versetzung in das ehrwürdige Amt des Leiters dieser Behörde als bereits beschlossene Sache galt. Dank seiner angeborenen Fähigkeit, die Leute für sich gewinnen zu können, hatte er sich in langen Jahren seiner Beamtenlaufbahn ein mächtiges Geflecht an Beziehungen und nützlichen Bekanntschaften aufgebaut, die sich in den nächsten Monaten endlich auszahlen sollten. Ja! Diese Stufe zu überwinden, war das Schwierigste, das Wichtigste schlechthin. Von dieser Versetzung hing alles ab. Manchmal schien es ihm, als wäre das ganze Leben nur Vorbereitung auf diesen entscheidenden Augenblick gewesen.
Wenn der Leiter des Oberschulamtes nun in den verdienten Ruhestand versetzt wird, so wird seine Stunde geschlagen haben. Dann werden zu gegebener Zeit seine gesamten Beziehungen auf die Entscheidungsträger hinwirken, den nötigen Druck erzeugen und ihn zwangsläufig in der Liste der Kandidaten ganz an die Spitze hinaufspülen. Er war unangefochten die Nummer eins! Und so sollte es in den nächsten Monaten auch bleiben. Nichts durfte die angenehme Ruhe vor dieser großen Entscheidung seines Lebens trüben oder gar stören!
Diese Erkenntnis war ihm nun physisch fühlbar geworden. Sein sensibler Geist witterte unübersehbare Gefahren für sein Lebenswerk. Der Sturm der Ereignisse könnte ihm das Ruder aus den Händen schlagen und ihn wie einen hilflosen Papierfetzen mitten

in die rasenden Fluten des Schicksals hineinwerfen.
Man muß handeln, handeln! Sofort! Solange die Ereignisse keine Eigendynamik entwickelt haben.
Er ging zum Fenster und schaute sich den menschenleeren Schulhof nachdenklich an. Alles oder nichts! Nur so würde es gelingen, wieder Herr der Lage zu werden. Bin ich wirklich bereit, alles aufs Spiel zu setzen? Alles auf eine Karte?
Entschlossen schaute er die gewaltigen Wolkenformationen in dem gestochen blauen Himmel an, als würde die Hilfe für einen überzeugten, wenn auch verkappten Atheisten ausgerechnet von dort kommen. Dann kehrte er zum Schreibtisch zurück und griff nach dem Hörer: „Könnten Sie für einen Augenblick Frau Weimar zu mir bitten! ... Danke!“
Die empfindsame Seele von Frau Weimar beunruhigte sich jedes Mal, wenn der Schulleiter sie zu sich bestellte. Meistens geschah dies nicht ohne Grund. Sie hatte ein sehr schweres, ja für heutige Begriffe ein entsetzliches Fach: Mathematik. Und dies wurde ihr schließlich zum Verhängnis. Wenn die Bewertung der Leistungen in anderen Fächern einen gewissen Grad an Subjektivität zuließ, so war die Mathematik eben eine exakte Wissenschaft, die keine rettenden Spielräume duldete, ja einfach unmöglich machte! Nach jeder Kontrollarbeit mußte sie resigniert feststellen, daß eine nicht unerhebliche Anzahl von Schülern sehr bescheidene Kenntnisse in ihrem Fach hatte. Nur eine kleine Gruppe derer, die sich für das anschließende Studium an den Fakultäten für Informatik oder Naturwissenschaften vorbereiteten, war wirklich gut, sogar exzellent! Das waren Spitzenreiter, und sie wußte nur zu gut, daß sie an diesen hervorragenden Leistungen den geringsten Anteil hatte.
Doch die anderen – die anderen!
Daß die Schüler ihre exakte Wissenschaft nicht besonders mochten, hatte sie ihnen nie verübeln können, da sie selbst dieses Gefühl nicht loswerden konnte. Doch so wollte es das Schicksal. Sie wollte auf keinen Fall die Verbindung mit ihren Freunden wegen eines Studiums abbrechen und ging eben mit ihnen nach Berlin. Wie ein

Holzspan wurde sie damals von diesem Schicksal in die Säle der mathematischen Fakultät gespült. Und so lehrte sie bereits seit einem Jahr dieses Fach.

Dazu kam noch das Alter. Wenn man Mitte zwanzig ist und ziemlich hübsch, dann schauen sogar die Gymnasiasten nicht gerade auf die mit Formeln vollgekritzelte Tafel, sondern verweilen mit ihren Blicken auf den bekannten Teilen ihres schlanken Körpers. Einmal kam sie zufällig in Freizeitkleidung in die Schule, um einige Unterlagen abzuholen, und konnte nicht ohne heimliches Vergnügen feststellen, daß nicht wenige Gymnasiasten sie mit begehrenden Blicken verfolgten. Und dort, wo die reifenden Jünglinge in kleinen Gruppen standen, fielen unbedingt ein paar saftige Kommentare. Sie ging wie gewohnt weiter, als hätte sie nichts gehört und gesehen, doch all diese Bemerkungen, gerade auch die deftigsten von ihnen, waren ihr angenehm. Zu gut kannte sie aus eigener Erfahrung die männliche Seele und wußte, daß diese barbarischen Ausrufe die deutlichsten Zeichen von Anerkennung ihrer auffallenden Schönheit waren.

Doch das alles half im Unterricht nur wenig. Die neidischen Kolleginnen mit verblichenen Augen und geschwollenen Beinen schauten sie nicht besonders freundlich an und vertraten untereinander die Meinung, daß die Natur bei ihr an einer anderen Stelle gespart habe. Das war böse gelogen, wie immer in solchen Fällen, wenn man nichts mehr auszusetzen vermochte!

Am Anfang war sie motiviert und versuchte sogar ehrlich, den Unterricht nach allen Regeln der pädagogischen Kunst zu gestalten, doch die ohnehin nicht besonders glänzenden Leistungen der Gymnasiasten ließen unerklärlicherweise mit ihrem Eintritt ins Lehramt noch weiter nach. Aus diesem Grunde wurde die Mathematik in ihren Klassen als eine Schwachstelle angesehen, und der Schulleiter ließ sich nichts Besseres einfallen, als sie persönlich dafür verantwortlich zu machen...

Die Seele der Mathematiklehrerin war von einem äußerst beklemmenden Gefühl erfaßt. Wie könnte sie ihn nur ein wenig freundli-

cher stimmen? Zumindest ein bißchen versöhnlicher!
Frau Weimar blieb vor der großen Tür stehen und kam sich erschreckend klein und hilflos vor! Je mehr sie daran dachte, desto schneller schrumpfte ihre schlanke Gestalt angesichts dieser gewaltigen braunen Tür. Um nicht gänzlich zu verschwinden, überwand sie endlich die Angst, klopfte an der Tür und trat mit pochendem Herzen ins Arbeitszimmer von Dr. Oldenburg.
„Frau Weimar!“ erklang die ungewöhnlich freundliche, beinahe süßliche Stimme des Schulleiters. „Vergeben Sie mir bitte, daß ich Sie so unerwartet in Anspruch nehme. Sie wollten bestimmt schon nach Hause gehen?“
Er ging zur Tür, drehte am Verriegelungsknopf und prüfte mehrmals, ob das Schloß wirklich verriegelt war.
„Keine Ursache, Herr Oldenburg“, erwiderte die leicht verwunderte Mathematiklehrerin.
Der Schulleiter kehrte zurück, bot ihr freundlich Platz an und rückte ihr zuvorkommend den Stuhl zurecht. Sie setzte sich eher schüchtern auf den gepolsterten Stuhl und schaute ihn ungläubig mit ihren großen hellblauen Augen an.
„Wissen Sie, Frau Weimar, weshalb ich Sie hergebeten habe?“
„Nein“, antwortete die schöne Lehrerin beunruhigt.
Der Schulleiter lehnte sich an den Tisch neben ihr und fuhr fort:
„Ich beobachte Sie bereits seit längerer Zeit, und wissen Sie, was mir dabei aufgefallen ist?“
Die Mathematiklehrerin senkte den Blick wie eine reumütige Schülerin vor dem strengen Lehrer und wartete auf sein gerechtes Urteil. Das Ganze mit der Vergebung und Höflichkeit war wohl doch nur eine neue verfeinerte Teufelei, um die Peinigung noch schmerzlicher zu gestalten. Sie schaute zu ihm resigniert auf, doch sein Gesicht war ohne jegliche Spur von Tücke. Im Gegenteil, es strahlte Wärme und Zuneigung aus!
„Ich habe in Ihrem Wesen einige seltene Eigenschaften entdeckt, die viele zu haben glauben, und doch nur wenige besitzen.“
Er machte eine kleine Pause und genoß die erzeugte Spannung.

„Sie können bei den Schülern sehr schnell natürliches Vertrauen und Sympathie gewinnen. Sie werden angenommen, als Mensch, als Lehrerin."
Die Verwunderung der jungen Lehrerin stieg über alle Grenzen hinaus und beraubte sie der Sprache und des logischen Denkens. Der Schulleiter gab ihr die Möglichkeit, das Gesagte zu verkraften, und setzte nach: „Wenn Sie nicht dieses schwierige, trockene Fach hätten, wären Sie bestimmt bei den Schülern die Lieblingslehrerin geworden!"
Er schaute ihr in die weit geöffneten Augen und fügte geheimnisvoll hinzu: „Vielleicht auch nicht nur bei den Schülern."
Die Richtung, die sich so nebulös ankündigte, war ihr aus eigener Erfahrung mit Männern sehr wohl vertraut, doch in dieser Situation konnte sie sich so etwas nicht einmal vorstellen! Dr. Oldenburg, ein stattlicher, fast schöner, unnahbarer Mann sollte ihr solche Anspielungen machen?
Das Herz pochte, und eine warme Welle zuckte durch ihren Körper.
„Wissen Sie, ich wollte Sie zunächst in einer schwierigen Situation beobachten. Eine Art Prüfung, wenn Sie wollen! Und nun kann ich Ihnen mitteilen, daß ich geneigt bin, diese Prüfung als bestanden anzusehen. Wenn ich jetzt ehrlich sein soll, dann muß ich Ihnen noch etwas mehr gestehen. Ich bin aufrichtig froh, daß das Schicksal Sie in unser Gymnasium geführt hat."
Die Welt drehte sich vor den Augen der jungen Lehrerin.
„Ich weiß nicht, Herr Oldenburg, wie ich Ihnen für diese Worte danken soll."
Ihre Stimme klang ehrlich. Es war bereits keine Dankbarkeit mehr, eher eine Art Ergebenheit. Der Schulleiter nahm ihre Hand und drückte sie leicht.
„Sie müssen sich nicht bedanken, Frau Weimar! Glauben Sie mir! Ich sage es Ihnen, weil ich zu Ihnen ehrlich sein will; weil ich in Ihrer Person einen Freund oder sogar eine vertrauenswürdige Beraterin finden möchte."
Seine festen, etwas rauhen Hände fühlten sich äußerst erregend an,

so daß die schwache Natur von Frau Weimar den Rest an ihren auch ansonsten nicht ernstzunehmenden Bedenken zerstreute. Er wurde allmählich Herr über sie, und sie würde wohl nichts dagegen haben, sich ihrem Schicksal ohne nennenswerten Widerstand zu ergeben. Ja, ehrlich gesagt, wünschte sie es sogar unbewußt selbst, wenn sich das Schicksal in seiner Person verkörpern würde!
Er ließ ihre Hand jedoch los, als hätte er etwas in den kreuz und quer auf dem Tisch gestapelten Papieren suchen müssen, setzte sich in den schwarzen Sessel und sprach weiter: „Sie hatten doch an der Hochschule Mathematik und Geschichte, nicht wahr?"
„So ist es, Herr Oldenburg."
„Ich überlege mir, ob ich Sie nicht für den Geschichtsunterricht in der Oberstufe einsetzen könnte. Wäre das für Sie so in Ordnung, falls es mir gelänge, eine Lösung zu finden?"
Mein Gott! Das war ein Volltreffer! Direkt ins Herz!
Der Traum wollte nicht aufhören und wurde immer süßer und atemberaubender.
„Davon habe ich schon immer geträumt", flüsterte sie leise.
„Ich habe es vermutet. Wie gesagt, ich mache mir in dieser Hinsicht ernsthafte Gedanken."
Ernsthafte Gedanken! Hat er das wirklich gesagt: Ernsthafte Gedanken! Aus seinem Mund klang das so, als wäre die Entscheidung schon jetzt beinahe getroffen. Ist es möglich, daß der Alptraum mit dem Namen Mathematik wirklich einmal aufhört? Zu schön! Zu schön, um wahr zu sein!
Der Schulleiter erhob sich, verschränkte seine Hände vor der Brust und seufzte: „Ich habe noch ein anderes Problem, Frau Weimar! Ich habe mir lange überlegt, mit wem ich dieses Problem besprechen könnte, und bin dann doch zum Schluß gekommen, daß Sie vielleicht der einzige Mensch in der Schule sind, dem ich so viel Vertrauen schenken könnte."
Ungewöhnliche Dinge passierten in dieser Welt! Wenn jemand vor einer Stunde behauptet hätte, daß der Schulleiter – dieser Schulleiter! – der sie alltäglich in Angst und Schrecken versetzt hatte,

dem sie in den langen Fluren des Gymnasiums am liebsten aus dem Weg gegangen war, daß dieser Schulleiter diese Worte zu ihr sagen würde, so hätte Frau Weimar diesen Menschen für hoffnungslos verrückt erklärt. Ein Spinner! hätte sie gesagt. Ein Betrüger mit bösen, niederträchtigen Absichten!
Doch sie saß in seinem Arbeitszimmer, und Dr. Oldenburg stand leibhaftig vor ihr und schaute sie so vertrauenerweckend an. Sie wollte eigentlich sagen: Begehrend! Doch sie schämte sich ihrer eigenen Gedanken, obwohl sie in ihr jedesmal warme Empfindungen hervorriefen.
„Ich bin ernsthaft besorgt über den Gesundheitszustand von Frau Bammert. Die nervlichen Belastungen sind für sie bestimmt nicht ohne Spuren geblieben. Obwohl Frau Bammert Sie, Frau Weimar, und Ihren milden, ich würde sagen, ausgleichenden Charakter ständig kritisiert, muß ich letztendlich feststellen, daß ihr eigenes Gemüt sich auf das geistige Klima und den Zusammenhalt der ihr anvertrauten Klasse eher nachteilig als aufbauend auswirkte.“
Die sensible Natur von Frau Weimar zuckte bei diesen Worten zusammen: Diese Bammert, diese alte giftige Otter hat mich heimlich angeschwärzt! dachte sie aufgeregt. Das habe ich schon immer vermutet! Sie wollte ihrer Empörung bereits freie Bahn geben, doch der Schulleiter kam ihr geschickt zuvor:
„Wissen Sie, ich glaube, daß die Ursache für ihr Verhalten eher in der angeschlagenen Gesundheit liegt. Mit einem solchen Charakter, wie er Frau Bammert zuteil wurde, ist es sehr schwer, sich durch das Leben zu kämpfen. Geschweige denn bei uns in der Schule. Kinder, wie Sie wissen, haben stählerne Nerven. Wenn man sich mit ihnen nicht in Geduld und Nachsicht, sondern mit derartiger Heftigkeit einläßt, wird man zwangsläufig verlieren.“
„So ist es, Herr Oldenburg“, nickte die angehende Geschichtslehrerin zustimmend.
„Frau Bammert war, wie Sie wissen, heute vormittag bei mir.“
Frau Weimar nickte wieder, obwohl sie keine Ahnung davon hatte. Doch zu widersprechen wegen einer solchen Belanglosigkeit kam

ihr nicht einmal in den Sinn. Von wegen Widerspruch! Zustimmen wollte sie ihm, zustimmen!
„Sie war bei mir ungefähr eine halbe Stunde. Sie wissen, worüber wir gesprochen haben?“ fragte Dr. Oldenburg und legte sofort los, ohne die Antwort abzuwarten: „Die Mehrheit der Klasse verweigert es, am Geschichtsunterricht bei Frau Bammert teilzunehmen. Sie hat bei uns in der Schule ein Erdbeben ausgelöst!“
„Ja, ja! Das habe ich schon gehört“, bestätigte Frau Weimar gern. „Ich habe ihr oft genug erklärt, daß ihr unversöhnliches, hartes Vorgehen nur eine vehemente Gegenreaktion auslösen würde. Daß dieses Verhalten, wie es vielleicht unter anderen Umständen auch richtig gewesen wäre, nur radikalisiert und zerstört. In kürzester Zeit entstehen dort, wo sorglose Kinder eher unüberlegt als mit weitgehenden Absichten ein paar harmlose Dummheiten gesagt haben, Konflikte und weltanschauliche Disputationen! Vielleicht dachten die Schüler gar nicht so, wollten bloß ihre Lehrerin ein wenig reizen? Wer hat nicht solche Streiche angestellt? Hätte Frau Bammert solche charakterlichen Eigenschaften wie Sie, Frau Weimar, wäre sie vielleicht eine ausgezeichnete Lehrerin geworden. Doch sie ist es nicht! Daher ist mir nun klar geworden, daß eigentlich Sie, Frau Weimar, und nur Sie für diese schwierige Aufgabe am besten geeignet sind.“
Er schaute ihr erneut tief in die Augen: „Bei aller meiner Nachsicht im Gespräch, erlitt Frau Bammert einen schweren Nervenzusammenbruch und beschimpfte mich laut fluchend auf das übelste.“
Frau Weimar sah den Schulleiter erschrocken an, und in ihrem Gesicht spiegelte sich Überraschung und heftige Empörung über das unerhörte Benehmen ihrer Kollegin wider.
„Was?!“ kam wie von selbst über ihre Lippen.
Der Schulleiter fuhr jedoch unbeeindruckt fort:
„Leider passiert es viel zu oft im Leben! Ich aber, als Schulleiter, habe die nicht immer angenehme Aufgabe, die richtigen Entscheidungen zu treffen. Nicht weil sie mich persönlich beleidigt hat. Ich habe gewisse Erfahrung in solchen Sachen und hätte darüber ein-

fach hinwegschauen können, doch es ist mir nicht möglich, die Interessen des mir anvertrauten Gymnasiums derart sträflich zu vernachlässigen. Ich kann Frau Bammert leider nicht mehr in der Schule belassen. Sie ist nicht mehr haltbar. Sie muß einen Neuanfang wagen. Vielleicht in einer anderen Schule. Wie hart es auch klingen mag, ist das die beste Lösung sowohl für sie als auch für unsere Schule. Nicht wahr, Frau Weimar?“

„In der Tat ist das die einzige Möglichkeit“, bestätigte die junge Lehrerin bereitwillig.

Der Schulleiter wurde nachdenklich, ging zum großen Fenster, so daß sie ihn nicht mehr sehen konnte, und blieb einige Schritte davor stehen. Er schaute durch das Fenster hinaus und ließ seinen Blick wie gewohnt über die Lindenkronen gleiten, hinauf zu den holden weißen Wolken. Er war sichtlich zufrieden und rieb sich geräuschlos die Hände. Eher instinktiv als wirklich gewollt.

Der Plan mußte aufgehen, unbedingt aufgehen! Hundertprozentig! Wie weit sollte er jetzt gehen, um diesen Erfolg zu sichern? Wirklich auf lange Zeit, wie mit Schwur und Eid besiegelt? Zu wankelmütig, zu schwach sind diese jungen Lehrerinnen, als wenn sie sich nur mit kalten Argumenten abspeisen ließen. Diese Waffe ist eher für durchgeknallte Ideologen mit messianischem Gedankengut. Naturen, die mehr sinnlich als vernünftig sind, werden wohl auf andere Weise erstürmt. Dazu war sie so schön, so reizend schön!

Er schaute sie noch einmal an, überlegte einen Augenblick und schritt dann in ihre Richtung.

Sie hörte seine Schritte und vernahm mit ihrem weiblichen Sinn, daß er nun hinter ihr stand und daß dies der Augenblick war, in dem sich vieles entscheiden sollte. Sie spürte seine Nähe so deutlich, so ganz unmittelbar.

Er legte seine Hände auf ihre Schulter und ließ sie ein wenig weiter gleiten, als es sonst zumutbar gewesen wäre.

„Ich ahnte es, daß Sie diesen Weg für richtig halten. Menschen mit solch ausgeprägten und bemerkenswerten Eigenschaften wie Sie kommen zwangsläufig zu richtigen Schlußfolgerungen.“

Sie schwieg. Der Rest an reiner Vernunft schrie in ihren betäubten Geist, daß diese Worte reinste Schmeichelei waren. Dermaßen verlogen, daß sie es nicht im eitelsten Traum gewagt hätte, von sich selbst so etwas zu behaupten. Diese, von Kant gepriesene Vernunft erinnerte sie verzweifelt daran, wie sie gerade deshalb so oft und schmerzhaft litt, weil sie eben diese Fähigkeiten bei sich vollends vermißte. Doch die schmeichelnde Lüge war zu süß, zu verführerisch! Wie eine harte Droge für den Süchtigen nach einer langen erzwungenen Enthaltung. Sie sickerte in die fernsten Ecken der Seele ein und vereinnahmte sie letztlich restlos. Dazu noch ausgesprochen von einem Mann – von einem richtigen Mann! – erzeugte diese begehrte Lüge eine Art Glückseligkeit! Ein Fest, bei dem man nur an den Augenblick dachte, in dem die Gegenwart so bezaubernd war, daß die Zukunft gänzlich aufhörte!
Sie legte ihre leicht zitternden Hände auf seine und schlug die Augen nieder. Sie hatte nur Angst, daß alles bloß ein Traum war, der bei jedem ungeschickten Wort in tausend scharfe Splitter zerspringen und sie schmerzlich verletzen würde.
„Wie gehen wir jetzt vor, um dieses Problem zu lösen?“ flüsterte er ihr ins Ohr.
„Ein Disziplinarverfahren wäre wohl das Richtige“, lispelte sie und zog seine Hände zärtlich nach unten.
„Nein, nein! Das ist nicht so einfach. In diesem Fall brauche ich zumindest einen zuverlässigen Zeugen... oder eine Zeugin…“
Er wollte noch etwas hinzufügen, doch die junge Geschichtslehrerin legte ihre zarte Hand auf seine Lippen, die jetzt nah an ihrem Ohr waren.
„Die haben Sie bereits“, flüsterte sie leise und konnte kaum noch ihren Atem beherrschen…

Die Erlösung

Am nächsten Montag befand sich die ganze Klasse in banger Erwartung dessen, was in den nächsten Minuten in ihrem Klassenraum passieren würde. Denn die erste Unterrichtsstunde war ausgerechnet Geschichte, und die lauten Geräusche der Pausenglocke verhallten bereits. Jede Sekunde erwartete man im leer gewordenen Flur die festen, unaufhaltsam nahenden Schritte von Frau Bammert. Mehrere Minuten vergingen, doch außer verhaltenen Hintergrundgeräuschen, die aus anderen Klassenzimmern durch die offenen Türen in den Flur drangen, hörte man gar nichts, was nur im entferntesten an Frau Bammert hätte erinnern können.
Luka saß ganz still mit geschlossenen Augen und bereitete sich als einer der Hauptdarsteller und eigentlicher Urheber des Aufstandes auf eine harte Auseinandersetzung vor.
Seine Nachbarin Melanie beobachtete ihn neugierig und stellte verwundert fest, daß er an diesem Morgen wesentlich anders aussah. Seine immer ungebügelte, an den Knien stark verbeulte Jeans hatte er gegen eine dezente schwarze Kordhose vertauscht, und sein weißes kurzärmeliges Hemd war nicht nur sauber, sondern verlieh ihm eine besondere, nie dagewesene Feierlichkeit.
Sie stieß ihn leicht mit dem Ellenbogen in die Seite.
„Luka?" flüsterte sie mit verschwörerischer Stimme. „Bist du immer noch derselbe Luka, den ich gestern geküßt habe?"
Luka schaute wie immer verärgert auf sie und schwieg.
„Komm, ich tu es noch einmal, dann werde ich es sofort erkennen!" sagte sie leise und beugte sich mit dem ganzen Körper zu ihm.
„Melanie!" brauste Luka auf und blitzte sie mit seinen strahlend blauen Augen zornig an. „Du untergräbst meine Autorität!"
Doch Melanie ließ sich durch diese Zurückweisung nicht beirren, packte ihn am Hals und zog ihn zu sich.
„Nur einmal!" flüsterte sie dem widerspenstigen Helden zu.
Die Klasse verfolgte die lustige Szene mit üblicher Heiterkeit.
„Hast du noch nicht in die Hose gemacht?" fragte Georg, während

von allen Seiten ähnliche Bemerkungen zu Luka flogen.
„Wenn wir zusammenhalten, werden wir gewinnen!“ erwiderte der Junge standhaft, während er erfolglos versuchte, die Spuren von Melanies Lippenstift von der Wange wegzuwischen. Er wollte noch etwas sagen, doch aus dem Flur drangen bereits Geräusche und es wurde stiller. Man hörte leise, eher weiche und gänzlich unbekannte Schritte, die ohne Zweifel einer jungen Frau gehörten.
Und in der Tat erschien an der Schwelle eine ganz junge, schöne Frau in einem hellen Rock, der ihre schlanken Beine sehr vorteilhaft zeigte. Sie sah sehr weiblich und anziehend aus, ihre hellen Haare lagen frei auf den Schultern, und die eng anliegende Bluse unterstrich ihre jugendlich nach vorne strebenden Brüste. Ihr frisches Aussehen hinterließ einen tiefen Eindruck auf die Gymnasiasten.
Es wurde still. Die meisten wußten, daß Frau Weimar in der unteren Stufe Mathematik unterrichtete, rätselten nun über die Bedeutung ihres Auftauchens und in Sekundenschnelle drängte sich die Vermutung auf, daß Frau Bammert an diesem Tag nicht mehr erscheinen würde.
„Guten Tag!“ sagte die junge Frau. „Ich bin eure neue Geschichtslehrerin.“
Die Klasse explodierte. Die meisten sprangen von ihren Stühlen auf, jubelten wie kleine Kinder, schlugen einander auf die Schulter, lachten und konnten immer noch nicht glauben, daß man den Besenstiel vom Hals bekommen hatte.
Frau Weimar konnte es kaum verbergen, daß ein solcher Anfang auch ihr nicht unangenehm war. Sie strahlte freudig und ließ die Klasse sich austoben, bis an der Schwelle die Deutschlehrerin aus der Nachbarklasse erschien und sich mit einem deutlichen Vorwurf im Gesicht über den unerträglichen Lärm beschwerte.
„Ich bin ab heute auch Ihre Klassenlehrerin“, verkündete Frau Weimar, und ein neuer Freudenausbruch erschütterte die Luft.
Um den strahlenden Luka bildete sich ein dichter Kreis, und jeder wollte dem neuen Helden unbedingt ein paar Worte sagen, ihm auf die Schulter klopfen.

Es war vorbei. Endgültig vorbei mit dem Schreckgespenst namens Frau Bammert. Doch diese Erkenntnis drang nur langsam ins Bewußtsein der Gymnasiasten. Denn niemand hatte im Ernst mit einem schnellen Sieg gerechnet. Man stellte sich alles Mögliche vor: Anhörungen, Drohungen, Erpressung und Zermürbung. Doch es kam wie im Märchen, über Nacht!
Auch um Frank herum bildete sich ein Kreis. Julia und Anna strahlten vor Glück und hätten ihn am liebsten umarmt, doch beide hielten sich zurück, während Walter und Georg sich aufgeregt mit ihm unterhielten. Auch Maria befand sich in der Nähe und freute sich über den glücklichen Ausgang.
Erst jetzt bemerkten die Schüler, daß im Flur, nur ein paar Schritte vor der offenen Tür entfernt, der Schulleiter stand. Er beobachtete die Jugendlichen und wirkte nachdenklich. Augenblicke später saßen die Schüler bereits auf ihren Stühlen, und den Klassenraum beherrschte eine erwartungsvolle Stille.
Dr. Oldenburg war zu jeder Zeit in der Lage, sich einen gebührenden Respekt zu verschaffen. Allein sein gepflegtes Aussehen und die einwandfreie Kleidung ließen ihn wie einen Minister wirken. Die angenehme, stets selbstbewußt klingende Stimme tat das übrige.
Er begrüßte die Klasse, schaute sich die Gesichter sehr aufmerksam an und wandte sich schließlich an die rebellischen Gymnasiasten: „Nun wißt ihr bereits über alles Bescheid, so daß ich mir zumindest diesen Teil meiner Ansprache ersparen kann. Es mag einigen von euch der stattgefundene Wechsel sehr schnell und einfach erscheinen, doch es war keine leichte Entscheidung. Sie setzte einen großen Vertrauensvorsprung voraus. Ich bin dieses Risiko trotz gewisser Widerstände eingegangen, denn ich glaube an euch und hoffe, daß auch ihr mich nicht im Stich laßt."
Dabei schaute er lange und ausdrucksvoll auf Frank, doch in diesem Augenblick erhob sich Walter Kaiser.
„Ich muß Ihnen etwas erklären", sagte der Junge und schlug seine Augen nieder.
„Ja", erwiderte Dr. Oldenburg erwartungsvoll.

„Die Broschüre über den Überfall auf die Sowjetunion hat nicht Frank Uffelmann, sondern… ich habe sie geschrieben. Ich habe sie auch ausgelegt. Frank hat nicht einmal davon gewußt."
Walter stand vor dem Schulleiter und blickte ihn schuldbewußt an.
„Wie dem auch sei", sagte Dr. Oldenburg ruhig. „Lassen wir dies alles hinter uns um des Friedens willen!"
Der Junge atmete erleichtert auf und ließ sich erschöpft auf seinen Stuhl sinken. Der Schulleiter aber stellte Frau Weimar vor, bat um Vertrauen und wurde gleich darauf von seiner Sekretärin zu einem dringenden Telefongespräch in den zweiten Stock gebeten.
Frau Weimar blieb mit ihrer neuen Klasse wieder allein und versuchte sich, während sie alle Namen nacheinander aufrief, die Gesichter zu merken. Doch kaum fing sie mit diesem Vorhaben an, wurde sie kräftig in die Mangel genommen.
„Frau Weimar! Wissen Sie, es ist nicht selten in unserer Zeit, daß die Frauen Männer heiraten, die sogar zehn Jahre jünger sind", warf Georg ein und blickte erwartungsvoll auf die neue Lehrerin.
Frau Weimar schaute ihn ein wenig verstört an.
„Und?" fragte sie mit unruhiger Vorahnung.
„Würden Sie mich heiraten?" fragte er mit vollem Ernst in der Stimme. Auch die Klasse griff seinen Spaß sofort auf und machte mit. Alle schwiegen und versuchten ihr verräterisches Schmunzeln zu unterdrücken.
„Sie sind doch nicht verheiratet? Oder?" fragte Georg, und ein banger Schmerz legte sich auf seine Augenpartie.
„Nein", gab die junge Geschichtslehrerin zu und lächelte ihn an.
„Dann müssen wir Sie eigentlich Fräulein Weimar nennen, oder wie?" warf Roberto ein und wandte sich mit fragender Miene der Klasse zu.
Die allgemeine Heiterkeit nahm zu und brachte Frau Weimar in große Verlegenheit. Sie versuchte es mit Spaß und feinem Humor abzuwehren, doch ähnliche Bemerkungen flogen von allen Seiten wie scharfe Pfeile und schlugen schmerzlich auf sie ein.
Als sie gerade dicht vor Walter Kaiser stand, nahm sie unbewußt

seinen Bleistift vom Tisch, drehte ihn nervös in den Händen und fing schließlich an, an seinem Ende zu kauen.
„So ein Bleistift kostet übrigens Geld, Frau Weimar! Sie haben sich soeben an fremdem Eigentum vergangen“, bemerkte Roberto. Die Klasse brach in schallendes Gelächter aus.
Frau Weimar legte den Bleistift wieder auf den Tisch, wurde rot und ließ ihren Kopf verzagt hängen.
„Jungs!“ sagte sie verzweifelt und fast flehend. „Ich bin nicht Frau Bammert... Ich kann nicht so hart sein, um die Ordnung mit Strenge durchzusetzen. Wenn wir keine gemeinsame Sprache finden, werde ich aufgeben müssen.“
Von ihrer Ehrlichkeit angetan, verstummte die Klasse, während Albert, wie immer ernst und entschlossen, sich von seinem Platz erhob.
„Das möchten wir auf keinen Fall“, verkündete er mit fester Stimme und drehte sich zur Klasse um. „Habe ich recht? Wer möchte Frau Weimar als Klassenlehrerin haben? Stimmen wir ab!“
Alle erhoben ihre Hände, und Frau Weimar, die schon nah am Verzweifeln war, blinzelte tief bewegt mit ihren langen Wimpern.
„Danke!“ sagte sie leise und lächelte glücklich, immer noch von der unerwarteten Wendung überrascht.
Nach der Pause kam noch eine angenehme Überraschung. Frau Weimar kam wieder und teilte ihnen mit, daß der heutige Deutschunterricht von ihr wahrgenommen würde, da der Deutschlehrer dringend zum Arzt müsse. Sie würden einen Aufsatz schreiben, und zwar zu einem ungewöhnlichen, aber bestimmt nicht allzu schweren Thema: Mein Traum.
„Schreibt einfach alles, wovon ihr träumt! So kann ich euch am besten kennenlernen. An dem, was ein Mensch träumt, erkennt man ihn“, sagte Frau Weimar und fügte warnend hinzu: „Der Aufsatz wird benotet!“
„Das ist aber ein interessantes Thema!“ pflichtete Georg bei. „Machen wir's doch noch spannender!“
„Was meinst du?“ fragte Walter und drehte sich zu ihm um.

„Wir haben am Freitag gesehen, daß wir einander gar nicht kennen. Wenn ich nur an Luka denke, so kann ich immer noch nicht glauben, daß es ausgerechnet er war, der das Ganze möglich gemacht hat. Wenn er ehrlich schreibt, was er denkt, dann werden wir ihn vielleicht noch besser kennen. Schreiben wir doch unsere Aufsätze, kopieren sie danach, und jeder von uns bekommt einen vollen Satz. Jeder von jedem!"
Ein zustimmendes Murren bestätigte seinen Vorschlag.
„Schreib' aber die reinste Wahrheit!" flüsterte Melanie in Lukas Ohr. „Du träumst doch hoffentlich nur von mir?"
Luka brauste wieder auf und versprach ihr feierlich, nicht mehr mit ihr zu sprechen, wenn sie ihr albernes Benehmen nicht abstellen würde.
Als die Deutschstunde zu Ende war und Frank aus dem Klassenraum trat, kam Walter zu ihm und gab das ausgeliehene Buch von Suworow zurück.
„Ich habe das Buch kopiert", teilte er ihm aufgeregt mit. „Es gibt unglaubliche Dinge drin. Ich habe eine gewaltige Datenbank angelegt, wo alle Divisionen und Truppenteile erfaßt werden, sowohl die sowjetischen als auch die deutschen. Dort werde ich alle verfügbaren Daten eingeben: wo sie am 22. Juni 1941 standen, mit welchem Gerät und in welcher Stärke. Alles! Wie sie sich Wochen und Monate davor bewegt haben! Verstehst du? Einfach alles!
An diesen Daten kann man ganz genau ablesen, zu welchem Zweck sie sich dort befanden. Auch wenn die Archive geschlossen bleiben, auch wenn einige fehlende Direktiven vernichtet wurden.
Ich habe in diesen Tagen unheimlich viel dazugelernt! Ich habe mir Gedanken über so vieles machen müssen und kam dann zum Schluß, daß nichts, aber auch gar nichts im Leben dem bloßen Zufall überlassen wird! Es gibt eine unwiderlegbare Logik des menschlichen Handelns. Besonders auf Regierungsebene. Divisionen werden nicht einfach so verlegt! Es sind fast dreizehntausend Soldaten mit einer unvorstellbaren Menge an Gerät und Munition. Um eine Division zu bewegen, benötigt man eine gewaltige logisti-

sche Vorarbeit. Angefangen mit der Trinkwasserversorgung, mit der Gestellung von Eisenbahnzügen, bis zu den lächerlichsten Kleinigkeiten wie der Bereitstellung von Toiletten und Versorgung der Erkrankten! Die Verlegung einer Division ist eine sehr aufwendige und mühsame Angelegenheit! Und es geschieht auf einen ausdrücklichen Befehl des Generalstabes hin und nur mit Genehmigung der Regierung! Mit einem ganz klaren Sinn und Zweck.
Wenn ich diese Daten vergleiche, spüre ich diese Mächte, die diese Truppenteile bewegen, ich erkenne ihre Ziele! Gänsehaut läuft über mich, wenn ich in ihre Geheimnisse eindringe! Ich habe heute nur zwei Stunden geschlafen!"
„Das sieht man dir an", lächelte Frank seinem neuen Freund verständnisvoll zu. „Und gestern?"
„Drei!" gestand Walter.
„Also, hat's dich wirklich gepackt?"
„Und wie!" bestätigte Walter und schüttelte den Kopf. „Das ist viel aufregender als Schachspiel! Ich hab mir geschworen bei allen Heiligen, daß ich nicht aufhöre, bis ich die Wahrheit weiß. Verstehst du? Die ganze Wahrheit! Ich wollte früher Informatik studieren. Weißt du, ich schreibe schon seit zwei Jahren Programmblöcke für Softwarefirmen. Sie zahlen gutes Geld. Unter dem Tisch. Jetzt will ich Geschichte studieren."
Seine braunen Augen leuchteten auf.
„Ich werde ein gewaltiges Computerprogramm schreiben, das den Aufmarsch der deutschen und sowjetischen Truppen auf einer riesigen digitalen Karte in zeitgetreuer Bewegung zeigen wird. Das wird ein atemberaubendes Schauspiel sein! Wie ein echter Film, in dem alle Divisionen, Munitionstransporte und der Aufbau der gesamten Versorgung beider Armeen vor unseren Augen erstehen werden. Dann werden die Absichten beider Seiten mit letzter Gewißheit bewiesen!"
Er redete sich in Begeisterung hinein, doch die Pausenglocke verkündete die nächste Unterrichtsstunde, und die beiden verschwanden eiligst aus dem Flur.

Mein Traum

Am nächsten Tag erschien Frank nicht in der Schule. Julia und Anna schauten einander hilflos an, doch kein einziger vernünftiger Gedanke drängte sich an die Oberfläche, außer daß er plötzlich krank geworden sein müßte. Sie bemerkten unter anderem auch, daß nicht nur sie ihren fragenden Blick auf den leeren Stuhl des neuen Schülers richteten. Und da keiner etwas von sich gab, schien es sicher zu sein, daß niemand über die Gründe im Bilde war.
Inzwischen halfen Luka und Georg Frau Weimar, die Aufsätze zu kopieren, brachten sie in die Klasse und verteilten sie stapelweise auf den Tischen. Und gleich vertieften sich alle ins Lesen.
Frau Weimar ging durch die Reihen und fand dieses allgemeine Interesse irgendwie ungewöhnlich. Sie schaute mal bei dem einen, mal bei dem anderen und stellte sehr schnell fest, daß die meisten Schüler den gleichen Aufsatz lasen.
Der kleine Luka stützte seinen verwuschelten Kopf mit beiden Händen ab und versuchte sich auf den Text zu konzentrieren.
„Du hast hoffentlich die Wahrheit geschrieben?“ fragte Melanie und schaute ihn schelmisch an. „Jetzt werde ich endlich erfahren, ob du von einer anderen träumst.“
„Ich bring’ dich um!“ seufzte Luka verzweifelt.
„Nicht doch, mein Liebling!“
Doch Luka drückte bereits seine Hände fest an die Ohren und vertiefte sich wieder in den aufgeschlagenen Aufsatz.
Frau Weimar ging zu Walter, wollte ihn bitten, das Blatt umzudrehen, um den Namen des Verfassers zu erfahren, doch auch er schien so tief ins Lesen versunken zu sein, daß sie schließlich beschloß, niemanden mehr zu stören.
Sie warf noch einmal einen flüchtigen Blick auf den handgeschriebenen Text und ging zu ihrem Tisch. Sehr schnell erkannte sie die akkurate, kindlich wirkende Handschrift wieder. Auf der ersten Seite stand der Name: Frank Uffelmann.
Bevor sie zu lesen begann, schaute sie noch einmal auf die Schüler

und wunderte sich abermals über diese ungewöhnliche Stille. Mal sehen, dachte Frau Weimar und wandte sich dem Text zu:

Mein Traum. Er ist so schön wie unerreichbar. Ich weiß ja nicht einmal, ob ich ihn mehr am hellichten Tage oder in meinen schlaflosen Nächten träume. Er ist immer da, er durchdringt mein ganzes Wesen. Er schlummert in meiner Brust und in den Augenblicken der Ruhe, wo die alltäglichen Sorgen zurücktreten und mich von ihrer Last befreien, steigt er aus der Tiefe meiner Seele und bezaubert mich wie die Klänge einer sehnsuchtsvollen Musik immer wieder aufs neue. Er erhebt sich wie die Sonne über meine Zweifel und erfüllt meine Welt mit dem hellen Licht einer neuen Hoffnung.

Ich sehe meine Heimat, meine geliebte deutsche Heimat am frühen Morgen im stillen Glück und im innigsten Frieden. Ich sehe Kirchtürme in den ersten Sonnenstrahlen leuchten. Ich sehe die von fleißigen Händen bestellten Felder, und in allem erkenne ich den mir vertrauten Ordnungssinn meines Volkes – den lebendigen Ausdruck seiner immerwährenden Heimatliebe, seiner innigsten Träume! Ich schaue auf dieses Glück und kann meine Tränen nicht mehr zurückhalten. Eine tiefe Erkenntnis erfüllt mein Wesen. Eine Gewißheit, daß dieser Traum mein Leben wert ist. Und wird es eingefordert, so bin ich bereit. Bedingungslos bereit! Auch wenn ich weiß, daß damit nur ein winziger Bruchteil davon bezahlt werden könnte.

Ich hoffe es, ich weiß es: Ich bin nicht allein!

Mit allen Sinnen spüre ich die Gegenwart verwandter Seelen. Ich nehme ihre Sehnsucht, die gleiche Sehnsucht so deutlich wahr! Ich erkenne ihren leisen Schimmer in den Augen der Menschen, die an mir vorübergehen…

In meinen Träumen habe ich Worte gefunden, um meine Welt zu erklären! Ich spreche zu den deutschen Menschen, und sie verstehen mich und die Hoffnung entzündet ihre Herzen mit neuer Kraft.

In meinen Träumen…

Und wenn ich manchmal in der nächtlichen Abgeschiedenheit die Augen niederschlage, so höre ich die vertrauten Lieder aus längst verhallten Zeiten. Ich tauche in die Vergangenheit meines Volkes ein, in meine Vergangenheit! Ich durchdringe Jahrhunderte und Jahrtausende, und alles, alles fließt in meine Seele wie ein mächtiger Strom des Schicksalhaften. Ich sehe Menschen vom gleichen Blut, deren Teil ich selbst bin. Ich lebe mit ihnen. Ich leide und sterbe mit jedem von ihnen, um am nächsten Morgen wieder geboren zu werden und zu wissen: Ich bin mit ihnen eins, und keine Macht vermag es, mein Leben von ihrem Schicksal zu trennen.

Mein Volk, mein leidgeprüftes Volk lebt in meinen Träumen sein verdientes Glück. Lebt nach seinem Sinn, so wie es je geträumt hat.

In meinem Traum sind die Gassen unserer lieblichen Dörfer und Städte wieder mit Leben gefüllt. Mit Lachen und fröhlichem Lärm spielender Kinder... In meinem Traum sind wir wieder eins. Trotz unserer Sorgen, trotz unseres belanglosen Streits sind wir von einem tief empfundenen Gefühl der Gottgegebenen Verwandtschaft beseelt! Wir sind wieder eine lebendige Schicksalsgemeinschaft! Sie umfaßt nicht nur die Lebenden, sondern auch unsere Vorfahren, denen gegenüber wir nicht als Richter auftreten, sondern uns vor ihnen in Ehrfurcht verneigen. Ich sehe Menschen, die nicht vom Glanz der Wolkenkratzer geblendet sind, sondern Menschen, denen unsere verschlungenen Gassen mit alten Fachwerkhäusern ans Herz gewachsen sind! Menschen, die vor der mystischen Erhabenheit unserer Burgen und Schlösser erschaudern.

In meinem Traum haben geschriebene Gesetze keine große Bedeutung. Die Sittlichkeit lebt in der Tiefe der menschlichen Seele und wird von Staat und Kirche gestützt.

In meinem Traum fühlen sich sittliche Menschen nicht mehr bedrängt. Sie werden nicht von zügelloser Zurschaustellung alles Niederträchtigen in die Enge getrieben. Sie sind nicht auf der Flucht, sie sind wieder geachtet und nicht verpönt.

In meinen Träumen wachsen unsere Kinder in stiller vertrauter

Umgebung ihrer Familien auf. Nicht mit draufhauenden, brüllenden Aliens und Pokémons, sondern mit unseren schönen Märchen.
In meinen Träumen hat unser christlicher Glaube wieder Platz in unseren Schulen. Er ist wieder Mittelpunkt unseres Lebens und Grundlage unserer Sittlichkeit. Vor ihm verbeugt sich die Wissenschaft, und die Achtung vor dem Allmächtigen und Seiner Schöpfung zwingt sie zur Mäßigung und zur Aufgabe jeglicher Versuche am menschlichen Genom.
In meinen Träumen ist Liebe wieder etwas Großes, worauf zu warten und zu hoffen sich wirklich lohnt. In meinen Träumen ist die sexuelle Beziehung von Mann und Frau nicht die Befriedigung des immerwährenden Verlangens, sondern der Gottgewollte Höhepunkt der wahren Liebe, die uns mit Kindern segnet.
In meinen Träumen schätzt jeder Mensch das Glück, in seiner Heimat leben zu dürfen, inmitten der Menschen, die seine Sprache sprechen, seine Seele als ihre erkennen...
In meinen Träumen ist Europa wieder das christliche Abendland, ein friedlicher Staatenbund freier Völker und nicht ein Gemisch der völlig entwurzelten Verbraucher. Ich wünsche von Herzen jedem Volk die gleichen friedlichen Träume! Ich wünsche es jedem Menschen in jedem Winkel unserer Erde.
In meinen Träumen hat mein gutes Volk das Glück, ein Volk zu bleiben. Es hat wieder zu sich gefunden und schämt sich dessen nicht.
Dieser Traum flammte in meiner Seele in frühester Jugend auf, als die Hoffnung, die Heimat je in meinem Leben sehen zu dürfen, am geringsten war. Er erwachte von selbst, ohne daß ich sagen könnte, wann er von mir Besitz ergriffen hatte, und mit diesem Traum werde ich von dieser Welt scheiden. In der Hoffnung, daß diese Träume auch meine Kinder träumen werden. Diese Träume kommen aus der Tiefe meiner Seele und können nicht von mir weichen. Sie sind ein Teil von mir – die Träume von meiner Heimat.
Vielleicht kommen sie aus dem Jenseits. Vielleicht wird mein Volk, wenn nicht auf dieser Welt, dann doch woanders vom Allmächti-

gen für seine Güte belohnt. Doch in meinen Träumen werden wir auch hier wieder Kraft finden, unser Leben neu zu gestalten.
In meinen Träumen bin ich nicht allein!
In meinen Träumen...

Nachdem Frau Weimar den Aufsatz zu Ende gelesen hatte, konnte sie ihre Augen immer noch nicht von ihm lösen. Sie wußte es ganz genau: Diese ungewöhnliche Stille hatte eine größere Bedeutung, als sie zunächst angenommen hatte. So etwas hatte sie noch nie gelesen. Sie war ergriffen von der elementaren Ehrlichkeit, die diesen Aufsatz durchdrang, überwältigt von dessen Tiefe und Reife. Doch zugleich wußte sie, daß gerade jetzt unzählige Augen auf sie gerichtet waren, um zu erfahren, mit welchen Gefühlen sie, ihre neue Klassenlehrerin, diesen Aufsatz aufgenommen hatte, welche Worte sie dafür finden würde.
Die Zeit floß langsam dahin, doch es kamen keine neuen Gedanken, keine passenden Worte. Bereits am zweiten Tag ihrer neuen Aufgabe stand sie genau wie Frau Bammert an die Wand gedrückt. Von diesem neuen Schüler so unerwartet auf die Probe gestellt...
Ratlos saß sie an ihrem Lehrertisch und verzagte immer mehr.
„Frau Weimar!" fragte Luka ernst. „Sie haben schon längst zu Ende gelesen."
Die junge Lehrerin hob ihre Augen und schaute in die Klasse. Wie sie auch vermutet hatte, starrten die meisten stumm und fragend in ihre Richtung.
„Ein problematischer Aufsatz", erwiderte Frau Weimar ausweichend und machte einen nachdenklichen Gesichtsausdruck.
„Das ist doch eine unerhörte Volkstümelei!" meldete sich Benjamin von der letzten Bank. „Damit ist doch klar, wer dieser Uffelmann ist! Ich hab das schon am Freitag gewußt, und ihr habt wegen ihm einen Aufstand gegen Frau Bammert angezettelt!"
Er schaute sich um, nach Unterstützung suchend, doch seine Worte verhallten ohne spürbare Resonanz.
„Es ist gar nichts klar!" widersprach Luka und richtete seinen vor-

wurfsvollen Blick auf die schweigende Frau Weimar. „Was sitzt ihr hier alle, als ob er jemanden umgebracht hat?“
„Es ist noch schlimmer!“ empörte sich Benjamin mit gleicher Heftigkeit. „Hier ist wieder die Rede von Blut und Boden, das ist doch Nazipropaganda pur! Unter uns sitzen Menschen nichtdeutscher Abstammung! Ich kann mir vorstellen, was sie von ihm und von uns allen denken!“
„Wer fühlt sich verletzt?“ fragte Luka und schaute entschlossen um sich.
Alle Blicke richteten sich auf Karim, der immer noch den aufgeschlagenen Aufsatz anstarrte und so tat, als ob er gar nicht hören würde, was um ihn herum passierte.
„Karim!“ wandte sich Benjamin ungeduldig an ihn. „Sag doch ehrlich, was du dabei empfindest?“
Karim hob langsam seine Augen, sah Frau Weimar an, die immer noch schweigend an ihrem Tisch saß, und sagte mit fester Stimme: „Das will ich für meine Heimat auch.“
Er zögerte ein wenig und fügte etwas leiser hinzu:
„Ehrlich gesagt, ähnlich denken alle echten Türken. Nur sind wir halt Moslems.“
„Echte Türken?“ wiederholte Benjamin und zog seine Augenbrauen ungläubig zusammen. „Wer sind denn diese echten Türken?“
„Diejenigen, die ihre Heimat lieben“, erwiderte Karim verärgert, „und zwar über alles, wenn du es schon so genau wissen willst!“
„Du bist doch hier, in Deutschland zur Welt gekommen!“ stieß Benjamin verzweifelt aus, doch Karim wurde noch mißmutiger.
„Hör doch mit diesem Quatsch auf!“ warf er ihm erbost zu und beugte sich wieder über den Aufsatz.
Eine Weile herrschte absolute Ruhe, dann hörte man einzelne aufgeregte Ausrufe, und schon im nächsten Augenblick brach im Klassenraum die Hölle los. Einige sprangen auf, eilten zu ihren Freunden und diskutierten hitzig miteinander. Walter stand neben Karim, erklärte ihm etwas, seine Hand schüttelnd, um Haaresbreite davon entfernt, ihn zu umarmen.

Der türkische Junge, von einer bis dahin in seinem Leben völlig unbekannten Zuwendung irritiert, lächelte verlegen, war aber sichtlich glücklich darüber.
Frau Weimar, besorgt über den schrecklichen Lärm, wandte sich unbeholfen mal an den einen, mal an den anderen, bat vergeblich um Ruhe, während Anna aufgeregt zu Julia stürmte.
Für ihre Freundin war die Spannung zu groß. Sie wischte ihre Tränen vom Gesicht und wurde von Anna aufgefordert, unbemerkt aus dem Klassenzimmer zu schlüpfen.
„Ich hab schon gedacht, sie werden den Aufsatz zerfetzen", schluchzte Julia entkräftet, doch Anna, ängstlich umherblickend, mahnte sie eindringlich zur Ruhe.
„Leiser!" zischelte sie und zerrte ihre Freundin in Richtung des Damen-WC.
„Und wenn sie ihn rauswerfen?" fragte Julia verzweifelt, ohne auf Annas Zureden achtzugeben. „Was dann?"
Anna antwortete nicht auf ihre Frage, riß die Tür ruckartig auf und stieß ihre Freundin unsanft in den menschenleeren WC-Raum hinein…

Roberto und Benjamin

Auch dieser Schultag war zu Ende gegangen, der Klassenraum leerte sich schnell und der vielstimmige Lärm verhallte in den langen Gängen des Kant-Gymnasiums wie eine zurückweichende Gewitterfront. Nur Roberto blieb noch einsam auf seinem Stuhl sitzen. Traurig starrte er in den aufgeschlagenen Aufsatz des neuen Schülers, doch es schien, als würde er gar nicht lesen, sondern wäre tief in seine Gedanken versunken.

Schließlich hörte er im Flur das geschäftige Treiben der Putzfrauen, ihre lauten Stimmen, erhob sich, packte seine Schultasche und schon bald ging er über den großen Schulhof.

„Roberto!" rief jemand ihm zu.

Er schaute sich um und sah auf dem überdachten Fahrradplatz Benjamin, der jetzt munter in seine Richtung schritt.

„Ich hab auf dich gewartet", sagte er noch im Gehen.

„Warum?"

„Ich wollte mit dir sprechen."

„Worüber?"

„Über diesen Uffelmann und seinen Aufsatz", erklärte Benjamin mit deutlichem Unmut in seiner herben Stimme.

Roberto schwieg und schien unentschlossen zu sein. Er mochte Benjamin nicht besonders. Seine düstere Art hatte auf ihn wie auch auf die meisten Klassenkameraden stets einen unangenehmen Eindruck hinterlassen. Doch er wollte nicht unfreundlich sein. Allein die Tatsache, daß er jetzt auf ihn gewartet hatte, schien ihm dafür Grund genug.

„Und?" fragte Roberto kurz angebunden.

„Ich habe dich die ganze Zeit beobachtet, als wir den Aufsatz gelesen haben, und mir schien, daß du darüber auch nicht besonders glücklich warst", sagte Benjamin mit ungewöhnlicher Umständlichkeit. Es war allgemein bekannt, daß er zu der Art Menschen zählte, die sich deftigerer Ausdrücke bedienten und sich wesentlich kürzer faßten.

„Was für eine Rolle spielt es überhaupt, welchen Eindruck ich dabei gewonnen habe?“ fragte Roberto leicht gereizt.
„Eine große Bedeutung hat es!“ entgegnete Benjamin.
„Welche?“
„Du bist derjenige, der die Klasse noch retten kann“, versicherte ihm sein Klassenkamerad.
Roberto wurde von einer Welle ironiebeladener Heiterkeit erfaßt. Er schaute prüfend auf seinen ernst dreinblickenden Gesprächspartner und konnte sein spöttisches Grinsen nicht mehr unterdrücken.
„Was du nicht sagst!“ erwiderte er auf seine schmeichelnden Worte.
„Lach nicht!“ warf ihm Benjamin verärgert zu. „Du bist der einzige, der diesen Uffelmann richtig durchschaut hat.“
„Und du?“
„Auf mich werden sie nicht hören“, gab er verlegen zu. „Du hast aber einen großen Einfluß auf sie! Verstehst du?“
„Jeder hat seinen eigenen Kopf auf den Schultern“, erwiderte Roberto, während die Heiterkeit von seinem Gesicht verflog. „Wenn sie ihm freiwillig nachlaufen, dann sollen sie es tun.“
Benjamin lebte auf und erklärte:
„Das ist doch gerade das Problem! Sie haben keinen eigenen Kopf. Sie sind doch wie eine Schafsherde! Sie lesen den Aufsatz und verstehen nicht einmal, was er damit sagen wollte.“
Roberto schwieg eine Weile.
„Was schlägst du vor?“ fragte er Benjamin, der nun erwartungsvoll zu ihm schaute.
„Wir müssen dagegen vorgehen und Aufklärungsarbeit leisten!“
„Das wird wohl nicht helfen“, erwiderte Roberto skeptisch.
„Warum?“ stieß Benjamin überrascht aus.
„Weil er daran glaubt, was er sagt“, erklärte Roberto.
„Das ist nicht wahr!“ brauste Benjamin wieder auf. „Er glaubt höchstens an seine nationalistischen Vorstellungen über Großdeutschland und die germanischen Übermenschen. Das kann ich ihm gerne abnehmen. Aber der Rest! Der Rest ist eine geschickte

Tarnung. Nationalismus und Internationalismus sind bekanntlich Antipoden. Du glaubst doch selbst nicht, daß dieses Bla-bla-bla von anderen Völkern, denen er angeblich die gleichen Träume wünscht, ernst gemeint ist. Sie sind heute in der Minderheit, daher versuchen sie auch die Öffentlichkeit auf diese Weise zu täuschen. Was meinst du, was hier los wäre, wenn diese Schurken einmal an die Macht kämen? Da würde dieses Engelsgesicht sofort seine Zähne fletschen. Ich hab mir übrigens diese Schafe ganz genau angeschaut. Walter, Anna, Luka und vor allem Julia sind ihm bereits hoffnungslos verfallen."

Robertos Mundwinkel zuckten nervös, sobald er den Vornamen Julia hörte. Er drehte sich weg und schwieg beharrlich.

„Du glaubst doch nicht im Ernst, daß er auch dich in sein überschwengliches Gebet einschließt?" sagte Benjamin mit unverhohlenem Spott in seiner rauhen Stimme. „Sei doch nicht so dumm, Roberto! Du als Italiener?"

Benjamin lachte eine Weile gönnerhaft, schaute dann auf Roberto, als würde er seiner Einfältigkeit wegen sogar Mitleid mit ihm empfinden, wollte noch etwas dazu sagen, doch Roberto blickte ihm hart in die Augen und warf ihm verärgert zu:

„Du hast mir doch vor kurzem gesagt, ich bin ein Deutscher?"

Benjamin versuchte zu lächeln, doch es mißlang ihm. Statt dessen zog sich sein Gesicht zu einer schiefen Grimasse zusammen.

„Natürlich bist du ein Deutscher!" beeilte er sich mit einer Erklärung. „Du hast doch die deutsche Staatsangehörigkeit!"

„Warum sagst du dann, daß ich ein Italiener bin?"

„Ich habe gemeint italienischstämmig! Verstehst du?" erwiderte Benjamin nicht ohne sichtbare Verlegenheit. „Für ihn, habe ich gemeint, bist du einer!"

„Woher weißt du, daß er mich deswegen nicht mag?" fragte Roberto mißmutig.

„Du bist blind! Frag doch jeden, der noch nicht diesem Monstrum verfallen ist! Ich habe gesehen, mit welchen Augen er dich im Unterricht heimlich beobachtet hat."

Robertos hellbraune Augen flammten auf.
„Mit welchen...“, fragte er aufgeregt. „Mit welchen Augen?“
„Roberto! Sei doch ehrlich! Du weißt doch selbst, daß es keine Liebeserklärung war“, legte Benjamin gehässig nach.
„Bist du dir dessen so sicher?“ fragte Roberto mißtrauisch und durchbohrte ihn mit einem aufgewühlten forschenden Blick.
„Hundertprozentig!“ schmetterte er ihm ohne Zögern ins Gesicht.
Roberto drehte sich hastig um und ging, ohne ein Wort zu sagen, schnell davon.
„Roberto!“ schrie Benjamin ihm überrascht hinterher, doch der Junge schritt, ohne sich umzudrehen, weiter und verschwand nach einigen Sekunden aus der Sichtweite seines Klassenkameraden.
Roberto kam nach Hause, warf seine Schultasche in die Ecke und ging, ohne ein einziges Wort zu sagen, wieder weg. Es war ein schöner Tag. Zwar hingen am Himmel drohende Wolken, doch es war warm und wirklich sommerlich. Sehr schnell erreichte er die schöne Bombergallee, ging in Richtung der bewaldeten Hügelkette, stieg auf dem schmalen Pfad zum menschenleeren schattigen Philosophenweg hinauf und war froh, endlich mit seinen Gedanken allein zu sein.

Der Chef

Willi Lech saß im riesigen Flugzeug und schaute aus dem runden Fenster zum glitzernden Meer hinunter. Die Maschine befand sich bereits im Landeanflug, neigte sich ruckartig mal nach rechts, mal nach links und Willi wußte, daß nach wenigen Minuten die felsigen Konturen der Kanarischen Inseln wie aus dem Nichts auftauchen würden.
Warum hatte sein Chef ihn hierher nach Teneriffa bestellt? Was war da so Wichtiges, was nicht um einige Wochen verschoben oder nicht am Telefon besprochen werden könnte? dachte er. Und je länger er darüber nachdachte, desto mehr verstrickte er sich in unzählige Vermutungen, bis am Ende nur noch bittere Ratlosigkeit übrigblieb.
„Mal sehen“, flüsterte er leise zu sich selbst und schritt entschlossen über die Schwelle auf das eiserne Podest der Fahrtreppe.
Gleißende Sonne schnitt messerscharf in die Augen, so daß Willi unwillkürlich die Augen zukniff und sie mit der Hand schützte. Die feuchte Meeresluft füllte angenehm die Lungen und versetzte sein ganzes Wesen mit einem Schlag in einen wohligen Zustand. Eine Welle fröhlicher Leichtigkeit breitete sich in ihm aus und leitete ihn direkt zum blitzschnellen Gedanken über die Nichtigkeit seiner Sorgen: Zum Teufel mit diesem Geschäft! Soll es doch laufen, solange es noch was abwirft, aber ohne Streß, ohne alles so nah ans Herz gehen zu lassen. Hier, im ewigen Sommer, eine prächtige Villa kaufen und das Leben genießen. Vielleicht sogar mit ihr, mit der schönen Anna!
Dieser Gedanke kam schon oft in ihm auf. Er hatte über tausend Mitarbeiter, das Geschäft lief gut, und wenn er auch die Zügel ganz aus der Hand lassen würde, wird es bestimmt noch Jahre dauern, bis die Einnahmen gänzlich versiegen.
Die Ursache dieser Stimmung war aber die zunehmende Unzufriedenheit mit seinem Chef. Immer noch behandelte er ihn wie einen Schuljungen und wollte nicht zur Kenntnis nehmen, daß er bereits

ein erfolgreicher Geschäftsmann geworden war. Zwar stand er immer noch unter seiner Obhut, aber dennoch entwickelte er in diesen Jahren einen beträchtlichen Selbstwert. Er war derjenige, der die unzähligen Mengen von angehenden Versicherungsmaklern mit Energie und Enthusiasmus geladen hatte, und zwar so, daß ihre Bemühungen in konkreten Zahlen erfaßt werden konnten.
Und doch verlangte der herrschsüchtige Chef immer wieder unbedingte Treue und Ergebenheit, die zumal jeden vernünftigen Rahmen des zivilisierten Umgangs sprengten. Und warum? dachte Willi. Die Zeiten waren endgültig vorbei. Der Chef stand zwar immer noch höher, aber seine Macht war nicht mehr das, was sie einmal gewesen war. Sie beruhte mehr auf Gewohnheit. Irgendwie spürte Willi auch keine besondere Dankbarkeit mehr, da er nicht nur genommen, sondern auch viel gegeben hatte.
Außerdem besaß er einige wertvolle Immobilien und verfügte trotz seiner verschwenderischen Lebensweise über ein beträchtliches Sümmchen von einigen Millionen Euro. Das war zwar nicht der Gipfel seiner Träume, erlaubte ihm aber, zumindest in solchen Situationen einiges zu riskieren und seinen Kopf aufrecht zu halten.
Nein, nein, dachte Willi, mit dieser Sklaverei muß man aufhören. Was würde er verlieren, wenn er diesem Tyrann einfach alles offen sagen würde, was er dachte? Ist etwa menschliche Würde nicht wertvoller als seine Stellung, wie gut sie auch ausgestattet sein mag? Schließlich würde auch Anna mit ihm gehen, wenn er sie wirklich für sich gewinnen sollte. Wer kann schon in unserer Zeit seine Tochter mit Gewalt zu Hause festhalten?
Den ganzen langen Weg vom Flughafen bis in die Stadt Puerto de la Cruz beschäftigten ihn diese Gedanken, und Willi war nun fest entschlossen, endlich mal von dieser mittelalterlichen Unterwürfigkeit Abschied zu nehmen.
Das Taxi fuhr an einer imposanten mediterranen Villa mit einem geschmackvoll angelegten Terrassengarten vor. So etwas Wunderschönes hatte Willi noch nie in seinem abwechslungsreichen Leben gesehen. Es übertraf bei weitem das schöne Weigand'sche

Haus in der Kurstadt. Schneeweiße Ballustraden säumten unzählige Balkone und Terrassen, von denen ein gewaltiges Panorama über den unendlichen Atlantik den Blick fesselte.
Der Alte hat Stil, dachte Willi anerkennend.
Von einem vornehmen Bediensteten wurde er in einen geräumigen Empfangsbereich geführt, wo er nun saß und durch die hohen Fenster die Stadt Puerto de la Cruz betrachtete. Wie auf der Handfläche lag die schöne grüne Stadt – eine wahre Perle der kanarischen Welt.
Die Zeit floß dahin, doch niemand kümmerte sich um Willi. Er stand auf, betrat die große Terrasse, ging zu deren Rand und sah den mächtigen Berg Teide, der die ganze Gegend souverän beherrschte. Schön, dachte Willi, wirklich schön! Und diese Schönheit gab ihm noch mehr Kraft und Zuversicht.
Endlich hörte er Schritte und drehte sich um. Derselbe Bedienstete lächelte ihn freundlich an, bat ihn höflich, seine lederne Aktentasche im Vorzimmer liegen zu lassen, und machte ihm zuvorkommend die große weiße Flügeltür auf.
Willi trat ins Arbeitszimmer und fand sich in einem verdunkelten Raum, wo nur ein paar zufällige Sonnenstrahlen durch die winzigen Spalten zwischen den Lamellen der Rolläden von draußen hereindrangen. Doch auch diese hauchdünnen Lichtfädchen konnten die zähe Dunkelheit nicht ganz zerstreuen und ließen das große Arbeitszimmer des Chefs dadurch eher noch gespenstischer aussehen. Der Chef selbst saß regungslos in einem überdimensionalen Sessel, den Kopf auf die weiche Lehne nach hinten geworfen, mit geschlossenen Augen.
Bestimmt bemerkte er, daß Willi hereingekommen war, doch er schwieg, ohne ihn zu grüßen, ohne den Stuhl anzubieten... Einfach so lag er in seinem schwarzen Sessel, wie in wichtigen Gedanken versunken.
Herr Weigand war ein sehr fähiger und doch äußerst selbstkritischer Mensch. Er war ein Stratege und vertrat in dieser Frage eine sehr nüchterne Meinung: Wenn man kein geborener Führer ist, sondern nur ein Stratege, dann ist es ratsam, die Öffentlichkeit zu meiden,

sich in eine Aura des Geheimnisvollen zu hüllen und seine Worte, sobald sie das rein Geschäftliche verlassen, knapp und möglichst abstrakt zu halten. Man sollte es den anderen überlassen, einen höheren Sinn in sie hineinzuinterpretieren und in die Welt hinauszuposaunen. Er kannte diese Posaunen ganz genau und setzte ihren Wirkungsgrad, ihre Klangfarbe und Geschwätzigkeit sehr geschickt ein. Er war kein geborener Führer. Ein Führer beherrscht die Menschen mit seinen feurigen Reden, entzündet die Herzen und führt die blind gewordenen Massen, wie es ihm beliebt. Seine Macht hingegen lag in der kühlen Beherrschung seiner näheren Umgebung. Jeder Mitarbeiter war mit tausend unsichtbaren Fäden mit den anderen verbunden und konnte dieses monströse Geflecht nicht durchschauen, um selbst Herr der Lage zu werden. Nur er, der geniale Stratege war imstande, die Ordnung zu nähren. Und sie, diese Ordnung, war für sein nicht gerade einfaches Geschäft wie die Luft zum Atmen.

„Erinnerst du dich noch daran, auf welchen tragenden Säulen unser Konzept ruht, das uns alle zum Erfolg geführt hat?“ fragte Herr Weigand ohne seine Augen aufzuschlagen. Nur seine Lippen verrieten, daß die gefühllose Stimme, die den Raum erfüllte, ihm gehörte.

„Ja“, antwortete Willi deutlich und sicher.

„Welche sind es?“

„Gezielte Arbeit mit einzelnen Kundengruppen, die ein oder mehrere deutliche Merkmale aufweisen“, antwortete Willi ohne Zögern.

„Die wären?“

„Menschen, die einem anderen Kulturkreis angehören und dadurch in Deutschland ein Diasporaleben führen. Vor allem die Aussiedler...“

„Die Aussiedler!“ unterbrach ihn der Chef und lebte dabei auf. „Welche geschäftsrelevanten Merkmale trägt zum Beispiel diese Kundengruppe?“

„Ist das eine Prüfung?“ fragte Willi sichtlich verärgert. „Ich bin

schließlich kein Schüler mehr!"
„Wer bist du denn?" fragte Herr Weigand verwundert. „Nicht mehr der gute schutzlose Willi, den ich einst, vom tiefsten Mitleid bewegt, mittellos auf der kalten Straße gefunden habe? Nicht mehr der frühere Willi, der mir ergeben in die Augen schaute und jedes Wort dankbar aufgenommen hat?"
Willi schwieg zwar, war aber offensichtlich unzufrieden.
„Wie dem auch sei, mein verlorener Sohn", seufzte Herr Weigand, „sei dir sicher, daß der tiefere Sinn unserer Unterredung zu gegebener Zeit auch dir nicht verborgen bleiben wird!"
„Warum ist es hier so dunkel?" fragte Willi.
„Damit ich deine unverschämten Augen nicht sehe", antwortete der Chef gereizt, beherrschte sich aber und fügte versöhnlich hinzu: „Das lenkt nur ab!"
Willi reagierte nicht auf die unschöne Bemerkung, schwieg und dachte krampfhaft darüber nach, was dies alles zu bedeuten habe. Natürlich erinnerte er sich an die goldenen Grundprinzipien, die der Chef ihm am dritten Tag seines neuen Lebens im Versicherungsunternehmen anvertraut hatte. Ob das sein eigenes Konzept war oder ob man es in den oberen Etagen des riesigen Konzerns ausgebrütet hatte, wußte Willi bis heute nicht. Alle sprachen in diesem Zusammenhang nur von ihm, vom allmächtigen Herrn Weigand, und es war damals wie auch heute im Grunde genommen unerheblich. Wichtig war, daß es funktionierte. Und alles, was im harten Leben die Prüfung bestanden hatte, ist wahr. Wahr wie die Sonne, die jeden Tag am Horizont aufgeht, und zwar unabhängig davon, ob die meisten daran glauben oder nicht. Unabhängig von allem: vom jeweiligen Wissensstand, von persönlichen Vorlieben und Neigungen. Es ist einfach da, wie ein Naturgesetz, das keine Erklärungen braucht. Das bildete den Kern seiner Überzeugung.
Der Chef, dieser brillante Stratege, für Willi immer noch ein genialer Großmeister, teilte alle Bürger in zwei große Gruppen: solche, die bestimmte geschäftsrelevante Merkmale aufweisen, und die übrigen, die sich nicht als Kundengruppe definieren lassen. Die

letzten waren nicht so zahlreich und für das Geschäft eines Versicherungsunternehmens nicht von Bedeutung. Da sie auf keine spezifischen Reize reagieren, ist die Bewerbung dieser Gruppe zu kostenintensiv und wenig erfolgversprechend. Sie sind launenhaft, eigensinnig und stur. Wirklich wichtig war die Gruppe der Definierbaren. Lassen sich eine oder mehrere Eigenschaften mit Sicherheit feststellen, so ist der Erfolg nur noch die Sache deines Einfallsreichtums und des Einsatzes.
Ganz am Anfang aber verblüffte ihn der Chef mit der deutlichen Feststellung, daß der Erfolg gar nicht so sehr an das Produkt (so nannte er die Versicherungsleistungen) gekoppelt sei. Alle seien heutzutage ungefähr gleich und er vermute sogar, daß ihre Produkte, also die Versicherungen ihrer eigener Gesellschaft, bei weitem nicht die besten sind. Aber das, sagte der Chef, dem verblüfften Neuling auf die Schulter klopfend, sei Wurst! Mehr noch: Ist das Produkt schwierig, so fühlt sich das Unternehmen um so mehr veranlaßt, seinen Agenten ein paar Groschen obendrauf zu zahlen.
Nur das Verkaufskonzept zählt! Und es war wirklich genial!
Man hatte bemerkt, daß die Deutschen aus Rußland noch mehr als die Ausländer zum Diasporaleben neigen. Wenn die Ausländer sich erst in Deutschland zu einer Diaspora zusammenschließen, so ist das für die Deutschen aus Rußland deren Alltag seit mehr als zwei Jahrhunderten.
In Deutschland angekommen, werden die meisten von ihnen gleich von der eigenen Umgebung aufgenommen und führen das gewohnte Leben auch hier weiter, bis ihre Kinder schließlich spurlos im hiesigen Leben aufgehen. Trotz aller Widrigkeiten und Einflüsse zeichnen sie sich im ersten Abschnitt ihres neuen Lebens durch einen bemerkenswerten Zusammenhalt und starke familiäre Bindungen untereinander bis zu den Cousins und Onkels zweiten und dritten Grades aus. Verwandte, Bekannte... Wer auch immer im riesigen russischen Reich miteinander verbunden war, ist es auch jetzt geblieben.
Der weitsichtige Chef erkannte den Wert dieser verwandt-

schaftlichen Bindungen und ließ sie in den geschäftsrelevanten Zahlen zusammenfassen. Die magische Formel lautete kurz, wie alles Geniale: 600-150-10. Das bedeutete, daß von hundert neu angeworbenen Aussiedlern, die das Einführungsseminar der Versicherungsgesellschaft besuchten, durchschnittlich 600 Lebensversicherungsabschlüsse kommen und 150 neue Anwerbungen. Dabei verbleiben von den ersten Hundert letztendlich nur noch zehn Mitarbeiter, die die zweite Stufe erreichen. Alle anderen, nachdem sie erfolgreich fast jeden ihrer Verwandten mit ein paar Versicherungspolicen beschenkt hatten, kehrten schließlich zu ihrer früheren Beschäftigung zurück und wollten von dem mißlungenen Versicherungsgeschäft nichts mehr wissen. Aber dieses Verhältnis war beiderseitiger Natur. Auch Herr Weigand wollte von den Ausgeschiedenen nichts mehr wissen. Sie waren, wie er zu sagen pflegte, versicherungstechnisch völlig erschöpft.

Als Willi Lech zum ersten Mal von diesem Zahlenwerk erfuhr, konnte er die Zahlen weder nachvollziehen noch eine besondere Begeisterung dafür verspüren. Einhundert Menschen für das Geschäft anzuwerben, um am Ende nur noch zehn von ihnen als Mitarbeiter zu behalten! Das war ein harter Job, dachte er enttäuscht. Doch der Großmeister der Versicherungswelt lachte nur über seine Skepsis und schlug eins obendrauf: Bis zur vierten Stufe kommen von diesen Zehn wiederum nur noch ein paar.

Er schaute vergnügt in die verstörten Augen des Lehrjungen und genoß seine vollkommene Verwirrung. Doch dann beruhigte er ihn nachsichtig und erklärte alles ausführlich.

Es folgten Formeln über Formeln, komische Zeichen und Hieroglyphen, die er natürlich im spärlichen Mathematikunterricht der provinziellen Hauptschule nicht zu Gesicht bekommen hatte. Aber auch diese peinliche Tatsache nahm der geniale Chef mit leichtem Humor. Das Wichtigste an dir sind deine Augen, vertraute er dem verblüfften Willi an, die wirst du einsetzen. Ohne Formeln und langwierige Zahlenreihen!

Als Willi es wagte, nach Erklärung zu verlangen, erzählte ihm Herr

Weigand, daß die meisten Menschen im Gegensatz zu Willi beim Lügen rot werden und andauernd versuchen, ihre Augen zu verstecken. Willis Augen jedoch strahlten dabei eine solche unverfälschte Unschuld aus, daß sogar er, Herr Weigand, dann und wann dem Irrtum aufsaß.
Mit dieser nicht gerade sehr schmeichelhaften Erklärung war Willi gar nicht zufrieden und schwieg beharrlich, düster zu Boden starrend, während sein Chef von Herzen lachte.
„Sei nicht traurig!“ sagte er schließlich und riet ihm, die Sache leichter zu nehmen. Wer in dieses Geschäft einsteige, könne sich nur mit einem Gedanken trösten: Man klaut den Leuten kein Geld aus den Taschen, sondern verkauft ihnen eine handelsübliche Ware zu einem erträglichen Preis. Zu ihrem Besten übrigens! Ein echter Versicherungsmakler kann die Leute nur dann aus seinen Umarmungen in die Freiheit entlassen, wenn er bereits die Hälfte seines Einkommens für Versicherungsprämien ausgibt und schon längst alle seine Bekannten und Verwandten gegen billige Geschenkartikel an ihn verkaufte.
Aber auch dann ruft man hin und wieder zu wichtigen Daten an, gratuliert, erkundigt sich nach dem leiblichen Wohl und fragt nebenbei, ob jemand in seiner Nähe an einem neuen sagenhaften Produkt interessiert sei. Also, es ist viel zu tun, und die echte Herausforderung fürs Leben besteht darin, die anderen vor deinen Wagen zu spannen.
Heute aber war der geniale Schöpfer offensichtlich verstimmt. Er saß immer noch in seinem thronähnlichen Sessel und hörte schweigend seinem Schützling zu, der, vor seinem großen Arbeitstisch stehend, die Grundlagen des Verkaufskonzepts erläuterte.
„Genug!“ unterbrach ihn Herr Weigand und verfiel erneut in geheimnisvolles Schweigen.
Doch jetzt schlug er die Augen auf und richtete seinen messerscharfen Blick durch die gespenstische Dämmerung des Raumes auf Willi.
„Du quälst dich wohl mit der Frage, warum ich dich hierher be-

stellt habe?“ fragte er schließlich.
„Unter diesen Umständen ist das wohl nicht schwer zu erraten. Ich kann mir einiges vorstellen“, erwiderte Willi leicht pikiert, obwohl er in Wirklichkeit gar nichts wußte.
„Schau mal her!“ rief Herr Weigand erheitert aus. „Abgesehen davon, daß du nicht die leiseste Ahnung davon hast, muß ich anerkennend feststellen, daß sich deine Ausdrucksweise in diesen Jahren wesentlich verbessert hat! Ich entsinne mich noch der Zeiten, als ich dich in der Gosse aufgesammelt habe. Da hättest du mir wohl ein wenig kürzer und freundlicher geantwortet! Nicht wahr?“
Herr Weigand war aufrichtig amüsiert und schaute unentwegt auf den verstörten Willi. Sein Schüler war sichtlich verärgert, und die erneute Erinnerung an seine leidvolle Jugendzeit löste in ihm aufrichtigen Unmut aus.
„Die Zeiten haben sich geändert“, antwortete Willi mit tonloser Stimme.
„Die Zeiten, mein Freund, sind die gleichen geblieben! Und wenn du glaubst, daß deine Abhängigkeit von mir kleiner geworden ist, so kann diese Tatsache nur darüber Aufschluß geben, daß du, Willi, in dieser Zeit außer deiner gesellschaftsfähigen Ausdrucksweise nur wenig dazugelernt hast.“
Beängstigende Unruhe übermannte Willi. Ganz genau wußte er, daß der umsichtige Chef, der sich nur selten von Emotionen leiten ließ, solche Aussagen nicht ohne Grund in die Welt setzte.
„Ich habe es nicht so gemeint“, sagte Willi mit heiser klingender Stimme, sichtlich bemüht, auf keinen Fall den Bogen zu überspannen.
Herr Weigand fing plötzlich an zu lachen, während über Willi eine heiße Welle schwappte und einen heftigen Schweißausbruch hinterließ.
„Nun weißt du, warum wir in der Dunkelheit sitzen“, sagte der Chef, immer noch erheitert. „Wenn ich jetzt deine unverschämten Augen sehen würde, wäre ich bestimmt nahe dran, dir zu glauben!“
Er lachte noch einige Sekunden, doch diese ungewöhnliche Hei-

terkeit verflog genauso ruckartig, wie sie aufkam, und Herrn Weigands Stimme erklang wieder eisig und unheilversprechend.
„Während du in bester Stimmung auf den Giraffen geritten bist und unter schneeweißen Segeln das Mittelmeer durchkreuzt hast, machte dein ergebener Diener, der unscheinbare Limpert, der noch vor einigen Jahren in den unwirtlichen kasachischen Steppen am Lagerfeuer seine angefrorenen Hände gewärmt hat, in diesem Monat zum ersten Mal mehr als die Hälfte deiner gesamten Einheiten.“
Eine neue heiße Welle durchströmte Willis Körper und ließ sein dünnes Markenhemd unangenehm am Rücken kleben.
„Wenn du in zwei Monaten die Lage nicht zu deinem Besten wendest, und davon gehe ich aus, verlierst du ihn als deinen wichtigsten Mitarbeiter und mit ihm die Hälfte deiner Mitarbeiter überhaupt“, erklärte Herr Weigand sachlich. „Aber damit würde dein Leidensweg nicht enden! Er würde zu diesem Zeitpunkt erst recht beginnen!“
„Wieso?“ röchelte Willi und schluckte verkrampft.
„Wenn du in der Schule während des Mathematikunterrichts zumindest ab und zu auf die Klassentafel geschaut hättest, statt deinen sinnlichen Blick auf den schönen Mädchenbeinen weiden zu lassen, würdest du jetzt diese unangemessene Frage wohl kaum stellen.“
Willi schwieg und stand vor dem Tisch wie ein reumütiger Schüler vor dem Schuldirektor, ohne es zu wagen, nur ein einziges Wort auszusprechen. Auf einmal beschlich ihn eine schaurige Vorahnung, daß sein Chef es ernst meinte und daß seinen unsanften Worten tatsächlich noch etwas Schlimmeres folgen würde.
Der Chef aber erhob sich, schritt zum Fenster und drückte auf einen Knopf: die Rolläden zuckten leicht nach oben und ließen durch die löchrigen Zwischenräume eine ganze Menge Licht herein.
„Jetzt muß ich dich sehen“, sagte Herr Weigand zufrieden und setzte sich wieder in den Sessel.
„Weißt du noch immer nicht, warum mit dem Verlust von Herrn

Limpert dein Leidensweg eigentlich erst beginnt?"
„Nein", gestand Willi kleinmütig.
„Das kommt, mein Freund, daher, daß du dir nie die Mühe gegeben hast, deinen Verstand mit diesen tot wirkenden Zahlenreihen zu beschäftigen", erläuterte Herr Weigand und zeigte auf einen Stoß loser Blätter. „Und sie, diese Zahlen, schreien dir bereits seit einem halben Jahr zu, daß über deinem unbekümmerten Kopf nicht nur bleischwere Wolken, sondern auch noch das wohlbekannte Damoklesschwert hängt! Oder weißt du nicht, wer dieser komische Bursche war, dieser Damokles?"
Er schaute auf Willi von seiner unerreichbaren Höhe herab und fragte ihn plötzlich: „Wozu brauche ich dich überhaupt?"
Willi schwieg und starrte ins Leere.
„Ich erkläre dir, warum du hoffnungslos verloren bist", sagte Herr Weigand, nicht ohne Nachsicht in seiner kühlen Stimme. „Aus Mitleid, mein Junge! Wie immer aus Mitleid, das du nicht verdient hast! Wenn Herr Limpert nicht mehr in deiner Struktur eingebunden ist, dann schrumpft dein Einheiten-Volumen auf nur einhunderttausend pro Monat. Aber dann spaltet sich in drei Monaten auch noch dein ergebener Diener Duckart ab, denn er mit seinen Mitarbeitern schreibt immerhin sechzigtausend Einheiten. Dementsprechend verbleiben bei dir nur noch vierzigtausend. Aber dann, mein lieber Freund, dann spaltet sich auch Meinhardt ab, der seine bescheidenen fünfundzwanzigtausend im Monat erwirtschaftet und nach neuer Berechnung wiederum über fünfzig Prozent von deinem aktuellen Volumen haben wird. Und den würdest du nicht aufhalten können. Denn dieser Meinhardt hat in seinem sibirischen Heimatdorf nachts bei Kerzenlicht die Grundlagen der höherer Mathematik erstürmt, während du, mein Freund, dich damit gebrüstet hast, daß du schon wieder eine Arztbescheinigung für die Schule ergattern konntest. Kurz gesagt: Nach dieser bereinigten Berechnung verbleibst du mit nur noch fünfzehntausend Einheiten. Und so geht es weiter hinab, bis du in absehbarer Zeit, wie im bekannten Märchen vom Fischer und dem goldenen Fisch am gleichen leeren Trog sitzen

wirst, wie damals, als ich dich in der Gosse gefunden habe.“
Herr Weigand zog seine Augenbrauen zusammen.
„Eine traurige Geschichte“, seufzte er mit theatralischem Bedauern, „eine sehr traurige!“
Willi verfiel immer mehr in eine verzweifelte Stimmung, die jederzeit in eine apathische Niedergeschlagenheit umzukippen drohte. Er wußte überhaupt nicht mehr, was er tun, sagen oder gar denken sollte. Und vor allem wußte er nicht, was der unheimliche Chef, der auf einmal so ungehalten und herrschsüchtig geworden war, mit ihm alles vorhatte. Würde er ihn verstoßen? Oder doch noch behalten?
„Was soll ich mit dir nur machen?“ fragte Herr Weigand, als würde er seine Gedanken lesen. „Ich hoffe, daß du zumindest soviel verstehst, daß es mir eigentlich nicht so wichtig ist, wer deinen Mitarbeiterzweig verwalten wird. Du oder vielleicht ein anderer…“
Willi zuckte verlegen mit den Schultern und schwieg.
Herr Weigand seufzte, erhob sich wieder, ging zum Fenster und machte die Rolläden ganz auf.
„Willi“, sagte er, während er durch das Fenster auf die darunter liegende Stadt schaute, „wie traurig diese Geschichte auch sein mag, ist sie trotzdem noch nicht zu Ende.“
Willi erbleichte noch mehr.
„Wenn es nur damit enden würde, daß du aus dem Geschäft fliegst, wäre es halb so schlimm. Du glaubst doch bestimmt daran, daß du dir mit deinen paar Milliönchen zur Not ein gemütliches Leben einrichten kannst?“ fragte Herr Weigand und fuhr ohne Antwort einfach fort: „Aber auch das wird nicht gelingen.“
Willi hob die fragenden Augen auf seinen Großmeister und in ihnen wurde auf einmal ein deutliches Mißtrauen sichtbar.
„Zuerst mußt du ein paar Jahre hinter Gittern über dein zukünftiges Leben nachdenken, während der Vater Staat deine Mittel wesentlich kürzt“, sagte Herr Weigand leise. „Oder hast du deine abenteuerlichen Geschäfte mit Liechtensteiner Scheinfirmen vergessen? Das ist, mein Freund, Steuerbetrug in Millionenhöhe! Bis zu zehn Jahren

hat man dafür vorgesehen."
Willi konnte nichts mehr sehen und kniff die Augen zu. Alles schien ihm irgendwie zu grell. So grell, daß seine Augen zu schmerzen begannen. Auch sein Gleichgewichtssinn kam durcheinander. Bald schien ihm, er wüßte nicht mehr, ob er noch stand oder bereits umgefallen war.
„Aber da du nicht vorbestraft bist, droht dir nur die Hälfte", beruhigte sein Chef heuchlerisch gutmütig.
„Woher... wissen Sie?" stotterte Willi mit letzter Kraft.
Herr Weigand brach plötzlich in unschönes Lachen aus.
„Manchmal denke ich, daß du gar nicht lügst, wenn du die Leute mit deinen unschuldigen Augen anstarrst. Vielleicht bist du es wirklich! Genau so naiv und blauäugig? Ich kenne nicht nur das, sondern auch deine Schweizer Kontonummer!"
Willi kämpfte um Fassung, während Herr Weigand wieder in seinem Sessel versank.
„Siebenundzwanzig Jahre! Und immer noch stehst du vor mir wie ein nichts wissender Lehrbub in der Prüfung!"
„Gibt es Rettung?" flüsterte Willi entkräftet.
„Ah!" stieß sein Chef langgezogen aus. „Der verlorene Sohn kehrt zum liebenden Vater zurück und sinkt auf die Knie?"
Willi schwieg, doch Herr Weigand durchbohrte ihn erwartungsvoll mit seinen prüfenden Augen.
„Irgendwie habe ich jetzt nicht ganz verstanden: Sinkst du auf die Knie oder nicht?" fragte Herr Weigand etwas kühler.
Willi schluckte verkrampft und fing an, heftiger zu atmen.
„Ja", röchelte er leise.
„Na dann!" sagte Herr Weigand ermutigend und zeigte einladend auf den Platz vor seinem riesigen Arbeitstisch.
Die Welt drehte sich vor Willis Augen. Irgendwo am Rande seiner Gedankenwelt hörte er noch die flehende Stimme seines Stolzes, doch die schrecklichen Bilder des apokalyptischen Absturzes ins Bodenlose schreckten ihn dermaßen zurück, daß er jeden Widerspruch sofort verdrängte. Nun war er tatsächlich bereit, auf die

Knie zu fallen. Doch der Chef nahm seine Bereitschaft allzu deutlich wahr, zeigte sich besänftigt und wurde wesentlich milder zu seinem bußfertigen Lehrjungen.
„Genug“, sagte er gleichgültig. „Ich glaube dir, daß du es tun würdest. Nimm bitte Platz!“
Willi ging dankbar zum schwarzen Sessel, der ein paar Schritte seitlich von ihm stand, und ließ sich vorsichtig darin versinken. Jetzt konnte er mit aufkeimender Freude ein wenig vom guten alten Chef wiedererkennen und das machte Mut. Immer hatte er seinem Genie vertraut und ihm seine Sorgen überlassen. Jetzt zuckte er sogar allein bei dem Gedanken zusammen, daß er noch vor einigen Minuten zu denken wagte, er habe auch ohne seinen Chef einen beträchtlichen Selbstwert. Er war wieder der gleiche Willi, wie vor Jahren, ergeben und folgsam, wie ein treuer Hund, der zu seinem Herrn dankbar aufblickte.
„Du versuchst wahrscheinlich zu erraten, was mich so mächtig gegen dich aufgebracht hat? Nicht wahr?“ fragte Herr Weigand streng, aber väterlich nachsichtig.
Willi nickte mit dem Kopf und erstarrte in banger Erwartung.
„Weißt du zufällig, was mir in meinem Leben besonders wichtig ist?“ fragte Herr Weigand und seufzte dabei sehr schmerzlich. „Ach was, besonders wichtig! Alles, meine ich, alles!“
Willi zuckte hilflos mit den Schultern.
„Meine Tochter“, sagte Herr Weigand leise, „Anna ist mein Alles. Mein Augenlicht. Meine Zukunft! Alles, was mir auf dieser Welt überhaupt noch wichtig ist!“
„Ja, ja! Das weiß ich“, stammelte Willi, „das habe ich gewußt.“
„Du hast es gewußt und hast mir so lange vorenthalten, was mit meiner Tochter los ist? Erst auf Umwegen erfahre ich, daß Anna sich mit einem Rußlanddeutschen eingelassen hat und immer mehr ihren Kopf verliert!“
„Ich wollte Ihnen alles erzählen“, erklärte Willi schuldbewußt, doch sein Chef unterbrach ihn.
„Wann wolltest du es tun? Wann? Wenn sie sich bereits bis zu den

Ohren vernarrt hat und bereit ist, ihm bis ans Ende der Welt nachzulaufen?“ brauste Herr Weigand auf. „Wozu habe ich dir erlaubt, mit ihr ein freundschaftliches Verhältnis zu unterhalten, sogar mit ihr nach Hamburg zu fahren? Wozu?“
Er verstummte, schlug seine Augen für einige Sekunden nieder, und auch Willi traute sich nicht, eigenmächtig das Wort zu ergreifen.
„Ich habe zwar genügend Informationen über diesen Jungen erhalten, doch ich möchte gerne, daß auch du mir diesen Frank beschreibst!“ sagte Herr Weigand und fügte drohend hinzu: „Aber ehrlich! Wenn du noch nicht vergessen hast, was dieses Wort bedeutet.“
Willi lebte auf.
„Äußerlich ist er sehr attraktiv“, begann er seine Erzählung und wurde sofort unterbrochen.
„Attraktiv oder schön?“
Willi verfiel in große Verlegenheit und suchte nach Worten.
„Hör mit diesem Theater auf!“ ermahnte ihn Herr Weigand düster und drohend. „Deine sexuelle Orientierungslosigkeit interessiert mich dabei herzlich wenig. Du bist doch ein Allesfresser? Oder?“
„Woher wissen Sie?“ stieß Willi verdutzt aus.
„Ich weiß alles!“ verkündete Herr Weigand mit harter Generalsstimme. „Zumindest das, was ich im Augenblick gebrauchen könnte.“
„Er ist schön. Sein Gesicht ist hell und anmutig. Seine Schönheit beruht aber hauptsächlich auf seinen Augen. Sie haben eine stark anziehende Kraft.“
„Sind sie schöner als deine?“
„Ja.“
„Was für ein bemerkenswertes Übermaß an Selbstkritik!“ rief sein Chef belustigt aus. „Bist du auch schon in diese Augen vernarrt?“
„Sie wollten doch ehrlich…“, stotterte Willi gekränkt.
„Wie ich sehe, fiel die Antwort ausnahmsweise wirklich ehrlich aus“, grinste Herr Weigand. „Um so besser, mein Freund! Vielleicht wirst du sogar auf meine Anna eifersüchtig. Das gibt dir zusätzli-

che Motivation. Erzähl weiter!“
„Er interessiert sich für Musik. Besonders für Wagner. Das erste, was er von ihm gehört hat, war die Ouvertüre von Tannhäuser“, sagte Willi, während Herr Weigand vor Überraschung die Augenbrauen zusammenzog.
„Willi!“ rief er ihm zu. „Die Gegenwart dieses Jungen hat auf dich eine wohltuende Wirkung! Wagner! Tannhäuser-Ouvertüre! Wie hast du das nur alles im Kopf behalten können? Sag mir noch, daß du dir diese Ouvertüre zu all dem auch noch angehört hast!“
„Ja“, bestätigte Willi etwas verstört.
Herr Weigand schwieg eine ganze Weile.
„Der Junge ist womöglich gefährlicher, als ich zunächst angenommen habe“, sagte er anerkennend und fügte ernst hinzu: „Jetzt aber Spaß beiseite! Erzähl mir alles ausführlich, der Reihe nach!“
Willi war froh, endlich etwas Gutes für den gnadenlosen Chef tun zu können und ihn damit vielleicht ein wenig zu besänftigen. Er erzählte ihm ausführlich von der Party, verhedderte sich dabei einige Male und gelangte schließlich zum verhängnisvollen Vorfall mit Annas Minirock.
„Hat er das wörtlich gesagt: Zu kurz?“ fragte Herr Weigand nachdenklich.
„Ja“, bestätigte Willi.
Er überwand seine Ängstlichkeit, schaute ins Gesicht seines Vorgesetzten und versuchte erfolglos, diese lang anhaltende Nachdenklichkeit zu enträtseln.
Doch Herr Weigand erwachte nach einigen Minuten aus seinen Gedanken wieder.
„Ich bin geneigt, dir den Umgang mit meiner Tochter weiterhin zu erlauben. Dieses Verhältnis sollte aber selbstverständlich platonischer Natur sein. Ich hoffe, daß deine Lippen meine Tochter noch nicht berührt haben?“ fragte Herr Weigand und richtete seinen messerscharfen, kalt glühenden Blick auf Willi, der dabei leicht zusammenschreckte.
„Oder?“ drang die gleiche erbarmungslose Stimme in ihn ein.

„Nur einen Handkuß zum Abschied“, gestand Willi verlegen.
„Hoffentlich sind diese Handküsse nicht zu sinnlich ausgefallen?“
Willi atmete schwer und war dem Zusammenbruch nahe, während Herr Weigand sich vom Sessel erhob, ein paar Schritte in seine Richtung machte und seine Arme vor der Brust verschränkte.
„Ich habe mir kürzlich in einem Baumarkt eine Gartenschere angeschaut. Sie kann solche dicke Äste glatt abschneiden“, sagte er vieldeutig und zeigte mit seinen Fingern einen Ring von der Stärke eines Spatenstiels. „Ein unangenehmes Gefühl! Nicht wahr?“
Willi erbleichte, verzerrte sein Gesicht zu einem schiefen Lächeln und in seiner Seele flatterte alles wie Laub im stürmischen Wind.
„Ich habe übrigens auch gute Gärtner“, vertraute ihm Herr Weigand mit erschütternd kalter, lebloser Stimme an.

Vor dem Schwarzen Brett

Frank kam am nächsten Morgen wie immer mit dem Bus zum Marktplatz und entdeckte in der bunten, lärmenden Menge der ankommenden Schüler Alexander.
„Du glaubst nicht, mein Freund, wie froh ich bin, dich zu sehen!" sagte Alexander mit bestechender Ehrlichkeit. „Endlich mal ein Mensch, mit dem man vernünftig reden kann!"
„Wieso?"
„Nun fragst du noch!" wunderte sich Alexander. „Schau dich doch um!"
Er schaute auf ein Grüppchen cooler Hauptschüler, die laut und unschön über irgendwelche Anzüglichkeiten wieherten, und verzog seinen Mund zu einem sarkastischen Lächeln.
„Mit denen da?" fragte er mit vorgetäuschtem Respekt. „Oder vielleicht mit unseren Aussiedlern im Übergangswohnheim?"
Frank lächelte nachsichtig und schwieg, während Alexander in die bereits gewohnte Stimmung verfiel.
„Das ist, mein Freund, kein Ort der Gelehrsamkeit und verklärter Kunstbildung. Darauf kann ich dir ein Gedicht aufsagen!"
Übergangslos glitt er zum Werk eines modernen russischen Schriftstellers über, breitete schemenhaft sein nihilistisches Weltbild aus, richtete seinen geistigen Blick über die westliche Grenze des russischen Riesenreiches und gelangte schließlich bei seinem Lieblingsthema an:
„…man muß einem Menschen immer wieder den gleichen Dreck in den Kopf einfließen lassen. Seine Tradition, seine natürlichen Empfindungen stören und dabei unbedingt erwähnen, daß er den früheren Jahrhunderten in seiner geistigen Entwicklung weit voraus ist. Allein deswegen, weil er in späteren Jahrhunderten zur Welt kam und einen Pentium-Rechner mit Internetanschluß bedienen kann. Weißt du, Fortschritt und so."
Er drehte sich wieder um, erspähte auf der anderen Straßenseite ein paar salopp gekleidete Jungen mit üppig beringten Nüstern und

zeigte zufrieden in ihre Richtung: „Die zum Beispiel sind bestimmt felsenfest davon überzeugt, daß sie mindestens ein paar Stufen höher stehen als die Menschen aus dem neunzehnten Jahrhundert. Mag sein, daß sie für Goethe und Schiller noch Ausnahmen machen würden, wenn sie natürlich überhaupt wissen, was für Landsleute das waren. Aber damit ist bei ihnen nun mal wirklich Schluß!"
Er seufzte und winkte entmutigt ab:
„Wird aber jemand doch auf seinem Althergebrachten bestehen, so wird man ihn abschätzig als einen Reaktionär, einen Betonkopf, ein konservatives Schwein und schließlich als Vorbote einer gefährlichen Tendenz beschimpfen. Bis er endlich nachgibt oder zumindest seine Zunge in den..."
Er brachte das unschöne Wort doch nicht über die Lippen und senkte sogar seinen Blick verlegen zu Boden:
„...gebrauchen wir nun mal unsere Kultursprache und sagen einfach: Seine Zunge bändigt.
Das Wichtigste in diesem Prozeß ist die Unterdrückung des natürlichen Gefühls, der angeborenen Intuition für das Gute. Gelingt dies – kannst du mit diesem Menschen alles machen, was dir beliebt. „Hirnverflüssigung" ist das Schlagwort. Wenn die graue Masse sich aufzuweichen beginnt, so wird sie bald schlüpfrig wie Sülze. Ehrlich gesagt, eher wie Schlamm! Einem solchen Menschen ist nichts mehr heilig, und die Bildung, mein Freund, schadet ihm in diesem Fall. Denn sie verfeinert nur seine vulgäre Gräßlichkeit.
Heute im Radio, übrigens im öffentlich-rechtlichen Radio, habe ich vernommen, daß die Herrschaften allen Ernstes die Frage behandeln wollen, ob man Karneval in der Kirche feiern darf.
Weißt du, welche Frage sie als nächste aufwerfen werden: ob man auch Love-Paraden in der Kirche abhalten könne? Dabei werden einige kluge Köpfe behaupten, daß Gott eben Liebe sei. Hierzulande versteht man die Liebe sowieso eher als Bettakrobatik. Hör dir doch ihre Schlager an: ***wieso nur einmal, Frank, die Nacht ist noch so lang...*** und so weiter und so fort! Manchmal scheint mir, wenn ich

die Ohren nicht sofort zustopfen würde, dann platzt mir der Schädel von diesem Unsinn! Und das sind die Nachkommen von Schiller und Goethe? Von Bach und Wagner? Wenn du mir diese, sagen wir, ***homo vulgaricus***, als würdige Hüter unseres Kulturerbes bezeichnest, die bereit sind, die heilige Flamme in ihren bloßen Händen selbstlos über Generationen hinweg zu tragen, so muß ich dich für einen hoffnungslosen Phantasten halten. Morgen werden deine Prometheuse in den Kirchen Satansmessen abhalten!"
Frank verzog sein Gesicht und wirkte sehr ungehalten.
„Du gehst wieder zu weit in deinen rhetorischen Übungen!" bemerkte er kurz.
„Zu weit?" wunderte sich Alexander und machte dabei große Augen. „Du meinst wirklich, daß ich mit dieser Behauptung zu weit gehe?"
Frank schwieg, während sein Bekannter von einem neuen Anflug intellektueller Streitsucht ergriffen wurde.
„Nach dem ersten Sturm der Entrüstung meldet sich schließlich ein Pseudointellektueller, der jede Nacht offensichtlich von fragwürdigen Alpträumen heimgesucht wird, und verkündet sachlich, daß bei aller verständlichen Empörung seitens einiger Mitbürger endlich eingesehen werden müsse, daß wir dieses heikle Thema nicht länger tabuisieren dürfen. Und daß er sich dessen bewußt sei, welch neuen Sturm der Entrüstung er mit dieser Aussage auslösen würde. Doch er, obwohl übrigens selbst bei weitem nicht mit allem einverstanden, würde es unter seiner liberalen Würde halten, einfach hinzuschauen und so zu tun, als ob…
Und dann beginnt er meist emotionslos, in die schlüpfrige Masse, dorthin, wo bei den früheren Menschen Hirn war, seinen pseudointellektuellen Mist zu pumpen. Überlegen Sie doch selbst, wird er mit schuldlosen Augen vorschlagen, es beginnt angeblich bereits bei dem Wort Satansmesse selbst, das uns aus dem Dunkel des Mittelalters überliefert wurde. Wenn wir jedoch an die Bibel denken würden, so erschiene uns der angesprochene Satan nicht als ein pelziger Teufel, sondern als der ranghöchste Engel, der fast

dem Allmächtigen selbst gleich sei. Daß es später zu einigen Differenzen mit dem himmlischen Vater gekommen war, spielt zunächst keine Rolle. Das sei nun die Tatsache, die niemand leugnen könne, der die Bibel für das Wort Gottes halte! Bedenkt man noch, daß die Bibel nicht gerade von den glühenden Verehrern Luzifers geschrieben wurde, müssen wir zwangsläufig unser verzerrtes Bild von dem Fürsten dieser Welt bedeutend korrigieren! Allein darüber können diese Doktoren und Professoren jahrelang diskutieren, bis einem rechtschaffenen Menschen die Kraft ausgeht und er schließlich den hoffnungslosen Kampf aufgibt. Das ganze Gelaber endet schließlich in der Feststellung, daß der zeitgenössische Umgang mit dem Teufel nichts anderes als eine verachtenswürdige Verteufelung der Andersdenkenden sei, die in unserer Zeit unmöglich geduldet werden dürfe.
Dann greifen sie das Teilwort Messe auf und zerlegen diesen Begriff in tausend Einzelteile, nehmen jedes Molekül unter die Lupe, und wenn sie diese Puzzlesteine wieder zusammensetzen, bekommst du gerade das Gegenteil davon, was es früher war."
„Nicht alle Menschen verfallen diesem Irrtum", widersprach Frank.
„Natürlich nicht!" bestätigte Alexander bereitwillig. „Die Klugen sehen die Lage vielleicht noch deutlicher als ich. Nur ist es leider absolut unerheblich, weil es bei ihnen bekanntlich heißt, daß der Klügere nachgibt. Einfach schweigt und vorbeigeht! Weißt du, wenn ein intellektueller Schwächling nahe daran ist, in die Hose zu machen, dann versucht er aus seiner Feigheit eine echte Tugend zu machen. Ist das nicht rührend: alles bis ins Detail verstehen, ängstlich mit dem Rücken an der Wand entlangschleichen und dabei noch klüger als die anderen gelten! Hervorragend! Vor lauter Klugheit geht unsere Welt unter!"
„Denk an Christus!" erwiderte Frank, doch Alexander winkte ab.
„Du wirst scheitern", sagte er kategorisch.
„Warum?"
„Weil du von den Menschen erwartest, daß sie die Wahrheit sagen und dadurch die Welt und sich selbst reinigen. Aber sie werden es

nicht tun! Die meisten von ihnen wagen es nicht einmal, diese Wahrheit vor sich selbst einzugestehen. Sie haben für einige sehr geschickt zusammengeflickte Lebenslügen für sich ausgedacht, mit denen sie ihre Feigheit bedecken. Ein Feigenblatt, wenn du so willst. Sie sind erpreßbar! Jeder hat etwas zu verbergen. Die Wahrheit auszusprechen bedeutet aber nichts anderes, als vor aller Welt nach vorne zu treten, während von allen Seiten kantige Steine auf dich fliegen und dir die Kleider vom Leib gerissen werden. Böse Flüche werden dir nachgeworfen. Und nicht nur von deinen Feinden!
Das ist ja nun so!
Auch wenn du selbst so heldenmütig bist und bereit, für die hohen Ideale dein Leben einzusetzen, so gibt es bei den meisten auch noch ihre Familien, die womöglich mit ihnen zum Schandpfahl oder gar auf den Scheiterhaufen gezerrt werden.
Die Menschen, Frank, sind mit tausend Bindungen und Verpflichtungen wie mit Fesseln gebunden. Das ist eine echte Gefangenschaft! Parteien, Organisationen, zweifelhafte Gesellschaften mit Eiden und Schwüren… das alles ist ein Sumpf, der von den Menschen tagtäglich nur eins abverlangt, nämlich auf diese von dir gepriesene Wahrheit eben zu verzichten, Kompromisse einzugehen, aus angeblich ehrenhaften Gründen nachzugeben, um irgend etwas zu retten: Zusammenhalt der Partei zum Beispiel oder öffentliche Ordnung oder sonst etwas. Du mußt schweigen, weil sich jemand angeblich verletzt fühlen würde! Dabei wird dir keiner offen sagen: Du sollst lügen! Dafür haben sie andere Worte: Rücksicht, zum Beispiel, ist so ein sehr populäres Wort. Das Zauberhafte an ihm ist, daß du dabei ein gutes Gefühl bekommst. Als würdest du für die anderen ein Stück deines Selbst opfern, verstehst du? In Wirklichkeit aber opfert man nur die Wahrheit!
Und so versinkt der Mensch in diesem Sumpf immer mehr und wagt nicht einmal im Traum, daran zu denken, mündig zu werden."
Frank wurde unruhig. Die vernichtenden Worte seines Freundes brannten auf seiner Seele wie glühendes Eisen. Er konnte es nicht mehr aushalten und widersprach verzweifelt und heftig:

„Man darf den Einfluß dieser Gesellschaften nicht überbewerten. Sie vermögen die Menschen nur dann zu binden, wenn sie keinen Glauben mehr haben, weder an Gott noch an unser Volk noch an die Menschen überhaupt. Es ist die hoffnungslose Einsamkeit und Verzweiflung, die unsere besten Köpfe in diesen Zirkeln zusammentreiben... Sie glauben dort Zuflucht zu finden, Rettung vor dem gnadenlosen Gedanken an die Sinnlosigkeit ihres Lebens... Doch es gibt keine Zuflucht und keine Rettung außerhalb der Göttlichen Gnade... Wenn diese Gesellschaften, wie exklusiv sie auch sein mögen, kein Licht des Göttlichen aussenden, so werden sie nicht von außen vernichtet, sondern von selbst zerfallen... Verstehst du, von selbst! Denn sie bestehen aus Menschen! Menschen wie du und ich! Und diejenigen, die den Zusammenhalt dieser Gesellschaften gewährleisten, sind auch nur Menschen, mit ihren quälenden Zweifeln, ihren verborgenen Sehnsüchten. Jeder von ihnen trägt in sich einen Keim der Wahrheit. Keinen rohen Stein, sondern den edlen Diamanten der ursprünglichen Gottähnlichkeit der irdischen Menschen. Und wie sie ihn mit ihren Werkzeugen auch behauen mögen, sie werden es nicht schaffen, ihn vollständig zu zerstören. Es wird immer noch genug von ihm übrigbleiben, um ihre Seelen dann doch noch zu erhellen und die Sehnsucht nach der Göttlichen Ordnung zu entzünden. Und im hellen Lichte dieses funkelnden Edelsteins werden sie zur wichtigen Erkenntnis gelangen, daß es nur einen christlichen Gott gibt und wir seine Kinder sind, die nach seiner erlösenden Liebe streben... Wie groß und fest die vom menschlichen Intellekt erschaffenen Tempel auch sein mögen, sie werden vor dem unverfälschten reinen Gefühl eines ehrlichen Menschen zusammenbrechen... Wie groß und dreimalklug ihre erhabenen Großmeister sich auch wähnen mögen, werden sie zu gegebener Zeit vor dem stillen Lächeln eines unwissenden Kindes willig auf ihre Knie sinken... Nicht vor dem himmelhohen Babelturm ihres geheimen Wissens, sondern vor der Schönheit dieses reinen Gefühls. Und keine Macht der Welt wird sie davon zurückhalten können... keine Eide und Schwüre... nur noch dieses

reine helle Gefühl, das sie freudig und offen vor aller Welt den Menschen entgegentragen werden... wandelt im Licht, wie ich im Licht bin, sprach Jesus!"
Frank konnte vor Aufregung nicht mehr weitersprechen, verstummte und einige Zeit standen die beiden und schauten einander schweigend an.
„Frank! Du bist unverbesserlich", seufzte Alexander tief bewegt. „Dafür lieben dich auch alle... Wenn du die Menschen so anschaust, wie du mich jetzt ansiehst, wird auch dein ärgster Feind es nicht übers Herz bringen können, einfach so abzudrücken..."
Franks Mundwinkel zuckten leicht in die Höhe, und sein Gesicht erstrahlte wieder in einem unwiderstehlichen Lächeln.
„Na, siehst du!" sagte Alexander leise und deutete verlegen mit der Hand auf sein fröhliches Gesicht. „Wie kann man da noch vernünftig reden?!"
Alexander ging zum naheliegenden Kiosk, um frische Zeitungen zu kaufen, während Frank nachdenklich den Schulhof betrat. Ein unangenehmes Gefühl verfolgte ihn nach diesem Gespräch. Trotz seiner aufrichtigen Bemühungen, abzuschalten, blieb es auf der Seele liegen wie ein schwerer Stein. Er stieg die breiten Stufen empor zur offenen Eingangstür, warf noch einen gedankenvollen Blick zu Meister Kant hinauf und trat in die große Vorhalle ein.
Auf dem Weg zur Haupttreppe vor der Anschlagtafel versammelten sich Gymnasiasten aus der Oberstufe. Sie standen im engen Halbkreis und schienen sehr aufmerksam etwas zu lesen. Neben ihnen standen noch einige Jungen, lachten, griffen einander im Scheinkampf an, die härtesten Schläge nachahmend, und versperrten somit den restlichen Raum im Gang. Nun blieb aber einer von ihnen stehen, deutete mit dem Zeigefinger auf Frank, der gerade in der Eingangstür erschien, und die Jungen erstarrten.
„Das ist doch dieses Nazischwein!" warf einer der Jugendlichen ihrem Anführer zu und alle Blicke richteten sich auf Frank.
„Hat der da etwa diesen Aufsatz geschrieben?" wunderte sich Ahmed und beobachtete geringschätzig den neuen Schüler.

Dann aber steckte er seine Hände in die Hosentaschen, machte ein paar Schritte nach vorne und richtete sein Gesicht demonstrativ hoch zur Decke, während er seine Lippen zum Pfeifen zusammenzog und unbekümmert eine lustige Melodie anstimmte.
Als Frank an ihm vorbeigehen wollte, drehte er sich unerwartet mit dem ganzen Körper um seine Achse und rammte Frank mit seiner nach vorne gestreckten Schulter in die Brust. Der Junge stürzte zu Boden, seine Schultasche flog gegen die Wand und deren Inhalt verstreute sich dabei über die gesamte Breite des Flurs.
„Hast du keine Augen?“ warf Ahmed dem verstörten Frank erbost zu und rieb sich mit vorgetäuschtem Schmerzgefühl die Schulter.
„Das war Absicht, Ahmed! Absicht!“ sagte sein Kumpel Oliver und versuchte nicht einmal, sein Grinsen sonderlich zu verbergen. „Er wollte dich umrennen! Kapiert?“
Die übrigen Gymnasiasten wichen in Vorahnung eines Streits sofort zur Seite. Einige suchten gleich das Weite und sprangen die große Treppe hinauf, die anderen entfernten sich auf sicheren Abstand und beobachteten unruhig das Geschehen, während Frank sich vom Boden erhob und begann, die verstreuten Hefte einzusammeln.
Ahmed machte einige Schritt auf ihn zu und fragte ihn drohend: „Ist es wahr, was meine Freunde sagen? Wolltest du frech werden?“
In diesem Augenblick tauchte wie aus dem Nichts Walter Kaiser auf und warf sich sofort dazwischen.
„Was suchst du denn da?“ fragte Ahmed und maß ihn dabei von Kopf bis Fuß mit einem verächtlichen Blick.
Doch Walter schien auf ihn gar nicht achtzugeben. Er ignorierte seine Worte und fragte Frank, mit seinem unbändigen Temperament kämpfend: „Was hat er dir getan?“
„Ist schon in Ordnung, Walter!“ erwiderte Frank beschwichtigend. „Er hat mich nur mit der Schulter gestoßen.“
Walters Augen flammten auf, doch Ahmed stand unbeeindruckt vor ihm, hielt seine Hände demonstrativ in den Hosentaschen und grinste ihn provozierend an. Nun beugte sich Walter leicht zu Ahmed vor und flüsterte ihm leise zu, kaum seine Lippen bewegend:

„Du Mistkerl! Wenn du ihn nicht in Ruhe läßt..."
Ahmeds Mund blieb einen Augenblick halboffen. Er schaute mit aufbrausender Wut auf ihn, schob schließlich sein Kinn bedrohlich nach vorne und holte mit der Rechten zum Schlag aus.
Walter erwartete diesen Angriff, blockte die frontal auf ihn zufliegende Faust zur Seite ab und verpaßte ihm einen kurzen Haken in die Magengrube. Ahmed stürzte zu Boden, krümmte sich, schnappte hilflos nach Luft und preßte beide Hände krampfhaft an den Bauch, während seine Kumpel vor Überraschung erstarrten.
„Was geht hier vor?" erklang wie ein Donnerschlag die Generalsstimme von Frau Bammert.
Sie blieb neben Ahmed stehen, schaute sich die schweigenden Gesichter der Schüler an und wandte sich in unheilversprechendem Ton an Frank und Walter: „Ich nehme an, daß ihr beide an diesem unerfreulichen Vorfall beteiligt wart?"
Sie griff mit ihrer starken Hand Ahmed am Oberarm und half ihm auf die Beine.
„Ich bring dich um!" flüsterte Ahmed mit gequälter Stimme, immer noch nach Luft schnappend.
Walter trat einen Schritt zu ihr und versuchte, die Situation zu erklären, doch sie unterbrach ihn gebieterisch, während sie unerwartet zur Sie-Form überging: „Sie werden noch reichlich Gelegenheit haben, Ihr Benehmen zu erklären!"
Sie wandte sich erneut mit vorgetäuschtem Mitgefühl Ahmed zu und schaute ihm tief in die Augen.
„Wer hat dich geschlagen?" fragte sie und zog erwartungsvoll ihre Augenbrauen zusammen.
„Zuerst dieser da", erklärte Ahmed mit gebrochener Stimme, auf Frank zeigend, „dann der da!"
Er stand immer noch leicht gekrümmt und hielt seine Hände am Bauch. Kaum hatte er gesprochen, erwachten seine Kumpel und nickten fleißig mit ihren Köpfen.
Frau Bammert warf in Richtung der Beschuldigten einen triumphierenden Blick und wollte gerade mit der Befragung der selbst-

ernannten Zeugen beginnen, doch in diesem Augenblick trat in die Mitte des gebildeten Kreises Dr. Oldenburg.
„Kann mir jemand erklären, was der Grund dieser Versammlung ist?“ fragte er und tastete die Anwesenden mit seinem sicheren Blick ab. Alles in seiner Erscheinung flößte beeindruckende Autorität ein: sein eleganter dunkelblauer Anzug, strahlend weißes Hemd, einwandfrei frisierte Haare. Es wurde still, und Dr. Oldenburg sah sich gezwungen, sich an Frau Bammert zu wenden.
„Könnten Sie, Frau Bammert, mir eine Erklärung abgeben, was hier soeben vorgefallen ist?“
Die Geschichtslehrerin, der das abscheuliche Gespräch im Arbeitszimmer des Schulleiters immer noch in den Ohren hallte, konnte ihren Haß nur mühsam bändigen.
„Soeben haben diese beiden, bereits früher durch ihr Benehmen aufgefallenen Gymnasiasten einen türkischstämmigen Mitschüler tätlich angegriffen.“
Dabei zeigte sie mit stramm gestreckter Hand auf Frank und Walter, ohne sie anzusehen.
„Das paßt wohl haargenau in die menschenverachtende Weltanschauung von Herrn Uffelmann“, sagte sie laut und zeigte nun entlarvend in Richtung der Anschlagtafel. „Hier steht schwarz auf weiß das, wovor ich Sie schon lange gewarnt habe!“
Dr. Oldenburg schaute auf das hell umrahmte Schwarze Brett und sah dort zwei Reihen bedruckter Blätter.
„Was ist das?“ fragte er.
„Das ist der Aufsatz von Herrn Uffelmann und die diesbezügliche Stellungnahme des Komitees gegen rechte Gewalt“, erklärte Frau Bammert mit eiserner Stimme.
„Gut!“ erwiderte Dr. Oldenburg, sichtlich entschlossen, zunächst einmal den Vorfall selbst zu klären.
„Haben Sie es selbst gesehen?“ fragte er Frau Bammert.
„Nein“, gab sie pikiert zu, „aber es gibt genügend Zeugen!“
Dabei zeigte sie auf die aufgeregte Gruppe um Ahmed.
Dr. Oldenburg schätzte die Lage blitzschnell ein und wandte sich

zu den anderen Schülern, die schweigend das Geschehen beobachteten: „Wer hat es noch gesehen?“
Die Menge schwieg ängstlich und wußte, daß Ahmeds Freunde alles aufmerksam verfolgten.
„Ich glaube, daß auch diese Zeugen ausreichen, um die Wahrheit feststellen zu können“, sagte Frau Bammert entschlossen.
Nun läutete die Pausenglocke und verkündete den Beginn des neuen Schultags. Die umstehenden Schüler wollten bereits gehen, doch der Schulleiter erhob seine Hand und bat alle Anwesenden, einen Augenblick zu bleiben.
Er schaute immer noch in die Menge und wartete. Sein forschender Blick wechselte von einem zum anderen, doch die Schüler starrten verlegen auf den Boden und schwiegen. Frau Bammerts Augen verrieten die Anfänge eines aufsteigenden Siegesrausches. Sie schaute seitlich zum Schulleiter hinüber: Der Vorfall versprach eine grandiose Abrechnung. Auch Walter wurde unruhig.
Doch Dr. Oldenburg wäre als Schulleiter nicht so hoch geschätzt, wenn er ein schlechter Psychologe wäre. Seine ganze Aufmerksamkeit richtete sich nun über die Köpfe der herumstehenden Schüler zu einem vierzehnjährigen Jungen, der etwas abseits am Schwarzen Brett stand. Die davor stehenden Gymnasiasten erkannten die Blickrichtung, drehten sich neugierig um und bildeten schließlich eine kleine Gasse. Der Schulleiter schaute den Jungen so lange an, bis er unsicher nach vorne trat und kurz vor ihm stehenblieb.
„Ich habe alles gesehen“, sagte Sebastian, mit furchtbarer Aufregung kämpfend.
Ahmeds Freunde kamen in Bewegung. Auch Ahmed selbst richtete seinen drohenden Blick auf ihn. Doch Sebastian blieb standhaft und bestätigte seine Bereitschaft auszusagen.
„Erzähl uns bitte in Kürze, was du gesehen hast!“ bat der Schulleiter.
„Ahmed hat zunächst Frank mit der Schulter in die Brust geschlagen, daß er zu Boden fiel“, erklärte der Junge und zeigte auf Frank, der immer noch seine zerstreuten Sachen aufsammelte. „Dann kam Walter dazwischen und wollte wissen, was los war. Ahmed ver-

suchte, auch ihm ins Gesicht zu schlagen, doch Walter wich der Faust aus und schlug ihn in den Bauch."
Der Junge verstummte und gab dem Schulleiter damit zu verstehen, daß er nun alles geschildert hatte.
„Wer kann diese Worte bestätigen?" fragte Dr. Oldenburg.
Unerwartet kam aus der Menge Maria, das griechische Mädchen aus Franks Klasse, und blieb neben Sebastian stehen.
„War es wirklich so?" fragte der Schulleiter eindringlich.
„Ja", bestätigte sie leise.
„Alle außer den Beteiligten und Zeugen können zum Unterricht gehen!" verkündete Dr. Oldenburg und schrieb die Namen der Zeugen auf einen Zettel, während der Flur sich in Sekundenschnelle zu leeren begann.
Schließlich erlaubte er auch den anderen zu gehen, redete auf sie eindringlich ein und ermahnte zum Frieden, doch Ahmeds Freunde, kaum aus der Sichtweite des Schulleiters geraten, beschimpften Sebastian und versprachen, in den nächsten Tagen an ihm furchtbare Rache zu nehmen.
„Sebastian!" rief Walter ihm zu. „Warte!"
Der Junge klammerte sich erschöpft am Treppengeländer fest, starrte ins Leere und schwieg.
Walter kam schnell zu ihm, faßte seine Hand und drückte sie fest.
„Danke!" sagte er freudig und schaute in sein blasses Gesicht.
Der Junge lächelte ihm zurück, doch sein gequältes Lächeln fiel sehr traurig aus.
„Sie werden mich totschlagen", flüsterte er verzagt.
„Zuerst müssen sie *mich* totschlagen!" entgegnete Walter selbstbewußt, zog ihn zu sich und umarmte ihn. „Ohne dich wären wir jetzt verloren."

Ein klärendes Gespräch

Inzwischen leerte sich die große Vorhalle im Erdgeschoß, und nur noch Dr. Oldenburg blieb im Flur. Der Schulleiter stand vor der Anschlagtafel, die Arme hinter dem Rücken verschränkt, und las aufmerksam die zahlreichen Blätter.

Es war der Aufsatz von Frank. Er war abgetippt worden und daher auf zweieinhalb Seiten zusammengeschrumpft. An seinem Ende stand in runden Klammern eine fett gedruckte Bemerkung: **Das handgeschriebene Original des Aufsatzes kann im Komitee gegen rechte Gewalt eingesehen werden.**

Daneben hing ein vernichtender Kommentar des besagten Komitees, in dem es hieß, daß es an der Zeit sei, den rechtsradikalen Umtrieben ein Ende zu setzen und einigen Schülern des Kant-Gymnasiums das Handwerk zu legen.

„Menschenverachtender Nationalismus schlimmster Prägung, verpackt als harmlose romantisierende Träumerei, versucht sich nun erneut salonfähig zu machen… Und was sollte, bitte schön, die zu Tränen rührende Sehnsucht nach einem heldenhaften Opfertod bedeuten? Im Kampf gegen welche bösen Mächte? Auf welchem politischen Hintergrund sollte dieses apokalyptische Drama nun stattfinden? Wieder gegen den Marxismus und Kommunismus, der übrigens in seinem wahren Kern ein immerwährendes Streben der Menschheit nach einer besseren Zukunft widerspiegelt? Oder wieder gegen die Juden? Wie geschickt bewegt sich der neugebackene Deutsche an der äußersten Grenze dieses auf dem rechten Auge offensichtlich gänzlich erblindeten demokratischen Systems! Wenn man schon dem neuen Schüler volle Gerechtigkeit widerfahren lassen sollte, so sticht bereits aus den ersten Zeilen ins Auge, daß er ein Demagoge erster Güte ist. Er weiß, wie man die Wachsamkeit der entsprechenden Behörden gänzlich einschläfert. Er bleibt einfach beim halben Wort stehen, spricht nicht zu Ende, läßt seinen Aussagen ein möglichst breites Spektrum an Deutungen, um dann immer noch mit bestechendem Charme seiner zur reinen

Unschuld verstellten Augen behaupten zu können, er habe es anders gemeint.
Wie Hohn klingen die vorgeschobenen Hinweise auf seinen angeblichen Internationalismus: Er wünsche allen Menschen die gleichen friedlichen Träume! Und er glaubt wirklich, mit solchen offensichtlichen Alibisätzen den Rest an logischem Denken der Schüler abschalten zu können! Wie kann einem Menschen geglaubt werden, wenn er im Ernst behauptet, es gäbe einen friedlichen Krieg?"
Dr. Oldenburg las die fünfseitige Kampfschrift aufmerksam durch, und sein finsterer Blick glitt zum nächsten Artikel. Es war ein flammender Aufruf an alle Gymnasiasten „guten Willens", den Kampf gegen den schleichenden Rechtsradikalismus mit ihren Unterschriften zu unterstützen. Es folgte eine ganze Reihe linierter Blätter, auf denen bereits zwei Dutzend Unterschriften zu sehen waren.
Daneben hing noch eine andere Erklärung, die von irgendeiner selbsternannten Roten Kampfgruppe verfaßt wurde: „...mit seinem Aufsatz spuckt dieser Uffelmann allen unseren Mitbürgern ausländischer Herkunft direkt ins Gesicht... Übrigens hat sich dieser neugebackene Deutsche auf dem Berg beim Bauern Lenz (drittes Haus von der Kreuzung) niedergelassen... da der Staat wie immer seiner Schutzpflicht gegenüber unseren ausländischen Mitbürgern nicht nachkommen wird, werden wir uns nicht wundern, wenn er seine verdiente Strafe unmittelbar von den verunsicherten und verzweifelten Menschen erhält..."
Dr. Oldenburg riß die Hetzschrift herunter, zerknitterte sie hastig und mußte eine ganze Weile mit seiner aufschäumenden Empörung kämpfen, um wieder die gewohnte Ruhe zu erlangen. Er stand gedankenvoll vor dem Schwarzen Brett, und nur die weit hallenden Schritte seiner Sekretärin, die mit einem schnurlosen Telefon in der Hand zu ihm nach unten eilte, rissen ihn aus diesem Zustand. Bevor sie aber nur ein einziges Wort sagen konnte, kreuzte er entschlossen die Hände vor seinem ernst wirkenden Gesicht. Sie reagierte wie immer blitzschnell und richtig: Ihre süße Engelsstimme strömte zu ihrem unsichtbaren Gesprächspartner wie Honig durch

die Leitung: Sie habe soeben in Erfahrung gebracht, Dr. Oldenburg sei bedauerlicherweise erst in einer Stunde wieder erreichbar.
„Finden Sie mir bitte Frau Bammert! Ich warte auf sie“, sagte ihr Vorgesetzter, ohne lange Einleitungen.
„Sie werden auf Frau Bammert hier warten?“ fragte seine Sekretärin sicherheitshalber.
„Ich warte bereits!“
Die laut klickenden Geräusche ihrer Stöckelschuhe verhallten in den oberen Stockwerken, und schon nach einigen Minuten hörte er die unverwechselbaren festen Schritte von Frau Bammert.
Dr. Oldenburg war nicht in der Stimmung, sein gepflegtes Gesicht wie gewohnt zu einem unverbindlichen Lächeln zu verziehen, und kam sofort zur Sache, ehe Frau Bammert noch vor ihm stehenblieb.
„War es Ihre Idee, diese Kampfblätter auf dem Schwarzen Brett aufzuhängen?“ fragte er die hart dreinblickende Lehrerin.
„Das war ein gemeinsamer Beschluß des Vorstandes“, erklärte sie, ohne ihre tiefgründige Feindseligkeit zu verbergen.
„Warum hat man diese Vorgehensweise nicht mit mir abgestimmt?“
Frau Bammerts Lippen verzogen sich zu einem geringschätzigen Lächeln: „Erstens sind wir dazu nicht verpflichtet, und zweitens: Angesichts Ihrer verharmlosenden Haltung gegenüber den rechtsradikalen Umtrieben in unserem Gymnasium wäre Ihre Meinung wohl nicht schwer vorauszuahnen, Herr Schuldirektor!“
Die letzten Worte fielen besonders provozierend aus. Dr. Oldenburg schaute sie prüfend an und bemerkte vieldeutig:
„Und ich werde es noch eine Weile bleiben, Frau Bammert!“
Die Erinnerung an die letzte Konfrontation in seinem Arbeitszimmer flammte in ihrem Gedächtnis bildlich auf, und sie spürte, wie schnell der ungestillte Haß in ihrer Brust aufstieg.
„Haben Sie noch etwas auszusetzen?“ fragte sie schroff und gab mit ihrem ganzen Aussehen deutlich zu verstehen, daß sie diese sinnlose Auseinandersetzung beenden wollte.
„Die Schüler warten auf mich“, fügte sie gereizt hinzu, doch Dr. Oldenburg unterbrach sie.

„Übertreiben Sie nicht, Frau Bammert“, entgegnete er leise. „Der Grad Ihrer Beliebtheit bei den Schülern ist eher im unteren Bereich angesiedelt.“
Das kräftige Kinn der Geschichtlehrerin schob sich bedrohlich nach vorne, und die dunklen Augen auf dem bleichen Gesicht erglühten noch grimmiger. Doch der Schulleiter fuhr ruhig fort und zeigte dabei mit der Hand auf die Anschlagtafel:
„Sie haben damit eine ehrliche Meinung auf eine unerträgliche, verletzende Art und Weise an den öffentlichen Pranger gestellt! Was erwarten Sie, Frau Bammert? Was versprechen Sie sich davon? Daß unsere Schüler nach dem Lesen dieser Hetzschriften in Ihre antifaschistischen Kampfverbände eintreten und mit Ihnen an der Spitze gegen diesen wehrlosen Jungen in die Schlacht ziehen? Sie nehmen offensichtlich nicht nur weltanschauliche Schlachten in Kauf? Was heute hier vorgefallen ist, dieser tätliche Angriff auf Frank Uffelmann, geht auf Ihr Konto. Und das wissen Sie!“
Frau Bammert explodierte:
„Das ist eine gemeine Unterstellung! Ich verbiete es Ihnen, mit mir in diesem Ton zu sprechen! Diese Aufklärungsschrift sollte zeigen, wie gefährlich und geschickt die rechtsradikalen Brandstifter ihre menschenverachtenden Ideen verpacken! Wir müssen dessen Sinn entlarven…“
Dr. Oldenburg unterbrach sie wieder:
„Schauen Sie nur, daß Sie damit nicht das Gegenteil davon bewirken! Sonst entlarven Sie mit diesem Unsinn womöglich sich selbst.“
Frau Bammert begann zu japsen, drehte sich entschlossen um und entfernte sich, ohne seine Provokation zu erwidern.

Die neue Nachricht

Die Nachricht von dem merkwürdigen Aufsatz und dem Vorfall vor der Anschlagtafel breitete sich quer durch alle Klassen und Stufen wie ein Lauffeuer aus, und bereits in der nächsten Pause versammelten sich vor dem Schwarzen Brett beträchtliche Mengen an interessiert blickenden Gymnasiasten. Sogar diejenigen, die ansonsten für solche Themen kaum zu gewinnen waren, wurden von der allgemeinen, äußerst erregten Stimmung mitgerissen. Jeder wollte den Aufsatz selbst lesen und prüfen, ob die Sache tatsächlich so aufregend war, daß man sich deswegen prügeln mußte.
Das Komitee gegen rechte Gewalt frohlockte. Die Zahl der Unterschriften unter seinem Aufruf wurde zwar nicht übermäßig groß, doch sie wuchs, und es war nur noch eine Frage der Zeit, bis die dafür vorgesehenen Blätter sich füllen würden.
Zu jener Zeit aber, wo Frank und Walter sich dem Klassenraum näherten, herrschte dort helle Aufregung. Auch hier war der Vorfall mit dem Aufsatz und dem Streit mit Ahmed in allen Einzelheiten bekannt, und es wurde nun heftig und kontrovers die Frage erörtert, wer den Aufsatz dem Komitee zugespielt hatte.
Alle Blicke richteten sich auf Benjamin, der aber seine Beteiligung entschieden abstritt.
„Geilt euch ab!" wehrte er sich schroff gegen etwaige Anschuldigungen. „Wollt ihr ihn etwa wieder aus dem Dreck ziehen?"
„Mir wird's langsam zu bunt", gab Georg zu, zögerte einen Augenblick und fügte dann doch etwas nachdenklich hinzu: „Wer weiß schon, was als nächstes kommt?"
Luka, der kleine Napoleon, regte sich bei diesen Worten auf und gab deutlich zu verstehen, daß er immer noch unerschütterlich auf der Seite des neuen Schülers stand.
„Wenn du auf den Scheiterhaufen mußt, werde ich dich dabei aufrichtig beweinen", flüsterte ihm Melanie zu, doch der Klassenheld war wie immer in einer anderen Stimmung.
Als Frank und Walter in den Klassenraum kamen, saßen die mei-

sten Schüler schweigend auf ihren Plätzen und konnten ihr unerklärliches Schuldgefühl nicht mehr loswerden.
„Wir wissen zwar nicht, wer deinen Aufsatz dem Komitee gegeben hat, aber wir versuchen es festzustellen“, sagte Albert entschlossen, doch Frank schien darüber nicht sonderlich besorgt zu sein.
„Ich verheimliche meine Ansichten nicht“, erwiderte er ruhig und lächelte ihn fröhlich an.
„Was hab’ ich dir gesagt?“ warf Georg mit hoffnungsloser Stimme Albert zu. „Auch wenn du daraus Flugblätter machst und das ganze Land damit überschwemmst, wird er immer noch so glückselig umherschauen.“
Die Spannung löste sich auf, und allgemeine Heiterkeit beherrschte den Raum. So nahm der Schultag nach und nach seinen gewohnten Lauf. Nur in den Pausen merkte Frank sehr viele neugierige, aber auch einige feindselige Blicke. Doch er stellte auch nicht ohne warmes Gefühl fest, daß Walter, Julia, Anna und vor allem Luka Lemke keinen Schritt von ihm wichen, ihn begleiteten und ihm mit ihrem Benehmen Mut machen wollten.
Es geschah aber an diesem Tag noch etwas anderes. Einige Stunden später, in der letzten Pause, platzte eine neue Nachricht herein, die die erste fast restlos verdrängte, obwohl die beiden fest miteinander verbunden waren. Unter Franks Aufsatz, der an dem Schwarzen Brett hing, gleich unter dessen letzten Zeilen, stand nun auch eine geschwungene Unterschrift. Da sie so undeutlich war, hatte der Unterzeichner seinen Namen vorsorglich in großen Druckbuchstaben angegeben. Kein gewöhnlicher Schüler hinterließ diesen Namenszug, sondern der einzige Sohn des hochgeachteten Schulleiters: Maximilian Oldenburg.
Es wurde getuschelt, geflüstert, mal lachend, mal besorgt, doch allen stand deutlich die große Aufregung in die Augen geschrieben, die große Frage: War das wirklich seine Unterschrift, oder erlaubte sich irgendein Spaßvogel eine unüberlegte Albernheit?
Besonders in Franks Klasse wurde die neue Nachricht in Sekundenschnelle allen bekannt, denn Max war einer von ihnen. Die Schü-

ler schauten fragend auf seinen leeren Stuhl, und immer neue Vermutungen wurden ausgetauscht.
Erst als die Pausenglocke bereits zum Unterricht gerufen hatte, erschien auf der Schwelle die schlanke, mittelgroße Gestalt von Max. Frau Weimar, über die Nachricht bereits auch im Bilde, schaute ihn besorgt an und spürte, wie tiefes Mitleid ihr Herz zu berühren begann.
Er stand an der Tür, wie immer schüchtern und auf den Boden starrend, und rührte sich nicht vom Fleck.
„Setz dich, Max!" sagte Frau Weimar sanft und wurde immer unruhiger.
Es herrschte drückende Stille. Die meisten beobachteten sehr aufmerksam jede Bewegung ihres Mitschülers. Max schleppte sich zu seinem Platz, ließ sich auf den Stuhl sinken, legte beide Hände auf den Tisch und verharrte so, nervös auf seiner Unterlippe kauend. Frau Weimar konnte seine Verzweiflung so unmittelbar wahrnehmen, daß ihr beinahe die Tränen in die Augen stiegen. Er war sein Sohn! Ein Teil von dem Menschen, zu dem sie immer mehr eine aufrichtige Zuneigung empfand. Und allein diese Tatsache erfüllte sie mit starker Sympathie für diesen stillen, merkwürdigen Jungen.
Er hatte sehr feine, zierliche Gesichtszüge. Dickes hellbraunes Haar wellte sich leicht und natürlich und umrandete sehr angenehm sein etwas blaß wirkendes Gesicht. Es trug flüchtige und doch unverkennbare Spuren jener Verträumtheit, die zweifelsohne auch seinen sensiblen Seelenzustand widerspiegelte. Sogar in der Form seiner schönen Augenbrauen, deren Bögen zunächst leicht nach oben zuliefen, bevor sie über dem Nasenbein ganz verschwanden, lagen leichte Schatten einer immerwährenden Trauer. Nur die dunkelroten, fein geschnittenen Lippen waren etwas zu grell, belebten aber sein Gesicht und verliehen ihm trotz angeborener Nachdenklichkeit eine unverfälschte jugendliche Frische.
Die etwas tiefer liegenden smaragdgrünen Augen wurden sofort unruhig, sobald er wußte, daß jemand auf ihn schaute, von ihm

sprach oder sonst irgendwie auf ihn aufmerksam wurde. Sie waren groß und voller Tiefe, und wenn er sie während eines Gesprächs auf sein Gegenüber gerichtet hätte, würden sie das ganze Gesicht zum Leuchten bringen. Doch man bekam sie nur selten zu sehen. Sein Wesen drückte eine ungewöhnliche Zurückhaltung und Schüchternheit aus, und der scheue Blick war aus diesem Grunde fast immer zu Boden gerichtet. Man mußte sich zwangsläufig die Frage stellen, wie dieser Mensch in unserer Welt überhaupt zurechtkam. Trotz dieser stark ausgeprägten Charaktereigenschaft wirkte sein Gesicht edel und geheimnisvoll.
Jetzt aber saß er an seinem Tisch und starrte verbissen vor sich hin, wohl wissend, daß die ganze Klasse ihre neugierigen Blicke auf ihn gerichtet hatte.
Es herrschte immer noch gespenstische Stille. Keiner wagte es, ihm in dieser heiklen Angelegenheit zu nahe zu treten, bis Lukas helle Stimme den Raum erfüllte.
„Ist es wirklich deine Unterschrift?“ fragte er vorsichtig.
Max verfiel in noch größere Aufregung und wurde rot, obwohl er diese Frage ohnehin erwartet hatte.
„Ja“, sagte er leise.
Das kurze unmißverständliche Wort verhallte und die Stille bemächtigte sich erneut des Raumes. Jeder – ob Feind, ob Freund – konnte sich die Tragweite dieser Bestätigung ziemlich bunt vor Augen ausmalen. Seit Tagen machten im Gymnasium wilde Gerüchte die Runde, die in verschiedensten Abwandlungen um den anschwellenden Streit zwischen Frau Bammert und dem Schulleiter kreisten. Mehr als den anderen war das natürlich Max selbst bekannt. Der Sohn des Schulleiters saß nun innerlich angespannt und kämpfte mit seinen Gefühlen.
Frau Weimar kam langsam zu sich, erhob sich und schritt schweigend in seine Richtung. Sie wußte selbst nicht, warum sie es tat, doch ihr starkes Mitgefühl trieb sie dazu, und keine Macht der Welt, keine bösen Gerüchte konnten sie in diesem Augenblick davon abhalten.

Sie blieb dicht neben ihm stehen, schaute mitfühlend zu ihm herab und ihre Hand strich langsam und liebevoll über sein hellbraunes Haar. Max spannte sich an, schlug seine Augen nieder und hielt inne, während die Klasse wie benommen dem ungewöhnlichen Ereignis zuschaute.
„Sei nicht traurig“, sagte sie mit einer warmen zärtlichen Stimme. Schließlich kehrte sie zu ihrem Tisch zurück und war fest entschlossen, mit dem Unterricht fortzufahren, und zwar so, als wäre nichts gewesen. Sie trat vor die Klassentafel und riß mit einigen mahnenden Worten die Schüler aus ihrer Erstarrung. Nur Max saß immer noch regungslos an seinem Tisch, weder Buch noch Heft vor sich, und traute sich nicht, die Augen zu heben.
Als der Unterricht aber voll im Gange war und die Klassenkameraden ihn wieder vergessen hatten, warf er einen verstohlenen Blick auf den neuen Schüler und hielt plötzlich inne. Frank schaute gerade zu ihm, und noch bevor seine smaragdgrünen Augen die panische Flucht ergriffen, schien es ihm, als ob der neue Schüler ihn sogar angelächelt habe.
Kaum hatte die Pausenglocke das lang ersehnte Unterrichtsende verkündet, sprang der Sohn des Schulleiters, Maximilian Oldenburg, ungeduldig von seinem Platz auf, und verschwand gleich darauf, ohne ein Wort zu sagen, im noch menschenleeren Flur.
Auch Frank warf seine Sachen hastig in die Schultasche und lief in größter Eile dem scheuen Jungen hinterher. Doch als er mitten im großen Schulhof stand und hilflos nach allen Seiten spähte, mußte er leider feststellen, daß von Max jede Spur fehlte.
Frank war sichtlich enttäuscht und stand gedankenverloren immer noch auf dem gleichen Platz, als er ganz in der Nähe eine bekannt klingende Mädchenstimme hörte.
„Hi, Romeo!“ rief ihm jemand zu.
Frank drehte sich um und sah Nadine.
Sie ging auf ihn zu und lächelte ihn freundlich an.
Sie war wirklich reizend schön. Erst jetzt, als sie fast ohne Schminke vor ihm stand, konnte er sehen, wie natürlich ihre Schönheit war.

Sie schaute in seine hellgrauen Augen und schien ein anderer Mensch zu sein. Keine Spur von gereizter Überheblichkeit, kein Hauch vom einstigen Haß.
„Bist du mir sehr böse wegen der Party?“ fragte sie mit deutlicher Friedensbereitschaft in der weich klingenden Stimme.
„Nein“, erwiderte Frank.
Nadine lächelte ihn erleichtert an.
„Machen wir Frieden!“ schlug sie vor und streckte ihm ihre feingeschnittene Hand entgegen.
Frank lächelte zurück und nahm sie an. Doch als er seine Hand zurückziehen wollte, ließ Nadine sie nicht mehr los.
„Ist es wahr, daß du immer die Wahrheit sagst?“
„Ich versuche es“, gestand Frank.
„Spieglein, Spieglein an der Wand! Sag mir ehrlich, ob ich schön bin?“ fragte sie, ohne daß in ihren glänzenden Augen nur ein einziger Funke Verlegenheit aufblitzte.
„Das weißt du doch selbst“, erwiderte Frank.
„Egal, was ich weiß“, sagte Nadine mit unerwarteter Heftigkeit, „ich will das von dir hören!“
„Keine Frage, du bist schön“, bestätigte Frank.
„Wie? Wie schön? Du kannst doch alles so schön beschreiben!“
Sic lächcltc nicht mchr, sondcrn schautc mit wcit gcöffnctcn Augcn in sein Gesicht, als würde sie dort etwas Wichtiges erkennen wollen. Als wäre er wirklich ein Zauberspiegel.
Frank bewunderte ihre glänzenden grünen Augen mit hellbraunen zackigen Ringen um die schwarzen Pupillen und ihm schien sogar, daß Nadine leicht auf ihn zustrebte, als wollte sie ihn mit ihrem gierigen Blick verschlingen.
Plötzlich zuckte sie zusammen und schnappte hastig nach Luft.
„Du bist tatsächlich verrückt!“ schmetterte sie ihm unerwartet ins Gesicht, stieß seine Hand ruckartig von sich und brach in ein schallendes, ja verletzendes Lachen aus.
„Bye, Romeo!“ sagte sie ihm lässig zum Abschied. „Da kommen schon deine Wächterinnen wieder!“

Anna und Julia kamen aus dem Gebäude und eilten nun auf die beiden zu. Dieses Treffen versprach für Nadine offensichtlich nichts Gutes. Denn sie drehte sich elegant um und ging schnell fort. Sie mußte sich nicht sonderlich verstellen, um die natürliche Schönheit ihres geschmeidigen Körpers zur Schau zu stellen.
Als die beiden Freundinnen zu ihm kamen, stand Julia die Verärgerung deutlich im Gesicht geschrieben.
„Hat sie sich entschuldigt?“ fragte sie empört.
„Mir schien es so“, entgegnete Frank.
„Der Frieden wird aber nicht lange währen“, warnte sie eindringlich. „Schon morgen kann sie wieder ätzend werden.“
Frank sagte nichts, und auch Julia hielt es für sinnvoll, das Thema zu wechseln.
„Hast du Max nicht einholen können?“ fragte Anna.
„Leider nicht.“
„Er ist ein komischer Vogel! Sehr schüchtern“, mischte sich Julia ein. „Daß er seine Unterschrift unter deinen Aufsatz gesetzt hat, ist schon aus diesem Grunde ein echtes Wunder. Dazu kommt, daß er der Sohn des Schulleiters ist. Da muß er wirklich aufpassen, daß er nicht durchdreht! Ich sage dir ehrlich: Wenn du ihm jetzt gefolgt wärest, würde er vor dir flüchten.“
Sie fing dabei Annas vorwurfsvollen Blick auf, konnte es sich aber nicht verbieten lassen, noch etwas ausführlicher zu werden.
„Vor einem Jahr hat ein dir wohl nicht unbekanntes Mädchen namens Nadine ihn so richtig angemacht. Ich würde sogar sagen, angebaggert. Danach fehlte er ganze zwei Tage in der Schule.“
Sie schmunzelte, schuldbewußt zu Anna schauend, und verstummte schließlich…

Max zu Hause

Max aber, nachdem er aus dem Schulgebäude gestürmt war, lief an der rauhen Wand entlang und versteckte sich im Schatten einer riesigen Linde. Er stand hinter dem dicken Stamm, klammerte sich an seine zerklüftete Rinde und beobachtete aus seinem sicheren Versteck Frank. Er konnte sehen, wie seine hellen Augen ungeduldig die ganze Gegend nach ihm absuchten. Er nahm seine unverkennbare Enttäuschung wahr, und einige Male sah es so aus, als würde er seine Unentschlossenheit überwinden und sich sogar trauen, nach vorne zu treten. Im letzten Augenblick aber versagten ihm doch die Nerven, und er lehnte sich erschöpft mit dem Rücken an den rauhen Lindenstamm. Als der neue Schüler, begleitet von zwei schönen Mädchen, den Schulhof verlassen hatte, ging er auch.

Max überquerte die Marktstraße, passierte das graue Postgebäude und blieb vor der katholischen Kirche stehen. Er spähte aufmerksam nach allen Seiten, und als er keine bekannten Gesichter in der Nähe zu sehen glaubte, machte er die schwere Tür einen Spaltbreit auf und schlüpfte hinein.

Es waren zu dieser Zeit keine Besucher in der Kirche, und eine geheimnisvolle Stille füllte den großen, nur durch das weiche, bunt funkelnde Licht der oberen Mosaikfenster erleuchteten Raum. Der Junge tauchte seine Finger in die Schale mit Weihwasser, schlug ein Kreuz und drückte gefühlvoll seine Faust an die Brust, bevor er geräuschlos in einer Seitennische verschwand.

Ein kleiner See von winzigen Kerzenlichtern flackerte hier und beleuchtete sein edles Gesicht.

Max holte aus der Hosentasche eine Münze, versenkte sie im langen Schlitz der Geldkasse, und das klirrende Geräusch, das noch lange im leeren Raum nachhallte, ließ ihn zusammenzucken und die Augen zukneifen. Erst als die rasselnden Schallwellen verebbten, konnte er sich wieder entspannen. Mit leicht zitternder Hand zündete er eine dünne Kerze an und steckte sie vorsichtig in eine kelchförmige Halterung ein.

Noch lange spähte er verstohlen umher und horchte in die mystische Stille, bevor er seine langen Wimpern wieder niederschlug. Er versank in ein inniges Gebet, von dem nur einige Worte deutlich genug zu vernehmen waren: „Für Friedrich Oldenburg… nimm seine Seele in Deine gütigen Hände…“
Eine halbe Stunde verbrachte er auf den Knien und verfiel dabei in immer größere Aufregung. Er atmete unruhig, und seine Worte blieben zwar bruchstückhaft, doch klangen sie jetzt viel lauter und leidenschaftlicher.
„Verzeih mir meine Sünden… Ich bin zu schwach… Ich halt’s nicht mehr aus…“, flüsterte er verzweifelt, während seine flehende Stimme zu zittern begann.
Doch bald drangen aus dem Innern des Kirchenraumes dumpfe Türgeräusche und rissen ihn aus seinem entrückten Zustand. Er schreckte zusammen, starrte mit weit aufgerissenen Augen verängstigt zum Altar und konnte sich erst einige Sekunden später wieder zurechtfinden.
Der Junge sprang auf die Beine, schlug ein Kreuz und begab sich zum Ausgang. Als er die Tür öffnete, ließ ihn die gleißende Sonne die Augen schmerzhaft zusammenkneifen. Die mystische Abgeschiedenheit der Kirche wechselte zum lärmenden Durcheinander der Straße, und Max, immer noch gedankenverloren und traurig, schleppte sich langsam nach Hause.
Das große Haus der Familie Oldenburg befand sich in einer sehr guten Straße. Hier, auf der sanften Anhöhe, lag die beste Wohngegend. Sie war gepflegt und ruhig und vermittelte den Eindruck, daß alles, was in der kleinen Kurstadt Rang und Namen hatte, in diesen schönen Häusern lebte.
Die Familie hatte nur ein Kind, keine Hunde und Katzen und stand bei den Nachbarn in hohem Ansehen. Dr. Oldenburg und seine Ehefrau waren nette, hilfsbereite Menschen. Und was ihren Sohn betraf, so sahen die meisten seine zurückhaltende schüchterne Art mit großzügiger Nachsicht. Schließlich tat er keinem etwas Böses, sah immer gepflegt aus und grüßte sie: zwar kaum hörbar und nur

mit einem flüchtigen scheuen Blick, aber doch nicht ohne freundliche Achtung.
Max stand vor dem Haus und lauschte zunächst angestrengt an der weißen Eingangstür, bevor er den Schlüssel ins Schloß steckte. Kaum hineingegangen, zog er leise seine Schuhe aus und begab sich eiligst zur Holztreppe, um möglichst schnell in sein Zimmer zu verschwinden. Doch die kraftvolle Gestalt der Mutter tauchte wie aus dem Nichts vor ihm auf und versperrte ihm den Weg.
„Wo hast du denn wieder deine Schultasche vergessen?“ fragte sie und verschränkte ihre Hände vor der Brust.
Erst jetzt bemerkte Max, daß er tatsächlich mit leeren Händen zurückgekommen war.
„Ich glaub’ in der Schule“, murmelte er verlegen.
„Oder wieder in der Kirche?“ ließ die Mutter nicht nach und betrachtete ihn mit einem forschenden Blick.
Max antwortete nicht.
„Willst du essen?“ fragte sie nachsichtig.
„Nein“, antwortete er kurz.
„Ist alles in Ordnung?“
„Ja“, erwiderte Max und wurde unruhig. Er klammerte sich an dem Treppengeländer fest und sah uneinnehmbar wie eine Festung aus. Dic Mutter gab schließlich nach und machte den Weg frei. Während sie ihm noch einige Worte nachrief, verschwand er aus ihrer Sichtweite und blieb ungeduldig vor seinem Zimmer stehen. Seine Hand schlüpfte unter das karierte Hemd und holte einen Schlüssel hervor, der ständig an einer Schnur um seinen Hals hing. Er machte die Tür auf, sprang ins Zimmer und schloß sie wieder ab.
Er hatte ein großes Zimmer. Eine gewaltige Bücherwand zog sich von der Tür bis zum Fenster hin und war voll mit Büchern, Videos, CDs. In der Mitte befand sich eine Musikanlage, darüber ein kleiner Fernseher und mehrere Lautsprecherboxen. Über dem Bett hingen Dutzende alter Photos, in der Ecke aber, auf einer kleinen Wandkonsole, stand eine edle, sehr fein geschnitzte Madonna mit Jesuskind.

Zu ihr richtete nun der Junge seinen Blick, wechselte vorsichtig die Kerze aus und zündete sie an. Lange stand er vor ihr, biß sich verzweifelt in die Lippen und quälte sich in banger Erwartung des drohenden Abends…

* * *

Dr. Oldenburg kam nach Hause wie immer gegen sechs Uhr abends. Kaum betrat er den Flur, fragte er besorgt seine Gattin, ob Max bereits zu Hause war. Sie bestätigte seine Annahme, und die sorgenvollen Schatten legten sich auch auf ihr Gesicht.
„Ist was passiert?“ fragte sie ungeduldig.
Dr. Oldenburg ließ sich auf den Hocker sinken und faßte sich erschöpft an die Stirn. Mit gedämpfter Stimme erzählte er seiner Frau die Geschichte mit dem Aufsatz des neuen Schülers, über die Schlägerei vor dem Schwarzen Brett und über die unerfreuliche Auseinandersetzung mit Frau Bammert. Dann machte er eine lange Pause, holte Luft und rückte mit der ganzen Wahrheit heraus.
„Max hat diesen Aufsatz öffentlich unterschrieben“, sagte er leise und versetzte seine Ehefrau mit dieser Mitteilung in angsterfüllte Erregung. Sie machte große Augen und schlug ihre Hände entsetzt vor den Mund.
„Ich hab’s gewußt!“ stieß sie heftig aus. „Als ich ihn heute gesehen habe, wußte ich gleich, daß etwas passiert war.“
„Ist schon in Ordnung“, sagte Dr. Oldenburg beruhigend. „Ich habe mir Sorgen gemacht, daß er jetzt irgendwo da draußen sitzt und sich nicht mehr nach Hause traut. In diesem Zustand kann man leicht auf dumme Gedanken kommen.“ Er blickte bedeutungsvoll zu ihr und sagte noch leiser: „Du weißt schon, was ich meine?“
Die Augen von Frau Oldenburg ließen eine Mischung aus Angstgefühl und aufkeimender Empörung erkennen.
„Aber er ist jetzt da, und das ist ja nun schon mal was Gutes“, fügte Dr. Oldenburg erleichtert hinzu, zog seine Schuhe aus und ging ins Wohnzimmer.

„Wir müssen etwas tun!“ sagte Frau Oldenburg gereizt. „Er bricht alle vernünftigen Grenzen. Wenn wir nichts unternehmen und es einfach so laufen lassen, kommen wir schließlich an einen Punkt, an dem es kein Zurück mehr gibt… Wir müssen etwas tun! Es gibt Ärzte, sehr gute Ärzte…“
Dr. Oldenburg schwieg und schien seine Frau gar nicht zu hören. Nur von Zeit zu Zeit, als ihre Ausführungen an Lautstärke gewannen, wandte er sein Gesicht zu ihr, legte den ausgestreckten Zeigefinger an seine Lippen, zur Ruhe mahnend, und versank wieder in seine trüben Gedanken.
Frau Oldenburg aber konnte nicht mehr einfach so tun, als wäre nichts gewesen. Sie war eine gebildete, tatkräftige Frau, die sich über alle emanzipatorischen Vorstellungen der neuliberalen Politiker aus eigener Kraft hinwegsetzte und diese weit hinter sich gelassen hatte. Sie bekleidete eine Reihe von Ehrenämtern, engagierte sich in mehreren Hilfsorganisationen und hatte es noch lange nicht aufgegeben, einmal im Leben so richtig in die Politik zu gehen. Alles kochte in ihrer Brust, drang nach außen, und bereits in einer knappen Stunde stieg sie energisch die breite Holztreppe hinauf und stellte sich vor die Tür ihres widerspenstigen Sohnes.
„Maximilian!“ rief sie streng und klopfte mit dem abgeknickten Zeigefinger an der Zimmertür. „Wir müssen miteinander reden!“ Sie wartete eine Sekunden, doch ihre Worte verhallten ohne jegliche Wirkung.
„Tu nicht so, als würdest du mich nicht hören!“ sagte sie gereizt. „Wir müssen reden!“
„Worüber?“ fragte Max, ohne die Tür aufzuschließen.
„Dein Verhalten macht uns ernsthafte Sorgen“, erklärte die Mutter. „Unser Zusammenleben ist seit einiger Zeit gefährdet.“
Max schwieg, doch Frau Oldenburg wollte nicht aufgeben.
„Dein Schweigen kann keine vernünftige Grundlage für unser familiäres Verhältnis bilden. Wir müssen unbedingt in einigen Punkten wieder Klarheit schaffen. Wir müssen diese Probleme erkennen, gründlich aufarbeiten und wieder aufeinander zugehen.

Ich bin überzeugt, wir finden eine Vielzahl von tragbaren Schnittmengen, die in unserer konfliktbeladenen Beziehung eine verläßliche Basis für die Zukunft bilden könnten."
Sie drehte ihren Kopf seitlich zur Tür, horchte angestrengt einige Augenblicke und begann wieder zu reden.
„Du zwingst uns dazu, Maßnahmen zu ergreifen, die sicher für keinen von uns angenehm sind. Wäre es nicht besser, wir kehren wieder auf den Weg der Kompromisse zurück? Wir haben dir größtmögliche Freiheiten eingeräumt, von denen deine Schulkameraden bestimmt nicht einmal träumen können. Du hast dein Zimmer, das wir vereinbarungsgemäß seit einigen Jahren nicht mehr betreten, wir unterziehen deine höchst bedenklichen Freizeitbeschäftigungen keinerlei Kontrollen und wollen, daß du dich deinerseits an deine Verpflichtungen hältst. Wir erwarten von dir ein problemlösendes Verhalten, das auch die Interessen anderer Familienmitglieder gebührend berücksichtigt..."
Sie redete und redete, doch aus dem verschlossenen Zimmer ihres Sohnes kam kein Laut mehr. Verärgert stieg sie die Treppe hinunter und setzte sich auf ein weiches Sofa neben ihren Ehemann.
„Du mußt etwas unternehmen!" warf sie ihm äußerst gereizt zu. „Sonst wird er morgen vielleicht noch etwas anstellen, was nicht nur deine Beförderung, sondern auch noch deine Position als Schulleiter gefährden würde."
Sie schaute noch einmal zu ihm und richtete sich auf.
„Außerdem gibt es in diesem Zusammenhang auch meine Interessen. Oder hast du mich schon ganz abgeschrieben?" sagte sie mit gekränkter Stimme. „Mir wurde übrigens vor einigen Tagen angedeutet, daß ich mir ernsthafte Hoffnungen machen dürfte, bei den nächsten Wahlen dabei zu sein."
Dr. Oldenburg antwortete nicht, erhob sich und ging schweigend ins Obergeschoß.
„Max", sagte er leise, an der Tür stehend, „du hörst mich doch, nicht wahr?"
„Ja", schallte es aus dem Zimmer.

„Warum hast du es getan?“ fragte der Vater.
Doch Max schwieg.
„Du hast unsere Absprache gebrochen und mich in Schwierigkeiten gebracht. Das ist keine Belanglosigkeit. Du weißt es.“
Er lauschte, wartete geduldig, doch sein Sohn hüllte sich weiterhin in Schweigen.
„Sag mir zumindest, warum du es getan hast?“
„Weil ich das gleiche denke“, erwiderte Max verzweifelt.
„Ich weiß es, Max. Ich weiß es ganz genau“, sagte der Vater mit sehr weicher Stimme. „Aber wir können doch unmöglich mit all unseren Gedanken einfach so nach außen treten. Zumindest nicht, wenn man selbst oder durch die Familie an eine verantwortungsvolle Position gebunden ist; wenn jedes Wort nicht einfach so im Raum verhallt, sondern sofort aufgenommen und in verzerrter Form weitergetragen wird.“
Dr. Oldenburg verstummte, rieb mit den Fingern seine hohe Stirn und beschloß, sich kürzer zu fassen:
„Könntest du dir vorstellen, diese Unterschrift zurückzunehmen?“
„Nein!“ drang es leidenschaftlich aus dem Zimmer zu ihm hinüber. „Ich werde es nicht tun... nie... nie...“
Der Vater erkannte seinen aufgewühlten Zustand und unterbrach ihn augenblicklich: „Ist schon gut, Max! Beruhige dich, bitte! Ich wollte es bloß wissen. Verstehst du? Nur wissen.“
Dr. Oldenburg seufzte enttäuscht und begab sich wieder ins Wohnzimmer.
„Könnte es sein, daß wir einen Fehler begingen, als wir uns entschieden haben, ihn in deinem Gymnasium zu belassen?“ fragte Frau Oldenburg, die dem kurzen Gespräch mit dem Sohn an der Treppe stehend zugehört hatte. „Man hätte in Erwägung ziehen können, ihn in die Kreisstadt zu schicken.“
„Nein, nein!“ erwiderte Dr. Oldenburg. „Wovon redest du? Es ist fast eine Stunde bis dahin!“
„Na und?“ entgegnete seine Frau unbeeindruckt. „Du kannst es nicht leugnen, daß viele Kinder aus der Umgebung täglich ins Gym-

nasium fahren müssen. Und? Ist was passiert? Ist jemand dabei zu Grunde gegangen?"
„Es gibt mehrere Gründe", entgegnete er widerwillig. „Außerdem ist dort der Anteil der deutschen Kinder wesentlich geringer."
„Jetzt bist auch du schon ausländerfeindlich geworden!" stieß Frau Oldenburg mit ziemlicher Verwunderung aus. „Wie es bei dir so schön klingt: der Anteil der deutschen Kinder! Sag doch gleich, daß es dort nach deinem Geschmack zu viele Ausländer gibt!"
„Ausländer hin oder her", antwortete Dr. Oldenburg entnervt. „Es geht um unseren Sohn! Und er ist halt ein besonderes Kind. In diesem Gymnasium ist er allein durch die Tatsache, daß er mein Sohn ist, mehr als geschützt. Verstehst du das? Das ist eine Tatsache! Genauso wie die Tatsache, daß wir ein großes Problem mit den Ausländern haben und versuchen, es nach Kräften herunterzuspielen! Ich kann mir nicht vorstellen, daß unser Kind ein anderes Gymnasium besucht!"
Er atmete tief durch und wandte sein Gesicht verärgert zur Seite.
„Dann laß mich aber dir auch was sagen!" erwiderte Frau Oldenburg etwas leiser und verschränkte ihre Hände entschlossen vor der Brust. „Wenn du, Gymnasialdirektor, ein verdienter Pädagoge, es nicht geschafft hast, deinem eigenen Sohn die einfachsten Sachen beizubringen, dann wäre es angebracht, in Betracht zu ziehen, ihn in ein privates Internat zu schicken. Nach Salem zum Beispiel! Dort gibt es bestimmt wunderbare Pädagogen, die eine entsprechende Qualifikation vorzuweisen haben."
„Oder auf den Mond!" regte sich Dr. Oldenburg auf.
„Was meinst du damit?"
„Am liebsten gleich auf den Mond! Mit ausgedehntem Auslandsaufenthalt in den Ferienzeiten!" warf er seiner Frau gereizt und beinahe ungehalten zu.
„Das ist eine Unterstellung, die ich bestimmt nicht verdient habe", erwiderte Frau Oldenburg gekränkt. „Es war nur ein Denkanstoß, eine vernünftige Alternative, die vielleicht zur Lösung dieses schwierigen Problems beitragen könnte. Bis jetzt hat er, Gott sei

Dank, noch keine Freunde gehabt. Ich meine Gleichgesinnte! Und nun ist dieser Junge im Gymnasium aufgetaucht. Was hast du vor?"
Dr. Oldenburg antwortete nicht und saß tief in Gedanken versunken.
„Wie ist unser Sohn überhaupt dazu gekommen, diesen Aufsatz zu unterschreiben? Was hat er sich dabei gedacht? Wie sind sie überhaupt Freunde geworden?" fragte sie weiter.
„Das spielt keine Rolle", sagte er ruhig. „Früher oder später hätten sie einander gefunden."
Frau Oldenburg zog ihre dünnen Augenbrauen fragend in die Höhe.
„Hat er die gleichen Verhaltensstörungen?"
„Nein, nein", erwiderte ihr Ehemann unwillig. „Es ist alles viel komplizierter, viel tiefer…"

Max aber saß zu dieser Zeit in seinem Zimmer und konnte sich nicht beruhigen. Heiße Wellen jagten über ihn hinweg. Er sprang wieder auf die Beine. Wie ein Gefangener zählte er seine hastigen Schritte, und ein beklemmendes Gefühl ließ die letzte Kraft versiegen. Übelkeit überkam ihn und wurde immer heftiger. Er öffnete das Fenster, atmete einige Male tief durch und erstarrte. Durch die gekippte Terrassentür im Wohnzimmer, drang zu ihm die erregte Stimme seiner Mutter:
„Das war dein Vater! Wir hätten diesen schädlichen Kontakt rechtzeitig unterbinden sollen. Er hat ihm diese perversen Vorstellungen vom Leben mit auf den Weg gegeben, bevor er in den Tod gesprungen ist. Und jetzt müssen wir für ihn diese Situation bereinigen. Wer sonst hätte ihm diese fragwürdigen Ansichten in den Kopf gesetzt? Wer? Nur dein Vater! Er allein trägt die gesamte Schuld an dieser verfahrenen Lage! Es wäre interessant, in Erfahrung zu bringen, ob auch seine sonstigen psychischen Neigungen und Merkwürdigkeiten aus dieser Ecke herrühren… Sein verderblicher Einfluß kann nicht bestritten werden…"
Sie wollte noch weiter ausholen, doch von oben drangen plötzlich laute Geräusche und hastige Schritte. Max, vor Aufregung nah am Ersticken, stolperte die Treppe hinunter, blieb auf der halben Höhe

stehen und warf einen verzweifelten Blick auf die Mutter.
„Laß Opa in Ruhe!“ schrie er nach Luft schnappend. „Ich verbiete dir, von Opa so zu reden! Ich verbiete es dir! Ihr habt überhaupt kein Recht, über ihn zu reden!“
Er stützte sich erschöpft an dem glatten Treppengeländer ab und atmete eine Weile sehr schwer mit geschlossenen Augen. Danach drehte er sich langsam um, schleppte sich wieder nach oben und ließ seine zutiefst erschütterten Eltern allein…

Frau Bammert im Siegesrausch

Frau Bammerts Gesicht wurde von den meisten Kollegen für solche Gefühlsausbrüche wie Lachen als nicht sonderlich geeignet empfunden. Dessen Züge vermittelten eher wachsame Strenge und Sachlichkeit. Doch an diesem Morgen konnte auch Frau Bammert sich dieser menschlichen Regung nicht entziehen. Sie empfand so etwas wie ein Glücksgefühl, das sichtbar nach außen drang. Wenn es auch kein offenherziges und entspanntes Lachen war, so verzog sich ihr blasses Gesicht unverkennbar zu einer Art Lächeln, das sie an diesem Tag nur selten verließ.

Die ganzen letzten Tage war sie ununterbrochen darum bemüht, die geschlossene Einheitsfront gegen den aufkeimenden Rechtsradikalismus zu organisieren. Es wurden mehrere Sitzungen abgehalten, Aufrufe und Erklärungen verfaßt, alle erdenklichen Organisationen und Komitees alarmiert und zur Stellungnahme aufgefordert.

Doch es stellte sich sehr schnell heraus, daß Dr. Oldenburg auch nicht geschlafen hatte. Außer diesem entwürdigenden Disziplinarverfahren, zu dem er falsche Zeugen hinzugezogen hatte, schaltete er nicht ohne Erfolg seine mannigfaltigen Beziehungen ein. Und sie waren nicht unbedeutend. Sie spürte es bei jedem Schritt und Tritt: Die telefonischen Bekundungen der Solidarität flauten nach seinem Eingreifen ab und erschöpften sich schließlich in nichtssagenden allgemeinen Erklärungen. Während einige kirchliche Organisationen, die Dr. Oldenburgs Entgegenkommen in vielerlei Fragen zu schätzen wußten, ihren Aufruf an alle Anständigen der Kurstadt nur ausweichend beantwortet hatten, hüllten sich viele Bürger einfach in niederträchtiges Schweigen.

Und so schien es beinahe, daß der Kampf, wenn nicht verloren, dann doch zu einem langwierigen ermattenden Grabenkrieg zu verkommen drohte. Diese Perspektive flößte sogar Frau Bammert ernstzunehmende Sorge ein. Die Mitglieder des Komitees gegen rechte Gewalt waren zwar alte erprobte Kämpfer, doch ihre Kampf-

kraft würde für diese Entwicklung nicht ausreichen. Sie würden sich zunehmend ihren privaten Sachen widmen, nach Ausreden suchen, alles von sich wegschieben und schließlich, wenn das Profilierungspotential der Angelegenheit ausgeschöpft war, ganz aufgeben. Manchmal drangen zu ihr sogar noch entsetzlichere Szenarien. In ihrer Vorstellung tauchte auf einmal das grinsende Gesicht des Schulleiters auf, der mit vorgetäuschter Freundlichkeit die schwach gewordenen Mitglieder des Komitees umgarnte…
Doch es kam alles anders.
Als sie an diesem Morgen in die geräumige Eingangshalle des Gymnasiums trat und ihren prüfenden Blick auf das Schwarze Brett richtete, blieb sie wie angewurzelt davor stehen. Nicht nur die Liste unter dem Aufruf des Komitees gegen rechte Gewalt füllte sich mit Unterschriften, sondern auch unter dem Aufsatz des neuen Schülers standen einige. Frau Bammerts Lippen preßten sich stark zusammen, und die auch ansonsten harten Gesichtszüge wurden noch unheilversprechender.
Gestern mußte sie nach der zweiten Unterrichtsstunde zu einer dringenden Sitzung des übergeordneten Komitees in die Landeshauptstadt fahren, und aus diesem einfachen Grunde war sie über die späteren Ereignisse des gestrigen Tages gar nicht im Bilde.
Sie zog aus ihrer Handtasche einen kleinen Notizblock, um die Namen der Frevler abzuschreiben. Alles bereits bekannte Namen: Anna Weigand, Julia Kiene, Luka… Nun fiel ihr Blick auf den ersten stark geringelten Namenszug. Sie las den in Druckbuchstaben geschriebenen Zusatz, und ihr Unterkiefer bewegte sich unwillkürlich nach unten. Sie kniff sogar ihre Augen für einige Sekunden kräftig zu und sperrte sie ruckartig wieder auf, um mögliche Sinnestäuschungen auszuschließen. Doch es blieb alles beim alten. Unter der großen Unterschrift stand eindeutig: Maximilian Oldenburg.
Tausend Gedanken flogen durch den heiß gewordenen Kopf der Geschichtslehrerin. Doch wie sie diese neue Tatsache auch drehte, fiel sie für den verhaßten Schulleiter denkbar ungünstig aus. Der schüchterne, immer schweigende Sohn des Schulleiters erstand wie

lebendig in ihrem Gedächtnis. Eine atemberaubende Erkenntnis traf sie wie ein heller Blitz. Auf einmal hat sie alles verstanden. Erst jetzt konnte sie wirklich begreifen, welche Teufel in der Tiefe dieser stillen Gewässer hausten!
Sie starrte und starrte auf die Unterschrift und konnte es immer noch nicht glauben. Wäre sie nicht überzeugte Atheistin, würde sie jetzt bestimmt ihren geistigen Blick dankbar zum Himmel richten. Doch sie war aus einem anderen Stoff. Ihre Gedanken und Gefühle waren schon wesentlich weiter. Panische Angst überfiel sie. Irgend jemand könnte das wertvolle Blättchen einfach vom Schwarzen Brett herunterreißen. Vielleicht sogar Maximilian selbst! In Anflug einer plötzlichen Reue, aus Mitgefühl mit seinem bedrängten Vater oder sogar unter dessen Zwang! Frau Bammert lief eine Gänsehaut über ihre leicht behaarten Unterarme. Dann wäre es aus! Ohne einen stichhaltigen Beweis würde dieser glitschige Aal die ganze Sache ins Gegenteil verdrehen und behaupten, sie würde ihn mit ihren Lügengeschichten nur anschwärzen wollen!
Vorsichtig und mit unruhigen Händen entfernte sie das wertvolle Blatt mit den Unterschriften und begab sich ins Lehrerzimmer.
Man sah bereits die ersten Schüler in den leeren Gängen des Gymnasiums. Sie grüßten Frau Bammert, doch die Lehrerin eilte wie besessen an ihnen vorbei in den zweiten Stock, stürmte zum Kopierer und machte gleich zehn Kopien davon. Das Original steckte sie in eine Klarsichtfolie und legte es behutsam in ihre Tasche.
Erst jetzt gewann sie ihre Ruhe zurück. Es wurde leichter und leichter. Sie stieg wieder in das Erdgeschoß hinunter, heftete auf dem Schwarzen Brett anstelle des Originals eine Kopie davon und schaute durch das große Fenster nach draußen.
Die Sonne lachte mit voller Kraft in ihr verwelktes Gesicht und erfüllte es mit angenehmer Wärme. Auch Frau Bammert lächelte. Sie kniff ihre Augen ein wenig zu und empfand in der Brust ein seltenes Glücksgefühl...

Die erste Begegnung

Max schlich sich als letzter aus dem Klassenraum, huschte wie ein Schatten die Treppe hinunter, und als er sah, daß in der großen Vorhalle im Erdgeschoß fast niemand mehr da war, lief er durch die geöffnete Eingangstür nach draußen.
„Max!“ rief jemand halblaut ganz in der Nähe.
Der Junge hielt inne und blieb auf den Stufen stehen. Er vermutete und wußte sogar, wem diese Stimme gehörte, und wirkte sehr unentschlossen. Beinahe schien es, er würde jetzt flüchten, doch er zögerte einen Augenblick und drehte sich dann doch um.
„Max!“ sagte Frank betont freundlich zu ihm. „Ich habe auf dich gewartet.“
Der Junge wurde in Sekundenschnelle rot, versuchte verlegen zu lächeln, sogar die Augen zu heben, doch die Schüchternheit stieg in ihm auf und überwältigte ihn gänzlich, so daß er, ohne ein einziges Wort zu sagen, sich wieder umdrehte und schnell davonging.
„Warte, Max!“ hörte er die gleiche Stimme, und schon bald sah er den neuen Schüler munter neben ihm herschreiten.
„Darf ich ein paar Schritte mitgehen?“ fragte Frank und versuchte dabei nicht zu aufdringlich zu klingen.
„Ja“, antwortete Max kaum hörbar und in größter Bedrängnis. Denn ihm schien, daß die Frage nur aus Höflichkeit an ihn gerichtet war; daß der selbstsicher ganz dicht neben ihm schreitende Junge es nicht einmal im Sinn hatte, von ihm abzulassen. Unabhängig davon, wie seine Antwort ausgefallen wäre.
Sie gingen nun eine ganze Weile nebeneinander her, und Max spürte, wie die Aufregung in ihm gar nicht weichen wollte, sondern sich ständig wandelte. Mal flog sie wie eine heiße Welle über ihn hinweg, mal brachte sie den unregelmäßigen Atem beinahe zum Stillstand. Mit großer Scheu warf er einige flüchtige Seitenblicke auf seinen Begleiter und war jedesmal kurz davor, in Panik auszubrechen.
„Ich wollte mich bei dir bedanken“, sagte Frank und fügte ein wenig

später mit seiner lebensfrohen Stimme hinzu: „Für deine Unterschrift!“
Max erwiderte seine Worte nicht, spannte sich noch mehr an und versuchte immer noch seinem neugierigen Blick auszuweichen. Doch mit der Zeit beruhigte er sich ein wenig. Frank bedrängte ihn nicht mehr, und das verschaffte ihm eine Atempause, um seine zerstreuten Gedanken einigermaßen zu ordnen.
So gingen sie schweigend am großen Gebäude der städtischen Musikschule vorbei und vernahmen immer deutlicher aus dem offenen Fenster herüberschallende Klavierklänge.
„Das muß wohl etwas von Mozart sein?“ fragte der dunkelblonde Junge beiläufig, als würde er zu sich selbst sprechen, und warf dabei einen verstohlenen Blick auf Max.
„Klavierkonzert Nummer neun“, erwiderte der Junge kaum hörbar, ohne ihn anzusehen, und fügte noch leiser und ängstlicher hinzu: „Es-Dur.“
„Ich hab’s gewußt!“ stieß Frank im Anflug plötzlicher Gefühlsaufwallung aus.
Max blieb vor Überraschung stehen und richtete sogar für einen Augenblick seine smaragdgrünen Augen auf ihn.
„Was hast du gewußt?“ fragte er verwirrt.
„Ich… ich habe dich richtig erkannt!“ erklärte Frank und seine Erregung schien ins Unermeßliche zu steigen. „Zähl mir bitte deine Lieblingskomponisten auf!“
Max kam ganz durcheinander. Unfähig, sich zu widersetzen, unfähig, davonzulaufen, stand er vor Frank, runzelte seine hohe Stirn und zerrte nervös an einem Knopf seines Hemdes.
„Es gibt viele“, erwiderte er stotternd. „Bach, Mozart, Vivaldi, Beethoven, Buxtehude, Haydn, Grieg… Pfitzner, Verdi, Wagner…“
„Wagner!“ unterbrach ihn Frank mit stürmischer Begeisterung. Seine Augen weiteten sich freudig und erstrahlten mit einer solchen hellen Urkraft, daß Max seine langen Wimpern sofort wieder niederschlug, sobald sein scheuer Blick auf sie gestoßen war.
„Wagner“, wiederholte Frank ehrfürchtig.

Sie standen immer noch mitten auf dem Gehweg unter den Fenstern, aus denen die ungeübten Klavierklänge erschallten, und Frank nahm die ersten zarten Anzeichen dessen wahr, wie die ängstliche Zurückhaltung, die sie bis dahin so stark und verhängnisvoll getrennt hatte, zu tauen begann.

„Lohengrin?“ fragte Frank vorsichtig.

„Ja“, antwortete Max und fügte etwas zögerlich hinzu: „Eigentlich alles von ihm…“

„Auch Parsifal?“

„Ich würde sagen, besonders Parsifal“, erwiderte der Junge und lächelte ihn zum ersten Mal an. Es war ein schiefes, unbeholfenes Lächeln, die Mundwinkel zuckten nur ganz leicht nach oben, doch Frank enträtselte es und vertraute unverbrüchlich seinem starken Gefühl.

Sie bummelten nebeneinander ziellos durch die Straßen der lieblichen Kurstadt, sprachen miteinander, blieben stehen und gingen weiter. Zwar spürte Frank, daß die ursprüngliche wilde Scheu seines neuen Bekannten immer noch fortbestand, doch er sprach immer freier, immer offener:

„…und dann die Ouvertüre Nr.2 h-Moll! Ich habe eine alte Schallplatte von Karl Richter...“

Es fielen Namen, Werke über Werke, bis sie zum vierten Mal unter den üppigen Kaiserlinden auf der Hauptallee auftauchten.

Inzwischen wußten sie ziemlich viel voneinander. Das Gespräch floß und floß und wollte nicht enden, doch dann machte Frank unerwartet ein paar schnelle Schritte nach vorne, drehte sich um und blieb nun direkt vor seinem neuen Bekannten stehen.

Max, der in seinen schwärmerischen Gedanken gerade bei den Meistersingern verweilte, schreckte leicht zusammen, hielt inne und wich vor ihm sogar einen halben Schritt zurück.

„Max!“ sagte Frank sehr eindringlich. „Ich würde mich sehr freuen, dich als Freund gewinnen zu können. Kannst du dir das vorstellen?“

Max verfiel in einen Seelenzustand zwischen aufrichtiger Freude und vernichtender Verlegenheit. Er fühlte deutlich, daß er sich dieser

heftigen Entschlossenheit gar nicht zu entziehen vermochte. Sie forderte ihn aufs Ganze heraus, überrollte seine zarte zurückhaltende Natur mit einer Selbstsicherheit, der überhaupt nicht zu widerstehen war. Er schnappte nervös nach Luft, schlug seine Augen nieder und brachte es schließlich über die Lippen:
„Ich… ich würde dich auch sehr gern als Freund haben."
Frank streckte ihm augenblicklich seine Hand entgegen, Max reichte ihm unbeholfen die seine, wollte sie sogleich wieder zurückziehen, doch Frank hielt sie fest und schaute so lange in sein edles Gesicht, bis auch Max, in die Enge getrieben, seinem Gefühl endlich freie Bahn ließ und ihn erneut anlächelte.
Sie gingen wieder unter den schattigen Linden hin und her, blieben an sonnigen Stellen stehen, und Frank, als er den Augenblick für passend hielt, fragte seinen neuen Freund:
„Max! Kannst du mir vertrauen?"
Der Junge erschrak und wurde von einer neuen Welle unruhiger Vorahnungen übermannt.
„Ich versuche es", erwiderte er und fing an, nervös an seiner Unterlippe zu kauen.
„Bist du sehr einsam?" fragte der dunkelblonde Junge leise.
Ein schmerzerfülltes Lächeln flog über das Gesicht seines Freundes, und Frank schien es sogar, daß er um Fassung rang.
„Du hast es wahrscheinlich nicht bemerkt, daß wir heute nur von dem gesprochen haben, was wir als unsere Vergangenheit bezeichnen können", sagte Max und wandte sein Gesicht ab. „Über unsere Helden und Sagen, über unsere Musik und Dichtung…"
Er verstummte für einige Augenblicke und blieb stehen.
„Aber… aber was machen wir hier? In diesem Jahrhundert?" fragte Max verbittert, vergaß sogar die Schüchternheit und richtete seine traurigen Augen auf Frank. „Sind wir hier nicht hoffnungslos verloren? Sind wir nicht zu dieser Einsamkeit verdammt? Ich kann ihre starken Fesseln mit all meinen Sinnen wahrnehmen. Sie umkreist meine Seele. Sie verfolgt mich wie ein lästiger Schatten. Ich… ich habe schon längst aufgegeben, zu hoffen…

Meine Welt ist zwar schön, voll Zauber der Dichtkunst und märchenhafter Musik, doch diese Welt… sie ist menschenleer. Die Menschen, die diese Welt gelebt haben, sind schon längst tot… Frank! Siehst du denn nicht, daß die anderen… die anderen für sich eine andere Welt gewählt haben. Dazwischen liegen unüberwindliche Entfernungen… Lichtjahre… Wir reden zwar eine Sprache, aber wir verstehen einander kaum!

Damit ich nicht verrückt werde, spreche ich in Gedanken mit den Meistern. Meine Vorstellungskraft erweckt sie zum Leben… ja, zum echten Leben… ich spreche mit ihnen… Dann aber, wenn sie wieder gehen, frage ich mich voller Entsetzen, ob ich nicht das geworden bin, wovor ich fliehen wollte… ob ich nicht bereits seit langem von Sinnen bin?

Wenn es schon ganz unerträglich wird, versinke ich ganz in meine Welt. Ehrlich gesagt, bin ich fast immer dort... Dort kann ich alles vergessen, wirklich alles! In dieser Zeit bin ich selbst ein Teil dieser Musik, dieser Dichtung…

Doch… doch die Menschen, sogar die, die mir nah sind, können sich dafür nicht begeistern… Sie verstehen mich nicht! Sie sehen nur einen dunklen, nichts sagenden Schatten meines Selbst. Wenn ich ihnen auch etwas sagen würde, werden sie mich nicht einmal hören wollen. Sie entfernen sich dann womöglich noch mehr von mir! Das ist nicht ihre Welt!

Hör dir doch einmal ihre Sprache an! Ich erzittere jedes Mal, wenn ich sie sprechen höre. Sie werden zu Maschinen, als würde das Ziel ihres Lebens darin bestehen, im Menschen das Menschliche restlos zu vertilgen, alles Poetische im Keime zu ersticken.

„Higher level thinking“ zum Beispiel heißt bei ihnen so etwas wie planvoller Umgang mit Inhalts-Ideen auf verschiedenen Ebenen. Sie verstehen selbst nicht, wovon sie reden. Von welchen Ebenen? Sie glauben, daß sie sich hinaufschwingen, indem sie in Wirklichkeit nur noch immer tiefer hinabsteigen. Selbständigkeit heißt bei ihnen: Einbringung individueller Fähigkeiten in die gemeinsame Arbeit. Dabei ist ihnen gar nicht bewußt, woran sie arbeiten! Und

was bedeuten allein diese Wortschöpfungen: problemlösendes Verhalten, Lebensentwürfe… ausreichende Schnittmengen für den erfolgreichen Aufbau einer eheähnlichen Partnerschaft… Und das alles angewandt auf die menschlichen Gefühle, auf unsere Seele… lebendige Seele! Das ist doch ein echter geistiger Durchfall!
Einer sagte kürzlich, man solle Meinungsverschiedenheiten bearbeiten. Man kriegt Angst vor diesen Menschen! Angst! Sie wollen alles bearbeiten, aufarbeiten, verarbeiten! Sie wollen mit ihren Betonköpfen alles durchpflügen, was einem heilig ist! Technologien ausarbeiten, um auch noch die letzte lebendige Regung der Seele in ihren kalten Würgegriff zu bekommen! Sie werden jeden mit ihrem Unsinn in den Boden hineinwalzen! Sie haben eine erstaunliche Energie! Sie merken nicht einmal, daß das, was sie aufgearbeitet oder bearbeitet haben, zu dem wird, was ihr Magen nach der Verarbeitung übrigläßt.
Frank! Ich lebe in Wirklichkeit nur noch in meinen Träumen, und das Leben hier, unter diesen Menschen, ist nichts anderes als ein verfluchter böser Alptraum.“
Max stand wie benommen. Seine Hände zitterten leicht, und er merkte wohl selbst nicht, wie seine Augen feucht wurden.
„Ich bin so allein! Frank!“ flehte er ihn an. „Als hätte mich eine böse Macht auf den Mond geschleudert. Als stünde ich inmitten einer toten Wüste zwischen den fremden beängstigenden Kratern und die Erkenntnis dessen, daß alles, was mir lieb und teuer war, unwiderruflich auf dem wunderschönen blauen Planeten zurückgeblieben ist… daß ich es nie schaffen würde, diese kosmischen Weiten zu überwinden, zwingt mich auf die Knie. Ich sehe den unerreichbaren blauen Planeten meiner Träume so klar vor Augen… so schmerzhaft klar… Was ist da schon der Tod gegenüber der erschreckenden Sicherheit, daß sogar die Hoffnungen und Träume durch ein unabwendbares Schicksal nur noch der Vergangenheit gehören.
Frank! Mir geht es so, als würde ich nach langer erzwungener Trennung heimkehren. Beseelt von der Hoffnung, endlich mein

Heimatland... die allerliebsten Menschen, denen ich heilige Treue bis über den Tod hinaus geschworen habe, sehen zu dürfen. Doch ich sehe nur noch rauchende Trümmer und Leichen... und nun sinke ich erschüttert auf die Knie... und frage den Allmächtigen, warum er mich am Leben gelassen hat... warum?"
Er kaute verzweifelt an seiner Unterlippe und versuchte seine Gefühle in den Griff zu bekommen.
„Wie kann ich diesen Schmerz in Worte fassen?" sagte Max, nach passenden Worten suchend. „Denk an Josquin Desprez, an seine Beweinung des Todes von Ockeghem! Eine ganze Welt bricht zusammen, meine Welt! Doch ich beweine nicht meinen Tod, Frank! Ich beweine mein Leben! Der Tod ist eine Erlösung! Es ist mir die größte Mühe, hier zu bleiben."
Er verstummte, blickte unsicher mit seinen traurigen Augen zu seinem neuen Freund auf und stand nun vor ihm gebeugt und verzweifelt.
„Die Sehnsucht... die Sehnsucht nach den Liebsten... nach den längst verhallten Zeiten... sie ist so groß... Frank! Sie wächst... Am liebsten... am liebsten würde ich leichten Herzens alles zurücklassen und ihnen folgen... Ich will nicht um jeden Preis leben! Nicht um jeden Preis..."
Er senkte seinen Blick wieder zu Boden und sagte gänzlich verzagt und unglücklich: „Ich weiß nicht, warum ich noch hier bin."
Frank war zutiefst erschüttert. Er spürte, wie in seiner Brust alles zitterte, und das heiße Mitgefühl drohte sein Herz zu reißen.
„Die Menschen sind nicht so hoffnungslos verloren! Glaub mir!" beteuerte Frank. „Auch jetzt nicht!"
„Woher?" fragte Max mit flehender Stimme. „Woher weißt du das? Warum bist du dir dessen so sicher? Ich kann bei ihnen keine Sehnsucht nach all dem erkennen, was uns der Heilige Gral ist. Sie können sein helles Licht nicht mehr spüren."
„Du darfst nicht vor den Menschen flüchten! Du mußt einfach versuchen, ihnen in die Augen zu schauen! Die Schutzmauer zu durchbrechen. Damit sie dir vertrauen und sich ganz öffnen."

erwiderte Frank mit Nachdruck. „Dort! Dort spiegelt sich die menschliche Seele, ihr helles Licht! Schau hinein, tauche in die ganze Tiefe ein! Das wird dir mehr über Menschen sagen, als du es je für möglich gehalten hast! Du wirst es erkennen, daß der Mensch der gleiche geblieben ist und nur der Zeitgeist ihn so verkrüppelt und verschlossen hat. Schau ihnen in die Augen! Tauche hinein! Verstehst du?“
„Ich bin dafür zu schüchtern“, gestand Max entmutigt und ließ seinen Blick vertrauensvoll zu seinem Freund hinübergleiten. „Dagegen kann ich leider nichts tun. Wenn ich jemandem in die Augen schaue, so scheint es mir, daß nicht ich, sondern die anderen in mich eindringen.“
Bei diesen Worten machte Frank einen schnellen Schritt auf ihn zu und packte ihn mit beiden Händen fest an den Schultern. Max hielt inne und stand nun wie benommen, ohne es zu wagen, sich dieser stürmischen Gewalt zu widersetzen. Zuerst verwirrt von der unerwarteten Wendung, dann irgendwie doch merkwürdig verzaubert von seinem neuen Freund, als strahlte aus ihm eine geheimnisvolle Macht.
„Schau mir ruhig und lange in die Augen!“ sagte Frank mit leiser, aber doch sehr ernster und eindringlicher Stimme. Sie klang in Max’ Ohren wie ein sanfter Befehl, dem er willig gehorchte. Mit großer Überwindung richtete er seinen unsicher umherschweifenden Blick auf seinen Freund und stieß auf seine glänzenden Augen.
Wie ein heller Blitz trafen ihn die Augen von Frank und ließen seinen Blick sofort wieder flüchten. Max konnte sie nicht einmal genau erkennen, kaum in Erinnerung behalten. Es war etwas Unsagbares! Eine unbekannte Naturgewalt, die auf einen losbricht und den Atem zum Stehen bringt.
„Verzeih mir...“, stotterte Max undeutlich und wurde rot, „ich kann es nicht.“
Er verstummte, schaute wieder auf Frank, sogar direkt in sein Gesicht, doch nun ließ diese unbekannte Kraft in den Augen seines Freundes deutlich nach. Sie loderte jetzt irgendwo in der Tiefe seiner

Seele, und nur einzelne Flammenzungen stiegen empor und spiegelten sich darin.
„Max! Du hast viele, viele Geheimnisse“, flüsterte sein Freund entrückt. „ Du vertraust mir nicht. Du bist nicht schüchtern, du bist stark! Sehr stark!“
Max lächelte verlegen.
„Du täuschst dich, Frank“, erwiderte er mit klagender Stimme. „Ich… ich fühle mich so schwach… so kraftlos…“
Franks Erregung flackerte wieder auf.
„Das ist nicht wahr! Du hast bloß panische Angst davor, daß jemand in deine Geheimnisse eindringt. Es ist unmöglich, daß ich mich in dir getäuscht habe… doch nicht in dir… nicht in dir!“
Max erschrak bei diesen Worten und richtete sich sofort auf.
„Ich probier's noch einmal“, sagte er entschlossen und holte Luft. Eine Weile stand er regungslos, dann biß er sich in die Unterlippe und warf schicksalsgläubig seinen verzweifelten Blick hoch.
Das, was Max sah, waren keine Augen. Zwei große verschwommene Lichtwolken bewegten sich auf ihn zu, wurden immer größer, vereinigten sich und ergossen sich über die ganze sichtbare Welt. Es war ein hellgraues uferloses Meer, über dem Max nun in unglaublicher Höhe schwebte, wie von einem unsichtbaren Faden gehalten. Er bewunderte den atemberaubenden Anblick, der wie ein frischer Frühlingswind in seine Seele hineinwehte. Keine Gedanken quälten ihn, keine Sorgen, nur ein unbeschreibliches Gefühl einer noch nie zuvor erlebten Leichtigkeit und Glückseligkeit ergoß sich über seine Sinne. Er versuchte, in dieser Welt noch mehr zu erkennen, doch der unsichtbare Faden riß, und Max, ohne jeglichen Halt zu finden, stürzte im freien Fall in die Tiefe… Hilflos und doch bezaubert raste er dem unendlichen Hell entgegen, bis alles Sichtbare verschwand und seine Sinne, von einem milchigen Weiß benebelt, im Nichts zergingen…
Als er die Augen wieder aufmachte, lag er auf dem Boden. Das erste, was er erkennen konnte, war das tief besorgte Gesicht seines neuen Freundes. Er kniete vor ihm, hielt vorsichtig seinen Kopf in

beiden Händen und machte sich offensichtlich große Vorwürfe. Max konnte sich sehr genau an alles erinnern. Nur wußte er nicht, wie lange er schon so bewußtlos auf dem Boden lag.
„Verzeih mir, Max!“ sprach Frank besorgt und half ihm wieder auf die Beine. „Das hätte ich nicht machen dürfen.“
Doch Max wirkte immer noch benommen, und die Worte flogen an ihm einfach vorüber. Sein gewelltes Haar zeigte keine Spur mehr von Ordnung und die smaragdgrünen tiefsinnigen Augen schauten ihm so kindlich schutzlos entgegen, daß Frank unwillkürlich lächeln mußte.
„Hast du dich nicht getäuscht?“ fragte Max leise, und besorgte Funken sprühten wieder aus seinen Augen.
„Natürlich nicht, Max!“ ermutigte ihn Frank und klopfte gelben Staub von seiner Schulter.
„Daß ich ohnmächtig wurde... das passiert bei mir manchmal“, gestand der Junge offenherzig, während sein blasses Gesicht wieder an Farbe gewann.
„Du bist sehr sensibel. Du bist ein geborener Künstler!“ sagte Frank voller Begeisterung.
„Nein, nein“, erwiderte er verlegen. „Ich bin es leider nicht.“
„Hast du schon was gemalt oder komponiert?“
„Nur im Geiste“, lächelte Max.
„Oder vielleicht geschrieben?“ bohrte Frank unablässig weiter und beobachtete dabei sehr aufmerksam das Gesicht seines Freundes.
Max wurde erneut von einer seltsamen Unsicherheit ergriffen.
„Brauchst du nicht zu sagen!“ sagte Frank entschlossen. „Du hast geschrieben, und zwar viel!“
„So viel war es auch nicht“, entgegnete Max. „Nur einige Kapitel und Skizzen.“
„Aber wie du schon selbst gesagt hast, im Geiste! Im Geiste hast du doch viel mehr geschrieben! In deinen Augen kann man alles lesen.“
„Wirklich alles?“ erschrak Max und wurde auffallend unruhig. „Steht dort alles geschrieben?“

„Nein, nein, natürlich nicht alles. Das war eine Übertreibung! Aber... aber wenn ich dich etwas frage, dann werde ich es ganz genau wissen, ob du mir die Wahrheit gesagt hast oder nicht."
„Bist du dir dessen so sicher?" fragte Max verwundert und sogar mißtrauisch.
„Komm, wir machen ein Experiment!" schlug Frank vor und wurde immer heiterer.
Er fühlte sich mit Max so wohl und sogar glücklich, als wären sie seit Kindesalter untrennbare Freunde gewesen.
„Was darf ich dich fragen?"
„Eigentlich alles", entgegnete Max.
„Wirklich?"
„Ja", bestätigte er und blickte wieder verängstigt auf seinen angriffslustigen Freund.
„Gibt es jemanden in der Klasse, in den du dich verliebt hast?" fragte Frank.
Max stand auf einmal ganz verloren und spürte, wie sein Gesicht und die Ohren rot anliefen.
„Da brauchst du nicht einmal zu antworten!" sagte Frank und konnte seine Heiterkeit kaum noch bezwingen.
Max aber stand immer noch wie versteinert und starrte auf den Boden.
„Frank", sagte er flehend zu ihm, „ich habe eine große Bitte."
Die Heiterkeit verflog im Nu von Franks Gesicht. Sein Gespür vernahm sofort den wechselnden Seelenzustand seines Freundes.
„Ja, Max", sagte er vorsichtig. „Sprich!"
„Frag mich bitte nicht mehr danach, wer das ist! Laß mir dieses eine Geheimnis! Versprich mir, daß du mich danach niemals fragen wirst! Alles andere vertraue ich dir beim ersten Verlangen an. Ich schwöre es dir bei allem, was mir heilig ist. Nur dieses einzige Geheimnis. Nur dieses!"
Schutzlos und ergeben stand er vor seinem neuen Freund.
„Ich verspreche es dir", sagte Frank, ohne zu zögern. „Aber glaubst du wirklich, daß du es verbergen mußt? Daß du es verbergen kannst?

Wenn ein Mensch wie du etwas zu verbergen sucht, so muß er schrecklich leiden."
„Trotzdem!" wehrte sich Max. „Ich bin bereit zu leiden."
„Keine Frage!" beruhigte ihn Frank. „Das darfst du ohne weiteres für dich behalten."
„Bist du dann trotzdem mein Freund?" fragte Max unsicher und schaute voll banger Erwartung auf den dunkelblonden Jungen.
„Natürlich, Max!" erwiderte Frank freudestrahlend. „Ich bin dein Freund!"
Max schritt neben seinem neuen Freund, und sein Herz schwelgte im siebten Himmel. Er fühlte sich so leicht, so glücklich, daß er kaum noch die Tränen zurückhalten konnte. Am liebsten hätte er jetzt seine Hand ergriffen und nicht mehr losgelassen. Doch an so was konnte er im Ernst nicht einmal denken! Er begleitete Frank bis zur Bushaltestelle und ging erst dann weg, als der brummende Bus schon lange aus seiner Sichtweite verschwunden war. Zunächst hatte er Angst, daß dieses erhebende Gefühl nach dem Abschied aus seiner Seele schwinden könnte. Doch er täuschte sich! Es war wie in einem unendlichen Märchen, wie in einem süßen Traum: Nach diesen knappen Stunden fühlte er mit seiner ganzen Seele, daß er zum ersten Mal im Leben einen echten Freund hatte und nur noch der Tod allein imstande wäre, sie zu trennen. Dieses Glück wuchs in ihm, breitete sich aus und gewann erst recht an Stärke, so daß er es schon bald nicht mehr aushalten konnte. Er lief beglückt nach Hause, stürzte in sein Zimmer und drückte die beiden Hände fest ans Gesicht. Es war heiß, genau wie seine Tränen.
„Ich habe einen Freund! Einen echten Freund…", drehte es sich in seinem Kopf, und die Erinnerung an den atemberaubenden Sturz in den hellen Ozean tauchte vor seinem geistigen Auge mit neuer Kraft auf…

Der Dichter

Die ganze unendliche Zeit im Unterricht quälte sich Max unheimlich. Er blickte verstohlen zu Frank, sah, wie Anna und Julia mit allen erdenklichen weiblichen Künsten und unübersehbarer Heftigkeit um die Gunst seines Freundes geworben hatten, und verfiel dabei in bitterste Verzweiflung, unfähig, sich seinem Freund zu nähern, ihm ein Zeichen seiner innigsten Zuneigung zu geben. Und er wußte selbst nicht, wohin das Ganze führen würde, wenn er nicht dann und wann seinen hellen Blick gefangen hätte. Jedes Mal durchströmte ihn dabei ein berauschendes Gefühl und ließ die quälende Sehnsucht nach ihm ein wenig zurückweichen, ja selbst ein kleines Stück von seinem gestrigen Glück wiedergewinnen.
Als der Unterricht zu Ende war, konnte er seine Aufregung kaum noch beherrschen. Er blieb absichtlich auf seinem Stuhl sitzen, wartete geduldig, bis die Schüler nach und nach aus dem Raum gingen, und mußte schließlich bestürzt zusehen, wie auch Frank in Begleitung von beiden schönen Mädchen den Klassenraum verließ. Nur noch ein leises Abschiedslächeln warf er in seine Richtung, nur einen einzigen flüchtigen Blick.
Tief über seine Schulbank gebeugt und unglücklich saß er ganz allein und konnte die Welt nicht mehr verstehen. Der himmelhohe Turm seiner Hoffnungen stürzte augenblicklich in sich zusammen und ließ keinen rettenden Gedanken mehr übrig, keine Erklärung. Hatte er über ihn gestern bloß gelacht? Einfach einem launigen Wunsch nachgegangen, ihn wie eine harte Nuß zu knacken, um dann einen zynischen Blick ins Innere zu werfen und die zertrümmerten Schalen gleichgültig unter die Füße fallen zu lassen?
Max saß auf seinem Stuhl und wurde von einem sehnsüchtigen Verlangen erfaßt, seine Augen niederzuschlagen und spurlos von dieser Welt zu vergehen. Er wußte selbst nicht, wie er aufgestanden war und aus der Schule ging. Wie im Traum stieg er die grauen Stufen am Eingang hinab und blieb niedergeschlagen im großen Schulhof stehen.

„Max!“ hörte er plötzlich die so bekannte Stimme, die ihn augenblicklich zusammenzucken und erschaudern ließ. Sogar seine schwere Schultasche fiel ihm aus der Hand.
Frank blieb dicht vor ihm stehen, und sein helles Gesicht strahlte ihm freudig entgegen. Max atmete heftig durch die Nase, schluckte krampfhaft hinunter, versuchte sogar zu lächeln, doch die verräterischen Augen schwammen noch in Tränen. Zu groß war die Freude, als daß er jetzt zu sprechen fähig wäre. Seine langen Wimpern zitterten und man sah ihm deutlich an, daß das gnädige Schicksal ihn zum zweiten Mal erfahren ließ, was ein echtes Glück bedeutete.
„Ich habe auf dich gewartet“, sagte Frank munter und schaute erheitert auf den gänzlich überwältigten Max.
„Was ist mit meinem Freund?“ fragte der dunkelblonde Junge und versetzte ihm einen Klaps auf die Schulter.
Max konnte immer noch kein Wort von sich geben, lächelte ihm nur glücklich zu und die beiden wanderten nach dem westlichen Stadtrand hinaus.
Max kam nach der erlebten Erschütterung immer mehr zu sich, wurde gesprächig, zeigte dem neuen Freund seine Lieblingsplätze und führte ihn schließlich zur Dunsthöhle. Sie zählte zu den wichtigsten Sehenswürdigkeiten, befand sich ein wenig abseits der Stadtmitte und wurde vor einigen Jahren sehr aufwendig ausgebaut.
Anfangs war es eine kleine tiefliegende Höhle, aus der gasförmiges Kohlendioxid ausströmte. Sie wurde mit einem sehr schönen runden Glasgebäude überbaut, das sich an einer Seite der großen kraterähnlichen Erdvertiefung befand. Eine fünfzehn Meter lange Steintreppe führte zu diesem Glasbau hinunter, und an den steil abfallenden Hängen des Kraters zogen sich in halbrunden Reihen, wie in einem altertümlichen Amphitheater, Holzbänke, auf denen Kurgäste an schönen Tagen Ruhe genießen konnten. Mächtige Bäume säumten die ganze Anlage und ließen die Gegend wie einen echten Park aussehen. Hierher waren die beiden Freunde gekommen, saßen nun allein auf einer Bank und schauten zum runden Glasbau der Dunsthöhle hinunter.

„Hier bin ich oft gewesen“, sagte Max, „sehr oft!“
„Was ist das?“ fragte sein Freund und zeigte mit einer knappen Kopfbewegung auf das runde Gebäude.
„Das ist die Dunsthöhle“, entgegnete Max mit geheimnisvoll gedämpfter Stimme. „Da drin ist eine runde, zweieinhalb Meter tiefe Grube. Sie ist voll mit Gas! Es ist schwerer als die Luft, und daher ist die Grube fast immer bis zum Rand mit diesem Gas gefüllt. Da muß aber noch was anderes drin sein...“ Er machte eine vieldeutige Pause und fuhr dann mit seiner Erklärung fort: „Wenn man in die Tiefe steigt und nur sechsmal da unten einatmet, so wird man bewußtlos und stirbt. Ganz ohne Schmerzen!“
Frank richtete seine weit geöffneten Augen direkt auf Max und in ihnen spiegelte sich angsterfüllte Sorge.
„Max!“ stieß er plötzlich aus und faßte gefühlvoll seine Hand. „Du mußt den Weg hierher vergessen!“
Max, dessen stille zurückhaltende Natur wieder mal von der stürmischen Dominanz seines Freundes überrannt wurde, hielt inne und wagte es nicht, seine Hand zurückzuziehen.
„Du bist so sensibel, Max, so empfindsam“, sagte Frank mit einer warmen Stimme und ließ sie wieder los.
„Ich kann dagegen nichts tun“, entgegnete er verzweifelt. „Wenn es nur meine Schüchternheit wäre, dann ginge es noch halbwegs.“
Max schwieg eine Weile.
„Es ist auch mit anderen Dingen so. Nehmen wir mal einen kleinen Nadelstich! Für einen normalen Menschen ist es eine Belanglosigkeit, die er vielleicht schon im nächsten Augenblick vergißt. Für mich aber, Frank! Für mich ist es ein echter Schwertstich, als hätte mich eine wuchtige Lanze durchbohrt... allein die Vorstellung davon!“
Er saß verzagt neben seinem Freund, und seine Stimme füllte sich immer mehr mit stiller Bitterkeit.
„Nicht anders ist es im Verhältnis zu den Menschen. Wenn mich jemand nur einmal böse anblickt oder über mich lacht, so spüre ich das wie die Folter, wie einen Schlag, der noch Tage danach

schmerzt. Ist das nicht traurig, Frank? Wie kann man so leben?“
Er biß sich wieder in die Unterlippe und sah sehr unglücklich aus.
„So zu fühlen ist eine Gnade“, erwiderte Frank mitleidend. „Nimm das nicht so tragisch!“
Doch Max verzweifelte noch mehr.
„Verzeih mir, wenn du es kannst! Ich klage wieder zu viel. Ich weiß, daß ich dich damit nur belaste, und wenn ich damit nicht aufhöre, wirst auch du mich irgendwann verlassen...“, sagte er leise, doch Frank unterbrach ihn augenblicklich.
„Das ist nicht wahr, Max!“ erwiderte er heftig. „Ich höre dir gerne zu. Erzähl mir alles! Ich will alles wissen! Woran hast du gedacht, als du vor diesem Gebäude gesessen hast?“
„Ich bin im Leben nicht zu gebrauchen“, seufzte Max wehmütig. „Ich kann nicht einmal das, was für andere selbstverständlich ist. Wenn ich einen Hammer in die Hand nehme, so rutscht er mir im gleichen Augenblick wieder herunter. Nicht, weil ich es nicht könnte! Vielleicht würde ich es sogar lernen können. Doch es wäre für mich die größte Pein. Eine Heldentat, für die ich nicht bereit wäre! Ich kann nur das machen, wofür ich mich gerade begeistern kann. Dann kann ich tage- und nächtelang schreiben. Sobald ich diese Beschäftigung aber als Zwang empfinden würde, wäre es auch damit endgültig aus und vorbei. Eine Arbeit im üblichen Sinne wäre für mich eine unerträgliche Qual. Nicht einmal einen Monat würde ich durchhalten können. Ich sterbe dann! Ich habe dafür überhaupt keine Kraft. Man würde mich bestimmt für einen faulen Nichtsnutz halten. Für einen Parasiten! Ich würde es ihnen auch nicht erklären können! Die Menschen werden mich verachten, Frank! Verachten! Ich habe schreckliche Angst davor!
Ich weiß nicht einmal, was ich studieren sollte. Ich kann nur ein bißchen schreiben und würde mich vielleicht damit mein Leben lang gerne beschäftigen. Das kann man aber sowieso nicht in einem ordentlichen Studium erlernen. Und außerdem muß man dort auch Vorlesungen besuchen! Seminare, Prüfungen, Testate! Mir graut davor, Frank! Und überhaupt! Wer braucht schon das alles? Wer

braucht heute noch Gedichte? Wird jemand dafür überhaupt etwas zahlen wollen, damit ich mich halbwegs ernähren kann?
Die Leute um mich herum klagen manchmal, daß das Leben in unserer Kurstadt zu still sei, sie fühlen sich wie auf einem verfallenen Friedhof. Sie haben so viel Kraft, so viel Drang in sich! Mir geht es aber ganz anders.
Das Leben, Frank, ist für mich ein stürmisches dunkles Meer, in dem ich verzweifelt um mein Leben kämpfe, hilflos und ängstlich um mich herumschaue und kein rettendes Ufer finde! Kein Schiff, kein Stück Treibholz, an dem ich mich festklammern und zumindest einige Augenblicke ausruhen könnte. Nur noch dieses kalte beängstigende Meer. Wenn du dich so mit letzter Kraft an der Oberfläche zu halten versuchst, blitzt irgendwann in dir wie von selbst ein erlösender Gedanke, eine Frage: warum du überhaupt noch zu schwimmen versuchst? Wohin? Wozu? Wenn es weit und breit nichts außer diesem aufgewühlten feindlichen Meer gibt? Man ist von einem sehnsüchtigen Verlangen erfaßt, einfach aufzuhören, sich von den kalten Wassermassen nach unten ziehen zu lassen und zu vergehen.
Wenn jemand nicht weiß, was Dekadenz bedeutet, so sollte er einfach mich ansehen!
Wer braucht solche Menschen wie mich?"
Max saß einige Minuten schweigend und starrte angestrengt auf das Glasgebäude der Dunsthöhle.
„Ich entstamme einem bekannten Geschlecht, das dieses Land jahrhundertelang mitgestaltet hat. Es gab Wissenschaftler, Generäle, Geistliche! Wenn du ihren Lebensweg vor Augen hast, so fällt es dir sofort auf, daß sie alle Charakter hatten, sie waren stark. Nur der Tod allein konnte sie aufhalten. Ich fühle mich mit ihnen so stark verbunden, so stark, Frank! Ich bin stolz auf sie! Doch ich… ich bin anders. Wenn sie mich jetzt von ihrer Höhe sehen können, dann schämen sie sich meiner. Und ich weiß, daß sie recht haben!"
„Sie werden noch stolz auf dich sein. Glaub mir!" entgegnete sein Freund.

„Ach, Frank! Du willst mich bloß beruhigen."
Max verstummte und ließ den Kopf mutlos hängen. So saßen sie, bis er wieder zu Frank aufblickte.
„Siehst du diese Kiefer?" fragte er leise und zeigte auf einen riesigen Baum.
Frank nickte ihm schweigend zu.
„Dort habe ich einen großen Stein abgelegt."
„Wozu?"
„Um die Glasscheibe dort unten einzuschlagen", erklärte Max und zeigte auf das runde Gebäude der Dunsthöhle, „sonst kommst du da nicht rein!"
„Hast du ihn schon mal hochgehoben?"
„Nein!" stieß Max erregt aus. „Das ist ein Schicksalsstein! Wenn man schon so weit ist, daß man ihn mit den Händen anfaßt, dann muß man ihn auch gegen die Glasscheibe knallen. Es ist wie ein Rubikon. Verstehst du? Dann gibt es kein Zurück mehr! Wenn man schon so weit kommt, dann kann man nur noch weiter gehen, für den Rückweg wird wohl die Kraft nicht mehr ausreichen."
Mit unruhigen Augen schaute Frank auf seinen Freund und erwiderte heftig: „Ein Zurück gibt es immer, Max! Immer!"
Sein Freund antwortete nichts darauf und so saßen die beiden nebeneinander und schwiegen.
„Jetzt habe ich auch dir die Laune verdorben", sagte Max nach einer langen Pause.
Frank sah tatsächlich niedergeschlagen aus.
„Ich habe gehofft, daß du dich gestern ein wenig besser gefühlt hast", sagte er seinem Freund.
„Ja, ja! Es ist jetzt vorbei!" erwiderte Max leicht verlegen und sichtlich bemüht, das Mißverständnis zu beseitigen. „Es war damals."
„Dann versprich mir, daß du es nie tun wirst!" forderte Frank mit bereits gewohntem Nachdruck, während er in seine scheuen Augen zu blicken versuchte.
„Du willst doch von mir eine ehrliche Antwort haben?" fragte Max. „So wie ich es dir gestern versprochen habe?"

„Natürlich!“ bestätigte Frank erwartungsvoll.
Max schwieg eine Weile und wandte schließlich sein Gesicht ganz zur Seite ab: „Ich kann dir nur versprechen, daß ich es nicht versuchen werde, solange du da bist.“
Franks Gesicht hellte sich auf, die Sorge schwand aus ihm, und nur noch Spuren aufrichtigen Mitleids blieben in seinen Zügen.
„Max!“ sagte er mit einer warmen Stimme. „Ich bin da!“
Der Junge schaute ein wenig mißtrauisch in seine hellen Augen, doch dann hellte sich nach und nach auch sein Gesicht.
„Na dann… dann sehe ich auch keinen Grund mehr, darüber zu reden!“ stieß er im Anflug unerwarteter Heiterkeit aus.
Er erhob sich, lächelte seinen Freund an und begab sich zur Treppe, die aus dem Krater hinaufführte.
„Komm, laß uns gehen! Verlassen wir den Ort des Grauens!“ stieß Max mit pathetisch überhöhter Stimme aus.
Frank nahm seine Schultasche und ging hinterher.
„Max! Hast du schon viele Gedichte geschrieben?“ fragte er seinen Freund, der nun wieder nachdenklicher wurde.
„Nur ab und zu… Sie kommen manchmal, wenn die Stimmung da ist… aber sie sind nicht reif“, erklärte er mit spürbarem Widerwillen, als wollte er das Thema möglichst schnell wechseln.
„Kannst du mir einige davon vortragen?“
„Ich schreibe sie nicht auf“, erwiderte Max. „Außerdem habe ich ein schwaches Gedächtnis.“
„Schade!“ seufzte Frank enttäuscht. „Ich hätte vieles dafür gegeben, um deine Gedichte zu hören.“
Max richtete vorsichtig die Augen auf Frank, und auf sein feines Gesicht legte sich ein deutlicher Schatten des Mißtrauens.
„Ist es für dich wirklich so wichtig?“
„Ja!“ bestätigte Frank mit entwaffnender Ehrlichkeit, so daß Max sich seiner Frage sogar zu schämen begann.
„Ich kann aber, wenn du willst, ein Gedicht zusammenreimen“, sagte er schnell, um dieses unangenehme Gefühl loszuwerden. „Für dich.“

„Wie?“ wunderte sich Frank. „Einfach so? Aus dem Gefühl heraus?“
„Es werden natürlich keine Wunderwerke sein“, rechtfertigte sich der Junge. „Du mußt mir aber das Thema vorgeben.“
„Und du wirst sofort mit einem Gedicht loslegen?“
Max schwieg leicht verschämt und nickte ihm zu.
„Machen wir doch eine Probe!“ schlug Frank begeistert vor. „Stell dir mal bildlich vor: erbarmungslose Einsamkeit, die quälende Sehnsucht nach echter Liebe… sie ist so groß, daß man bereit ist, für ein kurzes Glück selbst mit dem restlichen Leben zu bezahlen. Kannst du dir das vorstellen?“
„Ich versuch’s“, sagte Max und schlug seine Augen nieder.
Frank beobachtete aufmerksam sein edles Gesicht und glaubte deutlich zu sehen, wie die wechselnden Gefühle, unruhigen Wogen gleich, darüber hinwegzogen.
Kaum einige Sekunden waren verflossen, und schon begann sein Freund gefühlvoll vorzutragen:

O Einsamkeit! Sind deine Winde rauh.
Wie schaurig kalt umarmen deine Hände.
Erbarme dich! Gib meine Seele frei!
Laß deine dichten Nebel langsam weichen!

Und dann ersteht vor meinen Augen sie
In hellem Licht des vollen Mondes,
Und dann vergeß ich freudig alle die,
Die jetzt noch leben oder längst verstorben.

Und wenn ich dann mein volles Glück erkannt,
Wenn ich vor Gott auf meine Knie sinke,
Umnachte mich mit deinem kalten Hauch
Und laß mich dann wie Laub zu Boden sinken…

Max öffnete die Augen und zog seine Brauen sorgenvoll zusammen. „Nein, nein! Vergiß es! Es sind nur einzelne Zeilen, die gelungen sind. Das Ganze aber fügt sich nicht zusammen. Es fällt auseinander! Der Anfang ist überhöht. Dazu noch dieser lästige Doppelgänger mit dem „sinken". Nein, nein! Es gibt das Gefühl nur teilweise wieder. In einem Gedicht aber muß es wie im echten Leben sein: entweder – oder…"
Er wurde unruhig und die Enttäuschung zog ihn immer mehr in ihren vernichtenden Bann.
„Ich bin doch kein Dichter", stellte er resignierend fest.
Erst jetzt bemerkte Max die ungewöhnliche Schweigsamkeit seines Freundes und sah sich gezwungen, die Augen zu heben. Franks Gesicht leuchtete vor stiller Begeisterung. Er griff wieder nach seiner Hand und drückte sie beherzt zusammen.
„Max! Das war schön!" stieß er freudig aus. „Wirklich schön!"
Max lächelte unbeholfen.
„Übertreibst du nicht?"
„Auf keinen Fall!" bestätigte Frank.
„Die russischen Gedichte sind bestimmt schöner", sagte Max traurig. „Ich habe mir einmal eine CD mit russischen Romanzen angehört. Ein Lied hat mich so mitgerissen, daß ich es mir mindestens zehnmal angehört habe. Ich war von der Tiefe seiner Romantik überwältigt! Obwohl ich kein einziges Wort verstanden habe! Andererseits kann ich mir nicht vorstellen, daß die Musik allein, ohne Stimme, ohne Worte mich dermaßen beeindruckt hätte."
Franks Augen leuchteten auf.
„Das ist die höchste Poesie! Die Musik an sich erreicht dein Herz unmittelbar und läßt dich zügellos umherschweifen. Kommt aber eine Gottgesegnete Stimme dazu, so leitet sie dich allein durch die Farbe ihrer Stimmung. Wobei du nicht einmal die Worte verstehst! Auch wenn du sie verstehst, dringen sie in diesem Fall fast unmittelbar in deine Gefühlswelt ein. So daß du dich später oft nicht einmal an sie erinnern kannst! Du nimmst nur das Gefühl auf, das diese Worte beim Sänger auslösen. Das ist eine Gratwanderung am Rande

der Wirklichkeit! Je feiner der Übergang, je höher der Grad der Abstraktion, die uns zumal nur noch hauchdünn ahnen läßt, desto stärker ist die Wirkung."

„Wie meinst du das?" fragte Max besorgt. „Gleiten wir dann nicht ins Gegenstandslose, zur abstrakten Kunst?"

„Im Gegenteil!" erwiderte Frank. „Du hast mir doch gestern selbst gesagt, daß die Gegenwart von zwei Extremen beherrscht wird. Einerseits Werke nach Machart einiger zeitgenössischer Schlager, andererseits die moderne Kunst.

Wenn wir, um bei deinem Beispiel zu bleiben, die deutschsprachigen Schlager unter die Lupe nehmen, stellen wir sehr schnell fest, daß viele von ihnen bar jeder Poesie sind. Ihre Welt ist grob, ihre Werkzeuge sind Brechstange und Schaufel! Sie haben mit unseren wunderschönen Volksliedern und erhabenen Werken der abendländischen Kultur nichts gemein. Sie spiegeln nur die vulgäre Mentalität unserer Zeit wider! Die Schöpfer dieser selbsternannten modernen Volksmusik arbeiten unermüdlich am gewaltigen Monument menschlicher Dummheit, auf dessen Müllhalde ihre Wunderwerke schließlich landen werden. Sie sind von einem einfältigen Glauben beseelt, daß es ausreicht, ein paar romantisch anmutende Ausdrücke einfach in ihre unsinnigen Texte einzurühren, und schon wäre ein Lied fertig. Sie besingen nur noch ‚diese oder jene Nacht', wobei sie natürlich nicht den Höhepunkt der Liebe an sich meinen, nicht das helle erhebende Gefühl zweier Menschen, die von innigster Sehnsucht und Hingebung ergriffen sind, sondern den sinnlichen Beischlaf mit einem reizenden, beliebig auswechselbaren Partner. Oder sie werden gar anzüglich: ‚ich in dir – du in mir', bis zu den vulgärsten anatomischen Details."

Max folgte seinen Ausführungen sehr aufmerksam und war erheitert. Er lächelte sogar einige Male und fühlte sich wieder leicht und fröhlich, während Frank in seiner überspitzten Darstellung noch eins drauflegte: „…oder sie steigen in die Abgründe der sogenannten kommerziellen Lyrik hinab. Sie besingen, offensichtlich im Auftrag von Reiseunternehmen, irgendwelche exotische Insel-

gruppen oder Länder, um die Reiselust der hiesigen Verbraucher zu steigern. Dabei geschieht es wiederum vor dem Hintergrund eines erotischen Abenteuers irgendwo am blauen Meer, auf dem goldenen Strand, unter irgendwelchen Sternen…
Wenn es nur nicht so problematisch wäre, die zum Preis unbedingt dazu gehörende Endung ‚neunundneunzig' mit dem oft umständlichen Namen der Reisegesellschaft in einem solchen Lied zu reimen, so würden sie es sicherlich tun.
Genau so aber verfehlt ihren Zweck die abstrakte Kunst. Denn sie sucht nicht nach Wegen, das Gefühl möglichst genauer zu treffen, um es in einem Menschen um so ursprünglicher, unverfälschter auszulösen, sondern negiert jeden Bezug zur natürlichen Gefühlswelt eines Menschen. Sie verkommt zu einem Rätsel. Sie wendet sich nicht an die Seele des Menschen, sondern an dessen nackte Vernunft, und verfehlt dadurch das eigentliche Ziel der Kunst, den Menschen zu erheben, ihn an seine Gottähnlichkeit zu erinnern!
Mit abstrakter Kunst sind wir heute bestimmt weitergekommen als mit des Kaisers neuen Kleidern. Nur damals war das mehr oder weniger in ironischer Überspitzung gemeint. Bei uns aber geschieht es mittlerweile im echten Leben!
Um ein erhabenes Kunstwerk zu schaffen, braucht man Werkzeuge, die feiner sind als die der Uhrmacher. Werkzeuge, die Gott in deine Hände gelegt hat! Viele Gedichte, die wir zu Recht als schön und poetisch bezeichnen, sprechen den eigentlichen Gegenstand lediglich in verschleierter Form an, sie flüstern zu uns in Geheimnissen, unsichtbar und mystisch leiten sie uns über den Rand unserer Sehnsucht in völlige Verzückung. Sie lassen sich nicht erklären!
Aber du! Du brauchst es nicht zu wissen. Du trägst es in dir! Dich leiten nicht meine Worte, du gehst den Weg deiner Bestimmung, du folgst deiner inneren Intuition!"
Max, bezaubert vom heftigen Lob seines Freundes, wagte nicht mehr zu widersprechen und ergab sich restlos seiner sanften Gewalt, die ihn mehr und mehr benebelte. Frank sang ihm eine schöne lyrische Melodie vor, nahm ihn entschlossen aber rücksichtsvoll

an den Schultern und stellte ihn einen Schritt vor sich hin.
„So!“ sagte er zufrieden. „Ich gebe dir nun einige Schlüsselworte aus diesem russischen Lied: leeres Zimmer, hereinbrechende Nacht, Vollmond, das Ticken der Wanduhr, die Sehnsucht nach einem unerreichbaren lieben Menschen, der vielleicht nur in deinen eigenen Träumen lebt… Und diese Musik!“
Max hörte sehr aufmerksam zu, überwand seine Scheu und tauchte einige Male ganz kurz in Franks große helle Augen ein, während die Aufregung in ihm wieder anstieg. Tief in den grünen Augen loderten geheimnisvolle Flammen auf, und ihre Funken sprühten immer mehr nach außen. Als schaute er in diesem Augenblick weit über den Rand dieser sichtbaren Welt, zu den unbekannten Ufern seiner Sehnsucht…
„Ich glaube… ich glaube, ich hab’s“, stammelte Max, „warte nur… warte… Das ist aber kein reines Gedicht… der Reim ist zu gedrängt… es ist nur in Verbindung mit der Melodie dieses russischen Liedes gültig… verstehst du… sie klingt jetzt in mir…“
Er schwieg einige Sekunden, dann begann er sehr schön und mit großem Gefühl vorzutragen:

Leer und still in meinem Zimmer,
nur die Kerzen flackern hier,
nur des hellen Mondes Schimmer
wie ein langer Weg zu dir.

Nur die Nacht auf leisen Sohlen
Schleicht durchs Fenster wie ein Dieb,
Nur das traute Lied des Windes
In dem Schornstein klagt so lieb.

Nur die Uhr mit dumpfen Schlägen
Mißt der Stille langen Kreis,
Nur die Sehnsucht alter Lieder
Färbt den alten Schmerz in Weiß.

Leer und still in meinem Zimmer
Nur die Kerzen weinen hier,
Nur der Zauber deiner Augen
Leuchtet irgendwo in mir.

Du erscheinst in leichten Kleidern
Meiner Träume hellster Wahn,
Schon erschallt in meiner Seele
Deiner Schritte süßer Klang.

Endlich spür ich deine Nähe,
Deiner Lippen helles Rot.
Endlich gehst du letzte Schritte,
Greif nach dir, schon bist du fort.

Fort sind deiner Wärme Spuren,
Längst verhallt der süße Klang,
Nur noch meiner Seele Sehnsucht
Bleibt mit mir mein Leben lang…

Seine Stimme verstummte, doch das einfach gereimte Gedicht hallte immer noch in Franks Ohren nach. Max stand still vor seinem Freund und wagte es nicht, aufzublicken.
„Du bist ein geborener Dichter, Max!“ sagte Frank in stiller Verzückung. „Du bist ein lebender Beweis dafür, daß wir noch ein Volk der Dichter sind.“
Max erschrak bei diesen Worten.
„Nein, nein, Frank!“ stotterte er hastig. „Du übertreibst… dazu noch maßlos… das ist noch roh… das ist nur eine Skizze! Ein blasser Abdruck von einem flüchtigen Gefühl…“
„Doch“, entgegnete Frank nachdenklich. „Du bist es. Du bist es!“
Max schlug die Augen nieder, doch man konnte es kaum übersehen, wie eine leise, tief verborgene Freude in seinem Gesicht aufleuchtete.

Frank war bezaubert, brachte ihn wieder in Verlegenheit, doch dieses Gefühl wurde sanfter und quälte Max nicht mehr so stark wie früher.
„Deine Ahnen werden auf dich noch stolz sein“, sagte Frank bewegt. „Und nicht nur sie.“
Er stand vor dem Dichter, und seine Aufregung schien noch mehr gestiegen zu sein. Er atmete unruhig, und Max glaubte deutlich gesehen zu haben, daß seine glänzenden Augen sogar feucht wurden.
„Kannst du mir in einem Gedicht auch das wiedergeben, wovon du mir an der Dunsthöhle erzählt hast?“ bat Frank ganz leise. „Kannst du es für mich tun?“
Max nickte ihm schweigend zu und verharrte regungslos eine ganze Weile, bevor er vorzutragen begann:

Wenn die schweigenden Wälder in herbstliche Farben gehüllt,
Wenn die drohenden Wolken umgeben die lieblichen Hügel,
Hat der sonnige Sommer sein fröhliches Leben erfüllt,
Und es bleibt nur noch Schmerz von der baldigen Trennung.
Doch wir weinen und trauern, von eisiger Kälte gejagt,
Nicht um jene Geliebten, die zeitliche Welten verließen,
Wir beweinen nur jene, die, kläglich im Leben versagt,
Keinen Mut mehr besitzen, das letzte Kapitel zu schließen.

Die beiden Freunde schwiegen und dachten vermutlich das Gleiche.
„Laß es dein Abschiedslied von dem früheren Leben sein!“ sagte Frank tief bewegt, schlug seine Augen nieder und verstummte.
„Frank“, sagte Max nach einer langen Pause. „Ich habe dir damals nicht die Wahrheit gesagt.“
„Was meinst du?“
„Ich habe mehr als ein paar Kapitel geschrieben“, gestand er verlegen und schuldbewußt.
„Ich habe es vermutet, Max“, entgegnete Frank beruhigend. „Erzähl mir etwas ausführlicher davon!“

„Von den fertigen Sachen ist es vor allem ein historischer Roman. Es ist die Geschichte meines Großvaters, Friedrich Oldenburg."
Er verstummte in banger Erwartung.
„Würdest du ihn mir zum Lesen geben wollen?" fragte Frank vorsichtig.
„Würde es dich wirklich interessieren?"
„Natürlich!"
„Es sind aber fast tausend Seiten."
„Auch wenn es zehntausend wären!"
Max schwieg und kaute schmerzhaft an seiner Unterlippe.
„Gib's her!" forderte Frank mit Nachdruck.
Max richtete seine fragenden Augen auf ihn.
„Gib!" wiederholte Frank etwas weicher. „Er ist doch bestimmt in deiner Tasche."
Überrascht starrte Max seinen Freund an und konnte es nicht begreifen.
„Du hast es gewußt?" stieß er ungläubig aus.
„Ja", erwiderte Frank und lachte mit seiner hellen Silberstimme so ansteckend, daß auch Max seine Ratlosigkeit überwand und die Lippen zu einem leichten Lächeln verzog.
„Aber woher?"
„Laß das mein Geheimnis bleiben!" entgegnete Frank, immer noch von der gleichen Heiterkeit erfaßt. „Gib mir jetzt bitte endlich deinen Roman, sonst verbrenne ich restlos vor Ungeduld!"
Max erschrak wieder.
„Mach dir aber keine übergroßen Erwartungen!"
Er holte aus der Schultasche einen dicken Ordner und reichte ihn unsicher seinem Freund.
„Danke, Max! Ich fange damit noch heute an. Darf ich ein paar Bemerkungen draufkritzeln?"
„Es wäre mir eine große Ehre", erwiderte Max voller Erleichterung und Dankbarkeit…
Als Max am späten Nachmittag seinen Freund zur Bushaltestelle begleitet und ihn verabschiedet hatte, begab er sich wie in einem

Traum in Richtung der katholischen Kirche. Er konnte auf seinem Weg kaum etwas wahrnehmen. Bekannte Menschen, an denen er vorübereilte, ohne ihre grüßenden Worte zu entgegnen, drehten sich verwundert um, schauten ihm lange hinterher und gingen schließlich kopfschüttelnd weiter.
Er aber ging die Straßen entlang, ohne etwas zu sehen. Alles verschwand im hellen Licht seiner Freude: Menschen, Häuser, Straßenzüge… nicht einmal die warnende Ampel konnte er bewußt erkennen und blieb bei Rot stehen, wie von unsichtbaren liebevollen Händen seiner Schutzengel geführt. Er ging nicht, er schwebte über der Erde und schwelgte in einem lichten Glücksgefühl.
Wem sollte er dieses Glück verdanken, das so plötzlich in sein Leben hereinbrach? Welche mitleidige Macht schenkte ihm zum ersten Mal in seinem Leben dieses helle Gefühl, das er bereits für verschollen erklärt hatte, schon längst aufgegeben? War das der Allmächtige selbst, der ihm auf einmal seine Liebe so unmittelbar zu spüren gab, auf daß er eine Ahnung von Seiner allgegenwärtigen Güte und Größe erführe? Denn sie, diese Liebe, war noch größer, noch erhabener! Darüber bestand für ihn nun kein Zweifel mehr. Er fühlte es! Er wußte es! Er stand nun vor der geheimnisvollen Tür! Sie öffnete sich noch kaum, sie gab nur einen winzigen Spalt frei. Doch das strahlende Licht drang zu ihm so wundervoll, so blendend hell! Er stand auf der Schwelle und ahnte, was hinter dieser Tür war! Nur konnte er nicht noch mehr Glück auf einmal ertragen, ohne daß sein Herz zerplatzen, ohne daß seine sensible Seele in tausend Stücke reißen würde, ohne daß er an diesem unermeßlichen Glück verbrannte und zu Grunde ginge!
Auch darin zeigte sich ihm die allumfassende Gnade des Himmels…

Lustige Gerüchte

Am nächsten Morgen stieg Frank wie immer mit seinem kleinen Bruder Friedrich auf dem lärmend lauten Marktplatz aus dem Bus und traf sogleich Alexander.

„Du bist berühmt geworden!“ vertraute ihm sein Freund mit einem Hauch aufrichtiger Anerkennung an. „Die ganze Schule redet von dir. Du hättest dir diesen Tratsch anhören sollen! Abenteuerliche Geschichten, muß ich dir sagen! Unter anderem wird gemunkelt, daß deine Mutter angeblich eine Russin ist, und sogar der Vater nur ein Halbdeutscher. Daher versuchst du auch mit deiner Deutschtümelei einen Gegenbeweis zu erbringen und deine überwiegend russische Abstammung energisch von dir zu weisen. Eine Art maniakale Selbstverleugnung. Verstehst du? Wie bei Lord Voldemort! Und das ist ja noch gar nicht die aufregendste Story!“

Frank lächelte ihn an: „Erzähl mir etwas davon!“

„Lieber nicht“, erwiderte Alexander ausweichend.

„Warum?“

„Um deine Nerven zu schonen.“

„Sie werden es bestimmt aushalten können“, entgegnete Frank und schien tatsächlich in bester Laune zu sein.

„Na gut“, gab Alexander zögerlich nach. „Man vermutet, daß du vom anderen Ufer bist. Daher hast du noch mit keinem Mädchen geschlafen. Du hast es angeblich selbst im Unterricht offen zugegeben.“

Alexander verstummte, warf seinem Freund einen langen prüfenden Blick zu und fragte ihn nicht ohne gewisse Verlegenheit in seiner tonlos gewordenen Stimme: „Hast du es wirklich gesagt?“

„Was?“

„Na, das mit dem Mädchen.“

Frank nickte ihm zustimmend mit dem Kopf: „Ja, hab’ ich.“

Alexander räusperte sich und setzte seine Erzählung fort:

„Daher, sagen sie, bist du auch so schön wie ein Mädchen.“

Frank konnte sein helles Lachen nicht mehr aufhalten:

„Haben sie es wirklich so gesagt? Haben sie ‚schön' gesagt?"
Doch Alexander blieb von seinem ansteckenden Lachen sichtlich unberührt und blickte zur Seite.
„Weißt du überhaupt, warum du einen Anzug trägst?"
„Nein", gestand Frank und richtete seine schuldlosen Augen auf seinen Freund.
„Die ganze Schule weiß das schon!" stieß Alexander mit leichtem Spott hervor und erklärte: „Damit man dich eben nicht mit einem Mädchen verwechselt."
Frank lächelte wieder.
„Da gibt es gar nichts zu lachen", warf Alexander ihm bedeutsam zu. „Es gibt noch andere Sachen, die nicht so lustig sind. Zufällig habe ich in Erfahrung gebracht, daß das sogenannte Komitee gegen rechte Gewalt eine neue Aktion gegen euch plant. Man sagt, daß bereits Journalisten aus der Kreisstadt wie die Geier um die Schule kreisen. Natürlich nicht von flammender Wahrheitsliebe beseelt. Kannst du dir vorstellen, wenn sie all die tollen Geschichten aufnehmen und mit ihrer schöpferischen Vorstellungskraft ein paar zusätzliche Farben beimischen? Dann kannst du gleich wegziehen!"
„Mach dir keine Sorgen!" erwiderte Frank ruhig. „Sag mir lieber, ob du jetzt bei dieser Versicherungsgesellschaft bist?"
„Und wie!" stieß Alexander begeistert aus. „Ich bin dabei, dieses teuflische System zu durchleuchten. Verstehst du? Ich will den Leibhaftigen selbst am Schwanz packen!"
„Hast du dich bekehren lassen?" fragte Frank überrascht.
„Nein", erwiderte er lustlos. „Aus niederen Beweggründen."
„Ich verstehe gar nichts mehr", gestand Frank und schaute fragend in sein Gesicht.
„Das ist auch gut so! Sonst wirst du mir mit deiner grenzenlosen Wahrheitsliebe den ganzen Plan vermasseln."
Er wollte schon zum Kiosk gehen, zögerte aber einen Augenblick und wandte sich wieder an seinen Freund:
„Darf ich mir deine Haare ein bißchen näher anschauen?"
Frank blieb stehen und starrte ihn verblüfft an, während Alexander

vorsichtig seine Haare über dem Ohr anfaßte. Er strich sie langsam gegen den Wuchs und betrachtete sie sehr aufmerksam.
„Man sagt, daß du in Wirklichkeit gar nicht blond bist. Jemand hat bei dir angeblich ganz deutlich einen dunkelbraunen Haaransatz gesehen."
„Und du?" fragte Frank immer noch sichtlich verwirrt. „Hast du es geglaubt?"
„Unter Umständen kann ich sogar mir selbst nicht mehr vertrauen", erwiderte Alexander ausweichend und zeigte mit einer leichten Kopfbewegung auf die andere Straßenseite. „Da sehe ich schon deine Komplizen herbeieilen."
Er verabschiedete sich und ging wie immer zum Zeitungskiosk, während Walter und Sebastian die Straße überquerten. Sie grüßten Frank und schritten nun gemeinsam auf dem breiten Bürgersteig.
„Du darfst nicht allein zur Schule gehen", sagte Walter entschlossen. „Sie werden dich abfangen! Wenn sie eine Chance wittern, werden sie zuschlagen."
Frank ließ einen dankbaren Blick zu ihm hinübergleiten und lächelte ihn an. Doch Walter war offensichtlich mit seinem Anliegen immer noch nicht am Ende.
„Ich meine es ernst", sagte er etwas gehemmt.
Auch Sebastian mischte sich ins Gespräch.
„Sie haben dich beobachtet!" warf er aufgeregt ein und richtete seine weitaufgerissenen hellbraunen Augen auf Frank. „Wir haben es heute gesehen! Sie werden dich bestimmt irgendwo stellen und verdreschen."
Frank schwieg und wirkte unentschlossen. Walter blieb schließlich stehen, faßte ihn am Arm und drehte ihn sanft zu sich herum.
„Mit dem Mut allein kannst du dich nicht wehren", sagte er sehr eindringlich.
„Du gehst aber auch allein durch die Straßen", erwiderte Frank.
„Ha!" stieß Sebastian begeistert aus. „Er ist bärenstark!"
Der Junge faßte mit beiden Händen Walters kräftigen Oberarm und drückte ihn fest zusammen.

„Spann deinen Bizeps an!“ bat Sebastian seinen Freund und brachte ihn damit in Verlegenheit.
Walter winkelte den rechten Arm an, und das eng anliegende dünne Hemd ließ an seinem Oberarm einen beachtlichen Hügel erkennen.
„Faß mal an!“ forderte Sebastian mit Nachdruck.
Der Bizeps fühlte sich wirklich hart wie Eisen an. Frank schüttelte anerkennend den Kopf.
„Wenn ich solche Muskeln hätte!“ seufzte Sebastian träumerisch.
Frank aber schwieg und wirkte nachdenklich.
„Komm!“ sagte Walter. „Laß uns zumindest morgens zusammen zur Schule gehen!“
„Ich habe nichts dagegen“, antwortete Frank. „Wirklich nichts!“
Sie gingen weiter, doch Frank blieb unerwartet stehen und schaute unschlüssig zu seinen Begleitern.
„Ich weiß nicht, wie ich euch dafür danken soll“, sagte er leise.
Sein Blick wanderte unruhig durch die Gegend. Mal verweilte er auf Sebastians Gesicht, mal tauchte er in die entschlossenen Augen von Walter ein.
„Was ist mit dir?“ fragte Walter besorgt. „Woran denkst du gerade?“
Frank zuckte leicht mit den Schultern und wirkte verstört.
„Man sagt, daß ich wie ein Mädchen aussehe.“
Walter holte tief Luft, versuchte den heftigen Lachanfall aufzuhalten, doch es mißlang ihm. Er brach in schallendes Lachen aus. Es war so hell und ansteckend, daß es in wenigen Augenblicken nicht nur Sebastian, sondern auch Frank mitriß.
Es verging einige Zeit, bis Walter erschöpft mit der Hand über sein rot gewordenes Gesicht fuhr, als wollte er herunterfließende Regentropfen wegwischen.
„Komm schon!“ sagte er zu Frank, versetzte ihm einen kräftigen Klaps auf den Rücken und alle drei gingen laut plaudernd und lachend weiter.

Eine wichtige Frage

Endlich war der Unterricht zu Ende, und die Gymnasiasten sprangen von ihren Plätzen auf. Kaum zwei Minuten später leerte sich das Klassenzimmer und nur noch Luka und Melanie saßen an ihrer Schulbank. Der Junge war sehr aufgeregt und sah den Augenblick für günstig an, abermals seiner hübschen Nachbarin alles zu sagen, was er von ihrem entwürdigenden Benehmen hielt.

Vor lauter Aufregung hatte er nicht einmal bemerkt, wie Frank an ihren Tisch gekommen war und nun direkt vor den beiden stand.

„Was habe ich dir nur so Schlimmes angetan?" fragte Luka gekränkt und wußte nicht, wie er seinen Unmut am besten zum Ausdruck bringen sollte.

Das Mädchen schwieg und blickte hilfesuchend zu Frank auf, während ihre Lippen sich zu einem leichten, sehr traurigen Lächeln legten. Erst jetzt bemerkte Luka, daß noch jemand in der Nähe war, und sah sich mit zornigen Augen um. Doch auch Franks Anwesenheit konnte seine Gefühlsaufwallung nicht ganz bändigen.

„Luka!" sagte Melanie zärtlich. „Du weiß ja gar nicht, was ich für dich fühle."

Sie versuchte wieder, ihn am Oberarm zu streicheln, doch er drehte rasch seine Schulter zur Seite.

„Frank!" sprach er verzweifelt. „Kannst du mir vielleicht erklären, warum sie das alles sagt?"

Die erwartungsvolle Spannung in seinem Gesicht brachte Frank beinahe zum Lachen.

„Willst du es wirklich wissen?"

„Ja!" bestätigte Luka kategorisch. „Ich will es! Ich will!"

Frank blickte Melanie forschend ins Gesicht.

„Darf ich?" fragte er leise.

Das Mädchen hielt inne und schwieg.

„Sag's mir! Sag!" forderte Luka ungeduldig. „Das würde mich echt interessieren!"

Frank aber tat etwas ganz Ungewöhnliches, was Luka augen-

blicklich durcheinanderbrachte und seine gereizte Ungeduld zusammenbrechen ließ.
Frank griff nach seiner Hand, die nervös einen Kugelschreiber drückte, und hielt sie jetzt fest in den seinen. Luka erstarrte und schaute mit weit aufgerissenen Augen zu ihm auf.
„Luka!“ sagte Frank. „Kannst du dir für einen Augenblick vorstellen, daß sie es ernst meint?“
Der Junge hörte auf zu atmen, schluckte verkrampft und lächelte Frank schief an, als würde er ihm sagen wollen, daß der Witz nun mal wirklich gelungen war. Doch dieses flüchtige Lächeln verflog, sobald er seinen Blick unsicher auf seine Nachbarin gerichtet hatte. Melanie saß still neben ihm und wirkte sehr verzagt. Ihre Hände lagen willenlos im Schoß, und der Kopf neigte sich so tief, daß das schöne, etwas spitze Kinn fast auf der Brust lag.
„Du meinst…“, stotterte Luka verwirrt und drohte beinahe mitten im Satz zu ersticken, während sein verängstigter Blick wieder zu Frank flüchtete.
Doch auch in seinen Augen sah er keine Tücke.
„Du meinst…“, brachte er abermals verkrampft hervor und verstummte nun ganz.
So saßen die beiden nebeneinander, ohne zu wagen, sich anzusehen, während Frank geräuschlos aus dem Raum ging…

Anna aber stand zu dieser Zeit am breiten Eingang des Gymnasiums in freudiger Erwartung. Als die letzte Unterrichtsstunde zu Ende war und der Klassenraum sich nach und nach zu leeren begann, fragte sie Frank, ob er ein wenig Zeit hätte. Er sagte zu, bat sie, unten auf ihn zu warten, und Annas Herz schwebte wieder im siebten Himmel.
Sie stand unter dem steinernen Relief des großen deutschen Philosophen und schaute sichtlich erfreut zu, wie auch die letzten Klassenkameraden an ihr vorübereilten. Sogar Julia mußte heute eine ganze Stunde früher nach Hause gehen, weil sie einen dringenden Termin beim Arzt hatte.

Doch das Glück vervollständigte sich erst, als auf den grauen Stufen der Eingangstreppe noch jemand erschien. Es war Max. Er blieb unentschlossen stehen, warf Anna einen scheuen Blick zu, ging dann schnell weiter, und schon einige Sekunden später verschwand sein helles Hemd hinter den dicken Stämmen der alten Linden.
Anna frohlockte. Zwei Tage, zwei unendliche Tage mußten sie und Julia hilflos zusehen, wie Frank diesem schüchternen Außenseiter Max nachgelaufen war. Nur weil er als erster unter dem Aufsatz seine langgezogene Unterschrift draufgesetzt hatte!
Sie hatten ebenfalls unterschrieben. Julia, weil sie ohnehin bereit war, alles, was Frank für richtig hielt, bedingungslos anzunehmen. Anna aus wachsender Überzeugung. Obwohl sie immer noch das unangenehme Gefühl hatte, daß sie mit ihm einige Sachen klären mußte. Zu heftig, zu ungewöhnlich drangen seine flammenden Zeilen auf sie ein. Sie berauschten sie, versetzten sie in einen nie gekannten Seelenzustand, beflügelten sie, und trotzdem schien dieser Höhenflug eher ein stürmisches Abenteuer zu sein, eine Reise ins gefährliche Ungewisse.
Und jetzt stand er endlich neben ihr, und obwohl die Mundwinkel nur leicht in die Höhe strebten, strahlte sein Gesicht eine helle Wärme aus, daß wieder eine schaurige Welle über ihren Körper hinwegrollte.
Wenn bei Julia das Gefühl sich eher zu mäßigen begann und sie nach dem ersten Ausbruch nach und nach zu sich zu kommen schien, war es bei Anna gerade umgekehrt. Sie verfiel diesem Jungen mit jedem Tag immer mehr, immer unentrinnbarer. Sie spürte das und konnte es nur noch zur Kenntnis nehmen.
Jeden Tag dachte sie, daß dieses große Gefühl, das ihr so viel Angst bereitete, nun seinen absoluten Höhepunkt erreicht hatte und nicht mehr wachsen konnte, ohne daß sie an ihm zugrunde gehen würde. Doch stets lag sie mit ihren Annahmen falsch. Schon bald mußte sie wieder mit banger Zuversicht feststellen, daß die unbeschreibliche Sehnsucht, dieses süße Verlangen nach ihm noch größer geworden war, noch atemberaubender. Alles schien langsam an

Bedeutung zu verlieren: Schule, Freunde, Hobbys... Nur noch tief in der Brust dieses immerwährende starke Gefühl, das in mächtigen Wellen ihre Sinne überrollte.
Sie standen vor dem Kant-Relief, sprachen über seine weltumspannenden Theorien, und in Annas Brust zitterte alles vor Freude. Ihre ganze freie Zeit widmete sie zwei Dingen: Kant und Musik. Fieberhaft blätterte sie in seinen Büchern, unternahm eine kurze Reise in die Grundlagen der Philosophie, und wenn der Kopf vor Müdigkeit ganz zu versagen drohte, flüchtete sie in den geheimnisvollen Kaminraum, um sich restlos den brausenden Klängen der romantischen Musik hinzugeben. Und immer wieder geriet sie in die sanfte Gefangenschaft der zauberhaften Tannhäuser-Ouvertüre, wie damals zum ersten Mal...
Nun kam aber der Höhepunkt, die Stunde. Jetzt stand sie vor dem Antlitz des großen Philosophen ohne zaghafte Furcht, sondern nur mit großer Achtung, wagte es sogar, in das Dickicht seiner Sittenlehre zu tauchen, und jedesmal sah sie, wie die hellgrauen Augen dabei aufflammten und ihr Respekt zollten. Und es gab in diesen Augenblicken kein größeres Glück, als vor Frank zu stehen und sich auf der gleichen Höhe mit diesem Jungen zu wähnen; ihn spüren zu lassen, daß auch sie von seiner Welt Ahnung hatte und fähig war, sie zu begreifen.
Dann kamen sie auf seinen Aufsatz zu sprechen, und eine quälende Sorge beschlich erneut ihre Seele.
„Frank!" sagte Anna vorsichtig. „Dein Aufsatz hat mich tief berührt. Ich habe meine Unterschrift nicht nur aus Solidarität mit dir gesetzt. Ich meine es ehrlich, und ich will, daß du mich auch richtig verstehst, wenn ich noch ein paar Fragen habe."
„Du kannst mich alles fragen", erwiderte Frank, ohne zu zögern. „Ich würde mich freuen, jedes Mißverständnis auszuräumen."
Anna lächelte ihn dankbar an, doch ihm war auch die bange Unsicherheit nicht entgangen, die dieses Lächeln begleitete.
„Frank! Ich weiß, daß deine Heimatliebe echt ist. Aber wenn man so innig das eigene Volk liebt, was ist dann mit anderen Menschen:

mit Italienern, Griechen, geschweige denn Chinesen, die eine ganz andere Kultur haben? Was ist mit all diesen Menschen?“ fragte Anna besorgt und blickte erwartungsvoll zu ihm auf.
„Anna!“ erwiderte Frank. „Ich habe diese Frage erwartet. Verstehst du, das ist gerade der größte Trugschluß unserer Zeit. Man behauptet, die Liebe zur Heimat ist etwas, was zwangsläufig in Fremdenfeindlichkeit oder zumindest in Vorurteilen gegenüber anderen Völkern mündet. Man verweist dabei oft auf die Zeit des Nationalsozialismus, als wäre die Herrschaft von Hitler eine logische Folge dieses großen Gefühls gewesen.“
„Ist das nicht so?“ fragte Anna unsicher.
„Nein, Anna, nein!“ widersprach Frank. „Die Herrschaft von Hitler wie auch der Zweite Weltkrieg sind direkte Folgen des Versailler Vertrages. Das deutsche Volk wurde nach dem Ersten Weltkrieg, der von allen gemeinsam begonnen wurde, einfach versklavt, in Fesseln gelegt. Die Sieger haben die Ehre vergessen und sich nach Herzenslust bedient. Ich habe den Text des Versailler Vertrages gelesen. Anna! Ich meine den ganzen Text, mit Noten der deutschen Regierung, die in dieser schweren Zeit Unterstützung brauchte. Und ich habe die Antwortnoten der Sieger gelesen. Anna! Ich habe geweint! Verstehst du? Geweint!“
Er verstummte. Anna schaute in sein Gesicht und sah, wie seine Augen sich tatsächlich mit Tränen füllten, die über die Lider zu treten drohten. Wie ein Funke sprang diese Aufregung auf sie über und ließ ihr Herz schneller klopfen.
„Die Wahrheit, Anna, ist oft sehr schrecklich... so gnadenlos schrecklich, daß die meisten sie zu verdrängen suchen. Wenn man dann aber dennoch den Mut faßt, ihr ins Gesicht zu blicken, so wäre es ratsam, Gott um Beistand zu bitten, um nicht den Boden unter den Füßen zu verlieren, um nicht an Verbitterung zugrunde zu gehen. Es ist einfacher, die ganze Schuld auf sich zu nehmen und ein Büßerkleid anzulegen… sich zu verkapseln, jedwede Argumente vehement von sich zu weisen und im Alltäglichen zu versinken. Doch auch dieser Selbstbetrug bringt keine Linderung.

Man muß es offen aussprechen dürfen: Es war ein Raubvertrag. Ein gnadenloses Diktat, das ein großes Volk seiner Würde beraubte. Man hat uns alles genommen, alles... vor allem aber die Hoffnung... Der Zweite Weltkrieg, Anna... er war nur die Fortsetzung des Ersten! Man hat den Völkern Frieden versprochen. Statt dessen legte man den Keim für die nächste Auseinandersetzung. Es gab keinen Frieden, es gab nur, wie viele Politiker schon damals trefflich gesagt hatten, einen Waffenstillstand für zwanzig Jahre.
Doch wir können nicht ständig einander unsere Sünden vorhalten und anrechnen. Wir müssen nach neuen Wegen suchen, wie wir in Frieden leben können. Und dieser Frieden ist nur dann möglich, wenn alle Völker ein sicheres Gefühl haben, daß sie nicht überfremdet und bevormundet werden."
„Aber die meisten Menschen in Deutschland glauben trotzdem daran, daß der Krieg eben die Folge von diesem übertriebenen Nationalgefühl war", sagte Anna.
„Nicht nur in Deutschland", erwiderte Frank, „sondern auch in anderen Ländern, die mit unserer traurigen Geschichte nichts zu tun haben, herrschen die gleichen Ansichten. Dieses tragische Mißverständnis ist das, was man heute als Zeitgeist bezeichnen könnte. In Wirklichkeit ist es gerade anders! Ohne Heimatgefühl ist ein echter Frieden nicht möglich. Ich versuche, dir meinen Standpunkt ein wenig ausführlicher zu erklären. Natürlich nur, wenn du ein bißchen Zeit hast?"
Anna lebte augenblicklich auf.
„Ich habe Zeit", bestätigte sie etwas überstürzt.
„Die Liebe zum eigenen Volk ist genauso natürlich und Gottgewollt wie die Liebe zur eigenen Familie. Wer kommt denn auf den abwegigen Gedanken, einer Mutter die bedingungslose Liebe zu den eigenen Kindern vorzuwerfen, nur aus dem simplen Grund, daß die fremden Kinder auch Menschen sind? Genauso verhält es sich mit unserer größeren Familie, mit unserem Volk.
Natürlich sind die anderen auch Menschen! Vielleicht sogar solche Menschen, die in ihrer Güte manchen unserer Landsleute weit vor-

aus sind. Und wir achten sie und werden versuchen, ihnen zu helfen, wenn sie in Not geraten. Vielleicht sogar unser Leben für sie opfern. Aber wie einer Mutter ihre Kinder trotz allem am Herzen liegen, so liegen auch uns am Herzen unsere verlorenen Söhne. Jeder Mensch ist als Mensch gleichwertig. Aber nur deswegen, weil die anderen auch Menschen sind, müssen wir solche wunderschöne Gefühle wie Liebe zu unseren Kindern, Eltern und dem eigenen Volk nicht verleugnen. Weder wir noch die anderen!

Sonst kommt morgen noch ein Pseudomoralist und wird auch noch die Liebe zwischen Mann und Frau kurzerhand als unmoralisch verpönen, weil dieses Gefühl nur einem einzigen Menschen gilt und uns, die sogenannten ‚Auch-Menschen' völlig ausschließt und dadurch diskriminiert.

Jeder Mensch, ob Deutscher oder Chinese, hat das uneingeschränkte Recht, sein Volk bedingungslos zu lieben und sein Gefühl nach außen zu tragen, wie es ihm beliebt. Nur muß er jedem Menschen und jedem Volk das gleiche Recht genauso bedingungslos einräumen.

Unser Problem heute besteht darin, daß wir bestimmte Gruppen von Intellektuellen haben, die selbst in ihrem ideologischen Irrglauben auf dieses Recht verzichtet haben und nun mit rücksichtsloser Heftigkeit das gleiche von den anderen Menschen fordern. Sie haben ein weit verzweigtes Netz von zweifelhaften und irreführenden Argumenten aufgebaut und drücken mit pseudomoralischem Eifer jeden an die Wand, der es wagt, einen Widerspruch anzumelden. Dabei ist die Heimatliebe uns genauso von Gott gegeben worden wie auch jede andere Liebe.

Dieses Gefühl ist mystischer Natur. Es kann nicht nach Errungenschaften der Wissenschaft und dem sichtbaren Zivilisierungsgrad bemessen werden. Nicht mit nüchternen Tabellen, in denen alle möglichen Für und Wider zusammengetragen wurden. Nicht nach dem Reichtum, sondern nach der Intensität des ausgelösten Glücksgefühls, nach der unmittelbaren Erfahrung der Gottgegebenen Zusammengehörigkeit. Sie verbindet alles: Leid und Freude,

Zusammenbruch und Aufstieg, Vergebung und Reue! Vor diesem erhabenen Gefühl schwindet jede Angst, selbst vor dem Tod… Nur noch immerwährende helle Sorge um das Wohlergehen dieser großen Familie überstrahlt alles in deiner Seele, wie das Licht des Göttlichen. Selbst die Zeit hört vor diesem Gefühl auf: Du bist Vergangenheit und Gegenwart und Zukunft, die sich im Schicksal deines Volkes verkörpern… Ein Gefühl, das die Sehnsucht nach Kindern weckt und sie als Gottes Segen dankbar empfangen läßt… Kinder, in denen unsere Hoffnungen und unser Glück weiterleben! Jesus sprach von der Nächstenliebe. Das ist sie, diese Liebe! Wie ein immer größer werdender Kreis beginnt sie in eigener Familie, weitet sich über den Freundeskreis, über die engere Heimat hinaus und reicht bis an die entlegensten Grenzen deines Volkes. Wir sind alle verwandt! Wir haben das gleiche Schicksal, und es ist kaum möglich, außerhalb dieser großen Gemeinschaft das wahre Glück zu empfinden. Keine Weltanschauung, keine Sekte, kein Männerbund, wie exklusiv er auch sein mag, ist imstande, seinen Mitgliedern ein Gefühl von ähnlicher Erhabenheit und Tiefe zu schenken. Wer das Gegenteil behauptet, hat dieses Glück noch nicht erfahren. Er ahnt ja nicht einmal etwas von dessen Größe! Doch auch sie tragen in sich diesen Funken."

„Meinst du, daß auch die Linken, die Autonomen, die alles das, wovon du redest, in den Dreck ziehen… meinst du wirklich, daß auch sie diesen Funken in sich tragen?" fragte Anna, berauscht von seinem leidenschaftlichen Vortrag.

„Ja!" bestätigte Frank mit immer größer werdender Begeisterung. „Auch sie! Noch schläft dieser Funke tief in ihrer Seele, verschüttet von schweren Trümmern vernichtender Ideologien! Sie haben ihre Herzen oft nur aus tiefster Verzweiflung verschlossen. Man hatte sie von Kindheit an erbarmungslos mit den Verbrechen des Nationalsozialismus konfrontiert. Angesichts dieser brutal selektierten Bilder konnten sie keine Erklärung finden, keinen Ausweg aus dieser furchtbaren Sackgasse. Gerade die Heftigsten von ihnen sind vielleicht diejenigen, die am innigsten fühlen können. Diejenigen,

die unter dieser Last so gelitten haben und zerrissen waren. Wenn beim Gedenken an die unzähligen Bombenopfer von Dresden, meist Frauen, ahnungslose Kinder und Flüchtlinge, einer in die Menge der Trauernden ‚Deutschland verrecke!‘ brüllt, so versucht er nichts anderes, als sich selbst zu verleugnen, einen verzweifelten öffentlichen Selbstmord zu vollziehen! Einen Opfertod! Ich hoffe, daß sie ihre Seelen noch nicht gänzlich verbrannt haben. Daß noch ein winziger Keim übrigblieb, aus dem dann um so prachtvoller ihr wahres Wesen zum Blühen kommt! Es fehlt nur noch eine eigene positive Erfahrung, um auf einmal ihre Herzen in Flammen zu setzen. Wir leben in einer Zeit, wo diese Erfahrungen leider zu selten geworden sind. Sie sind häufiger in den Zeiten der bittersten Not. Aber diese unauslöschbare Sehnsucht ist immer da! Sie ist immer die gleiche! Auch bei ihnen. Auch sie sind unsere Verwandten, unsere Nächsten. Auch ihnen gilt unser Gefühl! Auch Vergebung und Hoffnung, daß sie es einmal begreifen und den Weg zurück zu ihren Quellen doch noch finden würden.
Dieses Gefühl ist ein wichtiger Teil der Nächstenliebe. Es ist nicht möglich, über diese Stufen einfach zu einer allumfassenden Menschenliebe emporzusteigen. Wenn man es nicht einmal geschafft hat, seine eigene Familie, seine Nachbarn, sein Volk zu lieben und zu schätzen, dann ist das ganze Gerede von der Menschheit, wie hoch es sich auch aufschwingen mag, nichts mehr wert! Da können auch die großzügigen Spenden nicht mehr darüber hinwegtäuschen. Die ehrliche Hingabe an seine Heimat und sein Volk schließt das tiefe Gefühl zu den Menschen aus anderen Völkern nicht aus. Nein! Doch es wird immer persönlich bleiben. Den übrigen gilt unsere aufrichtige Achtung und Hoffnung, daß auch wir eine solche erfahren würden. Verstehst du?“
Anna konnte vor Aufregung kein Wort aussprechen. Eine unbekannte Kraft erhöhte sie über ihre alltäglichen Sorgen und zog sie in eine andere Welt hinüber, in eine unbekannte, doch so unmittelbar fühlbare große Welt. Sie blickte ergeben in sein Gesicht und vermochte nur noch zustimmend mit dem Kopf zu nicken.

„Wie soll ich nur den Ursprung dieses Gefühls beschreiben?“ sagte Frank, nach dem richtigen Ausdruck suchend. „Wie kann ein Mensch überhaupt den Ursprung einer Liebe beschreiben? Auch wenn er sich auf die Suche begibt, wird er schließlich ratlos am Wegeskreuz stehenbleiben und feststellen müssen, daß sie einfach da ist! Was ist die erste Liebe zweier jungen Menschen? Wo kommt sie her? Frage sie, und du bekommst bestimmt keine Antwort. Wir können nur das auslösende Erlebnis beschreiben. Dieses Gefühl aber, es war schon immer da! Es schlummerte in den schlaflosen Nächten tief in der Brust. Es war die Sehnsucht danach, ein Traum! Und dann! Dann treffen sich zwei Menschen, die von Gott füreinander geschaffen wurden, und dieser Traum bricht aus der Seele, erschüttert sie und erfüllt sie mit bedingungsloser Hingabe. Dann wird der Traum wahr! So dramatisch, so ursprünglich!
Die Heimatliebe – sie ist nur ein Gefühl! Mehr ein Gefühl als Überzeugung. Sie ist allen zugänglich: einfachen Bauern wie auch Professoren! Dieser Funke lebt in jedem Menschen. Wenn es einmal in seiner Seele aufflammt, wird dieses Feuer dort sein Leben lang lodern. Ich habe versucht, dieses Gefühl in den Skizzen zu meinem Buch festzuhalten. Ich weiß es nicht, ob es mir gelungen ist. Ob es mir je gelingen wird…“
Anna starrte immer noch in sein vor Leidenschaft glühendes Gesicht und fühlte sich in voller Breite mitgerissen. Wenn sie das irgendwo gelesen hätte, würde sie es vielleicht für eine schöne Theorie, bloße Worte halten. Doch jetzt tauchte sie in seine glänzenden Augen ein und erlebte aufs neue seine unwiderstehliche Offenheit. Es war mehr als Worte, viel mehr!
„Wenn es aber dir nicht gelingen sollte… Wer? Wer könnte das sonst schaffen?“ fragte sie ergriffen.
„Es muß jemanden geben, dem es von Gott selbst in die Wiege gelegt wurde, dieses Gefühl so farbig, so lebendig vor Augen erstehen zu lassen, daß es die Menschen aus ihrem eigenen Leben reißt und in den Strudel der Zeiten hinausschleudert, sie mit dem Schicksal ihrer Ahnen so fest verschmelzen läßt, daß sie vergessen, daß es

nicht ihre eigene Lebensgeschichte ist. So wie ich mit meinen Vorfahren jeden Tag ihr Schicksal erfülle. Ich bin Eduard, der vom Zug abgedrängt wurde, ich bin seine Eltern, die an ihrem Unglück verzweifeln, und auch Gottlieb, der aus dem fahrenden Zug zu seinem kleinen Bruder hinunterspringt… Ich… ich bin alles… Solange das alles in mir lebt, bleiben auch sie am Leben."
Er schwieg einige Sekunden, in Gedanken versunken.
„Doch… doch ich suche immer noch verzweifelt nach Wegen, um das alles getreu in Worte zu fassen. Wie in einem Gedicht, wo nichts fehlt und das Ganze doch in schlanker Form gehalten wird. Die einzelnen Worte müssen ineinanderfließen, als wären sie vor Zeiten nur dafür geboren worden, um sich einst in diese geheimnisvolle Kette aneinanderzureihen und den Menschen das alles vor Augen zu führen. Auf daß sie ihre Herzen öffnen, alles nachempfinden können und sich nicht zu strengen Richtern erheben. Ich… ich glaube, einen Menschen getroffen zu haben, der diese Sterne vom Himmel holen wird."
„Hier, in Deutschland?" fragte Anna unsicher.
„Hier", bestätigte Frank, „in dieser Stadt!"
Sie standen eine Weile schweigend mitten auf dem Schulhof, und Anna war von Herzen froh, daß sie Gelegenheit hatte, ihre Gefühle und Gedanken wieder in den Griff zu bekommen. Dann holte er aus seiner Schultasche eine grüne Mappe und reichte sie Anna.
„Wenn du willst, kannst du meine Skizzen lesen! Es ist die Fortsetzung. Es muß noch korrigiert werden, aber der Sinn… der Sinn ist bereits erkennbar."
Anna nahm die Mappe freudig entgegen, schlug sie auf und hielt um die zwanzig handgeschriebene Blätter anerkennend zwischen den Fingern.
„Ich kann diese Kapitel in den Computer eingeben, dann kannst du sie leichter bearbeiten", schlug sie vor.
„Es ist sehr viel Arbeit. Ich weiß nicht, ob ich das von dir erwarten darf."
„Ich mach das gerne! Wirklich gerne! Für dich!" brach es aus Anna

wie von selbst heraus, und sie spürte auf einmal, daß ihr Gesicht schon wieder an Farbe gewann.
„Auch für mich“, gestand sie schüchtern nach einer kurzen Pause.

Sie sprachen noch eine ganze Weile über Musik und Kunst, und ein unruhiges Gefühl nistete sich in Annas Brust ein. Es wuchs und drohte ihre fröhliche Stimmung, die jedes Mal in seiner Nähe so wundervoll aufbrauste, zu kippen. Sie wußte, daß er bald sorgenvoll auf seine altmodische Armbanduhr schauen und sich von ihr verabschieden würde.
„Anna!“ sagte Frank plötzlich. „Kannst du mir vertrauen?“
Das Mädchen erwachte aus ihren sorgenvollen Gedanken und kam durcheinander.
„Ich vertraue dir“, erwiderte sie von ängstlicher Vorahnung gepackt.
„Woran denkst du gerade?“
Anna hielt inne und schwieg.
„Ich habe ein Gefühl, daß du mir etwas sagen willst und es einfach nicht über die Lippen bringen kannst“, sagte Frank und versuchte ihren Blick einzufangen.
„Ich wollte dich nur fragen…“, fing sie mit unsicherer Stimme an und verstummte wieder.
„Was wolltest du fragen? Was?“
„Ich wollte mir jetzt zu Hause einige Szenen aus Parsifal anhören“, sagte sie schließlich, ängstlich zu ihm aufblickend. „Ich wollte fragen, ob du Zeit hast?“
Sie erstarrte in banger Erwartung und wurde in Sekundenschnelle rot im Gesicht.
„Leider muß ich mich heute mit meinem Französisch beschäftigen. Doch morgen würde ich gerne zu dir kommen“, erwiderte er ein wenig verlegen. „Natürlich, wenn du nichts dagegen hast.“
Annas Welt explodierte wieder wie ein grelles Feuerwerk. Sie schaute zu ihm hoch und konnte nur noch seinen Namen aussprechen.

„Frank!“ wiederholte sie einige Sekunden später und fügte fast flehend mit großem Gefühl hinzu: „Du weißt doch…“
Der Junge antwortete nicht, griff nach ihrer Hand, hob sie hoch und schenkte ihr wieder diesen langen unwiderstehlichen Handkuß.
„Götter, Götter!“ dachte Anna wie im Traum, von einem berauschenden Schwindelgefühl getragen. „Was macht ihr mit mir…“

Als sie nach Hause kam, versuchte auch sie etwas für die Schule zu machen. Sie las ein paar Seiten im Geschichtsbuch, überblickte lustlos die zahlreichen Arbeitsblätter und legte das alles schließlich zur Seite.
Nur eine einzige Mappe blieb vor ihr auf dem Tisch liegen, und allein deren Anblick ließ ihr Herz höher schlagen. Es waren die handgeschriebenen Blätter von Frank, die Fortsetzung der Geschichte seiner Vorfahren.
Sie tauchte in den Text ein, und die Ereignisse des weit zurückliegenden Jahres 1929 nahmen sie wieder restlos gefangen: *Eduard saß dicht neben seinem großen Bruder Gottlieb…*

Die Kinder

Eduard saß dicht neben seinem großen Bruder Gottlieb, spürte seine schützende Nähe, und in seiner Seele plätscherten angenehme Wellen einer stillen Freude. Irgendwo unter dem Wagen ratterten die großen Eisenräder und ließen dieses Gefühl steigen und wieder abklingen, um dann mit neuer Kraft die Hoffnung aufbrausen zu lassen. Jede Minute, jede Sekunde brachte der Zug ihn immer näher an das langersehnte Ziel, nach Moskau zu seiner Familie.
Manchmal hatte Eduard sogar Angst, daran zu denken, um dieses angenehme Rattern nicht zu stören. Schon oft hatte er bemerkt: Wenn er an etwas zu lange gedacht oder es gar für selbstverständlich gehalten hatte, so geschah es später gerade umgekehrt. Irgendeine unbekannte Macht riß trotz aller berechtigten Erwartungen das Ruder noch einmal herum, und das erhoffte Glück sickerte aus den Händen wie Wasser durch ein löchriges Sieb.
Und doch konnte er seine Gedanken nicht zügeln. Sie wollten nicht in diesem überfüllten stinkigen Waggon verweilen, sie machten sich selbständig und eilten mit atemberaubender Geschwindigkeit allen Zeiten voraus. Irgendwo dort, vor einem geheimnisvollen Gebäude mit dem süß klingenden Namen Deutsche Botschaft, standen und warteten ihre Eltern auf sie. Und immer wieder sah er die gleichen Bilder: wie er ihnen entgegenstürmte, wie sie ihn von beiden Seiten in die Arme schlossen, wie er seinen erschöpften Kopf an die Brust der Mutter legte und die Augen niederschlug. Mehr bräuchte er nicht. Das wäre das Glück! Weiter sollte es so geschehen, wie der liebe Gott es für richtig hielt. Nur so schweigend mit geschlossenen Augen im Kreise der lieben Menschen stehen, mit allen Sinnen ihre Nähe wahrnehmen und sein stilles Glück genießen.
Gibt es ein größeres Glück? Eduard überlegte und konnte in diesem Augenblick nichts ausdenken, was seine Seele noch mehr herbeisehnen würde…

Lange saß er so und hörte das angenehme Rattern der Räder, bis er langsam im süßen Schlummer versank.
Es war schon Mitternacht, als Eduard wieder erwachte. Ganz in der Nähe hörte er bekannte Stimmen, die kaum hörbar durch die monotonen Geräusche des fahrenden Zuges zu ihm drangen. Es war Gottlieb, der sich mit dem mennonitischen Bauern Josef Epp unterhielt. Diese große vierzehnköpfige Familie trafen sie unterwegs auf einer Zwischenstation nicht weit vom Ural, ergatterten mit deren Hilfe zwei Fahrkarten und fuhren nun, mit gleicher Hoffnung beseelt, dem ungewissen Schicksal entgegen.
„Bei uns im Dorf sind nur zehn Familien geblieben. Aber auch sie werden bestimmt nachkommen“, sagte Josef Epp leise und seufzte. „Viele sind an den Fluß Amur gezogen, an die chinesische Grenze, in der Hoffnung, dort über den Fluß auf die chinesische Seite zu flüchten. Nach Harbin. Ein guter Gedanke! Die Roten sind dort noch nicht so stark. Ich habe mir das auch überlegt, aber wie kann ich mit meinen zwölf Kindern so etwas wagen? Wenn was schief geht, so sitze ich dort, am Ende der Welt mit meinen Kleinen! Wenn schon, dann über Moskau.“
Er schwieg eine Weile, richtete seine hellen Augen auf Gottlieb und fragte ihn mit einer leicht verunsicherten Stimme:
„Meinst du wirklich, daß sie uns alle aufnehmen werden?“
„Natürlich!“ entgegnete Gottlieb lebhaft. „Wenn wir's nur bis nach Moskau schaffen würden.“
Der Bauer seufzte wieder:
„Vor einem Jahr war bei uns im Dorf der deutsche Konsul zu Besuch. Abends haben wir mit dem Pfarrer Gelegenheit gefunden, mit ihm vertraulich zu sprechen. Dann habe ich ihn ohne langes Hin und Her gefragt, ob sie uns alle aufnehmen würden, wenn die Roten weiter so wüten wie bisher. Eine halbe Stunde hat er geredet, und es ging ungefähr in die Richtung, als würden sie es tun wollen. Doch in seinen Augen habe ich gesehen, daß er selber unsicher war. Verstehst du? Nicht von ihm allein hängt es ab. Sondern von der Regierung.“

Er schwieg und fügte dann resigniert hinzu:
„Aber jetzt ist es zu spät, sich darüber Gedanken zu machen. Jetzt kann man nur noch den Allmächtigen um Beistand bitten. Jetzt haben wir alles aufgegeben, was wir noch hatten. Kein Hof mehr, kein Stall, und der Winter steht vor der Tür. Wenn der Botschafter jetzt „nein“ sagt, dann weiß ich nicht mehr, wohin… Dann sollen sie uns lieber alle gleich vor der Botschaft erschießen lassen…“
Eduard hörte sich alles sehr aufmerksam an, und eine lähmende Furcht kroch ihm bei diesen Worten aus dem Bauch herauf und ließ das Herz zusammenschrumpfen. Daran konnte er gar nicht denken! Jetzt fuhr er in Richtung Westen, und dieser alte klapprige Wagen brachte ihn immer weiter, seinen Eltern entgegen. Und nur das zählte, nur das wollte er jetzt wissen…
Er versank wieder im angenehmen Schlummern, bis laute, hart klingende Stimmen ihn aus dem Schlaf rissen.
„Ausweise!“ hörte er ganz in der Nähe und schlug die Augen sofort auf.
Es war immer noch tiefe Nacht. Vier Soldaten in langen Militärmänteln, mit breiten Gürteln und großen Pistolen an der Seite, standen im engen Durchgang und streckten in ihre Richtung zwei schmutzige Öllampen.
Eduard blickte schweigend zu Gottlieb und konnte auf seinem Gesicht die gleiche bedrückende Ratlosigkeit erkennen. Denn auch Eduard wußte ganz genau, daß sie weder Ausweise noch sonst welche Papiere dabei hatten.
Der große Bruder schwieg und schaute schicksalsergeben dem Bauern Epp zu, der aus der Brusttasche einige zusammengefaltete gelbe Blätter herausgezogen hatte und den wartenden Soldaten reichte. Einer von ihnen, offensichtlich der Ranghöchste, nahm sie schweigend entgegen, hielt sie dicht vor die Öllampe und las einige Zeit darin.
„Deutsche?“ fragte er streng den mennonitischen Bauern, während er die Lampe dicht vor sein Gesicht hielt.
Der Bauer nickte zustimmend.

„Wie viele Seelen insgesamt?“ fragte die gleiche Stimme, und Eduard merkte, wie bei Gottlieb vor Spannung die Mundwinkel zuckten.
„Sechzehn“, sagte der Bauer mit fester Stimme, und Eduard übermannte so ein heftiges Gefühl, daß ihm beinahe Tränen aus den Augen spritzten. Am liebsten hätte er sich dem guten Bauern gleich um den Hals geworfen. Denn er hätte auch „vierzehn“ sagen können! Und dann? Dann würde die Welt auf einmal anders aussehen. Schrecklich und düster! Doch er hatte „sechzehn“ gesagt! Sechzehn!
Eduard biß sich schmerzhaft in die Unterlippe, um sein Gefühl in den Griff zu bekommen, und betete inbrünstig zu Gott.
„Wo wollt ihr hin?“
„Nach Moskau.“
„Mit welchem Ziel?“
Der Bauer wollte etwas sagen, zögerte aber einige Zeit, und dieses Zögern wurde von dem strengen Rotarmisten sofort enträtselt.
„Also zur Botschaft“, sagte der Soldat finster, faltete die Papiere wieder zusammen und steckte sie in seine Brusttasche.
„Ihr müßt auf der nächsten Station mit uns aussteigen!“ sprach er mit einer Stimme, die keinen Widerspruch duldete.
„Aus welchem Grund?“ fragte der Bauer entsetzt. „Nach welchem Recht?“
„Gemäß der Verordnung des Leiters der Bahnpolizei sind alle Deutschen aus den Zügen in Richtung Moskau zu entfernen und zu ihren früheren Wohnsitzen zurückzuschicken.“
Der Bauer protestierte, gab mehrere Gründe an, erklärte seine schwierige Lage, zeigte auf die aufgewachten, verstörten Kinder, doch die Soldaten blieben hart und forderten sie auf, in zehn Minuten bereit zum Aussteigen zu sein.
Eduard saß wie gelähmt und konnte kaum noch atmen. Je mehr das Vorgefallene in seinen kindlichen Verstand eindrang, desto unerträglicher stieg in ihm eine entsetzliche Panik auf. Seine kleinen Hände und Knie schlotterten so stark, daß auch Gottlieb, trotz

eigener Aufregung, seinen kritischen Zustand erkannte und ihn fest und schützend an seine Seite drückte.
Der Bauer Epp verfiel in große Verzweiflung, und deren Funken sprangen sofort auf die ganze Familie über. Alle begannen zu schluchzen, weinten immer lauter, und dieser trostlose Anblick riß den Bauern aus seiner Erstarrung und erfüllte ihn wieder mit der tiefen Erkenntnis seiner schweren Pflicht. Er begann sie zu beruhigen und verkündete jede Minute mit vorgetäuschtem Optimismus, daß sich alles ziemlich schnell klären würde…
Der Zug quietschte durchdringend mit den Bremsen, der Wagen neigte sich ruckartig an den Weichen von einer Seite zur anderen, und schon bald blieb alles plötzlich stehen.
Eine gespenstische Stille trat ein.
„Jetzt aber schnell!“ erschallte die strenge Stimme eines Soldaten, der die ganze Zeit in der Nähe stand und auf sie aufpaßte.
Der Bauer Epp, der immer noch mit zitternden Händen mal nach dem einen Bündel, mal nach dem anderen griff, erhob sich, machte ein paar Schritte zu dem strengen Rotarmisten und flüsterte ihm vertrauensvoll ins Ohr:
„Vielleicht können wir die Sache mal auf andere Weise klären?“
Der Soldat wurde zwar unschlüssig, doch im gleichen Augenblick drang aus der Tiefe des Wagens die erboste Stimme seines Vorgesetzten und brachte ihn wieder in die vorschriftsmäßige Stimmung.
Der kleine Eduard konnte kaum noch etwas sehen oder verstehen. Jemand drückte ihm ein schweres Bündel in die Hände, und er quälte sich schweigend hinter seinem großen Bruder durch den prall gefüllten Wagen zum Ausgang. Er hörte nur das herzzerreißende Schluchzen der Epp’schen Kinder, die tiefe Stimme des Bauern, der immer noch versuchte, die murrenden Soldaten umzustimmen. Von allen Seiten ertönte lautes Fluchen der Fahrgäste, die endlich wieder ihre Ruhe haben wollten, und sein kleines Herz platzte vor Schmerz…
Sie standen nun zwischen den Gleisen und schauten sich hilflos im nächtlichen Dunkel um. Der kalte spätherbstliche Wind peitschte

wie ein aufgewühltes Meer und machte das ohnehin unerträgliche Unglück noch trostloser. Eduard fröstelte, kauerte sich zusammen und spürte plötzlich, wie Gottlieb ihn mit seiner starken Hand noch fester an sich drückte. Und zwar so, als wollte er ihm etwas sagen, unmerklich auf etwas hinweisen.
Eduard spannte sich an und spähte verstohlen nach allen Seiten. Es war nichts zu sehen. Nur die leisen Geräusche des herannahenden Zuges hörte er deutlich durch die brausenden kalten Windböen. Gottlieb schritt langsam rückwärts und seine feste Hand forderte von Eduard, das gleiche zu tun. Der Kleine gehorchte und machte einige Schritte mit ihm. Doch er konnte immer noch nicht verstehen, was sein großer Bruder vorhatte. Zu flüchten war unmöglich. Die Soldaten waren bewaffnet und würden sie bei einem Fluchtversuch mit Sicherheit erschießen.
Sie standen nun ein paar Schritte entfernt von der großen Familie Epp, während die Soldaten noch einmal ihre Papiere prüften und lebhaft miteinander sprachen. Nur das beängstigende Geräusch des rasenden Zuges wuchs und wuchs wie das Geröll der herannahenden Gewitterfront. Seine starken Scheinwerfer durchschnitten die zähflüssige Dunkelheit und blendeten Eduard bereits so stark, daß er vor Schmerz die Augen zukneifen mußte. Sie standen gefährlich nah an den Gleisen, und Eduard zuckte leicht nach vorne, um der möglichen Gefahr, vom Fahrtwind erfaßt zu werden, auszuweichen, doch plötzlich riß ihn etwas mit ungeheurer Kraft nach oben, trug ihn eine kurze Zeit durch die Luft, schleuderte ihn schließlich auf den harten Boden, und die donnerartigen Geräusche des vorbeirasenden Zuges erschlugen ihn beinahe. Einige Augenblicke lag er völlig verstört, festgedrückt an den nassen Boden, mit dem Gesicht auf dem kalten scharfkantigen Kies, und sein ganzer Körper vernahm, wie die Erde unter ihm erzitterte, als hätte ein gewaltiges Erdbeben die ganze Gegend erfaßt.
Kaum versuchte er, dem Wahnsinn nahe, das Geschehene zu begreifen, riß ihn jemand ruckartig wieder vom Boden hoch, stellte ihn auf die Beine und Eduard vernahm nun durch das ohren-

betäubende Rattern und Geheul des Fahrtwindes Gottliebs unmenschlich brüllende Stimme:
„Lauf, Edi, lauf!“
Gleich darauf wurde er von seinem großen Bruder fest an der Hand gepackt und fortgerissen. Und Eduard begriff, daß der rasende Zug sie für einige rettende Augenblicke von den tödlichen Kugeln dieser gnadenlosen Soldaten getrennt hatte. Und er begriff, was von ihm erwartet wurde, und rannte und rannte aus allen Kräften. Alles oder nichts, so viel verstand er jetzt, und diese schreckliche Erkenntnis gab Kraft und Mut…

Vor Moskau

Der Spätherbst bemächtigte sich an diesem Nachmittag der Erde endgültig. Der bleierne Himmel lag ungewöhnlich tief über den schwarzen Stoppelfeldern, über den laublosen Birkenhainen… und schüttete und schüttete auf die Erde kalten Nieselregen. Keine Seele war in der ganzen sichtbaren Welt zu sehen. Alles Lebende suchte nach einem Asyl, verbarg sich in seinen Behausungen und freute sich still über deren angenehme Wärme. Keine Tiere, keine Vögel. Nur noch zwei gebeugte Menschengestalten schleppten sich langsam mitten in dieser trostlosen Gegend dahin.
Gottlieb ging auf dem ausgefahrenen schlammigen Weg und zog seine schweren Stiefel nur mit Mühe aus dem schlüpfrigen Matsch. Immer wieder schaute er angestrengt in alle Richtungen nach dem rettenden Dorf, in der Hoffnung, daß seine niedrigen Häuser jeden Augenblick aus dem gräulichen Nebel auftauchen würden. Doch es gab keine Anzeichen von ihm, keine Spur! Nur dieser unendliche abgesoffene Weg…
Er machte einen Schritt nach dem anderen, und trübe Gedanken tauchten in seinem Bewußtsein auf. Er erinnerte sich an jene Zeit, als er in warmen Sommernächten im duftenden Heu lag, in den klaren geheimnisvollen Sternenhimmel schaute und mit einem atemberaubenden schaurigen Gefühl daran dachte, daß in seiner

Heimat, unendlich weit im Westen, in seinem Deutschland vielleicht auch jemand in diesem Augenblick zu den gleichen Sternen schaute. Vielleicht sogar seine Sehnsucht spürte, seine emporfliegenden Gedanken an diesen rätselhaften Sternzeichen ablesen konnte.
Es war damals unerträglich, einfach so tatenlos zu sitzen und zu warten. Man wollte unbedingt etwas unternehmen, was sie endlich näher zu ihrem Ziel bringen würde. Er war sogar ernsthaft bereit, die unermeßlichen russischen Weiten in einem gewaltigen Fußmarsch zu überwinden. Schritt für Schritt, Tag für Tag, Monat für Monat. Nur nicht so tatenlos herumsitzen! Sondern mit jedem kleinen Schritt von der freudigen Erkenntnis erfüllt zu sein, daß man immer näher dem Land seiner Träume war.
Und jetzt machte er eben diese langersehnten Schritte in Richtung seiner Heimat. Und sie waren schwer. Verdammt schwer!
Er zog seine aufgeweichten Stiefel aus dem kalten Schlamm und raffte all seine Kräfte immer wieder aufs neue zusammen, um den nächsten Schritt zu machen. Nur einen einzigen von Tausenden und Abertausenden, die noch zu machen waren!
Und er schritt und schritt und schritt. Immer weiter…
Bald spürte er keine Kälte mehr, keine lästigen Regentropfen auf seinen eingefallenen Wangen. Sie mischten sich mit den warmen Tränen und flossen in dünnen Bächlein herunter. Als wollte der Himmel selbst schweigend ihr unabwendbares Schicksal beweinen. Nicht seinetwegen schmerzte die unstillbare Trauer in seiner Brust. Gottlieb dachte an den kleinen Eduard, der sich jetzt tapfer neben ihm durch den herbstlichen Dreck quälte. Erschöpft und hungrig und doch in vollem Vertrauen auf seinen großen Bruder.
Gottlieb dachte an ihre liebevollen Eltern, Geschwister. Doch es waren keine richtigen Gedanken. Nein! Es gab schon keine Kraft mehr zum Denken. Nur noch Gefühle und verschwommene Bilder verfolgten ihn. Immer wieder im gleichen Kreis, im gleichen Labyrinth, aus welchem es keinen Ausweg mehr gab. Er sah ihre unglücklichen Gesichter, den stillen Schmerz in ihren Augen. Sie standen einsam irgendwo in der kalten Wüste dieses schrecklichen

Landes, und ihre Herzen sehnten sich nach Eduard und nach ihm, auf dem jetzt die ganze Hoffnung ruhte, nach dem Hilflosen, der gezwungen war, ihr zukünftiges Leid zu ahnen, ohne etwas verändern zu können. Ohne eine Möglichkeit zu finden, sich selbst aufzuopfern, um ihnen zumindest einen Teil von diesem schwindenden Glück, ihre lichten Träume und Hoffnungen zu bewahren. Alles verging. Verging unwiderruflich in einem dunklen Abgrund und zog mit sich auch den kleinen Eduard, der in seiner Wahnvorstellung verzweifelt nach ihm die Hände ausstreckte.

Seit Tagen hatte Gottlieb Fieber, das immer schlimmer und ermüdender wurde.

„Vergiß es nicht, Edi! Du mußt nach Moskau zur Botschaft… Dort sind Mama und Papa… Es ist nicht mehr weit… Vergiß es nicht!"

„Warum sagst du das, Gottlieb?" fragte Eduard ängstlich und klammerte sich noch fester an seine Hand.

„Nur so, Edi, für alle Fälle", beruhigte Gottlieb, doch er spürte, wie groß die Aufregung des Kleinen war, wie deutlich die Vorahnung.

Gottlieb fühlte ein zunehmendes Drücken im ganzen Kopf. Es erreichte bereits seine Ohren. Es schien ihm sogar, als ob er nicht mehr so gut hören würde. Ein lästiges Summen stieg aus der Kopfmitte und deckte alle übrigen Geräusche ab. Bald flimmerte es auch vor seinen erschöpften, halb geöffneten Augen. Eine immer größer werdende Menge von kleinen, plötzlich auftauchenden schwarzen Pünktchen begann seine Sicht zu stören. Er blieb stehen, schüttelte den Kopf, doch es half nicht. Eine schmerzliche Erkenntnis erfüllte ihn: Er konnte nicht mehr weiter!

Gestützt auf seinen Gehstock, sank er langsam am Wegesrand nieder und legte sich erschöpft auf das nasse Gras.

„Was ist mir dir, Gottlieb?" stammelte Eduard verängstigt und sank vor ihm auf die Knie. „Du darfst hier nicht liegenbleiben!"

„Nichts, Edi... nichts", murmelte Gottlieb mit geschlossenen Augen.

Eduard zog ihn zunächst an seinem Ärmel hoch, versuchte es dann von der anderen Seite, packte ihn an den Schultern und zog ihn verzweifelt nach oben. Sehr schnell verlor er aber die restliche Kraft und mußte schließlich aufgeben. Er saß neben seinem Bruder und weinte lautlos.

Gottlieb atmete heftig und betete wie im Traum, auf daß der liebe Gott Hilfe schickt und Eduard zu den Eltern bringt. Wie? Das wußte er nicht. Nur eins war ihm in dieser Stunde klar: Wenn der Kleine auch überleben sollte, so werden die Roten ihn früher oder später erwischen. Dann ist es aus. Dann stecken sie ihn bestenfalls in ein Waisenhaus… Dann verliert sich seine Spur in diesem Leben… vielleicht auf immer… Wenn jetzt der Allmächtige nicht hilft, dann ist das schon das Ende, dachte er.

Bald schien es ihm, daß er keine Empfindungen mehr hatte. Nur die kleine zitternde Hand seines Bruders spürte er noch auf seiner nassen Stirn...

Eduard sprang wieder auf und schaute sich um. Ihm schien, daß im grauen Nebeldunst zwischen den hellen Birkenstämmen am Waldesrand etwas Dunkles schimmerte, das ihn an ein kleines Häuschen erinnerte.

Mühevoll lief er durch das aufgeweichte Stoppelfeld, und sein Herz schlug immer stärker im Anflug einer kraftspendenden Freude. Als er vor dem einsamen Heuschuppen stand, fand er in der Nähe einen dicken Ast, steckte ihn in den Schloßbogen und versuchte das Schloß wegzureißen. Das Holz war morsch, gab nach, und schon einige Sekunden später konnte er den Eisenring aus dem Türrahmen herausreißen.

Mit klopfendem Herzen trat er ein. Es war ein geräumiger Schuppen voller trockenem Heu…

Eduard rannte zurück, warf sich vor Gottlieb auf die Knie und rüttelte ihn wach. Der Bruder machte seine Augen ein wenig auf und sah direkt vor sich das Gesicht von Eduard. Der Junge strahlte vor Freude und konnte seine Tränen nicht bezwingen.

„Gottlieb! Wir sind gerettet! Gerettet!“ drang die schluchzende Stimme seines kleinen Bruders zu ihm…

Im Heuschuppen

Eduard war froh. Gottlieb ging es endlich besser. Zwei Tage verbrachten sie im Schutz des trockenen Heuschuppens, und Eduard gelang es sogar, im großen Birkenhain eine Menge Beeren und selbst einige Pilze zu finden.

Nach Gottliebs Berechnungen waren sie ungefähr einhundert Kilometer vor Moskau, und wenn das Wetter sich besserte, würden sie es bestimmt in einigen Tagen schaffen. Doch es nieselte immer noch und an Weitergehen war an diesem Nachmittag nicht zu denken.

Eduard vergrub sich vollständig im Heu, bedeckte auch seinen Kopf und spürte, wie die nasse Kälte, die ihn plagte, langsam zurückwich. Er schlummerte bereits, als die Tür plötzlich aufgerissen wurde und in den Schuppen mehrere Menschen hereinstürmten.

„Aufstehen! Hände hoch!“ riefen wild drohende Männerstimmen.

Eduard hielt den Atem an. Er hörte, wie Gottlieb sich aus dem Heu erhob und zu ihnen sprach.

„Ich wollte nur übernachten“, erklärte er den Männern. „Ich bin auf dem Weg nach Moskau.“

Doch die furchtbar fluchenden Russen wollten ihn nicht einmal anhören.

„Fesselt ihm die Hände, damit er uns nicht entwischt!“ sagte eine der Stimmen und wandte sich zu Gottlieb: „Bist du allein?“

„Allein“, bestätigte Gottlieb laut.

Eduard spürte, daß diese Worte an ihn gerichtet waren. Er regte sich nicht und atmete kaum, während jemand laut fluchend in den Heuhaufen hineinstach.

Bestimmt mit dem aufgesetzten Bajonett! blitzte es Eduard durch den Kopf, und die ohnehin lähmende Furcht stieg ins Unerträgliche. Er stellte sich bildlich vor, wie die scharfe Klinge auf seinen Kopf oder Hals treffen würde, zog sich zusammen und war kurz davor, in Panik auszubrechen und aus dem Heu zu springen.

Der fluchende Russe wurde jedoch nach draußen gerufen, hörte auf, in den Heuhaufen zu stechen, und schritt zum Ausgang. Eduard atmete erleichtert auf. Betörende Schlappheit übermannte seinen schweißgebadeten, immer noch zitternden Körper.

„Siehst du“, drang zu ihm eine aufgeregte näselnde Männerstimme, „wie er das Schloß rausgerissen hat? Dafür muß man ihn gleich an die Wand stellen!“

„Beruhige dich, Fedja!“ antwortete ihm ein anderer. „Unsere Aufgabe besteht darin, alle Verdächtigen aufzugreifen und dem Vorgesetzten zu übergeben. Er wird schon wissen, was man mit ihm machen sollte. Kommt jetzt!“

Die Stimmen verhallten längst, doch Eduard traute sich immer noch nicht aus dem Heu. Wieder brach seine Welt zusammen und schien unterzugehen. Wieder war er allein.

Erst gegen den heraufziehenden Abend kroch er aus dem Heuhaufen und ging vorsichtig zum Ausgang. Er schaute ängstlich durch die halb geöffnete Tür nach draußen, ins kalte verregnete Grau des herbstlichen Waldes, auf die einsamen Stoppelfelder und weinte. Nicht nur seine kleinen Hände zitterten. Alles bebte in der Brust, als wollte die Seele heraus... heraus aus dieser schrecklichen kalten Welt...

Nadine

Nachdem Frank sich von Anna verabschiedet hatte, begab er sich zum Marktplatz. Für morgen war eine wichtige Klausur in Französisch angekündigt, und Frank sah sich schweren Herzens gezwungen, auch seinem Freund Max diesen Umstand erklären zu müssen.

Die ganze Nacht hindurch hatte er seinen Roman gelesen und war einfach überwältigt. Ein wahres Meisterwerk! Frank hatte zwar die ungewöhnliche Reife seines Freundes vermutet, doch die Tiefe seiner Gedankenwelt, die Schönheit und der Farbenreichtum des Ausdrucks überraschten ihn und hinterließen einen nachhaltigen Eindruck. Von den ersten Seiten an zog ihn das gewaltige Werk in seine Welt hinüber. Frank konnte sich nicht erinnern, wie oft ihm die Tränen herunterflossen, als sich das tragische Schicksal von Friedrich vor seinem geistigen Auge entrollte. Als wäre er durch die verbrannte Erde Ostpreußens gegangen und hätte in Berlin im letzten aussichtslosen Kampf verzweifelt auf die russischen Panzer gefeuert… Weiter konnte er nicht denken. Tränen stiegen ihm wieder in die Augen. Er schaute sich verstohlen um und war froh, daß niemand ihn sehen konnte.

Ein Genie war sein Freund Max. Ein leuchtender Stern an unserem deutschen Himmel. So hat er es ihm auch gesagt. Gleich vor dem Unterricht zog er ihn in den Flur, drückte ihn an die Wand und sagte das. Ohne wenn und aber, ohne lange Einleitung.

Der Dichter war von so viel Lob wie erschlagen. Die Stimme versagte ihm. Er preßte nur verkrampft seine fein geschnittenen Lippen zusammen, atmete unruhig und drückte gefühlvoll seine Hand.

Im Unterricht beobachtete Frank seinen Freund sehr aufmerksam und konnte sehen, wie seine Freude langsam nach außen drängte. Nur als Max plötzlich erfahren mußte, daß Frank gleich nach der Schule nach Hause gehen wollte, verflüchtigte sich seine Freude. Der Dichter versuchte zwar, Gelassenheit vorzuspielen, doch er war unverkennbar traurig darüber. Nicht einmal kurz aufzublicken

vermochte er, bevor er seine Hand zum Abschied reichte.
Frank schaute seinem verzagten Freund nach, und ein starkes Mitgefühl übermannte ihn. Beinahe hätte er die anstehende Klausur vergessen, beinahe wäre er seinem Freund nachgelaufen. Lange noch dachte er an ihn und seinen Roman und wachte aus seinen Gedanken erst vor der großen Bushaltestelle am Markplatz auf.
Heute fühlte er sich wieder sehr merkwürdig. Und nicht nur die schlaflose Nacht war die Ursache davon. Er war extrem wetterfühlig und wußte, daß spätestens nachts keine Spur mehr von diesem blauen Himmel zu finden sein würde. Graue Wolken würden aufziehen, und der langanhaltende Regen würde die schwüle Sommerluft merklich abkühlen.
Aber nicht nur das verspürte er an diesem Tag. Auch seine ohnehin sehr zarten Empfindungen kamen völlig durcheinander. Unbändige, wie aus dem Nichts auftauchende Gefühle beherrschten ihn, schwappten über den Rand des Erträglichen und machten jede intellektuelle Beschäftigung beinahe unmöglich. Sein geistiger Blick warf sich verzweifelt von einem Gedanken zum anderen und konnte nirgends einen sicheren Halt finden. Wie kann man an einem solchen Tag noch Französisch lernen? Verben, Deklinationen, Zeitformen…
Er wußte es ganz genau: Er würde vor dem aufgeschlagenen Buch sitzen, völlig sinnlos in den Text starren, während seine Gedanken weit weg von der Sprache unseres Nachbarvolkes umherschweifen würden.
Dazu trieb noch die Natur mit ihm ihre lustigen Scherze. Wieder mal, wie schon so oft an solchen Tagen, erinnerte sie ihn deutlich daran, daß er ein Mensch war, ein Mann. Dazu noch ein junger Mann. Er schämte sich dessen, kämpfte dagegen an, mußte aber verzweifelt feststellen, daß sein begehrlicher Blick jedem schönen Mädchen gefolgt war. Und nicht nur die Schönheit an sich bezauberte ihn dabei. Er fühlte sehr deutlich, wie sein ganzes Wesen von einem nicht geringen Verlangen ergriffen wurde, dem gar nicht so einfach zu widerstehen war. Seine lebhafte Erinnerung schlich

sich von selbst an die schöne Anna heran, entzündete seine wahrhaft beeindruckende Vorstellungskraft, und kaum glaubte er, diesen fiebernden Wahn vertrieben zu haben, tauchten vor seinem geistigen Auge andere schöne Mädchen auf.
Auch die schlanken Umrisse von Julia beherrschten von Zeit zu Zeit seine Phantasie. Er erinnerte sich an den nächtlichen Spaziergang mit ihr und stellte sich bildlich vor, was geschehen wäre, wenn er nur einen Schritt, nur einen einzigen Schritt in Richtung dieser vor Leidenschaft glühenden Augen gemacht hätte. Er schlug seine langen Wimpern nieder und klammerte sich mit der Hand an einen Pfosten. Eine gewaltige Anstrengung war nötig, um diese aufdringliche Vorstellung zu vertreiben.
Frank fuhr entkräftet mit der Hand über sein Gesicht. Ein hoffnungsloser Kampf, dachte er entmutigt, wahrhaftig ein hoffnungsloser. Wie sollte man das alles mit der Kant'schen Wahrheit versöhnen? Wie kann man nur all die Gedanken und Gefühle einfach so vor den Menschen offenlegen, wenn man sich hin und wieder sogar vor dem eigenen Gewissen tief in den Boden schämte?
Nichts kam ihm in diesen Minuten in den Sinn, was nur im entferntesten an eine Antwort erinnern würde. Nur ein riesiger Widerspruch klaffte zwischen der schönen Vorstellung, wie es sein sollte, und seiner von Gegensätzen zerrissenen Natur.
„Hi, Romeo!“ erklang ganz in der Nähe eine angenehme, wohlbekannte Mädchenstimme und riß ihn augenblicklich aus seiner Nachdenklichkeit heraus.
Er drehte seinen Kopf in Richtung dieser Stimme, erkannte Nadine und sein Herz zog sich ängstlich zusammen. Das kann doch nicht wahr sein, dachte der Junge verzweifelt und schlug für einige Sekunden seine Augen nieder.
Das Mädchen ging auf ihn zu, wie immer betont weiblich und elegant. Es trug eine enganliegende hellblaue Jeans und eine hauchdünne Bluse, die lediglich die Brust dürftig bedeckte und ihren schönen Bauch großzügig freiließ.
„Gut, daß ich dich getroffen habe“, sagte sie lächelnd. Die grünen

Augen mit hellbraunen zackigen Ringen um die nachtschwarzen Pupillen strahlten ihm so fröhlich entgegen, daß Frank abermals an ihnen ein echtes Gefallen fand. Er tauchte in sie ein, bewunderte sie, und eine leise Vorahnung kündigte sich in seinem aufgewühlten Wesen an. Eine immer lauter werdende innere Stimme raunte ihm in sein pochendes Herz hinein, daß dieses Treffen wohl kaum zufällig zustande gekommen war.
Er grüßte sie, lächelte zurück, wandte aber dabei sein Gesicht leicht zur Seite. Doch nicht diese Vorahnung ließ seine ansonsten so sicheren Augen verlegen vor ihrem Blick flüchten. Er vermutete auch noch den wahren Grund dieser Begegnung und spürte, wie die Aufregung ihm aus dem Bauch heraufkroch und sich mitten in seiner Brust einnistete. Wie Honig floß sie in jede Zelle hinein, und je heftiger er gegen dieses Gefühl ankämpfte, desto schneller verteilte sich diese süße klebrige Masse in seiner Seele und ließ das Herz immer höher schlagen.
„Ich wollte mit dir reden", vertraute Nadine dem verwirrten Jungen an, indem sie unentwegt in seine Augen zu blicken versuchte. „Wollen wir ins Café gehen?"
Er schwieg und mußte hilflos zur Kenntnis nehmen, wie die Wucht des neuen Gefühls immer mehr seine Widerstandskraft schwächte. Sie stand vor ihm, das rechte Knie ein wenig abgeknickt und leicht nach vorne strebend, in vollem Bewußtsein ihrer bezaubernden Grazie. Cremefarbene Schläppchen mit großen kamillenähnlichen Blumen darauf zierten ihre eleganten kleinen Füße, ohne sie ganz zu verbergen, und allein deren vollkommene Form erschien ihm in diesem Augenblick als Krönung der Göttlichen Schöpfung, an der nichts, aber gar nichts auszusetzen war.
Er vermochte nicht mehr klar zu denken. Das hatte er schon seit langem befürchtet, seit langem geahnt. Das Mädchen war unwiderstehlich anziehend! Magisch anziehend! Zumindest das konnte er noch vor seinem Gewissen ehrlich gestehen. An das übrige wagte er nicht einmal zu denken…
„Ich muß leider nach Hause", brachte er endlich über die Lippen

und ergänzte seine ohnehin unsicheren Worte mit einer verworrenen Erklärung über die anstehende Klausurarbeit.
„Ich muß mein Französisch verbessern...“, fügte er noch hinzu, bevor er gänzlich verstummte.
„Was dein Französisch betrifft, kann ich dir bestimmt helfen!“ sagte sie fröhlich und ihr unbekümmertes Lachen floß in seine Ohren wie das Plätschern von reinem Quellwasser. Doch dieser merkwürdige Satz mit dem vieldeutigen Wort „Französisch“, umhüllt von diesem Lachen, brach wie eine Naturgewalt in seine Seele ein, zerstörte dort wie ein heftiger Sturm die festgeglaubte innere Ordnung und ließ ihn vor Scham erbleichen. Sie konnte doch, wenn auch im Scherz, unmöglich ***das*** gemeint haben, widersetzte sich sein stark unter Druck geratenes Gewissen, doch nicht ***das***...
Er schwieg, und dieses enträtselte, höchst verlegene Schweigen brachte Nadine in eine noch größere Heiterkeit. Sie schaute direkt in sein verstörtes Gesicht und konnte kaum noch ihr Silberlachen im Zaum halten.
Ohne zu wissen, wie er darauf reagieren sollte, tauchte er wieder in ihre glänzenden Augen ein, und neben ihrem reinen Licht entdeckte er abermals dieses geheimnisvolle Feuer, das seine ohnehin schwachen Gegenargumente zum Einsturz brachte.
„Ich weiß nicht...“, fing er verlegen an und hielt für einen Augeblick inne.
Sofort registrierte sie diese verräterische Unsicherheit, reagierte blitzschnell und ließ ihm keine rettende Zeit mehr, um seine zerstreuten Gedanken zu ordnen.
„Ich bringe dich nach Hause!“ sagte sie mit einer bestechend freundlichen Stimme. „Du wohnst doch auf dem Berg? Unterwegs können wir reden.“
Frank wollte noch einmal seine Bedenken anmelden, doch ihre zärtlichen Finger umschlossen bereits seine Hand und drückten sie sanft zusammen.
„Komm! Du verlierst keine einzige Minute!“
Frank schlug seine Augen nieder und hielt den Atem kurz an.

„Du hast einen Wagen?“ fragte er leise, nur um etwas zu sagen, um hinter dieser belanglosen Frage sein inneres Chaos zu verbergen.
„Ich bin schon achtzehn!“ verkündete Nadine stolz und vielsagend. „Mir ist einiges erlaubt!“
Dabei blickte sie wieder so schelmisch zu ihm hinüber, daß seine Empfindungen erneut in den Strudel aufdringlichster Vermutungen gerieten.
Frank schritt neben Nadine her, sah mit einem verstohlenen Seitenblick auf ihre schönen Brüste, auf ihre schlanke Linie, die langen Beine und kämpfte verzweifelt gegen seine schleichende Unentschlossenheit.
Er dachte an Anna, und sein Gewissen erinnerte ihn flehend daran, daß er jetzt „nein“ sagen mußte, flüchten, sich auf keinen Fall hineinziehen lassen… und doch konnte er das nicht… Er versuchte in seinem aufgewühlten Wesen den wahren Grund seiner wachsenden Schwäche zu finden und fühlte es so deutlich, daß es ein mächtiges Urverlangen war, das ihn beherrschte. Er vermutete, er kannte sogar die Richtung, worauf dieses Treffen hinauslaufen würde, und fand trotzdem keine Kraft, sich diesem aus dem Bauch kriechenden süßlichen Nebel zu widersetzen.
O Nadine, Nadine! Wie verführerisch war sie! Wie sinnlich! Sie berührte ihn ständig: leicht, als wäre es selbstverständlich… beim Einsteigen in den Wagen legte sie ihre zierliche Hand wie nebenbei auf seine Schulter, ließ sie, als wäre es reiner Zufall, ein wenig weiter rutschen, dann wieder am Arm entlang… Dann, als er bereits im Wagen saß, eilte sie wieder zu ihm, machte die Tür auf, beugte sich über ihn, als hätte sie etwas im Handschuhfach vergessen, berührte ihn sanft mit ihrem angenehm duftenden Haar und entschuldigte sich mit vorgetäuschtem Schuldgefühl für diese Unachtsamkeit. Und gleich danach rutschte ihre Hand geschickt an der Kunststoffoberfläche aus und ihr ganzer Oberkörper verlor in seiner unmittelbaren Nähe das Gleichgewicht. Doch sie fiel nicht auf ihn, schwankte nur leicht in seine Richtung, während er, im ehrlichen Bemühen, den Fall zu verhindern, sie mit beiden Händen höchst

ungeschickt an der nackten Taille faßte. Dabei streifte ihn ihre weibliche Brust nur leicht, doch es hinterließ heftige Spuren in seinen Empfindungen und versetzte ihn in den Zustand einer immer stärker werdenden Trunkenheit.

Jetzt bestand kein Zweifel mehr, jetzt konnte er noch deutlicher die Richtung ihrer Bemühungen wahrnehmen.

Sie fuhren los, und schon nach wenigen Minuten verließen sie die Grenzen der Kurstadt. Die hügelige Landschaft floß wie im Traum an ihm vorüber, während die lebensfrohe Stimme seiner Begleiterin ihn immer mehr umhüllte.

„Du sprichst so oft von der Wahrheit“, sagte Nadine mit einem geheimnisvollen Lächeln. „Was ist das? Gibt es sie überhaupt?“

„Ja, es gibt sie“, erwiderte Frank mit letzter Kraft. „Das ist vor allem die Wahrheit unserer Empfindungen.“

„Was heißt das?“

„Wenn du keine Angst hast, dir selbst und den anderen ehrlich zu sagen, was du denkst und fühlst.“

Als er das sagte, zuckte in ihm alles zusammen und erfüllte ihn mit der traurigen Erkenntnis seiner eigenen Lage. Er hoffte noch, daß sie nicht so weit gehen würde, doch auch diese Hoffnung war angesichts des sinnlichen Dranges dieses unwiderstehlichen Mädchens kaum noch haltbar.

„Bist du so mutig?“

„Ich versuche es.“

„Wirst du es auch mir sagen können?“

„Ja.“

„Jetzt hast du aber etwas gesagt, was du selbst nicht glaubst. Also hast du gelogen?“

„Ich habe nicht gelogen. Ich werde es versuchen, auch dir die Wahrheit zu sagen!“ wehrte sich Frank.

„Die ganze Wahrheit?“

„Die ganze“, bestätigte er.

Nadine bremste ab, bog entschlossen in einen leeren schattigen Parkplatz ein und würgte den Motor ab.

„Ich bin eine Frau", sagte Nadine und blickte ihn forschend an. „Würdest du es je wagen, mich zu schlagen?"
„Nie", erwiderte Frank entschlossen, und seine Augen weiteten sich vor Überraschung und aufbrausender Vorahnung.
„Bist du bereit?"
„Wofür?" fragte er verunsichert und sogar ängstlich.
„Für eine Probe! Ich will prüfen, ob du es mit deiner Wahrheit ernst meinst."
Dabei schob sie ihren Fahrersitz ruckartig bis zum Anschlag nach hinten, streifte ihre Schläppchen ab, sprang wie eine Katze auf ihren Sitz und drehte sich mit dem ganzen Körper zu Frank um, der sich nicht zu rühren wagte und sich mit beiden Händen fest an seinen Sitz klammerte.
Nadine lächelte ihn schelmisch an und rückte so dicht heran, daß ihre Knie nun auf seinem Sitz lagen und sein Bein berührten.
„Ich will wissen, ob du es wagst, deine Empfindungen, deine Gefühle mir zu gestehen."
Sie schaute wieder in seine großen hellgrauen Augen, tauchte sehnsüchtig in sie ein und auch Frank versank in ihren schönen grünlichen Augen, von einem unwiderstehlichen Gefühl getragen.
„Was fühlst du? Ist meine Hand nicht angenehm? Ist sie nicht aufregend?" flüsterte sie sinnlich erregt, ohne ihren Blick abzuwenden, während ihre leicht zitternden Finger unter seinen Sakko tauchten und sich auf seine Schulter legten.
Frank war überwältigt.
Die Stimme versagte ihm ganz und gar. Er versuchte seinen Atem zu beruhigen, schluckte einige Male heftig, doch das rauschähnliche Gefühl überschwemmte seine Sinne.
„Dein Herz… es klopft nicht… es rast… es sagt mir mehr als Worte", flüsterte sie, in seine weit aufgerissenen Augen schauend.
Ihre Hände schlichen sich nun an seinem Hals hoch, die langen Finger vergruben sich sehnsüchtig in seinem dichten dunkelblonden Haar, und schon bald fühlte der Junge, daß das schöne Mädchen absolute Macht über ihn erlangte.

Er kniff die Augen zu. Ganz nah an seiner Wange spürte er schon Nadines warmen sinnlichen Atem. Er ahnte, ja wußte sogar, was im nächsten Augenblick geschehen würde.
Trotzdem zuckte er leicht zusammen und hielt ängstlich inne, als ihre feuchten warmen Lippen die seinen berührten. Sie umschloß sie zwar gierig, doch mit einer atemberaubenden Zärtlichkeit. Ihre gefühlvolle Zunge drang in seinen leicht geöffneten Mund, strich an seinen Zähnen entlang und beherrschte ihn restlos.
Frank fühlte sie auf einmal ganz: ihre festen Brüste, die sich jetzt an seine Brust schmiegten, ihre Hände, die auf nichts mehr Rücksicht zu nehmen schienen, und versank immer mehr in einem schwindelerregenden Rausch.
„O Gott, bist du süß!“ flüsterte Nadine trunken.
Ihr Körper begann leicht zu zittern, fieberhaft, mit wachsender Ungeduld. Sie wollte ihn einfach verschlingen, sich mit ihm ganz verschmelzen, in ihm völlig aufgehen… Sie lockerte seine Krawatte, band sie auf, und schon machten sich ihre flinken Finger daran, sein dünnes Anzughemd aufzuknöpfen, während ihre heißen Lippen unentwegt seinen Mund gefangenhielten.
Sie küßte seinen Hals, sein Gesicht, seine geschlossenen Augen.
„Gestehe mir, daß es schön ist!“ flüsterte sie ihm mit leicht zitternder Stimme zu. „Du schweigst… dann ist es so?“
Endlich gelang es ihr, seine Schulter vom weißen Hemd zu befreien. Sie preßte ihr Gesicht gierig auf seine Brust, bedeckte sie mit sinnlichsten Küssen, zuckte dann und wann leicht zusammen und stöhnte sogar, während ihre Hände seinen Körper umschlangen.
„Habe ich über dich gesiegt?“ flüsterte sie in vollkommenem Rausch. „Hab ich?“
Frank konnte nicht antworten. Er atmete heftig, und dieses stoßartige Auf und Ab seiner Brust versetzte Nadine in eine unglaubliche Erregung. Ihre Hände krochen wieder hoch, vergruben sich leidenschaftlich in seinem geschmeidigen Haar und die warme, zärtlichrauhe Zunge umschmeichelte sein Ohr.
„Romeo! Gesteh’!“ raunte sie mit fiebernder Stimme. „Hab’ ich

über dich gesiegt? Gesteh' es ehrlich, wie vor Gott!"
Diese letzten Worte drangen in sein benebeltes Bewußtsein mit einer ernüchternden Wucht, und die Erinnerung an Gott brannte dort wie ein glühendes Eisen.
„Ich bin nur ein Mensch", flüsterte Frank mit hoffnungsloser Bitterkeit.
Nadine erstarrte. Sie richtete sich auf, blickte in sein Gesicht und erschrak. Franks Augen waren schmerzlich zugekniffen und es schien ihr sogar, daß der Junge verzweifelt um Fassung kämpfte.
„Ich bin nur ein Mensch!" stieß er wieder gefühlvoll aus und preßte beide Hände fest an sein Gesicht.
„Was ist mit dir, Romeo?" erschrak Nadine noch mehr, doch Frank antwortete nicht, stieß ruckartig die Tür auf, befreite sich aus ihrer Umarmung und sprang aus dem Wagen.
„Romeo!" warf Nadine ihm flehend hinterher, doch der Junge drehte sich nicht um. Ganz verstört, ohne Krawatte, mit aufgeknöpftem Anzughemd und verwuschelten Haaren flüchtete er auf dem schmalen Fahrradweg davon und verschwand bald hinter der scharfen Biegung.
Nadine saß immer noch im Wagen. Allein gelassen und unglücklich umschlang sie mit beiden Händen das Lenkrad, stupste ihr Gesicht in den Oberarm und schluchzte…

Der bittere Preis

Anna ging in die Schule und konnte ihre Freude nicht verbergen. Es war ein trüber Tag, der nichts anderes als Regen versprach, und doch war es der glücklichste Tag in ihrem Leben. Sie schämte sich dessen selbst, daß sie ihre rechte Hand in tief abergläubischer Absicht nicht gewaschen hatte. Wie dem auch sei! Die Vernunft hatte an diesem Morgen keine Chance, die jugendliche Regung zu bezwingen. Die Erinnerung an seinen Handkuß war so lebendig, daß sie jedesmal deutlich zu spüren glaubte, wie seine zärtlichen Lippen ihren Handrücken berührten.

Früher wurde sie von quälender Ungewißheit verfolgt. Immer wenn Frank in ihrer Nähe war und so wundervoll zu ihr blickte, hatte sie ein starkes Gefühl, daß auch er für sie das gleiche empfand. So selbstverständlich erschien ihr das, so natürlich. Doch kaum blieb sie allein, verflüchtigte sich diese Gewißheit und schon am nächsten Tag, wenn sie mit pochendem Herzen den Klassenraum betrat und einen unsicheren Blick zu ihm gleiten ließ, wurde sie von panischer Angst erfaßt.

Woran das lag, konnte sie nicht mit letzter Sicherheit erahnen. Denn Frank war wie immer freundlich, und seine schönen Augen strahlten ihr genau so hell und rein entgegen. Doch es konnte ihr nicht entgehen, daß sie auch den anderen so freundlich entgegenstrahlten. Luka, Walter, Melanie und all diejenigen, die seine Nähe suchten, wurden genauso reichlich mit dieser Wärme beschenkt...

Man wollte zu ihm gehen und alles offenlegen. Daß es keine Kraft mehr gab, das große Gefühl in seiner Nähe im Zaum zu halten, es gewaltsam ins Herz zurückzudrängen; daß die unerträgliche Sehnsucht sie wie ein Schatten verfolgte; daß der Schlaf in Wirklichkeit keiner war. Nur noch ein vom ermatteten Körper erzwungenes Abschalten.

Man wollte alles gestehen: daß man bereit wäre, das Schicksal restlos ihm zu Füßen zu legen und nichts, gar nichts für sich zu behalten; daß man in Wirklichkeit keinen Stolz mehr hatte und nur

noch kindlich naiv auf seinen großzügigen Edelmut hoffte.
Wie oft machte sich die bitterste Verzweiflung breit! Wie oft stellte sie sich die Frage, ob sie sich seine besondere Zuneigung nur einbildete? Weil sie es so heftig begehrte?
Das Herz lechzte nach Klarheit und brachte sie sogar auf den verrückten Gedanken: alles auf eine Karte setzen und ihn fragen. Entweder – oder? Er würde es sagen! Er würde es sagen müssen! Er glaubt an Kant! Blankes Entsetzen hinderte sie am Atmen. Sie war so schrecklich, diese Kant'sche Wahrheit! Allein die leiseste Vorstellung an die mögliche Ablehnung hauchte in ihre Seele eine schaurige Kälte ein. Das Leben nach einem Nein erschien so undurchsichtig und dunkel wie ein grauenvoller Abgrund.
Entsetzt schreckte sie jedes Mal vor diesem Gedanken zurück, und die quälende Ungewißheit verlor an Schärfe. Wie es so oft im Leben war: Man wußte, daß man einst dahinsterben würde. Und doch lag dieser Augenblick irgendwo in einer völlig ungewissen Zukunft! Und diese Unkenntnis flößte eine leise Hoffnung auf etwas Unklares, Unmögliches ein, das wie ein Strohhalm vom Himmel herunterhing und an den man sich ängstlich mit letzter Kraft klammerte. Hauptsache, nicht jetzt... noch nicht...
Doch der gnädige Himmel hat mehr gegeben! Viel mehr, dachte Anna, und die Erinnerung brachte sie erneut zu diesem unwiderstehlichen Handkuß, der ihre Welt so plötzlich wieder mit Farben füllte und die quälenden Zweifel zerstreuen ließ.
Anna erreichte den Schulhof. Er war noch leer, und nur diejenigen, die weit außerhalb der Stadt in den umliegenden Dörfern wohnten, kamen so früh in die Schule. Zwar schlief sie auch diese Nacht nur flüchtig und kurz, doch fühlte sie, von ihrem Glück getragen, eine beneidenswerte Leichtigkeit. Sie lief ins zweite Stockwerk, setzte sich auf ihren Platz und versank erneut in ihren fröhlichen Tagträumen.
Bis in die Nacht hinein bereitete sie sich auf das heutige Treffen mit Frank vor, stellte vorsichtshalber eine Flasche Sekt in den Kühlschrank, richtete Besteck und Gläser und konnte es sich nicht neh-

men lassen, sich die Einzelheiten der bevorstehenden Begegnung farbig vor ihren Augen auszumalen.
In diesem Augenblick trat Nadine in die Klasse ein. Sie war wie immer sehr schick gekleidet, und ihr schönes Gesicht strahlte dabei eine geheimnisvolle Zufriedenheit aus. In der Hand trug sie eine schwere Schultasche, die von den meisten Gymnasiasten sofort erkannt wurde. Sie gehörte Frank.
Doch die neugierigen Blicke der Schüler hafteten in diesen ersten Sekunden auf einem anderen Gegenstand. Es war eine aufgebundene dunkle Krawatte. Sie war einfach über Nadines schlanke Schulter geworfen, hing wie eine leblose Schlange herunter, und deren breiteres Ende lag demonstrativ auf ihrer nach vorne strebenden linken Brust.
Sie grüßte flüchtig die wenigen herumsitzenden Jugendlichen, fragte nach dem Platz des neuen Schülers und stellte die schwere Schultasche auf seinem Stuhl ab.
„Das hat er gestern bei mir im Wagen vergessen“, vertraute sie Georg leutselig an, als wäre es gar selbstverständlich gewesen.
Die Spannung wuchs.
„Ich nehme an, dieses Ding da gehört auch ihm?“ fragte Georg neugierig.
„Die Krawatte, meinst du?“ fragte Nadine absichtlich laut und deutlich, während sie deren breiteres Ende zärtlich zwischen ihre langen Finger nahm und es vors Gesicht hob. Sie roch sehnsüchtig an der dunklen Krawatte und berührte leicht mit ihren sinnlichen Lippen den seidigen Stoff. Dabei schlug sie ihre schönen Augen so verträumt nieder, als hätte allein der hauchdünne Geruch dieser Krawatte sie augenblicklich zu jener geheimnisvollen Begegnung getragen, die sie in den Besitz dieses kostbaren Kleidungsstücks gebracht hatte.
Tief beeindruckt verfolgte Georg das aufregende Schauspiel.
„Ja, diese Krawatte, meine ich!“ sagte er ungeduldig.
Nadine lächelte ihm verspielt zu, drehte sich in Annas Richtung und strich liebevoll am herunterhängenden Seidenstreifen entlang.

„Weißt du, unter anderen Umständen hätte ich jetzt bestimmt gelogen. Doch du weißt schon, Wahrheit und so…“
Sie machte ein vielsagendes Gesicht und verstummte.
„Hat er bei dir vielleicht noch etwas vergessen?“ fragte Georg.
„Alles willst du wissen!“ entgegnete Nadine mit nachsichtigem Vorwurf. „Bist du vielleicht auf ihn eifersüchtig, oder?“
Dabei blitzten aber ihre forschenden Augen wieder zu Anna hinüber, ohne auf Georgs heftige Empörung achtzugeben…
Nadine ging aus der Klasse, und die aufgeregten Schüler begannen lebhaft über die gewonnenen Eindrücke zu diskutieren. Sehr schnell wurden die kühnsten Vermutungen ausgetauscht, die schon nach einigen Minuten in den Rang der absoluten Gewißheit erhoben wurden. Jeder neu dazu gekommene wurde gleich über den Vorfall unterrichtet, und dessen Einzelheiten gewannen immer mehr an Farbe.
Nur Anna saß auf ihrem Stuhl wie vom Blitz getroffen. Alles drehte sich vor ihr. Sie schlug die Augen nieder. Es war so schrecklich, daß es ihr nicht einmal möglich war, daran zu denken. Jede Erklärung, die in diesen Augenblicken wagte, sinnvolle Gestalt anzunehmen, brach sofort auseinander und versank im heillosen Durcheinander ihrer aufgewühlten Empfindungen.
Einen solchen Schmerz hatte sie noch nie erlebt. Gnadenlos jagte er sie vor sich her. Es gab kein Entkommen und keine Hoffnung.
Als sie die Augen wieder aufmachte, trat Frank in die Klasse ein. Er wirkte verstört, blieb vor der Klassentafel stehen, schaute unsicher in die rauschende Tiefe des Raumes und wußte sofort, daß die Einzelheiten seines gestrigen Abenteuers hier bereits bekannt waren. Er blickte kurz zu Anna und senkte schuldbewußt seine langen Wimpern.
„Grüß dich, Frank!“ warf Georg ihm erheitert zu. „Warum ohne Schultasche heute?“
Frank ließ seinen verzweifelten Blick langsam zu ihm hinübergleiten, preßte verkrampft seine Lippen zusammen und schwieg.
„Hab’ keine Angst!“ drang zu ihm eine höhnisch klingende Stimme

von den hinteren Bänken. „Nadine hat sie schon vorbeigebracht!“ Frank holte Luft, wollte etwas sagen, erklären, doch Georgs erstaunte Stimme platzte wieder dazwischen:
„Schaut mal her! Er hat auch schon ein Gütesiegel bekommen!“
Erst jetzt bemerkten die neugierigen Schüler auf seinem Hals, etwas oberhalb des schneeweißen Kragens, einen länglichen braunen Fleck.
„Cool!“ hallte es von den letzten Bänken. „Toller Anfang!“
Die Klasse kicherte, während Frank immer mehr rot wurde.
„Deine Krawatte wollte Nadine dir aber persönlich übergeben. Zu wertvoll, sagte sie“, vertraute Georg ihm an. „Oder hast du vielleicht noch etwas anderes vergessen? Ich meine etwas Intimeres. Ein Höschen, zum Beispiel?“
Das Lachen war nicht mehr aufzuhalten.
„Wie war das noch einmal in deinen Träumen mit dem Höhepunkt der wahren Liebe, auf die zu warten sich wirklich lohnt?“
Er seufzte tief und stellte enttäuscht fest:
„Nicht lange hast du gewartet, mein Freund, nicht lange.“
Und dann wieder eine andere theatralisch wohlwollende Stimme:
„Hör doch auf, Georg! Er hat sich bloß vergriffen. Mir passiert es auch. Sogar sehr oft. Fast jede Woche! Manchmal gehe ich so durch die Straße und schau mich um. Dann denk ich: Da ist sie, die wahre Liebe, da! Dann aber schaue ich auf die andere Straßenseite, und eine höhere Erkenntnis beschleicht mich… da ist sie… die allerwahrste… die so wahrhaftig ihre Hüfte bewegt, daß mein Wahrheitsanzeiger sofort die mutige Annahme bestätigt.“
„Leute!“ sagte Frank verzweifelt. „Ich wollte gestern wirklich nach Hause gehen und mich für die Klausur vorbereiten… in Französisch!“
„Ach so habt ihr das getrieben!“ stieß Georg anerkennend aus. „Du meinst da unten gibt es auch solche Flecken?“
Die Klasse brach in schallendes Gelächter aus, das nicht mehr aufhören wollte. Sogar Luka, obwohl eher vom aufrichtigen Mitgefühl erfaßt, konnte sein Schmunzeln kaum noch unterdrücken.

Nur Anna hielt es nicht mehr aus und fing an, trostlos zu schluchzen. Sie bedeckte ihr Gesicht mit beiden Händen und stürzte aus der Klasse. Als sie so unglücklich an Frank vorbeirannte, kniff er seine Augen zu, und die Wirklichkeit begann, sich von ihm zu entfernen. Die Stimmen drangen immer noch in sein Bewußtsein ein, sogar mit der gleichen Lautstärke, doch er konnte die Worte nicht mehr wahrnehmen, nicht mehr verstehen. Er verließ den Klassenraum, stieg wie im Traum die graue Treppe hinab und ging aus dem Gymnasium.
Gleich danach tauchte wieder Nadine auf. Sie trat in den Klassenraum ein, und die dunkle Krawatte hing immer noch über ihrer Schulter.
„Ist mein Liebling immer noch nicht da?" fragte sie neugierig.
„Nadine", sagte Luka ernst und eindringlich, „hör' bitte auf!"
„Warum?" fragte das Mädchen und zog verwundert ihre dünnen Augenbrauen hoch.
„Er ist gerade weggegangen", erklärte Luka, seufzte und fügte etwas leiser hinzu: „Ich glaube nicht, daß er heute noch einmal kommt."
„Wenn du ihm noch eine Lektion in Französisch erteilen willst, dann ist es immer noch nicht zu spät", warf ihr Georg zu, durchs Fenster schauend. „Ich sehe ihn gerade an der Mensa vorbeigehen."
Nadine wurde unruhig.
„War er sehr traurig?" fragte sie besorgt.
„Sehr", bestätigte Luka, und sein vorwurfsvoller Blick ließ Nadine aus der Klasse stürzen.
Frank aber schleppte sich währenddessen langsam weiter und überquerte bereits den Schulhof, als er hinter sich Nadines flehende Stimme hörte.
„Romeo!" rief sie ihm zu, doch Frank drehte sich nicht um.
„Romeo! Warte!"
Sie überholte ihn und versperrte ihm den Weg.
„Warte doch!" sagte sie, blickte in sein blasses Gesicht und erschrak. Er schwieg und in seinen hellgrauen Augen standen Tränen. Er machte einige Schritte, um seitlich an ihr vorbeizugehen, doch sie

warf sich sofort in die gleiche Richtung und verhinderte es.
„Willst du, daß ich vor dir auf die Knie sinke?“ fragte sie erregt, und in ihrem Gesicht zeigte sich wilde Entschlossenheit. „Wenn du es sagst, mach’ ich’s!“
Sie schaute erwartungsvoll zu ihm, selbst sehr nah am Weinen, doch Frank drehte sich weg und ging in die andere Richtung.
„Verzeih mir, Romeo!“ rief sie ihm verzweifelt hinterher, doch er schritt immer weiter.
„Romeo!“ flüsterte Nadine mitleidvoll und verzagte gänzlich. „Verzeih mir… bitte… verzeih…“

Frank ging zurück zum Marktplatz. Es fing an zu regnen, und das kühle Regenwasser drang langsam durch seinen dunklen Sakko. Eine ganze Stunde saß er ratlos im Schutz der überdachten Haltestelle und schaute den abfahrenden Bussen nach.
An die Schule war nicht zu denken. Zu sensibel war er, zu verletzlich, zu kraftlos… Er wußte, daß er es nicht aushalten würde. Er nahm den nächsten Bus und fuhr nach Hause.
„Frank!“ stieß seine Mutter entsetzt aus. „Was ist passiert?“
Sie schaute auf ihren Sohn, und ihr Herz zog sich schmerzlich zusammen. Frank stand auf der Schwelle, ganz verzagt, ohne Schultasche und ohne seinen großen Regenschirm, auf den er so stolz war. Seine Haare waren ganz naß und das Wasser floß in dünnen Bächlein auf den weißen Kragen seines Hemdes herunter. Er schwieg und schaute so traurig zu ihr herüber, daß sie es nicht mehr aushalten konnte, umarmte ihn und drückte seinen Kopf an ihre Schulter.
„Hat dich jemand beleidigt?“ fragte sie besorgt. „Erzähl!“
Und er erzählte. Alles, so wie es Kant gefordert hatte. Von der Begegnung mit Nadine, wie er willig in ihren Wagen gestiegen war. Obwohl er Anna so gern hatte. Obwohl er ganz genau wußte, was Nadine vorhatte! Und wenn auch nicht ganz sicher, dann hat er es doch vermutet, stark vermutet!
„Hast du sie auch geküßt?“ fragte die Mutter und machte dabei

eine gewaltige Anstrengung, um ihr verräterisches Lächeln zu unterdrücken.
„Nein!“ sagte Frank offenherzig, schaute sie ratlos an und wandte seinen Blick schließlich zur Seite.
„Aber ich war ziemlich nah dran“, gestand er schuldbewußt.
Amalia zwang seinen Kopf wieder auf ihre Schulter, wuschelte in seinem nassen Haar und war froh, daß er ihre lachenden Augen nicht sehen konnte…

Am späten Nachmittag war es plötzlich wieder schlimm geworden. Frank lag in seinem Bett, zog sich die Decke über den Kopf und versuchte zu schlafen. Doch es half nichts. Eine spätherbstliche Stimmung umhüllte ihn wie eine graue Wolkendecke.
Ich bin ein Versager, dachte er, während die Tränen ihm die Sicht verzerrten, ich habe alle verraten. Alle, die vielleicht daran zu glauben begannen, daß es doch möglich war, einen Traum im Herzen zu hüten und ihn sogar zu leben.
Ein dunkles aufgewühltes Meer peitschte um ihn herum und wurde immer bedrohlicher. Wo bist du jetzt, mein Freund? dachte Frank, von heftiger Sehnsucht erfaßt. Er dachte an Max, an Christus und seinen Leidensweg… Die tosenden Wogen legten sich nach und nach, und am weiten Horizont erhellte sich der blasse Streifen einer neuen Hoffnung.
Was wären die Menschen ohne Göttliche Gnade? dachte Frank, und die Erinnerung an das Schicksal seiner Vorfahren trug ihn wieder zu den weit zurückliegenden Ereignissen des Jahres 1929.
Er nahm einen Stoß weißer Blätter, lehnte sich an die kühle Wand und begann zu schreiben: *Das Wichtigste, Petja, ist nicht, unseren sündigen Leib zu erhalten suchen…*

Pater Daniil (Im Februar des Jahres 1929)

„Das Wichtigste, Petja, ist nicht, unseren sündigen Leib zu erhalten suchen, sondern die Seele, unsere Seele!“ sagte Pater Daniil und schaute liebevoll in die hellblauen Augen des neugierigen Burschen. Nicht allzuviel Zeit hatte er bis zum Anfang des heimlichen Gottesdienstes, und doch entschied er, die letzten Minuten einem Gespräch mit Petja zu widmen. Ein guter Junge war er, dieser Petja, unverdorben. Von selbst sehnte er sich nach Gott, ohne Belehrung und Zwang.

„Wie sollte man sie aber, Väterchen Daniil, erhalten? In unserer Zeit?“ fragte Petja ungläubig und mit einer deutlichen Spur Verzweiflung in seiner jugendlichen Stimme. „Ich habe vor ein paar Tagen zusehen müssen, wie man Stepan Wassiljewitsch durch die Straßen jagte… wie einen Hund! Dabei sagte ihm ein GPU-Mann: Ich werde dir diesen religiösen Unsinn austreiben! Nicht Gott, sondern die kommunistische Partei ist angeblich das Licht der Zukunft und unsere Hoffnung. Stepan Wassiljewitsch blieb aber stehen und erwiderte darauf, daß er Gott nie verleugnen werde… auch wenn sie ihn aufhängen würden. Als sie so etwas gehört haben, schlugen sie ihn so wild zusammen, daß mir die Seele vor Schmerz zusammenschrumpfte. Sie sagten aber: Warte nur, du Großbauer-Scheusal, wenn du zum Verhör geschleppt wirst. Dort wirst du auf den Knien um Vergebung bitten, unsere Stiefel ablecken! Und so schlugen sie auf ihn ein, bis Stepan Wassiljewitsch auf dem Boden lag und sich nicht mehr regte. Einer, der etwas stärker aussah, sagte dann dem anderen: ‚Es reicht schon, sonst verreckt er noch.‘ Der andere aber, der Schmächtige, erwiderte darauf, daß das nicht so schlimm sei. Falls mit dem was passierten sollte, würden sie sagen, beim Fluchtversuch eben oder beim Leisten des Widerstands gegen die sowjetische Macht. Als ich das gehört habe, wollte ich auf den Speicher hochklettern und Vaters Gewehr holen. So schlecht war es mir auf der Seele! Um des Kreuzes willen!“

Petja schlug bedächtig ein Kreuz und war durch seine Erzählung in große Aufregung geraten. Alles drehte sich in ihm wegen einer solchen Ungerechtigkeit, alles kochte. Doch noch kindlich, nicht ohne Naivität, schaute er auf Pater Daniil und erwartete von ihm eine Erklärung, eine Antwort darauf, wie die Menschen miteinander so umgehen konnten.

„Nein, Petja, nimm so eine schreckliche Sünde nicht auf deine Seele!“ seufzte Pater Daniil. „Schlechte Zeiten sind in unserem Vaterland ausgebrochen, doch ich befürchte, daß noch viel schlimmere bevorstehen. Und deine Aufgabe, Petja, besteht darin, deine Seele mit Sünden nicht zu beschweren. Diese dämonischen Zeiten werden nicht aufhören, solange die satanische Kraft sich nicht erschöpfen wird und ein Meer unschuldigen Bluts nicht vergossen würde! Eine große Sünde bürden sich die Führer unseres Landes auf ihre Schultern! Doch vergeht, Petja, auch diese Zeit und erlahmt die teuflische Leidenschaft, wie auch ein Meer nach dem Sturm zur Ruhe kommt. Und dann werden die Nachkommen auf die Taten dieser Macht zurückschauen und sie erkennen. Und dann erheben sich die Gerechten und führen unser Volk zu neuem Gottesfürchtigen Leben. Bis dahin aber, Petja, führe dein Leben so, daß du dich für keinen einzigen Tag zu schämen brauchst!“

Pater Daniil legte seine alte, von tiefen Falten übersäte Hand auf Petjas Schulter.

„Wenn ich nicht mehr da bin, verzage nicht…“, fing der Greis behutsam an, doch Petja unterbrach ihn.

„Nicht einmal denken möchte ich daran!“ regte er sich wieder auf. Pater Daniil aber strich über seinen schütteren grauen Bart, wartete, bis Petjas Erregung sich legte, und erklärte ihm ohne Eile:

„Du, Petja, sei nicht so hitzig! Alle leben wir unter dem gleichen Himmel. Alt bin ich geworden, und von Tag zu Tag wächst meine Schwäche. Dazu noch ist die Geheimpolizei nicht untätig. Es gibt bei ihnen einen Kommissar – den Namen kenne ich nicht – der ist mir nicht gut gesinnt. Ich denke… er wird mich wohl nicht in Ruhe lassen…“

„Väterchen Daniil! Ist es denn nicht besser, wenn Ihr von hier flüchtet?“ flehte Petja den Alten verzweifelt an, ohne seiner Gefühle Herr werden zu können. So sehr liebte er ihn! Seit dem Kindesalter ging er zu ihm zur Anweisung und konnte sich nicht vorstellen, daß das vom Alter gezeichnete Väterchen festgenommen und genau wie Stepan Wassiljewitsch durch die Straße getrieben oder nachts in den Wagen gestoßen und weggebracht wird. Auf immer! Wie auch viele andere angesehene Leute auf immer weggebracht worden sind.

Der Alte aber schaute auf den Burschen und lächelte nachsichtig: „Wohin soll ich denn flüchten, Petja?“

„In den Norden! Oder in ein anderes Gebiet! Wo man Euch nicht kennt!“ schlug Petja beherzt vor.

„Hier, Petja, ist mein Leben gelebt worden, hier werde ich gebraucht. Wem sollte ich meine Kirchgänger überlassen? Wer sollte ihnen Trost spenden? Wo sollten sie, die schon alles verloren haben, noch Hoffnung schöpfen, wenn auch ich geflüchtet bin? Nein, Petja, hier bin ich Hilfe für die Menschen, hier, wenn Gott so will, verlasse ich auch das Zeitliche.“

Hinter dem Fenster hörte man frostiges Knistergeräusch eiliger Schritte, und Pater Daniil erhob sich von seinem Stuhl:

„Da kommen schon die ersten.“

Er ging aus dem Zimmer und trat in den engen Windfang ein. Ohne das Klopfen abzuwarten, machte er die quietschende Holztür auf. Die eiskalte Luft stob augenblicklich in die Stube hinein und wirbelte neblig in der breiten Türöffnung.

„Guten Abend, Väterchen!“ erschallten aus dem Flur bekannte Stimmen. „Es scheint alles ruhig zu sein. Lange spähte ich in die Dunkelheit, strengte meine Augen an… keine einzige Seele habe ich gesehen. Einfache Sache: Der Frost ist halt stärker geworden! Man muß wirklich aufpassen, daß man sich die Nase nicht abfriert…“

„Es gab schon schlimmere Frosttage, Iwan!“ wies ihn seine gutmütige, breit gebaute Frau zurecht. „Laß dich von deiner Babblerei nicht schon wieder hinreißen!“

Die Ankömmlinge legten ab und traten in die große Stube ein.
„Auch du, Petja, bist schon hier?“ wunderte sich Iwan Matwejewitsch.
Der Junge stand auf und begrüßte die Leute.
Was für Tage sind angebrochen, dachte er. Noch vor einigen Jahren, erinnerte er sich ganz deutlich, gingen die Leute ohne Furcht in die Kirche. Es war noch nicht so lange her. Doch andererseits schien es ein ganzes Stück zurückzuliegen. Als wäre das alles in einem Traum gewesen! Als hätte es überhaupt nicht stattgefunden! Die Dorfkirche stand nun verschlossen, ausgeraubt, geschändet. In den anderen Kreisen, so wurde berichtet, ließ man noch den Gottesdienst zu. Bei ihnen aber, bei ihnen – einfach zum Heulen!
Er schreckte aus seinen Gedanken auf und sah, daß es wesentlich mehr Leute geworden waren. Die eng aneinander gestellten Holzbänke waren bereits besetzt, und der Raum füllte sich mit wohlbekanntem Geflüster. Die Dorfbewohner tauschten Neuigkeiten aus, so wie es auch früher vor der Messe üblich war. Nur waren sie, diese Neuigkeiten, alle seltsam. Die eine trostloser als die andere.
„Habt ihr gehört, wie sie Stepan Wassiljewitsch geschlagen haben? Oj-oj-oj! Mit den Stiefeln getreten... auf den Kopf... und wie stark, wie stark!“ flüsterte eine alte, bucklige Frau und wischte sich mit einem kleinen Taschentüchlein die Tränen aus den Augen. „Wie geht es nur meinem Fedja dort… Bestimmt schlagen sie ihn auch… Satansbrut…“
Sie konnte nicht mehr sprechen, deckte ihr Gesicht mit den Händen zu und versuchte sich zu beruhigen.
Petjas Herz zog sich zusammen. Unsere guten Menschen, dachte er, werden immer weniger. Wie viele wurden schon festgenommen, wie viele sind auf der Flucht!
Er schaute wieder einmal auf die Anwesenden. Wie sie alle vor Kummer alt geworden waren, gebeugt! Bei keinem war es möglich, ihr wirkliches Alter zu bestimmen. Die Gesichter waren zwar noch nicht sehr alt, doch von tiefen Furchen übersäht, verfallen. Die

wäßrigen Augen gerötet, der Blick so müde, so hoffnungslos! Allmächtiger Gott, erlöse uns von den satanischen Horden, blitzte es in Petjas Kopf auf. Er schlug seine Augen nieder und saß sehr lange so und sprach zu Gott und bat ihn, ihnen zu helfen. Nicht ihm, doch ihnen.
Sein Gebet wurde durch die tiefe feierliche Stimme von Pater Daniil unterbrochen. Der Alte stand jetzt in seinem schwarzen Meßrock, der von einem breiten Gürtel zusammengehalten wurde, und auf seiner Brust hing ein großes, gelb schimmerndes Kreuz. Jedes Wort, jede Bewegung war Petja bekannt. Aber jetzt, in dieser erschreckend grausamen Zeit, drangen diese Worte zu ihm mit neuer Kraft und erfüllten sich in seinem noch jugendlichen Bewußtsein mit einer neuen, höheren Bedeutung. Und die Leiden des vom wütenden Pöbel zu Golgatha getriebenen Heilands, Jesu Christi, erlebte er jetzt nicht als eine Geschichte aus einem alten verstaubten Buch, sondern sie hallten in seiner Seele als unerträglicher Schmerz und Mitleid wider…

Die Messe war schon längst zu Ende, die Bänke leerten sich, doch Petja saß immer noch bei Pater Daniil und brachte es nicht fertig, Abschied von ihm zu nehmen. Ihm war, als würde er ihn auf immer verlieren, sobald die dürre, hochgewachsene Gestalt des Greises aus seiner Sichtweite schwinden würde. Pater Daniil goß ihm von Zeit zu Zeit heißen Tee dazu, schaute in sein junges Gesicht und bewunderte seine reinen Augen.
Petja aber konnte keine Ruhe finden.
„Pater Daniil! Sie werden mich bald in die Armee einberufen. Was soll ich tun?“ fragte er aufgeregt, schaute besorgt in die Augen des ehrwürdigen Greises und suchte in ihnen eine Lösung auf den scheinbar unlösbaren Widerspruch, den er noch nicht so deutlich erkennen konnte, der aber ihn erregte und nachts nicht mehr schlafen ließ.
„Hab keine Angst, Petja! Befolge Befehle, doch halte immer die Worte unseres Heilands in deinem Herzen, und alles, alles miß an

ihnen! Und solltest du auch dafür eine Strafe bekommen, so sei darüber nicht zu grimmig! Denn in diesen Prüfungen gibt es auch noch einen höheren Sinn. Leid und Kummer, Petja, reinigen unsere Seele. Sei nicht zu nachtragend deinen Peinigern gegenüber! Es könnte sein, daß auch diejenigen, die diese Strafen vollstrecken, womöglich denken, daß sie dadurch ihre Pflicht erfüllen. Wenn's nur möglich sein wird, versuche es, ihre Herzen mit Güte zu füllen, um ihnen zu helfen, die Finsternis zu zerstreuen, aus der satanischen Gefangenschaft auszubrechen und den Weg zur aufrichtigen Reue zu finden."

„Wie ist es aber möglich, einem bösen Menschen vom Guten zu erzählen?" wunderte sich Petja, während er sich an diejenigen erinnerte, die Stepan Wassiljewitsch durch die Straßen gejagt hatten.

„Angst habe ich, Väterchen, Angst", gestand Petja offenherzig. „Ob es mir wirklich gelingt, die Seele rein zu halten?"

„Ach, Petja!" seufzte der Greis und schaute ihn liebevoll an. „Glaub mir aufs Wort! Darüber sollst du dir keine Sorgen machen. Doch nicht mit deinem Herzen! Bewahre die lebendige Verbindung zu Christus, so wirst du auch deine Seele fürs ewige Leben retten können!"

Anna (Moskau, am Morgen des 20. November 1929)

Wer vermag schon in einem langjährigen Fluß des Lebens zu bestimmen, an welchem unglücklichen Tag die Grenze überschritten wurde, wo das Leben in Ehren sein Ende fand? Wo die verzweifelte Seele an den äußersten Rand gedrängt wurde? An jenen Rand, wo die Angst vor dem Tod schwindet und sein unaufhaltsames Nahen als Erlösung empfunden und erwartet wird.
Und wenn der Tag so trostlos naß und kalt war wie heute, so blickte man umher und stellte man mit stiller Verwunderung fest, daß in dieser grauen Hauptstadt, überhaupt in der ganzen greifbaren Welt nichts mehr da war, was einen noch am Leben zu halten vermochte. Die frierenden Menschen, die über die schlammigen Pfützen sprangen und statt Gesichter, die sie früher einmal hatten, nur noch farblose Schatten trugen, hatten nicht mehr die Kraft, sich zu beeilen. Sie schleppten sich in ihre Behausungen und waren froh, noch einen Tag ohne größere Verluste verlebt zu haben.
„Es lebe die Sowjetunion – die wahre Heimat aller Werktätigen!" stand auf einem roten, ausgeblichenen Banner, das auf der braunen Backsteinmauer eines Fabrikgebäudes angenagelt war. Wozu? Wozu dieser Hohn? Wen sollten diese verlogenen Worte noch über die Wahrheit hinwegtäuschen? Den alten Mann auf der anderen Straßenseite, der diese aufmunternden Worte nicht eines einzigen Blickes gewürdigt hatte und weiterhinkte, beladen mit seinen nicht wenigen Alltagssorgen? Oder die schweigende graue Menschenmenge vor dem leeren Lebensmittelgeschäft, die wie verstummte Geister geduldig auf ihr Stück stinkiger Wurst warteten?
Anna saß auf dem Bürgersteig, an die bröckelnde Mauer gelehnt, und blickte gefühllos in die verbeulte Konservendose, die vor ihr stand und auf deren Boden ein paar kleine, wertlose Münzen lagen. Sie saß auf einer schmutzigen Decke und fror. In der letzten Zeit hatte sie immer dasselbe Gefühl, daß die Kälte sie bis in die Knochen durchdrang. Auch im Hochsommer kam es ihr manchmal vor, als würde sie frieren, sobald sie in den Schatten getreten war und

ein leichter Zug durch die Gassen fegte.
Neben Anna saß ein Junge, der nicht älter als acht zu sein schien. Er lehnte sich erschöpft an sie, legte seinen dunkelblonden, verzottelten Kopf auf ihren Oberarm und versuchte zu schlafen.
„Erbarmt euch, gute Menschen!" flüsterte die Frau eher aus Gewohnheit, als zu den stummen Passanten, die zu dieser Zeit nur selten auf der Straße auftauchten.
Sie gingen vorbei, wandten ihre Blicke verlegen ab, als wären sie gerade tief in Gedanken versunken, und waren von Herzen froh, wenn sie die beiden endlich passiert hatten. Zu viele Arme überschwemmten in diesen Jahren die Hauptstadt der aufstrebenden Sowjetunion, zu viele! Von allen Seiten strömten sie in die riesige Metropole in der klammheimlichen Hoffnung, aus den wuchernden Millionen ihrer Bewohner an solchen trostlosen Tagen wie heute zumindest ein paar Barmherzige herauszufischen, ihnen ins Gewissen zu reden und mit Glück und Gottes Hilfe ein paar gelbe Münzen fürs tägliche Brot zu ergattern.
Doch die Menschen waren nun mal anders geworden, nicht so wie zu ihrer Zeit, wo auch sie einmal ein hübsches Mädchen gewesen war. Sie erinnerte sich wehmütig an die anderen Zeiten. Wie ein anderes Leben, ein unwirkliches, nicht ihr eigenes, ein fremdes... als ihr Vater noch der Besitzer und Leiter einer Zementfabrik im weiten Ural gewesen war. Ein geduldiger, Gottesfürchtiger Mensch.
Anna liefen wieder die Tränen hinunter. Sie wischte sie aber nicht weg und schämte sich ihrer nicht. Sie schämte sich dieser menschlichen Schwäche seit langem nicht mehr.
Zu oft hatte sie in den letzten Jahren geweint, zu oft…
Sie wuchs in der Obhut ihrer Eltern wie ein Blümchen im sonnigen Garten auf. Der Vater, ein tüchtiger Kaufmann, war ein angesehener, von allen geliebter Mensch, der aus den Einnahmen seiner nicht allzu großen Fabrik ein Waisenheim unterhielt. Jedes Anliegen, das mit seinem christlichen Glauben vereinbar war, fand bei ihm bestmögliche Unterstützung. Doch auch das hatte ihn nicht gerettet. Als er im März 1918 nach Sankt Petersburg gefahren war, kehrte

er nicht mehr zurück. Nur ein dunkles Gerücht drang bis in die weit entlegene Heimatstadt, daß er zum Opfer der marodierenden Rotarmisten geworden war.
Dann wurde auch die Fabrik beschlagnahmt, dann kam das schöne idyllische Haus an die Reihe, dann starb die Mutter und dann… dann mußte sie flüchten. Flüchten, weil dieselben Menschen, die ihre Familie früher so geachtet und die Wohltätigkeit des Vaters dankbar angenommen hatten, ihre Augen abwandten, wenn sie Anna auf der Straße trafen, oder gar auf die andere Straßenseite gingen. Später verfolgten sie „die Tochter eines Kapitalisten“ mit bösen Blicken, bis sie einmal auf einer Kundgebung der Bolschewiken mit Entsetzen erfahren mußte, daß es längst an der Zeit war, „diesem Otterngezücht der blutrünstigen Kapitalisten den Garaus zu machen“.
Auf einmal verstand sie deutlicher denn je, daß die Flucht die einzige Möglichkeit war, das junge Leben zu retten. Und sie verschwand unbemerkt aus ihrer Heimatstadt auf immer und versuchte, ihren Lebensunterhalt als Hilfsarbeiterin zu bestreiten. Doch immer wieder mußte sie weiterfliehen. Die mißtrauischen Vorgesetzten bemerkten ihr vornehmes Benehmen, die vorzügliche Bildung und schöpften zwangsläufig Verdacht, daß sie mindestens die Tochter eines Großbauern oder „sonstiger Parasiten“ war, die von „nicht durch Arbeit erworbenen Einkünften“ lebten. Was auch immer diese roten Nichtsnutze darunter verstanden, es klang unheilversprechend. Geschweige denn, wenn sie gewußt hätten, daß sie die Tochter eines Fabrikanten war.
So spülte sie das widrige Schicksal wie auch Tausende andere Armselige in die brodelnde Hauptstadt des bolschewistischen Imperiums, ohne Geld und ohne Unterkunft. Zunächst fand sie ein kleines Zimmerchen und war darüber aufrichtig froh. Doch der Mangel an Wohnraum in Moskau stieg unaufhaltsam und veranlaßte den Eigentümer, jeden Monat neue Mieterhöhungen anzukündigen. So war auch das Ende abzusehen, wo sie plötzlich allein und verloren auf der Straße stand und immer noch nicht glauben konnte,

daß sie nachts keine Bleibe finden und einfach so draußen übernachten würde. Die ersten Nächte ging sie durch die sommerlichen Straßen und brachte es nicht übers Herz, sich auf eine Parkbank zu legen. Sie stellte sich vor, wie die Menschen, die auch zu dieser späten Zeit hin und wieder durch den Park gingen, sie hier sehen, über sie etwas Schlimmes denken würden.
Nein, das konnte sie nicht, wenn auch die Augen vor Müdigkeit zufielen.
Am Tage suchte sie dann nach einer passenden Arbeit, wo man auch ein Dach über dem Kopf bekommen würde, doch auch das erwies sich als schwer. So merkte sie selbst nicht, wie sie von dem schleichenden Verfall erfaßt wurde und immer weiter in den Strudel der Armut geriet, ohne einen Ausweg zu finden.
Wie gütig waren die Menschen früher! Als sie jeden Sonntag mit dem Vater in die weiße Kirche mit vergoldeten Kuppeln zur Messe ging, nahm er gewöhnlich eine ganze Handvoll großer wertvoller Münzen mit. Und wenn einer zu kurz gekommen war, so holte er nicht selten seinen Geldbeutel aus der Tasche hervor, zog daraus einen farbigen Schein mit dem russischen Doppeladler und reichte ihn dem beglückten Menschen: „Wenn man im Leben so oft für unwichtige Sachen viel Geld ausgibt, so ist dieser Schein nun wahrlich nicht umsonst ausgegeben."
Auch die anderen bemühten sich nach Kräften... und jetzt? Wo sind diese Menschen jetzt? Wo verlor sich ihre Spur in diesem Leben?
Sie schaute sich wieder die triste Umgebung an, blickte auf die von schweren Gedanken gebeugten Menschen und fand keine Antwort. Zu schnell, viel zu schnell gewöhnt sich der Mensch an alles! Wie an das Gute, so auch an das Böse. An unsinnige kommunistische Lieder, die zum Kampf mit dem angeblich erstarkenden Feind der Werktätigen aufriefen, an den Verlust ihrer einstigen Freiheit. Wirklich an alles. So hatten sie sich auch mit den vielen Bettlern auf den Straßen abgefunden. Einige waren sogar erbost und schimpften laut, wenn einer etwas aufdringlicher wurde...

Petja ging auf der anderen Straßenseite, bemerkte die beiden und blieb stehen. Er betrachtete die Frau sehr aufmerksam und stellte fest, daß sie kaum älter als dreißig war. Doch ihr einst ohne Zweifel hübsches Gesicht war blaß und übersät mit feinen Fältchen. Petja schaute in ihre müden, von Hoffnungslosigkeit gezeichneten Augen, und sein warmes Herz zog sich schmerzhaft zusammen.
Auch im Gesicht des schlummernden Kindes erkannte er die gleiche bedrückende Kraftlosigkeit. Seine rechte Hand war mit einem alten Lumpen dick verbunden und schützend an den Bauch gedrückt. Die aufgeweichten Schuhe zerfielen buchstäblich, waren vorne aufgerissen und ihm schien sogar, als hätte er zwischen den schmutzigen Fetzen seine kleinen Zehen gesehen.
Petja beeilte sich, über die Straße zu kommen.
„Was ist mit deinem Arm?“ fragte er den Kleinen, der nun verstört seine Augen aufschlug. Petja zog den Rand seines Soldatenmantels hoch und ging vor dem Jungen in die Hocke.
Der Kleine lebte angesichts dieser unerwarteten Zuwendung auf, schaute ihn mit seinen großen hellblauen Augen an und antwortete willig: „Der Hund hat mich in die Hand gebissen.“
Petja vernahm beim ersten Wort, daß der Kleine nicht sauber Russisch sprach. Es klang aber in seinen Ohren eher lustig, sogar niedlich.
„Ja, der Hund!“ bestätigte die Frau. „Fast die ganze Hand hat er zerfetzt, der schwarze Teufel!“
„Ich wollte nur ein Stück trockene Kruste aufheben“, klagte der Junge, und sein Gesicht verzog sich schmerzlich bei dieser Erinnerung. „Woher er nur so plötzlich auftauchte? Ich… ich habe die Kruste zuerst gesehen!“
„Wo kommt ihr denn her?“ fragte Petja und zog aus seiner Tasche einen zerknitterten Geldschein heraus.
„Gott segne dich, Soldatchen! Gott soll dir Glück im Leben geben!“ wiederholte die Frau innig und drückte mit beiden Händen seinen Oberarm.
„Kommt ihr nicht aus Moskau?“ fragte er wieder.

„Nein, nein! Nicht aus Moskau!“ antwortete die Frau. „Aus Wologda komme ich, aus Wologda.“
Das sagte sie allen, wenn sie nach ihrem Heimatort gefragt wurde. So war es sicher. Wologda kannte sie aus ihrer Kindheit. Hier war sie oft, und falls sich jemand zufällig auskennen sollte, so konnte sie auch einiges dazu sagen.
Sie wischte sich schnell vom Gesicht eine kleine Träne weg und fügte hinzu: „Schon seit drei Monaten bin ich hier. Seit drei Monaten.“
Petja hielt immer noch die verbundene Hand des Jungen und betrachtete aufmerksam den darum gewickelten schmutzigen Verband. Auf der unteren Seite war ein großer brauner Fleck vertrockneten Blutes zu sehen.
„Tut es weh?“
„Nicht so sehr“, erwiderte der Kleine zögerlich. „Es sticht nur manchmal, wie mit einer Nadel.“
Petja legte die Hand auf seine Stirn. Es war so, wie er bereits vermutet hatte: Fieber!
„Darf ich die Binde abnehmen?“ fragte er die Frau.
Sie schaute ihn einige Sekunden unentschlossen an, dann nickte sie zustimmend mit dem Kopf.
Petja wickelte vorsichtig den blutigen Lumpen Schicht um Schicht ab, doch der Junge zuckte trotzdem immer wieder zusammen, wenn er die verklebte Stelle erreichte. Jetzt war sie in der Mitte verdächtig feucht.
Endlich kam die kleine Hand zum Vorschein. Ein stechender Schmerz durchbohrte Petja. Obwohl er den Lumpen noch nicht ganz entfernt hatte, bot sich seinem Blick das ganze Ausmaß der klaffenden Wunde. In der braunen Mitte war der Verband reichlich durchnäßt und an den Rändern bildete sich ein hellgrüner Streifen.
„Er muß sofort ins Krankenhaus!“ stieß er entschlossen aus und wickelte hastig den schmutzigen Lumpen wieder um die verletzte Hand. Die Frau schaute betroffen auf seine ungeschickt gewordenen Hände, und ihr kam es vor, als würden sie jetzt leicht zittern.

„Sie werden uns doch wegjagen“, entgegnete sie unsicher.
„Wird sich zeigen!“
Petja nahm den Kleinen an der gesunden Hand und ging los.
Heute hatte er, Gott sei Dank, einen Urlaubstag und ging gerade auf den Markt, um endlich einmal warme Wollsocken zu kaufen. Seit er in die Rote Armee einberufen und einem Truppenteil bei Moskau zugewiesen worden war, schob er Wachdienst an verschiedenen Militär- und Zivilobjekten und mußte die meiste Zeit draußen auf seinem Posten stehen oder bestenfalls hin und her Schritte zählen, bis die Zeit abgelaufen war und der diensthabende Offizier die Ablösung brachte. Schon jetzt, Mitte November, war das manchmal unerträglich, obwohl die echte Kälte noch gar nicht eingesetzt hatte. Die groben Soldatenstiefel waren im Winter bereits in einer Stunde vom durchdringenden Frost überwunden, und die spärlichen Fußlappen, die statt Socken ausgeteilt wurden, hielten sowieso die Kälte nicht lange ab. Wer in Rußland geboren wurde, behandelte den Winter mit einer besonderen Hochachtung. Noch keinem hat er Leichtsinn und Übermut verziehen. Und seine gerechte Strafe traf alle gleich, wie der Tod, der nur Menschen und keine Stände kennt.
So hatte auch Petja, auf dem Lande aufgewachsen, mit dem russischen Winter reichlich Erfahrung gemacht. Und jedes Mal bereitete er sich auf seinen Vorstoß mit besonderer Sorgfalt vor.
Er verkaufte vor ein paar Tagen an die Kameraden den zugeteilten Tabak, da er ohnehin nicht rauchte, und wollte nun die langersehnten Wollsocken auf dem riesigen Trödlermarkt erwerben.
Doch jetzt wurde ihm klar, daß sein Vorhaben an diesem 20. November wohl nicht verwirklicht werden konnte. Die Socken kann ich mir vielleicht nächstes Mal kaufen, dachte er nun, ein paar Wochen kann man schon aushalten. Er fragte Passanten nach dem nächstgelegenen Krankenhaus und erfuhr, daß eines davon zu seinem Glück ganz in der Nähe lag. Denn der Kleine, kaum daß sie losgegangen waren, ermüdete schnell, stolperte andauernd und war höchst unsicher auf den Beinen.

Die Frau aber, erfreut über so viel menschliche Wärme, ging mal rechts, mal links von ihm und ermunterte den Jungen: „Es ist nicht mehr so weit, Edik, es ist schon in der Nähe!“
Bereits von weitem sah er am breiten eisernen Tor des Krankenhauses eine große Menge wartender Menschen. Sie schauten sehnsüchtig auf das Wachhäuschen, das sich gleich am großen Tor befand. Als sie näher kamen, erfuhr er, daß die einzelnen Patienten von einem alten Wachmann mit einem großen Schnurrbart aufgerufen wurden.
„Petrjaewa!“ rief der Wächter heiser und ungeduldig. „Na komm, komm! Hurtig! Ihr seid nicht allein hier!“
Eine alte Frau beeilte sich auch ohne seine Worte nach Kräften und war sichtlich froh, endlich hineinzudürfen. Ihre gebeugte Gestalt schlüpfte durch die halbgeöffnete Pforte und verschwand um die Ecke des Wachhäuschens.
„Kamerad!“ rief ihm Petja zu, als er erneut aus dem Häuschen kam, um jemanden auszurufen. „Das Kind muß dringend versorgt werden. Es ist verletzt!“
Der Schnurrbärtige schaute ihn mißtrauisch an und zeigte mit seinem dicken Finger auf Edik: „Der da?“
Etwas Abschätziges hörte man in seinen Worten, etwas Unanständiges. Er schaute alle drei noch einmal prüfend an und fügte hinzu: „Ich kann euch höchstens in die Liste aufnehmen. Aber heute wird es sowieso nichts.“
Er wollte schon wieder hinter der quietschenden Holztür verschwinden, doch Petja gab nicht nach. Er sprang zu ihm und flüsterte leise in sein fleischiges Ohr, damit der Kleine nichts hören konnte: „Die Wunde eitert! Er muß sofort versorgt werden!“
Doch der Diensthabende war durch diese Mitteilung nicht sonderlich beeindruckt: „Hier müssen alle versorgt werden. Schau dich doch um! Wie kann ich jetzt jemanden vorlassen? Es ist unerlaubt und noch dazu ungerecht.“
Er griff nach der Klinke und riß bereits die ausgeleierte Tür auf, doch Petja hielt ihn am Ärmel zurück.

„Aber er kann doch an der Blutvergiftung sterben! Er hat schon Fieber, verstehen Sie, Fieber!“ flüsterte Petja dem Alten aufgeregt zu. Doch der Wächter schaute ihn ohne sichtliche Regung an, löste Petjas Hand von seinem Ärmel und sagte ruhig, zum Tor hinunterblickend: „Wenn du wüßtest, wie viele da schon gestorben sind!“
Er starrte Petja mit seinen undurchdringlichen dunklen Augen an und warf ihm gleichgültig zu:
„Wenn dich jemand an seiner Stelle vorläßt, dann vielleicht.“
Petja blickte in die wartende Menge, die sich unmittelbar vor der Pforte drängte, und sah wie tief sich die Menschen in Schweigen hüllten. Ein gebeugter Mann mit einem abgetragenen blauen Hut und dicker Brille starrte angestrengt auf den Boden, hob dann die Augen doch auf und murmelte kaum hörbar: „Ich warte schon seit gestern hier!“
Er wollte noch etwas sagen, drehte sich aber weg und blieb so unbeteiligt weiterstehen.
Petja stand eine Weile unentschlossen auf den Stufen der Holztreppe, packte dann aber fest die Klinke, riß die braune Tür auf und ging hinein.
„Da darf keiner rein!“ schimpfte der Diensthabende sofort los, doch Petja unterbrach ihn beschwichtigend.
„Komm, Kamerad! Lassen wir doch den Jungen nicht im Stich!“
Er zog aus der Manteltasche die restlichen Geldscheine und steckte sie unter das schwere Diensttagebuch, das aufgeschlagen auf dem großen Tisch lag.
Der Schnurrbärtige sah Petja forschend an, erhob sich von seinem gepolsterten Stuhl und brummte ihm um einiges versöhnlicher zu:
„Na gut, ich versuch's.“
Petja ging hinaus und beeilte sich, zu seinem Schützling zu kommen.
„Und?“ fragte die Frau ungeduldig. „Hat er abgesagt?“
„Nein, nein!“ erwiderte Petja fröhlich. „Im Gegenteil! Ich hab schon immer gesagt, die Welt ist nicht ohne gute Leute!“
Auch die Frau strahlte nun dankbar: „Gott soll dir auf deinem Weg

helfen, Soldatchen!“ Sie stolperte aber bei diesen Worten und fragte: „Wie heißt du denn eigentlich?“
„Peter“, sagte er und streckte ihr seine Hand entgegen, „Petja!“
„Anna“, erwiderte die Frau. „Und das ist Edik! Ich habe ihn auf dem Bahnhof gefunden.“
„Wie? Ist das nicht dein Sohn?“ fragte Petja erstaunt.
„Nein, ich habe ihn vor einer Woche am Bahnhof gefunden. Da stand er so hilflos und weinte leise. Du weißt schon. Die Leute können nicht einmal eigene Kinder versorgen.“
Sie seufzte und strich liebevoll über den dunkelblonden wuscheligen Kopf des Jungen und wollte ihm noch mehr von dieser Begegnung erzählen: wie sie so plötzlich eine klagende Kinderstimme hörte, seine verzweifelten Augen sah…
Kaum machte sie den Mund auf, da ging schon die braune Tür quietschend auf, und der Schnurrbärtige rief mit seiner tiefen Stimme streng aus:
„He, ihr da, mit dem Jungen, kommt rein!“
Die Wartenden vor der Pforte kamen in Bewegung, murrten unzufrieden, doch der Wächter blitzte sie mit einem strengen Blick an: „Der Chefarzt selbst hat’s erlaubt! Verstanden?“
Er schaute erbost auf die Murrenden, die seine Autorität und vor allem Gerechtigkeit in Frage stellten, und während er wieder hineinging, hörte man von ihm nur noch einige Wortfetzen: „...sonst werdet ihr hier bis zum Jüngsten Gericht warten müssen!“
Er ging dann auf der anderen Seite aus dem Häuschen hinaus, öffnete die eiserne Pforte und ließ Petja und Edik durch. Doch als Anna an ihm vorbei wollte, versperrte er ihr entschlossen mit seinem Arm den Weg und sagte zu Petja: „Die kann ich beim besten Willen nicht reinlassen!“
„Gut, gut!“ wiederholte Petja beruhigend. „Ist schon in Ordnung!“
Er blickte Anna beschwichtigend an, und sie nickte ihm leicht mit dem Kopf zu.
Die Pforte wurde mit großem Krach wieder zugeschlagen, und der Schnurrbärtige legte den verrosteten Riegel wieder ein.

„In solchen Lumpen kann ich dich unmöglich reinlassen. Das mußt du auch selbst verstehen! Das ist ja ein Krankenhaus!“ nuschelte er in seinen buschigen Schnurrbart.

Doch Anna stand am eisernen Tor, ohne auf seine Worte zu achten, und preßte ihr Gesicht an die rostigen Eisenstäbe. Der Kleine drehte sich mehrmals nach ihr um und schaute sie flehend an, als hätte er etwas geahnt.

Tränen flossen aus ihren verwelkten Augen, sammelten sich am spitzten Kinn und tropften auf die zerlumpte blaue Wattejacke.

„Soll dir der Allmächtige Glück schenken! Viel, viel Glück…“

Der Arzt (Moskau, den 20. November 1929)

Petja eilte durch den langen Flur des Krankenhauses und mußte einige Male anhalten, um zu fragen, wie er zum Chirurgen gelangen konnte. Die unzähligen dunkelgrün angestrichenen Gänge verwoben sich mit plötzlich auftauchenden Treppenhäusern und Abzweigungen, so daß man, kaum hineingegangen, den Überblick vollends verlor. Es roch fürchterlich nach Arznei und kaltem Schweiß, überall standen, saßen und lagen Kranke und Wartende. Es hinterließ auf Petja einen schweren Eindruck. Wenn man da einmal hineingeraten war, so würde man hier sicher nicht mehr rauskommen, dachte er mit steigender Furcht.
Ein altes ausgetrocknetes Mütterchen mit stark verbundenem Kopf saß auf einem Stuhl, beugte sich andauernd nach vorne und betete laut und andächtig, ohne auf die übrige Welt achtzugeben. Daneben saß ein noch ganz junger Mann mit verbundenen Beinen und zwei Holzstützen. Sein Kopf war weit nach hinten geworfen, und der zahnlose Mund stand unschön und weit aufgerissen. Der Mann schlief und schnarchte laut.
Das ist wohl die letzte Station, dachte Petja und ging immer weiter den langen Flur entlang. Hier gewöhnt man sich langsam an alles. Aber er, er war noch nicht soweit. Der liebe Gott hatte ihm einen starken, wohlgebauten Körper geschenkt, der einiges zu ertragen imstande war. Und in seiner jugendlichen Frische wollte er trotz allerlei Widrigkeiten der schweren Zeiten nur noch leben! Leben! Und deshalb war ihm allein der düstere Gedanke daran, daß der Junge wegen seiner verletzten Hand womöglich sterben könnte, schlicht unerträglich. Erschreckend unerträglich! Er schritt immer ungeduldiger voran, und als Edik nicht mehr weiter konnte und flehend zu ihm aufblickte, hob er ihn auf den Arm. Der Kleine umarmte ihn, legte den wuscheligen Kopf auf seine Schulter, und stille Dankbarkeit legte sich auf sein ausgezehrtes Gesicht.
Endlich konnte Petja ungehindert schneller gehen. Als er in der Nähe des gesuchten Flurs um die Ecke abbiegen wollte, stieß er

beinahe mit einem Arzt zusammen, der gerade aus einem Zimmer in den Gang trat.
„Vorsicht! Vorsicht! Junger Mann!“ warnte der hagere Mann mittleren Alters und schaute die beiden prüfend an. Seine hellblauen aufgeweckten Augen tasteten Eduard flüchtig ab, und sein erfahrener Blick blieb nun auf seiner verbundenen Hand haften. Er legte vorsichtig seine gepflegte Hand auf die Stirn des Jungen und sagte dem herbeieilenden Assistenten:
„Sofort zu mir ins Zimmer!“
„Aber...“, fing der Assistent verlegen an, doch der Arzt warf ihm über seine Brille einen strengen Blick zu und unterbrach ihn mit fester Stimme: „Sollen noch eine halbe Stunde warten!“
Der Assistent traute sich nicht mehr zu widersprechen und bat Petja, der bis jetzt noch keine Gelegenheit hatte, nur ein einziges Wort zu sagen, ins Zimmer.
Edik stand nun vor dem dünn gepolsterten Krankenbett, das an die weiß gestrichene Wand gerückt war, und wagte es nicht, sich daraufzusetzen. Sein kindlicher Verstand begriff es mit aller Deutlichkeit, daß seine zerfetzten Lumpen für dieses zwar abgewaschene, aber immer noch saubere Laken zu schmutzig waren.
Doch da kam schon der Arzt selbst, schaute neugierig auf den Kleinen, schubste ihn ermutigend zum Bett hin und redete auf ihn freundlich ein: „Nur zu, junger Mann! Ohne Angst!“
Er nahm einen Hocker, setzte sich vor Edik hin und schaute ihm tief in seine hellblauen Augen: „Wie heißt du?“
„Eduard heiße ich“, antwortete der Junge leise auf russisch und schaute zu ihm so schutzlos und ängstlich auf, daß das leidgeprüfte Herz des Arztes einen spitzen Stich verspürte.
Er nahm behutsam die kleine, mit alten Lumpen verbundene Hand des Jungen und fragte ihn neugierig:
„Und welche Sprache sprichst du gewöhnlich?“
„Deutsch“, entgegnete Eduard noch leiser und ängstlicher.
„Du bist also auch ein Deutscher?!“ rief der Arzt Steingärtner erfreut auf deutsch aus.

Sobald der Kleine den so vertrauten Klang der Muttersprache vernommen hatte, konnte er nicht mehr antworten, nicht mehr sprechen. Er verfiel in einen seltsamen Zustand. Er japste nach Luft, richtete seine großen schmerzerfüllten Augen auf ihn, vermochte nicht mehr, die aufsteigenden Tränen aufzuhalten, und warf sich trostlos schluchzend dem deutschen Arzt um den Hals. Herr Steingärtner war augenblicklich von diesem entwaffnenden Urvertrauen mitgerissen worden. Liebevoll drückte er den kleinen, von Schluchzen erschütterten Körper an seine Brust und strich Eduard beruhigend über den dunkelblonden Schopf.

Petja stand tief bewegt daneben und wagte nicht zu sprechen, nicht ein einziges Wort zu sagen! So deutlich erstand in diesem Augenblick vor seinen Augen die erhabene Größe der Gottgewollten Blutsverwandtschaft der irdischen Menschen! Wie tief und fest war sie in ihren Seelen verwurzelt, wie wundervoll offenbarte sich dieses heilige Mysterium, das die völlig unbekannten Menschen mit einer solchen Urkraft zueinander finden ließ!

Er starrte auf Eduars Arm, der so innig den Hals des Arztes umschlungen hielt, sah, wie tief und sehnsüchtig die kleinen schmutzigen Finger sich in die deutsche Schulter hineinpreßten, und suchte nicht mehr nach Erklärungen, nicht mehr nach passenden Worten. Nur noch ein bis zu Tränen rührendes Mitgefühl und stille Freude erhellten seine Seele.

Auch der deutsche Arzt wurde von gleichen Gedanken und Gefühlen übermannt. Er rang verzweifelt um Fassung, und auch ihm eröffnete sich in diesen wichtigen Augenblicken mitten im erbarmungslosen bolschewistischen Chaos das große Geheimnis dieser wundervollen Kraft.

Wo kam sie her? Aus welchen unergründlichen Tiefen stieg sie so rein in diesem kleinen wimmernden Wesen empor, das keine großen Worte kannte, keine Ideologien? Woher kam dieses bedingungslose Urvertrauen? Der deutsche Arzt drückte das schluchzende Kind an seine Brust und spürte es, ja, er wußte jetzt mit letzter Sicherheit, daß es die gleiche große Liebe war, die der Allmächtige in unsere

Herzen gelegt hatte. Das gleiche helle Licht!
Minute um Minute vergingen, bis Eduard aufhörte zu weinen. Er klammerte sich immer noch schutzsuchend am Hals des Arztes fest und stupste das Gesicht in seine naß gewordene Brust. Doch die Zeit des Arztes war knapp bemessen. Draußen warteten Menschen, und jeder hatte sein eigenes Leid, seine eigene Geschichte. Er setzte den Kleinen aufs Bett und fing an, ihn vorsichtig auszuziehen.
„Und dein Familienname?“ fragte der Arzt wieder auf deutsch und band die zerriebene Schnur auf, die seine Hose zusammenhielt.
„Richter“, antwortete der Junge bereitwillig, und in seinen hellen Augen funkelten wieder Leben und Hoffnung, „Edi Richter!“
Petja schaute auf den Jungen, und sein Blick ruhte unentwegt auf dessen Gesicht. Ein Deutscher also! Bei ihm im Dorf hatte er noch keine gesehen, auch sonst nirgendwo. Man hatte alles mögliche über die bösen Deutschen erzählt, doch der da, der kleine Eduard, war ein gewöhnlicher Junge: hellblaue Augen, blondes Haar. Wenn er noch ein bißchen besser Russisch sprechen könnte, würde kein Russe ihn je von unseren Dorfjungen unterscheiden können.
Petja beschloß auf alle Fälle, still zu bleiben, da der Arzt bestimmt auch ohne ihn alles zum Guten wenden würde.
Groß ist unser Gott! Groß und gütig! dachte er zufrieden.
„Andrej Petrowitsch!“ sprach der Arzt, ohne auf seinen Assistenten zu schauen. „Kannst du vielleicht irgendwo passende Krankenkleider auftreiben?“
„Ich versuch’s, Friedrich Berngardowitsch“, antwortete der junge Arzt und verschwand hinter der weißen Tür.
Unterdessen zog der Arzt dem Jungen sein schmutziges, fast zerfallenes Unterhemd aus und warf es in den Mülleimer, wo zuvor auch die anderen Kleider von Eduard gelandet waren.
„Die brauchen wir nicht mehr“, erklärte er beruhigend in ihrer deutschen Muttersprache, nachdem Eduard sich darüber sichtlich erregt hatte. „Die brauchen wir nicht! Wir finden schon was anderes für dich.“

Eduard vertraute dem Arzt, schaute ergeben in sein hageres Gesicht und konnte sein glückliches Lächeln nicht unterdrücken. Er konnte nicht wissen, was ihn in den nächsten Tagen und Wochen erwarten würde, doch eines fühlte seine kleine Seele ganz genau: Er war gerettet! So wundervoll gerettet!
„Friedrich Berngardowitsch! Die habe ich gefunden. Das ist das Beste", sagte der Assistent und reichte dem Arzt einen ausgewaschenen warmen Krankenanzug.
„Das geht für die erste Zeit", antwortete er zufrieden. „Vielen Dank, Andrej Petrowitsch! Vielen Dank, mein Lieber! Kannst du den Kleinen bitte anziehen, ich muß mit dem jungen Mann ein paar Worte wechseln."
Er zog Petja ins Nebenzimmer und machte die Tür hinter sich zu.
„Wo haben Sie ihn gefunden?" fragte er forschend.
„Ich habe ihn heute mit einer Frau gesehen. Sie haben nicht weit von hier gebettelt", sagte Petja.
„Ist sie seine Mutter?"
„Nein, sie hat ihn vor ein paar Tagen auf dem Bahnhof gefunden. Ein Hund hat ihm in die Hand gebissen", erklärte Petja mit großem Mitgefühl.
„Mehr wissen Sie nicht?"
„Nein" antwortete Petja ehrlich.
„Wo ist die Frau? Warum ist sie nicht mitgekommen?"
„Man hat sie nicht reingelassen. Wissen Sie, die Kleider...", fing er verlegen an, verstummte aber, ohne passende Worte zu finden.
„Alles klar", sagte der Arzt entschlossen und öffnete die Tür wieder.
„Na! Du siehst schon wesentlich besser aus", wandte er sich sogleich dem Kleinen zu. „Entschieden besser!"
Während sein junger Assistent die Spritzen vorbereitete, kritzelte er hastig ein paar Worte auf einen Papierfetzen und reichte ihn Petja: „Könnten Sie bitte zur Pforte gehen und die Frau hierher begleiten?"
„Natürlich!" rief Petja erfreut aus, nahm den kostbaren Zettel und stürmte beglückt aus dem Zimmer.

Er beeilte sich den langen Flur zurück, vorbei an vielen wartenden und klagenden Menschen, und war aufrichtig froh, als er endlich wieder draußen war. Sogar der nasse, kühle Herbsttag kam ihm jetzt nicht mehr so trostlos und grau vor. Schnell sprang er zwischen den unzähligen Pfützen zum großen Tor, riß die braun gestrichene Tür des Wachhäuschens auf und hielt triumphierend dem Schnurrbärtigen den kleinen Zettel unter die Nase:
„Der Arzt persönlich hat's erlaubt! Da steht's geschrieben!"
Der Alte krächzte nur, setzte auf seine fleischige Nase eine große schwarze Brille und überflog die Zeilen.
„Na, wenn es so ist", gurgelte er gleichgültig.
War das nicht die vom Väterchen Daniil beschworene Güte, die ihm heute zuteil wurde? So viel erreicht an einem Tag! Den Kleinen noch rechtzeitig getroffen, den Schnurrbärtigen überwältigt! Sonst hätte er hier vielleicht bis zum Jüngsten Gericht stehen können. Und dann? Dann hätte er unbedingt in die Kaserne zurückgehen müssen, sonst... Daran wollte er gar nicht denken. War das nicht Gottes Hand, die den Arzt ihm auf den Weg schickte und ihn vor dem Kleinen stehen ließ? Er, Er, der Barmherzige, Retter in Not, Hoffnung und Leben!
Der Schnurrbärtige erhob sich unwillig von seinem massigen Stuhl, machte die quietschende Tür auf und rief sehr laut und eindringlich:
„Die Mutter des Kindes darf rein!"
Er überflog die Menge mit seinem erfahrenen Blick, doch niemand regte sich.
„Anna heißt sie, Anna!" rief ihm Petja über die Schulter zu. „Und der Junge – Edik!"
Der Schnurrbärtige rief noch einmal aus:
„Anna, die Mutter von Edik!"
Doch auch diesmal rührte sich niemand. Nur ein altes, gebrechliches Mütterchen meldete sich. „Weg ist sie, weg! Kurz danach, als die beiden reingegangen sind", nuschelte sie mit ihrem zahnlosen Mund. „Da stand sie, die Arme, weinte arg und ging dann, ohne sich umzudrehen. Gott sei ihr gnädig!" Dabei richtete sie ihre Au-

gen zum Himmel und schlug bedächtig ein Kreuz.
Petja stand auf der Holztreppe, schaute wie benommen in die Menschenmenge und suchte immer noch vergeblich nach der Bettlerin. Doch Anna war weg.
„Jetzt mach mal die Tür endlich zu!“ murrte der Schnurrbärtige entnervt. „Rein oder raus!“
Petja stieg die Treppe hinab und schleppte sich wieder zum grauen Gebäude des Krankenhauses. Er erinnerte sich an ihre erschöpften Augen, ihr gütiges Gesicht und wurde zunehmend trauriger. Was sollte er jetzt tun? Er mußte unbedingt zurück in die Kaserne. Viele Gedanken und Fragen tauchten in seinem verwirrten Kopf auf. Doch keine Antworten fanden sich dort. Keine! Er schritt die langen Gänge zurück und blieb unentschlossen vor der Tür des Arztes stehen. Was sollte er jetzt dem Jungen sagen? Was?
Die Tür ging plötzlich auf, und die Wartenden erhoben sich sofort. Doch der Arzt beruhigte sie mit einer entschlossenen Handbewegung: „Noch einen Augenblick bitte! Nur noch fünf Minuten!“
Er wandte sich energisch an den jungen Soldaten: „Na endlich!“
Der Arzt zog ihn zum großen Fenster, wo keine Menschen standen, und fragte ihn forschend: „Wo ist die Frau?“
„Sie ist weg“, gestand Petja und senkte den Blick zu Boden.
„So, so“, seufzte Herr Steingärtner nachdenklich. „Was machen wir nun mit dem Jungen?“
„Abends muß ich leider wieder zurück in die Kaserne“, sagte Petja verlegen, doch dann erhellte sich sein Gesicht wieder. „Wenn Sie ihn zumindest zwei bis drei Wochen hier behalten könnten? Ich werde mir schon was einfallen lassen. Vielleicht kriege ich ein paar Tage Urlaub.“
Der Arzt lächelte ihm nachsichtig zu und legte ihm seine Hand auf die Schulter.
„Das ist jetzt aber nicht so wichtig. Ich wollte ihn sowieso bei mir behalten.“
Petjas Gesicht wurde wieder traurig.
„Ich hab’s gewußt“, sagte er leise.

„Was haben Sie gewußt?“
„Daß Sie ihn nicht mehr loslassen werden“, stammelte Petja, „auch wenn die Frau noch da wäre.“
Der Arzt schwieg, und Petja hatte den Eindruck, daß die Augen des Deutschen wieder feucht geworden waren. Sie gingen zurück ins Zimmer und sahen den kleinen Eduard auf dem Bett liegen. Der Junge schlief.
„Völlig entkräftet“, sagte der Arzt leise und legte seine Hand vorsichtig auf seine Stirn. „Na ja, den kriegen wir schon wieder hin.“
Er wandte sich halblaut zu seinem Assistenten:
„Andrej Petrowitsch! Schieben Sie ihn in mein Kabinett rüber und schließen Sie bitte unbedingt die Tür ab, damit er uns nicht verlorengeht. Heute Abend operiere ich seine Hand.“
„Und die Theateraufführung?“ fragte der junge Arzt. Kaum zu Ende gesprochen, erkannte er selbst, daß die Worte unpassend waren.
„Nimm meine Eintrittskarte und mach dir mit deiner Olga einen echten Theaterabend!“ sagte Herr Steingärtner und lächelte ihm nachsichtig zu.
„Verzeihung“, sagte der Assistent schuldbewußt und schob Eduards Krankenbett vorsichtig ins andere Zimmer.
Der Arzt wandte sich wieder Petja zu und sprach nun ganz munter:
„Machen Sie sich keine Sorgen! Ich werde mich um den Jungen kümmern.“
Petja fühlte sich trotzdem unwohl.
„Darf ich ihn manchmal besuchen?“ fragte er schließlich.
„Natürlich!“ entgegnete Herr Steingärtner freundlich, schrieb einen Zettel und drückte ihn in Petjas Hand. „Mit diesem Passierschein können Sie jederzeit rein.“
Petja ging den langen Korridor zurück und war sehr zufrieden. War das nicht schon wieder Gottes gütige Hand, die so mild das Schicksal lenkt? Tausendmal hatte das Väterchen Daniil Recht, tausendmal: Das Gute war auch in dieser Zeit nicht ganz erloschen! Auch nicht in diesem Land…
So ging für Petja der 20. November zu Ende, ein nasser, kalter

Herbsttag. Doch der Himmel hellte sich zum späten Nachmittag mehr und mehr auf. Die Bleiwolken verzogen sich langsam, und schon sah man durch die helleren oberen Wolken die immer größer werdenden Fetzen des blauen Himmels. Heute nacht legt sich Frost auf die Erde, dachte Petja. Er konnte das deutlich spüren, wie jeder Mensch, der auf dem Lande aufgewachsen ist und gewohnt war, auf die Zeichen der Natur zu achten.

Der Einsatz (Moskau, die Nacht vom 20. zum 21. November)

„Aufstehen! Alarm!" schrie der Kompanie-Kommandeur mit einer unmenschlichen tiefen Stimme, und auf einmal sprang alles auf die Beine und fing hastig an, sich anzuziehen. Es gab keine Zeit nachzudenken, warum, aus welchem Grunde man sie aus dem Schlaf gerissen hatte. Man wußte, daß nach diesem unmißverständlichen Wort nur eines zu tun war: aufspringen, die Uniform möglichst noch im Laufen zurechtrücken, zuknöpfen und auf den riesigen Exerzierplatz vor der Kaserne stürmen. Möglichst schnell! Den letzten beißen die Hunde! Hier traf das mit einer entsetzlichen Gewißheit zu. Unabhängig davon, wie schnell der letzte war, ging es für ihn denkbar schlecht aus.

Diese Erziehungsmethode wirkte zuverlässig:

Man verzichtete mit scheinheiliger Unkenntnis der Folgen darauf, den Übeltäter selbst zu bestrafen. Die Strafe wurde kurzerhand der ganzen Abteilung auferlegt. Wer einmal die vorwurfsvollen Blicke und die harten Fäuste der Kameraden erlebt hatte, die wegen seiner Verfehlungen nachts verfaulte Kartoffeln schälen mußten, statt ihre ermüdeten Beine auf dem Bett auszustrecken, der wußte, wovon hier die Rede war.

So bemühte sich auch Petja nach Kräften, um nicht als letzter auf den Platz zu gelangen. Und immer wieder quälte ihn dabei ein untröstlicher Gedanke, daß in diesem erbarmungslosen Wettkampf es auch für ihn, Petja, letztendlich nur darum ging, den neben ihm rennenden Kameraden zu überholen, ihn möglichst weit hinter sich zu lassen. Und er, Petja, würde diesen Zweikampf bestimmt gewinnen und dadurch den Anderen, seinen Nächsten, ins unverdiente Elend stürzen. Und dieser Andere würde verlieren… vielleicht nur wegen eigener körperlicher Schwäche, trotz seines ehrlichen Bemühens…

Wer hatte sie zu Gegnern gemacht?

Vor seinem Gewissen sah er wieder deutlich, wie sein unglücklicher Kamerad alles Mögliche und Ungerechte über sich ergehen lassen

mußte, und er, Petja, stand daneben, machte sich Vorwürfe und schwieg, schwieg trotz allem…
Wer hatte es so eingerichtet? Warum? Warum ließ man die Menschen gegeneinander ankämpfen, statt miteinander im Guten zu leben?
Lange dachte Petja darüber nach, doch welche Gründe er auch anführte, beschwerte diese Ungerechtigkeit sein Herz mit einem bedrückenden Gefühl. Und nur diesem Gefühl, sagte Väterchen Daniil, sollte ein jeder Mensch im Leben vertrauen.
Als sie nun durch die frostige Nacht zum Bahnhof marschierten, flog ein Gerücht durch die Reihen, daß sie für einen wichtigen Sondereinsatz bestimmt waren.
So wie Petja es auch vorausgesehen hatte, legte sich ein starker Frost auf die Erde nieder. Der allgegenwärtige Schlamm auf den zerschlagenen Straßen der Hauptstadt wurde hart, und die braunen Pfützen waren bereits mit einer festen Eisdecke überzogen.
Er dachte wieder an Eduard und an das unerwartete Treffen mit dem deutschen Arzt. Er hätte den Kleinen auch gerne behalten. Schon damals, vor dem Krankenhaus, hoffte er heimlich darauf, versuchte sich gar vorzustellen, wie er ihn bei der nächsten Möglichkeit zu seinen Eltern ins Dorf bringen würde. Natürlich, dachte er, würden sie zunächst murren und schimpfen. Doch so wie er sie kannte, würden sie sich mit der Zeit an den Jungen so fest gewöhnen, daß er ihnen wie ihr eigenes Kind vorkommen würde. Obwohl er ein Deutscher war!
Doch dann erinnerte er sich wieder an diese ergreifende Umarmung zweier verwandter Seelen und gab schließlich auf. So rein war das Gefühl, so unverfälscht! So war es bestimmt von Gott gewollt, daß wir in großen Familien leben, zueinander streben, einander beschützen, ohne zu wissen, warum. Und brauchen wir es überhaupt zu wissen? Reicht uns etwa nicht dieses schöne, aus der Tiefe des Herzens aufsteigende Gefühl? Diese wundervolle Ahnung?
Petja schritt durch die nächtliche Hauptstadt, und seine Gedanken drehten sich immer noch um den Jungen. Und immer noch verspürte

er den gleichen Schmerz der unausweichlichen Trennung. Unergründlich sind die Wege des Herrn, blitzte es plötzlich in seinem Kopf auf. Vielleicht lenkte ihn der Allmächtige selbst am gestrigen Tage in die Stadt, um den kleinen Menschen namens Eduard zu treffen? Auf daß er vielleicht sein Schicksal erfüllen konnte? Wer weiß das schon! Wer weiß…

Sie marschierten am Bahnhof vorbei und wurden von ihrem Kommandeur zu den zahlreichen Ersatzgleisen geführt. Hier wartete schon auf sie eine Gruppe höherer Offiziere.

„Die da, in den schwarzen Mänteln, sind von der Geheimpolizei GPU", erklärte jemand aus den hinteren Reihen sehr leise. „Es muß hier was Wichtiges sein."

Auch Petja bemerkte, daß einige in der Gruppe wesentlich anders aussahen als ihre eher bäuerlich ungehobelt wirkenden Offiziere. Ihre glattrasierten Gesichter waren finster und wirkten irgendwie bedrohlich. Sie trugen lange schwarze Ledermäntel, was ihnen auch einen Hauch des Geheimnisvollen verlieh. Man wußte, daß die Kerle keine Späße machten, und alle waren der Meinung, es wäre besser, möglichst wenig mit denen zu tun zu haben.

„Sie wurden von der sowjetischen Regierung für eine besonders wichtige Aufgabe vorgesehen", fing der ranghöchste Militär der Gruppe an und schaute prüfend in die Reihen der Soldaten. „Und aus diesem Grunde werden alle Verfehlungen nach dem Gesetz der Kriegszeit behandelt!"

Er machte eine Pause, schaute noch einmal in die Menge und fügte etwas leiser hinzu:

„Ich glaube, daß jeder von Ihnen versteht, was das bedeutet! Oder?"

Alle wußten es nur zu gut.

„Jeder von Ihnen wird zur Verstärkung der Einheiten des NKWD hier an diesem Bahnhof seinen Wachdienst antreten. Alles, was Sie hier sehen, hören oder auf andere Weise in Erfahrung bringen, ist Staatsgeheimnis und darf aus diesem Grunde nicht weitergegeben werden. Alle Zuwiderhandlungen werden nach entsprechenden Gesetzen auf das schärfste verfolgt!"

Es war merkwürdig, daß man so ausführlich über die Sachen gesprochen hatte, die ansonsten für jeden in seiner Einheit selbstverständlich waren. Immer mußten sie irgend etwas bewachen, und alles gehörte nach den Worten der gereizten Kommandeure zu diesem allumfassenden Staatsgeheimnis. Man wußte bereits nicht mehr, was dazu gehörte und was nicht, und hielt es allgemein für klug, für alle Fälle mit keinem darüber zu reden.
Kaum waren sie im verrauchten, feuchten Wachraum angekommen, schon wurde Petjas Name ausgerufen. Der kantige, leicht aufbrausende Wachoffizier führte sie gegen zwei Uhr nachts zu den Abstellgleisen und löste einige Soldaten ab.
Ungewöhnlich viele Soldaten bewachten den auf dem Abstellgleis stehenden Güterzug. Im Abstand von dreißig bis vierzig Metern patrouillierten je zwei Soldaten: einer vom NKWD und einer von der regulären Einheit. Darüber hinaus gingen auch einige Wachoffiziere entlang des beleuchteten Güterzuges und beobachteten sorgfältig, daß die vorgeschriebene Wachordnung wirklich eingehalten wurde. Alle Zugänge wurden von den bewaffneten Posten abgeriegelt und es bestand keine Möglichkeit, sich unbemerkt an den Zug heranzuschleichen.
Der Soldat des NKWD, mit dem Petja nun die Wache hielt, war wesentlich älter. Bestimmt um die fünfzig, dachte Petja. Er hatte einen hochgezwirbelten Schnurrbart, und seine blau wirkenden unrasierten Wangen und Kinn verrieten Petja, daß er schon lange im Einsatz war.
„Wär' schon längst an der Zeit, daß ich abgelöst werde!" murrte er unzufrieden. „Die Füße sind mir schon angeschwollen."
„Wie lange habt ihr schon Dienst hier?" fragte Petja freundlich.
„Zwei Tage schon und zwei Nächte, sag' ich dir! Vier Stunden Dienst, zwei Erholung. So langsam geht man hier ein, wenn die da nichts unternehmen!"
Er schaute sich um nach dem diensthabenden Offizier, und als er sah, daß er nicht in der Nähe war, steckte er seine Hände tief unter den groben Soldatenmantel:

„So ’ne Saukälte ist eingebrochen! Ausgerechnet jetzt, in dieser Nacht!“
„Na ja!“ erwiderte Petja beschwichtigend. „Ist ja schon an der Zeit.“
„Wenn die da oben das wüßten!“ knurrte der Alte in den Schnurrbart und zog den Kopf in den hochstehenden Kragen seines Soldatenmantels. „Sei aber nicht so laut! Gespräche sind verboten.“
„Verboten?“ wunderte sich Petja.
„Alles ist hier verboten! Auch Rauchen“, bestätigte der Alte und drehte sich von ihm weg.
Petja schaute hoch zum sternenklaren Himmel. Herrlich, wirklich herrlich! Er wollte dem Alten noch etwas sagen, doch vernahm er in diesem Augenblick etwas, was ihn an menschliche Stimmen erinnerte. Als würden diese Stimmen aus unerreichbarer Ferne zu ihm herüberschallen. Undeutlich, kaum hörbar. Er strengte seine Sinne an und nahm nun auch kränkliches Husten wahr. Ohne Zweifel war das das Husten eines Kindes. Dann wurde wieder alles still, als habe er Stimmen aus dem Jenseits vernommen.
Er stand überrascht, ja, wie gelähmt und horchte angestrengt in die Stille hinein. Und wieder vernahm er leise Stimmen! Flüsternde Frauenstimmen krochen geisterhaft aus der unergründlichen Ferne herüber! Oder träumte er?
„Hörst du hier nicht Stimmen?“ fragte Petja aufgeregt. „Ich… ich höre Stimmen!“
Der Soldat wandte sein Gesicht zur Seite und erwiderte zögerlich: „Natürlich Stimmen.“
„Welche denn? Wo kommen sie her?“ fragte Petja verwundert.
Der Alte drehte sich ganz zur Seite, und dem Jungen kam es vor, als würde er sich die Tränen aus den Augen wischen.
„Aus dem Waggon“, flüsterte er mit gebrochener Stimme.
„Aus diesem Waggon!“ stammelte Petja überrascht. „Hier… Menschen?“
„Schon seit zwei Tagen sind sie hier“, bestätigte der alte Soldat resigniert. Er stand nun gebeugt und unglücklich vor ihm und starrte verzweifelt auf die vereiste Pfütze.

„Was kann man machen? ... Was können wir machen?“ wiederholte er leise.
„Kinder? In dieser Kälte?“
Petja konnte immer noch nicht glauben, daß in diesem alten Viehwaggon ohne Fenster und Heizung Menschen zusammengepfercht waren.
„Kinder und Frauen“, preßte der Alte verzweifelt heraus. „Gott sei ihnen gnädig!“
Er fuhr mit dem Ärmel über sein Gesicht und sprach weiter:
„Ohne Essen... Nur einen Eimer Wasser am Tag reicht man ihnen rüber.“
Petja versuchte sich vorzustellen, aus welchem Grunde denn Kinder und Frauen in diesen kalten Waggons eingesperrt sein könnten, und fand keine Antwort. Er horchte erneut in die Nacht hinein und vernahm nun deutlich die Stimme eines klagenden Kindes und gleich danach die beruhigend raunende Stimme einer Frau.
Petja sprang zur Tür und preßte sein Ohr an den Ritz zwischen den Brettern. Der Waggon war voller Geräusche. Es waren viele, viele Menschen: Sie husteten und sprachen sehr leise eine andere Sprache.
„Zurück, Junge! Zurück!“ flüsterte der Alte hastig. „Bald kommt der Diensthabende! Wenn er das sieht, dann gibt's Ärger!“
Petja schaute sich schnell um und sah weit in der Ferne, am Ende des Zuges, die dunkle Gestalt des diensthabenden Offiziers, der sich mit einem Mitarbeiter der GPU unterhielt. Er wich erneut auf den vorgeschriebenen Abstand zurück und flüsterte dem Alten aufgeregt zu: „Warum hat man sie hier eingesperrt?“
„Wer weiß schon, warum! Ist doch nicht deine Sache! Misch dich lieber nicht ein, sonst wirst du womöglich bald mit ihnen die Zelle teilen. Du weißt schon, was ich meine“, erwiderte der alte Soldat vorwurfsvoll.
Petja konnte sich nicht beruhigen.
„Na sag' schon!“ flüsterte er mit flehender Stimme.
Der Alte zögerte einige Sekunden.

„Man weiß nicht ganz genau“, brummte er verstimmt. „Man sagt, daß es deutsche Bauern sind. Aus Sibirien. Die Frauen und Kinder hat man hierher gebracht, solange die Männer von der GPU verhört werden. Nach Deutschland wollten sie flüchten… in ihre alte Heimat.“
Er seufzte schwer und fügte nachdenklich hinzu:
„Nun ist ihre Reise zu Ende.“
„Wo will man sie hinbringen?“
„Man weiß schon, wohin“, entgegnete der alte Soldat. „Solche Züge gehen nur in eine Richtung: Zurück nach Sibirien.“
In diesem Augenblick schrie eine verzweifelte Frauenstimme aus dem Waggon, an dem die beiden Wache hielten.
„Macht auf, ihr Unmenschen, macht auf! Mein Sohn stirbt!“
Die Frau haute verzweifelt mit der Faust auf die große Holztür ein, und der ganze Wagen begann wie eine Baßtrommel zu dröhnen.
„Mein Kind stirbt!“ schrie sie immer und immer wieder und schluchzte schließlich ganz entkräftet, dem Wahnsinn nahe.
Petja sprang sofort wieder zur Waggontür.
Der alte Soldat versuchte ihn am Ärmel aufzuhalten, doch er achtete nicht auf ihn, riß sich los und schaute kurz zum verplombten Hängeschloß hinauf. Geschickt steckte er den langen Lauf seines Gewehrs in den Schloßbogen und drehte es mit aller Kraft zur Seite. Das schwache Schloß knackte, sprang auf und fiel auf den gefrorenen Boden. Petja löste mit seinen starken Händen die schwere Verriegelung und versuchte die riesige Tür wegzuschieben.
„Halt! Halt!“ drang zu ihm die laut brüllende Stimme des Diensthabenden durch die Nacht.
Er lief auf ihn zu und fuchtelte über dem Kopf mit einer großen Pistole. Doch Petja achtete nicht auf seine Worte und bewegte endlich die schwere Schiebetür von der Stelle.
„Halt! Sonst schieße ich!“ schrie der diensthabende Offizier wild und drohend.
Petja schob jedoch die Tür weiter auf, die jetzt wie von selbst zur Seite glitt, und sah nun in der Tiefe des Wagens die dicht aneinander

sitzenden Frauen und Kinder, die – an die Dunkelheit gewöhnt und nun von dem gleißenden Licht der Scheinwerfer geblendet – schmerzhaft mit den Augen blinzelten.
Gleich an der Tür kniete eine Frau. Sie schluchzte trostlos, preßte an die Brust ihren kleinen Sohn, küßte ihn verzweifelt, doch seine Arme hingen leblos herunter und erwiderten ihre Wärme nicht mehr.
„Menschen!", dachte Petja erschrocken. „Kinder!"
Ein peitschender Schuß zerriß die nächtliche Stille auf dem Gelände des Bahnhofs. Petja rutschte auf den gefrorenen Boden vor die großen Eisenräder. Er lag mit dem Gesicht nach unten und regte sich nicht. Die Soldatenmütze mit einem roten Stern rutschte von seinem dunkelblonden Kopf und lag nun neben ihm.
Gleich nach dem Vorfall kamen auch andere Offiziere herbeigelaufen, auch die in den schwarzen Ledermänteln. Sie drehten seinen Körper um und stellten nun fest, daß er bereits tot war.
„Schade!" sagte der mit dem Ledermantel tief enttäuscht. „Den hätte ich mir gerne in die Mangel genommen!"
Er richtete sich auf und verzog seine schmalen Lippen.
„Weg mit ihm!" warf er erbost den herbeigelaufenen NKWD-Soldaten zu.
Sie packten Petja an den Beinen und schleppten ihn weg.
„Das Himmelreich soll dein sein, guter Mensch", flüsterte der alte Soldat und drückte seine rauhen bäuerlichen Hände an das unrasierte Gesicht.

Sebastian

Sebastian ging vom Bahnhof in Richtung Stadtmitte und spähte von Zeit zu Zeit nach allen Seiten hin. Es war für ihn seit langem zur Gewohnheit geworden, Ausschau nach seinen Feinden zu halten. Besonders jetzt, nachdem sie ihm hoch und heilig die baldige Rache geschworen hatten. Bereits am gleichen Tag, an dem Sebastian sich beim Schulleiter vor dem Schwarzen Brett als Zeuge gemeldet hatte, lauerten sie im Schulhof auf ihn und Walter. Die beiden kamen jedoch in Begleitung von einigen starken Jungen, die gemeinsam mit Walter das Judo-Training besuchten, und ihre Entschlossenheit nahm bedeutend ab.
Doch auf der breiten Bahnhofstraße, die im weiteren Verlauf dicht am Gymnasium zur Hauptallee führte, war es selten menschenleer, und dieser Umstand erfüllte ihn mit wohltuender Ruhe.
Weiter vorn sah er ein Ehepaar mit einem blumigen Kinderwagen und beschloß, in seiner Nähe zu bleiben. Der hünenhafte Familienvater, der zärtlich seine Frau umarmte, würde wohl jedem gebührenden Respekt einflößen. Sebastian holte sie ein wenig ein, beobachtete ihn aufmerksam, und es erfüllte ihn noch mehr mit Gewißheit, daß dieser Mann ihn nie… nie im Stich lassen würde.
Das glückliche Ehepaar ging eher langsam. Die beiden unterhielten sich, blieben ab und zu kurz stehen, beugten sich vergnügt über den Kinderwagen und sprachen mit dem Kleinen. Doch auch Sebastian hatte keine Eile. Er schritt in einigem Abstand hinterher, bewunderte ihr stilles Glück, und zu diesem schönen Gefühl, das so angenehm die Seele wärmte, mischte sich auch die traurige Erinnerung an seine eigene Kindheit.
Den Vater kannte er nicht. Nur sein Name erinnerte ihn daran, daß auch er einst einen hatte. Die Mutter sprach selten von ihm, und jedesmal verzog sie dabei bekümmert ihr Gesicht. Kein Foto, kein Lebenszeichen von ihm… Ob der Vater auch hin und wieder an ihn dachte? Er schaute auf das glückliche Ehepaar, darauf, wie das Kleine in liebevoller Zuwendung buchstäblich versank, und ver-

zweifelte beinahe vor schmerzlicher Kränkung: Es kann doch nicht möglich sein, daß ein Mensch an sein eigenes Kind nicht einmal dachte? Nachts zum Beispiel. So wie er manchmal nachts an ihn dachte. Oft schien ihm sogar, daß er seinen unbekannten Vater liebte… wenn er ihn sich nur vorzustellen versuchte. Und immer wieder erhellte sich dabei tief in seinem Wesen ein leiser Hoffnungsschimmer: Vielleicht war es dem Vater bis dahin einfach nicht möglich, ihn zu besuchen? Tausend Gründe gab es dafür! Tausend! Vielleicht träumte er sogar davon, ihn einmal sehen zu dürfen… Das schöne Gefühl blitzte kurz auf und verlor sich spurlos wieder im dunklen Meer seines Lebens.

Eine Sehnsucht war das, keine Hoffnung…

Sebastian fühlte es, seufzte verzagt und ließ seine Gedanken ziellos umherschweifen, bis sie wieder bei seinen Peinigern landeten. Warum hatten sie ausgerechnet ihn ausgesucht? Was hatte er ihnen getan? War das etwa seine nicht gerade beneidenswerte Körpergröße? Weil er nicht so cool war? Zurückhaltend?

Er erinnerte sich an seine Zeit in der Grundschule. Dort waren auch einige Türken und Araber, und mit einem hatte er sogar eine echte Freundschaft gehabt. Erkan war auch eher zurückhaltend, sogar schüchtern, und die beiden fanden ein echtes Gefallen aneinander. Doch dann brach die Feindschaft mit Ali aus, und sein Freund, von seinen Landsleuten bedrängt, entfernte sich immer mehr von ihm, bis der Faden ganz abriß.

Damals hatte Sebastian es sogar mit Karate versucht. Besuchte fleißig jedes Training, machte zu Hause schwere Übungen und war mit jedem Tag immer mehr von einem freudigen Gefühl erfaßt, daß er es tatsächlich einmal schaffen könnte, seine Ehre auch gegenüber den Stärkeren zu verteidigen. Sein Selbstgefühl stieg von Woche zu Woche, bis zu diesem verhängnisvollen Tag im September, an dem Ali ihn wieder grob angepöbelt und er seinen Widerspruch angemeldet hatte. Sebastian schaute ihm trotzig entgegen, erwiderte auch seine harten Schläge und war sich sogar seines Sieges über diesen stark gebauten Jungen sicher, doch es

kam alles anders. Im hastigen Durcheinander des Kampfes bemerkte er nicht, wie von allen Seiten die Freunde von Ali herbeieilten, und schon nach einigen Augenblicken versank die Welt vor seinen Augen im zähen Dunkel...
Sie sind fast immer zusammen! Nie allein, dachte Sebastian verzweifelt. Zumindest diejenigen, die für ihn gefährlich waren und die Straße in ihrer Gewalt hielten. Wie kann man da gewinnen, Widerstand leisten? Als er damals auf dem Schulhof niedergeschlagen wurde, waren so viele Deutsche in der Nähe, so viele! Sie hatten zugeschaut, geschwiegen, waren vorbeigegangen! Sie waren froh, daß diesmal nicht sie dran waren, sondern er, Sebastian! Man sagte sogar, daß einige von ihnen auch draufhauen wollten und nur der Anblick der herbeieilenden Lehrer sie davon abhalten konnte. Wenn aber einer von denen angepöbelt wird? regte sich Sebastian immer mehr auf. Dann eilen ihre Freunde sofort zu Hilfe und hauen erbarmungslos auf jeden drauf, ohne zu fragen, wer eigentlich Schuld hatte. Und wenn die Umstände es nicht zuließen, so lauerten sie auf ihre Widersacher draußen, auf der Straße. Und wenn es trotzdem nicht ausreichen sollte, dann holten sie auch noch ihre älteren Brüder herbei, und wehe dem, der sich ihnen noch in den Weg stellen würde!
Und die Deutschen? dachte Sebastian verbittert. Wo sind sie, wenn unsere Jungs verdroschen werden? Sie schweigen, schauen weg! Und dann noch die Lehrer! Ali hat behauptet, er, Sebastian, habe ihn angepöbelt, als einen Kanaken beschimpft! Es war niederträchtig gelogen, doch sie glaubten nicht dem unauffälligen, zierlich gebauten Sebastian, sondern dem breitschultrigen Ali. Tief in der Seele war jedem klar, daß die Lehrer nur so taten. Obwohl sie mit Sicherheit wußten, daß der kleine Sebastian so etwas nie gewagt hätte! Zumindest ahnten sie es und haben ihn trotzdem verraten!
Bereits nach einigen Tagen vergaßen die Lehrer sein Leid und überschlugen sich in eindringlichen Ermahnungen, man solle aus diesem Fall um Gottes willen keine falschen Schlüsse ziehen! Geschweige denn verallgemeinern!

Und so blieb alles beim alten. Sebastian saß eine ganze Woche zu Hause, kam wieder in die Schule und mußte sich vor Ali noch mehr fürchten als zuvor. Die ganze Strafe für die Schläger bestand darin, daß man mit ihren Eltern angeblich ernsthaft gesprochen und sie zum allerletzten Mal darauf aufmerksam gemacht hatte, daß Gewalt in unserer Gesellschaft nicht geduldet werde!
Sebastian konnte es damals wie auch jetzt nicht ganz begreifen, wie man dieses Verhalten aber sonst verstehen könnte. Jedes Mal, wenn der nächste verdroschen wurde, sagten die Lehrer das gleiche: Es wird angeblich nicht geduldet, auf keinen Fall wird bei uns so etwas geduldet… Man erhob den Zeigefinger, machte dabei unbedingt einen sehr wichtigen Gesichtsausdruck, doch es endete wie immer: Es wurde gesprochen, hingewiesen, zum letzten Mal, zum allerletzten…
Das ganze Gerede half Sebastian aber nur wenig. Die Schläger, nachdem sie glimpflich davon gekommen waren, fühlten sich wie Helden, höhnten klammheimlich über die angeblich blauäugigen Lehrer und grinsten Sebastian verächtlich an.
Seit diesem Vorfall flammte in seiner verzweifelten Seele eine heftige Sehnsucht auf, diesem Alptraum zu entkommen. Das Wort „Gymnasium“ klang in seinen Ohren wie eine himmlische Musik und versprach Rettung. Sein Leben änderte sich grundlegend. Nun war er stets bemüht, Ärger mit den Lehrern um jeden Preis zu vermeiden, und büffelte fleißig Deutsch und Mathe, um am Ende mindestens eine sichere Drei zu ergattern.
Als das vierte Schuljahr sich seinem Ende neigte und er sein langersehntes Zeugnis in der Hand hielt, versuchte er die Grundschule aus seiner Erinnerung restlos zu verdrängen. Dann kam die Zeit der Anmeldung. Fast täglich erinnerte er die Mutter daran, doch sie vertröstete den ungeduldigen Sohn von einem Tag auf den anderen mit dem simplen Hinweis auf den angeblichen Zeitmangel. Und so dauerte es nicht lange, bis der vorletzte Tag der Anmeldefrist für das städtische Kant-Gymnasium anbrach.
Und gerade an diesem verhängnisvollen Morgen kam die Mutter

zum vereinbarten Zeitpunkt nicht nach Hause und stürzte ihren elfjährigen Sohn in bitterste Verzweiflung. Die Stunden schmolzen dahin, doch von der Mutter gab es immer noch keine Spur.
Der sehnsuchtsvolle Traum vom Gymnasium, der noch vor einigen Tagen so selbstverständlich erschien, begann sich zu verflüchtigen, und in seiner Vorstellung flammte eine grauenhafte Zukunft in der Hauptschule auf, wo sich gerade all das versammelte, was ihm so viel Angst machte. Verzerrte Gesichter seiner Feinde tauchten aus dieser furchterregenden Zukunft auf: Ali, Benjamin, Tarik…
Wie im Traum rannte er zum Gymnasium, lief durch die langen Flure zum Sekretariat, sah auf dem Tisch davor die Anmeldeformulare und schnappte sich gleich zwei davon. Erst als er wieder zu Hause war, erlangte er die Fähigkeit, klar zu denken. In schönen Blockbuchstaben füllte er die Blätter aus und setzte mit stark klopfendem Herzen eine reichlich verschnörkelte Unterschrift darunter, die mehr oder weniger an die der Mutter erinnerte.
Wieder rannte er zum Gymnasium, hielt vor der Tür zum Sekretariat an, schlug seine hellbraunen Augen nieder und versuchte, sich halbwegs zu beruhigen.
Jemand berührte den Jungen leicht an der Schulter und ließ ihn zusammenzucken. Er drehte sich augenblicklich um, und bevor er Dr. Oldenburg überhaupt noch erkennen konnte, wich er vor ihm verängstig einen Schritt zurück. Bleich und mit weit aufgerissenen Augen schaute er ins Gesicht des Schulleiters und drückte seine Anmeldeunterlagen wie einen kostbaren Schatz fest an die Brust.
Dr. Oldenburg begrüßte ihn und fragte sehr höflich nach seinem Anliegen, doch Sebastian konnte vor Aufregung kein Wort von sich geben und fing schließlich an zu schluchzen…
Eine halbe Stunde saß er im Arbeitszimmer des Schulleiters, trank mit ihm heißen Tee, beichtete ihm alles, ließ auch die gefälschte Unterschrift nicht aus und senkte schuldbewußt seine verweinten Augen.
Dr. Oldenburg blätterte noch einmal seine Unterlagen durch, schmunzelte geheimnisvoll und verkündete dem überraschten

Jungen feierlich, daß er ihn bereits jetzt schon auf dem Immanuel-Kant-Gymnasium willkommen heiße.
Ein glücklicher Tag, wie selten im Leben, dachte Sebastian und verspürte eine angenehme Wärme in seiner Brust.
Nur die Gleichgültigkeit der Mutter trübte seine helle Erinnerung an diesen Tag. Sie kam erst am späten Abend nach Hause, wirkte abgespannt, hörte sich wie nebenbei seine Vorwürfe an und fragte schließlich lustlos, ob er das überhaupt schaffen würde…
Sebastian versuchte abzuschalten, schaute hoch zu den imposanten Wolkenformationen, doch die unangenehmen Gedanken wollten ihn nicht loslassen. Er lenkte sie gewaltsam in andere Richtungen, versuchte zu überlegen, was er abends tun würde, doch auch das brachte keine Beruhigung. Im Gegenteil.
Der quälende Druck, der auf seinem Gemüt wie eine schwere Betonplatte lastete, wurde noch unerträglicher. Er mußte wieder an seine Mutter denken, und immer wieder überkam ihn dabei eine Welle heftiger Bitterkeit. Auch diese Nacht war sie nicht zu Hause, und wenn sie den Kleiderschrank nicht offen gelassen hätte, so würde er auch nicht wissen können, ob sie in den letzten Tagen überhaupt daheim gewesen war.
Er ahnte es, ja er wußte es, wo sie sich tagelang herumtrieb. Nur wehrte er sich vehement gegen diese quälenden Vermutungen. Wie aus dem Nichts tauchten in seiner Erinnerung die unrasierten Fratzen ihrer angetrunkenen Freunde auf. So abscheulich! So widerwärtig, daß diese Erinnerung ihm physisch weh tat! Es wäre doch besser, dachte er, wenn die Mutter auch heute wegbleiben würde. Er schämte sich seiner Gedanken, doch an solchen Tagen, an denen sie mit ihren ständig wechselnden Bekannten zu Hause feierte, mußte er schrecklich leiden. Bis in die späte Nacht hinein konnte er nicht einschlafen. Verzweifelt steckte er seinen Kopf unter das Kissen, doch das vulgäre Gelächter, die gemeinsten Ausdrücke drangen erbarmungslos in sein Bewußtsein ein und ließen die Stunden zur Ewigkeit werden. Bis sich der Lärm um Mitternacht legte und kurz darauf die nächste Qual ihn erzittern ließ.

Er lag im Bett, die Decke über den Kopf gezogen, und schaffte es noch nie, die Tränen zurückzuhalten, während die nächtliche Stille durch das fremde Röcheln und das sinnliche Stöhnen seiner Mutter vergiftet wurde… Sebastian blieb stehen und kniff seine Augen schmerzhaft zusammen.
Das Leben war so häßlich…
Er faßte sich halbwegs und ging weiter.
Und wenn die Mutter heute abend nach Hause kommt? Und dann noch wie immer mit einem neuen Freund? Er atmete tief durch. Lieber würde er sich einfach aus dem Hause hinausschleichen und bis in das anbrechende Morgengrauen hinein durch die leeren Straßen streichen.
Diese Gedanken erinnerten ihn wieder an seine Peiniger. Mit Sicherheit würden sie ihn irgendwo abfangen. Sie sind immer zusammen, immer zu dritt oder gar zu viert! Und ich? Ich bin fast immer allein! So hoffnungslos allein! So war das eben. Wer Kraft hat und in Ruhe gelassen wird, der tut so, als würde er nichts sehen, als würde er nichts mit ihm und all dem zu tun haben! Einige sagten sogar: Er, Sebastian, sei selber schuld! Wieso? Was hatte er verbrochen? Verbitterung übermannte ihn und drohte ihn gänzlich zu überwältigen. Doch er erinnerte sich an Walter, und sein Herz erfüllte sich wieder mit Wärme: Walter, der gute Walter!
Sein Freund war heute beschäftigt und konnte ihn nicht begleiten, so daß Sebastian sich auf eigene Gefahr in die nahegelegene Kreisstadt hinauswagte. Immer öfter war Walter in der letzten Zeit mit seinen neuen Freunden zusammen. Besonders mit Frank suchte er einen engen Kontakt. Sebastian spürte das, und sein Herz zog sich dabei ängstlich zusammen. Sie waren alle älter als er. Dazu waren sie alle klug und wußten unheimlich viel, von dem er, Sebastian, nicht einmal eine blasse Ahnung hatte. Ob sie ihn überhaupt in ihrer Nähe dulden würden?
Er ging an dem schattigen Parkplatz vorbei und blieb wie angewurzelt stehen. Ein dunkelblauer offener Porsche schoß dicht vor ihm über den Gehweg, fuhr in den Parkplatz ein, und aus dem Wa-

gen stieg ein sportlich gekleideter junger Mann. Er trug eine sehr teure Sonnenbrille, eine schicke Markenmütze, und sein ganzes Aussehen sprach deutlich davon, daß er zu denen gehörte, die ganz oben waren.
Sebastian schaute auf den teuren Wagen, auf den jungen Mann und war tief beeindruckt. Zu all dem stellte sich noch heraus, daß er von einem schönen Mädchen erwartet wurde. Er strengte seine Augen an und erkannte Nadine. Zweifelsohne eines der schönsten auf dem Gymnasium, dachte er, vielleicht sogar in der ganzen Stadt. Er ging weiter, doch das Bild stand immer noch sehr lebendig vor ihm. Wie im Kino.
Und dann sagt man noch, daß das Geld nicht das Wichtigste im Leben sei, dachte Sebastian. Wenn ich so viel davon hätte, wäre etwa mein Leben jetzt so, wie es ist? Wenn ich einen solchen Wagen hätte, würde ich auch viele Freunde haben. Auch Mädchen würden auf mich anders schauen, wenn ich wie ein Prinz gekleidet wäre. Schöne Aussichten!
Lange überlegte er hin und her und wurde erneut in seiner Annahme bestätigt, daß das Geld doch der Schlüssel zum Glück war. Nur wußte er nicht, wie man an dieses Geld kommen könnte. Mehrmals versuchte er es mit dem Lotto-Spiel, setzte sein knappes Mensa-Geld auf die geheimnisvollen Zahlen, flehte in der Tiefe seines Herzens alle möglichen höheren Mächte an, doch das langersehnte Glück machte um ihn herum einen weiten Bogen.
Es gibt keinen Gott, dachte Sebastian enttäuscht. Denn wenn es ihn geben würde, so hätte er ihm bestimmt geholfen.
Sebastian schritt weiter, überholte das Ehepaar mit seinem lustig johlenden Kind, grüßte sie mit einem stillen Lächeln, und die Erinnerung führte ihn in die große Vorhalle des Kant-Gymnasiums, an die breite Anschlagtafel.
Beinahe den ganzen Tag schon kreisten seine Gedanken um den merkwürdigen Aufsatz von Frank. Eine schöne Heimat beschrieb er darin, eine wunderschöne! Ist sie noch möglich? Wo jeder ohne Angst in seiner Heimatstadt leben könnte? Wo die Leute dieses

starke Gefühl zueinander spüren, einander achten?
Je länger er an diesen Aufsatz dachte, desto mehr erfüllte ihn das unwiderstehliche Verlangen, ihn noch einmal zu lesen; diesen geheimnisvollen Traum in die Seele fließen zu lassen…
An der Kreuzung neben dem Gymnasium blieb er einige Zeit unentschlossen stehen, überlegte hin und her, bog dann aber doch zum großen Schulgebäude ein.
Es war bereits später Nachmittag. Die Vorhalle im Erdgeschoß war erwartungsgemäß leer, und nur vereinzelte dumpf hallende Schritte und Stimmen aus der Ferne der oberen Stockwerke erinnerten daran, daß hier noch Leben war.
Sebastian ging zum Schwarzen Brett, schaute sich vorsichtig um und warf seinen neugierigen Blick auf den Aufsatz, der ihn augenblicklich wieder bezauberte. Er las ihn zweimal durch, griff mit der Hand entschlossen in die Brusttasche, holte daraus einen Kugelschreiber hervor und setzte zu den nicht wenigen Unterschriften unter dem Aufsatz auch die seine.
„Nein!“ flüsterte Sebastian aufgeregt. „Du bist nicht allein! Auch wenn sie mich totschlagen würden!“
Er holte aus seiner roten Plastiktüte einige Blätter hervor und fing an, auf deren nicht bedruckten Rückseite den Aufsatz des neuen Schülers abzuschreiben. Wort für Wort, Zeile für Zeile…

„Sebastian!“ erklang neben ihm die donnerartige Stimme von Frau Bammert. „Was machst du denn hier?“
Der Junge war so tief in seine Beschäftigung versunken, daß er vor Überraschung zusammenzuckte. Sogar der Kugelschreiber rutschte ihm aus der Hand.
„Was hast du hier abgeschrieben?“ fragte Frau Bammert und blickte ihn mit ihren durchdringenden Rosinenaugen an.
„Den Aufsatz“, gestand Sebastian.
Die schmalen Lippen von Frau Bammert preßten sich immer stärker zusammen und kamen in Bewegung, während die Augen sich bedrohlich verengten.

„Deswegen hast du dich so bereitwillig als Zeuge gemeldet", sagte die Lehrerin mit unheilversprechender Stimme. „Ob deine Aussage unter diesen Umständen überhaupt der Wahrheit entspricht?"
„Das hat damit nichts zu tun", sagte Sebastian und erwiderte ihren Blick nicht ohne gewissen Trotz.
„Das werden wir noch prüfen", verkündete die Lehrerin entschlossen und überblickte aufmerksam das Schwarze Brett. Schon im nächsten Augenblick verdüsterte sich ihr blasses Gesicht noch mehr. Auf der letzten Seite des Aufsatzes, wo ursprünglich zwei Drittel unbedruckt waren, gab es kaum noch freien Platz. Große und kleine Unterschriften bedeckten das ganze Blatt und versetzten Frau Bammert in förmliche Raserei. Sie riß den Aufsatz von der Anschlagtafel herunter, warf Sebastian einen vernichtenden Blick zu und marschierte schweigend zur Haupttreppe.
Sebastian frohlockte. Er hatte es noch rechtzeitig geschafft. Die letzten Worte, die noch fehlten, klangen immer noch sehr deutlich in seiner Erinnerung. Er wartete ab, bis die Lehrerin aus seiner Sichtweite verschwunden war, ging in die Hocke, legte die Blätter auf den Oberschenkel und schrieb die letzten Zeilen mit seiner akkuraten Schrift nieder: *„Doch in meinen Träumen werden wir auch hier wieder Kraft finden, unser Leben neu zu gestalten. In meinen Träumen bin ich nicht allein! In meinen Träumen..."*
Sebastian verließ das Schulgebäude, und seine Gedanken drehten sich immer noch um den Aufsatz. Nicht alles hatte er dort mit seinen knappen fünfzehn Jahren verstanden. Was war da nur mit unserer Geschichte, die einen so mächtig in ihren Bann schlägt und ihn jede Nacht sterben und wieder auferstehen läßt? Eine Gänsehaut überzog ihn, wenn er sich darunter etwas Greifbares vorzustellen versuchte. Mystisch klang das alles, geheimnisvoll!
Sebastian überblickte wie gewohnt den großen Schulhof und schritt in Richtung des Marktplatzes. Doch als er so gedankenverloren um die Ecke der nahe gelegenen Mensa ging und in die menschenleere Querstraße einbog, übersah er auf dem überdachten Fahrradplatz eine Gruppe von Jugendlichen.

Sie saßen auf den runden Eisenstäben der Absperrung, rauchten schweigend und spuckten aus purer Langeweile auf den Boden, mal auf einen leeren Papierbecher, mal auf einen weißen Plastiklöffel zielend. Sie waren zu viert, noch sehr jung, um die vierzehn. Und nur einer von ihnen, den sie Oliver nannten, war etwas älter und sah wesentlich gepflegter als die übrigen aus. Und gerade dieser Junge lebte beim Anblick des an der Mensa vorbeigehenden Sebastian auf.
„Das ist er!“ stieß er aufgeregt aus und zeigte in seine Richtung.
„Wer?“ fragten fast zeitgleich die anderen.
„Na der da, der Ahmed verpfiffen hat!“
„Bist du dir sicher?“
„Na, klar!“ bestätigte der Ältere. „Wir hätten ihn schon damals abgefangen, die Bullen kreisten aber die ganze Zeit in der Nähe…“
Die Jungen schauten einander vielsagend an, sprangen vom rostigen Geländer herunter und liefen eilig Sebastian hinterher.
„Jetzt kannst du uns nicht mehr entkommen!“ zischte der Ältere in genüßlicher Vorahnung der bevorstehenden Rache…

Ein leiser Widerspruch

Nachdem Frau Bammert den Aufsatz von Frank Uffelmann vom Schwarzen Brett heruntergerissen hatte, begab sie sich in das zweite Stockwerk, wo in einer halben Stunde die nächste außerordentliche Sitzung des Komitees gegen rechte Gewalt stattfinden sollte. Sie setzte sich an die Kopfseite des langen Tisches, legte die letzte Seite des Aufsatzes vor sich hin und holte aus ihrer Tasche einen kleinen Notizblock heraus. Zum Glück hatten die Unterzeichner des Aufsatzes nicht nur ihre undeutlichen Schnörkel draufgekritzelt, sondern auch noch den vollständigen Namen angegeben. Hochmut kommt vor dem Fall, dachte sie zufrieden. Nur zwei Unterschriften konnte Frau Bammert nicht entziffern, und diese Tatsache erfüllte sie mit echter Enttäuschung. Wann würde man noch so eine Gelegenheit bekommen, die verkappten Rechtsradikalen aus ihrer geschickten Tarnung herauszulocken? Irgendwie fühlte sie sich sogar diesem verhaßten Uffelmann für seinen Aufsatz zu Dank verpflichtet.

Und doch brauste in ihr allein beim leisesten Gedanken an diesen Jungen ein heftiges Unbehagen auf. Woher sie nur diese Frechheit haben? Kommen einfach daher und verbreiten hier ihre überkommenen mittelalterlichen Ansichten! Schaut mal her, dachte sie empört, ein echter Deutscher wollte er sein! Deutscher als die übrigen Deutschen! Etwas Dunkles flammte in ihr wieder auf und ließ sich nicht mehr zurückdrängen. Sie machte die Augen zu, und das verhaßte Gesicht erschien sehr deutlich und farbig vor ihrem geistigen Auge.

Unheimliche Spannung baute sich in ihrem Wesen auf. Ihre schmalen Lippen verzogen sich krampfhaft. Sie fühlten sich auf einmal taub und fremd an, während das Gesicht des neuen Schülers in ihrer Vorstellung immer abscheulicher wurde.

Frau Bammert konnte es nicht mehr aushalten.

„Ein Russ'! Ein Russ'! Ein Russ'!" schrie eine blindwütige innere Stimme direkt in sein verstörtes Gesicht und brach in ein langanhal-

tendes schadenfrohes Hohngelächter aus. Und allein der Anblick seiner schmerzerfüllten Verwirrung, dieser sichtbar gewordenen Kränkung brachte ihr wie eine Drogenspritze mit einem Schlag die langersehnte Befriedigung.
Die Zeit verlangsamte sich und nahm groteske Formen einer herunterfließenden klebrigen Masse an. Ein leichtes Schamgefühl kündigte sich an und verflüchtigte sich wieder. Frau Bammert war in diesem Zustand für derartige Gefühle nicht empfänglich. Es war getan…
Sie saß mit geschlossenen Augen auf dem weichen Stuhl, und ihre Hände hingen kraftlos herunter. Betörende Schlappheit benebelte ihren Körper und brachte eine angenehme Trägheit mit sich.
Frau Bammert konnte nicht einmal ahnen, wie lange sie so entrückt auf dem gepolsterten Stuhl gesessen hatte. Nur der plötzliche Krach des auf den Boden geknallten Besenstiels, der irgendwo in den oberen Stockwerken wie ein trockener Pistolenschuß peitschte, ließ sie zusammenschrecken und aus ihrem entrückten Zustand erwachen.
Sie öffnete ihre Augen und erblickte eine neue Welt, die jetzt viel heller und farbiger erschien. Keine Spur von Müdigkeit und Überspannung. Eine friedsame Stille nach dem tosenden Sturm.
Sachlich bleiben, dachte Frau Bammert und versuchte dabei, die Erinnerung an diesen heftigen Ausbruch restlos zu verdrängen. Sie schaute flüchtig auf die Uhr, schrieb akkurat die Namen der Frevler in den roten Notizblock ab und machte von der letzten Seite eine Kopie. Das Original steckte sie wie gewohnt in ihre große Tasche. Es blieb bis zur außerordentlichen Sitzung nicht mehr so viel Zeit übrig, und Frau Bammert beschloß, die noch verbliebenen Minuten ihrer neugegründeten „Initiative zur Eindämmung der häuslichen Gewalt gegen Kinder und Ehefrauen“ zu widmen. Sie selbst hatte in ihrem Leben weder Ehemänner noch Kinder. Während ihrer stürmischen Kampfzeit an der Uni vertrat sie wie die meisten ihrer Kampfgenossen die einfachen Prinzipien der wirklich freien Liebe, denen sie mit besonderem Engagement folgte. Dabei konnte sie es

doch nicht über sich ergehen lassen, daß ein Mann, in welcher Gestalt auch immer, sich über ihr befand.
Sie haßte männliche Dominanz und hatte von der Familie eine sehr fortschrittliche Meinung. Allein die Vorstellung, ihre Freiheit einschränken zu müssen, brachte sie mächtig aus der Fassung, bis sie endlich beschloß, die unwürdige Abhängigkeit von Männern ganz zu beseitigen. Das in den unergründlichen Tiefen mächtig aufblitzende primitive Verlangen nach dem anderen Geschlecht, das in ihrer Phantasie zu all dem noch erschreckende Formen anzunehmen drohte, befriedigte sie auf eine andere Art und Weise. Sie besuchte eine Reihe nützlicher Kurse, die es ihr ermöglichten, mit diesem Problem fertig zu werden, ohne jemanden in der Nähe zu haben.
Kinder wiederum stellten für Frau Bammert ein noch kleineres Problem dar. Sie als Lehrerin hatte in der Schule ohnehin Dutzende davon. Im übrigen unterließ Frau Bammert es nie, im Kreise der Gleichgesinnten zu erwähnen, daß die Kinderlosigkeit in vielen Fällen ein Zeichen für eine bemerkenswerte geistige Reife sei. Kinder zu haben, angesichts der drohenden Überbevölkerung der Erde, sei nichts anderes als purer Egoismus, behauptete Frau Bammert.
Sie hatte keine Familie und trauerte diesem Umstand nicht nach. Und trotzdem fühlte sich Frau Bammert der grundlegenden Lösung dieses gesellschaftlichen Problems doppelt verpflichtet. Denn nicht alle Frauen in diesem Land hatten leider den Mut gefunden, den überkommenen bürgerlichen Vorstellungen vom Leben ihr entschiedenes Nein zu sagen. Jeden Abend stellte sie sich mit tiefem Abscheu vor, wie die männlichen Familienmitglieder ihre Ehefrauen drangsalierten, vergewaltigten und minderjährige Kinder quälten... Ihre temperamentvolle Natur kochte vor Wut! Allein die widerwärtige Vorstellung davon, daß einige ihrer weiblichen Bekannten einen echten Gefallen daran finden konnten, jeden Tag am Herd zu stehen, um danach mit verschleierten Augen ihren kauenden Ehemännern beim Verzehr zuzuschauen, ließ ihr beinahe physisch

fühlbares Ekelgefühl ins Uferlose wachsen. Bis sie es eben als ihre unerläßliche Pflicht empfunden hatte, diesem ehernen Zorn formelle Gestalt zu geben. Es wurde eine Initiative gegründet, die die nähere Umgebung mit Appellen und Hilferufen überschwemmte...
Nun saß sie am Tisch und prüfte noch einmal aufmerksam die von ihr kürzlich verfaßte Aufklärungsschrift über die Notwendigkeit der strafrechtlichen Verfolgung der versuchten Vergewaltigung von Frauen durch ihre Ehemänner.
Nach und nach kamen aber die Mitglieder des Komitees zusammen, der Raum füllte sich mit ungezwungenen Gesprächen, und als die Zeit gekommen war, forderte Frau Bammert die Anwesenden auf, ihre Plätze einzunehmen.
Und es begann! Wie immer langatmig und ausschweifend.
„...jetzt kann aber keiner mehr behaupten, daß er die menschenverachtende Gesinnung von Herrn Uffelmann nicht rechtzeitig erkennen konnte. In diesem Aufsatz spricht jede Zeile für sich. Ohne Zweifel, die Tarnung ist ihm beinahe gelungen. Doch wir kennen unsere Geschichte und haben aus ihr unsere Lehren gezogen. Wir lassen uns nicht an der Nase herumführen. Des weiteren wollte ich Sie darüber informieren, daß ich es in meiner Eigenschaft als Lehrerin an diesem Gymnasium für meine Pflicht gehalten habe, den Verfassungsschutz unseres Bundeslandes über die aktuellen Ereignisse in unserer Schule zu unterrichten."
„Gehen Sie, Frau Bammert, nicht zu weit?" fragte ein grauhaariger Herr um die sechzig in einem dunkelblauen, strengen Anzug. „Ist diese Vorgehensweise wirklich angemessen?"
Die Augen der Vorsitzenden flammten auf, und ihre stramme Körperhaltung wurde noch steifer.
„Ich habe es Ihnen doch deutlich gesagt, daß ich den Bericht über diese Vorgänge nur als eine Information weitergegeben habe", entgegnete sie pikiert. „Außerdem habe ich nicht im Namen des Komitees gegen rechte Gewalt gehandelt. Ich hoffe, daß meine Antwort auf Ihre sorgenvolle Frage genügt?"
Sie verstummte, nahm die letzte Seite des Aufsatzes von Frank in

die Hand und überblickte triumphierend die Anwesenden.
„Auf unserer letzten Sitzung habe ich Sie auf das ungewöhnliche Benehmen unseres Schulleiters Dr. Oldenburg aufmerksam gemacht. Auf seine unerklärliche Nachsicht, ja selbst Spuren einer gewissen Sympathie, die er trotz alarmierender Zustände in dieser Angelegenheit walten ließ. Schon damals drängte sich der Grund dieses verharmlosenden Verhaltens jedem wachsamen Kollegen auf, doch ich sah mich damals gezwungen, meine berechtigte Kritik gegen etwaige Angriffe zu verteidigen. Jetzt aber kann ich Ihnen den Grund dieses Benehmens nicht nur erklären, sondern auch mit einem unumstößlichen Beweis belegen!"
Frau Bammert berichtete den Anständigen über die Ereignisse der letzten Tage, unterließ dabei nicht, in grellen Farben ihre tiefe Bestürzung über die empörenden Vorgänge zum Ausdruck zu bringen, und ließ jedes Mitglied des Komitees das letzte Blatt des Aufsatzes mit der Unterschrift von Maximilian Oldenburg persönlich in Augenschein nehmen.
„Ich glaube, daß es unter diesen Umständen nicht schwer ist, zu erraten, daß Maximilian diese gefährlichen Ansichten aus der familiären Umgebung übernommen hat", sagte Frau Bammert vieldeutig.
Dabei erzählte sie von ihrer wachsenden Sorge um die Geisteshaltung der heranwachsenden Generation und kam schließlich wieder auf die verheerende Wirkung des Aufsatzes zu sprechen:
„Kein vernünftiger Mensch wird bestreiten können, daß dieser Aufsatz unterschwellig den Nährboden für die rechte Gewalt bereitet und unsere Mitbürger mit Migrationshintergrund verunsichert."
„Frau Bammert", meldete sich der ergraute Herr namens Limmert erneut, während sich sein Gesicht zu nachsichtigem Lächeln verzog, „bei allem Verständnis für Ihre Worte scheint mir allerdings, daß Ihre Darstellungsweise etwas übertrieben ist. Wegen dieses Aufsatzes werden bestimmt keine blutigen Straßenkämpfe in unserer Kurstadt ausbrechen…"
Er wollte noch etwas hinzufügen, doch Frau Bammert unterbrach

ihn wieder: „Sie wollen offensichtlich mit diesen Worten noch einen unrühmlichen Beweis dafür erbringen, daß Ihre CDU von der verharmlosenden Haltung gegenüber rechtsintellektuellen Umtrieben immer noch nicht vollständig Abschied genommen hat und insgeheim hofft, am rechten Rand zu fischen. Sagen Sie mir doch, was sollen unsere Mitbürger mit Migrationshintergrund von den nationalistischen Träumen des Herrn Uffelmann halten, in denen nachweislich überhaupt kein Platz für sie vorgesehen wurde?
Was sollen vor allem unsere türkischstämmigen Mitbürger von all dem halten? Wie können sie ihre Kinder noch auf der Straße spielen lassen, wenn solche Menschen wie Frank Uffelmann und seine Komplizen unverhohlen ihr Gift in die Köpfe unserer Jugend hineinspritzen?"
„Es erscheint mir trotzdem realitätsfremd. Ich glaube nicht, daß die Wirkung dieses Aufsatzes bis in die Mitte der türkischstämmigen Familien hineinreichen würde. Und zwar bereits aus dem einfachen Grund, daß dieser Aufsatz dort gar nicht gelesen wird. Geschweige denn, daß die von ihnen angesprochene Angst so groß anwachsen würde, daß die türkischen Kinder, die die Straße eher dominieren, sich dadurch bedroht fühlen würden…"
Das Gesicht von Frau Bammert verdüsterte sich dermaßen, daß der grauhaarige Herr seine Ausführungen freiwillig unterbrach.
„Erzählen Sie uns doch bitte noch von der Ausländerkriminalität und der angeblichen Gefahr durch die Islamisierung!" entgegnete sie ihm in einem verächtlichen Ton. „Sie haben offensichtlich vergessen, daß Sie sich in der außerordentlichen Sitzung des Komitees gegen rechte Gewalt befinden und nicht auf einer rechten Kundgebung!"
„Frau Bammert!" empörte sich der Grauhaarige, doch die Vorsitzende war nicht mehr zu bremsen. Sie überhäufte die Anwesenden mit mysteriösen Statistiken und Analysen von irgendwelchen Forschungsgruppen und Instituten, aus denen angeblich deutlich hervorging, daß die tatsächliche Kriminalitätsrate bei den Einheimischen beinahe die der Ausländer übersteige. Dabei vergaß

sie nicht, die Anwesenden an die abscheulichen Greueltaten des Nationalsozialismus und an unsere diesbezügliche Verantwortung zu erinnern, und wandte sich schließlich wieder an den Grauhaarigen, der inzwischen seine Aufregung im wesentlichen überwunden hatte.

„Ich würde mich übrigens nicht wundern, wenn einige türkischstämmige Jugendliche nach der Lektüre dieses Aufsatzes aus Verbitterung und Verzweiflung gegen deutsche Kinder aggressiv werden könnten. Und obwohl ich diese Gewalt nicht billigen würde, kann ich diesen Jugendlichen doch ein gewisses Maß an Verständnis nicht versagen. Wie sollen sie auch reagieren angesichts dessen, daß solche Aufsätze stillschweigend von der deutschen Bevölkerung hingenommen werden? Diese Umstände treiben sie beinahe zum logischen Schluß, daß wir damit einverstanden sind, daß dies auch unsere Meinung sei!"

„Trotzdem glaube ich nicht, daß die türkischen Kinder wegen dieses Aufsatzes angegriffen werden", wehrte sich der Grauhaarige.

„Es wird beinahe unerträglich!" warf ein anderer Herr mit langen, hinten zu einem Zopf zusammengefaßten Haaren empört ein und schaute dabei verärgert zu dem Grauhaarigen hinüber. „Man muß sich die ehrliche Frage stellen, ob sich die CDU mit ihren Äußerungen überhaupt noch im Rahmen unserer freiheitlich-demokratischen Grundordnung befindet. Solche Entgleisungen sind unverzeihlich!"

Seine Empörung machte ihn beinahe sprachlos. Er schaute vorwurfsvoll um sich, und einige zustimmende Zwischenrufe folgten seinem Kommentar. Doch Frau Bammert erhob gebieterisch ihre Hand, und die entrüsteten Stimmen verstummten schließlich.

„Auch wenn nichts außerordentlich Schlimmes geschehen sollte", sagte sie mit unerschütterlicher Selbstsicherheit, „werden Sie, Herr Limmert, diesen Umstand nicht für sich in Anspruch nehmen und damit Ihr Recht beweisen können. Allein die bloße Möglichkeit solcher Vorfälle ermahnt uns zur Wachsamkeit und zu tatkräftigem Handeln: Wehret den Anfängen!"

Dabei erhob Frau Bammert ihren gestreckten Zeigefinger in die Höhe und machte eine effektvolle Pause, bevor sie weitersprach:
„Wenn ich Ihnen nun meine ehrliche Meinung sagen sollte, so bin ich, ebenso wie die anderen Teilnehmer dieser Runde, über die Geisteshaltung der CDU zutiefst entsetzt. Ich hoffe, daß nicht alle Mitglieder Ihrer Partei, die sich unermüdlich für eine Volkspartei der Mitte ausgibt, Ihre zweifelhaften Ansichten über diesen komplizierten Themenbereich teilen."
Der ergraute Herr mit dem Namen Limmert verfiel bei den letzten Worten in eine seltsame Stimmung. Er schaute sich hilflos nach allen Seiten um, fand in den tot wirkenden Gesichtern der ihm ansonsten wohlgesonnenen Mitglieder keine besondere Unterstützung, sondern eher einen stillschweigenden Vorwurf, und sah sich schließlich gezwungen, seine Worte zu erklären:
„Ich wollte damit eigentlich nur sagen, daß von diesem Aufsatz keine unmittelbare Gefahr für gewalttätige Auseinandersetzungen ausgeht. Die tiefgehende Wirkung auf der Ebene des Unbewußten, besonders bei den Gymnasiasten, wollte ich keineswegs abstreiten. In diesem Punkt sind wir, glaube ich, einer Meinung."
Er räusperte sich verlegen und fügte mit schiefem Lächeln hinzu:
„Das ist ein offensichtliches Mißverständnis."
Frau Bammert schaute prüfend zu ihm hinüber, überlegte einige Augenblicke und seufzte schließlich nicht ohne Enttäuschung:
„Immer wieder entstehen aber solche Mißverständnisse. Und ausgerechnet mit der CDU! Wobei es gerade von Ihnen am meisten erwartet wird, daß Sie sich eindeutig von dem rechten Sumpf distanzieren. Hier geht es schließlich nicht um parteipolitische Auseinandersetzungen, hier stehen allgemeingültige Werte zur Disposition, Werte, die unsere demokratische Ordnung nähren und auf die wir unter keinen Umständen verzichten werden."
„Frau Bammert", rechtfertigte sich der Grauhaarige und wurde noch unruhiger, „ich möchte noch einmal wiederholen, daß es sich in diesem Fall um ein bedauernswertes Mißverständnis handelt…"
„Es reicht!" unterbrach Frau Bammert ihn entnervt und wandte

sich demonstrativ von ihm ab. „Wir haben heute noch etwas Wichtigeres zu besprechen."
Sie kam wieder auf die Position des Schulleiters zu sprechen und schlug schließlich vor, einen offenen Brief an das Landesschulamt und den Ministerpräsidenten zu richten, in dem das Komitee gegen rechte Gewalt in diesem besonderen Fall seine tiefe Bestürzung und Sorge zum Ausdruck bringt. Man dürfe angesichts der Brisanz der derzeitigen Situation auf dem Gymnasium keineswegs die Augen verschließen. Sie müssen Alarmglocken läuten lassen und mit aller Entschiedenheit tiefgreifende Konsequenzen fordern. Damit dieser Fall über die Grenzen des eigenen Bundeslandes hinaus zu einem Lehrstück im Kampf gegen rechte Gewalt werde. Es wurde ein langer Text zusammengeschrieben, der dann zur Abstimmung vorgeschlagen wurde.
Frau Bammert schaute dabei auf das grauhaarige CDU-Mitglied und wandte sich an ihn mit leicht ironischer Stimme:
„Nun haben Sie die Möglichkeit uns zu zeigen, ob Sie es mit der Abgrenzung gegen Rechts wirklich ernst meinen. Oder möchten Sie vielleicht an dieser Stelle Ihrem Parteifreund Dr. Oldenburg auf Kosten unseres demokratischen Wertesystems Rückendeckung gewähren?"
Der Grauhaarige lächelte wieder schief, schaute sich um und spielte eine ungezwungene Gelassenheit vor.
„Für wen halten Sie mich, Frau Bammert?" sagte er leicht gekränkt. „Wenn es um Werte dieser Größenordnung geht, kennen wir keine Entschuldigungen!"
„Ich hoffe es! Ich hoffe es", seufzte Frau Bammert nicht ohne Mißtrauen in ihrer siegessicheren Generalsstimme und ging zum nächsten Punkt der Tagesordnung über.

Ein kleines Geschäft

Gerade zu der Zeit, als Sebastian sich auf der Bahnhofstraße dem städtischen Kant-Gymnasium näherte, stand Nadine im Schatten einer Linde und wartete auf Willi.
Er kam wie immer pünktlich, bog mit seinem Wagen sehr schnell und effektvoll in den Parkplatz ein und übersah dabei beinahe Sebastian. Nadine blieb das Herz stehen, doch der Junge bemerkte ihn rechtzeitig und wich vor seinem dunkelblauen Porsche einen Schritt zurück.
Sebastian stand noch einige Sekunden vor der Einfahrt und schaute sich neugierig den schicken Wagen an. Doch Willi würdigte ihn keines einzigen Blickes, sprang aus dem Wagen und ging schnell auf das schöne Mädchen zu.
„Und?“ fragte er noch im Gehen. „Hat’s geklappt?“
Nadine zögerte mit der Antwort und wirkte nervös.
„Ich nehme an, daß es für dich ein Kinderspiel war?“ fragte Willi forschend.
Das Mädchen war sichtlich verstimmt.
„Willst du vielleicht noch die Einzelheiten erfahren?“ warf sie ihm gereizt zu.
Willi verzog seine Lippen zu einem sarkastischen Lächeln.
„Das kann ich mir auch ohne lange Beschreibungen gut vorstellen“, entgegnete er mit einem doppelsinnigen Unterton. „Aus Erfahrung, meine ich... Aus eigener Erfahrung!“
Er holte aus der Tasche einen ledernen Geldbeutel und legte mehrere Hunderterscheine zu einem breiten Fächer zusammen.
Nadine schwieg. Ihre Augen waren voll mit Tränen, die jeden Augeblick über den Rand zu treten drohten. Sie riß ihm das Geld aus der Hand und starrte vor sich hin.
O Gott, dachte Willi und bewunderte abermals ihren schlanken Körper. Eine heiße Welle stieg ihm kribbelnd aus dem Bauch hinauf und erreichte sogar die Fingerspitzen.
Sein Blick rutschte von ihrem Gesicht auf die wohlgeformten Schul-

tern, verweilte dort kurz und blieb schließlich auf ihren frischen, aufregenden Brüsten kleben.
„Wollen wir heute mal was unternehmen?“ fragte er viel versöhnlicher, doch das Mädchen drehte sein Gesicht zur Seite.
„War der Junge etwa so stürmisch?“
Willi wollte noch etwas hinzufügen, doch Nadine unterbrach ihn und wurde immer heftiger.
„Laß ihn in Ruhe! Er hat damit nichts zu tun! Ich kann heute einfach nicht! Verstehst du? Ich kann nicht!“
Diese aufbrausende Heftigkeit wirkte auf Willi befremdend. Sein Gesicht verdüsterte sich. Zwar betrachtete er Nadine nur als Bettfreundin und war stets bemüht, nach dem Sex sie möglichst schnell wieder loszuwerden, doch der bloße Gedanke, daß auch Nadine von diesem Jungen so mächtig in Verwirrung gebracht worden war, ließ das Blut in seinen Stirnadern wild pulsieren. Eine Kränkung war das, beinahe eine persönliche Beleidigung.
„Ich hab’s getan und will nichts mehr davon wissen!“ sagte Nadine kategorisch.
„Wieso?“
„Ich will’s nicht!“ stieß sie heftig aus, doch schon im nächsten Augenblick schaute sie zu ihm flehend hinüber. „Ich kann’s nicht…“
„Ich muß dich leider enttäuschen, meine Süße!“ sagte Willi mit kaltem Spott. „Du mußt deinen Erfolg festigen, und zwar in den nächsten Tagen! Du mußt ihn binden… zumindest für einige Wochen. So wie wir es abgesprochen haben.“
Seine Stimme klang jetzt gereizt und vorwurfsvoll:
„Ich zahle dir das Dreifache, damit du dich im Bett mit einem hübschen Jungen amüsierst…“
Nadine unterbrach ihn.
„Nicht dafür zahlst du mir!“ warf sie ihm empört zu. „Ich weißt, was du willst…“
Willi hob seine Hand gebieterisch hoch, und das Mädchen verstummte.
„Du kannst es nur vermuten, mein Täubchen, nur vermuten!“ sagte

er warnend. „Außerdem haben wir vereinbart, daß niemand von unserer Abmachung erfährt. Verstehst du? Niemand!“
Ein kurzes Schweigen trat ein. Er blickte ihr prüfend ins Gesicht und setzte ein ungezwungenes Lächeln auf:
„Sonst sehe ich mich auch an keine Vereinbarungen mehr gebunden. Du weißt schon, was ich meine?“
Nadines Atem geriet ins Stocken. Mit einem panischen Ausdruck im Gesicht wich sie stolpernd vor ihm zurück.
„Was? … Was meinst du… damit?“ stammelte das Mädchen, nach Luft schnappend.
Willi schwieg vieldeutig. Zwar kämpfte er innerlich mit dem aufkeimenden Schamgefühl, doch das angsterfüllte Zittern ihrer Stimme wirkte auf seine gekränkte Seele wohltuend.
„Du kannst es tun… du wirst es…“, flüsterte Nadine entsetzt und verstummte.
Sie konnte nicht mehr weitersprechen. Sie wollte ihm ihre Tränen nicht zeigen und drehte sich weg.
„Na, na, na, na, na, Mädel!“ sprach Willi gönnerhaft. „Ich hab' doch nicht gesagt, daß ich es allen sagen würde. Nur für den Fall, daß du mich in eine schwierige Lage bringst. Nur dann…“
Das Mädchen achtete nicht mehr auf seine Worte und ging langsam davon.
„Und vergiß nicht, daß wir am Sonntag wieder ein Seminar haben! Du mußt fit sein!“ warf Willi ihr hinterher und fügte etwas leiser hinzu: „Für alles, meine ich! Für alles!“
Nadine entfernte sich immer schneller, während Willi auf dem Display seines schicken Handys nach dem passenden Eintrag suchte.
„Lilly, Tanja, Olga…“, flüsterte er leise und runzelte angestrengt seine hohe Stirn.
Endlich wurde er fündig, und sein Gesicht erhellte sich wieder.
„Oh ja, Kleine! Du bist heute mächtig dran…“

Nadines Beichte

Am nächsten Morgen schleppte sich Anna wie immer in Richtung Schule. Wie sie den gestrigen Tag und vor allem die endlose Nacht überstanden hatte, wußte sie nicht so genau. Es war wie ein schwerer Traum, voller grauer Farben, in dem alles an einem in einer unendlichen, monotonen Abfolge vorüberzog.
So wie Anna sich fühlte, wäre sie an diesem Tag auf keinen Fall in die Schule gegangen. Und doch wurde sie von einer unsichtbaren Macht dahin getrieben. Wie einen Zauberspruch wiederholte sie sich zum tausendsten Mal, daß es aus war, daß dieses Etwas, was noch nicht einmal begonnen hatte, bereits gestorben war… Und doch zog sie es mächtig dorthin, an diesen einzigen Ort, wo sie ihn treffen konnte. Unsinnig war das, zum Heulen unsinnig!
Sie stieg ins zweite Stockwerk, setzte sich auf ihren Stuhl und hatte nicht einmal die Kraft, ihre Freunde zu grüßen. Nur ein leichtes Kopfnicken. Niemanden wollte sie sehen, mit keinem sprechen. Sogar Julia wich sie aus. Nur einen kurzen Blick warf sie ihr zu und ließ die Augen wieder verlegen sinken. Ein Schamgefühl beherrschte sie. Nein, sie schämte sich nicht wegen ihres Gefühls! Sie schämte sich für ihn…
Doch an diesem Morgen hatte sie es leichter. Die Gymnasiasten saßen und standen in kleinen Gruppen und unterhielten sich lebhaft. Zwei Dinge beherrschten die Gemüter im städtischen Kant-Gymnasium. Ein Gerücht von dem gestrigen Überfall auf Sebastian machte die Runde und vervollständigte sich laufend mit neuen Details. Man erzählte, daß er am späten Nachmittag von einer Gruppe Hauptschüler zusammengeschlagen worden war und daß er sich dabei verbissen gewehrt hatte. Solche Fälle waren im Bereich des Gymnasiums selten. Hin und wieder gab es Prügeleien, doch so etwas, daß man im Krankenhaus landete, passierte selten. Obwohl es dafür keine handfesten Beweise gab, vermutete man stark, daß dieser Vorfall unbedingt etwas mit den Ereignissen vor dem Schwarzen Brett zu tun hatte. Ein Racheakt sollte es gewesen sein.

Nicht weniger lebhaft diskutierte man über das Abenteuer des neuen Schülers und wartete auf sein Erscheinen.
Nadine war bereits vor Unterrichtsbeginn in der Klasse und wirkte sehr verstört. Sie blickte kurz auf seinen leeren Stuhl und ging dann schweigend fort. Als sie zur nächsten Pause wieder in der Klasse erschien und nach Frank fragte, konnte sich Georg nicht mehr zurückhalten.
„Hast du ihm diesen Knutschfleck verpaßt?“ fragte er. „Was hast du dabei gespürt, Nadine? Erzähl! Aber ehrlich!“
Nadine antwortete nicht, schaute nur feindselig in seine Richtung.
„Du hast ihm Französisch beigebracht, und er, nehme ich an, hat dir Unterricht in Wahrheitskunde erteilt. Wie war das, die Wahrheit unserer Empfindungen… das ist es! Ich erinnere mich, als wäre es heute gewesen. So etwas über Empfindungen war bei ihm sogar an einigen Stellen…“
„Was weißt du schon von ihm und seiner Wahrheit?“
„Das will ich gerade wissen!“ erwiderte er mit gestellt unschuldigen Augen. „Wie es zugegangen ist? Hatte er, zum Beispiel, Gummis dabei, oder hast du ihm eins geliehen?“
Er schaute sie prüfend an und fügte etwas leiser hinzu:
„Oder zwei?“
Nadine preßte ihre Lippen fest zusammen und starrte ihn mit steigender Wut an.
„Du meinst, mehr als zwei?“ stieß Georg überrascht aus und legte seine Hand auf die Brust. „So dramatisch ging es bei euch ab…“
Nadine antwortete nicht, während von überall Grinsen und Kichern zu ihr herüberschallten.
„So schnell hat er seine Überzeugungen über Bord geworfen!“ warf Benjamin gehässig ein.
„Was grinst du denn da?“ fragte Nadine mit ätzendem Spott. „Du hättest mir meine Schuhe abgeleckt, wenn ich dich nur mit dem Finger gelockt hätte.“
Benjamin murrte empört etwas Boshaftes zurück, doch Nadine vergaß ihn bereits. Sie atmete schwer, schaute hilflos nach allen

Seiten, überwand aber ihre furchtbare Aufregung und sagte mit brüchiger Stimme:
„Er ist ein ehrlicher Junge… ich gebe es zu, ich hab's versucht… und dieser Fleck ist wirklich von mir… ich habe ihn in die Falle gelockt… er ist aber geflüchtet… versteht ihr, geflüchtet!“
„Hat er dich auch geknutscht?“ fragte jemand von den hinteren Bänken.
„Nein“, gestand Nadine leise.
„Und was hast du ihm gestern auf dem Schulhof gesagt? Wir haben euch nämlich vom Fenster aus zugeschaut?“ fragte Georg, unfähig, seine Neugier zu bändigen.
„Ich habe ihn um Verzeihung gebeten“, sagte sie traurig und senkte ihren Blick. „Es tut mir leid…“
Übergewaltiges Mitleid mit ihrem Geliebten brach in Annas Herz ein und fegte dort alles hinweg, alles: die unerträgliche Kränkung, unschöne Rachegedanken, all die bösen Worte, die sich in dieser schrecklichen Zeit in ihrer Seele aufgestaut hatten…
Ihre Gedanken und Gefühle waren jetzt wieder bei ihm, und das verwundete Herz, das ohnehin bereit war, alles restlos zu verzeihen, schlug wie ein Pendel in die andere Richtung. Allein der bloße Gedanke daran, daß er sich jetzt so furchtbar quälte und nicht einmal die Kraft fand, in die Schule zu kommen, peinigte sie gnadenlos. Doch auch die Freude darüber, daß er es nicht getan hatte, daß er sich selbst doch noch treu geblieben war, zerriß ihre Brust mit gleicher Heftigkeit.

Im Polizeirevier

Der Polizeidirektor Heinrich Bölle saß an seinem mit Mappen und losen Blättern überhäuften Tisch und wirkte sehr nachdenklich. Der Überfall auf Sebastian rief nicht nur in seiner Behörde eine wachsende Sorge hervor. Zwar hielt sich die örtliche Presse aus Rücksicht vor den besonderen Empfindlichkeiten der türkischen Gemeinde wie immer zurück, doch in der Stadt selbst kochten die Gemüter, und eine erwartungsvolle Spannung knisterte an allen Straßen und Ecken.

Der Bürgermeister hatte bereits angerufen und versuchte Druck auszuüben, als würden die Beamten ohne sein Drängeln die Sache einfach so laufen lassen. Er redete und redete und kam schließlich auf sein eigentliches Anliegen: Man sollte bei den möglichen Nachfragen zum Ermittlungsstand die Volkszugehörigkeit der mutmaßlichen Täter nicht unbedingt in den Vordergrund stellen. Schließlich hätte es auch umgekehrt kommen können.

Es hätte kommen können, dachte dabei der Polizeidirektor, ist aber so nicht gekommen! Er dachte das und war schon nahe daran, dies dem Bürgermeister auch zu sagen. Und nicht nur das wollte er ihm sagen. Viel, viel mehr! Er wollte es und tat es doch nicht.

Diese simple Erkenntnis lastete sehr unangenehm auf seinem Gewissen.

Alle verfügbaren Kräfte setzte er für die Aufklärung dieses Vorfalls ein: die Anwohner befragt, das Gymnasium aufgesucht…

Endlich ging die Tür auf, und in sein Arbeitszimmer trat ein stark gebauter Polizeibeamter ein. Er grüßte den Vorgesetzten und legte auf seinen Tisch eine rote Plastiktüte.

„Das haben die Anwohner in der Nähe gefunden."

„Gehört sie ihm?"

„Vermutlich", erwiderte der Polizeibeamte, streckte sich und gähnte vergnügt. „Endlich mal nach Hause."

„Hast du schon mal reingeschaut?" fragte sein Chef und zeigte auf die rote Tüte.

„Ja! Nur ein Verbindungskabel. Vermutlich für den Computer. Und noch ein paar handgeschriebene Blätter. Vielleicht kann man aus dem Text erkennen, ob es seine Sachen sind?"
„Wie lange bleibt er im Krankenhaus?"
„Mindestens ein paar Tage. Die Lippe haben sie ihm gestern genäht. Die Rippen sind gebrochen. Sie vermuten eine Gehirnerschütterung. Spät am Abend war ich bei ihm. Man hat mich aber dann doch weggeschickt. Heute, sagten sie, wird er mit Sicherheit vernehmungsfähig sein."
Der Polizist verstummte, seufzte und fügte leise hinzu:
„Ein lieber Junge."
„Gut, Robert, geh' schon, schlaf dich aus und grüße deine Frau!"
Der Polizist verabschiedete sich und ging aus dem Zimmer, während Herr Bölle aus der roten Tüte die angesprochenen Blätter herausholte. Sie waren numeriert und die akkurate Schrift machte das Lesen leicht:
„Mein Traum. Er ist so schön wie unerreichbar. Ich weiß ja nicht einmal, ob ich ihn mehr am hellichten Tage oder in meinen schlaflosen Nächten träume. Er ist immer da, er durchdringt mein ganzes Wesen..."
Er las und las, und als er die letzte Seite zu Ende gelesen hatte, saß er noch lange an seinem Arbeitstisch und starrte nachdenklich ins Leere. Dann erhob er sich, nahm die Vernehmungsprotokolle in die Hand, überflog sie und ging zum Fenster. Er schaute auf die davorliegende Bahnhofstraße, auf die vorbeifahrenden Autos und spürte, wie eine unerklärliche Sehnsucht, ein stiller Schmerz in seiner Brust immer größer wurde, immer heftiger. Etwas hatte ihn beim Lesen dieser schlichten Worte mitten ins Herz getroffen und ließ ihn nicht mehr los. Als hätte er unerwartet ein heimeliges, so vertrautes Lied aus seiner zartesten Jugendzeit vernommen.
Er ging zum Tisch, nahm die handgeschriebenen Blätter in die Hand und las den Text noch einmal aufmerksam durch...
Der Polizeidirektor war immer noch tief in seinen Gedanken, da kündigte sich schon ein bereits vor Tagen angemeldeter Besuch

an. Ein leitendes Mitglied der Polizeigewerkschaft kam aus der nahegelegenen Kreisstadt. Er war in Zivil gekleidet und strahlte eine Art unnatürlichen Optimismus aus.
Sie grüßten einander, gingen ins Arbeitszimmer des Polizeidirektors, und der Gast kam ohne Umschweife gleich zur Sache.
„Wir bereiten eine neue Initiative vor und wollen nun den Innenminister auffordern, die Polizeibeamten über die Sitten und Gebräuche der Moslems in speziellen Kursen aufzuklären", teilte er bedeutungsvoll mit. „Sie wissen doch selbst, welche Probleme wir alle mit ethnischen Gruppen haben. Die Kolleginnen und Kollegen in den Großstädten sind schon mächtig unter Druck geraten. Es kann so schnell gefährlich werden, obwohl die meisten Fälle viel einfacher zu klären wären, wenn man nur ein bißchen mehr über die Leute wissen würde."
„Welches Wissen meinen Sie denn?" fragte der Polizeidirektor, ohne seine Skepsis zu verbergen.
„Nehmen wir mal die einfachste Situation an", erklärte der Gewerkschafter bereitwillig. „Gestern war eine unserer Streifen im Einsatz bei einer türkischen Großfamilie. Die Nachbarn haben angerufen und wollten, daß die Polizei dort endlich Ordnung schafft. Kaum sind sie an der Türschwelle erschienen und wollten den randalierenden Mann zur Ruhe bringen, fingen die Weiber zu kreischen an, die Söhne sprangen herbei. Wenn die Beamten nicht so umsichtig gewesen wären, wäre das ganze in einer blutigen Auseinandersetzung untergegangen!"
Der Gewerkschafter schaute mit sorgenvollen Augen zum Polizeidirektor hinüber und erwartete von ihm offensichtlich lebhafte Zustimmung. Doch Herr Bölle saß unbeeindruckt an seinem Arbeitstisch und schaute ihm ins wohlgenährte Gesicht.
„Diese Szenen sind mir nicht von ungefähr bekannt", sagte er ruhig. „Wo ist die Lösung?"
„Ja! Gerade das ist unser Anliegen!" lebte der Gewerkschafter auf. „Man muß bloß wissen, wie es bei denen zugeht. In Wirklichkeit ist es so, daß das Familienoberhaupt bei ihnen unantastbar ist.

Verstehen Sie? Das muß man mit Geschick anpacken. Greifst du ihn an, so hast du augenblicklich die ganze Großfamilie gegen dich. Egal, ob sie davor einander die Schädel eingeschlagen haben oder nicht. Verstehen Sie? Diese Kenntnisse werden Ihnen und Ihren Mitarbeitern das Leben wesentlich erleichtern und sie aus unnötiger Gefahr bringen."
Er schaute den schweigenden Polizeidirektor an und beschloß, noch ein Beispiel anzuführen:
„Die kulturellen Unterschiede sind einfach zu groß. Ohne grundlegendes Wissen kommt man da überhaupt nicht mehr weiter. Ich wußte am Anfang selbst vieles nicht. Es gibt aber interessante Dinge dabei! Wenn zum Beispiel in einem muslimischen Haus keine männliche Person anwesend ist, gilt das Betreten der Wohnung als große Schande. Geschweige denn, mit den Frauen zu sprechen. Wenn aber wiederum ein sechsjähriger Sohn zu Hause weilt, so gilt er als Familienoberhaupt. Verstehen Sie?"
Das Gesicht von Herrn Bölle verdüsterte sich. Vieles deutete darauf hin, daß er seinen wachsenden Unmut nicht mehr lange würde zurückhalten können.
„Und Sie schlagen mir vor, in Anwesenheit der Mutter mit dem sechsjährigen Sohn über die strafrechtlichen Angelegenheiten seines Vaters zu reden?"
Es klickte etwas in ihm und ließ ihn einfach ausrasten:
„Sie mit ihrem Unsinn wollen die ohnehin nicht gerade beneidenswerte Lage der Frauen in solchen Fällen noch weiter verschlimmern? Ihre Menschenwürde noch weiter in den Dreck stampfen? Morgen werden Sie uns auffordern, den Koran auswendig zu lernen, damit wir noch mehr in der Lage sind, lebensgefährlichen Konflikten aus dem Wege zu gehen. Haben Sie vergessen, daß Sie nicht dafür in den Dienst aufgenommen wurden, um hier in Deutschland einen muslimischen Gottesstaat aufzubauen, sondern unser freiheitliches Grundgesetz gegen jegliche menschenverachtende Bräuche zu verteidigen?"
„Ihre Worte überraschen mich nun wirklich", erwiderte der Gewerk-

schafter Meschel mißmutig. „Es klingt so, als würden Sie nicht nach einer Lösung suchen wollen, sondern absichtlich die Situation auf die Spitze treiben…"
„Alle Menschen sind im Geltungsbereich des Grundgesetzes gleich. Und wir werden die muslimischen Mitbürger, bei aller Achtung ihrer kulturellen Unterschiede, genauso behandeln wie die einheimischen Deutschen. Und ich wiederhole es Ihnen noch einmal, Herr Meschel, frei aus dem Herzen: Lieber quittiere ich meinen Dienst bei der Polizei, als wenn ich mir das dienstliche Gespräch mit einer Frau nur deshalb verkneifen muß, weil ihr liebenswürdiger Ehemann nicht zugegen ist. Eine größere Verachtung der Frauen ist nicht auszudenken!"
Das Gesicht von Herrn Meschel verzog sich noch mehr: „Ich würde mich nicht wundern, wenn Sie sagen würden, daß alle muslimischen Mitbürger lieber zurück in ihre Heimat fahren sollten."
„Diesen Unsinn können Sie woanders verbreiten, aber nicht in meinem Arbeitszimmer!" erwiderte der Polizeidirektor völlig entnervt. „Wenn Sie aber meine Antwort haben wollen, so sage ich Ihnen ehrlich: Wenn jemand unsere Vorstellungen von Gleichheit der Frauen nicht annehmen will, der muß aus diesem Land ohne Wenn und Aber verschwinden. Und wenn er das nicht freiwillig tut, dann muß der Staat ihm bei der Ausreise kräftig nachhelfen!"
„Es ist mir ein Rätsel, wie Sie mit solchen Ansichten bis zu ihrer Position aufgestiegen sind", warf ihm Herr Meschel vieldeutig zu.
Der Polizeidirektor erhob sich von seinem Stuhl und wies entschlossen zur Tür.
„Raus aus meinem Zimmer!" sagte er entschlossen, und dem entsetzten Gewerkschaftsfunktionär wurde höchst unwohl zumute. Er sprang eiligst auf und seine massige Gestalt verschwand hinter der weißen Tür.
Herr Bölle stand eine ganze Weile regungslos vor seinem Tisch, sank dann entkräftet auf den Stuhl, faßte sich an die Stirn und versuchte sich zu beruhigen...
Es waren bereits einige Stunden vergangen, die alltägliche Routine

nahm ihn wieder in Anspruch, doch die Seele des Polizeidirektors war immer noch aufgewühlt. Nun saß er an seinem großen Arbeitstisch, schaute ins Gesicht von Frau Bammert, die es für ihre unerläßliche Pflicht erachtet hatte, ihn aufzusuchen, und dachte angestrengt darüber nach, wie er sie möglichst schnell aus seinem Zimmer hinausbekommen könnte.
„Überzeugen Sie sich selbst, Herr Polizeidirektor!“ sagte die Lehrerin und reichte ihm über den Tisch ein paar bedruckte Blätter. Er nahm sie, seufzte sehr langatmig und ausdrucksvoll und tauchte seinen Blick gezwungenermaßen in den Text ein:
„Mein Traum. Er ist so schön wie unerreichbar. Ich weiß ja nicht einmal, ob ich ihn mehr am hellichten Tage oder in meinen schlaflosen Nächten träume. Er ist immer da, er durchdringt mein ganzes Wesen...“
Und wieder erfaßte ihn der gleiche Schmerz. Er las die ersten Zeilen, hob seine Augen zu Frau Bammert und fragte sie leise:
„Wo haben Sie das her?“
„Das ist der Aufsatz von Herrn Uffelmann!“ verkündete sie triumphierend.
„Sind Sie sicher, daß dieser Aufsatz nicht von einem anderen geschrieben wurde?“ fragte der Polizeibeamte forschend.
Frau Bammert antwortete nicht. Nur ein nachsichtiges Lächeln legte sich auf ihr blasses Gesicht, während Herr Bölle einige Sekunden überlegte. Der Name klang sehr vertraut. Er strengte das Gedächtnis an, und eine deutliche Vorahnung erhellte sein Gesicht.
„Warten Sie!“ sagte er nachdenklich und rieb an seinem glatt rasierten Kinn. „Ist es nicht zufällig dieser blonde Junge aus Rußland?“
„Ich sehe, daß dieser Uffelmann inzwischen auch hier bekannt ist!“ rief Frau Bammert zufrieden aus.
„Ja, ja“, entgegnete der Polizeidirektor trocken, „nur in einem anderen Zusammenhang...“
„Oh!“ sagte die Geschichtslehrerin vieldeutig. „Es gibt in dieser Angelegenheit sehr tiefgründige Zusammenhänge! Auch, was den bedauernswerten Vorfall mit Sebastian angeht. Gerade vor diesem

Überfall habe ich ihn im Gymnasium gesehen. Und wissen Sie, was er dort gemacht hat? Eben diesen Aufsatz abgeschrieben! Können Sie sich so etwas vorstellen?"
„Was wollen Sie damit sagen?"
„Ich kann mir gut vorstellen, daß Sebastian unter dem Eindruck dieser gut getarnten rechten Hetze möglicherweise einige provozierende Äußerungen an die Adresse dieser Jungen geworfen hat. Sie wissen schon, wie schnell das passiert! Das kann natürlich das Geschehene nicht entschuldigen, aber es gibt uns einen ernstzunehmenden Anlaß zum Nachdenken..."
Die Lehrerin fing wieder an, begeistert über die alarmierenden Zustände im Gymnasium zu reden, und wollte ihn anschließend für den Kampf gegen rechte Gewalt gewinnen, doch Herr Bölle unterbrach sie.
„Bei uns werden, wie Sie wissen, auf beiden Schulhöfen Drogen verkauft. Und laut meinem Kenntnisstand nicht gerade von Herrn Uffelmann", sagte er mit tonloser Stimme.
„Aber, Herr Bölle!" erschrak Frau Bammert. „Diese Tatsache darf uns doch unmöglich von diesen dringenden Problemen ablenken..."
„Wissen Sie, Frau Bammert: Sie verwechseln offensichtlich die Reihenfolge. Gerade Ihre Probleme lenken mich von meiner vordergründigen Aufgabe ab, die Ordnung auf den Straßen dieser Stadt aufrechtzuerhalten!"
Die Augen von Frau Bammert flammten sofort auf. Sie erwiderte nichts auf seine unmißverständlichen Worte, erhob sich, warf dem hohen Polizeibeamten einen vielsagenden Blick zu und entfernte sich in würdevollem Gang aus dem Zimmer.
Der Polizeidirektor atmete tief durch und schlug seine Augen entkräftet nieder. Ein sehnsüchtiger Wunsch übermannte ihn: alles hinzuschmeißen und, ohne sich umzudrehen, aus diesem Irrenhaus zu flüchten... nach Australien auszuwandern... Sonne... Leute, mit gesundem Menschenverstand... ein ordentlicher Dienst in Würde... mit klaren Dienstvorschriften... Wäre das nicht ein schöner Traum?

Er seufzte, ließ den Blick über seinen mit Akten überhäuften Tisch gleiten, erblickte den Aufsatz und die sonnigen Landschaften des australischen Kontinents verblichen und entfernten sich wieder aus seiner geistigen Sichtweite. Er dachte an den merkwürdigen Jungen und nahm die handgeschriebenen Blätter wieder in seine Hand: *Mein Traum. Er ist so schön wie unerreichbar...*

sapere aude

Frank aber saß an diesem Nachmittag auf seinem Bett und schaute aus dem Fenster dem geschäftigen Treiben der Sperlinge zu. Den ganzen Morgen versuchte er an seinem Roman weiterzuschreiben, sich in die weit zurückliegenden zwanziger Jahre zu stürzen, um sich zu vergessen; doch die Ablenkung mißlang. Nicht einmal zum Lesen reichte die Kraft.

Traurige Bilder tauchten vor ihm auf und weckten in ihm immer wieder den gleichen Schmerz. Irgendwann würde er in die Schule gehen und den voll verdienten Hohn über sich ergehen lassen müssen. Doch nicht die lebhafte Vorstellung dieses kränkenden Gelächters ließ sein Herz sich ängstlich zusammenziehen. Viel mehr waren es die Gesichter seiner neuen Freunde, die er verraten zu haben glaubte. Sie schauten zu ihm mit stillem Vorwurf, und allein der leiseste Gedanke daran quälte ihn unheimlich.

Vor allem aber Anna…

Er schlug seine Augen nieder und das schöne Mädchen erfüllte, wie schon so oft in den letzten Tagen, seine Welt. Wie wundervoll blickten ihre himmelblauen Augen, in denen er ein großes, bis zur bedingungslosen Hingabe reichendes Gefühl zu sehen glaubte. Wie schön schmückten die leichten Sommersprossen ihr helles Gesicht… Er seufzte schwer und versuchte sich zu beruhigen.

Plötzlich klingelte es an der Tür. Die Mutter hat wohl den Schlüssel vergessen, dachte Frank und stieg aus dem Bett. Barfuß, in einer enganliegenden abgetragenen Jeans und einem bis zum Bauch aufgeknöpften Hemd, dessen Ärmel er bis zu den Ellenbogen hochgekrempelt hatte, lief er in den Flur und öffnete die Tür.

Einige Schritte vor ihm stand Luka Lemke.

Er sah sehr ungewöhnlich aus. Er trug eine dunkle Anzughose, ein strahlend weißes, kurzärmeliges Hemd und eine sehr schicke, mit einem schwarz-rot-goldenen Querstreifen geschmückte Krawatte. Dieses ungewöhnliche Aussehen verlieh ihm eine besondere Feierlichkeit.

Frank konnte vor Überraschung kein Wort von sich geben und starrte den Jungen mit großen Augen an.
„Cool siehst du aus“, sagte Luka anerkennend und betrachtete neugierig seine Jeans, die an einigen Stellen eingerissen und mindestens zehn Zentimeter zu kurz war.
Frank kam noch mehr durcheinander, schaute verstört auf seine durchgeriebene Hose und erwiderte verlegen:
„Beim Roten Kreuz habe ich sie geschenkt bekommen.“
„Ah“, sagte Luka verständnisvoll. „In einem Modegeschäft hättest du für so eine Hose mindestens hundert Euro hingeblättert.“
Frank mußte lächeln, und sein Gesicht hellte sich wieder auf.
„Ich wollte nur wissen, ob bei dir alles okay ist“, sagte Luka leise und streckte ihm unsicher seine Hand entgegen.
Erst nach und nach kam Frank wieder zu sich. Sie gingen hinein und saßen nun in seinem kleinen Zimmer.
Luka war ungewöhnlich gesprächig und erzählte ihm ausführlich vom Überfall auf Sebastian sowie von dem, was auch sonst in der Schule passiert war. Frank hörte sich alles sehr aufmerksam an, und als Luka eine kurze Pause machte, fragte er ihn:
„Luka! Bist du mein Freund?“
Der Junge kam sofort durcheinander.
„Warum fragst du das?“ entgegnete er überrascht.
„Durch diesen Vorfall mit Nadine habe ich euch verraten“, sagte Frank enttäuscht. „Ich habe mich selbst verraten.“
„Alter Schwede!“ stieß Luka leidenschaftlich aus, sichtlich erfreut, daß Frank dieses Thema selbst angesprochen hatte. „Mach dir doch deswegen keine Sorgen! Nadine war heute in der Klasse. Sie hat alles erzählt! Verstehst du? Alles! So wie es war! Daß sie dich anbaggern wollte und daß du dann geflüchtet bist.“
Franks Augen weiteten sich vor Überraschung.
„Hat sie es wirklich erzählt?“
„Ja!“ bestätigte Luka bereitwillig. „Das hat Eindruck gemacht, muß ich dir sagen!“
Frank lächelte ihn an. Doch Luka wandte den Blick ab und strich

nervös seine Stirnlocke zur Seite.
„Ehrlich gesagt, bewundere ich dich sogar“, sagte er.
„Wieso?“
„Ich hätte bestimmt nicht ‚nein‘ gesagt… Eher umgekehrt…“
Luka räusperte sich und wurde unentschlossen.
„Ich wollte dich auch etwas fragen.“
„Frag’ doch!“ ermutigte ihn Frank.
„Was unterscheidet einen Freund von einem guten Bekannten?“ fragte er mit bedrückter Stimme. „Ich meine jetzt nicht all die schönen Bücher, sondern so, im Leben… in unserem Leben. Verstehst du? Was ist man bereit, für einen Freund zu opfern?“
Er blickte vertrauensvoll auf Frank und erwartete von ihm eine ehrliche Antwort.
„Alles“, erwiderte Frank entschlossen.
Luka starrte wieder zu Boden.
„Ich habe noch nie solche Freunde gehabt.“
Er schwieg, und dieses Schweigen wurde für ihn zu einer echten Qual.
„Luka!“ sprach Frank. „Wolltest du mich noch etwas fragen?“
Der Junge blickte zu ihm auf.
„Was meinst du, kann ich einmal für dich so ein Freund werden?“
Frank ergriff seine Hand und drückte sie so fest zusammen, daß Luka aufhörte zu atmen und spürte, wie ihm heiß wurde.
„Du bist es!“ stieß Frank mit fester Stimme aus.
Luka geriet in sichtbare Aufregung.
„Woher weißt du das?“ fragte er nicht ohne Verlegenheit, spannte sich an, schaute aber doch sehr offen in sein Gesicht.
„Das kann man nicht erklären“, erwiderte Frank. „Man muß es nicht erklären. Man fühlt es sehr deutlich, wie man Wärme fühlt. So wie ich jetzt deine Hand fühlen kann.“
Luka starrte wie benommen in seine glänzenden Augen und konnte kaum noch reden.
„Ich würde für dich sehr viel riskieren! Sehr viel!“ brachte er mit brüchiger Stimme hervor. „Laß mich aber bitte auch nicht im Stich!

Verstehst du, was ich meine?"
„Nie werde ich dich verraten! Nie!" schwor Frank, angesteckt von Lukas unerwarteter Offenheit.
Erst nach und nach beruhigte sich Luka und konnte seine Freude nicht mehr verbergen. Erleichterung und Dankbarkeit strahlte aus seinem Gesicht. Ja, selbst eine Art Hingabe!
Es klingelte wieder.
„Ich komme gleich", warf Frank seinem Freund zu und schlurfte in den Flur. „Das ist bestimmt meine Mutter!"
Er riß die Tür ungeduldig auf und erstarrte wieder. Dicht davor standen Walter, Julia und Anna.
„Bist du noch am Leben?" fragte Walter.
Frank blickte kurz zu Anna und wurde augenblicklich rot.
„Mann!" stieß Walter erheitert aus. „Wenn du morgen so in die Schule kommst, dann drehen die Mädels durch! Du siehst wie ein Rockstar aus!"
Dabei schaute er sehr schelmisch zu seinen Begleiterinnen, die ungläubig auf Frank starrten.
Der Junge warf einen flüchtigen Blick auf seine abgetragene kurze Jeans, auf das Hemd, das nicht nur seine weiße Brust, sondern auch noch den Bauch sehr großzügig freiließ, und begann es mit ungeschickten Händen zuzuknöpfen.
Anna konnte ihren Blick nicht abwenden. Sie schaute und schaute und spürte, wie das starke Gefühl, das sie seit jenem ersten Augenblick in seiner Gewalt hielt, mit unglaublicher Heftigkeit in ihrem Wesen explodierte. Wie schön er war! Nicht unbedingt athletisch gebaut, und doch war sein Körper wohlgeformt. Lange, gerade Beine, ziemlich breite Schultern, aufrechte, edle Körperhaltung... Vielleicht schien es nur ihr so? Vielleicht blendete sie dieses heftige Gefühl? Vielleicht! Doch Anna wollte darüber nicht einmal nachdenken. Für sie war nur das wichtig, was sie selbst fühlte. Tränen drückten sie, als sie erneut mit verliebten Augen in sein Gesicht blickte. Wie hell strahlte es, umrandet von diesen unwiderstehlichen blonden Haaren. Jeder Schatten fiel ihr jetzt noch deutlicher auf,

jede Kleinigkeit: die hohe Stirn, die dunkelroten, fein geschnittenen Lippen, gerade, ein wenig stupsig anmutende Nase und diese unverkennbare bestechende Offenheit…
Anna wurde schwindlig.
Sie schlug ihre Augen nieder und fühlte es noch heftiger, wie hoffnungslos sie diesem Jungen verfallen war. Es gab nichts auf der Welt, was sie ihm nicht verzeihen könnte. Gar nichts…
„Wir haben dir deine Tasche gebracht", sagte Walter, um die verlegene Pause zu beenden. Doch Frank schwieg, spannte sich noch mehr an und starrte vor sich hin.
„Was ist mit dir?" fragte Walter und versetzte ihm, wie schon so oft, einen leichten Klaps auf die Schulter.
„Könnt ihr mir wirklich verzeihen?" brachte Frank mit großen Hemmungen hervor.
„Mann! Du machst aber daraus eine Geschichte!" lachte Walter.
Auch Julia lächelte ihn warm an. Er erwiderte ihr Lächeln, doch sein unruhiger Blick suchte nach Annas Augen, die immer noch geschlossen waren.
„Und du?" fragte er sie. „Kannst du es auch?"
Anna nickte ihm schweigend zu, und dieses stumme Ja ließ ihn aufatmen. Er lebte auf, bat sie ins Haus und war wieder ganz der frühere Frank.
„Du bist ja schon da?" stieß Walter verblüfft aus, als er im Zimmer Luka entdeckte. „Das hätte ich mir denken können!"
Der Junge stand am Schreibtisch, ernst und schweigsam, und wurde von allen Seiten neugierig betrachtet.
„Wo hast du nur diese Klamotten her?" fragte Walter. „Hast du mit Frank getauscht?"
Auch Julia war tief beeindruckt.
„Luka!" sagte sie anerkennend. „Hat dich Melanie schon so gesehen?"
Der Junge schwieg, und sein Ehrgeiz stieg ins Unermeßliche.
Frank brachte inzwischen Stühle, stellte sie dicht aneinander und sprang wieder aufs Bett.

Sie erzählten ihm ausführlich von dem traurigen Vorfall mit Sebastian, davon, daß sie noch vor einer Stunde bei ihm gewesen waren und daß es ihm viel, viel besser ging.
„Es gibt aber noch eine schlechte Nachricht“, sagte Luka bedeutsam. „Gestern hatte das Komitee gegen rechte Gewalt eine Sitzung. Deinen Aufsatz haben sie auseinandergenommen. Die Bammert ließ einen Aufruf verfassen, in dem sie Konsequenzen fordert...“
Julias Gesicht wurde augenblicklich rot. Ihre Augen blitzten so zornig, daß Luka stolperte und verstummte.
„Diese Schlange wird ihn nie in Ruhe lassen!“ stieß sie wutentbrannt aus. „Ich hätte sie…“
Sie konnte nicht weiterreden, ballte ihre zierlichen Hände zu zwei kleinen Fäustchen, drehte sie sehr ausdrucksvoll aneinander und wirkte dabei sehr unheimlich.
„Mann! Bist du heftig!“ sagte Luka. „Ich krieg’ Angst vor dir, wenn du so weitermachst!“
Julia senkte verlegen ihren Blick zu Boden und schwieg, während die Freunde erheitert zu ihr blickten.
„Woher weißt du, was sie dort alles besprochen haben?“ fragte Walter.
„Ich habe im Komitee meine Leute“, erklärte der Junge voller Stolz und rückte seine Krawatte zurecht. „Ich weiß sogar, was in diesem Aufruf steht.“
Die Freunde lebten auf, und es entbrannte bereits eine Diskussion darüber, was der Sinn der Demokratie ausmachen sollte, doch Luka unterbrach sie.
„Ich wollte euch noch etwas anderes erzählen“, sagte er mit geheimnisvoller Stimme, und seine Augen flammten wieder auf. „Ich habe einen Plan! Hört mir gut zu! Damit sie Frank nicht rausschmeißen, müssen wir etwas unternehmen.“
„Du meinst, sie werden ihn wegen dieses Aufsatzes aus dem Gymnasium werfen?“ fragte Julia ungläubig.
„Nein, das meine ich nicht“, gestand Luka. „Außerdem ist Herr Oldenburg offensichtlich immer noch auf unserer Seite. Aber so

wie Frank nun mal ist, wird es wohl nicht lange dauern, bis die nächste Folge beginnt."
Er schaute schuldbewußt zu Frank, der nun im Schneidersitz auf seinem Bett saß, und versuchte seine Worte zu erklären:
„Ich meine, sie werden dich so lange provozieren, bis sie dich irgendwo in die Sackgasse drängen. Sie wissen doch, daß du immer die Wahrheit sagst."
Frank lächelte ihn traurig an.
„Ich versuche es", sagte er leise.
„Für mich ist schon das viel zu viel", erwiderte Luka, holte aus seiner Tasche ein Blatt Papier und hob es triumphierend über seinen Kopf. Es war die letzte Seite des Aufsatzes mit Unterschriften, der auf dem Schwarzen Brett ausgehängt worden war.
„Hast du es einfach so vom Brett runtergerissen?" fragte Julia verblüfft.
„Nein. Ich hab' doch gesagt: Ich habe meine Leute im Komitee. Sie haben mir eine Kopie besorgt", gab Luka zur Antwort und fuhr mit seinem Plan fort: „Das sind außer unseren Unterschriften sechzehn Namen! Jetzt kennen wir sie und können jeden von ihnen ansprechen! Wenn wir uns zusammenschließen, dann können sie keinen von uns einfach so aus der Schule werfen. Versteht ihr? Keinen! Wenn alle für einen sind und jeder für die Gemeinschaft bereit ist, alles zu geben, dann sind sie alle machtlos! Versteht ihr das?"
Er blickte zu Julia.
„Weiter, Luka, weiter!" spornte sie ihn ungeduldig an.
„Außerdem habe ich erfahren, daß sie in der Schülerzeitung eine Hetzschrift vorbereiten. Wir müssen ihnen entgegentreten. Mit einem ausführlichen Artikel, in dem wir ihnen in Erinnerung rufen, was Demokratie eigentlich heißt."
„Sie werden ihn nie veröffentlichen!" widersprach Julia kategorisch.
„Das weiß ich selbst", sagte Luka ernst.
„Und?" fragte Walter. „Wie willst du ihn sonst veröffentlichen?"
„Wir müssen eine alternative Schülerzeitung gründen. Dort können

wir alle Angriffe effektiv abwehren. Versteht ihr? Sonst werden sie uns solange verleumden, bis alle zu glauben beginnen, daß wir tatsächlich menschenverachtendes Pack sind. Ich habe mir schon den ganzen Aufbau der Zeitung durchdacht. Es wird ein Erfolg sein! Ich bin davon überzeugt. Ich habe schon einen Namen für die Zeitung ausgedacht. „sapere aude“ soll sie heißen. Wage es zu wissen, dich deines eigenen Verstandes zu bedienen! Ein schöner Spruch von Horaz. Besonders wertvoll, weil Kant ihn auf seine Fahne geschrieben hat und unser Gymnasium ausgerechnet seinen Namen trägt.“

Julia stiegen die Tränen in die Augen.

„Du bist ein echter Rebell!“ stieß sie begeistert aus.

„Ein Anstifter“, sagte Walter.

Luka nahm wieder das Blatt mit den Unterschriften in die Hand und fügte entschlossen hinzu:

„Wir müssen versuchen, diese Leute für uns zu gewinnen!“

Frank wurde unschlüssig.

„Meinst du, daß alle sechzehn mitmachen werden?“

„Na, klar!“ rief Luka begeistert aus. „Zumindest die meisten von ihnen. Verzeih mir, wenn ich dir das so sage… aber du bist in einem anderen Land aufgewachsen. Ich weiß nicht, wie es dort zugeht, aber wenn bei uns jemand öffentlich deinen Aufsatz unterschrieben hat, dann ließ er sich das mindestens zehnmal durch den Kopf gehen. Dein Aufsatz, ich meine, dein Traum, das ist doch eine Weltanschauung! Eine Religion! Bei uns kannst du bedenkenlos die Aufrufe von Frau Bammert unterschreiben. Wie blöd sie auch klingen mögen. Aber doch nicht so etwas! Glaub mir! Sie gehören zu uns!“

Frank wurde sehr unruhig. Er blickte in Lukas Augen und fragte ihn mit erwartungsvoller Stimme: „Ist es auch dein Traum?“

„Ja“, bestätigte Luka wild entschlossen und auf sein Gesicht legte sich erneut ein seltsamer edler Stolz.

Frank ließ seinen fragenden Blick zu Walter hinübergleiten, und auch er antwortete mit einem kurzen Ja. Für Julia war die Spannung zu groß. Sie holte Luft und schlug die Augen nieder.

„Auch wenn ich dabei sterben sollte!“ stieß sie mit Nachdruck aus. „Wenn ich euch einmal verraten sollte, dann will ich nicht mehr leben!“
Alle schauten zu Anna, die still auf ihrem Stuhl saß. Sie blickte kurz auf und nickte zustimmend mit dem Kopf.
„Auf jeden Fall… Natürlich!“ stammelte sie leise. „Ein schöner Traum.“
Frank preßte seine Hände fest ans Gesicht und verharrte so einige Sekunden lang. Als er die Hände wieder auf die Knie legte, konnten seine Freunde deutlich erkennen, daß seine hellgrauen Augen feucht waren.
„Heute ist der glücklichste Tag in meinem Leben“, sagte er. „Gebt mir bitte eure Hände! Ich will sie fühlen.“
Seine Freunde saßen wie verzaubert und folgten schweigend seinem ungewöhnlichen Wunsch. Er legte ihre Hände übereinander und hielt sie sehr gefühlvoll in seinen.
Eine seltsame Stimmung erfüllte das kleine Zimmer. Sie schwiegen und spürten es beinahe physisch, wie alles Trennende zwischen ihnen zu schmelzen begann und an Bedeutung verlor. Sie fühlten sich einander immer näher, und diese Nähe erfüllte sie ganz. Das nie zuvor so deutlich empfundene Glücksgefühl kam in schaurigen Wellen über die Freunde… Nur Walter wurde schließlich unruhig.
„Ich wollte euch etwas fragen“, sagte er. „Ich meine die Sache mit Sebastian. Ich kann ihn jetzt unmöglich allein lassen. Versteht ihr? Sie haben ihn wegen uns abgefangen. Weil er sich als Zeuge gemeldet hat.“
Er machte eine kleine Pause und fragte dann unsicher:
„Habt ihr etwas dagegen, wenn ich ihn immer dabei habe?“
Kaum gesagt, beeilte er sich mit einer hastigen Erklärung:
„Er ist ein guter Junge. Er wird bestimmt nicht stören. Ich bürge für ihn! Er ist zwar jünger als wir…“
Frank unterbrach ihn.
„Natürlich, Walter! Bring ihn mit! Ich würde mich freuen!“
Auch die anderen Freunde pflichteten ihm bei…

Am Abgrund

Max aber konnte es an diesem Tag nicht mehr aushalten, schlich sich in der vorletzten Pause aus dem Schulgebäude hinaus und verschwand im Schatten der alten Linden. Einfach so zu sitzen und sich das unwürdige Geschwätz über Frank anhören zu müssen, ging weit über seine Kräfte hinaus. All seine Gedanken drehten sich um seinen Freund und lösten in ihm eine große Sehnsucht aus.
Er wanderte ziellos durch die Straßen und wollte auf keinen Fall vor der Zeit zu Hause erscheinen. Die Mutter könnte schon dort sein, dachte er und ging immer weiter.
Neben der Post erblickte er eine freie Bank und setzte sich hin. Gleich neben ihm lag ein Teil der örtlichen Tageszeitung. Er nahm sie lustlos in die Hand und warf einen Blick hinein.
Der Schützenverein überschlug sich vor Freude und teilte beglückt mit, daß die Rettung der zerrütteten Finanzen, die sie zuvor vertanzt und verjubelt hatten, nun in Sicht sei. Die große Überschrift verriet auch schon die gefundene Lösung: ***Abriß des Vereinsgebäudes – Rettung in letzter Minute***. Jemand habe ein ernstzunehmendes Interesse am Grundstück bekundet.
Daneben eine große farbige Werbeanzeige. Eine Bank pries vorteilhafte Anlagemöglichkeiten an. Ein gut aussehender Managertyp in einem teuren Markenanzug und mit einem dünnen Aktenkoffer in der Hand sprang inmitten dieser Anzeige in einem unnatürlichen Rausch in die Luft. Sein Körper verdrehte sich sehr komisch, und das gepflegte Gesicht strahlte eine Art primitive Glückseligkeit und seltene Einfalt aus.
Wie können diese Menschen sich nur zu solchen Aufnahmen hinreißen lassen, dachte Max und verspürte ein unangenehmes Gefühl. „SAUBILLIG!“ verkündete ein großes Einkaufszentrum in riesigen Buchstaben und unterstützte seine Aussage mit der Darstellung einer verblüfften Blondine, die mit weit aufgesperrtem Mund ihre fassungslosen Augen auf ihn richtete. „ICH BIN DOCH NICHT BLÖD!“ pflichtete ihr die ganzseitige Werbung einer

anderen Einkaufskette bei…
Er blätterte weiter.
Fast eine halbe Seite kleingedruckter Anzeigen schlug ihm entgegen: Melanie, Lea, Stefanie, Marianna, Kira… diskret, im Hotel oder Hausbesuche, zu jeder Uhrzeit, Herrin, Sklavin, mitlauschen zu 1,39 EURO pro Minute, es gibt schon welche für 0,99 mit Garantie, lesbisch, oral, Gruppensex für Ehepaare…
Eine Anzeige mit einem niedlichen Herzchen: 19 Jahre, anal, französisch und vieles mehr…
Wie, dachte Max verblüfft, noch mehr?
Daneben bot sich ein Junge an, für Männer und Frauen in jedem Alter. Die letzten Worte waren fett gedruckt und unterstrichen.
Die widerwärtige Vorstellung, die beim Lesen der letzten Anzeige in seinem Bewußtsein aufblitzte, löste in ihm ein heftiges Ekelgefühl aus.
Er blätterte die Zeitung schnell durch und warf sie verärgert wieder auf die Bank. Was war da schon die Sache mit Nadine, dachte er. Ein Kinderstreich! Warum ist er nicht in die Schule gekommen? Warum?
Die Zeit zog sich nur langsam dahin. Max erhob sich und schritt wieder aufs Geratewohl durch die grünen Straßen. Er ging an einem Zeitungskiosk vorbei, blieb vor einem breiten Holzregal stehen und warf einen neugierigen Blick auf die langen Reihen bunter Zeitschriften. Von einem farbenfrohen Umschlag ganz unten schaute zu ihm eine hübsche Blondine auf. Sie streckte ihren äußerst knapp bekleideten Po in einem akrobatischen Dreh dem Schauenden so aufdringlich entgegen, als würde sie jeden Passanten nach dessen Qualitäten befragen wollen. Dabei versuchte ihr zu einem Lächeln verzerrtes Gesicht eine Art vielversprechenden Leichtsinn vorzuspielen. Auch auf einem anderen Umschlag wurde eine dunkelhaarige Schönheit abgebildet. Sie stand mit etwas auseinandergestellten langen Beinen da, streckte gekonnt ihre hüllenlose Brust nach vorne und warf den Kopf leidenschaftlich nach hinten, während ihre Hand mit unverhohlener Absicht unter ihr knappes

Höschen griff. Der leicht geöffnete Mund und die halbgeschlossenen Augen täuschten dem Leser sehr geschickt den Höhepunkt der äußersten Sinnlichkeit vor.
Max spürte, wie sein Blick trotz offensichtlicher Verwerflichkeit der Darstellung an diesen unverschämten Frauen klebte. Bei aller berechtigten Kritik waren sie doch sehr schön und reizend…
Ein Bündel von widersprüchlichen Empfindungen drängte sich in seiner Brust und löste in ihm einen Trieb aus, der anwuchs und immer weniger an das schöne menschliche Gefühl erinnerte. Tierisch fühlte sich diese wilde Regung an, unheimlich… Es verlangte einen nicht mal nach ihren Namen zu fragen… nur eine unverhohlene Gier nach primitiver Körperlichkeit, nach diesem sinnlichen Ausbruch…
Max wandte seinen Blick zur Seite.
So deutlich wurde ihm seine Unfähigkeit, das Aufkommen von diesem nackten Trieb aufzuhalten. Verbittert und zugleich gekränkt preßte er seine Lippen zusammen.
Sollte diese Zurschaustellung wirklich Ausdruck jener erlösenden Freiheit sein, die uns als höchstes Glück verkauft wird? Muß jeder tagtäglich damit konfrontiert werden? Von Kindheit an in diesen Abgrund hineinschauen, um dort wie in einem verzerrten Spiegel sein entmenschlichtes Antlitz zu sehen?
Alles wehrte sich in ihm vehement dagegen. Das ist der Mensch nicht, dachte er verzweifelt, das ist er nicht! Das alles ist nur ein heimtückischer Angriff auf die menschliche Seele. Ein namenloser Krieg gegen Gott…
Eine rauh klingende männliche Stimme riß ihn aus seinen Gedanken heraus und ließ ihn leicht zusammenzucken.
„Wenn du was Hartes suchst, mußt du reinkommen! Da drin hab ich noch 'ne Menge! Heiße Sachen, muß ich dir sagen!" sprach der Verkäufer mit vielsagender Stimme.
Max ließ einen unsicheren Blick aus seinen smaragdgrünen Augen zu ihm hinübergleiten. Doch er erreichte nicht einmal sein Gesicht, sondern erstarrte an der breiten Brust, wo an einem feinen Kett-

chen ein gelbes Kreuz mit dem leidenden Christus hing.
Der Verkäufer knetete mit dem kantigen Unterkiefer einen Kaugummi und betrachtete neugierig den schweigsamen Jungen.
„Hast wohl Hemmungen, was?“ fragte er mit betonter Lässigkeit.
Max hob für einige Sekunden seine Augen wieder zum gekreuzigten Jesus und konnte kaum noch sein Gefühl aufhalten. Er drehte sich wortlos um und schritt davon.
Schmerzliche Kränkung brannte in seiner Brust.
Was ist aus uns geworden? dachte er enttäuscht und wurde immer schneller. Warum gehen sie alle an diesem Schmutz so gleichgültig vorbei? Warum tut es ihnen nicht weh?
Die Fragen drehten sich in einem sinnlosen Kreis, ohne eine Lösung zu finden. Gejagt von diesen Gedanken fand er sich schließlich, wie schon so oft, vor der katholischen Kirche wieder und verspürte eine deutliche Erleichterung. Ein Gefühl der Geborgenheit und Wärme kam über ihn.
Eine Gruppe betagter Kurgäste drängte sich am rustikalen Eingang und Max beschloß abzuwarten, bis sie ihre Neugier gestillt und genug digitale Bilder geknipst hatten. Allein wollte er sein, ganz allein. Er ging in das nahegelegene katholische Gemeindehaus und legte seine schwere Schultasche gleich an der Tür ab.
Jede Ecke kannte er hier, und doch entdeckte er an der Wand ein neues Bild. Es war eine Bleistiftzeichnung von Koenemann. Max betrachtete sie neugierig und wurde von ihrer unaufdringlichen hellen Stimmung mehr und mehr verzaubert.
Inmitten der gereiften Kornfelder schlängelte sich ein Weg. Gesäumt von weißstämmigen Birken, die geneigt und mit tief herunterhängenden Kronen dem dahinschwindenden Sommer nachtrauerten.
Weit vorne, am Rande der weitläufigen flachen Landschaft, dort, wo der schöne Birkenweg sich mit dem Himmel zu verschmelzen schien, schimmerten undeutliche Umrisse eines einsamen Bauernhofs. Es war ein altes norddeutsches Gehöft…
Eine unüberwindliche Sehnsucht erfaßte Max beim Anblick dieser

stillen Gegend. Er schaute und schaute, und schon verwandelte sich die Landschaft vor seinen großen Augen. Sie geriet in Bewegung, belebte sich. Schon hörte er das liebliche Rauschen der Birken, nahm den betörenden Duft der abgemähten Wiesen wahr...
Max schlug seine Augen nieder, doch das Bild verschwand nicht. Im Gegenteil! Die bleistiftgraue Umgebung gewann an Farbe, erfüllte sich mit dem lustigen Vogelgezwitscher, und der milde Sommerwind umschmeichelte sein fröhliches Gesicht...
Er ging allein auf dem Feldweg, bewunderte das reine Blau des Himmels, die weißen Wolken, die am weiten Horizont langsam dahinzogen, und freute sich beim Anblick des herannahenden Bauernhofs. Und diese anschwellende Vorfreude versprach ein langersehntes Wiedersehen mit den Menschen, zu denen er sich so unheimlich stark hingezogen fühlte.
Wie Meereswogen überflutete das aufregende Gefühl seine Sinne, wich ein wenig zurück und kam über ihn wieder und wieder. Und schon schien der weite Weg kürzer und sein schwerer Tornister um einiges leichter.
Max hatte ein braunes Hemd und eine kurze dunkle Hose an. Seine festen Halbschuhe schlugen mit jungenhafter Sorglosigkeit auf den festgefahrenen Boden und wirbelten den leichten Sommerstaub auf, der seine langen weißen Strümpfe berieselte.
Er ging immer schneller und ungeduldiger. Endlich erreichte er die breite Hofeinfahrt, ließ seinen schweren Tornister auf die Holzbank fallen und sprang ins Haus...
Die Mutter konnte vor Freude kein Wort aussprechen. Sie drückte ihren Sohn an die Brust, wuschelte sehnsüchtig in seinem hellbraunen Haar, und die stillen Tränen flossen aus ihren verwelkten Augen.
„Ist schon gut, Mama!“ beruhigte Max die Mutter und versuchte sich von ihr zu lösen. „Ich bin doch da! Du mußt dich freuen!“
Doch die Mutter konnte sich immer noch nicht beruhigen. Jeden Tag, jede Stunde dachte sie an ihren Jungen, und das Herz schwelgte all die Tage zwischen stillem Glück und mütterlicher Sorge. Vier

Wochen war er weg, vier ganze Wochen!
Sie erwachte aus ihrem Zustand, beeilte sich zum Herd und bereitete ihm ein üppiges Essen, während Max überstürzt von seiner Reise erzählte.
„Den Reichstag habe ich gesehen, Mutter!“ schwärmte der Junge. „Den Reichstag!“
Der Hunger überwältigte ihn zwar, doch auch das Verlangen, alles und sofort seiner Mutter zu berichten, war nicht minder stark.
„Man hat meine Unterlagen an eine Eliteschule weitergeleitet“, teilte er freudig mit. „Es ist so gut wie sicher!“
Die Mutter erstarrte bei diesen Worten, drückte ihre abgearbeitete Hand an die Brust und schaute verzweifelt auf ihren Jungen.
„Willst du das wirklich?“ fragte sie. „Was fehlt dir denn hier? Die Jungens haben nach dir schon so oft gefragt. Heute üben sie grad auf unseren Wiesen…“
Max sprang augenblicklich auf.
„Sind sie hier?“ stieß er überrascht aus und starrte sie ungeduldig an.
„Ja, an den Koppeln…“
Max stürmte durch den Hinterhof zu den weitläufigen Wiesen. Mit aller Kraft rannte er auf eine Jungengruppe zu, die sich weit vorne inmitten der Pferdekoppeln um einen Fahnenmast drängte. Sie waren alle in seinem Alter, wie er gekleidet. Sie erkannten ihn auch, und sogleich brauste ein ganzer Schwarm von winkenden Händen empor.
Ein Junge löste sich von der Gruppe und rannte ihm nun entgegen. Eine blitzartige Vermutung ließ Max vor Aufregung beinahe ersticken. Er ahnte, wer ihm so freudig entgegenstürmte! Er wußte es! Schon sah er deutlich die im Winde wehenden dunkelblonden Haare, die edle Körperhaltung. Und allein dieser Anblick löste in ihm eine unerträgliche Freude aus. Wer vermag schon da die Tränen aufzuhalten…
Doch das schöne Bild erstarrte plötzlich, die Farben verblichen und die ganze Landschaft vor ihm verzerrte sich drehend in einen

gewaltigen Strudel, der alles, alles Sichtbare in sich hineinzog. Ein langer, schmerzerfüllter Schrei schlug ihm in die Ohren und überdeckte alle übrigen Geräusche. Erstarrt und mit weit aufgerissenen Augen stand er am klaffenden Abgrund und mußte entsetzt und ohnmächtig zusehen, wie sein treuer Freund, sein Alles, von diesem schrecklichen Schicksalsstrudel erfaßt wurde. Voller Sehnsucht streckte der dunkelblonde Junge seine Hand zu ihm hoch, und das leise Abschiedslächeln machte die hellgrauen Augen noch trauriger, noch schöner…
Max sprang hinab.
Nur noch diesen langgezogenen, in der Ferne schwindenden Klageschrei konnte er wahrnehmen, bevor alles im pechschwarzen Nichts auf immer versank…

Etwas Erquickendes spürte er an seinen Wangen und auf der glühenden Stirn. Eine angenehme kühle Feuchte wanderte über sein Gesicht und bewog ihn, die Augen zu öffnen. Verschwommene Umrisse verklärten sich langsam, und nach wenigen Augenblicken erkannte Max das sorgenvolle Gesicht des Pfarrers.
Max lag immer noch auf dem Boden, versuchte sich sogleich aufzurichten, doch die gütige Hand zwang ihn sanft zurück.
„Nur so ruhig ein paar Minuten liegenbleiben“, wiederholte der Alte und fing wieder an, sein Gesicht mit einem feuchten Tuch zu kühlen.
Max wollte etwas sagen, strengte sich an, doch die einzelnen Wörter wollten sich nicht zu einem Ganzen zusammenfügen, und statt vernünftiger Sätze drangen aus ihm nur noch bruchstückhafte Wortfetzen. Der Pfarrer legte aber die Hand vorsichtig auf seine heißen Lippen, und der Junge verstummte.
Er konnte sich wie immer an alles erinnern und war ob dieser Erinnerung sehr unglücklich. Immer wieder tauchten vor ihm die letzten Augenblicke auf, und der herzzerreißende Schrei, der sich nur langsam in der Ferne verlor, erklang wieder und wieder… Max kniff die Augen zu und versuchte sein Gefühl zu beherrschen.

„Ist schon gut, mein Junge“, raunte über ihm die tröstende Stimme des Pfarrers. „Hast wohl wieder was Schlimmes gesehen…“
Diesmal dauerte es länger als sonst. Einige Stunden verbrachte Max in der Kirche, bevor der Pfarrer ihn nach Hause entließ. Sie beteten gemeinsam, und dieses Gebet gab ihm tatsächlich Kraft.
Diesmal hatte er wieder Glück.
Er hatte panische Angst. Jedes Mal stellte er sich bildlich vor, wie er ohnmächtig nach hinten kippte und sein Kopf wuchtig auf den harten Boden aufschlug. Und allein diese Vorstellung löste in ihm einen unerträglichen Schmerz aus. Doch jetzt... jetzt versuchte er, diese Gedanken zu verdrängen. Jetzt hatte er wieder Glück. Nur die Kopfschmerzen und ein leichtes Schwindelgefühl erinnerten ihn an den bedauerlichen Vorfall.
Max ging nach Hause und konnte keine Ruhe finden.
O Gott! flehte er tief in seiner Seele. Ist das alles nur ein Wahn, ein böser Fluch oder, wie Frank es so schön sagte, eine Gabe? Seine Vorstellungskraft war grenzenlos, sie war erschreckend. Alles, alles konnte er sich vorstellen und nachempfinden. Nur ein Wimpernschlag, und eine leise Vorstellung erwachte zum echten Leben. Oft ungewollt. Doch wenn man einmal dort war, wie kommt man da wieder raus? Dann lebt die Vorstellung – einmal leicht angestoßen und ins Rollen gebracht – ihr eigenes Leben, und du bist drin und bist gezwungen, dieses Schicksal als dein eigenes anzunehmen.
Sein Buch verlangte von ihm viel. Sehr viel. Seine zarten Empfindungen lagen blank, und eine ganze Epoche wälzte sich unbarmherzig über ihn hinweg. Besonders schmerzlich litt er an den vielen grausamen Schlachten. Wenn der Boden von gewaltigen Detonationen erzitterte, wenn die eigene Stimme im dröhnenden Kampfgetöse jämmerlich unterging und der Kampf zu einem mächtigen Hammer des Schicksalhaften wurde, der gnadenlos das kostbare Leben um ihn herum auslöschte…
Quälende Unruhe beherrschte seine Gedanken. Warum ist es so erschütternd echt? Warum erlebte er Dinge, die er früher noch nie gesehen hatte? Er hatte Angst, furchtbare Angst, nach der Lösung

zu suchen und seine schleichende Ahnung bestätigt zu wissen. Er jagte diese Gedanken von sich weg, doch die bange Frage klopfte und klopfte an der Pforte seines Bewußtseins: Warum? Warum...

Max bog gerade in die Poststraße ein, als jemand ihn beim Namen nannte. Er spannte sich innerlich an und ging weiter. Niemanden wollte er jetzt sehen. Allein sein. Allein mit seinen Gedanken. Doch schon in wenigen Augenblicken hörte er hinter sich eilige Schritte.
„Max!" rief ihm Walter erneut zu und packte ihn am Ärmel.
Der Junge blieb stehen, drehte sich um und begrüßte ihn auch.
„Warum bist du heute aus dem Unterricht verschwunden?" fragte Walter.
Max zögerte mit der Antwort, blickte etwas verlegen zu ihm hinüber und erwiderte kaum hörbar:
„Hab' mich schlecht gefühlt."
„Schade! Ich war jetzt gerade bei Frank. Ich wollte auch dich mitnehmen."
Wie ein Pfeil durchbohrten diese Worte das wunde Herz von Max. Sein Gesicht spannte sich augenblicklich an. Mit größter Mühe gewann er wieder die Fähigkeit, vernünftig zu denken.
„Geht's ihm gut?" fragte er besorgt.
„In Ordnung", bestätigte Walter und erzählte ihm in groben Zügen von seinem Besuch, davon, daß auch Anna und Julia mitgefahren waren. Wie Frank sich wieder gefangen hatte und immer fröhlicher wurde. Sogar Luka war heute bei ihm!
Max hörte sich alles sehr aufmerksam an, schwieg und kaute nervös an seiner Unterlippe.
„Hat er auch nach mir gefragt?" unterbrach er seine Erzählung und ließ einen scheuen, ungeduldigen Blick zu ihm hinübergleiten.
Walter verstummte, stand nun ratlos vor ihm und wußte nicht, was er darauf sagen sollte.
„Hat er denn gar nicht nach mir gefragt?" flüsterte Max verwirrt wie zu sich selbst.
„Ich weiß nicht, Max, laß mich mal nachdenken..."

Doch der Junge unterbrach ihn wieder.
„Ist schon gut, Walter… Danke!“
Er drehte sich um und ging schnell davon.

Max kam nach Hause, machte vorsichtig die Haustür auf und sprang sofort ins Obergeschoß hinauf. Noch im Laufen griff er unter sein Hemd und holte daraus einen Schlüssel, der immer auf einer Schnur um seinen Hals hing. Erleichterung überkam ihn, als er die Pforte in sein Reich öffnete. Er schlüpfte hinein, schloß das Zimmer ab und atmete erschöpft durch.
Gegen den späten Nachmittag kam die Mutter. Sie war sehr aufgeregt. Von ihren zahlreichen Freunden hatte sie erfahren, daß die Gerüchte um die Vorgänge auf dem Kant-Gymnasium immer weitere Kreise gezogen und die Grenzen der Kurstadt längst verlassen hatten. Sie bat Max nach unten und war fest entschlossen, mit ihm ein klärendes Gespräch zu führen.
„Und dieser Frank!“ regte sie sich immer mehr auf. „Ich würde mich nicht wundern, wenn er bald das lebhafte Interesse des Verfassungsschutzes auf sich ziehen würde. Man hat mir über seinen Aufsatz erzählt! Sein Traum ist absurd! Angst überkommt mich, wenn ich daran denke, daß du so etwas öffentlich unterschrieben hast. Mit solchen Aufsätzen stößt man geradezu an die Grenzen des Verfassungsfeindlichen. Und du, mein Sohn, kommst aus einem familiären Kreis, der auch bestimmte Verpflichtungen abverlangt. Man ist nicht allein auf dieser Welt. Onkel Gerhard kandidiert gerade für den Kreisvorsitz. Zwar nicht in unserem Kreis, doch wenn seine Gegner und vor allem die Presse etwas davon wittern würden, können daraus unangenehme Folgen erwachsen. Geschweige denn für meine Karriere.“
Sie sah sehr gekränkt aus und sprach noch eine ganze Weile über den erfolgreichen Onkel Gerhard, bis sie dann doch bei ihrem Lieblingsthema landete:
„Es wäre schon an der Zeit zu verstehen, daß die maßlose Überbetonung dieses egoistischen Gefühls zu sogenannter Heimat und

eigenem Volk bei den anderen Menschen Antipathien und berechtigte Sorge auslöst."
Gewöhnlich schwieg ihr Sohn bei solchen Gesprächen und ließ es geduldig über sich ergehen. Doch diesmal antwortete er bereitwillig.
„Aber das ist doch ein helles Gefühl! Eine tiefe Zuneigung! Wie kann ein solches Gefühl jemanden verletzen? Ich würde mich aufrichtig freuen, wenn es in jedem Volk intensiv gelebt wird. Man kann es nur beneiden. Im Guten beneiden!"
Das Gesicht von Frau Oldenburg verzog sich zu einem kalten Lächeln.
„Willst du mir etwa vom Internationalismus der Nationalisten erzählen?" fragte sie mit beißender Ironie.
„Schließt du es völlig aus?"
„Unsere Geschichte...", fing sie mit lehrmeisterhafter Stimme an, doch Max regte sich augenblicklich auf und unterbrach sie.
„Warum redest du immer von unserer Geschichte, als würde sie nur aus zwölf Jahren des Nationalsozialismus bestehen? Ist es denn so schlimm, wenn einem diese Landschaften am Herzen liegen, wenn einer sich aufrichtig freut, die vertraute Sprache zu hören, mit Menschen zu leben, die durch tausendfache geheimnisvolle Fäden miteinander verbunden sind?"
Die Mutter blieb aber sichtlich unbeeindruckt und richtete ihren ohnehin strammen Oberkörper noch mehr auf.
„Sind denn die anderen Landstriche nicht genauso lebenswert? Wenn ich nur an Kalifornien denke, so bin ich bereit, alles stehen und liegen zu lassen und wegzufahren."
„Warum hast du es nicht getan?" fragte Max, und in seine Stimme mischte sich herbe Enttäuschung.
„Weil es noch anderweitige Verpflichtungen gibt!" teilte sie nicht ohne aufkeimenden Stolz mit und fügte dann mit spürbarem Vorwurf hinzu: „Nicht zuletzt gegenüber der Familie!"
Doch sie erinnerte sich wieder an Kalifornien, und ihr strenges Gesicht entspannte sich.
„Und was für Menschen leben dort? Wenn ich hin und wieder an

unseren Bahnhöfen vorbeigehe, so bezweifle ich ernsthaft, daß wir noch einen Grund haben, von unserem Volk so zu schwärmen."
„Hast du es je getan?" fragte Max.
„Ich verstehe sehr wohl die Richtung deiner Fragen!"
Die Gelassenheit schwand aus ihrem Gesicht und machte einer pathetischen Härte Platz:
„Sind etwa Menschen aus anderen Kulturkreisen für dich nur aus dem Grunde fremd, weil ihre Eltern nicht deutschstämmig sind? Es ist absurd, in unserer Zeit auf diese zweifelhafte Verwandtschaft zu verweisen. Ich sehe schon Zeiten kommen, wo jeder endlich einsehen würde, daß wir im Grunde genommen nur noch Menschen sind!"
Der Junge wurde bei diesen Worten unruhig und begann, nervös an seinem Hemd zu zupfen.
„Bin ich für dich auch nur ein Mensch?" fragte Max.
Seine Stimme klang unerwartet weich und voller Wärme. Er richtete seine smaragdgrünen Augen so seltsam offen und gefühlvoll auf die Mutter, daß sie für einen Augenblick von einer leichten Verwirrung erfaßt wurde.
„Was meinst du, Maximilian?" fragte sie mit unruhiger Vorsicht.
„Ich meine… bin ich für dich ein Mensch… so wie alle anderen auch, wie Christian… wie Felix?"
Er verstummte mitten im Satz, schaute immer noch geduldig und gefühlvoll zu ihr und suchte in ihren Augen nach einer fühlbaren Antwort.
Frau Oldenburg strengte sich an, als würde sie jetzt eine schwere Aufgabe lösen müssen, doch gleich darauf erhellten sich ihre Augen angesichts dieser unerwarteten Gesprächsbereitschaft ihres ansonsten so reservierten Sohnes.
„Natürlich!" stieß sie erfreut aus. „So wie viele andere, so wie Joshua!"
Max wurde schwindlig. Er schlug seine Augen nieder und fragte leise: „Wer ist Joshua?"
„Ein Asylsuchender aus Ghana!" teilte Frau Oldenburg bereitwillig

mit. „Ein sehr aufgeweckter junger Mann. Wenn du gesehen hättest, wie er tanzt…“
Sie wollte noch mehr vom aufgeweckten Joshua erzählen, doch aus dem Flur drangen bereits bekannte Geräusche und bald darauf erschien im Wohnzimmer Dr. Oldenburg.
„Hermann! Wir haben ein sehr interessantes Thema angeschnitten!“ teilte ihm seine Frau gleich mit, doch er ließ ihre Worte unbeachtet und blickte besorgt auf seinen Sohn.
Der Junge saß immer noch mit geschlossenen Augen, sah sehr bleich aus, und seine Lippen preßten sich schmerzhaft zusammen. Er versuchte ihr verräterisches Zucken zu unterdrücken, doch es gelang ihm nur zum Teil.
„Max“, fragte der Vater besorgt, „ist alles in Ordnung?“
Der Junge nickte stumm mit dem Kopf, erhob sich und ging zur Treppe, die nach oben führte.
„Maximilian!“ rief Frau Oldenburg ihrem Sohn überrascht hinterher, doch der Junge schwieg, und schon bald hörten die Eltern, wie der Schlüssel im Schloß seines Zimmers zweimal umgedreht wurde...
Nach einer Stunde wurde der Junge wieder nach unten befohlen. Er setzte sich vorsichtig an den weichen Sesselrand und wirkte sehr verkrampft. Die Eltern sprachen wieder von seiner Zukunft und wollten nun offensichtlich dieses Gespräch nicht eher beenden, bis ihr Sohn endlich seine Pläne offenlegte.
Max fühlte sich bedrängt und war einige Male nahe dran, die Flucht zu ergreifen und sich wie immer in seinem Zimmer zu verschanzen. Doch er blieb im Wohnzimmer.
„Ich werde Bücher schreiben“, sagte er unbeholfen.
„Dazu gehört auch das Können“, erwiderte der Vater. „Es ist nicht einfach, man braucht Lebenserfahrung.“
„Frank sagte mir, daß die echten Schriftsteller nicht nur aus ihrer Erfahrung heraus, sondern hauptsächlich aus eigener Vorstellungskraft schreiben. Schiller hat die Räuber mit einundzwanzig geschrieben. Das ist mit Abstand sein bestes Werk.“

„Du bist aber erst sechzehn“, entgegnete der Vater.
„Wenn Schiller die Räuber mit achtzehn angefangen hat, dann hatte er bestimmt mit sechzehn den Grundgedanken angelegt. Es ist wie eine Geburt! Man braucht Zeit.“ Max richtete seine glänzenden Augen vertrauensvoll zu Vater. „Puschkin hat mit zwölf Gedichte geschrieben. Ich meine, reife Gedichte. Frank hat mir darüber viel erzählt.“
Dr. Oldenburg war überrascht. Noch nie sprach sein Sohn mit ihm darüber, dazu noch mit dieser ungewöhnlichen Offenheit.
„Vielleicht scheint es dir nur so leicht zu sein, weil du es noch nicht probiert hast?“ warf er vorsichtig ein.
„Ich habe schon ein Buch geschrieben“, vertraute Max seinem Vater an.
„Du hast schon ein Buch geschrieben?“ fragte Dr. Oldenburg ungläubig. „Was für ein Buch?“
„Über die Kriegsjahre. Es ist die Geschichte von Opa Friedrich!“ erklärte Max bereitwillig. Er lebte noch mehr auf und strich seine Stirnlocke schnell zur Seite.
„Aber das ist nur die primäre Handlungslinie. Ich habe versucht, die ganze Epoche zu erfassen. Den Zeitgeist in seiner ganzen Tragik, das Gefühl!“ Er stolperte plötzlich und fügte ganz leise hinzu: „Es sind zwar fast tausend Seiten geworden, aber es liest sich eher leicht.“
„Woher weißt du denn das?“ fragte Frau Oldenburg grimmig.
„Ich habe mein Buch einem Freund gegeben. Er hat es sehr gelobt“, erwiderte Max verlegen und senkte seinen Blick zu Boden. „Ich will es veröffentlichen.“
Frau Oldenburg sprang augenblicklich auf.
„Untersteh’ dich nur, dieses Buch zu veröffentlichen!“ stieß sie fast schreiend aus.
Max erschrak und zuckte zusammen.
„Gudrun!“ mischte sich Dr. Oldenburg ein und warf ihr einen vorwurfvollen Blick zu. Doch die selbstbewußte Gattin ließ sich den Ton nicht vorschreiben.

„Was weißt du schon von diesem Buch?“ entgegnete sie genervt. „Nach dieser Veröffentlichung wirst du bundesweit wie ein bunter Hund bekannt sein. Zu viel haben wir geduldet! Zu viel! All diese zweifelhaften Neigungen hätten wir gleich bekämpfen sollen. Statt mit seinen Klassenkameraden Fußball zu spielen oder auch mal eine Disko zu besuchen, zündet er jeden Tag Kerzen vor dem Madonnenbild an! Man wird sich in den Boden schämen müssen, wenn unsere Bekannten davon etwas erfahren würden! Und jetzt verkündet er uns seelenruhig noch so etwas! Wenn dieses Buch veröffentlicht wird, kannst du deine Beförderung gleich vergessen. Nicht einmal in der Sonderschule für Schwachsinnige werden sie dich beschäftigen wollen!“
„Du hast doch das Buch noch nicht gelesen“, wehrte sich Dr. Oldenburg, „oder?“
Eine leise Vermutung beschlich ihn dabei. Er wollte unbedingt Klarheit schaffen und nach dem Verbleib des zweiten Schlüssels zum Zimmer ihres Sohnes fragen, doch an dieser Stelle mischte sich wieder Max ein und wandte sich mit ungewöhnlich versöhnlicher Stimme an die Mutter:
„Es ist nicht so schrecklich! Ich kann es dir zum Lesen geben… Wenn du es willst, natürlich…“
„Die Geschichte deines seligen Opas ist mir in Einzelheiten bekannt. Besonders die tollen Geschichten aus seiner Jugendzeit!“ unterbrach ihn Frau Oldenburg und machte einen vielsagenden Gesichtsausdruck. „Jawohl!“
Dabei mischte sich zu ihrer Gereiztheit auch noch verletzende Geringschätzung ein.
„Und wer ist dieser Freund, möchte ich gerne wissen, der das Buch gelesen und für gut befunden hat?“ fragte sie mit Nachdruck. „Ich kann mir schon vorstellen, wer das war!“
„Du hast recht“, erwiderte Max und wirkte auf einmal viel entspannter. „Es war Frank.“
Frau Oldenburg verlor auch noch den Rest an Selbstbeherrschung, als sie schon wieder den Vornamen Frank hörte. Obwohl sie ihn

noch nie gesehen hatte, baute sich in ihr eine deutliche Abneigung gegen diesen Jungen auf. Besonders heftig ging sie erneut auf seinen Aufsatz ein.
„Du hast doch den Aufsatz nicht gelesen“, meldete Max seinen Widerspruch an.
„Ich kenne aber die Wirkung, die dieser Aufsatz in der Öffentlichkeit ausgelöst hat. Und das ist mehr als ausreichend!“ erwiderte die Mutter. „Du mußt Rücksicht auf andere Menschen nehmen, mit denen du durch familiäre Beziehungen verbunden bist!“
„Ich werde auf niemanden mehr Rücksicht nehmen“, entgegnete Max mit gekränkter Stimme, versuchte aber dennoch, ruhig zu bleiben.
„Auch vor Gott nicht?“ höhnte Frau Oldenburg und lächelte dabei nicht ohne kalten Spott.
Der Junge spannte sich noch mehr an:
„Gott verlangt von keinem, daß er lügt. Gott ist die Wahrheit selbst!“
„Und was ist diese Göttliche Wahrheit? Kannst du sie in Worte fassen, oder ist sie so erhaben, daß man sie nicht einmal beschreiben kann?“
„Die Wahrheit ist das, was wir fühlen! Für die anderen Menschen, vor allem für die Nächsten… nicht für die abstrakte Menschheit.“
„Du redest schon beinahe wie dieser Frank!“ brauste die Mutter wieder auf. „Jetzt ist es klar, was für einen unverhältnismäßigen Einfluß er auf dich gewonnen hat. Er hat dich dazu aufgestachelt, diesen albernen Roman zu veröffentlichen! Er! Wir müssen etwas tun!“
Das Gesicht von Max verdüsterte sich. Er hob seinen widerspenstigen Blick und sein angespannter Gesichtsausdruck verlangte nach Erklärung.
„Jawohl!“ beharrte sie mit steigender Vehemenz, zu ihrem schweigenden Ehegatten schauend. „Wir müssen etwas unternehmen. Am besten erscheint mir unter diesen Umständen eine örtliche Trennung von diesem Jungen. Es gibt so viele ernstzunehmende Alternativen, die wir bis heute nicht einmal erwogen haben. Salem, zum

Beispiel. Oder auch welche in der Schweiz. Dort lernen nur Kinder aus den besten Häusern!"
„Was sind die besten Häuser?" fragte Max verärgert.
„Die etwas erreicht haben, die etwas gelten!" erklärte die Mutter mit pathetischer Stimme. „Nicht umsonst besuchen ihre Kinder diese Schulen. Das sind die zukünftigen Führer unserer Wirtschaft, Minister und, und, und... Dort mußt du dir Freunde suchen. Fürs Leben! Die du später auch in deiner beruflichen Laufbahn gebrauchen könntest. Schau mal nur auf Onkel Gerhard! Warum, meinst du, ist er so unerwartet aufgestiegen? Ich sag's dir, weil ich's weiß. Nur durch seine Schulfreunde!"
„Ich habe gedacht, daß es an seinen Fähigkeiten lag...", meldete Max seine Bedenken an, doch die Mutter schnitt ihm das Wort augenblicklich ab:
„Was weißt du schon, woran es lag? Er hat vor einigen Jahren seinen alten Schulfreund getroffen, der auf Bundesebene eine beachtliche Größe darstellt. Dann stellte sich noch heraus, daß beide leidenschaftliche Jäger sind. Und so kam es dann nach und nach zustande. Verstehst du? Mal sind sie nach Kanada zur Jagd geflogen, dann hat Onkel Gerhard eine prächtige Jagdreise nach Sibirien organisiert, und schon ging alles anders als vorher. Dann tauchte er plötzlich im Vorstand auf, dann in der Fraktion. Das sind echte Schulfreundschaften! Bedenke nur, welchen Nutzen du allein aus Salem ziehen könntest!"
„Ich fahre nirgends hin!" erwiderte Max erregt und blickte hilfesuchend zum Vater.
„Du bist doch der Vater!" wandte sich Frau Oldenburg an ihren schweigenden Gatten mit unüberhörbarem Vorwurf. „Sag doch du deine Meinung!"
Dr. Oldenburg versuchte mäßigend zu wirken.
„Warum können wir nicht ruhig reden?" erwiderte er ausweichend. Doch sein Sohn war weit davon entfernt, sich zu beruhigen. Er wurde bleich, klammerte sich am Sesselrand fest und kämpfte mit seinem unruhigen Atem.

„Dort kannst du schon einiges lernen“, sagte Dr. Oldenburg wie nebenbei und blickte unsicher zu seinem Sohn hinüber.
Max erstarrte bei diesen Worten und schaute ungläubig seinen Vater an.
„Du… du willst es… auch?“ stotterte Max entsetzt.
„Ich meine, du kannst dort wirklich eine Menge lernen“, wiederholte Dr. Oldenburg betont ruhig und wandte seinen Blick zur Seite.
Max preßte die Lippen schmerzhaft zusammen. Tränen überfüllten seine Augen.
„Nur eins habt ihr alle gelernt… den Mund zu halten!“ warf er seinen Eltern zu und stürzte zur Haustür.
„Komm sofort zurück!“ befahl die Mutter, doch der Junge sprang bereits hinaus und lief auf die Straße.
Nie werde ich wieder zurückkommen, dachte Max verzweifelt, nie!
Er schritt hastig davon, drehte sich einige Male um, doch niemand verfolgte ihn.
Bleischwere Wolken zogen über die Stadt hinweg und ließen die anbrechende Dämmerung noch düsterer aussehen, noch bedrohlicher. Der einsetzende Regen vertrieb die letzten Passanten und tränkte die schwere Luft mit einem seltsamen Duft, der das Herz in banger Vorahnung von etwas Unbekanntem noch hastiger pochen ließ.
Max fühlte sich hoffnungslos allein und verlassen. Er wußte keinen Rat mehr. Wohin? Unerwartet tauchte in seinem Gedächtnis wieder der schöne Birkenweg auf, die in der Ferne schimmernden Umrisse des einsamen Bauernhofes… Sogar die liebevollen rauhen Hände der Mutter – *jener geheimnisvollen Mutter!* – spürte er jetzt in seinen Haaren wuscheln…
Max kniff seine Augen schmerzhaft zu und blieb stehen.
Das dunkle, aufgewühlte Meer peitschte um ihn herum, und die kalten Wogen drohten den hilflosen Jungen in die Tiefe zu reißen. Nur noch der Gedanke an Frank erhellte für einen Augenblick sein Wesen und füllte das Herz mit rührender Wärme. Doch sein Freund schien ihm jetzt so unerreichbar weit, beladen mit eigenen Sorgen.

Und dann hatte er noch so viele Freunde, so viele! Was konnte er ihm schon bieten, außer seiner düsteren Schwermut? Er dachte dabei an Anna und Julia, an Walter und an all jene, die im Unterricht wie er heimlich zu seinem neuen Freund aufblickten. Er wußte es: Er, Max, war nur einer… einer von vielen, vielen anderen. Ob Frank jetzt überhaupt an ihn dachte? So unwahrscheinlich erschien das, so naiv… auch wenn das Herz danach verlangte…
Ziellos wanderte er durch die leeren Straßen, und eine unsichtbare Macht führte ihn immer weiter und weiter. Er war bereits völlig durchnäßt und die lästigen Regentropfen rannen unangenehm über sein Gesicht.
Ein blendend heller Blitz schlug irgendwo am Rande der Stadt ein und gleich darauf brach über ihm ein ohrenbetäubendes Donnergrollen aus.
Max schreckte zusammen, schaute sich verstört um und erschauderte. Er stand am Rande des dunklen Kraters und starrte nun auf das runde Glasgebäude der Dunsthöhle.
Hat das Schicksal selbst mich hierhergeführt? dachte er traurig.
Der Regen verstärkte sich, doch Max suchte nicht nach Schutz. Er starrte immer noch hinunter, und seine Gedanken drangen bereits durch die dicke Glasscheibe hindurch, dorthin, wo eine grob verschweißte Eisentreppe in die Tiefe führte.
„Nur sechsmal tief einatmen“, flüsterten seine Lippen, und das drückende Gefühl der ausweglosen Verzweiflung begann von ihm zu weichen. Er stellte sich vor, wie er hinunterstieg, wie seine Seele mit jedem Atemzug an Gewicht verlor und im reinsten Äther zu schweben begann. Noch einen Atemzug und noch einen, und all die Nöte und Sorgen würden nur noch als ein unbegreifliches Mißverständnis erscheinen, während seine Seele das Irdische auf immer zurückließe…
Nicht einmal der Schmerz stand dazwischen.
„Warum bin ich noch hier?“ fragte er sich verstört, und wieder erstand vor ihm sein Freund und wieder erfüllte sich sein Herz mit der gleichen unerträglichen Sehnsucht.

Er schlug seine Augen nieder und begann zu flüstern:

Ich zerrinne wie kraftloses Wasser auf glühendem Sand,
Wie die letzte verzweifelte Hoffnung auf Rettung und Land,
Wie ein flüchtiges Bild in der flimmernden Weite der Zeit,
Wie ein Schiff in der Ferne... ein leise gebrochener Eid,

Wie die zitternde Flamme der Kerze in schlafloser Nacht,
Wie am drohenden Abend der Sonne erlahmende Macht,
Wie die schützende Wärme dem nahenden Winter entflieht,
Wie das herbstliche Laub, das die sorgenden Zweige verliert.

Ich verlasse auf immer die lieblichen Auen, den Wald.
Ich muß flüchten, ich schau' nicht zurück
und ich mache nicht halt.
Ich versinke in schauriger Tiefe – ein klagender Schrei,
Der auf ewig verhallt wie ein Echo: Vergiß bitte mein!

Es ist längst schon die Zeit!
Doch zu gehen versagt mir die Kraft!
Wäre besser, ich hätte geschlafen... nie wieder erwacht,
Meine Augen geschlossen im leichten befreienden Traum
Und geflogen zu dir durch die rauschenden Zeiten und Raum…

Ich muß flüchten, kein einziges Wort und kein einziger Blick,
Keine Spur und kein Hauch mehr
vom gestrigen brausenden Glück.
Nur der wachsende See meiner Tränen verbleibt noch nach mir
Und die quälende Sehnsucht nach dir, lieber Freund…
nur nach dir!

Max verstummte und spürte, wie seine warmen Tränen sich mit den Regentropfen mischten.
„Allmächtiger Vater im Himmel, du wirst es mir verzeihen…"

Wie im Traum ging er zur riesigen Kiefer und blieb vor dem großen bemoosten Stein stehen. Mein Schicksalsstein, dachte Max, während die ängstliche Unentschlossenheit ihm aus dem Bauch heraufkroch. Er überwand dieses Gefühl, hob den Stein langsam vom Boden ab und erstarrte.
Auf der Stelle, wo kurz zuvor noch der schwere Brocken gelegen hatte, schimmerte etwas Weißes. Er fiel auf die Knie und legte den Stein zur Seite. Es war ein kleiner durchsichtiger Plastikbeutel, in dem ein sorgfältig zusammengefaltetes Blatt Papier steckte.
Mit zitternden Händen faltete er es auseinander, taumelte benommen zur Laterne und warf seinen ungeduldigen Blick auf den handgeschriebenen Text, während die winzigen Regentropfen aufs Papier schlugen und es aufzuweichen drohten.
Bereits die ersten Zeilen füllten seine Augen wieder mit Tränen.

„Max! Mein Freund! Was auch immer dich dazu bewogen hat, diesen schweren Stein aufzuheben, bitte ich dich um unserer Freundschaft willen nur darum, daß du meine Botschaft zu Ende liest. Offensichtlich weiß ich jetzt nichts davon, daß du wieder den Weg hierher gefunden hast, denn wäre es anders, hätte ich bestimmt Worte gefunden, dich von diesem Schritt abzuhalten.
Wie dem auch sei.
Falls es an mir liegen sollte und ich dein Gefühl verletzte, so bin ich bereit, vor dir auf meine Knie zu sinken und um Vergebung zu bitten. Auch wenn es an anderen Menschen lag, bin ich trotzdem bereit es zu tun.
Das Leben, Max, ist uns von Gott geschenkt worden. Damit wir den Weg zu uns selbst finden. Leid gehört nun mal auch dazu. Doch Er gibt uns auch Hoffnung und Freude. Immer, wenn wir zusammen sind, danke ich Ihm für diese kostbaren Stunden.
Komm jetzt zu mir! Egal wo ich bin und welche Sorgen mich gerade belasten. Wie kein anderer liegst du mir am Herzen! Und wenn es dir nicht möglich sein sollte, zu mir zu kommen, laß mich es wissen, ich beeile mich zu dir. Auch wenn ich diesen Weg zu Fuß gehen

sollte, werde ich es tun. Ich bin bereit, für dich alles aufzugeben, was ich habe. Nichts und niemand kann uns trennen.
Max! Mein Freund! Dir wurde von Gott eine Gabe gegeben, die nur wenigen Menschen zuteil wurde. Reiche dieses Geschenk an deine Heimat weiter, an dein deutsches Volk, zu dem du mit Leib und Seele gehörst und das du trotz allem so bedingungslos liebst! Denk an unseren Traum! Er ist unser Leben wert. Allein schon deswegen lohnt es sich zu leben. Auch dann, wenn das Schicksal mich unerwartet hinwegraffen sollte und ich in dieser schweren Stunde dir nicht zur Seite stehen kann.
Wenn dem aber nicht so ist, sollst du wissen: Ich warte auf dich, zu jeder Stunde und überall.
Dein Frank.“

* * *

Es vergingen viele Stunden. Tiefe Nacht lag über der kleinen Kurstadt. Der Regen nahm wieder zu und ließ die leeren Straßen noch trostloser aussehen. Keine Seele war hier zu vermuten. Nur ein Junge saß zusammengekauert auf einer Bank vor der Dunsthöhle und drückte an seine Brust ein aufgeweichtes Blatt Papier…

KAPITELÜBERSICHT

Viktor Streck Verlag, Parkstr. 1, 31812 Bad Pyrmont
Fax: 05281-606818, E-Post: kontakt@streck.info
www.streck.info

Viktor Streck Verlag, Parkstr. 1, 31812 Bad Pyrmont
Fax: 05281-606818, E-Post: kontakt@streck.info
www.streck.info

Werdet nicht der Menschen Knechte!
Laßt Euer Recht nicht ungeahndet
von anderen mit Füßen treten!
Wer sich unter seinesgleichen zum Wurm macht,
da ihn doch Gott zum Menschen schuf,
muß sich nicht wundern,
wenn man ihn nachher als Wurm behandelt
und unter die Füße tritt.

Immanuel Kant
1724-1804